四川师范大学学术著作出版基金资助

玄言诗批评史研究

李斯斌　著

人 民 出 版 社

目　次

绪　论

六朝是中国古代政治上一个动荡分裂、地方政权纷起更迭的时期。但这一时期在文化、艺术上却有着惊人的成就，在今天留存的六朝文化艺术作品中都能得到印证。这一时期，儒学失去了“罢黜百家，独尊儒术”的核心地位，佛教、道教纷纷开始上层化发展，清淡与玄学的盛行，外来文化与中土文化的交流，南北文化的融合，文学艺术呈现出了不同于汉代的另一番面貌。

今天能看到的六朝诗学著作颇多，见证了这一“审美自觉”时代的辉煌。玄言诗作为六朝诗学的重要文化特征，它的历史产生缘由，它的风格特点以及后世对于它的评价，都是值得我们去探讨、挖掘的。对这一历史时期诗学的深究，可以让我们更好地去理解这一时期玄言诗风背后的人文思想，丰富中国诗学的内涵及其维度。

一、前人研究成果

我国的玄言诗研究，自20世纪80年代以后便兴盛不衰，取得了很多的研究成果。当下玄言诗研究中，已经把“玄言诗”一词定位于两晋时期一种特殊的诗歌风格。对于玄言诗研究出版的专著有：鲁有贵《东晋诗歌论稿》（安徽教育出版社，2002）、陈顺智《东晋玄言诗派研究》（武汉大学出版社，2003）、张廷银《魏晋玄言诗研究》（台北文史哲出版社，2003；商务印书馆，2008）、胡大雷《玄言诗研究》（中华书局，2007）、王澍《魏晋玄学与玄言诗研究》（中国社会科学出版社，2007）、王澍《魏晋玄言诗注析》（群言出版社，2011）、杨合林《玄言诗研究》（上海古籍出版社，2011）、何光顺《玄响寻踪：魏晋玄言诗研究》(暨南大学出版社,2011)、何国平《山水诗前史:从〈古诗十九首〉到玄言诗审美经验的变迁》(暨南大学出版社,2011)、黄伟伦《六朝玄言诗史论》(花木兰文化出版社,2013)、蔡彦峰《玄学与魏晋南朝诗学研究》(人民文学出版社,2013)等。

此外,涉及玄言诗研究的专著则更是繁多,举要如下:邓仕梁《两晋诗论》(香港中文大学出版社,1972)、孔繁《魏晋玄学和文学》(中国社会科学出版社,1987)、王钟陵《中国中古诗歌史》(江苏教育出版社,1988)、葛晓音《八代诗史》(陕西人民出版社,1989)、罗宗强《玄学与魏晋士人心态》(浙江人民出版社,1991)、钱志熙《魏晋诗歌艺术原论》(北京大学出版社,1993)、陈顺智《魏晋玄学与六朝文学》(武汉大学出版社,1993)、张海明《玄妙之境》(东北师范大学出版社,1997)、张国荣《玄学与诗学》(中国社会科学出版社,2004)、王澧华《两晋诗风》(上海古籍出版社,2005),此外还有张节末、李鹏飞《中古诗学史》(浙江大学出版社,2013)等。

对于玄言诗研究的专篇论文则更是不胜枚举。早年有王钟陵《玄言诗研究》(《中国社会科学》1988 年第 5 期)、葛晓音《东晋玄学自然观向山水审美观的转化》(《中国社会科学》1992 年第 1 期)、卢盛江《玄言诗二题》(《北方论丛》1994 年第 4 期)。近年来,有张廷银、胡大雷等人的论文较为突出。自 2001 年始,陆续有硕士、博士研究论文,截至 2022 年国内已有 25 篇之多。

这些论著、论文的玄言诗研究主要集中于玄言诗风的衍变,玄言诗与游仙诗、佛理诗、山水诗的关系以及影响,玄学、佛学、道教对于玄言诗、玄言诗人的影响,玄言诗的起源、类型、内涵定义,典型玄言诗人诗集、诗歌的分析或注释,中国玄言诗与西方玄学诗的比较等问题研究。

当下对于玄言诗研究的综述有:徐国荣《大陆近二十年玄言诗流变研究之检讨》(《暨南学报》2000 年第 5 期),张廷银《新时期魏晋玄言诗研究述略》(《文献》2001 年第 3 期),辛文、黄志浩《魏晋玄言诗研究综述》(《江南大学学报》2009 年第 3 期)。另外,黄霖先生主编的《20 世纪中国古代文学研究史 · 诗歌卷》(东方出版中心,2006)中第六章有对于玄言诗近百年的研究成果梳理,余恕诚主编《中国诗学研究》(福建人民出版社,2006)第五章有 20 世纪魏晋南北朝诗歌研究概述亦可借鉴。

但遗憾的是,在当下众多的研究成果之中,对于玄言诗两晋至现代时期的批评资料却一直没有人加以整理分析。这明显对于玄言诗研究来说是为盲点。玄言诗批评史是为当下玄言诗研究亟待解决的一个问题。

二、本书研究的主要内容

本书主要研究内容之一是两晋以来玄言诗的批评史。这一研究首先要做的就是如何建构这一批评史。"玄言诗"是指两晋时期的一种诗歌风格，距今已经有1700多年，而"玄言诗"这一概念最早却出现于民国时期。据笔者所见，此概念并非朱自清首先提出，而是出现于1945年西南联大主办的《国文月刊》总第39期萧望卿发表的《陶渊明四言诗论》一文中。玄言诗概念产生较晚，而这种诗歌形式存在久远，这对其批评史的研究显得相当棘手。

由此，本书首先有必要区别玄言文学、玄言诗风、玄言诗派和玄言诗这几个概念，以利于文本的叙述。"玄言文学"是为两晋玄风诗文之统称；"玄言诗风"是概指两晋玄风影响下的诗歌整体风貌；"玄言诗派"是指最能体现玄言诗歌特点的诗派；"玄言诗"这一概念在当下还有许多争议，对此概念的理解基本上延续了王钟陵先生在《中国中古诗歌史》中所提出的"凡是以体悟玄理为宗旨的诗概属玄言诗"①。由此，"玄言诗"这一概念是指当下被广泛认同的以"体悟玄理"为核心的概念定义。但当下对于"玄言诗"这一概念有狭、广两义之见。为兼顾当下"玄言诗"这一概念的使用，书稿中"玄言诗"一词有时也会指广义的玄言诗。

当下的玄言诗定义渐有过于狭窄的倾向，这种过于精确化的倾向也使玄言诗研究陷入困境。"看似严格的定义在将玄言诗全盘否定的同时，也将研究者置于一个颇为尴尬的境地。"②这种精确化的目的是努力把玄言诗与两晋其他诗歌区别开来，以达到对于玄言诗之外诗歌的认同。这种做法是不可取的，因为两晋至民国时期的玄言诗批评从来都是一种大风格的批评。两晋至民国时期，对于晋代诗歌总体风格、典型玄言作品及作者的批评是较为丰富

① 王钟陵：《中国中古诗歌史》，江苏教育出版社1988年版，第496页。
② 张海明：《玄妙之境》，东北师范大学出版社1997年版，第172页。

的，同时也产生了一些与当下“玄言诗”概念相近的提法。如“虚言诗”（皮日休）、“东晋诗”（朱熹）、“永嘉诗”（许学夷）、“清谈诗”（章太炎）、“玄理诗”（胡适）、“哲理诗”（郑振铎）、“玄学诗”（陈钟凡）、“说理诗”（陈冠同）、“谈玄诗”（郭麟阁）、“玄言诗”（萧望卿）。从这些概念的使用来看，差别比较大，但都是较为笼统的批评态度。由此可见，前人对于“玄言诗”的理解是比较宽泛的，是建立在一种诗歌风格而非体裁上的。当下认为玄言诗是一种诗体，盖取刘勰《文心雕龙》中所言“自中朝贵玄，江左称盛，因谈余气，流成文体”。[①] 但结合锺嵘《诗品》所言“始变中原平淡之体”[②]，“先是郭景纯用俊上之才，变创其体”[③]。此时“文体”之体，必不指体裁而是指文辞风格。

如何改变玄言诗批评史研究中的不利因素？同时把玄言诗批评史研究与当下玄言诗研究紧密结合？民国时期陈钟凡《汉魏六朝文学》提出的“玄学诗分派”是值得借鉴的思路。张海明在《玄妙之境》一书中也提到：“坚持用玄言诗来指称受玄学影响的诗的话，那我们就必须承认有两种玄言诗：一种是正始以来的广义的玄言诗，一种是东晋以许询、孙绰为代表的玄言诗。”[④]实则，笔者以为，“玄言诗”不必承担广、狭两义，以玄言诗风与玄言诗派来统摄两者作为玄言诗批评史的研究最为理想。但为兼顾当下玄言诗的用语习惯，由此笔者强调，批评史语境下的“玄言诗”是一种玄言诗风，进而把郭璞游仙诗、玄理诗、《兰亭诗集》作为典型“玄言诗派”，由此作为建构批评史玄言诗研究的主要内容。

本书主要研究内容之二是玄言诗的宗教性文学特征。在对于批评史的整理、研究之后，笔者对于玄言诗的概念进行了补充，提出“玄言诗是一种具有宗教性表达的人生体悟的诗歌”。两晋诗歌的文化环境中，宗教文化是非常浓厚的，但之后在对于玄言诗的研究中，从其宗教诗歌背景下解读的玄言诗还是非常薄弱。实则，两晋时期“诗言理”的提出、“辞简旨达”的审美旨趣是中国宗教诗歌的特点，与西方宗教诗歌一样，表现了宗教诗所具有的某些共同特点。

---

① 范文澜：《文心雕龙注》，人民文学出版社 1958 年版，第 675 页。

② （南朝梁）锺嵘著，曹旭笺注：《诗品笺注》，人民文学出版社 2009 年版，第 144 页。

③ （南朝梁）锺嵘著，曹旭笺注：《诗品笺注》，人民文学出版社 2009 年版，第 18 页。

④ 张海明：《玄妙之境》，东北师范大学出版社 1997 年版，第 180 页。

三、郭璞游仙诗的定位

从历代对于郭璞游仙诗的看法来说,刘宋檀道鸾最先提出他是玄言诗的开导者,而当下的研究普遍认为游仙诗并不属于玄言诗,这实则是对于玄言诗概念的内涵大小理解不同。笔者在批评史的玄言诗研究中,强调了游仙诗是玄言诗的一种典型代表。这一点,需要做一个特别说明。

其一,当下对于玄言诗与游仙诗的区别在于诗体之辨。但笔者已经强调,玄言诗首先是作为一种诗风存在。游仙诗是玄言诗风的一种典型代表,由此,游仙诗是玄言诗的一类。这一点,笔者与张海明《玄妙之境》的看法相同。“玄言诗无妨有写景的成分,游仙诗、山水诗也可以掺杂有玄学的色彩。”①由此,游仙诗是玄言诗的典型风格之一,是玄言诗风的典型诗派。

玄言诗这一概念早期是指一种诗风,而并非当下指为一种诗体。就唐至民国时期所提到的“虚言诗”“永嘉诗”“说理诗”“玄学诗”,实则都是比较大的一种诗风概括,游仙文化也属于当时的玄言文化。虽然游仙诗起源于民间,但经过曹植、嵇康、阮籍、张华、刘劭等人,其明显具有了老庄化的特点,由此,郭璞的游仙诗是对于老庄化的改良,是一种文人化的游仙诗,并非是一种民间游仙诗。

其二,就郭璞游仙诗的历代批评来看,檀道鸾认为其是玄风的开导者,沈约对于郭璞的态度实则同于檀道鸾。刘勰、锺嵘也没有明确它与《离骚》的关系,仙诗与《离骚》的关系亦没有明确,这也在唐代李善的观点中得到印证。自宋代以后,游仙本源于《离骚》的观点才影响了明、清对于郭璞游仙诗“寄兴”说法的肯定。可以说,清代之时,郭璞游仙诗才真正达到一个认同高度。由此,从其历代批评来看,笔者认为郭璞游仙诗不应脱离于玄言诗风的研究。近代玄言诗研究中,胡适、王瑶、钟元凯、王钟陵、葛晓音等早期玄言诗研究者都认为郭璞游仙诗是玄言诗。

其三,笔者提出的玄言诗补充定义提道:“一种具有宗教性表达的人生体

① 张海明:《玄妙之境》,东北师范大学出版社 1997 年版,第 172 页。

悟的诗歌。”玄言与玄言诗关系并不是对等的。玄言是为《老》《庄》《易》三种文化的概括，但玄言诗并非是这样，玄言诗的主张是表现《老》《庄》的“人生”，由此，游仙诗是当时人生观的一种理想表现。自郭璞之时，游仙诗具有了一种俊逸的特点。但总的来说，游仙诗也是人生的一种解脱态度。笔者尝试从身体意识这一角度来区别游仙诗与玄理诗两者的不同态度。就游仙诗来说，侧重于身体的时空自由而达到一种适性逍遥，以此认为获得人生的解脱，这符合中土文化中儒家与道家对于身体意识的观念。主张养生之说，是儒、道所并取的一种公共文化思想资源，这一点很好地契合于郭璞游仙诗之中。玄理诗对于身体意识表达更多的是一种消极态度，认为身体的感官恰好是对于自我认识世界本质的一种障碍，要求屏蔽对于身体感官的依赖，自由于心识，而达到对理的一种觉解，对理的悟得才是真正的逍遥，这一点是两种不同人生观的体现。

四、全书结构及观点

首先是批评史研究部分。

其一，两晋与南朝批评。

两晋批评不同于南朝，是为审美自觉与宗《诗》诗学态度的区别。以孙绰《答许询诗》为例，提出“韵灵旨清”是当时对于玄言诗评价的重要准则，重视诗的音乐性和义理两个层面，而南朝以檀道鸾《续晋阳秋》、沈约《宋书·谢灵运传》、江淹《杂体诗三十首·序》、萧子显《南齐书·文学列传》、刘勰《文心雕龙》、萧统《文选》、锺嵘《诗品》为其代表，这些批评总体呈现出儒家宗《诗》诗学态度的复兴。综合两晋与南朝批评，两晋之时优秀的文论创作者大都是优秀的诗文创作者。玄言诗的批评者与创作者身份是同一的，由此玄言诗的批评侧重于文本本身的艺术特点，强调“韵灵”“旨清”都是文本本身艺术性特点的表现。而南朝之时，对于诗歌的批评又回到了儒家宗《诗》立场，此时主要的批评者实则并非是诗歌创作的杰出人物。批评与创作的分离，儒家诗学的复兴与约束，把两晋玄言诗作为一种变风看待，评其为“平淡之体”“似道德论”。南朝对于玄言诗的批评并没有表明否定的批评态度。尤其是在宋、齐时期,此时还列“儒学、玄学、史学、文学”并为四科。① 可见儒、玄之风并行于世,在这种文化风气之下,对于玄言诗歌的态度是可想而知的。由此,檀道鸾、沈约、江淹对玄言诗的态度与刘勰、锺嵘、萧统有略微的不同。总体来说,南朝玄风未泯,对于玄言诗的态度不能以简单的否定来概括。试想锺嵘作《诗品》是有感于“淄渑并泛,朱紫相夺;喧哗竞起,准的无依”②。可见,列孙、许诗为下品而非摒弃,是对玄言诗风的一种抑扬的态度而非否定的态度。又锺嵘评五言,以“指事造型、穷情写物”③为诗学审美标领,而评孙绰、许询之诗为“平典似《道德论》”亦非意外。又玄言诗多取法《诗》比兴而多四言之制,锺嵘之论只评其五言,其论则不可尽参。此外,玄言诗“平典似《道德论》”正是诗家本色。又《文选》虽未收孙绰、许询之诗,却录江淹杂体诗三十首之《孙廷尉绰杂述》和《许徵君自序》④,此种种现象可见,对于玄言诗风,南朝并非一概否定。可以这样说,南朝诗学明显凸显了儒家诗学的主张,而玄风依然有存,从儒、玄并列到儒学渐显是为南朝文化对于诗学批评影响的发展脉络。

这一部分对玄言诗审美旨趣在音乐性方面的表现进行了进一步分析。孙绰所提出的“韵灵旨清”中,“旨清”是一种达道的追求,而“韵灵”的音乐性表现,实则也是一种达道的追求。此外,这一部分也探讨了玄言诗的回文体形式,从而揭示了玄言诗在当时的创作中,是从多方面反映了对于“道”的追求。

其二,唐至清的批评。

在宗《诗》的传统批评影响下形成对于玄言诗“格高而趣异”的批评。从历代对于晋诗的批评态度、阮籍嵇康诗、郭璞游仙诗、东晋僧诗、《兰亭序》及《兰亭诗集》、陶渊明诗的批评为线索来看,对于玄言诗风的看法并非一味否定,相反,这些最具典型的玄言诗在历代的批评中都获得了不同程度的认同。

就晋诗而言,唐时已经视其为古诗之流,其“格高”的地位便已经确立。唐

---

① (梁)沈约:《宋书》,中华书局 1974 年版,第 2293—2294 页。

② (南朝梁)锺嵘著,曹旭笺注:《诗品笺注》,人民文学出版社 2009 年版,第 37 页。

③ (南朝梁)锺嵘著,曹旭笺注:《诗品笺注》,人民文学出版社 2009 年版,第 23 页。

④ 中华再造善本宋淳熙八年池阳郡斋刻本李善注《文选》“张廷尉绰”,但宋绍兴三十一年建阳崇化书坊陈八郎宅刊五臣注《文选》中此作“孙廷尉绰”。清袁克家《文选考异》卷六“张廷尉”一条,亦论“张”当作“孙”。

代诗学多宗《选》而兼融并取，以杜甫“不薄今人爱古人，清词丽句必为邻”①可以看出其诗学态度。而宋代诗歌主“理”，虽多斥晋代玄学，推崇陶渊明以明陶、晋之别，此实可谓言晋诗与宋诗之别也。对于晋诗以“清虚”评之，叶适评“盖魏、晋名家，多发兴高远之言，少验物切近之实”②，是谓明晋、宋诗歌“理”之虚、实之别。然宋人“清虚”之评，亦未多有相逼，甚至有“皆萧然有拔俗之韵”③的评价。而至明代，诗主格调、情性二路，对晋诗评价都较高。清代诗学中儒学复兴，评诗主格调而兼情性，晋诗虽有评似《道德论》，却亦是格高而趣异为不取之因。

嵇康与阮籍之诗，两者虽同为玄风，但阮籍近《雅》，嵇康则多放而诗味同文。所以刘勰言其“嵇康师心以遣论，阮籍使气以命诗，殊声而合响”④表明两者诗风虽有别，而能“殊声合响”，共同标岭西晋。锺嵘对于嵇、阮二人的评价则明显存在不同，评阮籍、嵇康为上、中两品。锺嵘《诗品》的评价确立了唐代以后的批评基调。唐代多“阮、陶”并提，随着陶公诗在宋代的推崇，宋后又以“嵇、阮”并提。民国时期刘永济言：“大氐两晋风尚，江右以放诞为归，弥近嗣宗。江左用名理相尚，微同叔夜。而识者多许嵇生为论宗，推阮公为诗杰。”⑤这样的看法，颇为精当。

就其郭璞游仙诗，檀道鸾评其为玄言诗之开导者，刘勰、锺嵘及唐代李善虽有“俊拔”“变创其体”“见非前识”之评，而未明确其与《离骚》“讽怨”的继承关系，由此无“寄兴”之评。自宋后，晁补之、朱熹等人对于《楚辞》的重新评价，确立游仙诗本源《离骚》《远游》，使刘勰评之为“异乎经典”的昆仑、宓妃虚无之辞成为儒家诗学的合法表现手段。自此，郭璞之诗便在“丽藻”之外，又开“寄兴”一路。清时评其“寄兴”而无列仙之趣成为主调。由此可见，郭璞游仙诗的确立，实则定型于清代。

主张僧诗始于唐末。僧诗宋以前多从文人之诗法而主张无蔬笋气，自宋末僧诗多有本色之论，晋代僧诗则推为僧诗之源。明代对于晋代僧诗多有推

---

① 郭绍虞：《杜甫戏为六绝句集解》，人民出版社 1978 年版，第 36 页。
② （宋）魏庆之编：《诗人玉屑》，中华书局 2007 年版，第 629 页。
③ （宋）朱松：《韦斋集》（卷 3），《四部丛刊续编》，上海书店出版 1934 年版，第 9 页（上下叶）。
④ 范文澜：《文心雕龙注》，人民文学出版社 1958 年版，第 700 页。
⑤ 刘永济：《十四朝文学要略》，中国文化服务社 1946 年版，第 224 页。

崇，而清代“理趣”之评，刘熙载明确“理趣”而鉴晋代僧诗为“乏趣”之论。又清人推支公之诗为山水之先导，可见其对于晋僧诗的态度。

《兰亭序》本为《兰亭诗集》之序。自宋后，《兰亭序》文因王羲之《兰亭序》帖本的推崇而成为一大热点，始有“不入《选》”之疑问，宋后诸家之说，莫衷一是，这一现象也从侧面反映出对于《兰亭序》文学艺术水平的认同，而王羲之《兰亭序》自明代之后，渐受推崇。

南朝对于陶渊明的评价侧重于“隐逸”角度，锺嵘认为他是“古今隐逸诗人之宗”。唐代对于陶渊明的评价，很大程度上建立在《文选》李善注、五臣注之上，“徵士”的评价是其重心，对于陶诗则认为《老》《庄》痕迹太重，杜甫诗言：“陶潜避俗翁，未必能达道。观其著诗集，颇亦恨枯槁。”①晚唐时期，文人对于陶渊明的诗评价开始提升。白居易十分推崇陶潜，作《郊陶潜诗十六首》。而真正把陶诗推向高峰的，则是宋代。以苏轼为代表的文人团体对陶诗评价强调了“平淡天真”，奠定了陶诗“独步”“第一达磨”的地位。陶诗之美，宋人谈其诗“奇趣”，清人谈诗则独重一“趣”字。刘熙载《诗概》：“陶、谢用理语各有胜境。锺嵘《诗品》称‘孙绰、许询、桓、庾诸公诗，皆平典似《道德论》’。此由乏理趣耳，夫岂尚理之过哉！”②“趣”与“乏趣”，既是陶诗与孙绰之流之别，又是宋诗与晋诗“平淡”之别。清代李重华《贞一斋诗说》直言：“陶公高骨，不可以时代论。”③

纵观历代对阮籍嵇康诗、郭璞游仙诗、东晋僧诗、《兰亭序》及《兰亭诗集》、陶渊明诗批评，此既为当时玄言诗风的典型代表，亦为当下玄言诗研究的热点。对于此五者的清理，可见玄言诗风在两晋至清代的评价并非一味排斥。在清代，对于晋诗以及此五者的评价还是比较客观的，以“格高而趣异”评两晋玄言诗风、玄言诗并不为过。

其三，民国时期的批评。

这一时期是在新文学史观念下的玄言诗批评，这也是玄言诗批评态度的重要转折。民国时期诸多类于“玄言诗”的概念大都是在文学史写作背景下

① (唐)杜甫：《钱注杜诗》，钱谦益笺注，上海古籍出版社 1979 年版，第 92 页。
② 郭绍虞编：《清诗话续编》，富寿荪校点，上海古籍出版社 1983 年版，第 2422 页。
③ (清)王夫之等：《清诗话》，丁福保辑，中华书局 1963 年版，第 926 页。

产生的。在其批评之中，明显去掉了中国传统诗歌批评中“格调”观念，而代之以社会历代文化发展的角度看待诗歌发展。加之革命文学的兴起，诗歌社会担当的提倡，“清谈误国”这一清代多受质疑的现象多被忽视，玄言诗由此多遭受否定的批评。这一时期对于玄言诗的研究还是有些成绩值得被重视。如陈钟凡“玄学诗分派”、儿岛献吉郎“宗教与文学”、刘衍文“哲理诗背景下的玄言诗风研究”、钱锺书“中西玄学诗比较的启示”，弥补当下研究空白，同时为当下的研究提供了一定的参考和研究价值。80年代以来玄言诗批评研究的转变，实则就是对于民国时期玄言诗研究过分重视其历史背景的解读而忽略诗歌艺术本身发展规律的一种自觉纠正。

其四，新中国成立后的玄言诗批评。

笔者以“玄言诗上限下限”“玄言诗与游仙诗、玄理诗关系”“体悟玄理”三个角度理清新中国成立以后玄言诗定义的研究成果。结合历代批评分析，笔者提出玄言诗的定义除“体悟玄理”这一核心之外，还应看作是“一种具有宗教性表达的人生体悟的诗歌”。

其次是综合研究部分。这一部分主要是从玄言诗的外部环境与内在表达分析其宗教性表达的特点。

其一，清谈与玄言诗表现。对最切近两晋的文献归纳中发现只存在《老》《易》和《老》《庄》连用，没有《庄》《易》并说之例。材料分析表明，《老》《易》重微言精理，《老》《庄》重放旷豁达。玄言诗重《老》《庄》的人生表达，刘勰所谓“《庄》《老》告退，山水方滋”是为此理。这也与当下玄言诗过分追求“体悟玄理”的定义取向不同。由此，笔者认为，玄言诗的重点不在体悟玄理，而是体悟玄理的人生观。

其二，两晋佛、道传播与文人接受看玄言诗风变化。这是从其外部文化环境看待玄言诗的宗教性文学特征。西晋文人在文化选择上多取其“养生”而不屑“方术星占”一类，这奠定了道教上层化的方向。文人对“游仙诗”的创作，也是对其民间诗体走向雅化的表现。曹植变其为《楚辞》之风藻，嵇康、阮籍之后，张华等人变其为《老》《庄》之风，郭璞是为再变。佛教西晋无甚优势，而至东晋，义解僧人群体地位显赫，文人与义解僧人交往增多且有文人依附僧人的现象，诗风上自然倾向于佛理之谈。僧人集团的山水诗，是为山水诗之前导,提出“退寻”之说,以山水之游而寻求自我本性之觉解。

其三,玄言诗宗教性文学研究。葛兆光提出:“宗教语言本来就是文学语言的宗教性使用,宗教语言与文学语言并没有天堑壕界,一旦文学家拥有宗教信仰,宗教语言就成了文学语言,文学语言也成了宗教语言。”①这一观点运用于六朝时期的宗教与诗歌是非常贴切的。从诗歌内部特点看待其宗教性文学特点,两晋之诗,“诗言理”的主张可视其为对“诗缘情”泛滥的抵制。刘勰《文心雕龙·情采》所谓“诸子之徒,心非郁陶,苟驰夸饰,鬻声钓世,此为文而造情也”,②可谓切中当时诗学之弊。由此可见,诗、偈合流不仅是宗教的影响,也是为文人诗学审美的自觉选择。偈实为颂,刘勰《文心雕龙·颂赞》言“颂主告神,义必纯美”是对于中国宗教性诗歌极好的概括。玄言诗也具有宗教诗歌的唯理性、单一性的特点。锺嵘所谓“理过其辞,淡乎寡味”③又何尝不是这种诗歌宗教性特征之概括?玄言诗宗教性文学特征是人生领悟,其与后来诗学所形成的“理趣”主张不同,是为“神趣”(慧远《游石门诗序》)。从身体意识角度来看游仙诗与玄理诗,是为两种不同理想人生的表达。

---

① 葛兆光:《中国宗教与文学论集》,清华大学出版社 1998 年版,第 30 页。

② 范文澜:《文心雕龙注》,人民文学出版社 1958 年版,第 538 页。

③ (南朝梁)锺嵘著,曹旭笺注:《诗品笺注》,人民文学出版社 2009 年版,第 15 页。

上 编

“诗言志”这一命题首先出现在《尚书·尧典》中，但“八音克谐，神人以和”是对其礼制文化的内在要求。孔子在《论语》中提及《诗》，无疑都是强调其教化功能。《孟子》中提出了“以意逆志”，认为“故说《诗》者，不以文害辞，不以辞害志，以意逆志，是为得之”。这一概念，当下研究对于它的阐释学角度远远多于解释学角度。从《孟子》一书对于《诗》的引用来看，他无疑坚持了儒家《诗》经典化、礼制功用的理解。但这一思想在汉代有了明显变化，注解《诗》而写的《诗序》中提出“诗言志”有了新解读：“诗者，志之所之也，在心为志，发言为诗。情动于中而形于言，言之不足故嗟叹之，嗟叹之不足故永歌之，永歌之不足，不知手之舞之足之蹈之也。”这无疑强调了诗的情感性，完成了《诗》到“诗”的转变。

汉代解放了“诗”这一概念，把情感放在了第一位。曹丕《典论·论文》中提出“诗赋欲丽”，陆机《文赋》提出“诗缘情而绮靡”。随着玄学清淡的盛行，儒学势微，诗对于《老》《庄》思想的接纳，孙绰提出“韵灵旨清”，成为了玄言诗风的重要特征。

儒家从没有放弃诗学老庄化的纠正。从檀道鸾、干宝、谢灵运、刘勰、锺嵘的诗学批评变化来看，伴随着儒学的复兴，儒家诗学以正变观念再次整合了诗的内涵。唐至清这一时段，晋诗再没有成为中国诗歌史和中国诗学史的讨论重心，但通过对于历代批评材料的梳理，我们可以一窥他们对于晋代玄言诗的真实态度，笔者以“格高而趣异”来总结这一时段玄言诗的批评态度。民国时期新文学史观的出现，“玄言诗”的否定之声开始明显。而80年代以后，玄言诗的批评逐渐形成了以“体悟玄理”为核心的讨论，对玄言诗有了更客观的讨论，正视了玄言诗对中国诗学发展中所作出的贡献。

第一章　两晋至南朝：审美自觉与宗《诗》的分野

审美自觉，即是从艺术语言来探讨艺术本身，从本质上来说，就是强调了创作者主观情感在作品中的表现。它摆脱了儒家对于文艺教化功用的观念约束，把“情”作为一种重要的标准加以体现。试看东晋裴子野《雕虫论》中言：

> 古者四始六艺，总而为诗，既形四方之风，且彰君子之志，劝美惩恶，王化本焉。后之作者，思存枝叶，繁华蕴藻，用以自通。若悱恻芳芬，楚骚为之祖；靡漫容与，相如和其音。①

裴子野所处时代已经是这种“丽辞藻句”的滥觞时期，他的看法代表了儒家一类文人对于文学的教化功用的理想与要求，对于“丽辞”“靡音”是持否定态度的。相比之下，西晋挚虞在某种程度上来说要温和一些，一方面坚持了诗的儒家功用，其《文章流别论》中言：

> 文章者，所以宣上下之象，明人伦之叙，穷理尽性，以究万物之宜者也。王泽流而《诗》作，成功臻而《颂》兴，德勋立而铭著，嘉美终而诔集。②

---

① （清）严可均校辑：《全上古三代秦汉三国六朝文·全梁文》卷53，中华书局1958年版，第3262页。

② （清）严可均校辑：《全上古三代秦汉三国六朝文·全晋文》卷53，中华书局1958年版，第1905页。

另一方面，他对于屈原以来的抒情赋文是持肯定态度的。

> 赋者，敷陈之称，古诗之流也。古之作诗者，发乎情，止乎礼义。情之发，因辞以形之；礼义之旨，须事以明之。故有赋焉，所以假象尽辞，敷陈其志。前世为赋者有孙卿、屈原，尚颇有古诗之义。①

承认赋是为古诗之流，发乎情，止乎礼，表明了这一体裁依然要受制于儒家文化的规范。从这一点来说，其实已经承认了这种文艺抒情的合法性，但前提就是儒家的规范。由此，他提出"四过"。

> 夫假象过大，则与类相远；逸辞过壮，则与事相违；辩言过理，则与义相失；丽靡过美，则与情相悖。此四过者，所以背大体而害政教。②

实则，汉代楚文化兴起，作为一种地方文化，当它重新面对儒家经典进行诠释时，已经对于《尚书·尧典》中提出的"诗言志，歌永言，声依永，律和声，八音克谐，无相夺伦，神人以和"③的诗学观有了新的阐释变化，《毛诗序》：

> 诗者，志之所之也，在心为志，发言为诗。情动于中而形于言，言之不足故嗟叹之，嗟叹之不足故永歌之，永歌之不足，不知手之舞之足之蹈之也。④

《尚书》认为诗可以"无相夺伦，神人以和"，实则是一种礼教的规范功能。而《毛诗序》却是从创作者这一角度来谈的，强调了"在心为志，发言为诗"，强调了"情动于中而形于言"，把创作者的情感作为诗的先决条件。由此，有曹

---

① （清）严可均校辑：《全上古三代秦汉三国六朝文·全晋文》卷77，中华书局1958年版，第1905页。

② （清）严可均校辑：《全上古三代秦汉三国六朝文·全晋文》卷77，中华书局1958年版，第1905页。

③ （清）孙星衍：《尚书今古文注疏》，陈抗、盛冬铃点校，中华书局1986年版，第70页。

④ （唐）孔颖达：《毛诗正义》，《十三经注疏》，中华书局1980年版，第269—270页。

丕“诗赋欲丽”、陆机“缘情而靡绮”已经是文学之必然。

总之,审美自觉,实则就是作者审美体验意识提高,文艺作品不再是作为一种礼法、道德的条款式存在,把诗创作者自我情感的表现放在了首位。

一、“韵灵旨清”的审美转向

(一)陆机:诗缘情

陆机提出“诗缘情”这一背景实则具有极强的道家道教文化色彩。这一命题是对曹丕“诗赋欲丽”的进一步诠释。我们有必要结合陆机所处时代的文化,来清理一下“诗缘情而靡绮”这一命题的文化内涵。

陈寅恪先生在《天师道与滨海地域之关系》一文中,曾探讨过天师道与书法之间的关系,认为:“旧史所载奉道世家与善书世家二者之符会,虽或为偶值之事,然艺术之发展多受宗教之影响。而宗教之传播,亦多倚艺术为资用。治吾国佛教美术史者类能言佛陀之宗教与建筑雕塑绘画等艺术之关系,独于天师道与书法二者互相利用之史实,似尚未有注意及之者。”①陈先生以为“宗教之传播,亦多倚艺术为效用”,曾举郗愔、王羲之等书法佚事论及书法演变与道教的关系,此说甚发人深省。书体演变与道教之关系余姑且不论,单以书法理论中提出书法艺术构思活动,余以为亦受到当时道教思想的影响,从而对于文学理论中艺术构思活动的提出产生影响。

中国文学艺术构思理论的提出,最早出现在西晋陆机的《文赋》中,其言:

> 其始也,皆收视反听,耽思傍讯,精骛八极,心游万仞。其致也,情曈昽而弥鲜,物昭晰而互进,倾群言之沥液,漱六艺之芳润,浮天渊以安流,濯下泉而潜浸。于是沈辞怫悦,若游鱼衔钩,而出重渊之深;浮藻联翩,若翰鸟缨缴,而坠曾云之峻。收百世之阙文,采千载之遗韵,谢朝华于已披,启夕秀于未振,观古今于须臾,抚四海于一瞬。②

---

① 陈寅恪:《金明馆丛稿初编》,三联书店 2001 年版,第 39 页。

② (梁)萧统:《文选》,(唐)李善注,中华书局 1977 年版,第 240 页。

据张少康《文赋集释》中汇集诸人之论，陆机文学艺术构思的提出颇得前人赞誉。顾施祯、方廷珪、黄侃、方竑、王礼卿、徐复观、杨牧等先生都有深刻言论。① 然而，对于这一艺术思想的来源问题，却较少人谈及。张少康在《文赋集释》中提出：

> 陆机极言想象活动之情状，与下文"观古今于须臾，抚四海于一瞬"配合，上承司马相如"赋心"之论，下开刘勰"神思"之说，对于我国古代文艺创作中想象活动的研究，有极大的贡献。自此以后，艺术想象在创作中之地位就更突出了。②

他的这一看法在其书中亦多次被提到，认为陆机这一思想的来源，与司马相如"赋心"之论有关。《西京杂记》卷二记司马相如为《上林赋》《子虚赋》之事。其言曰：

> 司马相如为《上林》《子虚》赋，意思萧散，不复与外事相关，控引天地，错综古今，忽然如睡，焕然而兴，几百日而后成。其友人盛览，字长通，牂牁名士，尝问以作赋。相如曰："合綦组以成文，列锦绣而为质。一经一纬，一宫一商，此赋之迹。赋家之心，苞括宇宙，总览人物，斯乃得之于内，不可得而传。"③

司马相如"赋家之心"之说，言其"苞括宇宙，总览人物"确与意象的丰富相关。但司马氏对这种意象的来源解说并不明确，以"错综古今""几百日而后成""合綦组""列锦绣"之语来看，司马相如更强调了"博闻多识"对于文学意象生成的重要性。《西京杂记》录此条之后，便有关于扬雄的一条，也是讨论赋的创作。其曰：

---

① 张少康：《文赋集释》，人民文学出版社2002年版，第55—58页。

② 张少康：《文赋集释》，人民文学出版社2002年版，第39页。

③ （东晋）葛洪：《西京杂记》，中华书局1985年版，第12页。

或问扬雄为赋,雄曰:"读千首赋,乃能为之。"①

扬雄之言,更为明了地指出"博闻多识"对于赋的创作的重要性。这种观点实则是汉代作赋的传统认识,屈原在汉代辞赋创作的地位可谓尊崇,司马迁《史记》中赞其曰"博闻强志,明于治乱,闲于辞令"②。但陆机此段中并非强调了"博闻多识"对于文学创作的重要性,而是强调了艺术意象产生的丰富性,而这种丰富性的来源则是意象产生的准备过程,这一点是值得我们深思的。陆机对于艺术构思过程的认识,明显影响了梁代的刘勰。其《文心雕龙·神思》中言:

故寂然凝虑,思接千载;悄焉动容,视通万里;吟咏之间,吐纳珠玉之声;眉睫之前,卷舒风云之色;其思理之致乎!故思理为妙,神与物游。……是以陶钧文思,贵在虚静,疏瀹五藏,澡雪精神。……夫神思方运,万涂竞萌,规矩虚位,刻镂无形。登山则情满于山,观海则意溢于海……③

不言而喻,《文赋》艺术构思的提出对《文心雕龙·神思》的影响是清晰的。但这一思想的来源与司马相如的观点相去甚远。实则,不必牵强于"赋心"之说,汉代书学理论已经提出了与《文赋》此处相类似的观点。

东汉蔡邕的《笔论》一文首次涉及了书法艺术构思活动的描述,这一现象,在汉代的文学理论、书学画学理论中都是没有的。其《笔论》中言:④

---

① (东晋)葛洪:《西京杂记》,中华书局 1985 年版,第 13 页。

② (汉)司马迁:《史记》,中华书局 1982 年版,第 2481 页。

③ 范文澜:《文心雕龙注》,人民文学出版社 1958 年版,第 493—494 页。

④ 此文真假前人皆未有提及。唐韦续《墨薮》卷一中有言"(伯喈)于会稽作《笔论》",且引录全文。(《景印文渊阁四库全书》,第 812 册,第 393 页)而清钱唐倪涛《六艺之一录》卷二一八中认为"书家相传云中郎于会稽作此论,亦不敢信以为真,然亦自是至论"。(《景印文渊阁四库全书》,第 834 册,第 696 页。)此书卷二百七一、卷二百九三同收此文,然未见有此论断。近有华人德著《中国书法史·两汉卷》中关于"蔡邕的书学理论"一节,讨论其《笔论》《九势》,皆为后人伪作。余以为此说尚疑。其言"二篇流传,收于宋陈思《书苑菁华》,以前未见著录,也未辑入《蔡中郎集》"。(华人德:《中国书法史·两汉卷》,江苏教育出版社 1999 年版,第 205 页)然此理不通。

书者，散也。欲书先散怀抱，任情恣性，然后书之；若迫于事，虽中山兔豪不能佳也。夫书，先默坐静思，随意所适，言不出口，气不盈息，沉密神彩，如对至尊，则无不善矣。为书之体，须入其形，若坐若行，若飞若动，若往若来，若卧若起，若愁若喜，若虫食木叶，若利剑长戈，若强弓硬矢，若水火，若云雾，若日月，纵横有可象者，方得谓之书矣。①

这里谈到了书法创作过程中主体心理活动的要求和艺术意象的生成。此后西晋成公绥《隶书体》中提出“应心隐手，必由意晓”②，东晋王羲之在《题卫夫人〈笔阵图〉后》中谈道：

夫欲书者，先乾研墨，凝神静思，预想字形大小，偃仰、平直、振动，令筋脉相连，意在笔前，然后作字。③

我们尝试结合《文赋》与书法创作的这些言论，可以发现这些艺术创作活动的一些共同点。其一，都强调了在创作活动之前主体的“虚静”状态。《笔论》的“先散怀抱”“默坐静思”，王羲之的“凝神”，《文赋》的“其始也，皆收视反听，耽思傍讯”，刘勰的“陶钧文思，贵在虚静”。其二，都强调了主体在“虚静”状态下的意象构想活动。《笔论》的“默坐静思，随意所适”，王羲之的“预想字形大小”，《文赋》的“精骛八极，心游万仞”，刘勰的“思接千载”“视通万

《笔论》已入唐韦续《墨薮》，宋朱长文《墨池编》，何以言前书未录？又《蔡中郎集》，历遭佚失，缺损失遗难免，且看《四库全书总目》言：“《蔡中郎集》六卷，汉蔡邕撰。《隋志》载后汉左中郎将《蔡邕集》十二卷，注曰梁有二十卷，录一卷。则其集至隋已非完本。《旧唐志》乃仍作二十卷，当由官书佚脱而民间传本未亡，故复出也。《宋志》著录仅十卷，则又经散亡，非其旧本矣。此本为雍正中陈留所刊，文与诗共得九十四首，证以张溥《百三家集》刻本，多寡增损，互有出入。”（《四库全书总目》，中华书局1965年版，第1272页。）由此观之，《蔡中郎集》隋代已非完本，《笔论》虽未见录于《蔡中郎集》，何可凭此而断其为伪？其二，以《笔论》“书者，散也。欲书先散怀抱，任情恣性，然后书之”而以为“汉人尚未有以书法抒发性情之观念”（华人德：《中国书法史·两汉卷》，江苏教育出版社1999年版，第205页）而其断其伪，其说亦谬。此语亦可与《太平经》存思之法相呼应，何须强作抒发性情之解？

① 上海书画出版社编：《历代书法论文选》，上海书画出版社1979年版，第5—6页。

② 上海书画出版社编：《历代书法论文选》，上海书画出版社1979年版，第9页。

③ 上海书画出版社编：《历代书法论文选》，上海书画出版社1979年版，第26页。

里”。其三，他们也都重视在艺术创作活动中，主体情感的参与和体验。《笔论》的“任情恣性”“随意所适”，王羲之的“意在笔前”，《文赋》的“情曈昽而弥鲜，物昭晰而互进”，刘勰的“登山则情满于山，观海则意溢于海”。这些“虚静”观，都强调了主体意之所动的表现。值得注意的是，这种“虚静观”与《庄子》的“虚静观”明显不同。《庄子》虽然主张“虚静”，但强调了“圣人心镜”，即使游心逍遥，也强调了不滞于物。且看：

> 若夫乘天地之正，而御六气之辩，以游无穷者，彼且恶乎待哉！（《逍遥游》）①
>
> 古之真人，其寝不梦，其觉不忧，其食不甘，其息深深。（《大宗师》）②
>
> 至人之用心若镜，不将不迎，应而不藏，故能胜物而不伤。（《应帝王》）③

《庄子》的虚静观强调了“圣人无情”的境界，强调了内心澄澈犹如明镜，由此万物皆入胸怀。相反，书法和文学的艺术构思活动对于意象的追求和情感的表现尤为明显，因此，这种虚静的艺术创作过程描述实则并不是受到《庄子》思想的启示。

通过以上三点的概括，可以得见，陆机、刘勰对于文学艺术构思活动的理解，实则与汉代以来书法艺术创作的构思活动表达有更为紧密的联系，同时，我们也清楚地认识到这种构思活动与《庄子》思想的巨大不同。那么，汉代书法艺术构思活动又是受到什么思想影响而产生的呢？

为什么蔡邕在《书论》中首先提出了书法艺术的构思活动？这一点需要引起我们足够的重视。蔡邕形成这一书学思想，与他本身擅长书法艺术、当时黄老道思想盛行和他对于黄老思想的喜好不无关系。

汉代书学相当发达，已经出现了隶书、楷书、行书和草书。在汉代，书写已

---

① （清）郭庆藩：《庄子集释》，中华书局2004年版，第17页。

② （清）郭庆藩：《庄子集释》，中华书局2004年版，第228页。

③ （清）郭庆藩：《庄子集释》，中华书局2004年版，第307页。

经成为当时官员录用的一个标准。东汉许慎《说文解字·叙》中引汉《尉律》有言：

> 尉律：学僮十七以上，始试讽籀书九千字，乃得为吏。又以八体试之，郡移大史并课，最者以为尚书史，书或不正，辄举劾之。①

这说明，汉时对书写非常重视，这无疑也促进了书学理论的总结。汉代书法理论总结今天保留下来的有赵壹《非草书》、崔瑗《草势》等书学理论。这些书法理论中明显地表现了传统儒家文艺思想观念。如《说文解字·叙》中言：

> 盖文字者，经艺之本，王政之始，前人所以垂后，后人所以识古。故曰本立而道生，知天下之至啧而不可乱也。②

又如赵壹《非草书》中言：

> 第以此篇研思锐精，岂若用之于彼圣经，稽历协律，推步期程，探赜钩深，幽赞神明，览天地之心，推圣人之情。析疑论之中，理俗儒之诤。依正道于邪说，侪《雅》乐于郑声，兴至德之和睦，宏大伦之玄清。穷可以守身遗名，达可以尊主致平，以兹命世，永鉴后生，不亦渊乎？③

这与《诗大序》中言及“故正得失，动天地，感鬼神，莫近于诗。先王是以经夫妇，成孝敬，厚人伦，美教化，移风俗”④的看法是相同的，强调了书法艺术“人伦教化”的社会价值意义。

蔡邕擅长书法，其书学理论总结在东汉也可谓丰富，其著有《篆势》《文

① （汉）许慎撰，（清）段玉裁注：《说文解字》，上海古籍出版社1988年版，第758—759页。
② （汉）许慎撰，（清）段玉裁注：《说文解字》，上海古籍出版社1988年版，第763页。
③ 上海书画出版社编：《历代书法论文选》，上海书画出版社1979年版，第3页。
④ （唐）孔颖达：《毛诗正义》，《十三经注疏》，中华书局1980年版，第270页。

赋》《笔论》《九势》等,但蔡邕的书学理论为什么没有表现出强烈的儒家文艺观呢？其一,他生活的年代恰好是《太平经》盛行的时期。据卿希泰先生主编《中国道教史》所言:《太平清领书》就是《太平经》,其 170 卷本至少于汉顺帝时已经成书并由宫崇献给皇帝。① 其二,蔡邕好黄老。《后汉书·蔡邕列传》有记:"蔡邕字伯喈,陈留圉人也。六世祖勋,好黄老,平帝时为郿令。"②在东汉,黄老之学被神仙道吸收,"黄老"一词实则已指"黄老道"。卿希泰先生在其主编的《中国道教史》中言:

> 东汉讲黄老,侧重在养生、修仙,与西汉前侧重在统治术的黄老学,已有所不同。这是黄老学逐步衍变为黄老道的新发展。以"求长生福"为主要内容的黄老道,颇能吸引信徒。③

《后汉书》曾经记载:"延熹中,桓帝事黄老道,悉毁诸房祀。"④《后汉书·楚王英》有载:"晚节更喜黄老,学为浮屠斋戒祭祀。"⑤汉时佛教依附于道教,这里"黄老"与"浮屠"并举。可见在永平年间,黄老道已经流行。由此,蔡邕对于书法创作的艺术构思活动,实则明显带有了黄老道的色彩。在《太平经》中,有"悬象还神法"。如下:

> 夫神生于内,春,青童子十。夏,赤童子十。秋,白童子十。冬,黑童子十。四季,黄童子十二。此男子藏神也,女神亦如此数。男思男,女思女,皆以一尺为法。画使好,令人爱之。不能乐禁,即魂神速还。⑥

此外,还有"以乐却灾法"。如下:

---

① 卿希泰主编:《中国道教史》第一卷,四川人民出版社 1988 年版,第 104 页。
② (刘宋)范晔:《后汉书》,中华书局 1985 年版,第 1979 页。
③ 卿希泰主编:《中国道教史》第一卷,四川人民出版社 1988 年版,第 91 页。
④ (刘宋)范晔:《后汉书》,中华书局 1985 年版,第 2470 页。
⑤ (刘宋)范晔:《后汉书》,中华书局 1985 年版,第 1428 页。
⑥ 王明编:《太平经合校》,中华书局 1960 年版,第 22 页。

以乐治身守形顺念致思却灾。夫乐于道何为者也？乐乃可和合阴阳，凡事默作也，使人得道本也。故元气乐即生大昌，自然乐则物强，天乐即三光明，地乐则成有常，五行乐则不相伤，四时乐则所生王，王者乐则天下无病，蚑行乐则不相害伤，万物乐则守其常，人乐则不愁易心肠，鬼神乐即利帝王。①

悬象还神法，实则是“存想身神”方法的一种。值得注意的是，这种斋法，已经开始重视具体形象的重要性，用画的方式使人产生“存想”，这一活动本身就是一种“意象构想活动”。更为重要的是，在“存想”这一活动中，也非常重视“情感性”的体验。“不能乐禁，即魂神速还”便是如此。以乐却灾法中，“乐”具有一种明显的自我的情感体验，“乐”是主体一种兴奋的、积极的情感体验，表明道教斋法很重视主体在存想中的情感体验。由于主体专注于存想对象，从而往往获得一种“娱神”的情感体验，即把存想之神的情感作为自我情感的体验。此外，道教对于“存思”过程的形神相守的创造力有着明显的表述。其《太平经》卷八十七中言：

独贵自然，形神相守。此两者同相抱，其有奇思反为咎。②

由此可见，早期道教发展中的“存想守一”之法，以及“存想”过程中的“意象”活动，存想之物的形象性与存想过程的情感体验性，这都与艺术创作过程十分切合。

除此之外，早期道教对书写本身就有着特殊的要求。正如陈寅恪先生所说：“道家学经及画符必以能书者任之。故学道者必访寻真迹，以供摹写。”③可见，道教发展中对于道经书写的重视。且看《太平经》卷四一言：

其为道乃拘校天地开辟以来，天文、地文、人文、神文，皆撰简得其善

① 王明编：《太平经合校》，中华书局1960年版，第13—14页。
② 王明编：《太平经合校》，中华书局1960年版，第330页。
③ 陈寅恪：《金明馆丛稿初编》，三联书店2001年版，第42页。

者,以为洞极之经。①

又《太平经·神祝文诀第七十五》中言:

天上有常神圣要语,时下授人以言,用使神吏应气而往来也。人民得之,谓为神祝也。祝也祝百中百,祝十中十,祝是天上神本文传经辞也。②

由此可见,道教在早期的发展中就深信自身教义经典所具有的特殊神秘能力,这使得道教早期一开始就是比较重视经典的书写,尤其是符篆咒文的书写最能反映它对于主体心理活动的要求。今《三洞神符记》中有《书符诀》:

收视返听,摄念存诚,心若太虚,内外贞白,元始即我,我即元始,意到运笔,一气成符。若符中点画微有不同,不必拘泥,贵乎信笔而成,心中得意妙处也。③

《三洞神符记》的成书,据《道藏分类解题》所考,本经当辑于唐五代间。④但对于书符时主体的心理特征则是道教早期就具备的,这足以说明早期道教有着自己的书学思想。实则,蔡邕对于书符这一活动,也是有所提及的。今《太平御览》卷四五九录蔡邕《广连珠》,如下:

臣闻目瞤耳鸣,近夫小戒也;狐鸣犬嗥,家人小妖也,犹忌慎动,作封镇书符,以防其祸。是故天地示异,灾变横起,则人主恒恐惧而修政。⑤

① 王明编:《太平经合校》,中华书局1960年版,第87页。
② 王明编:《太平经合校》,中华书局1960年版,第181页。
③ (唐)佚名:《三洞神符记》,《正统道藏》第2册,文物出版社、上海书店出版社、天津古籍出版社1987年版,第147页。
④ 朱越利:《道藏分类解题》,华夏出版社1996年版,第107页。
⑤ (宋)李昉:《太平御览》,中华书局1960年版,第2112页。

由此可见，蔡邕不仅对于早期道教思想有充分的了解，同时由于汉代书学发达，他本身也是一个有名的书法家，才会把早期道教书写的心理要求借用于书法艺术构思活动的理论总结。

因此，我们有相当充足的理由认为，蔡邕即把这种早期道教书写道经及符篆时的心理状态要求用之于表述书法艺术构思活动，而成为书法中首次提出艺术构思活动的言论。与蔡邕的理论相近的王羲之，也是笃信“天师道”，其世家更有渊源。《晋书》载：“与道士许迈共修服食，采药石不远千里。”①“王氏世事张氏五斗米道，凝之弥笃。”②在王羲之诸多书学思想之中，也不难看出与道教思想的关系。其《书论》中言“大抵书须存思。”③《用笔赋》中“或有飘摇骋巧，其若自然；包罗羽客，总括神仙。”④而《记白云先生诀》则以天台紫真谈“书之气，必达乎道，同混元之理。”⑤实则，对于蔡邕、王羲之这种对于艺术构思活动在汉魏晋时期书法理论中是不多见的，而据其两者的文化背景，足可见其书论与早期道教关系之密切。

如果说蔡邕既深受黄老道学的思想影响，又精通书法，自然以早期道教的这种虚静方式来解释书法艺术构思活动的特点，那么，他为什么没有在文学理论中也提出这样的观点呢？而晋代陆机首次提出了文学构思活动的原因是什么呢？笔者以为，蔡邕时期，书学发展较快，楷书、行书、草书的出现就足以说明，书法摆脱了单纯的儒学艺术观念，而文学的发展却始终受到儒家传统诗学观念的影响，使得蔡邕不可能进一步突破。西晋当时玄学的兴盛，儒家文艺观的影响衰微，风行的道教文化促使文人儒道兼修，以及陆机本人精通书法和文学创作这些因素是他能成功把书法艺术构思理论运用于文学构思理论的原因。

首先，晋时文人“儒道双修”可谓普遍，陆机、陆云两兄弟为东吴儒学门第。

---

① （唐）房玄龄等：《晋书》，中华书局 1974 年版，第 2101 页。
② （唐）房玄龄等：《晋书》，中华书局 1974 年版，第 2103 页。
③ 上海书画出版社编：《历代书法论文选》，上海书画出版社 1979 年版，第 28 页。
④ 上海书画出版社编：《历代书法论文选》，上海书画出版社 1979 年版，第 37 页。
⑤ 上海书画出版社编：《历代书法论文选》，上海书画出版社 1979 年版，第 37 页。

《晋书》中言“陆机，字士衡，吴郡人也。祖逊，吴丞相。父抗，吴大司马。机身长七尺，其声如钟。少有异才，文章冠世，伏膺儒术，非礼不动。”①又言“至太康末，与弟云俱入洛，造太常张华。华素重其名，如旧相识。”②而北上入洛之后，染袭玄论。《文赋》中文首便涉“言意之辩”即为一证。又《晋书》载陆云之事，亦明此事。

> 初，云尝行，逗宿故人家，夜暗迷路，莫知所从。忽望草中有火光，于是趣之。至一家，便寄宿，见一年少，美风姿，共谈《老子》，辞致深远。向晓辞去，行十许里，至故人家，云此数十里中无人居，云意始悟。却寻昨宿处，乃王弼冢。云本无玄学，自此谈《老》殊进。③

钱锺书先生与张少康先生曾对《文赋》中“伫中区以玄览”中“玄览”有不同的解释④，究其根源，是在于讨论陆机当时是否染袭玄学思想。如果说，“玄览”一词确实借鉴自《老子》，不妨了解一下陆机当时《老子》的各注本情况，以便于我们略窥当时玄学的表现。

钱锺书先生以为见李善注《文选》引《老子》，遂牵率魏晋玄学是不对的。但李善释“玄览”，引《老子》和《河上公》注。《河上公》本为道教经典，兴于汉末，是当时早期道教方士对《老子》思想的重新阐释。在《河上公》本中，“涤除

---

① （唐）房玄龄等：《晋书》，中华书局1974年版，第1467页。

② （唐）房玄龄等：《晋书》，中华书局1974年版，第1472页。

③ （唐）房玄龄等：《晋书》，中华书局1974年版，第1485—1486页。

④ 钱锺书先生有不同的看法。在《管锥篇》中认为：“五臣张铣注‘玄，远也，远览文章。’”铣说为长。机只借《老子》之词，以言阅览书籍，即第二句之“颐情典坟”，正如“遵时叹逝”，即第四句之“瞻物思纷”，均以次句申说上句。或者见善《注》引《老子》，遂牵率魏晋玄学，寻虚逐微，盖不解文理而强充解道理耳。张衡《思玄赋》，《文选》李善注解题亦引《老子》“‘玄之又玄。’然其赋实《楚辞·远游》之遗意，故既曰‘何必历远以劬劳？’复曰‘愿得远度以自娱。’《全梁文》卷一三梁元帝《玄览赋》，洋洋四千言，追往事而述游踪；崔湜《奉和登骊山高顶寓目应制》‘名山何壮哉！玄览一徘徊。’又徐彦伯《奉和幸新丰温泉宫应制》‘何如黑帝月，玄览白云乡！’犹言远眺；皆不必睹‘玄’字而如入玄冥、处玄夜也。”（《管锥篇》，中华书局1986年版，第1181页）张少康先生《文赋集释》中认为“可见钱说对‘玄览’的解释，古人虽亦有用之，但绝非只此一种用法，而多数情况下仍是《老子》‘玄览’之意。而《文赋》中‘玄览’之意应从陆机整个创作思想来分析。《文赋》中关键之处运用老庄思想来阐述的地方不止一处。”（陆机：《文赋集释》，人民文学出版社2005年版，第23页）

玄览”解释为“当洗其心使洁净也。心居玄冥之处，览知万事，故谓之玄览也。”①魏晋之时，除《河上公》本流行之外，王弼《老子道德经》也是重要的《老子》注本。对于“涤除玄览，能无疵乎”一句的看法如下：

玄，物之极也。言能涤除邪饰，至于极览，能不以物介其明，疵其神乎？则终与玄同也。②

此外，今敦煌写本《老子想尔注》得以留存，其注此句中言：

人身像天地。览，广也。疵，恶也。非道所憙（喜）；当涤除一身，行必令无恶也。③

据饶宗颐先生《老子想尔注校证》题解所论，此书成于汉末，为张鲁所注之本。④ 又据《二十五史补编》中《晋书·艺文志》来看，除了以上这三个版本，当时的《老子》注本有羊祜《老子道德经》两卷、孙登《老子道德经》两卷、刘遗民《老子玄谱》一卷、王浮《老子化胡经》、葛洪《老子道德经序诀》二卷等。⑤

这些注本都表明了当时对于《老子》思想的阐释有明显的道家与道教化的倾向。西晋亦正是道教迅速发展的时期，由此，陆机必然会受到时代的影响，不仅“玄览”一词，《文赋》的创作实则都应该考虑到当时的道教文化背景。此外，文人修研道教，使他们有机会体验到道教斋法中所具有的主体心理特征并用之于文学艺术创作的探索。这种探索，一方面可以表现在文学的风格与内容上的变化，比如魏晋时期，文学“游仙”风气一变，又开浪漫、绮靡之文风，

① （汉）河上公：《老子道德经河上公章句》，王卡点校，中华书局 1997 年版，第 35 页。

② （魏）王弼：《老子道德经注》，楼宇烈校释，中华书局 2008 年版，第 23 页。

③ 饶宗颐：《老子想尔注校证》，上海古籍出版社 1991 年版，第 13 页。

④ 饶宗颐：《老子想尔注校证》，上海古籍出版社 1991 年版，第 4 页。

⑤ 参见二十五史刊行委员会主编：《二十五史补编》第三册中丁国钧《补晋书艺文志》、文廷式《补晋书艺文志》、秦荣光《补晋书艺文志》、吴士监《补晋书经籍志》、黄逢光《补晋书艺文志》，中华书局 1955 年版，第 3653—3964 页。

不得不说与道教的文化盛行有关;陆机诸多诗歌也染有强烈的道教色彩,如其《前缓声歌》中言“游仙聚灵族,高会层城阿。长风万里举,庆云郁嵯峨。宓妃兴洛浦,王韩起太华。北徵瑶台女,南要湘川娥”①,是为游仙诗的典型代表作之一。另一方面,道教这种“存想”的心理活动,对于书法艺术构思活动的启示,自然也会影响到对于文学艺术构思活动的总结。从外部环境来看,玄学兴盛,儒学衰微。艺术审美的自觉使得《文赋》摆脱了儒家“人伦教化”的艺术观,第一次从文学艺术的内部特点来看待文学。而对于文学的艺术构思活动产生,需要一个接受道教思想,又精通书法和文学创作的人,而陆机正好满足这三个条件。

其次,陆机本身就是一个书法家,至今还有他的《平复帖》流传于世。

韦续《墨薮·九品书人论》列其书为之下上品。② 宋代《宣和书谱》云:“以故虽能章草,以才长见掩耳。”③陆机没有什么书学理论流传下来,而《文赋》作为第一篇探讨文学理论的作品却被保留了下来。陆机对于蔡邕的书学理论想必他是可能得见的,因为蔡邕的《篆势》、崔瑗《草势》在西晋代卫恒的《四体书势》里都有记载。卫恒与陆机是同一时期的人,《四体书势》主要探讨古文、篆书、隶书、草书四体的起源及特点,并没有涉及书法艺术的构思活动。由此,蔡邕《笔论》并没有在这里出现。不过,陆机是完全有机会读到蔡邕的书学理论。加之他本人对书法的精通,对于文学作品创作的熟谙,使得把书法艺术构思活动引入到文学创作中,成为首先提出文学构思活动的文人的条件是非常充分的。所以,《文赋》中艺术构思理论对于书法艺术构思理论的借鉴是不能否定的。

综上所述,陆机对于“诗缘情”的命题,实则充满了道教道家文化色彩,强调了存思过程中丰富的意象产生,这种对于意象的追求带有直觉式。这一观点的提出,确立了创作者情感对于诗内涵的理解的重要性。

两晋的玄言诗批评有别于刘宋以后所形成的批评。自刘宋后,玄言诗风

---

① 逯钦立:《先秦汉魏晋南北朝诗》,中华书局 1983 年版,第 664 页。

② (唐)韦续:《墨薮》,《景印文渊阁四库全书》(812 册),台湾商务印书馆 1986 年版,第 385 页。

③ (宋)佚名:《宣和书谱》,顾逸点校,上海书画出版社 1984 年版,第 107 页。

渐微。如刘勰所谓“庄老告退，而山水方滋。”①两晋之后清谈虽盛，但玄言诗风大减，一个重要的原因是儒家诗学主张的渐兴。另外，两晋之时对于诗歌的批评出现《文赋》这样的文论，它不探讨文学的“经世致用”，而是探讨其内在的创作与审美规律，这标志着两晋时期诗学的自觉表现在诗歌艺术自身中的探讨。这一点，清代王闿运的《论诗法》看法很明确：

> 古之诗以正得失，今之诗以养性情。虽仍诗名，其用异矣。故余尝以汉后至今，诗即乐也，亦足感人动天，而其本不同。古以教谏为本，专为人作，今以托兴为本，乃为己作。②

自陆机“诗缘情”这一观念提出后，两晋可谓诗法缘情而至滥觞。而刘宋以后，儒家的势力得到了恢复，诗歌虽如王闿运所言失其风教之功用，但其批评的主调渐又回到了《诗大序》所言“正”“变”的诗歌发展观念中，这明显表现在当时《宋书·谢灵运传》《文心雕龙》《诗品》《文选·序》的诗歌批评之中。由此，我们有必要区别两晋与南朝时期的批评。

通过对两晋批评与南朝批评的比较，我们可以发现：两晋玄风正炽，玄言诗人对于诗歌的评价更多的是重视诗歌内在的审美因素，“韵灵旨清”可以概括当时玄言诗的评价标准。两晋之后，对于诗歌的批评采用了一种诗歌发展史的态度，自觉地以《诗》《骚》为圭臬，由此得出“平淡似《道德论》”的观点。

两晋对于玄言诗批评的材料不多，今天看来只剩下只言片语。但这些言语似乎还能反映出两晋人对于玄言诗的一些看法。两晋对于玄言诗的批评，孙绰的观点最具有典型性，由此，笔者单列孙绰为一小节。两晋之玄风，如晋时干宝《晋纪总论》所写：

> 是其创基立本，异于先代者也。又加之以朝寡纯德之士，乡乏不二之老。风俗淫僻，耻尚失所，学者以庄老为宗，而黜六经。谈者以虚薄为辩，

---

① 范文澜：《文心雕龙注》，人民文学出版社 1958 年版，第 67 页。

② （清）王闿运：《湘绮楼诗文集》，岳麓书社 1996 年版，第 551 页。

而贱名俭。行身者以放浊为通,而狭节信。进仕者以苟得为贵,而鄙居正。当官者以望空为高,而笑勤恪。是以目三公以萧杌之称,标上议以虚谈之名,刘颂屡言治道,傅咸每纠邪正,皆谓之俗吏。其倚杖虚旷,依阿无心者,皆名重海内。①

从以上所论,可见干宝作为一名儒家文人的诗学态度是明显的,也从其侧面端倪晋时玄风是为盛极难返。提出"学者以《庄》《老》为宗,而黜六经",在干宝看来,此时文学皆宗《老》《庄》而弃六经为则。这实则就表明了当时文学体则《老》《庄》之风气。这一点,与和他时期不远的刘宋檀道鸾观点相近。而言其"虚薄为辩""放浊为通","倚杖虚旷,依阿无心者,皆名重海内",可见晋是儒学最为低落之时。这种《庄》《老》的兴盛,实必然会反映在其诗歌创作与批评之中。《老》《庄》之学,本重义理之探讨,由此,两晋之诗,多有援引《老》《庄》之处,诗歌沉浸于此,则对传统诗歌的"诗言志"内涵理解发生相应的变化。

(二)康僧渊:诗言理

据《高僧传》所载,康僧渊(《广弘明集》又作庾僧渊)在东晋成帝之时,与康法畅、支敏度等俱过江。今《广弘明集》中收其《答张君祖》等诗。而《代答张君祖诗序》则能反映出对当时"诗"这一概念的看法:

省赠法頵诗。经通妙远,亹亹清绮。虽云言不尽意,殆亦几矣。夫诗者,志之所之,意迹之所寄也。志妙玄解,神无不畅。夫未能冥达玄通者,恶得不有仰钻之咏哉。吾想茂德之形容,虽栖守殊途,标寄玄同。仰代答之,未足尽美,亦各言其志也。②

康僧渊代答与张君祖赠法頵的诗,当下研究看来是比较典型的玄言诗。

① (梁)萧统:《文选》,(唐)李善注,中华书局1977年版,第692—693页。

② (唐)道宣:《广弘明集》,《新修大正藏经》(52册),新文丰出版股份有限公司1983年版,第359页(b—c)。

《诗序》中“省赠法顇诗。经通妙远，亹亹清绮”一句实为赠答之礼语，然此处“清绮”一词不可不重视。以平常赠诗而赞之“清绮”，足可明“清绮”是当时诗歌审美之风行标准。“清绮”其义，实为义清而词绮。魏徵《隋书·文学列传》中亦有“江左宫商发越，贵于清绮，河朔词义贞刚，重乎气质。气质则理胜其词，清绮则文过其意”①。在儒家思想看来，“清义”“清音”之理当是“文过其意。”但在玄学诗风下，这自是对于“诗言志”的观点有所变化，康僧渊认为“诗者，志之所之，意迹之所寄也。”所谓“意迹”一语，即有言意之辩的表征。正如诗序中所言“虽云言不尽意，殆亦几矣。”可见，在康僧渊看来，言虽不能全尽意，但亦能几近于意。所谓迹者，实谓言乃意之迹也。以“意迹之所寄”，已经明了对于诗的另一种理解。“意迹”之意与陆机“诗缘情而绮靡”自是不同，是谓康僧渊所说“标寄玄同”之“寄玄”之用。明理识而诉于笔端，以意迹而寄玄，可见，康僧渊认为诗有言理之用。

“志妙玄解，神无不畅”是读张君祖之诗而言。慧远《念佛三昧诗集序》亦言“察夫玄音之叩心听，则尘累每消，滞情融朗。非天下之至妙，孰能与于此哉！”②可见，玄音妙解虽为滞情消融，却是以无情之“至情”而达神畅，胜一切有情。

从这一点来看，康僧渊、慧远还是认同了“诗言情”这一魏晋时期对于诗的理解。但他们所言之情，实为“得理之情”，是“至理至妙”之情而表达于诗，吟咏于诗。然“理悟之情”发于吟咏，虽为言志，实亦有其他功用，慧远《念佛三昧诗集序》中认为：

> 是以奉法诸贤，咸思一揆之契。感寸阴之颓影，惧来储之未积。于是洗心法堂，整襟清向。夜分忘寝，夙宵唯勤。庶夫贞诣之功，以通三乘之志。临津济，与九缘同往。仰援超步，拔茅之兴。俯引弱进，垂策其后。以此览众篇之挥翰，岂徒文咏而已哉！③

① （唐）魏徵等：《隋书》，中华书局 1973 年版，第 1730 页。

② （唐）道宣：《广弘明集》，《新修大正藏经》（52 册），新文丰出版股份有限公司 1983 年版，第 351 页（b）。

③ （唐）道宣：《广弘明集》，《新修大正藏经》（52 册），新文丰出版股份有限公司 1983 年版，第 351 页（c）。

可见,诗文之作非徒为言志,“俯引弱进,垂策其后”是作诗的又一目的。与传统诗歌风教相类,但这种诗的教化功用实则是从佛教偈的宣教功用中继承而来。由此看来,“言理”之诗,一表现为言情,二表现为说理,二者不悖。东晋之时,“诗言理”的审美标准是非常明确的,僧人对于“诗言理”是诗、偈合流的表现。两晋诗人突破了“诗言情”这一单一的理解,而增“言理”之义。钱志熙先生在其《魏晋诗歌艺术原论》一书提炼了“理感”一词,认为:

> 情与理实际上只是表现层次上的不同,没有根本性质的区别,它们都是人类的主观属性,因此我想,“情感”这一词汇既然能够成立,那么,“理感”也当是可以说的。东晋玄言诗表现于诗中的主观因素即是一种“理感”,也可说是对于哲理的一种感性的热忱。①

应该说,钱志熙先生对于玄言诗的评价从诗歌史上是持一种肯定的态度,对于“理感”一词,赋予它有别于当下古典诗歌批评中所缺乏的宗教一维的意义,即诗歌创作不仅是可以“主情”,亦可以“主理”。钱先生这一观点非常值得重视,尤其是对于玄言诗的宗教性诗歌研究中,“理感”一词可以说,极好地表现了它东方宗教的特点。伍小蔓则在《“理感”:玄言诗的创作情感》一文中进一步对“理感”进行了补充和详细的研究,提出:

> 所谓“理感”,除钱先生所说的“是对于哲理的一种感性的热忱”(“理感兴自生”)外,还指对哲理的感性把握(“感至理弗隔”),一种“冥然玄会”式的刹那知解。它指向的是玄学之理,却立足于人的感性认识,这正好对应着玄言诗的创作情感。②

钱先生认为“理感”是“情感”的一种,而伍小蔓则提出“理感”也是玄言诗的一种创作情感,即对于哲理的感性把握,强调了理的“冥然玄会”式的觉

---

① 钱志熙:《魏晋诗歌艺术原论》,北京大学出版社2005年版,第283—284页。
② 伍晓蔓:《“理感”:玄言诗的创作情感》,《社会科学研究》2003年第6期。

解。“理感”可以理解为理体验，但理体验并不是诗创作，理的觉解获得并不意味着诗歌的创作完成，应该说“理感”在玄言诗的创作中是一个重要环节。

王澧华在其《两晋诗风》中提出了“诗赏意”之说，颇得曹旭先生认同，在其书序中曹先生认为“诗缘情”以后的发展，仅用三个字很难说清楚，但“诗赏意”是一种绝好的概括。① 不管是“理感”或“诗赏意”都是试图对于“玄言诗”的一种审美体验概括，这种审美的体验核心就是对“理”的一种态度。在“理感”“赏意”之外，笔者想突出另一个概念，即“理会”。举例如下：

《玠别传》曰：“玠少有名理，善通《庄》《老》。琅邪王平子高气不群，迈世独傲，每闻玠之语议，至于理会之间，要妙之际，辄绝倒于坐。前后三闻，为之三倒。时人遂曰：‘卫君谈道，平子三倒。’”②

《修集》载其论曰：“或问‘《易》称贤人，黄裳元吉，苟未能暗与理会，何得不求通？求通则有损，有损则元吉之称将虚设乎？’答曰：‘贤人诚未能暗与理会，当居然人从，比之理尽，犹一豪之领一梁。一豪之领一梁，虽于理有损，不足以挠梁。贤有情之至寡，豪有形之至小，豪不至挠梁，于贤人何有损之者哉？’”③

时人以谓“山涛不学孙、吴，而暗与之理会”。王夷甫亦叹云：“公暗与道合。”④

《刘惔别传》曰：“惔有俊才，其谈咏虚胜，理会所归，王蒙略同，而叙致过之，其词当也。”⑤

孙绰《丞相王导碑文》：……公执国之钧，三十余载，时难世故，备经之矣。夷险理乱，常保元吉，匪躬而身全，遗功而勋举，非夫领鉴玄达，百炼不渝，孰能莫忤于世，而动与理会者哉？⑥

慧远《体极不兼应四》：是故自乖而求其合，则知理会之必同；自合而

① 王澧华：《两晋诗风》，上海古籍出版社2005年版，序。
② 余嘉锡：《世说新语笺疏》，中华书局1983年版，第447页。
③ 余嘉锡：《世说新语笺疏》，中华书局1983年版，第261页。
④ 余嘉锡：《世说新语笺疏》，中华书局1983年版，第388—389页。
⑤ 余嘉锡：《世说新语笺疏》，中华书局1983年版，第527页。
⑥ （唐）欧阳询：《艺文类聚》（卷45），上海古籍出版社1999年版，第813页。

求其乖,则悟体极之多方。①

道安《二教论》:然三教虽殊,劝善义一,涂迹诚异,理会则同。②

如果说“理感”“赏意”一词强调了对于玄言诗之“理”的一种情感体验,那么,“理会”一词实则更强调“理”与“理”的一种通达。“理会”一词,笔者认为更加准确地表达了当时清谈之时对于理的追求不是究极其理,而是体理适意的清谈面貌。“理感”、“赏意”都是在这种“理会”的基础所形成的一种审美体验。

(三)孙绰:韵灵旨清

儒家思想中强调了“文质彬彬”,就是同时注重事物形式与内容。《诗大序》中对于诗歌则是强调了其“风教”特征。如果说,诗歌的“风”有所变化,那么诗歌的审美标准也会有相应变化。《典论 · 论文》中强调了“诗赋欲丽”的审美标准实则已经偏离“风教”要求,认为诗歌的审美标准是在“丽”,而陆机《文赋》进而发展为“诗缘情而绮靡”。对于东晋的玄言诗歌批评中,出现了另一个标准,即“旨远”的要求,诗所寄托的“义理”成为诗歌批评的重要标准。试看:

既近其室,不远其心。齐此笃爱,惠予好音。金声玉振,文艳旨深。孰不歌咏,被之瑟琴。③

乐令善于清言,而不长于手笔。将让河南尹,请潘岳为表。潘云:“可作耳。要当得君意。”乐为述已所以为让,标位二百许语。潘直取错综,便成名笔。时人咸云:“若乐不假潘之文,潘不取乐之旨,则无以成斯矣。”④

---

① (梁)僧祐:《弘明集》,《新修大正藏经》(52册),新文丰出版股份有限公司1983年版,第31页(b)。

② (唐)道宣:《广弘明集》,《新修大正藏经》(52册),新文丰出版股份有限公司1983年版,第136页(b)。

③ (唐)许敬宗:《文馆词林》(卷156),罗国威整理,中华书局2001年版,第23页。

④ 余嘉锡:《世说新语笺疏》,中华书局1983年版,第253页。

斐斐亹亹，若有若无。理玄旨远，辞简心虚。①

以上我们可以看到，“文艳旨深”成为当时诗与文所共同的审美标准。虽然《典论·论文》《文赋》中都有对于文体的辨别，但正如刘勰所言“晋世群才，稍入轻绮”，轻绮之风，实为“清绮”。② 实见此风贯于两晋，“清绮”就是强调了“文艳旨深”。这样的诗歌审美标准在儒家诗学的立场中自然被理解为“理过其辞”。挚虞《论诗赋四过》即言：

夫假象过大，则与类相远；逸词过壮，则与事相违；辩言过理，则与义相失；丽靡过美，则与情相悖。③

理的强调，在儒家看来是为失质之体现；而辞的强调，则是为恶紫夺朱之悖情。“理过其辞”实则就是“诗言理”，以理为诗学审美标准之一。这种追求形成了一个不同于在它之前和在它之后的诗歌标准，但非常短暂。自刘宋儒学复兴之后，这种称为“理过”的审美标准也慢慢平息。因此，在这样一个短暂时期，诗歌中对于“文艳旨深”的追求，可以看作是玄言诗最大的一个特点。《世说新语》有载：

简文称许掾云：“玄度五言诗，可谓妙绝时人。”④

郭景纯诗云：“林无静树，川无停流。”阮孚云：“泓峥萧瑟，实不可言。每读此文，辄觉神超形越。”⑤

所谓“妙绝时人”“神超形越”实为当时对于这类诗歌的一种审美态度。那么，

---

① （晋）谢尚：《谈赋》，虞世南编：《北堂书钞》（卷98），中国书店1989年版，第373页（上叶）。

② 邓仕梁《两晋诗论》第四章“晋世群才，稍入轻绮”之论。认为“轻绮”犹言“清绮”。（见邓仕梁：《两晋诗论》，香港中文大学出版社1972年版，第21页），此说甚是。

③ （唐）欧阳询：《艺文类聚》（卷56），上海古籍出版社1999年版，第1018页。

④ 余嘉锡：《世说新语笺疏》，中华书局1983年版，第262页。

⑤ 余嘉锡：《世说新语笺疏》，中华书局1983年版，第257页。

这类诗歌有什么样的特点？他们有没有较为完整的批评标准呢?

虽然,今天能看到的两晋对于玄言诗评价材料比较少,但总能从一些零星材料中看到对于玄言诗的批评方法。孙绰的一首《答许询诗》可以说为我们展现了对于玄言诗的一种评价模式。

孙绰,字兴公,祖父孙楚。晋室东渡后,移居会稽(今浙江绍兴)。①《晋书·孙楚附传》言"博学善属文,少与高阳许询俱有高尚之志。居于会稽,游放山水,十有余年,乃作《遂初赋》以致其意。"②好修道,又与名僧竺道潜、支遁有往来,《宋史·艺文志》中亦可见载"《孙绰子》十卷"。孙绰对于玄言诗的批评更多地反映在其创作的玄言诗中。玄言诗的产生有其特殊的背景,大多数玄言诗都是在酬唱与赠答这种方式下产生的。由此可见,玄言诗与清谈、集会之间的关系是密不可分的。在这种赠答之中,难免会表现出对于玄言诗的评价。最能代表孙绰对于玄言诗批评的是其中一首《答许询诗》③:

仰观大造,俯览时物。机过患生,吉凶相拂。智以利昏,识由情屈。野有寒枯,朝有炎郁。失则震惊,得必充诎。

峨峨高门,鬼窥其庭。奕奕华轮,路险则倾。前辀摧轴,后鸾振铃。将队竞奔,诲在临颈。达人悟始,外身遗荣。

遗荣荣在,外身身全。卓哉先师,修德就闲。散以玄风,涤以清川。或步崇基,或恬蒙园。道足匈怀,神栖浩然。

咨余冲人,禀此散质。器不韬俗,才不兼出。敛衽告诚,敢谢短质。冥运超感,遘我玄逸。宅心辽廓,咀嚼妙一。

孔父有言,后生可畏。灼灼许子,挺奇拔萃。方玉比莹,拟兰等蔚。

---

① 孙绰生卒颇有争议。曹道衡先生在其《晋代作家六考·孙绰》一文说认为"唐许嵩《建康实录》卷八明确地说到他卒于晋简文帝咸安元年(公元371年)享年五十八(他卒年五十八,亦见《晋书》本传)。据此可以推知其生年为晋愍帝建兴二年(314年)。"(曹道衡:《中古文学史论文集》,中华书局2002年版,第310页)此说最为允恰。近来有研究提出孙绰生为"永宁一年(301年)",但所列材料、推论皆不充分。

② (唐)房玄龄等:《晋书》,中华书局1974年版,第1544页。

③ 此诗胡大雷《玄言诗研究》附录《东晋玄言诗注释》有注。(胡大雷:《玄言诗研究》,中华书局2007年版,第326—328页)而王澍《魏晋玄言诗注析》中亦有注析。(群言出版社2011年版,第178—185页)笔者对于此诗最后两节与两位所注有不同看法。

寄怀大匠,仰希遐致。将隆千仞,岂限一匮。

自我提携,倏忽四周。契合一源,好结回流。泳必齐味,翔必俱游。欢与时积,遂隆绸缪。一日不见,情兼三秋。

矧乃路遐,致兹乖违。尔托西隅,我滞斯畿。寂寂委巷,寥寥闲扇。凄风夜激,皓雪晨霏。隐机独咏,赏音者谁。

贻我新诗,韵灵旨清。粲如挥锦,琅若叩琼。既欣梦解,独愧未冥。愠在有身,乐在忘生。余则异矣,无往不平。理苟皆是,何累于情。

何累于情,戒以古人。邈彼巢皓,千载绝尘。山栖嘉遁,亦有负薪。量力守约,敢希先人。且戢谠言,永以书绅。①

这是一首赠答体诗歌。从其整首诗来看,非常具有玄言诗的共同特点。其一,全诗押韵,每章换韵。其二,诗中都流露出对于达人的追慕之情。所谓"卓哉先师,修德就闲"是为理想人格之表现。其三,赠答体诗歌对人多有溢赞之词。此诗第五章最为明显。其四,诗歌写作手法取法赋的写作,结构层次清晰可见。全诗充斥《老》《庄》之义,正如刘勰所言"诗必柱下之旨归,赋乃漆园之义疏"。试概读全诗:

前两章,可以以"机过患生,吉凶相拂"概括。言事物变化,祸福相依,达人由悟,而超然物外。三、四章可以以"卓哉先师,修德就闲"概括。就描写达人的这种"宅心辽廓,咀嚼妙一"的玄逸之风,盛赞之辞,犹有追慕之意。而五、六章可以以"灼灼许子,挺奇拔萃"来概括,这是对于许询的赞扬。从其诗中可知,孙绰比许询年长一些,由此才言"后生可畏"之语。② 言"灼灼许子,挺奇拔萃",可见他对于许询的嘉赏之意。同时,还描写了两人"契合一源,好结回流"而齐吟咏、俱悠游之往事。两人交好,所谓"欢与时积,遂隆绸缪"。友情日增以至有"一日不见,如隔三秋"之感。其七、八章可以以"尔托西隅,

① (唐)许敬宗:《文馆词林》(卷156),罗国威整理,中华书局2001年版,第57—58页。

② 曹道衡先生在其《晋代作家六考·许询》一文中认为"许询生年,亦不应早于成帝咸和至咸康年间(约326—340年)。"(曹道衡:《中古文学史论文集》,中华书局2002年版,第315页)张可礼认为许询约330年生,孙绰比之大16岁。参见张可礼:《许询生年和曹毗卒年新说》,《山东大学学报》(哲学社会科学版)1988年第2期,第123—124页。

我滞斯畿”来概括。两人情好却又不得不离别,以至发出“隐机独咏,赏音者谁”的感叹。正是如此,孙绰收到许询给他写的诗非常高兴,对于许询的诗给予了一番赞叹和评价,而作此答诗。其中“韵灵旨清”一句是为对许询诗评价的核心。第九章表达了对于“不累于情”“山栖嘉遁”的向往之情。

这首典型的玄言诗也是一首非常难得的玄言诗批评诗。我们以其诗第八章“贻我新诗,韵灵旨清。粲如挥锦,琅若叩琼。既欣梦解,独愧未冥。愠在有身,乐在忘生。余则异矣,无往不平。理苟皆是,何累于情”来分析对于当时诗歌的批评。

首先,诗中首先谈到“贻我新诗,韵灵旨清”。这是对于“贻我新诗”的一个总体认识。“韵灵旨清”四字亦颇似赠诗之礼语,与康僧渊《代答张君祖诗序》中所谓“省赠法頵诗,经通妙远,亹亹清绮”一样。由此,“韵灵旨清”与“清绮”一样,都是为当时称赞他人诗歌的用语。那么,这实则也就暗示了当时对于诗歌审美和批评的标准也是如此。“清绮”之义,与“文艳旨深”“韵灵旨清”相类。从“文艳旨深”到“韵灵旨清”,可以看作孙绰时代玄言诗的老庄化表现。“文艳”可表现辞藻的运用,而孙绰则强调表现了诗的音律层面。“旨深”表明诗的义理承载,而孙绰则更加强调了“旨”的清义,是对于老庄化思想的更进一步要求。绮,丽之意。《文心雕龙·情采》有“韩非云艳采辩说,谓绮丽也。”①“丽”,非仅指辞藻之繁丽,亦谓“俪辞”。《文心雕龙·丽辞》言:

> 自扬马张蔡,崇盛丽辞,如宋画吴冶,刻形镂法,丽句与深采并流,偶意共逸韵俱发。至魏晋群才,析句弥密,联字合趣,剖毫析厘。②

两晋之诗,颇以俪句为盛,明代杨慎言:“诗自黄初正始之后,谢客以排章偶句,倡于永嘉。”③“丽”实则还表现了词的音乐性,“韵灵”一语,就是赞其用词音韵之美,晋时多以“清音”为其美。

---

① 范文澜:《文心雕龙注》,人民文学出版社 1958 年版,第 537 页。

② 范文澜:《文心雕龙注》,人民文学出版社 1958 年版,第 588 页。

③ (明)杨慎:《升庵集》,《景印文渊阁四库全书》(1270 册),台湾商务印书馆 1986 年版,第 22 页。

"清"这一概念在两晋诗中使用可谓频繁。除言澂水之貌外,其义不过三类:其一表天地清浊之气,可用于品藻之"清贞吉士";其二,表曲调、声响之清浊,如"清音"一类乐曲,人之发音清浊之别,"清响"一类器物之音;其三,还可用于指《老》《庄》《易》思想的"清义"。

所谓"韵灵"是评价这首诗音韵的美感;而"旨清"则表明这首诗的义理之美。孙绰对于玄言诗的评价主要看两个方面:其一,就是诗的音乐性,强调了"灵"。其二,就是诗的理旨,强调了"清"。"韵灵旨清"的评价在其他的玄言诗中也有所体现,如王胡之《答谢安诗八章》"来赠载婉,妙有新唱。博以兼济,约以理当。"①王胡之评谢安赠诗,亦从其"韵"与"理"两个方面来谈。一赞其诗"妙有新唱"的音乐之美,二赞其诗"约以理当"的理"清"之旨。

由此可见,在当时看来,对于玄言诗的主要评价应该是从诗歌的音乐性和理旨两个方面来看待。这可以看作是魏晋之时对于当时诗歌批评的常用手段,且诗歌的音乐性是一个重要的批评标准。我们试看孙绰在诗中是如何来评价这两个方面:

其一,"粲如挥锦,琅若叩琼"。

这两句是对于"韵灵"的进一步评价,谈诗的辞藻、音韵之美。所谓"粲如挥锦"无非是指诗中用词繁缛,其若"锦缎"一般。丽辞是两晋诗歌一个共同的特点。而所谓"琅若叩琼",则是在谈诗的音乐美。"琅"本是一种玉器,《说文解字》:"琅玕,似珠者。"②琼,《说文解字》曰:"亦玉也。"③所谓"叩琼"即言玉相触之声,以玉相击之声比之"琅"。晋时经常以金石之音喻其声音"清"的特点,这是因为金石之声,多为其清。"清"亦是魏晋之时多用来形容美妙之声,其义与"悲"相系。在魏晋之时,悲声是最能恸人之音。

> 王粲《公燕诗》:"管弦发徽音,曲度清且悲。合坐同所乐,但诉杯行迟。"④

① (唐)许敬宗:《文馆词林》(卷156),罗国威整理,中华书局2001年版,第55页。

② (清)段玉裁:《说文解字注》,上海古籍出版社1981年版,第18页。

③ (清)段玉裁:《说文解字注》,上海古籍出版社1981年版,第10页。

④ 逯钦立:《先秦汉魏晋南北朝诗》,中华书局1983年版,第360页。

曹植《弃妇诗》："慷慨有余音，要妙悲且清"。①

潘岳《金谷集作诗》："玄醴染朱颜，但诉杯行迟。扬桴抚灵鼓，箫管清且悲。"②

从中我们应该看到，孙绰用"扣琼"来比拟玄言诗的音乐性的用意。孙绰一直都很强调"金石之声"。在《世说新语》中有载，他曾对范启说："卿试掷地，要作金石声。"③玄言诗的音乐性是当时诗歌音乐性审美趣味的体现，不过，这种音乐性并非是器乐的形式，主要体现于对于诗歌的吟咏的人声，由此，范启才会说"恐子之金石，非宫商中声"④。就两晋来说，诗歌的音乐性是存在的，而并非后来学者所认为的是一种案头文人诗。这一点，在本节的后文部分还会展开充分的论述。在《世说新语》就保留了当时诗歌的音乐性的特点。

王处仲每酒后辄咏："老骥伏枥，志在千里。烈士暮年，壮心不已。"以如意打唾壶，壶口尽缺。⑤

从王敦酒后咏曹操之诗，击缺口壶可知，诗的音乐性表现为有节奏的歌咏。不仅如此，这种歌咏以清音为美，且倡新声。《世说新语·文学》引《续晋阳秋》：

虎少有逸才，文章绝丽，曾为《咏史诗》，是其风情所寄。少孤而贫，以运租为业。镇西谢尚，时镇牛渚，乘秋佳风月，率尔与左右微服泛江。会虎在运租船中讽咏，声既清会，辞文藻拔。非尚所曾闻，遂住听之，乃遣问讯。答曰："'是袁临汝郎诵诗，即其《咏史》之作也。'尚佳其率有胜致，即遣要迎，谈话申旦。自此名誉日茂。"⑥

讽咏"清会"，就是强调了这种以"清"为美的音乐审美；而"非尚所曾闻"

---

① 逯钦立：《先秦汉魏晋南北朝诗》，中华书局1983年版，第456页。
② 逯钦立：《先秦汉魏晋南北朝诗》，中华书局1983年版，第632页。
③ 余嘉锡：《世说新语笺疏》，中华书局1983年版，第267页。
④ 余嘉锡：《世说新语笺疏》，中华书局1983年版，第267页。
⑤ 余嘉锡：《世说新语笺疏》，中华书局1983年版，第598页。
⑥ 余嘉锡：《世说新语笺疏》，中华书局1983年版，第268页。

而明其为“新声”之咏。两晋时期,“新变”的追求是风尚的需要。萧子显曾说:“若无新变,不能代雄。”①当时的玄言诗音乐性层面不仅表现为有节奏性的歌咏,同时歌咏还以当时洛下之声为尚。东晋虽为南地,然文人相酬,依然以北音自标。陈寅恪先生《东晋南朝之吴语》(《金明馆丛二编》)有考证,余嘉锡《世说新语笺疏》中也提出:“东汉、魏、晋并都洛阳,风俗语言为天下之准则。及五胡云扰,中原士夫相牵过江,虽久居吴土,举目有山河之异。而举止风流,犹有承平故态。谈玄便思正始名士,咏诗必学洛下书生。虽曰乐操土风,亦所以自表其为故家旧族也。”②《世说新语·雅量》有载:

桓公伏甲设馔,广延朝士,因此欲诛谢安、王坦之。王甚遽,问谢曰:“当作何计?”谢神意不变,谓文度曰:“晋阼存亡,在此一行。”相与俱前。王之恐状,转见于色。谢之宽容,愈表于貌。望阶趋席,方作洛生咏,讽“浩浩洪流。”桓惮其旷远,乃趣解兵。王、谢旧齐名,于此始判优劣。③

洛下之声的特点是为重浊,《世说新语·轻诋》中载“人问顾长康:‘何以不作洛生咏?’答曰:‘何至作老婢声!’”④刘孝标注曰:“洛下书生咏,音重浊,故云老婢声。”⑤顾长康讥洛下之咏,余嘉锡以为:“长康世为晋陵无锡人,习于轻浅,故鄙夷不屑为之。……亦可谓不识好恶者矣。”⑥是可解长康之讥而入《轻诋》篇之缘由。

王胡之“妙有新唱”,孙绰喻“金石之声”,袁宏咏谢尚《咏史诗》而“非尚所曾闻”,由此可知当时之诗追求诗歌音乐之美是为一大特点。最能体现玄言诗的音乐性特点,《世说新语》亦有所保留:

许掾尝诣简文,尔夜风恬月朗,乃共作曲室中语。襟怀之咏,偏是许

① (梁)萧子显:《南齐书》,中华书局1972年版,第908页。
② 余嘉锡:《世说新语笺疏》,中华书局1983年版,第794页。
③ 余嘉锡:《世说新语笺疏》,中华书局1983年版,第369页。
④ 余嘉锡:《世说新语笺疏》,中华书局1983年版,第845页。
⑤ 余嘉锡:《世说新语笺疏》,中华书局1983年版,第845页。
⑥ 余嘉锡:《世说新语笺疏》,中华书局1983年版,第845—846页。

之所长。辞寄清婉，有逾平日。简文虽契素，此遇尤相咨嗟。不觉造膝，共叉手语，达于将旦。既而曰："玄度才情，故未易多有许。"①

殷洪远《答孙兴公诗》云："聊复放一曲。"刘真长笑其语拙，问曰："君欲云那放？"殷曰："榛腊亦放，何必其枪铃邪？"②

从许询之"辞寄清婉"，殷洪远云"复放一曲"，"何必枪铃"，实则可以看到，当时玄言诗作都是可以歌咏的，且追求新声。由此，孙绰所言"韵灵"是为玄言诗批评的一大标准也就不足为奇。

其二，"既欣梦解，独愧未冥。愠在有身，乐在忘生。"

这一段继评诗"韵灵"之后而评其"旨清"，是孙绰对于许询所赠之诗旨理之评价。从其"欣""愧""愠""乐"之语，可以推测许询所赠孙绰之诗，亦多吟咏、感慨旧游，料其亦有"隐机独咏，赏音者谁"之叹。欣其梦解人生无常，却又愧其难忘旧怀而未通达。愠其身不由己，而乐在忘我逍遥。这应该是许询诗中的情感流露。由此，孙绰《答许询诗》前几章言人生无常，达人始悟，实为与许询之义同契，慨其昔日之优游。

孙绰评其理之后，言"余则异矣，无往不平。理苟皆是，何累于情"。这几句颇带劝慰之意，以此劝释许询情怀。"何累于情"即表明不必拘怀于往昔，而应学习先哲之嘉遁，所以才有言其"戒以古人"之叹，孙绰嘉惠后学，诗中溢于言表。

从其全章来看，我们以言意为其纲领，总结孙绰对于玄言诗的评价：

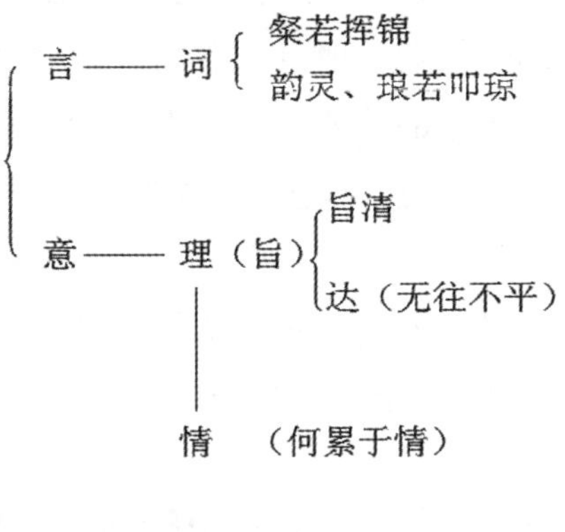

① 余嘉锡：《世说新语笺疏》，中华书局 1983 年版，第 492 页。
② 余嘉锡：《世说新语笺疏》，中华书局 1983 年版，第 807 页。

通过示意图，我们可以看到，一首好的诗歌应该有其音乐性和玄理评价两个方面。而玄理的觉解表现又可分为：一方面是辞藻的运用来表现玄理，另一方面是理的觉解程度的表现，这种理的觉解也同时是诗歌中“情”的表达。晋诗中有“赏音”“赏意”之用。谢安《与王胡之诗》：

> 朝乐朗日，啸歌丘林。夕玩望舒，入室鸣琴。五弦清激，南风披襟。醇醪淬虑，微言洗心。幽畅得谁，在我赏音。①

谢安所言“幽畅者谁，在我赏音”正是对其王胡之琴之清音的赞赏。孙绰《答许询诗》也有“隐机独咏，赏音者谁?”可见，诗之韵美和吟唱之声调是表达诗人情感的一种重要手段。可以说，玄言诗的音乐性正是玄言诗理的外在表现形式。由此，颇为时人所重视。而对于“赏意”一词，卢谌《赠刘琨诗》：

> 纤质实微，冲飙斯值。谁谓言精，致在赏意。不见得鱼，亦忘厥饵。遗其形骸，寄之深识。②

“赏意”之谓，重在味理，而非究理本身。这表明了玄言诗的理会是一种情感性的体验，是为“得意忘言”之要。所谓“不见得鱼，亦忘厥饵”“遗其形骸，寄之深识”实取《庄子》以明其“得意忘言”之法，要求弃其形式而悟其旨。孙绰《答许询诗》开篇即是“仰观大造，俯览时物”的“至道”之理，但诗的最后亦落在“何累于情”“山栖嘉遁”人生之理上。由此可见，玄言诗“旨清”之旨还是重在人生，表现出“道”与人生的关怀。由此，对于玄言诗而言，“理”的觉悟实则就是“情”的体现，通常把这种情理解为“高情”。萧悫《听琴诗》：

> 洞门凉气满，闲馆夕阴生。弦随流水急，调杂秋风清。掩抑朝飞弄，凄断夜啼声。至人齐物我，持此悦高情。③

① (唐)许敬宗:《文馆词林》(卷156)，罗国威整理，中华书局2001年版，第60页。
② 逯钦立:《先秦汉魏晋南北朝诗》，中华书局1983年版，第882页。
③ 逯钦立:《先秦汉魏晋南北朝诗》，中华书局1983年版，第2279页。

齐物我之境,是为“高情”,“高情”是一种至情。至人之情就是要求不累于俗情,是一种“忘情”的境界。《世说新语》有载:

张玄之、顾敷,是顾和中外孙,皆少而聪慧。和并知之,而常谓顾胜,亲重偏至,张颇不恹。于时张年九岁,顾年七岁,和与俱至寺中。见佛般泥洹像,弟子有泣者,有不泣者,和以问二孙。玄谓“被亲故泣,不被亲故不泣”。敷曰:“不然,当由忘情故不泣,不能忘情故泣。”①

王戎丧儿万子,山简往省之,王悲不自胜。简曰:“孩抱中物,何至于此?”王曰:“圣人忘情,最下不及情;情之所钟,正在我辈。”②

所谓“何累于情”,可见,对于孙绰辈来说,情感的体现就是“不累于情”的高情。由此,笔者把这种情感的表现概括为“诗言高情”,它既是对陆机“诗缘情”这一命题的进一步发展,也渐渐偏离了儒家诗学“温柔敦厚”的情感内涵,形成了东晋所特有的一种情感认识。

另外,孙绰言“何累于情”似乎还受到佛教思想的影响。晋时道、释盛行,文人学兼三教自不为怪,但其学亦有侧重。就目前所存留下来的关于孙绰、许询两人的材料来看,孙绰的交往、著作甚丰,但明显受到了佛教思想的影响较重。他虽也作《列仙赞》,便更著《道贤论》《沙门名德论》《喻道论》,其《喻道论》中言:

或有疑至道者,喻之曰:夫六合遐邈,庶类殷充,千变万化,浑然无端。是以有方之识,各期所见。鳞介之物,不达皋壤之事,毛羽之族,不识流浪之势。自得于窗井者,则怪游溟之量;翻翥于数仞者,则疑冲天之力。缠束世教之内,肆观周孔之迹,谓至德穷于尧舜,微言尽乎《老》《易》,焉复睹夫方外之妙趣、冥中之玄照乎?③

① 余嘉锡:《世说新语笺疏》,中华书局1983年版,第110页。

② 余嘉锡:《世说新语笺疏》,中华书局1983年版,第638页。

③ (梁)僧祐:《弘明集》,《新修大正藏经》(52册),新文丰出版股份有限公司1983年版,第16页(b)。

我们不难看出,所谓“方外之妙趣”“寰中之玄照”,孙绰的玄学思想中对于佛教思想的吸收是积极的。《续晋阳秋》中曰“询、绰并为一时文宗。”许询,《晋书》竟无传记,其事迹散见于他书。唐人许嵩所编《建康实录》卷八对许询有最为详细的记载:

询字玄度,高阳人。父归,以琅玡太守随中宗过江,迁会稽内史,因家于山阴。询幼冲灵,好泉石,清风朗月,举酒永怀。中宗闻而征为议郎,辞不受职。遂托迹居永兴。肃宗连征司徒掾,不就。

乃策杖披裘,隐于永兴西山。凭树构堂,萧然自致。至今此地,名为萧山。遂舍永兴、山阴二宅为寺。家财珍异,悉皆是给。既成,启奏孝宗,诏曰:“山阴旧宅为祇洹寺。永兴新居为崇化寺。”询乃于崇化寺造四层塔,物产既罄,犹欠露盘相轮。一朝风雨,相轮等自备,时所访问,乃是剡县飞来。既而,移皋屯之岩,常与沙门支遁及谢安石、王羲之等同游往来,至今皋屯呼为许玄度岩也。①

可见,许询幼时聪慧,好泉石嘉遁,舍宅为寺,连续征召而不就,由是有高士之名。就其交往来看,一方面与道教之徒的王羲之等人来往,王羲之有《答许询诗》可见两人诗文相契。《世说新语·规箴》载“王右军与王敬仁、许玄度并善。”②而《晋书》卷六十七有载:

(郄愔)与姊夫王羲之、高士许询并有迈世之风,俱栖心绝谷,修黄老之术。③

在《世说新语》中,也保留了他和僧人的一些交往。

许掾年少时,人以比王苟子,许大不平。时诸人士及于法师并在会稽

① (唐)许嵩:《建康实录》,中华书局1986年版,第216—217页。
② 余嘉锡:《世说新语笺疏》,中华书局1983年版,第569页。
③ (唐)房玄龄等:《晋书》,中华书局1974年版,第1802页。

西寺讲，王亦在焉。许意甚忿，便往西寺与王论理，共决优劣。苦相折挫，王遂大屈。许复执王理，王执许理，更相覆疏；王复屈。许谓支法师曰："弟子向语何似？"支从容曰："君语佳则佳矣，何至相苦邪？岂是求理中之谈哉！"①

支道林、许掾诸人共在会稽王斋头。支为法师，许为都讲。支通一义，四坐莫不厌心。许送一难，众人莫不抃舞。但共嗟咏二家之美，不辩其理之所在。②

支道林、许、谢盛德，共集王家。谢顾谓诸人："今日可谓彦会，时既不可留，此集固亦难常。当共言咏，以写其怀。"许便问主人有《庄子》不？正得《渔父》一篇。谢看题，便各使四坐通。支道林先通，作七百许语，叙致精丽，才藻奇拔，众咸称善。③

从他与僧人的交往来看，许询亦通佛理。他擅长清谈，但多精苦，这与支道林所谓"略其玄黄"的通达不同。由此，《南齐书·文学列传》中提出"郭璞举其灵变，许询极其名理。"④"名理"，即名与实。换言之，即今之概念与内涵。⑤《文心雕龙·论说》篇曰：

魏之初霸，术兼名法。傅嘏、王粲校练名理。迄至正始，务欲守文。何晏之徒，始盛玄论。⑥

---

① 余嘉锡：《世说新语笺疏》，中华书局 1983 年版，第 225 页。

② 余嘉锡：《世说新语笺疏》，中华书局 1983 年版，第 227 页。

③ 余嘉锡：《世说新语笺疏》，中华书局 1983 年版，第 237 页。

④ （梁）萧子显：《南齐书》，中华书局 2007 年版，第 908 页。

⑤ "名理"一词，汤用彤《魏晋玄学论稿》中曰："汉魏名家亦曰形名家，其所谈论者为名理……后人于魏晋玄学家均谓长于名理，失其原义矣。"（上海古籍出版社 2001 年版，第 15 页。）牟宗三先生在其《才性与玄理》一书中，对于"名理"有这样的定义："名理者，环绕名之本身、名所牵涉，以及名与其所牵涉之关系而论其意义之谓。"（广西师范大学出版社 200 年版，第 219 页。）冯友兰先生《玄学的方法》中认为：玄学的方法是辨名析理，简称"玄理"。名，就是名词，理就是一个名词的内涵。一个名称代表一个概念，一个概念的对象就是一类事物的规定性，那个规定性就是理。（汤一介、胡仲平：《魏晋玄学研究》，湖北教育出版社 2008 年版，第 107 页。）

⑥ 范文澜：《文心雕龙注》，人民文学出版社 1958 年版，第 327 页。

可见,“校练名理”正是讨论名与实,概念与内涵,由此,“名理”逐步发展为“玄理”的讨论,“名理”的内涵也随之扩大。“极”,就是根本、究竟的意思。《世说新语·文学》中有:

> 支道林初从东出,住东安寺中。王长史宿构精理,并撰其才藻,往与支语,不大当对。王叙致作数百语,自谓是名理奇藻。支徐徐谓曰:“身与君别多年,君义言了不长进。”王大惭而退。①
>
> 何晏为吏部尚书,有位望,时谈客盈坐,王弼未弱冠往见之。晏闻弼名,因条向者胜理语弼曰:“此理仆以为极,可得复难不?”弼便作难,一坐人便以为屈,于是弼自为客主数番,皆一坐所不及。②

所谓“精理”,是精彩出奇之理,而“极”则是最为根本、最正确的意思。许询几番主客以屈王,是“谈之能”,而非“理之谈”。“极其名理”,是说许询清谈面貌是偏于追求名实之理,而不是融汇通达。南方格义,以通达为要,略其玄黄。《高僧传·支道林》中亦印证了此种说法:

> 初至京师,太原王蒙甚重之,曰:“造微之功,不减辅嗣。”……年二十五出家,每至讲肆,善标宗会,而章句或有所遗,时为守文者所陋。谢安闻而善之,曰:“此乃九方堙之相马也,略其玄黄,而取其骏逸。”③

许询追求“极其名理”,只能说明他的思辨色彩浓郁。但重视名实讨论,不一定能很好地表现三教通达的思想在他的诗歌中,尽管他的诗文得到时人称颂,如:

> 简文称许掾云:“玄度五言诗,可谓妙绝时人。”④

---

① 余嘉锡:《世说新语笺疏》,中华书局 1983 年版,第 228 页。
② 余嘉锡:《世说新语笺疏》,中华书局 1983 年版,第 196 页。
③ (梁)慧皎:《高僧传》,汤用彤校注,中华书局 1992 年版,第 159 页。
④ 余嘉锡:《世说新语笺疏》,中华书局 1983 年版,第 262 页。

刘尹云:"清风朗月,辄思玄度。"①

许掾尝诣简文,尔夜风恬月朗,乃共作曲室中语。襟怀之咏,偏是许之所长。辞寄清婉,有逾平日。简文虽契素,此遇尤相咨嗟。不觉造膝,共叉手语,达于将旦。既而曰:"玄度才情,故未易多有许。"②

李善注引《晋中兴书》曰:"高阳许询,字玄度。寓居会稽,司徒蔡谟辟,不起。询有才藻,善属文,时人士皆钦爱之。"③

简文帝对许询诗文赞赏其"襟怀之咏,偏是许之所长",这正说明许询相比孙绰而言,更偏老庄之高情隐逸。孙绰与许询才情自然高下,时人亦有所论:

支道林问孙兴公:"君何如许掾?"孙曰:"高情远致,弟子蚤已服膺;一吟一咏,许将北面。"④

孙兴公、许玄度皆一时名流。或重许高情,则鄙孙秽行;或爱孙才藻,而无取于许。⑤

许玄度隐在永兴南幽穴中,每致四方诸侯之遗。或谓许曰:"尝闻箕山人,似不尔耳!"许曰:"筐篚苞苴,故当轻于天下之宝耳!"⑥

许掾好游山水,而体便登陟。时人云:"许非徒有胜情,实有济胜之具。"⑦

(抚军问孙兴公)"卿自谓何如?"曰:"下官才能所经,悉不如诸贤;至于斟酌时宜,笼罩当世,亦多所不及。然以不才,时复托怀玄胜,远咏老、庄,萧条高寄,不与时务经怀,自谓此心无所与让也。"⑧

---

① 余嘉锡:《世说新语笺疏》,中华书局1983年版,第134页。
② 余嘉锡:《世说新语笺疏》,中华书局1983年版,第492页。
③ (梁)萧统:《文选》,(唐)李善注,中华书局1977年版,第450页。
④ 余嘉锡:《世说新语笺疏》,中华书局1983年版,第529页。
⑤ 余嘉锡:《世说新语笺疏》,中华书局1983年版,第533页。
⑥ 余嘉锡:《世说新语笺疏》,中华书局1983年版,第661页。
⑦ 余嘉锡:《世说新语笺疏》,中华书局1983年版,第662页。
⑧ 余嘉锡:《世说新语笺疏》,中华书局1983年版,第521页。

从以上材料看来,对于许询侧重强调其重高情,隐幽穴,好山水的特点。而对于孙绰,则强调其"爱其才藻""远咏老庄"。①《晋书》载:"绰少以文才垂称,于时文士,绰为其冠。"②孙绰言"高情远致",是言神仙逍遥、幽泉嘉遁,不比许询。他在支道林面前言"一吟一咏,许将北面",如果用"韵灵旨清"的标准来分析,那么,孙绰自觉其诗才藻之能、融通义理更胜。孙绰在《答许询诗》中又说"既欣梦解,独愧未冥。愠在有身,乐在忘生。"一方面是有劝慰之意,而他言其"无往不平"的心态,正好印证其"何累于情"的人生之哲理。这是言"旨清"方面亦超许询。或正如余嘉锡案语"绰所以自许,正是晋人通病。"③

"韵灵旨清"的批评方式,在两晋的玄言文学批评是较为普遍的,这一点可以说承接了西晋的诗歌审美风格。《文心雕龙·明诗》中有言"晋世群才,稍入轻绮。"在东晋之时,虽有"旨清"的追求,而"清绮"之风贯穿魏晋六朝,而东晋依旧,未成风替。其孙绰、许询之诗,亦有此类。今所能见孙绰、许询之诗,大多亦有绮词之痕,说其取法潘、陆之辈亦不为过。余嘉锡《世说新语·文学》有笺曰:

> 观嵘之言,知在晋末玄风大畅之时,玄度与兴公之诗固一时之眉目也。今其诗存者,《古诗纪》四十二仅录《竹扇》一首,盖自《艺文类聚》六十九扇部采入者。其词曰:"良工眇方林,妙思触物骋。篾疑秋蝉翼,团取望舒景。"如是而已,未见所以为妙绝者。此外则《类聚》八十八、《初学记》二十八松部均引询诗曰:"青松凝素髓,秋菊落芳英。"虽颇雕琢字句,犹有潘、陆之遗,亦未便冠绝当代。④

---

① 鄙孙秽行,其注引宋明帝《文章志》曰:"绰博涉经史,长于属文,与许询俱与负俗之谈。询卒不降志,而绰婴纶世务焉。"(《世说新语笺疏》,第533页)《世说新语·排调》:"简文在殿上行,右军与孙兴公在后。右军指简文语孙曰:'此啖名客'。简文顾曰:'天下自有利齿儿。'"(《世说新语笺疏》,第816页)可见,孙绰求高名而入仕为时人所讥。但此种名士风流,在当时是正常的事。此不敢妄议。《晋书》中评孙绰"绰献直论辞,都不慑元子,有匪躬之节,岂徒文雅而已哉!"(《晋书》,中华书局1974年版,第1548页)或可为孙绰一生之注脚。

② (唐)房玄龄等:《晋书》,中华书局1974年版,第1547页。

③ 余嘉锡:《世说新语笺疏》,中华书局1983年版,第522页。

④ 余嘉锡:《世说新语笺疏》,中华书局1983年版,第263页。

玄言诗创作的辞丽与旨清实则是没有矛盾的。前文已述，丽实兼“丽”“俪”两义。两晋之时清谈多以辞简为尚，追求措辞准确简洁而意明，《世说新语》言：

王夷甫自叹：“我与乐令谈，未尝不觉我言为烦。”①

乐令清谈以辞约旨达为至，在其《世说新语》中，还有：

客问乐令“旨不至”者，乐亦不复剖析文句，直以麈尾柄确几曰：“至不？”客曰：“至！”乐因又举麈尾曰：“若至者，那得去？”于是客乃悟服。乐辞约而旨达，皆此类。②

简文云：“渊源语不超诣简至；然经纶思寻处，故有局陈。”③

王恭有清辞简旨，能叙说，而读书少，颇有重出。有人道孝伯常有新意，不觉为烦。④

然玄言诗理之清简，却又多以骈偶丽行之。《文心雕龙·时序》中评价简文帝：“简文勃兴，渊乎清峻，微言精理，函满玄席；淡思浓采，时洒文囿。”⑤“淡思”“浓采”两者实则并不抵触。可以看到，就清谈来说，推理辩论本身就要求说理清晰明了，“辞约而旨达”的清谈风格要求也影响到了对于玄言诗的“旨清”这一审美标准的形成。这种旨达，不仅是要求准确传达出作者想要表达的意思，而更为深切的要求是对于理的一种觉解。“达”不应是义理的是非讨论，而是对于“理”的适情畅达为表现。

综上所述，两晋之时，对于诗歌多体则《老》《庄》，而追求“韵灵旨清”诗学审美。对于音乐性的追求，也是为理旨追求的表现形式之一。但这种过度

---

① 余嘉锡：《世说新语笺疏》，中华书局 1983 年版，第 434 页。
② 余嘉锡：《世说新语笺疏》，中华书局 1983 年版，第 205 页。
③ 余嘉锡：《世说新语笺疏》，中华书局 1983 年版，第 481 页。
④ 余嘉锡：《世说新语笺疏》，中华书局 1983 年版，第 498 页。
⑤ 范文澜：《文心雕龙注》，人民文学出版社 1958 年版，第 674—675 页。

重视理旨与音乐性层面的审美，忽略了理在表现过程中与诗歌意象的有机融合，是为清代所论之为“乏趣”。两晋诗人评价诗歌是从诗歌艺术的特点出发，而并非《诗大序》中所谓风教而言。从这一点而言，这是诗歌艺术自身的一种觉醒，是继西晋提出“诗缘情”这一标准之后对于诗歌自身艺术审美的又一次突破。但由于这种言理的表现偏离社会太远，“诗言高情”的诗歌认识与风尚产生的背景又是在儒家文化最为低落之时，随着东晋之后儒学的复兴，儒家体则《风》《骚》的再次确立，也慢慢地把这种“诗言高情”的诗歌风格渐渐区别于“诗言情”之外，对于玄言诗便颇有微词。

（四）孟嘉：丝不如竹，竹不如肉

玄言诗“韵灵旨清”的审美标准，对于音乐性的追求同样是对理旨追求的表现形式之一，对此还需要做更为进一步的分析，提出玄言诗的音乐性如何表现为理旨的。如前所述，玄言诗的“理”侧重于对于人生的觉解与理会，是一种达理高情的境界。由此，这种理旨的表现是一种达道审美体验，而对于当时的音乐性来讲，也具有这种功能。两晋之时，文人多精通音律，对于音乐的理解，除了适耳欢娱之外，其还认为音乐有“达道”的功用。同时，对于佛偈来说，其诗歌的重要部分不在于偈的文字本身，而在于偈的吟诵方式。可以说，两晋之时，对于诗歌吟诵的音乐性特点，是有着特殊意义的。由此可见，对当时这一现象还是有必要认真清理一番。

两晋对于音乐与体道的关系亦有提及。《世说新语·识鉴》中引《嘉别传》有记：

> （桓温问孟嘉）“听伎，丝不如竹，竹不如肉，何也?”答曰：“渐近自然。”①

孟嘉所言强调了人声比之丝、竹之声更为动听，其原因就是在于渐入自然的表现。而“渐入自然”之谓，成公绥《啸赋》有言：

> 良自然之至音，非丝竹之所拟。是故声不假器，用不借物。近取诸

① 余嘉锡：《世说新语笺疏》，中华书局1983年版，第399页。

身，役心御气。动唇有曲，发口成音。触类感物，因歌随吟。大而不洿，细而不沈。清激切于竽笙，优润和于瑟琴。玄妙足以通神悟灵，精微足以穷幽测深。①

晋人啸之所谓，是为不假器而发，因歌随吟是为自然，为人之性情放达，此说实原自《老子》“专气致柔，能婴儿乎？”②王弼注曰：“言任自然之气，致至柔之和，能若婴儿之无所欲乎？则物全而性得矣。”③以婴儿之无欲而任自然之气，此为自然之至音也。可知两晋之人以为，人声是为最美，比之其他器乐，是为最易体道之声。而人声非学器，器乃写人声也。《文心雕龙·声律》：

夫音律所始，本于人声者也。声含宫商，肇自血气，先王因之，以制乐歌。故知器写人声，声非学器者也。④

所谓声含宫商，是谓人声最可拟自然万物之声，而器类之声，皆以模人声而制，此可明“丝不如竹，竹不如肉”之意，即人声以气乃发自然之音，同于至道，而丝类无气，竹类虽使气而发，但不及人声可拟万物之声。由此可见，“啸”当是这种人声之至美，啸是为人心自然领悟之至，这种人声的审美就不可简单看作是对于音乐美感的追求，而有了“与道合一”的追求、达理的表现。其《艺文类聚·啸类》载《晋桓玄与袁宜都书论啸》：

读卿歌赋，序咏音声，皆有清味。然以啸为，仿佛有限，不足以致幽旨，将未至耶。夫契神之音，既不俟多赡，而通其致，苟一音足以究清和之极。阮公之言，不动苏门之听，而微啸一鼓，玄默为之解颜，若人之兴逸响，惟深也哉。⑤

---

① （梁）萧统：《文选》，（唐）李善注，中华书局1977年版，第262页。
② （魏）王弼：《老子道德经注》，楼宇烈校释，中华书局2008年版，第22页。
③ （魏）王弼：《老子道德经注》，楼宇烈校释，中华书局2008年版，第23页。
④ 范文澜：《文心雕龙注》，人民文学出版社1958年版，第552页。
⑤ （唐）欧阳询：《艺文类聚》（卷19），上海古籍出版社1999年版，第354—355页。

又《世说新语·棲逸》所引：

> 《竹林七贤论》曰："籍归，遂著《大人先生论》，所言皆胸怀闲本趣，大意谓先生与己不异也。观其长啸相和，亦近乎目击道存矣。"①

晋代音乐的审美中，多以哀乐为美，诗中多以清且哀连用。中国传统音乐理论中认为乐能通神。《礼记》中言"夫礼乐通乎鬼神，穷高远而测深厚。"②《汉书·艺文志·诗赋·序》所言"自孝武立乐府而采歌谣。于是有代、赵之讴，秦、楚之风。皆感于哀乐，缘事而发。"③可见，"哀乐"之声，实为敬慎恸神之用，非一般娱乐性的审美表现。

晋代诗歌歌咏是人声表现方式之一。常有吟咏、啸咏的记载。吟，《说文解字》虽曰"呻也"④，是低吟之声，《三国志·蜀志》有"亮躬耕陇亩，好为《梁父吟》。"⑤可见，吟已是为一种吟唱的方式。咏，《说文解字》曰："歌也。"⑥《乐记》所谓"故歌之为言也，长言之也。说之，故言之；言之不足，故长言之。长言之不足，故嗟叹之。嗟叹之不足，故不知手之舞之足之蹈之也。"⑦由此可见，"咏"，实指长言之声，吟则为短而低之声。由此，吟咏是为晋时歌诗轻重徐疾的描述。而所谓"啸咏"之说。"啸"籀文作"歗"，《说文解字》曰"吹也"。⑧ 又《诗·召南》曰："其歗也歌。"《小雅·白华》曰："歗歌伤怀。"⑨由此可见，所谓啸咏、啸歌，实则是歌啸相杂。《世说新语》有载：

---

① 余嘉锡：《世说新语笺疏》，中华书局1983年版，第648页。

② 此句为《文选·啸赋》注引《礼记》，有删略。（参见中华书局1977年版，第262页）其《礼记·乐记》原文言"及夫礼乐之极乎天而蟠乎地，行乎阴阳而通乎鬼神，穷高极远而测深厚。"（参见阮元校刻：《十三经注疏·礼记正义》，中华书局1980年版，第1531页）

③ （汉）班固：《汉书》，中华书局1975年版，第1756页。

④ （清）段玉裁：《说文解字注》，上海古籍出版社1981年版，第60页。

⑤ （三国）陈寿：《三国志》，（南朝宋）裴松之注，中华书局1982年版，第911页。

⑥ （清）段玉裁：《说文解字注》，上海古籍出版社1981年版，第95页。

⑦ （唐）孔颖达等：《礼记正义》，（清）阮元校刻：《十三经注疏》，中华书局1980年版，第1545页。

⑧ （清）段玉裁：《说文解字注》，上海古籍出版社1981年版，第412页。

⑨ （清）段玉裁：《说文解字注》，上海古籍出版社1981年版，第412页。

王子猷尝暂寄人空宅住，便令种竹。或问："暂住何烦尔？"王啸咏良久，直指竹曰："何可一日无此君？"①(《任诞》)

晋文王功德盛大，坐席严敬，拟于王者，唯阮籍在坐，箕踞啸歌，酣放自若。②（《简傲》）

啸，晋人认为本有"通神悟灵"的作用，从这种啸咏的表现来看，不能简单理解为一种情感的抒发，实为"高情"，是一种达理之情溢于啸中。因此，晋人吟咏，又倡新声，实为至情达理的追求表现。诗歌吟咏为理的外在表现，这一点在佛教的偈颂中则表现得更为明显。佛教本有"声闻"之教，且极重吟诵之法，《高僧传》中有《唱导》一卷，僧人多善吟诵之法，多有僧人以转读闻名。《高僧传》有论：

但转读之为懿，贵在声文两得。若唯声而不文，则道心无以得生。若唯文而不声，则俗情无以得入。故经言，以微妙音歌叹佛德，斯之谓也。③

由此可知，转读之法重声、文两个方面。在诗、偈合流中已经可以看到，以偈入诗的流行影响了诗言理的创作倾向。那么，这种对于吟咏的独特认识，实则也与中土之哀乐、啸是为同路，都有其特殊的意义而表现于诗歌的吟咏之中，承载了更多形而上的意义。玄言诗的吟咏之法，今已不得见，但从其"韵灵旨清"的审美标准来看，"韵灵"之说，是有其形而上的追求。因此，"韵灵""旨清"两者都是理的表达的。余嘉锡言《世说新语·文学》有案：

晋宋人清谈，不惟善言名理，其音响轻重疾徐，皆自有一种风韵。《宋书·张敷传》云："善持音仪，尽详缓之致。与人别，执手曰：'念相闻。'余响久不之绝。"裴遐之"泠然若琴瑟。"亦若此而已。④

---

① 余嘉锡：《世说新语笺疏》，中华书局1983年版，第760页。

② 余嘉锡：《世说新语笺疏》，中华书局1983年版，第766页。

③ （梁）慧皎：《高僧传》，汤用彤校注，中华书局1992年版，第508页。

④ 余嘉锡：《世说新语笺疏》，中华书局1983年版，第210页。

刘勰《文心雕龙·神思》也言“吟咏之间，吐纳珠玉之声。”①晋人如此重视吟咏的独特表现，对于这种吟咏式的音乐性审美的推崇，不能不让我们想到这种音乐悦耳之外的对于达理适性的作用。事实上，“韵灵旨清”的两晋诗歌审美，并非如儒学诗学那般重视文与质的关系。“韵灵”和“旨清”两重标准都是以“理”为其最后的归宿，这一点，我们还可以结合下一节所谈及的“回文虚言诗”的研究中互相印证。“回文体”的图式化表现，实为一种对天地运行秩序的理解表现，而运用于玄言诗的创作，无疑是对这种“理”的本质凸显，玄言诗本质上强调了不同形式对于“理”的表达，这是理解玄言诗审美标准的重要角度。

（五）温峤：回文虚言诗

孙绰“韵灵旨清”的批评标准向我们提示了玄言诗在“韵”和“理”两个层面的审美追求。通过上一节对当时诗歌音乐性的审美表现，揭示了玄言诗“吟咏”的追求其实是一种达“理”的表现。而玄言诗“旨清”的玄理追求，也蕴含着丰富的内容。唐代皮日休在《杂体诗序》中提到了温峤作“回文虚言诗”。这一概念在当下的玄言诗研究中并未引起太多关注。但通过对于回文体的演变分析，可以发现两晋时期玄言诗的杂体诗表现形态是对“理”的追求的另一种方式，这对于更为深刻地理解玄言诗内涵有良好的启示作用。

回文诗体属杂体一类，对其起源问题讨论一直颇多。刘勰《文心雕龙·明诗》云：“回文所兴，则道原为始。”②当代也有许多学者讨论其起源。陈望道先生在《修辞学发凡》中认为：“回文，也常写作迴文，是于转品之外，极求词序有回环往复之趣的一种措辞法。”③并举《老子》文中诸例说明。陈先生对于回文修辞格的界定对后来讨论回文诗体起源影响颇深，此后学者提出“道原说”“盘中诗说”“璇玑图说”“镜铭说”等，都是以“回环往复”作为回文诗体

---

① 范文澜：《文心雕龙注》，人民文学出版社1958年版，第493页。
② 杨明照：《增订文心雕龙校注》，中华书局2000年版，第66页。
③ 陈望道：《修辞学发凡》，大江书铺1932年版，第346页。

特征以溯其本源。① 但笔者认为，回文诗体的形成早期并不具有“回环往复”的特征，以“回环往复”的回文修辞格来讨论回文诗体的起源明显混淆了两者的区别。笔者不揣简陋，试以刘勰《文心雕龙·明诗》所言“回文所兴，则道原为始”探讨回文诗体的源起及发展过程。

刘勰《文心雕龙·明诗》论及诗的源流时，第一次提到了回文诗体的起源，云：

然诗有恒裁，思无定位，随性适分，鲜能通圆。若妙识所难，其易也将至；忽之为易，其难也方来。至于三六杂言，则出自篇什；离合之发，则明于图谶；回文所兴，则道原为始；联句共韵，则柏梁余制；巨细或殊，情理同致，总归诗囿，故不繁云。②

其中“回文所兴，则道原为始”一句，后世诸家所注“道原”一词其义难明。如梅庆生注云：

按苻秦窦滔妻苏蕙织锦为回文，五彩相宣，纵广八寸，题诗二百余首，计八百余言，纵横反覆，皆为文章，名曰《璇玑图》。宋贺道庆作四言回文诗一首，计十二句，四十八言，从尾至首，读亦成韵，而道原无可考，恐“庆”字之误也。③

而后黄叔琳注《文心雕龙》云：

道原未详。旧注引贺道庆。然道庆四言回文之前已有《璇玑图诗》，

---

① 可以参见何文汇《杂体诗释例》一书，香港中文大学出版社 1986 年版。刘超班：《“回文”三论》，《江汉大学学报》1998 年第 2 期。胡耀震：《回文诗的起源和刘勰有关说法释疑》，《中国典籍与文化》1999 年第 2 期等。

② 杨明照：《增订文心雕龙校注》，中华书局 2000 年版，第 66 页。

③ （明）梅庆生：《梅庆生音注〈文心雕龙〉》，《〈文心雕龙〉资料丛书》下册，学苑出版社 2004 年版，第 1350—1351 页。

不可谓之始矣。……又《杂体诗序》晋傅咸有回文反覆诗二首，反覆其文以示忧心展转也，是又在窦妻前。①

而李详补注《文心雕龙》认为：

《困学纪闻》（卷十八评诗）云：《诗苑类格》谓回文出于窦滔妻所作，《文心雕龙》云：回文所兴则道原为始。又傅咸有回文反覆诗，温峤有回文诗，皆在窦妻前。翁元圻《注》引《四库全书总目》宋桑世昌《回文类聚提要》：《艺文类聚》载曹植《镜铭》，回环读之，无不成文，实在苏蕙以前。……案道庆之前回文作者已众，不得定原字为庆之误。②

自此之后，黄侃《文心雕龙札记》（1927），曹聚仁《文心雕龙》（1929），叶长青《文心雕龙杂记》（1933），钱基博《文心雕龙校读记》（1935），杜天縻《广注文心雕龙》（1935），范文澜《文心雕龙注》（1958），刘永济《文心雕龙校释》（1962），郭晋稀《文心雕龙译注十八篇》（1963），陆侃如、牟世金《文心雕龙译注》（1980），王利器《文心雕龙校证》（1980），杨明照《文心雕龙校注拾遗》（1982），赵仲邑译注《文心雕龙译注》（1982），姜书阁《文心雕龙绎旨》（1984），周振甫《文心雕龙今译》（1986），王礼卿《文心雕龙通解》（1986），詹锳《文心雕龙义证》（1989），龙必锟《文心雕龙全译》（1990），吴林伯《〈文心雕龙〉义疏》（2002），黄琳编《文心雕龙汇评》（2005）等历代《文心雕龙》之注、释，"道原"或未提及，或疑"道原"为道庆，或言其道原之义未详。"道原"本义关系回文体起源。笔者以为，"道原"必不指人名，应为"道源"之义。其依据有五。

其一，"道原"非"道庆"之误。正如李详所注，道庆之前回文作者已众，定为"道庆"之误于情于理皆悖。且道庆有四言回文诗，此亦尚需存疑。梅庆生疑"道原"为"道庆"之误，举贺道庆存四言回文诗。贺道庆回文诗，唐人类书

① 杨明照：《增订文心雕龙校注》，中华书局2000年版，第70页。

② 杨明照：《增订文心雕龙校注》，中华书局2000年版，第70页。

不载,《宋书》《隋书》皆未提及。其所存四言、五言回文诗各一首,皆仅存于宋桑世昌《回文类聚》卷三。《回文类聚》此书重录而不重考,《回文类聚》载贺道庆五言回文诗一首,但此诗《艺文类聚》载为王融所作①。桑世昌录贺道庆四言回文诗,亦需存疑是否为贺道庆所作。

其二,《北堂书钞》卷一百注“纵横有义反覆成章”引挚虞《文章流别论》云:“图谶之属,虽非正文之制。然取其纵横有义,反覆成章。”②此直言回文之体为图谶之属。可见,“回文体”与“离合体”同源出图谶,又何需作“道庆”之误?

其三,“道原”一词魏晋之时即出现,其义与“道源”“道元”同。《文选》李善注谢灵运《拟魏太子邺中集诗八首》之《徐干》引曹植诗云:“高谈虚论,问彼道原。”③又,刘徽《九章算术·序》云:“昔在包牺氏始画八卦,以通神明之德,以类万物之情,作九九之术,以合六爻之变。暨于黄帝,神而化之,引而伸之,于是建历纪,协律吕,用稽道原,然后两仪四象精微之气,可得而效焉。”④又如,成书不晚于西汉的《文子》⑤,《文选》注多有引用,其第一篇即为《道原》。据王利器所注:“敦煌卷子伯二四五六号《大道通玄要》卷一《道品》《文子·道元》第一。(王利器)案:‘原’‘元’古通。《春秋繁露·重政篇》:‘元’,犹原也。’《汉书·薛宣传》注:‘原’,谓寻其本也。”⑥而《神仙传》卷四言绝洞子著书四十篇,名曰《道源》⑦。综合以上,“道原”一词,即“道元”“道源”义,谓道之根本也。又,钱基博《文心雕龙校读记》指出:“嘉靖本、黄本、汉魏本同张本,‘原’作‘源’。”⑧由此可知,古人即有解“道原”为“道源”之义,而“道原”必非指人名已然明了。又《御定渊鉴类函》卷一百九十八引刘勰此两句为:

---

① 范文澜《文心雕龙注》认为王融《春游回文诗》一首《艺文类聚》作贺道庆,查《艺文类聚》诸版本皆不言此诗为贺道庆所作,此乃《回文类聚》之笔误耳。(参见范文澜:《文心雕龙注》,人民文学出版社 1958 年版,第 96 页。)

② (唐)虞世南:《北堂书钞》,中国书店 1989 年版,第 380 页。

③ (梁)萧统:《文选》,(唐)李善注,中华书局 1977 年版,第 438 页。

④ 李继闵:《九章算术校证》,陕西科学技术出版社 1993 年版,第 125 页。

⑤ 据《文物》1995 年第 12 期《定州西汉中山怀王墓竹简〈文子〉释文》可知,其在西汉怀王之前有之。

⑥ 王利器:《文子注疏》,中华书局 2000 年版,第 3 页。

⑦ (东晋)葛洪:《神仙传》,学苑出版社 1998 年版,第 94 页。

⑧ 钱基博:《文心雕龙校读记》,无锡国学专修学校 1935 年版,第 9 页。

“离合之著则明于图谶，回文所兴则道原为根。”①以“道原为根”可知亦“道原”并非解之为人名，亦合“道源”之义。

其四，所谓“离合之发，则明于图谶；回文所兴，则道原为始”。刘勰《文心雕龙》，本以骈体行文，所谓“明于图谶”“道原为始”实为其骈对，由此，“道原”必不指人，而实与“图谶”之义相对。

其五，据潘重规《唐写文心雕龙残本合校》中所记《明诗篇》中“鲜能通圆”，唐写本“通圆”作“圆通”。“则自出篇什”唐写本“则出自篇什”。“离合”之发，唐写本作“合离”之发。② 六朝之时，双音节词可以两种词序并存，今六朝诗中颇多，此乃古人用语之一习气。“道原”一词，应重视与“原道”一词的关系，实则两者应同为一词，同为一义。《文心雕龙·原道》云：“人文之元，肇自太极，幽赞神明，《易》象惟先。庖牺画其始，仲尼翼其终。而《乾》《坤》两位，独制《文言》。言之文也，天地之心哉！若乃《河图》孕乎八卦，《洛书》韫乎九畴，玉版金镂之实，丹文绿牒之华，谁其尸之？亦神理而已。”③在刘勰看来，《易》《文言》《河图》《洛书》为神理之契。《明诗》中又言“离合”“回文”“联句”等杂体亦“总归诗囿”，亦谓明其“原道”之旨。

综上所述，其“道原为始”实则强调了回文诗体产生是对于“原道”的表现，这牵涉到回文诗体形成早期如何表达“道之本源”的观念。

先秦《诗经》《老子》词句倒文、两晋诗歌中双音节词可以倒换位置，实多由语言变革、行文押韵之需要，此可以理解为回文修辞格，并非回文诗体手法。李详补注所引翁元圻所言曹植《镜铭》八字为其回文之始，此乃谬记。④ 不过，

① （清）张英等：《渊鉴类函》第8册，中国书店1985年版，第1页。

② 潘重规：《唐写文心雕龙残本合校》，香港新亚研究所1970年版，第20—21页。

③ 杨明照：《增订文心雕龙校注》，中华书局2000年版，第1页。

④ 翁元圻注《困学纪闻》引《四库提要》云“《艺文类聚》载曹植《镜铭》”，然通检《艺文类聚》，未见曹植《镜铭》。《曹子建集提要》又谓“《镜铭》八字，反复颠倒，皆叶韵成文，实为回文之祖，见《艺文类聚》”云云，丁晏《四库全书提要·曹子建集》案云：“今本《艺文类聚》七十三有殷仲堪《酒盘铭》八字，颠倒成文。并无《镜铭》。未知所据何本。”（丁晏：《曹集诠评》，商务印书馆万有文库本1931年版，第2页）余嘉锡谓：“至若《镜铭》八字，谓见《艺文类聚》。今检《类聚》卷七十镜部，录铭三首，一梁简文帝，二陈江总，三汉李尤，明刻各本皆同，并无曹植之文。遍考他书，亦无此作。谓三国时已有回文体，尤从来所未闻，此乃《回文类聚》所载唐妇人鉴铭，《池北偶谈》卷十五曾引之，提要误记耳。”（余嘉锡：《四库提要辨证》，中华书局2007年版，第1243页）可见曹植实无《镜铭》一文。

我们确实可以在汉代找到确切的回文诗手法运用。《西京杂记》卷四云：

> 许博昌，安陵人也，善陆博。窦婴好之，常与居处。其术曰：“方畔揭道张，张畔揭道方。张究屈玄高，高玄屈究张。”又曰：“张道揭畔方，方畔揭道张。张究屈玄高，高玄屈究张。”三辅儿童皆诵之。①

许博昌、窦婴乃西汉之人，而此口诀为回文诗手法②。依口诀所述，实为博戏之规则。1993年江苏东海尹湾六号墓出土了一件由考古学家定名为《博局占》的木牍，此牍除占图之外，有占文部分，最右一行罗列问占事项，包括占娶嫁女、问行者、问系者、问病者和问亡者五项。最上一排标有占语，共有方、廉、楬、道、张、曲、诎、长、高九种。此图占语与《西京杂记》中口诀所述相似。③又《太平御览》卷七五四引《薛孝通谱》载：“乌曹作博，其所由来尚矣，双箭以象日月之照临，十二棋以象十二辰之躔次，则天地之运动，法阴阳之消息，表人事之穷达，穷变化之几微。”④博局、巫卜之图式表现实则是仿效天地日月运动秩序而成，以穷变化之天机。李学勤先生在《规矩镜、日晷、博局》一文中，则更明晰地指出三者都体现了古人的宇宙观念。⑤ 博戏口诀不仅是回文体手法的表现，这种游戏的顺逆已经隐含了博戏形成初期对天地宇宙运动观念的神秘认识。那么，这种依博戏顺逆法则而成的口诀是不是就是回文体的起源呢？

回文口诀效应源于博戏规则，强调了对于天地宇宙运动观念的神秘认识，因此，这种顺逆法则此时并非一种文人的主动意识的文学创作结果，但它为后来回文体的“顺逆可读”发展提供了基础。也可以这样说，回文修辞格“回环往复”的特征真正起源即来自这种思想，而并非先秦倒句之例。回文体发生

---

① （东晋）葛洪：《西京杂记》，中华书局1985年版，第30—31页。

② 随着对于尹湾《博局占》木牍的深入解读，对于《西京杂记》的口诀也开始的质疑。据李解民《尹湾汉墓〈博局占〉木牍试解订补》一文所述，李学勤先生认为其口诀中第一句“方畔揭道张，张畔揭道方”应为“方畔揭道张，张道揭畔方”才符合博局之法。（《文物》2000年第8期。）

③ 曾蓝莹：《尹湾汉墓〈博局占〉木牍试解》，《文物》1999年第8期。

④ （宋）李昉等：《太平御览》，中华书局1960年版，第3346页。

⑤ 李学勤：《比较考古学随笔》，广西师范大学出版社1997年版，第21—28页。

之初，并没有表现为“顺逆可读”“纵横成章”的手法。细究“回”字形变，可得“回”字初意。在陶文中作“”，在金文《回父丁爵》铭文作中“”。在先秦货币文中作“”。①《说文解字》中作“”，其籀文作“”，许慎释曰：“转也。从口，中象回转之形。”②段注曰：“如天体在外左旋，日月五星在内右旋是也。”③可见，“回”字本义是以中心向四周旋转而读。而这一点，是理解回文诗体源初的基点。对于这种特定的文字排列与阅读方式的兴起，首先应该肯定它是一种图式化的文字表现。而这种图式化的文字大兴，与谶纬之学的兴起有必然性联系。

图式之法，早期未必都如谶纬一类，正如刘勰《文心雕龙·正纬》所说“原夫图箓之见，乃昊天休命，事以瑞圣，义非配经。”④然以图式示宇宙、自然神秘之“道”，此法则同源。汉时谶纬大兴，刘勰《文心雕龙·正纬》所言“至于光武之世，笃信斯术。风化所靡，学者比肩。”⑤谶纬之书，多衍以图式，又尚天人感应，图式多有效法天地而加强神秘的意味。从今《纬书集成》所录遗文来看，这种图式化文字的神秘性认识运用大兴，文字多以北斗列星为图式。《尚书中侯》中有言：

> 尧时，龙马衔甲，赤文绿色。临坛上。甲似龟背，广袤九尺，圆理平上，五色文，有列星之分，斗正之度，帝王录记，兴亡之数。⑥

《春秋元命包》中有言：

> 天人同度，正法相授。天垂文象，人行其事，谓之教，教之为言效也，道之始也。⑦

---

① 李圃：《古文字诂林》第6册，上海教育出版社2003年版，第132页。
② （清）段玉裁：《说文解字注》，上海古籍出版社1981年版，第277页。
③ （清）段玉裁：《说文解字注》，上海古籍出版社1981年版，第277页。
④ 杨明照：《增订文心雕龙校注》，中华书局2000年版，第41页。
⑤ 杨明照：《增订文心雕龙校注》，中华书局2000年版，第41页。
⑥ ［日］安香居山、［日］中村璋八：《纬书集成》（上册），河北教育出版社1993年版，第401页。
⑦ ［日］安香居山、［日］中村璋八：《纬书集成》（中册），河北教育出版社1993年版，第620页。

图式化文字被汉时谶纬思想加以运用,成为谶纬的神秘主义表现手段,这种图式化的文字也自然成为图谶的一种表现形式。由于简策本身对书写方式的限制,这种图式化文字大多只能表现于帛石、铜镜之中。据《故宫藏镜》、沈从文《铜镜史话》、管维良《中国铜镜史》所载,铜镜早期多只做纹饰,而自西汉中期之后,铭文成为铜镜重要的装饰手段,其布列皆成环状,文字多从内向外阅读,亦有由外至内。有时为了明晰文字的起始,而在首字之前添加某种标记。① 可见此时并无意识创作顺逆两读的文字形式。汉时铜镜,无论形制、纹饰和文字的排列,都有一种效法天地的意味。据《前汉镜铭文集释》中铜镜二铭文可见:

> 圣人之作镜兮,取气于五行。生于道康兮,咸有文章。光象日月、其质清刚,以视玉容兮、辟去不羊(祥)。中国大宁、子孙益昌,黄常元吉、有纪纲。
>
> 视容正己镜为右,得气五行有刚纪。法似于天终复始,中国大宁且(宜)孙子。②

由此可见,对于这种环形文字的排列和阅读方式,实则是效法于天地,取其生生循环不息之意。这一观念在镜铜文字上的运用,汉代神仙思想与谶纬思想的繁盛,促成了这种特定文字的排列方式在铜镜上的表现。

以上可见,汉代之时,这种图谶性的文字排列方式和博戏口诀中顺逆可读的手法都已经具备,这也为文人的"回文"这一方式的进一步创作提供了条件。而刘勰所谓"回文所兴,则道原为始",实则是认为"回文体"的源起是由于谶纬思想流行,"回文"发展成为图谶而大兴,是对于"道源"神秘思想的表现形式。

---

① 西汉中后期,图式化的文字成为重要的装饰表现,此可参阅沈从文《铜镜史话》(万卷出版公司 2005 年版),管维良《中国铜镜史》(重庆出版社 2006 年版)相关章节和林素清《两汉镜铭初探》(《"中央研究院"历史语言研究所集刊》1993 年第 63 期)一文。铜镜铭文起始标志可参见《故宫藏镜》第 30 页西汉《长生未央镜》,第 32 页新莽《王氏昭镜》,第 33 页东汉《尚方作镜》,第 40 页东汉《变形叶兽首镜》等。(郭玉海编著:《故宫藏镜》,紫禁城出版社 1996 年版)

② 中国古镜研究班:《前汉镜铭集释》,《东方学报》(第 84 册)2009 年 3 月。

事实上,在六朝时期,“回文诗体”与图谶的“道源”思想之间的关系依然可以得见。《隋书·经籍志》著录“《五岳七星回文诗》一卷”,注云“梁有《杂诗图》一卷,亡。《回文集》十卷,谢灵运撰;又《回文诗》八卷,《织锦回文诗》一卷,苻坚秦州刺史窦氏妻苏氏作”①。据《五岳七星回文诗》一卷之名,可知这一回文诗图式方式是以山川星辰为形式,这是早期回文诗的图谶意识的表现。庾信《周上柱国宿国公河州都督普屯威神道碑铭》“降神中岳,回文列星”②也同样表达了这一观念。现今留存的回文诗,亦有早期图式化的手法。今《回文类聚》载《盘中诗》最末两句“其书不能读,当从中央周四角”③,可明了此诗正是以中心周四方的方式进行文字排列,且尚不能顺逆两读。《四库全书总目》之中《回文类聚提要》就曾对《盘中诗》进行了讨论:

> 又苏伯玉妻盘中诗,据《沧浪诗话》,自《玉台新咏》以外,别无出典。旧本俱在,不闻有图。此书绘一圆图,莫知所本。考原诗末句称,当从中央周四角,则实方盘而非圆盘,所图殆亦妄也。④

对于是方盘还是圆盘并不是重点。当我们了解了回文诗早期的图式化方式,就明白《盘中诗》其实就是文字的图式化排列,以中心延伸出的阅读方式。又,《隋志》著录苏氏作《织锦回文诗》,其《璇玑图·再叙》云:

> 回文诗图,古无悉通者。予因究璇玑之义,如日星之左右行天,故布为经纬,由中旋外,以旁循四旁,于其交会,皆契韵句。巡还反复,窈窕纵横,各能妙畅。又原五采相宣之说,傅色以开其篇章。其在经纬者,始于玑苏。诗始四字,其在节会者。右旋而出,随其所至,各成章什。⑤

---

① (唐)魏徵:《隋书》,中华书局2008年版,第1085页。

② (宋)李昉等:《文苑英华》(卷911),中华书局1966年版,第4795页。

③ (宋)桑世昌:《回文类聚》,《景印文渊阁四库全书》(1351册),台湾商务印书馆1986年版,第804页。

④ (宋)桑世昌:《回文类聚》,《景印文渊阁四库全书》(1351册),台湾商务印书馆1986年版,第794页。

⑤ (明)冯惟讷:《古诗纪》,《景印文渊阁四库全书》(1379册),台湾商务印书馆1986年版,第393—394页。

所谓“由中旋外，以旁循四旁”“日星之左右行天”，可见即便在文人化的回文体创作中，对于这种源于图谶意识的文字排列方式还是被保留的。只不过，这种图式化显得更具有文学的技巧性。文字的阅读方式不限于一种方式而形成了“纵横成章”“举一字皆可读”手法。这是在文人的创作中形成了更为成熟的回文体表现。《璇玑图》不仅有奇妙的文字排列方式，同时把谶纬思想中文字的色彩意识也保留了下来。宋黄伯思《东观余论》卷下《跋织锦回文图后》曰：

苏蕙《织锦回文诗》所传旧矣。故少常沈公复传，其画繇是若兰之才益著，然其诗回旋书之，读者惟晓外绕七言，至其中方则漫，弗可考矣。若沈公之博，亦谓辞句脱略，读不成文。殊不知此诗织成，本五色相宣，因以别三、四、五、七言之异，后人流传不复施采，故迷其句读，非辞句之脱略也。①

以此观之，明言“璇玑”之诗，以五色相配而取其断句之数，回文真义才现。由此可见，回文体对于图谶意识的继承关系。但随着文人化的回文体创作，对于不依赖图式化的回文诗创作方式出现了，回文体只单纯地表现为顺逆可读的诗歌创作。以《隋志》所载，《诗图》仅一卷，可见，当时的回文诗出现了不少非图式化的文字排列的表现方式。《艺文类聚》收王融、简文帝、梁邵陵王萧纶、梁定襄侯、庾信的回文诗，这些诗都可以首尾顺逆两读，但未见其有诗图之说。此说明文人对回文体的发展中，逐渐摆脱早期单纯图式化文字的方式，而走向了纯粹的娱乐性创作。唐代皮日休《杂体诗序》言：

晋傅咸有《回文反覆诗》二首云：“反覆其文者，以示忧心展转也，悠悠远迈，独茕茕是也。”由是反覆兴焉。

晋温峤有《回文虚言诗》云：“宁神静泊，损有崇亡。”由是回文兴焉。②

---

① （宋）黄伯思：《东观余论》，《景印文渊阁四库全书》（850 册），台湾商务印书馆 1986 年版，第 372—373 页。

② （唐）皮日休：《松陵集》，《景印文渊阁四库全书》（1332 册），台湾商务印书馆 1986 年版，第 269 页。

温峤与当时孙绰交好，现存孙绰有《赠温峤诗》。晋温峤作“回文虚言诗”，由是回文兴焉，依文所见，温峤作“回文虚言诗”，众人皆仿而效之，“回文兴焉”即文人作“回文虚言诗”始于温峤矣。两晋文人擅长文思，巧辞构句，文人多巧思成文以博求高名。一有新体，众人便相续模仿，是为当时拟体、杂体之盛的又一原因。而对于玄言诗的创作，回文诗体又为其提供了新的创作体裁。回文诗体对于玄言诗创作的兴盛，除文人争奇斗艳之外，实与回文诗体本身具有的特点有关。回文图式化文字排列方式，其纵横成章的特点，在“言意”关系之中，使言本身也呈现出无穷变化，而生成无穷之意。这一点对当时“言意之辩”的思想研究应该引起我们的重视。孙绰被后人誉为玄宗，可见当时是为玄言诗风行鼎盛之时，回文虚言诗的盛行，除了在内容上言“理”之外，又巧妙借助文辞图式方式，借有限之辞，以寄无穷之“道”是回文玄言诗盛行的又一个原因吧。

唐代之时回文大兴，对于回文体的定义中，回文早期起源于图式化的图谶思想已经不是回文体的重心，已经把早期的单纯回文图式化形式排除在外。唐代吴兢《乐府古题要解》卷下《回文诗》所言“右回复读之，皆歌而成文也。”①宋桑世昌云：“《诗苑》云：回文始于窦滔妻，反覆皆可成章，旧为二体，今合为一。止两韵者谓之回文，而举一字皆成读者，谓之反覆。”②所谓“止两韵者谓之回文”之言，据何文汇《杂体诗释例》所言，“大抵回文诗只能顺读及回读，而反覆则诗成环状，举一字往复读之，皆通且协韵。”③以此观之，对于回文诗体已经明确其回复可读，而没有了对于文字图式化排列的要求。这可以看到回文诗体从早期图式化方式发展为文人化创作的变化。

事实上，魏晋之后，对于早期回文的图式化表现依然存在。佛道两教都善于利用这种图式化的文字表现教义。道教许多符箓就是一种图式化文字的表现，此在《道藏》《藏外道书》诸经中随处可见，其文字布列多效《河图》《洛书》之法。但道教这种文字的布列是倾重于“道之源始”的神秘表现，由此，道教

① （唐）吴兢：《乐府古题要解》，《历代诗话续编》，中华书局1983年版，第62页。

② （宋）桑世昌：《回文类聚》，《景印文渊阁四库全书》（1351册），台湾商务印书馆1986年版，第795页。

③ 何文汇：《杂体诗释例》，香港中文大学出版社1986年版，第54页。

诗文多不表现为文人回文体创作方式,而多注重文字书写、诵读与时空顺序的关系,通过某种仪式表现出天人相通。道教有“回玄颂”这一形式。《中华道藏·洞真太上太霄琅书》卷十所载:

凡十方徊玄颂,先始北方,次东,次南,次西,次东北,次东南,次西南,次西北,上方,下方,是谓十方也。①

“回玄颂”是沿着一定时空顺序进行文字阅读的方式,与回文、回文体都有区别。佛教也大量采用回文体的方式,以此表现佛法旨义深微。宋代赞宁在《进高僧传表》中言“回文作颂,演无尽之法音。”②《回文类聚补遗》中录达磨《真性颂》,回环读之成四十首。③ 但亦有早期回文的图式化形式,据今之所见,1957年出土的唐代汉文《陀罗尼经》经咒印本,④可以看到这种图式化的回文方式,此经文中间为佛像,四周方形写汉文咒语。自内由外,从左而右阅读,其纸四边有结印。据文中所知,斯坦因在新疆甘肃一带,在敦煌千佛洞内亦发现与此相类似的经咒印本一张。并刊为手记,其记中有“若有人持此神咒者,所在得胜。若有能书写带在头者,若在臂者,是人能成一切善事,最胜清静,为诸天龙王之所拥护,又为诸佛菩萨之所忆念。”⑤这可见,图式化的文字排列方式目的在于加强这种神秘性的表现。

综观上述,刘勰所谓“回文之兴,则道原为始”,“道原”之义是刘勰明确了回文体与离合体一样,在汉代谶纬之学大兴之后被广泛运用,而文人又加以创作兴起的一种诗歌杂体,本源图谶一类,非“道庆”之误。而“回文”这一图式之法,在两晋文人化的诗歌创作之中,成为“回文体”,渐失其神秘性,而徒为其文人争技斗巧之戏作手段。但图式化的文字方式、回文体“纵横成章”之无

① (南北朝)佚名:《洞真太上太霄琅书》卷十,《中华道藏》第1册,华夏出版社2004年版,第700页。

② (宋)赞宁:《宋高僧传》,中华书局1987年版,第1页。

③ (宋)桑世昌:《回文类聚》,《景印文渊阁四库全书》(1351册),台湾商务印书馆1986年版,第823页。

④ 冯汉骥:《记唐印本陀罗尼经咒的发现》,《文物》1957年第5期。

⑤ 冯汉骥:《记唐印本陀罗尼经咒的发现》,《文物》1957年第5期。

穷旨义，也是当时“言意”关系的另一种表现形式。

不过，从回文体起源分析来看，这种源于图谶的神秘性思想被应用于当时的玄言诗创作之中，这一现象足以引起我们对图式化的诗歌创作与玄言诗关系的新思考。玄言诗对于“理”的表达不仅仅停留在诗歌内容创作中玄学入诗，此外亦通过图式化的文字方式进一步去契合对于“道”的表现，“理”的载体即是道，这种对于“道”的表现渴望，展现了玄学时期“道”作为文艺思想的中心地位。从前文孙绰《答许询诗》内容来看，诗的开头表现了“道”的感悟，而诗的末尾往往又落在了人生参悟之上，这种“由道及情”的创作模式与郭璞变创的“游仙”一路，会合道家之言已经完全不同，孙绰这一模式成为他许多玄言诗所固有的特征，如：

茫茫太极，赋授理殊。……奈何慈妣，归体幽埏。酷矣痛深，剖髓摧肝。（《表哀诗》）

大朴无像，钻之者鲜。玄风虽存，微言靡演。……辞以运情，情诣名遗。忘其言往，鉴诸旨归。（《赠温峤诗》）

浩浩元化，五运迭送。昏明相错，否泰时用。……励矣庾生，勉踪前贤。何以将行，取诸斯篇。（《与庾冰诗》）①

即使是江淹拟孙绰之诗的《杂体诗三十首之孙廷尉绰杂述》也同样出现了这一模式：

太素既已分，吹万著形兆。寂动苟有源，因谓殇子夭。……亹亹玄思清，胸中去机巧。物我俱忘怀，可以狎鸥鸟。②

此诗先言及“太素既已分，吹万著形兆”，即是“道化万物”，而最后诗言“物我俱忘怀，可以狎鸥鸟”，亦是落在人生的情怀理解。作为一代玄宗的孙

① 逯钦立：《先秦汉魏晋南北朝诗》，中华书局1983年版，第897—899页。
② （梁）萧统：《文选》，（唐）李善注，中华书局1977年版，第449—450页。

绰,这种创作风格与模式,自然也为他人所吸收,且看:

王羲之《兰亭诗》:

悠悠大象运,轮转无停际。陶化非吾因,去来非吾制。……谁能无此慨,散之在推理。言立同不朽,河清非所俟。①

孙统《兰亭诗》:

茫茫大造,万化齐轨。……凡我仰希,期山期水。②

此外,与孙绰并为玄宗的许询,由于所存诗少且不完整,其诗创作是否与孙绰相似不得而知,但据上文分析可见,许询与孙绰玄风各有所倾,据现残存许询的只言片语来看,他的诗风可能更接近郭璞所开创的游仙一路。总之,通过回文体的溯源分析,让我们从侧面了解到在当时的玄学之下,诗歌追求对于"道"的表现,回文虚言诗的兴盛就是这种对"道"追求的另类表现。通过孙绰的玄言诗分析,我们可以看到这种"由道及情"的人生关怀,是《老》《庄》与佛理的核心表现,也是玄言诗的核心表现。这一点,笔者将在下编部分有更为详尽的论述。

二、体则《诗》《骚》

对玄言诗的批评来看,南朝已经不同于两晋之时。如前所述,两晋之时诗歌批评强调"韵灵旨清"的诗歌内在艺术审美标准,而刘宋以后则日渐突出了儒家诗歌宗《诗》之"正""变"的特点,这与儒家文化的复兴关系甚密。赵翼《廿二史札记》中提到南朝多以寒人掌机要。认为:

① 逯钦立:《先秦汉魏晋南北朝诗》,中华书局1983年版,第895—896页。

② 逯钦立:《先秦汉魏晋南北朝诗》,中华书局1983年版,第907页。

至宋、齐、梁、陈诸君，则无论贤否，皆威福自己，不肯假权于大臣。而其时高门大族，门户已成，令、仆、三司，可安流平进，不屑竭智尽心，以邀恩宠，且风流相尚，罕以物务关怀，人主遂不能藉以集事，于是不得不用寒人。人寒则希荣切而宣力勤，便于驱策，不觉倚之为心膂。①

南朝的政治结构不同于两晋，而庶族的复兴实则加强了儒学的复兴。作为史学世家，裴子野《雕虫论》中的看法突出地反映了儒家文学观复兴的渴望，其中言："古者四始六艺，总而为诗，既形四方之风，且彰君子之志，劝美惩恶，王化本焉。后之作者，思存枝叶，繁华蕴藻，用以自通。若悱恻芳芬，楚骚为之祖……荀卿有言：'乱代之徵，文章匿而采。'斯岂近之乎！"②裴子野强调了诗"劝美惩恶"的道德功用，以致屈原之流亦加贬抑，凸显了他对于文学过分保守的倾向。但儒学的复兴，诗歌的批评自然也不同于两晋。但总的来说，南朝诗歌批评，虽然儒学复兴，宗《诗》意识加强的同时，还是延续了两晋时期提出的"诗缘情"的特征。强调了诗文中"情变"这一因素是诗文历代变革的原因。如《文心雕龙·明诗篇》言"铺观列代，而情变之数可监。"③《南齐书·文学列传》中所言"文章者，盖情性之风标，神明之律吕也。"④《文选·序》所言"文亦宜然，随时变改。"⑤南朝诗风本偏绮靡，香词艳藻呈出，这实则是非常重视世俗个人情感的表达，可以概括为"娱情"。刘勰《明诗篇》言"情必极貌以写物，辞必穷力而追新，此近世之所竞也。"⑥对于诗歌娱情风尚的风行，自然也是他们诗学批评对于"诗言高情"冷落、对于儒家诗学提倡的一个原因。他们重视"情变"为时代诗文屡变之因，在南朝玄风未退的风气之下，玄言诗也被视为这种情变的一个环节。罗宗强先生在《魏晋南北朝文学思想史》中谈道：

---

① 王树民：《廿二史札记校证》，中华书局 1984 年版，第 173 页。

② （宋）李昉等：《文苑英华》（卷 742），中华书局 1966 年版，第 3873—3874 页。

③ 范文澜：《文心雕龙注》，人民文学出版社 1958 年版，第 67 页。

④ （梁）萧子显：《南齐书》，中华书局 1972 年版，第 907 页。

⑤ （梁）萧统：《文选》，（唐）李善注，中华书局 1977 年版，第 1 页。

⑥ 范文澜：《文心雕龙注》，人民文学出版社 1958 年版，第 67 页。

要之，宋、齐两朝，思想领域中玄学思想已不占主要地位，玄风在士人生活情趣、生活方式中影响亦已淡化，儒学、玄学、佛学都并存着，而在政权领域内，儒学占着主要地位，在士人阶层中，儒学、史学、玄学、文学并无高下之分。①

罗先生这一结论是非常有说服力的。此时四学并立不偏，《宋书·列传第五十三·隐逸》载当时“四科”并设：

元嘉十五年，征次宗至京师，开馆于鸡笼山，聚徒教授，置生百余人。会稽朱膺之、颍川庾蔚之并以儒学，监总诸生。时国子学未立，上留心艺术，使丹阳尹何尚之立玄学，太子率更令何承天立史学，司徒参军谢元立文学，凡四学并建。②

又《南齐书·卷十六志第八》亦载：

右泰始六年，以国学废，初置总明观，玄、儒、文、史四科。③

玄风的尚存，司马光在《资治通鉴》中曾言“然则史者儒之一端，文者儒之余事；至于老、庄虚无，固非所以为教也。夫学者所以求道；天下无二道，安有四学哉！”④可见宋、齐之时，儒学并不兴盛，正如《隋书·牛弘传》中所言：“晋、宋之际，学艺为多；齐、梁之间，经史弥盛。”⑤儒、玄并行对于宋、齐时期的诗歌批评是非常有影响的。事实上，我们把檀道鸾、沈约、江淹等人的观点进行总结，可以发现他们并没有明显强调宗《诗》的这一思想，而是强调了“具美兼善”的特点。江淹拟孙绰、许询之诗就非常能说明他的诗歌主张。即使是刘勰、锺嵘、萧统等人，他们明确地表现了儒家体则《诗》《骚》的批评主张，然而在其诗歌风气的批评中，还是强调了“文染乎世情”的这一特征，只是把“诗言高情”排除于“诗言情”这一范畴之外。

---

① 罗宗强：《魏晋南北朝文学思想史》，中华书局2006年版，第133页。
② （梁）沈约：《宋书》，中华书局1974年版，第2293—2294页。
③ （梁）萧子显：《南齐书》，中华书局1972年版，第315页。
④ （宋）司马光：《资治通鉴》，中华书局1956年版，第3868—3869页。
⑤ （唐）魏徵：《隋书》，中华书局1973年版，第1299页。

（一）檀道鸾《续晋阳秋》

刘宋并列"四科"的文化现象影响了对于诗文的批评。儒、玄并列，檀道鸾最能反映这一思想在诗歌批评中的影响。刘孝标《世说新语》引檀道鸾《续晋阳秋》云：

（许）询有才藻，善属文。自司马相如、王褒、扬雄诸贤，世尚赋颂，皆体则《诗》《骚》，傍综百家之言。及至建安，而诗章大盛。逮乎西朝之末，潘、陆之徒虽时有质文，而宗归不异也。正始中，王弼、何晏好《庄》《老》玄胜之谈，而世遂贵焉。至江左李充尤盛。故郭璞五言始会合道家之言而韵之。询及太原孙绰转相祖尚，又加以三世之辞，而《诗》《骚》之体尽矣。询、绰并为一时文宗，自此作者悉体之。至义熙中，谢混始改。①

檀道鸾的这一观点，为我们描述了诗文发展的两条路线。其一，从汉时司马相如、王褒等至建安，又到西朝潘、陆，可为一脉相承，而"宗归不异"，即宗《诗》《骚》之体。其二，又有另一种诗风兴起，始自正始，而历西晋，至江左佛理之盛，其诗弃《诗》《骚》之体，而宗《老》《庄》，孙绰、许询并为文宗，再至义熙之时，谢混始改。如下表所示：

体则《诗》《骚》	自司马相如、王褒、扬雄诸贤，世尚赋颂。
	及至建安，而诗章大盛。
	逮乎西朝之末，潘、陆之徒，宗归不异也。
体则《老》《庄》	正始中，王弼、何晏好《庄》《老》玄胜之谈，而世遂贵焉。
	至过江，佛理尤盛。故郭璞五言始会合道家之言而韵之。
	询及太原孙绰转相祖尚，又加以三世之辞，并为一时文宗。
	至义熙中，谢混始改。

檀道鸾的描述是非常清晰的，他也告诉我们玄言诗风至始、至盛和至灭，实则不同于《诗》《骚》之体，而以《老》《庄》、佛理为其宗，由此孙绰、许询并为

① 余嘉锡：《世说新语笺疏》，中华书局 1983 年版，第 262 页。

"一时文宗"。檀道鸾强调了孙绰和许询的"玄宗"地位,实则已经明了,他对于体则《诗》《骚》与体则《老》《庄》两者的区别意图明确。东晋干宝的《晋纪总论》言"学者以《老》《庄》为宗而黜六经",而不以《老》《庄》为其六经之变,此一观点与檀道鸾的观点是一致的。当时之诗体则《老》《庄》,沈约所谓"为学穷于柱下,博物止乎七篇"①,萧统即有言"魏、晋浮荡,儒教沦歇"②,刘勰所谓"《庄》《老》告退,而山水方滋"③。可见,沈约、萧统、刘勰也是同意此一说法,但他们之间却有着一个关键的不同而没有引起后人注意。檀道鸾言"潘、陆之徒,宗归不异",即谓其宗源《诗》《骚》未变;而《诗》《骚》诗体尽矣,孙、询又为其"玄宗",是明源起正始之《老》《庄》。这两种诗风分有源头。刘勰之评,实则以儒家《诗》之"正""变"认为"体则《老》《庄》"是为变风,非诗之又一源也。这一点反映了梁代儒家诗学对于玄学的一种包容态度,比之干宝时期的完全对立已然不同。干宝所论、檀道鸾诗分两源的观点说明,玄学与儒学在两晋之时异质文化的对立是比较明显的。诗分两源也反映了宋时玄学与儒学并行,玄风未退,儒学渐兴的文化局面。

此外,檀道鸾"佛理尤盛"之说,亦颇有争议。因为"至过江,佛理尤盛"一语,《世说新语·文学第四》又作"至过江,李充尤盛。"这一条也成为一大讨论热点。余嘉锡在《世说新语·文学》注引此条时,有案语:

> 各本"至过江,佛理尤盛"。《文选集注》六十二公孙罗引檀氏《论文章》作"至江左,李充尤盛"。又案:《宋书·谢灵运传》论曰:"在晋中兴,玄风独扇。"《文心雕龙·明诗篇》曰:"江左篇制,溺乎玄风。"《诗品·序》曰:"永嘉贵黄、老,尚虚谈,爰及江左,微波尚传。"三家之言皆源于檀氏。重规迭矩,并为一谈。不闻有佛理之说。检寻《广弘明集》,支遁始有赞佛咏怀诸诗,慧远遂撰念佛三昧之集。虽在典午之世,却非过江之初。且系释家之外篇,无与诗人之比兴。檀氏安得援此一端,概之当世乎?况下文云郭璞始合道家之言而韵之,若必如今本,是谓景纯合佛理于

① (梁)沈约:《宋书》,中华书局1974年版,第1778页。
② (唐)姚思廉:《梁书》(卷48),中华书局1973年版,第662页。
③ 范文澜:《文心雕龙注》,人民文学出版社1958年版,第67页。

道家也。郭氏之诗以游仙为最著，今存者十余首。道家之言固有之，未尝一字及于佛理也。檀氏安得发此虚言，无的放矢乎？此必原本残阙，宋人肆臆妄填，乖谬不通，所宜亟为改正者矣。①

檀道鸾此说对于后世东晋诗风批评奠定了基础。作为诗学专著，刘勰的《文心雕龙》与锺嵘的《诗品》是六朝之时对于玄言诗批评最为重要的著作，对于后世诗学批评影响不言而喻。但也需要指出《宋书·谢灵运传》《文心雕龙·明诗》《诗品·序》三家皆言“玄风”，而不提“佛理尤盛”这一现象。余先生认为郭璞诗文道家之意甚浓而未及佛理。但此时正是佛教格义时期，理附于《老》《庄》。这一点，王瑶在《中古文学史论》中讨论玄言诗就持这样的看法②。锺嵘《诗品·郭璞》条下多引郭璞游仙之诗，而未见其《文选》，可见郭璞之诗残阙之甚。笔者认为，东晋佛理以格义为要，本尚义学，又多以《老》《庄》为释。佛理与《老》《庄》之玄风，晋人以为如出一辙，有“三语掾”之美谈。那么，“佛理”与“玄风”二词自不必过于在怀。檀道鸾离东晋未远，四科中儒、玄并举，佛理则包含于玄风之中，以“佛理”之义为其“玄风”之义亦未可知。

（二）沈约《宋书·谢灵运传》

檀道鸾谈及体则《诗》《骚》之外，又以体则《老》《庄》为诗的又一源头。对于体则《庄》《老》，从儒、玄并兴的现象来看，檀道鸾并不是一种否定批评的态度，相反是以一种与《诗》《骚》并列的态度在看待体则《老》《庄》之诗。实则，从两晋“诗缘情”的理论来看，玄理之诗为其“高情”的表达是被当时所认同且风行一时的，那么，体则《老》《庄》也自然被视为这种“诗言情”的体现。所以，强调体则《诗》《骚》在檀道鸾处还并不明显。而到了齐梁之时，这种“诗言高情”开始慢慢被排除于“诗言情”的范围之内，这是儒家诗学思想复苏的表现。

---

① 余嘉锡：《世说新语笺疏》，中华书局1983年版，第265页。

② 王瑶：《中古文学史论》，北京大学出版社1986年版，第246页。

从成书时间上来看,虽《宋书》的成书时间尚有争议,但却早于《文心雕龙》《南齐书》和《诗品》。据中华书局排印本《宋书》的《出版说明》可见:

南齐永明五年(公元四八七年)春,又命沈约修撰《宋书》。这时沈约为太子家令,兼著作郎。他依据何承天、徐爰等人的旧作补充修订,花了将近一年的时间,在永明六年(公元四八八年)二月完成纪传七十卷。沈约在当时的奏文中说"所撰诸志,须成续上",可见《宋书》的八志三十卷,是后来续成的。在八志中,《符瑞志》改称鸾鸟为神鸟,是避齐明帝萧鸾的讳;《律历志》改"顺"作"从"字,是避梁武帝父亲萧顺之的讳;《乐志》称邹衍为邹羡,是避梁武帝萧衍的讳。可见《宋书》的最后定稿,当在齐萧鸾称帝(公元四九四年)以后,甚至在梁武帝即位(公元五〇二年)以后了。①

由此可见,《宋书·谢灵运传》实则在488年以前就可能完成了。而刘勰《文心雕龙》的成书时间,据杨明照《文心雕龙校注》所引,《文心雕龙》成书于齐和帝中兴元、二年(501—502)。②《南齐书》则大约写于天监十三年至普通七年(514—526)。③ 锺嵘《诗品》据其选录原则"不录存者",而沈约卒于514年,可以认定《诗品》成书当在公元514—516年之间。④ 这样一来,就可以看到,《宋书·谢灵运传》诗文发展的批评,实则是为齐梁文学批评之先导。

从《谢灵运传》整个叙述来看,沈约对于诗文的发展以"情变"为其纽带。笔者试以表格概之⑤:

	民禀天地之灵,含五常之德,刚柔迭用,喜愠分情。夫志动于中,则歌咏外发。六义所因,四始攸系,升降讴谣,纷披风什。	虞夏以前,遗文不睹,禀气怀灵,理无或异。

① 中华书局编辑部:《〈宋书〉出版说明》,《宋书》,中华书局1974年版,第2页。

② 杨明照:《增订文心雕龙校注》,中华书局2000年版,前言。

③ 此说参阅许嘉璐主编:《二十四史全译·南齐书》出版说明,世纪出版集团、汉语大词典出版社2004年版。

④ 此参阅逯钦立:《〈诗品〉考实》,李思清、刘孝严整理,《古籍整理研究学刊》2010年第5期。

⑤ (梁)沈约:《宋书》,中华书局1974年版,第1778—1779页。

续表

周室既衰	风流弥著，屈平、宋玉，导清源于前，贾谊、相如，振芳尘于后，英辞润金石，高义薄云天。	自汉至魏，四百余年，辞人才子，文体三变。相如……班固……子建、仲宣……标能擅美，独映当时。是以一世之士……徒以赏好异情，故意制相诡。
自兹以降	情志愈广。王褒、刘向、扬、班、崔、蔡之徒，异轨同奔，递相师祖。虽清辞丽曲，时发乎篇，而芜音累气，固亦多矣。	
至于建安	曹氏基命，二祖陈王，咸蓄盛藻，甫乃以情纬文，以文被质。	
降及元康	潘、陆特秀，律异班、贾，体变曹、王，缛旨星稠，繁文绮合。	
有晋中兴	玄风独振，为学穷于柱下，博物止乎七篇，驰骋文辞，义单乎此。	
自建武暨乎义熙，历载将百	虽缀响联辞，波属云委，莫不寄言上德，托意玄珠，遒丽之辞，无闻焉尔。	
	仲文始革孙、许之风，叔源大变太元之气。	
爰逮宋氏	颜、谢腾声。灵运之兴会标举，延年之体裁明密，并方轨前秀，垂范后昆。	

这一种叙述方式在其后《文心雕龙·明诗》《诗品·序》《文选·序》中都可以得到体现。它强调了《诗》作为诗文最初“刚柔迭用，喜愠分情”的理想形态。自此之后的诗文变化，皆可以“文以情变”来概括。对于两晋玄风，在《谢灵运传》看来，言其“寄言上德，托意玄珠”实则是这种“情变”的结果。

两晋为玄风之溺，而《宋书》以殷仲文为玄风之革，谢混为其大变，与檀道鸾《续晋阳秋》“至义熙中，谢混始改”相同，而言其“柱下”“七篇”，亦是为《老》《庄》之义。《谢灵运传》对于玄言诗风的否定批评态度也并不明显，这一点，与他同时的江淹《杂体诗三十首·并序》所言可相互印证：

> 夫楚谣汉风，既非一骨。魏制晋造，固亦二体。譬犹蓝朱成彩，杂错之变无穷。宫角为音，靡曼之态不极。故蛾眉讵同貌，而俱动于魄。芳草宁共气，而皆悦于魂，不其然欤。至于世之诸贤，各滞所迷，莫不论甘而忌辛。……然五言之兴，谅非夐古。但关西邺下，既已罕同。河外江南，颇为异法。故玄黄经纬之辨，金碧浮沉之殊。仆以为亦各具美兼善而已。

今作三十首诗，学其文体，虽不足品藻渊流，庶亦无乖商榷云尔。①

江淹此文之序的态度可谓明了。他虽别楚、汉之风，魏、晋二体，但却以“蓝朱成彩，杂错之变”，是为相映而辉，不以高下论之。所谓“具美兼善”这一看法，是对于历来诗文“情变”等同观之的做法。他效孙绰、许询之诗，其玄言诗风颇得其法，可明江淹对于玄言诗是不排斥的。由此可见，宋初檀道鸾、沈约、江淹三人对于“文变染乎世情”的情变是为“具美兼善”的态度。

对比锺嵘《诗品·序》我们可以得见，两者在态度上有明显不同。锺嵘《诗品·序》言：

永嘉时，贵黄、老，尚虚谈。于时篇什，理过其辞，淡乎寡味。爰及江表，微波尚传，孙绰、许询、桓、庾诸公诗，皆平典似《道德论》。建安风力尽矣。②

锺嵘以“建安风骨”来比对玄言诗风，而又以“诗人之风，顿已缺丧”评其两汉之诗，可见，他宗《诗》的态度倾向最为明显。沈约《谢灵运传》中的诗文“情变”描述中，对于优劣的品评对比还是不明显的。由此，锺嵘对其玄风的态度比之《谢灵运传》更为明显地表现为批评态度。

沈约、江淹把诗文之变，视为情之变化，他虽然以重视“情变”“异情”的态度来看待诗文的发展，但把两晋玄风也视为这种情变过程的一环。比之于檀道鸾“体则《老》《庄》”的说法，明确了作为《诗大序》正、变诗风的一种态度，但对于“情”的理解来看，他还没有完成以儒家《诗》为核心的“情”这一内涵的重新界定，可以这样说，在《谢灵运传》中的“情变”观，“诗言高情”也被视为“情”的一种而未加以有意区别。随着儒家诗学“情”这一理解的加强，“高情”渐渐被排除在了“诗言情”这一内涵之外，郭璞诗歌“坎凛咏怀”的重新认识，就是这种“诗言情”确立的表现。《文选·序》直言“《老》《庄》之作，管孟

① 逯钦立：《先秦汉魏晋南北朝诗》，中华书局1983年版，第1569页。
② （南朝梁）锺嵘著，曹旭笺注：《诗品笺注》，人民文学出版社2009年版，第15页。

之流，盖以立意为宗，不以能文为本。今之所撰，又以略诸。”①则更为清晰地表明对于诗歌“高情”的区别。

（三）刘勰《文心雕龙》锺嵘《诗品》

刘勰《文心雕龙·明诗》篇所言：

> 乃正始明道，诗杂仙心；何晏之徒，率多浮浅。唯嵇志清峻，阮旨遥深，故能标焉。若乃应璩《百一》，独立不惧，辞谲义贞，亦魏之遗直也。晋世群才，稍入轻绮。张潘左陆，比肩诗衢，采缛于正始，力柔于建安。或析文以为妙，或流靡以自妍，此其大略也。江左篇制，溺乎玄风，嗤笑徇务之志，崇盛亡机之谈，袁孙已下，虽各有雕采，而辞趣一揆，莫与争雄，所以景纯《仙篇》，挺拔而为俊矣。宋初文咏，体有因革。《庄》《老》告退，而山水方滋。②

实则，刘勰在《明诗篇》中对于诗歌发展的叙述也是一种以“情”为其系纽。其言《明诗篇》言“铺观列代，而情变之数可监。”③与檀道鸾不同，沈约、刘勰并没有强调宗《诗》《骚》与《老》《庄》之别是为两种诗歌发展的不同脉络，而是使用单线脉络来勾勒魏晋诗风变化，强调了“情”的变化。这种诗风变化的勾勒，就是遵循《诗大序》中所谓正、变观念，以《诗》为其宗。

自商暨周，雅颂圆备

↓

楚国讽怨，离骚为刺

↓

汉初四言，韦孟首唱

↓

① （梁）萧统：《文选》，（唐）李善注，中华书局1977年版，第2页。

② 范文澜：《文心雕龙注》，人民文学出版社1958年版，第67页。

③ 范文澜：《文心雕龙注》，人民文学出版社1958年版，第67页。

建安之初，五言腾踊

↓

正始明道，诗杂仙心

↓

晋世群才，稍入轻绮

↓

江左篇制，溺乎玄风

↓

宋初文咏，体有因革

以上来看，刘勰更把这种玄风看作一种诗潮逐渐影响于魏、晋的诗歌创作，而至江左最盛。这也能从《文心雕龙·时序》中得到印证：

自中朝贵玄，江左称盛，因谈余气，流成文体。是以世极迍邅，而辞意夷泰，诗必柱下之旨归，赋乃漆园之义疏。故知文变染乎世情，兴废系乎时序，原始以要终，虽百世可知也。①

刘勰言"文变染乎世情"道出诗风变化的千古不变之道理。他的叙述明显表现为单线，他在《序志篇》中明言：

详观近代之论文者多矣：至如魏文述典，陈思序书，应玚文论，陆机《文赋》，仲治《流别》，宏范《翰林》，各照隅隙，鲜观衢路，或臧否当时之才，或铨品前修之文，或泛举雅俗之旨，或撮题篇章之意。魏典密而不周，陈书辩而无当，应论华而疏略，陆赋巧而碎乱，《流别》精而少巧，《翰林》浅而寡要。又君山、公干之徒，吉甫、士龙之辈，泛议文意，往往间出，并未能振叶以寻根，观澜而索源。不述先哲之诰，无益后生之虑。②

① 范文澜：《文心雕龙注》，人民文学出版社1958年版，第675页。

② 范文澜：《文心雕龙注》，人民文学出版社1958年版，第726页。

又《文心雕龙·通变篇》言：

> 夫青生于蓝，绛生于蒨，虽逾本色，不能复化……故练青濯绛，必归蓝蒨。矫讹翻浅，还宗经诰，斯斟酌乎质文之间，而隐括乎雅俗之际，可与言通变矣。①

刘勰以“宗经诰”作为诗歌通变的最后根据，表明他认为“变”只不过是“正”的另一种表现，有其根源的“不变”，这符合他一贯的儒家诗学立场。由此可见，刘勰认为前人诸议，皆“未能振叶以寻根，观澜而索源”，而其《文心》之作，就在于“囿别区分，原始以表末”。② 其《宗经篇》明言“赋颂歌赞，则《诗》立其本。”③由此，在其《明诗篇》中才言“《离骚》为刺”，以别其正、变。把这种“因谈余气”看作是诗歌史变化中的一个小插曲，这也表明了他的批评态度。他明言“嗤笑徇务之志，崇盛忘机之谈”“世极迍邅，而辞意夷泰”实则已经表明他的儒家批评立场，也表现了当时儒家诗歌批评的核心地位。事实上，梁武帝之时，儒学的发展是明显的。梁武帝天监四年《置五经博士诏》：

> 二汉登贤，莫非经术。服膺雅道，名立行成。魏、晋浮荡，儒教沦歇。风节罔树，抑此之由。朕日昃罢朝，思闻俊异，收士得人，实惟酬奖。可置《五经》博士各一人，广开馆宇，招内后进。④

檀道鸾并没有把儒家诗歌的核心地位凸显出来，而刘勰却是有意识地凸显儒家宗《诗》之精神，在《文心雕龙》中他明确地分列了《辩骚》《诠赋》《明诗》《乐府》四章。刘勰宗《诗》的立场不言而喻，这种宗《诗》的诗歌态度，梁代锺嵘《诗品》、萧统《文选·序》都能得到响应。单线叙述可以看到刘勰这种儒学立场的诗歌只能是“体则《诗》”，而所谓《骚》、赋是为一变，其《明诗篇》

---

① 范文澜：《文心雕龙注》，人民文学出版社1958年版，第520页。
② 范文澜：《文心雕龙注》，人民文学出版社1958年版，第727页。
③ 范文澜：《文心雕龙注》，人民文学出版社1958年版，第22页。
④ （唐）姚思廉：《梁书》（卷48），中华书局1973年版，第662页。

言："逮楚国讽怨，则《离骚》为刺。秦皇灭典，亦造《仙诗》。"①《诠赋篇》言"于是荀况《礼》《智》，宋玉《风》《钓》，爰锡名号，与诗画境，六义附庸，蔚成大国。遂客主以首引，极声貌以穷文。斯盖别《诗》之原始，命赋之厥初也。"②从这些言语中，我们明显地能感受到刘勰宗《诗》，辩诗之别流的特点。"《离骚》""仙诗"都是正风之变。所谓"溺乎玄风"自亦是一变，而非另有宗源。这一思想，也决定了刘勰对于郭璞游仙诗的态度不同于檀道鸾。

对于郭璞的批评，就檀道鸾而言，认为"郭璞五言始会合道家之言而韵之。"依文所见，江左玄风郭璞为始，许、孙祖尚，而又加三世之辞。由此，郭璞是为当时江左玄风的开导者，而许、孙又为之一变。《谢灵运传》中并没有提及郭璞之诗是为两晋玄风独振，而刘勰在评其"江左篇制，溺乎玄风"之后，对于郭璞则评之"景纯《仙篇》，挺拔而为隽矣"，其《南齐书·文学列传》中也提出"江左风味，盛道家之言，郭璞举其灵变，许询极其名理。"③由此可看出，对于郭璞游仙诗的重新认识，实则起于齐梁之时。言其"挺拔而为隽""举其灵变"，认为郭璞之诗为玄风之中独树一帜，似乎是把郭璞看作是东晋玄风盛时唯一符合儒家诗风的诗人。其《明诗篇》文中言"唯嵇志清峻，阮旨遥深，故能标焉""张潘左陆，比肩诗衢"可明摄其时代之英辞的用意。这一点，似乎在梁代得到普遍认同，锺嵘《诗品》之《晋弘农太守郭璞》：

> 宪章潘岳，文体相辉，彪炳可玩。始变中原平淡之体，故称中兴第一。《翰林》以为诗首。但《游仙》之作，词多慷慨，乖远玄宗。而云："奈何虎豹姿。"又云："戢翼栖榛梗。"乃是坎壈咏怀，非列仙之趣也。④

从以上所列，可以看到自刘勰之后，对于郭璞的评价便开始提高。其实，自檀道鸾、《谢灵运传》之后，郭璞得到重视，这一现象是值得深思的。

如前所述，南朝诗文之评，是接"诗言情"这一主题。但在檀道鸾、《谢灵

① 范文澜：《文心雕龙注》，人民文学出版社 1958 年版，第 66 页。
② 范文澜：《文心雕龙注》，人民文学出版社 1958 年版，第 134 页。
③ （梁）萧子显：《南齐书》，中华书局 1972 年版，第 908 页。
④ （南朝梁）锺嵘著，曹旭笺注：《诗品笺注》，人民文学出版社 2009 年版，第 144—145 页。

运传》处,“诗言高情”并没有被排除在“言情”之外。而自刘勰之后,“诗言情”这一命题开始有了变化,即这种“诗言高情”似乎已经被排除在“情”这一范畴之外。以“世极迍邅,而辞意夷泰”加以评论两晋玄风。这实则可以看到,对郭璞诗歌地位的重新认识,是“诗言情”这一命题内涵重新整理的结果。梁代诗学审美表现为“情必极貌以写物,辞必穷力而追新”的标准,这种对情的理解,是宗《诗》而主“情变”的表现,但在“情变”的主张中却明显排除了“高情”一类。这一点符合儒家《诗》对于情感的理解。对于郭璞的诗歌,刘勰言其“俊拔”,萧子显言其“灵变”,锺嵘评之“坎凛咏怀”,实则都是在强调,郭璞之诗是为寄怀之情,而非高情一路。

刘勰对于郭璞的评价实则还并不同于锺嵘。就《文心雕龙》其他处对于郭璞的评价:

> 景纯绮巧,缛理有余。①(《诠赋》)
>
> 景纯《客傲》,情见而采蔚。②(《杂文》)
>
> 景纯艳逸,足冠中兴,《郊赋》既穆穆以大观,《仙诗》亦飘飘而凌云矣。③(《才略》)

综合刘勰的看法,对于郭璞,就其游仙诗来说评之“飘飘而凌云”,实则表明郭璞并未脱其游仙之气;而“景纯艳逸,足冠中兴”,刘勰认为是因其摆脱“理过其辞,淡乎寡味”的诗风,而形成“艳逸”之体;在刘勰看来,郭璞之仙诗,实未脱其仙气,而评之“艳逸”这一点是可以肯定的。而所谓“挺拔而为隽矣”,实则表明郭璞之游仙却有不同于前人之处。但依锺嵘观点,所谓“始变永嘉平淡之体”的理解,是认为郭璞“《游仙》之作,词多慷慨,乖远玄宗”,这比之刘勰的观点已然泾渭了。需要说明的是,李充与郭璞同时,作《翰林论》以郭璞为首。但李充之文已佚,刘勰所言“景纯艳逸,足冠中兴”与锺嵘所言“变永嘉平淡之体”两者相较,应该可以看到的是:郭璞之诗以“艳逸”振“理过其

① 范文澜:《文心雕龙注》,人民文学出版社1958年版,第136页。
② 范文澜:《文心雕龙注》,人民文学出版社1958年版,第255页。
③ 范文澜:《文心雕龙注》,人民文学出版社1958年版,第701页。

辞，淡乎寡味”之风更为合理，而并非锺嵘所言“乖远玄宗”。这可以反映出锺嵘实则已经完全站在了一个儒家文人的立场之上。

而李充之时，玄风正盛，所以檀道鸾《续晋阳秋》才说：“正始中，王弼、何晏好庄、老玄胜之谈，而世遂贵焉。至江左李充尤盛。故郭璞五言始会合道家之言而韵之。”可见，他认为郭璞游仙诗的成功之处正是在于游仙诗会合道家之言，这可以看作是他对于郭璞“中兴第一”的看法。我们试总结三人对于郭璞“中兴第一”的评价变化：

檀道鸾：始会合道家之言；

刘勰：景纯艳逸，足冠中兴；

锺嵘：词多慷慨，乖远玄宗。

以上所见，檀道鸾认为郭璞之诗正是玄风之先导。刘勰对于郭璞的看法，处于檀道鸾与锺嵘两者观点的过渡，他既认同这种“艳逸”之风是为“变平淡之体”的原因，也肯定了郭璞“景纯《仙篇》，挺拔而为隽矣”特点。锺嵘则过多地重视这种“变创其体”，以至认为其“乖远玄宗”。三者变化明显，这种评价变化的原因是儒家思想对于诗学批评的影响所致。这种批评的变化可以看出，在梁时凸显出郭璞的诗歌以明《诗》风之正、变相继。檀道鸾的批评中，宗《诗》并不明显，体则《诗》《骚》与体则《老》《庄》表明是为两种诗歌风格的源头。而刘勰《文心雕龙·明诗》中以《诗》为其源头，《骚》为其变，《老》《庄》亦为其变。锺嵘《诗品》中认为《诗经》与《楚辞》为其两大源头。实则，《楚辞》之“怨”亦为《诗经》之“雅”变，此说同刘勰。

刘勰、锺嵘对于郭璞诗的认同，是从其宗《诗》之正、变来看的，但刘勰、锺嵘均没有明确郭璞游仙诗与《离骚》的关系，这种“寄兴”之用的评价还没有确定下来。《宋书》《文心雕龙》《诗品》三书创作时间相隔不远，但对于郭璞的态度隐约可见其变化。试比较锺嵘《诗品》中郭璞与嵇康两人，可以看出，评嵇康“然托谕清远，良有鉴裁，亦未失高流矣”。① 可见，他明显认为嵇康之诗

① （南朝梁）锺嵘著，曹旭笺注：《诗品笺注》，人民文学出版社2009年版，第118页。

未失高流的原因就是虽偏离渊雅之致，但仍有“托谕”之意。对于郭璞的评价中，却只明确了“词多慷慨，乖远玄宗”“坎凛咏怀，非列仙之趣”，但这并不能说明郭璞游仙诗是有《离骚》“寄兴”之用的。刘勰在其《明诗》中，把《离骚》、仙诗、郭璞游仙诗三者都看作是为《诗》的变风，但也未明确郭璞游仙诗是源自《离骚》。没有明确郭璞游仙诗继承《离骚》怨刺之法，就这一点来说，檀道鸾、刘勰与锺嵘三人看法是比较一致的。这样一来，一个潜在问题便产生了：《离骚》是为“寄兴”之用，仙诗是不是有“寄兴”之用呢？仙诗与郭璞游仙诗的关系应如何看待？这也为后来郭璞游仙诗与《离骚》关系的讨论、郭璞游仙诗的“寄兴”、仙诗与郭璞游仙诗关系埋下伏笔，成为明代、清代文人讨论郭璞游仙诗的重心。

从这一角度来看待三人之评，唯檀道鸾把宗《老》《庄》看做诗歌创作的另一源头，而非变，是为檀道鸾与刘勰、锺嵘之最大区别。

综上所观，虽然玄言诗刘勰有“江左篇制，溺乎玄风”，锺嵘有“平典似《道德论》，建安风力尽矣”这样的评价。但这种评价并不是一种彻底的、否定的态度，只不过是一种诗歌变风的态度。不能因其“世极迍邅，而辞意夷泰”“乖远玄宗”就认为刘勰、锺嵘对于玄风之诗的彻底否定。相反，把玄风之变纳入《诗》之正、变批评，是对于玄言诗某种程度的认同，这也为后人评晋诗“格高”奠定了基础。这一看法是可以成立的。锺嵘《诗品》把孙绰等人的诗列为下品，与班固、赵台、魏武帝、阮瑀、欧阳建、帛道猷同品，这实则非常能说明他对于玄言诗的一种态度，而《文选》收其江淹杂体诗三十首之《孙廷尉绰杂述》和《许徵君自序》，更可见对于玄言诗并非一概否定。

刘勰与锺嵘对于两晋玄风、郭璞游仙诗的评价，基本上奠定了后来两晋玄风、游仙诗的批评方向。

（四）余论

六朝之时，其玄言诗批评实则都放之于中国传统诗歌史的角度进行批评，认为其是变风。与两晋之批评不同，由此而得出玄言诗“平淡”这一特点。锺嵘《诗品》对于当时的玄言诗人进行了评价：

永嘉以来，清虚在俗。王武子辈诗，贵道家之言。爰洎江表，玄风尚备。真长、仲祖、桓、庾诸公犹相袭。世称孙、许，弥善恬淡之词。①

由此，“恬淡”“平淡”成为后人评价两晋玄言诗最重要的词汇。然两晋玄言诗唯理特点，实为“诗言志”到“诗言情”诗学主张的延续。沈德潜《清诗别裁集·凡例》中言：

诗之为道，不外孔子教小子教伯鱼数言，而其立言，一归于温柔敦厚，无古今一也。自陆士衡有缘情绮靡之语，后人奉以为宗，波流滔滔，去而日远矣。②

当诗学从“温柔敦厚”中释放出来，这种“缘情”的主张得到了极大的发展，作为一种新的诗学审美主张，其自身是没有约束意识的。正如挚虞所言，“丽靡过美，则与情相悖”，缘情泛滥的表现发展到了“高情”，而这种高情实则就是理的表现了。但这种高情既悖于“温柔敦厚”，又悖于“缘情”之“钟情我辈”。由此，刘宋之后，随着玄风渐衰，理、情相融，文人的诗歌创作得以转变。

在梁代之时，除《文心雕龙》《诗品》这两种关于诗歌批评的著作之外，对于后世影响最大的，还有《文选》。《文选》为文学史第一部文集。文集一类，最能反映时人对于前人文学之取舍态度。而《文选》之中，有几点值得我们重视：

其一，《文选》中少量典型玄言诗可见于游仙诗、赠答之类。《文选》之中，孙绰之诗未见，《兰亭诗序》及《兰亭诗》亦未见。此问题笔者后文会有讨论。《文选》对于大量的玄言诗虽皆未见录，但却选何劭、郭璞的游仙诗，这一点是同于《文心雕龙》《诗品》以郭璞为江左独兴的观点。王澧华《两晋诗风》认为：《文选》收录此诗，而东晋孙绰、许询诸人之诗一概抹杀，令人有标准尺度宽松不一之感。③ 事实上，就《文选》的整个体制来看，是有明显的宗《诗》《骚》之法。这种批评的方式，是要求把诗歌放置于一个标准的理想模式之

① （南朝梁）锺嵘著，曹旭笺注：《诗品笺注》，人民文学出版社2009年版，第239页。
② 沈德潜：《清诗别裁集》，中华书局1975年版，凡例。
③ 王澧华：《两晋诗风》，上海古籍出版社2005年版，第305页。

中，援其诗有“正”“变”之风。其《文选·序》中也明显“《老》《庄》之作，管孟之流，盖以立意为宗，不以能文为本。今之所撰，又以略诸。”①由此可见，在这种“诗言情”的标准之中，萧统不取孙、许，而取江淹拟诗，是认为江淹之作尚可是“情变之诗”，而非“老庄之文”。言理之高情的两晋玄风已经慢慢排除于“情”这一范围之内。

刘师培在《汉魏六朝专家文研究》中提出“论各家文章之得失应以当时人之批评为准”。认为：

> 据近人之言以评论六朝，亦不如唐宋人所见较确，盖去古愈近所览之文愈多，其所评论亦当愈可信也。②

从其文章之流传角度，檀道鸾所见必多于刘、钟。刘师培先生此观点值得我们重视。为什么两晋与刘宋以后的批评会呈现出不同？可以说，两晋儒法不盛，诗学中最有建树者，亦多为其诗歌创作之文人。文人兼创作与诗学，这使得此时的诗学非常重视其文学艺术本身的特点，探讨其辞藻、声韵、体制、音乐等因素，这是有利于诗歌艺术的发展的。而齐梁之后，诗的创作与诗学的整理明显相离。刘勰、锺嵘皆不以诗作当行，由此其本身的儒家文化对于诗学的渗透便不言而喻了。这可以很好地解释两晋与南朝批评的迥然不同。

其二，“清淡贻祸”的问题。这一点也是影响玄言诗评价的一个重要原因。但清谈是否贻祸却成为一个值得讨论的问题。在《世说新语》中就曾对此有讨论：

> 王右军与谢太傅共登冶城。谢悠然远想，有高世之志。王谓谢曰：“夏禹勤王，手足胼胝；文王旰食，日不暇给。今四郊多垒，宜人人自效。而虚谈废务，浮文妨要，恐非当今所宜。”谢答曰：“秦任商鞅，二世而亡，岂清言致患邪？”③

---

① （梁）萧统：《文选》，（唐）李善注，中华书局1977年版，第2页。

② 刘师培：《中古文学论著三种》，辽宁教育出版社1997年版，第137页。

③ 余嘉锡：《世说新语笺疏》，中华书局1983年版，第129页。

桓公入洛，过淮、泗，践北境，与诸僚属登平乘楼，眺瞩中原，慨然曰："遂使神州陆沈，百年丘墟，王夷甫诸人，不得不任其责！"袁虎率而对曰："运自有废兴，岂必诸人之过？"①

第二条引注《晋阳秋》曰："夷甫将为石勒所杀，谓人曰：'吾等若不祖尚浮虚，不至于此！'"②可见，东晋之时，已有"清言致患"之议，然清谈盛于东晋，享祚百余年，是为清淡之祸乎？实则，东晋之初，南渡君臣多有寄土之慨，吴地士族亦有轻谩之举，清谈之风，正可谓调和此中矛盾，非误国一言可妄断。直至清代，清淡是否贻祸才开始真正得到讨论，提出了许多质疑之声。清谈固盛于两晋，但并非亡国之主因。这里，不妨借用中国台湾地区学者李则芬的观点。

中国历史上，渡江自保的南朝，有东晋与南宋二代。赵宋是儒家一手包办的朝代，绝无谈玄歪风，然北宋无八王之乱而自亡，南宋则但靠纳岁币，以换取偏安之局，苟延残喘。反观东晋，尽管王导等但求自保，无规复中原之志，且常阻挠北伐谋议；先后仍有过不少远征壮举，破虏攻城，战绩甚著，如祖逖渡江的壮烈，陶侃之取襄阳，桓温之灭成汉（蜀），谢玄淝水之战大破前秦百万之众，最后还有刘裕击灭南燕及后秦。试问南宋有什么可称？西湖歌舞之风，更比东晋谈玄之风坏多了。③

对于清谈的认识是有利于玄言诗的客观评价的。以谢安之言，清谈虽盛于东晋，但绝非其亡祚的原因。此一点，清人看得甚是明了，此问题笔者后文再加论述。

① 余嘉锡：《世说新语笺疏》，中华书局 1983 年版，第 834 页。
② 余嘉锡：《世说新语笺疏》，中华书局 1983 年版，第 834 页。
③ 李则芬：《两晋南北朝历史论文集》（中），台湾商务印书馆 1980 年版，第 207—208 页。

第二章　唐至清：格高而趣异的确立

如今，我们对于两晋玄言诗的认识是建立在刘勰、锺嵘所评以及近现代文学史的批评态度之上，直觉上就会认为历代对玄言诗都是持否定态度的。诚然，晋诗没有成为中国诗歌的讨论重心，张健先生《清代诗学研究》一书论及诗学史上三次大的价值厘定，笔者以为可以为晋诗解释此疑惑。

> 自六朝至明末，诗学史上有三次大的价值厘定。第一次是唐代，但可以上溯到梁代的锺嵘。其《诗品》一是叙源流、二是评高下。上品诗歌的源头乃是《国风》《小雅》《离骚》。因而《诗》《骚》成为评判诗歌的价值标准。到唐代陈子昂肯定"汉魏风骨"，得到普遍的认同，汉魏诗歌传统实际上取得了亚经典的地位。第二次是在南宋末年，以严羽为代表，肯定盛唐诗的传统，批评宋诗传统，到元代确立了盛唐诗歌的正统地位。第三次是在明前后七子，上承严羽，在理论上肯定汉魏、盛唐的传统，并力图在创作上复现这种传统，使得回归汉魏、盛唐传统成为声势浩大的复古运动。云间、西泠派在公安、竟陵派打破了七子派确立的诗歌正宗之后，要重建汉魏、盛唐的正统地位，并且认定前后七子诗是汉魏、盛唐诗的继承者，这样就形成了诗歌史上汉魏、盛唐、明诗三个高峰时代。这三次价值厘定都是以追溯传统为特征。①

我们可以看到，在中国诗歌史上，《诗》、汉魏诗、唐诗、明诗成为中国诗歌

---

① 张健：《清代诗学研究》，北京大学出版社 1999 年版，第 74—75 页。

史上讨论的重心,而晋诗之所以较少被讨论,是因为它在中国诗歌发展中一直作为“变风”而没有成为讨论的中心。

在民国以前,我们尚没有文学史,但却有诗歌史。中国传统的诗歌史,都有着明显的宗《诗》思想。由此,形成了中国诗歌史独有的“辨体”观念。刘勰《文心雕龙·明诗》篇中以“正变”思想对于诗歌发展作了评价,可谓奠定了整个诗歌史的批评基调,但这实则也决定了历代对于晋诗的批评态度。唐、宋之后,晋诗被当作古诗,在体格上地位较高,晋诗中玄言诗风、典型的玄言诗派也没有被明显提及而加以否定,可见前人把当下所谓的“玄言诗”一直作为晋诗来看待。

唐至清的玄言诗批评史研究中,笔者打算从以下角度来进行分析:其一,首先根据历代对于晋诗的批评态度整理,以此来察看其中对于玄言诗风的态度。其二,选取当下玄言诗研究中最为典型的阮籍嵇康诗、郭璞游仙诗、东晋僧诗、《兰亭集序》以及《兰亭诗集》、陶渊明诗来查看历代对于玄言诗的态度。其三,唐至清代的批评中,虽然没有提出“玄言诗”这一概念,但却提出一些与之相近的概念,笔者对其进行简单理清,以利于我们更好地理解这种诗风在历代批评中的表现。

一、晋诗的历代评价

前文已经提到,刘勰、锺嵘站在儒家立场上,并没有彻底否定玄言诗风,而以一种变风的态度评价玄言诗。这里,我们拟更进一步,通过唐至清代对于晋诗态度的辨析,以此来审视他们对玄言诗风的态度。

唐代初期,儒学虽兴,但对于两晋、六朝实则是一种兼取的态度。罗宗强在《隋唐五代文学思想史》中就谈道:“他们反对的,是绮艳的与纵欲生活相联系的文学,而不反对文学的艺术特点。”①“魏徵明确提出融合南北文学的特点,……他在《隋书·文学传序》中说:若能取江左清绮的文辞,河朔刚贞的词

① 罗宗强:《隋唐五代文学思想史》,中华书局2003年版,第24页。

义……这是中国文学思想史上第一个提出合南北文学之所长的主张。”①陈子昂主张诗追汉魏,而对于晋诗亦言“有可征者”而并未完全否定。他在《修竹篇·并序》中言:

文章道弊五百年矣!汉魏风骨,晋、宋莫传,然而文献有可征者。仆尝暇时观齐、梁间诗,彩丽竞繁,而兴寄都绝。②

而杜甫对其前人诗歌态度亦有“不薄今人爱古人,清词丽句必为邻”③之言,“清词”二字,可概为杜甫对于晋诗之评。唐殷璠《丹阳集序》云:

李都尉没后九百余载,其间词人不可胜数。建安末,气骨弥高,太康中,体调尤峻,元嘉筋骨仍在,永明规矩已失,梁、陈、周、隋,厥道全丧。盖时迁推变,俗异风革,信乎大文化成天下。④

殷璠所论,可见诗以永明为界,而至梁、陈道丧无剩,晋诗是为古诗之流明了。诗至晚唐,山水吟咏精神颇似晋风。晚唐体诗歌虽然与东晋时大为不同,其内在精神却是相通的。宋代以后,常以东晋风流、晚唐诗相提。刘克庄诗宗晚唐,常以晚唐之诗、晋人之咏相提并论。其《自昔》《自勉》两诗可见:

自昔英豪忌苟同,此身易尽学难穷。习为联绝真唐体,讲到玄虚有晋风。(《自昔》)⑤

海滨荒浅幼无师,前哲藩篱尚未窥。玄咏易流西晋学,苦吟不脱晚唐诗。(《自勉》)⑥

---

① 罗宗强:《隋唐五代文学思想史》,中华书局2003年版,第25页。

② 陈子昂:《陈子昂集》,中华书局1960年版,第15页。

③ 郭绍虞:《杜甫戏为六绝句集解》,人民出版社1978年版,第36页。

④ (宋)陈应行编:《吟窗杂录》,中华书局1997年版,第1107页。

⑤ 孙钦善等主编:《全宋诗》(58册),北京大学出版社1991年版,第36174页。

⑥ 孙钦善等主编:《全宋诗》(58册),北京大学出版社1991年版,第36195页。

把晚唐与晋朝风流相提的诗作,也可表明这种内在精神的相通性。南宋晚期江湖派、明代性灵派这些宗晚唐的诗派,对于东晋诗的看法,自然也会相对更高。宋代理学虽兴盛,但对于晋诗,则视之为古诗之流。《诗人玉屑》载朱熹《晦庵谓胸中不可着一字世俗言语》一文,把诗歌自上古以来,分为三个时期:

古今之诗,凡有三变:盖自书传所记,虞、夏以来,下及汉、魏,自为一等。自晋、宋间颜、谢以后,下及唐初,自为一等。自沈、宋以后,定著律诗,下及今日,又为一等。然自唐初以前,其为诗者固有高下,而法犹未变;至律诗出,而后诗之与法,始皆大变,以至今日,益巧益密,而无复古人之风矣。①

朱熹对于诗歌的看法很有代表性。首先,他把晋诗归为二等之列,是为古诗之流。这一点,也是历来对于晋诗的看法。

此外,其言"自唐初以前,其为诗者固有高下而法犹未变",指明了中国传统诗学批评的重要法则,即格调为重。诗固有高下,而体格尤高,是谓历代对于晋诗不变之看法。除晋诗格高之外,亦有评晋诗"拔俗"之说。朱松《韦斋集》卷九《上赵漕书》:

魏晋以降,迨及江左,虽已不复古人制作之本意,然清新富丽,亦各名家,而皆萧然有拔俗之韵。至今读之,使人有世表意。②

朱松认为魏晋之诗,"虽已不复古人制作之本意"而却"萧然有拔俗之韵"。可谓诗格之评外,对于玄风诗味的认同。此外,朱弁《风月堂诗话》言:

魏曹植诗出于《国风》,晋阮籍诗出于《小雅》,其余递相祖袭,虽各有

① (宋)魏庆之编:《诗人玉屑》,中华书局2007年版,第5页。

② (宋)朱松:《韦斋集》,《四部丛刊续编》,上海书店出版社1934年版,第9页(上下页)。

> 师承，而去《风》《雅》犹未远也。自魏晋至宋，雅奥清丽，尤盛于江左；齐、梁已下，不足道矣。唐初，尚矜徐、庾风气，逮陈子昂始变；若老杜，则凛然欲方驾屈、宋，而能允蹈之者；其余以诗名家尚多，有江左体制。至五季则扫地无可言者，唐人尚不能及，况晋、宋乎？晋、宋尚不能及，况《风》《雅》乎？①

以“清奥雅丽”而盛于江左，可见朱弁对晋诗颇有好感，认为晋诗格高而不卑，宋人将齐梁之诗与晋诗相比，认为晋诗更近风雅。宋代理学的发展，使得诗歌审美倾向于重理之“清真”“平淡”，评晋诗“清虚”也并未见对其大加否定。朱熹言“《选》中刘琨诗高，东晋诗已不逮前人”，②也只是从诗的正变角度来评价东晋诗的地位逊于前人而已。朱熹言“刘琨诗高，而东晋诗不逮”表明他认为东晋诗平淡而缺俊健的态度。朱熹的诗论兼俊健、平淡之风。郭绍虞《朱子之文学批评》一文中认为：“由诗人的见地言，于是拈出两个观点：一曰俊健，一曰平淡。健，则不求其辞之工而自能工；淡，而不求其格之高而自能高。所以这两个观点虽似矛盾、抵触，而可以融合成一特殊的风格。”③宋人诗以平淡为高。葛立方《韵语阳秋》有载：

> 陶潜、谢眺(应为：谢朓)诗皆平淡有思致……大抵欲造平淡当自组丽中来，落其华芬然后可造平淡之境，如此陶谢不足进矣。今之人多作拙易诗而自以为平淡，识者未尝不绝倒也。梅圣俞《和晏相》诗云：“因令适性情，稍欲到平淡。苦词未圆熟，刺口剧菱芡。”言到平淡处，甚难也。所以赠杜挺之诗有“作诗无古今，欲造平淡难”之句。李白云：“清水出芙蓉，天然去雕饰。”平淡而到天然处则善矣。④

平淡而至天然，即为宋人推崇之“平淡”。但宋人“平淡”的诗学观其实已

① (宋)朱弁：《风月堂诗话》，中华书局1988年版，第99页。

② (宋)黎靖德编：《朱子语类》，王星贤点校，中华书局1986年版，第3324页。

③ 郭绍虞：《照隅室古典文学论集》上册，上海古籍出版社1983年版，第422页。

④ (宋)葛立方：《韵语阳秋》，上海古籍出版社1984年版，第6页。

经融入颇带禅意的人生观。魏庆之《诗人玉屑》卷十载苏轼之论。"大凡为文,当使气象峥嵘,五色绚烂,渐老渐熟,乃造平淡。余以谓不但为文,作诗者尤当取法于此。"①"平淡"的诗境观,实则是人生的历练修行观,是对于人生的一种证悟。诗学中"平淡"就是人生的"去执",就是"天然",这其实已开明代诗学"情性观"之先,但宋代"平淡"的诗学观符合儒家诗学"温柔敦厚"的要求的,宋代诗学讲"趣",这是人生之理的实处,它是人的情性的合理流露,而不是随意的流露。这就是理当与不当的问题。且看:

然文章论当理与不当理耳,苟当于理,则绮丽风花,同入于妙;苟不当理,则一切皆为长语。上自齐梁诸公,下至刘梦得、温飞卿辈,往往以绮丽风花,累其正气,其过在于理不胜而词有余也。②

当与不当,实则是儒家"温柔敦厚"的要求,是对于情感的克制表现。不当,就是词过而显得理虚。宋诗平淡与晋诗所谓"恬淡""平淡"相校,就是晋诗词胜而理虚。葛立方认为苦词、刻意之句皆非平淡之美,晋诗虽平淡而天然处犹欠。晋、宋平淡之别,明人许学夷看得真切,《诗源辩体》卷六:

晋人贵玄虚,尚黄老,故其言皆放诞无实。陶靖节见趣虽亦老子,而其诗无玄虚放诞之语。中如"纵浪大化中,不喜亦不惧……"等句,皆达人超世、见理安分之言,非玄虚放诞者比也。③

在许学夷看来,晋人玄虚皆言其放诞而无实,陶靖节之玄是为趣,见理安分之言,两者一虚一实。实则,辨陶渊明于晋代之诗,犹是辨司马之晋与赵宋"平淡"之别也。

宋代言晋诗"清虚"之评,赵孟坚《赵竹潭诗集序》:

---

① (宋)魏庆之编:《诗人玉屑》,中华书局2007年版,第302—303页。
② (宋)魏庆之编:《诗人玉屑》,中华书局2007年版,第309页。
③ (明)许学夷:《诗源辩体》,人民文学出版社1987年版,第105—106页。

由汉苏李五言、建安七子、晋宋之清虚、齐梁之靡丽，至唐而歌行、吟谣、怨叹、词曲等此而律生焉。诗之体备，而诗亦变矣。①

南宋末期，对于诗歌辩体，渐有一代自有一代之诗的看法：

自汉以来，各自立一家之体，则诗人之风，如建安之风豪健，晋宋之风放荡，齐梁之风流丽，其余随其所长，各自为一家之风。②

但"清虚"之意，实言晋诗重玄远有余，而切物不足。叶适言"盖魏晋名家，多发兴高远之言，少验物切近之实。"③此番可见"清虚"偏于虚而少实。但"清虚"亦非否定晋诗，尤其到了南宋四灵晚期，随着诗宗晚唐的风气提倡，对于晋代之诗更有追慕之情。许月卿《赠程惠子》：

我朝诗道愧唐人，魏晋风流更勿论。庄子于今逢惠子，孔门自昔契程门。君宜莺出云霄路，我亦猿吟烟水村。趁取山人来离谷，梅花湖上返诗魂。④

此时对于晋诗的批评中陆游之评最为可观。他同江湖派一样，流露出对于晋代风流的倾慕。其诗言"诗吟唐近体，谈慕晋高流。"⑤（《秋晚》二首之一）"奇文窥楚屈，妙理玩蒙庄。"⑥（《新凉》）晚唐之幽清与晋代风流实为同一种精神气质的产物。东晋之末、晚唐之际、南宋陆游之时，都是国难民危，士人心愫惆怅之时。此等消极心境，老庄文化最易侵入人心，染指玄理是为必然。身为儒家身份的诗人，陆游曾对《世说新语》重新校订、并附后跋，对东晋《兰亭诗集》也有"清真"之评（见后文《兰亭序》《兰亭诗集》一节的讨论），不难看

① （宋）赵孟坚：《彝斋文编》（卷3），嘉业堂刊本。
② （宋）魏庆之编：《诗人玉屑》，中华书局2007年版，第385页。
③ （宋）魏庆之编：《诗人玉屑》，中华书局2007年版，第629页。
④ 孙钦善等主编：《全宋诗》（65册），北京大学出版社1991年版，第40552页。
⑤ 孙钦善等主编：《全宋诗》（40册），北京大学出版社1991年版，第25046页。
⑥ 孙钦善等主编：《全宋诗》（41册），北京大学出版社1991年版，第25694页。

出当时陆游的心境。

宋代诸人对于晋诗的"格高"评价奠定了后来晋诗批评的基调，相比齐梁之体，更近《风》《雅》。元代延续了南宋的诗学思想，元好问《论诗三十首》其三有评云：

> 邺下风流在晋多，壮怀犹见缺壶歌。风云若恨张华少，温李新声奈尔何！①

翁方纲《石洲诗话》"此首特举晋人风格高出齐、梁也，非专以斥薄温、李也。"②晋诗格高之评，自宋代而明晰。

明代的诗学可以看作是前后七子的"格调"倾向与公安、竟陵派的"性灵"主张为代表的诗学思想。统而言之，"格调"重在"辨体"，以《诗》为宗，是为朱熹理学之延续；而"性灵派"主张真情性，实则又是王阳明心学之盛的影响。朱熹之理学、阳明之心学同源于二程理学。由此，明代诗学"格调""性灵"并非完全对立，只是各有倾向，明代后期相互吸取更为明显。理学评诗，重在谈"真"。由此，明代"格调派"与"性灵派"诗歌主张，皆可以"真诗"为诗歌最高目标。只不过，真之理解不同。朱东润先生对此有言：

> 明代人论诗文，时有一"真"字之憧憬往来于胸中。惟其知"真"之可贵，故不忌常俗而一味求之于俚歌野语之中。……自其相同者而言之，此种求"真"之精神，实弥漫于明代之文坛。空同求"真"而不得，则赝为古体以求之；中郎求"真"而不得，则貌为俚俗以求之；伯敬求"真"而不得，则探幽历险以求之，其求之之道不必正，而其所求之物无可议也。此犹昏夜独行，仰视苍穹，大熊煌煌，北极在上，而跬步所指，横汙行潦，断汊绝港，杂出其左右，虽一步不可复前，其方向固不谬。明人或以赝求"真"，其举措诚可笑，然其所见，论真诗，论诗本，论各言其所欲言，不误也。自

---

① 郭绍虞：《元好问论诗三十首小笺》，人民出版社 1978 年版，第 60 页。
② 郭绍虞：《元好问论诗三十首小笺》，人民出版社 1978 年版，第 60 页。

明而后,迄于清代,论者言及明人,辄加指摘,几欲置之于不问不闻之列而后快,此三百年来覆盆之冤,不可不为一雪者也。①

实则,“真诗”之求,宋人又何尝不是?只不过宋人“真诗”,是为人情事理之中见其天理。而明人求之于诗体的外化道德标准和求之于“心”内化道德标准。但不管是重“格调”还是重“性灵”,都必然会对晋诗有一个较高的评价。明人以清虚比之华绮,则觉其华绮更厌,伤其真美。方弘静《客谈》言:

晋宋之际,遗道家之言,吟讽满纸,不出五千文耳。锺参军云:“殆无诗乎?”讵不然哉!仲伟,梁人也,齐、梁之后,华绮之可厌,甚于清虚,非特平上去入,为伤真美而已。②

而从诗重格调来看,晋诗明显早于唐诗、宋诗,重视格调的正变,就必然会认同这一推论。毛先舒同七子派一样,认为六朝诗比唐诗更多地继承了传统,《诗辩坻》卷一中有:

汉变而魏,魏变而晋,调渐入俳,法犹抗古。六代靡靡,气稍不振,矩度斯在。何者?俳者近拙,拙犹存古。藻者征实,实犹存古。③

张健先生《清代诗学研究》一书中,把这种重视诗体辨源的主张称为“格调优先”,是一种外在道德评价的体现。对于晋诗来说,其格调明显是优于唐、宋的。而对于“性灵派”来说,主张心性自足,真诗是为性情之流露,则称为“情性优先”。这必然会导致承认一切性情之语、之诗都是真诗,因此,“性灵派”实则是最主张一代自有一代之诗,袁宏道《张幼于》一文大赞宋诗,言

① 朱东润:《中国文学论集》,中华书局1983年版,第88—89页。

② (明)方弘静:《客谈》,吴文治主编:《明诗话全编》,江苏古籍出版社1997年版,第3841页。

③ (清)毛先舒:《诗辩坻》,《四库全书存目丛书补编》(45册),齐鲁书社2001年版,第172页。

“世人卑宋黜元,仆则曰诗文在宋元诸大家……何者?见从己出,不曾依傍半个古人,所以他顶天立地,今人虽讥讪得,却是废他不得。”①中郎之论,实谓各代之诗人自有情性。这种重性情而轻体格的主张,对于晋诗的赞同态度则明显高于格调派。

明代心学对于禅学思想的融入更为明显,以李贽之“童心说”为心学又一大变,颇具狂禅精神。因此,明代对于晋诗的批评,多评其“恬淡”而非宋人评之“清虚”。明代许相卿《诗纪》云:“张君祖、庾(又作‘康’)僧渊诗皆恬淡雅逸有晋风。”②其《云村集》卷七《悔言序》:

观江左以还,章逢辞气,记载尺牍类,皆直而简,恬而旷,畅达而远,即方言而和易,见于俚近,着家人语而昵昵恳欵,慰爱蔼如,言在带下目前,意自悠玄隽永,斯简之得已矣。后来工言者尽意摹袭,了不能似,盖难乎真焉耳!苏子瞻曰:“有意而言,意尽而止。”天下之至言也,岂非真之谓耶!是故简尺以真不以文,然而真未尝不文也。故曰晋人言语用以为文,当妙绝今古,何耶?真故耳!③

又如郝敬《艺圃伧谈》:

晋诗多清响,至宋谢康乐而后加绮丽,至梁、陈而后加妩媚。故唐人变为雄整。世运所移,不可留也。论者崇奖唐人,遂尽绌六朝。至于任气狂骋,其习愈卑。④

明代逐步明确了一代自有一代之诗的思想,这已经有别于传统的“正变”

---

① (明)袁宏道:《袁宏道集笺校》,钱伯城笺校,上海古籍出版社 1981 年版,第 501—502 页。

② (明)周婴:《卮林》(卷 5),《景印文渊阁四库全书》(858 册),台湾商务印书馆 1986 年版,第 100 页。

③ (明)许相卿:《云村集》,《景印文渊阁四库全书》(1272 册),台湾商务印书馆 1986 年版,第 211—212 页。

④ (明)郝敬:《艺圃伧谈》,吴文治主编:《明诗话全编》,江苏古籍出版社 1997 年版,第 5907 页。

诗学批评。所谓正变之评，是认为“变”偏离“正”，则“变体”不仅体格不如“正体”高，而且其合法性也被削弱。而明代提出的“一代自有一代之诗”，却强调了正体、变体都具有这种合法性。屠隆《鸿苞节录》中言：

> 气运尚随世递迁，天地有劫，沧桑有改，而况诗乎？故论诗者，政不必区区以古绳今，各求其至可也。论汉魏诗，当就汉魏求其至处。不必责其不如《三百篇》。论六朝诗，当就六朝求其至处，不必责其不如汉魏。论唐人诗，当就唐人求其至处，不必责其不如六朝。汉魏凄惋如苏李，沈至如《十九首》，高华如曹氏父子，何必《三百篇》？六朝冲元如嗣宗，清奥如景纯，深秀如康乐，平淡如光禄，婉壮如明远，何必汉魏？①

王文禄《文脉》中言：

> 夫文之聚不一也，随时变焉，心一也。是故圣学息而变纵横，纵横变为经术，经术变为名节，名节变为清谈，清谈变为诗赋，诗赋变为学究，明经又变为道学。②

明代诗学中以“恬淡”评晋诗，也表明了诗学中禅宗思想成为诗歌审美的又一标准。平淡、理趣成为诗缘情之外的又一种诗歌趣味。

清代之诗学总体上是格调派与性灵派主张渐渐相融的态势，以沈德潜、袁枚的诗学为其代表。③ 实则，清人重考据、义理。对于晋诗清谈贻祸，便提出了不同于前人的看法。清谈贻祸，不仅是影响晋代以后对于晋世清谈印象的

---

① （明）屠隆：《鸿苞节录》，吴文治主编：《明诗话全编》，江苏古籍出版社 1997 年版，第 4955—4956 页。

② （明）王文禄：《文脉》，《四库全书存目丛书·集部》（417 册），齐鲁书社 1997 年版，第 103 页。

③ 张健先生在《清代诗学研究》中说：“把沈德潜与袁枚的诗学放到七子派与公安派两大诗学流派的背景中来看的话，沈德潜无疑近于七子派，而袁枚则近于公安派。但是沈德潜也吸收了性灵派的主性情的观点，而袁枚实际上也吸收了格调论的观点。尽管他们有基本立场的差异，但是他们的诗学也有相通之处。”（张健：《清代诗学研究》，北京大学出版社 1999 年版，第 753 页。）此说甚允，由此笔者认为清代诗学实为两种诗学的相融发展。

原因,同时也是影响因谈余气而形成的玄言诗风评价的原因之一。宋代王安石就曾写过《谢安诗》云:“谢公才业自超群,误长清谈助世纷。秦、晋区区等亡国,可能王衍胜商君。”①吕祖谦有《晋论》一文,文中直言“以正统所系,天下共主,而百余年不能平天下,雪仇耻,恢复旧物,晋之君臣可罪矣……今夫晋室南迁,士大夫袭中朝之旧,贤者以游谈自逸,而下者以放诞为娱……”。② 明代陆云龙《清语题词》言:

> 自典午清谈贻祸,忧世者不作道学面孔,便作痛哭流涕景色,乃持世愈危,世且腐之狂之,揶揄不置。③

可见,清谈与玄言诗的批评是不无关系的。但明代之时,文人也有不同的声音。文徵明在其《重修兰亭记》里言:

> 晋之为国,迄以不竞。迹其所为,岂空言无实者?使其得志,行其所学,而功烈施置,当不在茂弘、安石之下,时不能用而敛其所为,优游于山林泉石之间,至于誓墓自绝。呜呼!岂其本心哉!④

在文徵明看来,文人清谈,并非其所愿,乃因“时不能用而敛其所为,优游于山林泉石之间”。清谈的原因归为当时朝野局势,不能知人善用。曹学佺《石头庵集序》对清谈贻祸也有质疑之声。

> 夫人不常言,晋以清谈取祸者乎?晋室东渡功必首王谢矣,新亭数语,群兴克复之心,对奕如常,已知肥水之捷。夫不谈则不成王谢,无王谢

---

① 刘乃昌、高洪奎:《王安石诗文编年选释》,山东教育出版社1992年版,第215页。

② (宋)周应合:《景定建康志》,《景印文渊阁四库全书》(489册),台湾商务印书馆1986年版,第404页。

③ (明)陆云龙:《翠娱阁行笈必携·清语题词》,吴文治主编:《明诗话全编》,江苏古籍出版社1997年版,第7913页。

④ (明)文徵明:《甫田集》,《景印文渊阁四库全书》(1273册),台湾商务印书馆1986年版,第139页。

则不足以祚晋，是晋得谈力也。何祸之有？[1]

但明代持此论者还不甚多，在清代之时，随着史学考据的兴盛，清谈贻祸也开始得到更多的质疑。吴邵袁《世说新语》序言：

余家藏宋本，是放翁校刊本。谢湖躬耕之暇，手披心寄，自谓可观。爰付梓人，传之同好。因叹昔人论司马氏之祚亡于清谈，斯言也无乃过甚矣乎？[2]

而钱大昕《廿二史考异》卷一八《晋穆帝永和七年》条曰："东晋君臣虽偏安江左，犹能卓然自立，不与刘、石通使。旧京虽失，旋亦收复，视南宋之称臣称姪恬不为耻者，相去霄壤矣，讵可以清谈轻之哉！"[3]赵翼《廿二史札记》认为东晋多幼主，"然东晋犹能享国八九十年，则犹赖大臣辅相之力。"[4]这都是史学考据之兴所带来的。清诗兼融格调与情性，而晋诗作为古诗，自然认为其体格亦很高。钱谦益《题徐季白诗卷后》云：

天地之降才，与吾人之灵心妙智，生生不穷，新新相续。有《三百篇》，则必有楚《骚》；有汉、魏建安，则必有六朝；有景隆、开元，则必有中、晚及宋、元。[5]

钱谦益不仅对于诗之正变进行描述，更延续了明代末期的诗体辨源观念，承认了各个时期诗变体的合法性，更为坚决地肯定了各个时期诗体的产生有其自身原因和特点，是为不可代替，有其因果。而诗歌之渐变这一点，在叶燮《原诗》之评中亦可得见：

---

① （明）释如愚：《石头庵宝善堂诗集》，《禅门逸书》，明文书局股份有限公司 1981 年版，序。
② 余嘉锡：《世说新语笺疏》，中华书局 1983 年版，第 931 页。
③ （清）钱大昕：《廿二史考异》，上海古籍出版社 2004 年版，第 323 页。
④ 王树民：《廿二史札记校证》，中华书局 1984 年版，第 163 页。
⑤ （清）钱谦益：《牧斋有学集》，上海古籍出版社 1996 年版，第 1563 页。

汉、魏之诗,如画家之落墨于太虚中,初见形象。一幅绢素,度其长短、阔狭,先定规模;而远近浓淡,层次脱卸,俱未分明。六朝之诗,始知烘染设色,微分浓淡;而远近层次,尚在形似意想间,犹未显然分明也。①

钱氏、叶氏的观点,淡化了这种宗《诗》的观念,而以历史性发展的眼光肯定各个时期诗体的合法性。这一点,也是肯定了晋诗在中国诗歌史的合法地位。同样,这对于批评史中晋诗的看法来说是非常重要的。王闿运《说诗》卷四:

自周以降,分为五七言,皆贤人君子不得意之所作。晋浮靡,用为谈资,故入以玄理;宋、齐、梁游宴,藻绘山川:梁、陈巧思,寓言闺闼,皆言情之作。情不可放,言不可肆,婉而多思,寓情于文,虽理不充周,犹可讽诵。唐人好变,以《骚》为雅,直指时事,多在歌行,览之无余,文犹足艳,韩、白不达,放弛其词。下逮宋人,遂成俳曲。近代儒生,深讳绮靡,乃区分奇偶,轻诋六朝,不解缘情之言,疑为淫哇之语。②

潘德舆《养一斋诗话》卷二中言:

汉、魏诗似赋,晋诗似道德论,宋、齐以下似四六骈体,唐诗则词赋骈体兼之,宋诗似策论,南宋人诗似语录,元诗似词,明诗似八股时文。风气所趋,虽天地亦因乎人,而况于文章之士哉!③

这种诗歌的批评,实则颇有历史发展的眼光,未加以苛责古人,是较为客观的评价。清代既不似宋代,以晋诗高于齐梁;亦不似明代性灵派,偏于强调其"平淡"的禅宗诗学特点来看待晋诗。清代诗学虽取法儒家,而在批评诗歌之时,则较为客观地来评价诗体之变化,其为"风气所趋"实为中肯之言。

---

① (清)叶燮:《原诗》,人民文学出版社1979年版,第61页。
② (清)王闿运:《湘绮楼诗文集》,岳麓书社1996年版,第2219—2220页。
③ 郭绍虞编:《清诗话续编》,富寿荪校点,上海古籍出版社1983年版,第2023页。

综上所述，在唐至清代之诗，晋诗的总体评价是不低的。但我们该如何更为客观地评价两晋玄言诗呢？清人谈诗或许能给我们一些启示。清人谈诗重"理趣"，实则在一"趣"字。刘熙载《诗概》：

陶、谢用理语各有胜境。锺嵘《诗品》称"孙绰、许询、桓、庾诸公诗，皆平典似《道德论》"。此由乏理趣耳，夫岂尚理之过哉！①

依刘氏所言，陶诗胜在"理趣"，而孙绰之辈失之"趣"，表明了"趣"是作为理圆融于诗的评价标准，这是诗之"趣"。除此之外，其《清诗别裁集·凡例》云：

唐诗蕴蓄，宋诗发露；蕴蓄则韵流言外，发露则意尽言中。愚未尝贬斥宋诗，而趣向旧在唐诗，故所选风调音节，俱近唐贤，从所尚也。若乐府及四言，有越唐人而窃攀六代、汉魏者，所云"虽不能至，心向往之"。②

而依钱氏之言，"愚未尝贬斥宋诗，而趣向旧在唐诗"。又表明诗虽无高低，各有其美，而读者各有喜好，自随诗人之趣而取之。这其实又谈的是诗人之"趣"不同，玄言诗"平典似道德论"，何尝不是诗人追求"神趣"的表现？这一点在玄言诗的宗教性文学特征再详述。钱氏还向我们表明了读诗之人亦是各有所"趣"。笔者把这种现象用之于晋诗，尤其是玄言诗的批评，简单地归纳为"格高而趣异"。"格高而趣异"也是唐至清对于两晋玄言诗批评作的一个极好的总结。

晋诗历来被视为古诗，两晋诗多以比兴之法还是很明显的，由此，玄言诗虽多老庄之语，然比兴之用，这一点前人评论其格高是不为过的。虽然历代晋诗之评，并不直接等同于玄言诗风、玄言诗之评。但从历代对于晋诗以"清虚""平淡""似道德论"的把握来看，这种大尺度的评价，还是抓住了当下玄言

---

① 郭绍虞编：《清诗话续编》，富寿荪校点，上海古籍出版社 1983 年版，第 2422 页。

② （清）沈德潜：《清诗别裁集》，中华书局 1975 年版，凡例。

诗研究所认为玄言诗的典型特点。由此，我们从历代对于晋诗的看法来说，认为"格高而趣异"也是玄言诗的批评亦不为过。而要厘清唐至清对于玄言诗的批评，笔者尝试拣取"阮籍嵇康诗""郭璞游仙诗""东晋僧诗""《兰亭序》及《诗集》""陶渊明诗"五个角度再加以观照。

二、阮籍、嵇康批评

南朝时期，对于嵇康和阮籍已有不同的看法。刘勰《文心雕龙·才略》有言：

> 嵇康师心以遣论，阮籍使气以命诗，殊声而合响，异翮而同飞。①

刘勰已经区别了嵇康与阮籍的不同。嵇康善论，而阮籍善诗，然刘勰对于两者实则认为"殊声合响"，没有优劣之见。其《体性篇》言"嗣宗俶傥，故响逸而调远；叔夜俊侠，故兴高而采烈。"②《隐秀篇》言"叔夜之□□，嗣宗之□□，境玄思澹，而独得乎悠闲。"③都可见刘勰对于嵇、阮二人无优劣之评，同时都以为其"境玄思澹"而有玄风之气。其《明诗篇》：

> 乃正始明道，诗杂仙心；何晏之徒，率多浮浅。唯嵇志清峻，阮旨遥深，故能标焉。④

从这一点来说，刘勰认为嵇、阮二人诗风皆受"诗杂仙心"的影响，但又认为两人迥异于众人，故能标岭西晋。而锺嵘对于嵇、阮二人的评价则明显存在不同，锺嵘《诗品》品诗为抑扬态度，锺嵘分评阮籍、嵇康为上、中两品之见意图已明，其言曰：

---

① 范文澜：《文心雕龙注》，人民文学出版社 1958 年版，第 700 页。
② 范文澜：《文心雕龙注》，人民文学出版社 1958 年版，第 506 页。
③ 杨明照：《增订文心雕龙校注》，中华书局 2000 年版，第 496 页。
④ 范文澜：《文心雕龙注》，人民文学出版社 1958 年版，第 67 页。

（晋步兵阮籍诗）其源出于《小雅》。虽无雕虫之巧，而《咏怀》之作，可以陶性灵，发幽思。言在耳目之内，情寄八荒之表。洋洋乎会于《风》《雅》，使人忘其鄙近，自致远大，颇多感慨之词。厥旨渊放，归趣难求，颜延注解，怯言其志。①

（晋中散嵇康诗）其源出于魏文。过为峻切，讦直露才，伤渊雅之致。然托谕清远，良有鉴裁，亦未失高流矣。②

如上文所述，锺嵘之评比之刘勰有更为明显的宗《诗》倾向。锺嵘别此二人，已经明显地反映了他的这一主张。言阮籍之诗，亦源出《小雅》，多感慨之语。而对于嵇康之诗，则认为多似为魏文，虽“未失高流”，但托谕清远而伤渊雅，就是认为嵇康之诗，多《老》《庄》之语而偏离儒家宗《诗》诗学准则，以此别二人之诗。刘勰和锺嵘都认为嵇、阮二人有其玄风，但阮籍是为《小雅》之变，而嵇康则过之。实则，锺嵘之评奠定了南朝至清代整个时期对于嵇、阮两人的评论基调。

唐代《讲古文联句》有“左、张精奥，嵇、阮高寡”③的评论，而自韩愈《送王秀才序》言：“及读阮籍、陶潜诗，乃知彼虽偃蹇不欲与世接，然犹未能平其心，或为事物是非相感发，于是有托而逃焉者也。”④韩愈评阮、陶二人，以此两人皆为志节之士。宋之时，阮、陶常以并说。胡仔《苕溪渔隐丛话》引秦观“陶潜、阮籍之诗长于冲澹。”⑤可见，两人之诗风格颇为相近。严羽《沧浪诗话》中言“黄初之后，惟阮籍《咏怀》之作，极为高古，有建安风骨。晋人舍陶渊明、阮嗣宗外，惟左太冲高出一时，陆士衡独在诸公之下。”⑥阮籍在宋时，高出其他诗人许多，究其原因，一是诗风与陶渊明近，二是与陶渊明同为有节之士。但节气之说，宋代即有异议。《苕溪渔隐丛话》引叶梦得《石林诗话》言“籍著论鄙世俗之士，以为犹虱处乎裈中，籍非委节于司马裈中乎？余观康尚不屈于

① （南朝梁）锺嵘著，曹旭笺注：《诗品笺注》，人民文学出版社2009年版，第69页。
② （南朝梁）锺嵘著，曹旭笺注：《诗品笺注》，人民文学出版社2009年版，第118页。
③ （清）彭定求等：《全唐诗》（卷794），中华书局1960年版，第8933页。
④ （唐）韩愈：《韩昌黎文集校注》，上海古籍出版社1986年版，第257—258页。
⑤ （宋）胡仔：《苕溪渔隐丛话》前集，廖德明校点，人民文学出版社1962年版，第36页。
⑥ （宋）严羽：《沧浪诗话》，人民文学出版社1961年版，第142页。

钟会,肯卖魏而附晋乎?世俗但以迹之近似者取之,概以为嵇、阮。吾每为之太息也。"①虽志节有损,但宋时评阮籍之诗依然为称盛两晋。刘克庄《赵寺丞和陶诗序》:

> 自有诗人以来,惟阮嗣宗、陶渊明自是一家,譬如景星、庆云、醴泉、灵芝,虽天地间物,而天地亦不能使之常有也。然嗣宗跌宕,弃礼法,矜傲犯世患,晚为《劝进表》以求容,志行扫地,反累其诗。渊明多引典训,居然名教中人,终其身不践二姓之庭,未尝谐世,而世故不能害,人物高胜,其诗遂独步千古。②

刘克庄的观点一方面反映了阮籍在宋时诗歌地位确实较高,常以阮、陶并提。可见,两人风格近似而常并提;另一方面,刘克庄也讨论到嗣宗"弃礼法""志行扫地",这实则也为宋人所论而以此别阮、陶二人。陶渊明宋时已有独步千古之评,不以时代论之。晁公武论嵇诗有"发言玄远",阮公有"属文玄远"之评③,这一点是对刘勰之论的继承。自宋后,阮、陶并说便少见,而多嵇、阮同评。

嵇康之诗,宋代黄庭坚较为认同,这一点得到明人何良俊的响应。其《四友斋丛说》卷二四言:

> 山谷云:嵇叔夜诗豪壮清丽,无一点尘俗气。凡学作诗者,不可不成诵在心,想见其人。虽沉于世故者,暂得揽其余芳,便可扑去面上三斗俗尘矣,何况深其义味者乎!④

黄庭坚对嵇诗的认同,实则可以看到宋代对于晋诗"清虚"评论的一种态

---

① (宋)胡仔:《苕溪渔隐丛话》前集,廖德明校点,人民文学出版社1962年版,第7页。

② (宋)刘克庄:《后村集》(卷23),《景印文渊阁四库全书》(1180册),台湾商务印书馆1986年版,第246页。

③ (宋)晁公武:《郡斋读书志》,上海古籍出版社1990年版,第814页。

④ (明)何良俊:《四友斋丛说》,《续修四库全书》(1125册),上海古籍出版社2002年版,第683页。

度。而明代诗学主情性为诗，多以嵇、阮同评，王世贞《艺苑卮言》卷三云：

阮公《咏怀》，远近之间，遇境即际，兴穷即止，坐不着论宗佳耳。人乃谓陈子昂胜之，何必子昂，宁无感兴乎哉！①

嵇叔夜土木形骸，不事雕饰，想于文亦尔。如《养生论》《绝交书》，类信笔成者，或遂重犯，或不相续。然独造之语，自足奇丽超逸，览之跃然而醒。诗少涉矜持，更不如嗣宗。吾每想其人，两腋习习风举。②

由此可见，王世贞评嵇康“诗少矜持”虽未否定，但以其不如阮籍，而阮籍诗胜于嵇康即在于“兴穷即止”“不着论宗”。陆时雍《古诗镜》中言：“嵇、阮多材，然嵇诗一举殆尽。”“阮籍诗中之清言也，为汗漫语，知其旷怀无尽。”③可见，嵇公着力于论，而诗少兴味，是为两者之别。

至清代之时，阮籍评为西晋之首，而陶公则不以时代论之。李重华《贞一斋诗说》：

西晋诗当以阮籍作主，潘、左辈辅之。若陶公高骨，不可以时代论。④

陶渊明自宋代以后成为中国诗歌史上的一座高峰，而阮籍的诗学地位也一直较高。较之嵇康，阮籍在诗歌史上更胜一筹，以阮籍为西晋之首并不为过。民国之时，嵇、阮为同主魏晋则是明显主张。丁仪《诗学渊源》卷八：

魏晋之际，文章之宗，其惟二子乎！其文赋、论难，辞理高超，上追两汉，而《大人先生传》有凌云之概，声韵奇古，虽褚先生不能过也。出其余绪，降而为诗，步兵遥深，中散峻洁，各如其人。不加修饰。而清辞丽句，

① 罗仲鼎：《艺苑卮言校注》，齐鲁书社1992年版，第117页。

② 罗仲鼎：《艺苑卮言校注》，齐鲁书社1992年版，第118页。

③ （明）陆時雍：《古诗镜》，吴文治主编：《明诗话全编》，江苏古籍出版社1997年版，第10650页。

④ （清）王夫之等：《清诗话》，丁福保辑，中华书局1963年版，第926页。

不落秾纤。虽七子精心之作亦但尔尔。步兵《咏怀》婉而多讽,中散好恶任性,虽复鉴及古人,慕契游仙,而愤世之意每流露于不自觉。①

而刘永济《十四朝文学史》中也细辨嵇、阮之别:

曰玄远,曰高致,曰自然出拔,皆道家文之美也。……至阮嗣宗与嵇叔夜,虽同称好《庄》《老》,而嵇生之论如《难张辽叔》《宅无告凶摄生论》《答张辽叔》《释难宅无吉凶摄生论》《声无哀乐论》等文。析理周密,可称附会辞义之文。阮生之《达庄论》,旨远辞丽,而精核逊康。似嵇兼名法,阮纯老庄。故李充《翰林》推嵇生为论宗,而阮得全生,嵇终被祸,亦可验二人学术也。②

从传统的诗学审美的角度来看,嵇康之诗比之阮籍更远于宗《诗》而涉论宗,锺嵘言其"讦直露才,伤渊雅之致。然托谕清远,良有鉴裁,亦未失高流矣。"实则表现他偏离儒家"渊雅"的诗学传统,但对于他的玄言之放,则认定是其托谕,而未失之高流。实则,嵇康之诗的老庄化可以看作是东晋玄言诗发展趋势的前导。刘永济言"大氐两晋风尚,江右以放诞为归,弥近嗣宗。江左用名理相尚,微同叔夜。而识者多许嵇生为论宗,推阮公为诗杰。"③又以阮籍诗风主江右,而嵇康主江左,实正明两晋诗风之差异,可谓精论。

综上所论,历代嵇、阮之评,实自锺嵘之始有别,两者虽同为玄风,而阮籍近《雅》,嵇康则多放而诗味同文。二人诗歌批评之别,历代无甚变化,然以此二人并称江右,是为允论。嵇康之放旷,正是为东晋诗歌的发展趋势,此亦正可以明玄言诗风,嵇康之时已为明显,而后此风渐盛,遂成风气而失其"托谕"之意,正谓戴逵所言"元康之为放,无德而折巾者也。"风气使然,遂失其原旨。

就嵇、阮与陶渊明来看,他们处于玄言诗风的发端与收尾之时。而此三人诗歌则比之玄言诗更为后人所接受,就历代评价来看,陶渊明身处三教文化圆

① 丁仪:《诗学渊源》,张寅彭主编《民国诗话丛编》(第3册),上海书店出版社2002年版,第165页。
② 刘永济:《十四朝文学要略》,中国文化服务社1946年版,第208—209页。
③ 刘永济:《十四朝文学要略》,中国文化服务社1946年版,第224页。

融之时，其诗歌渐渐被后人认为是一个诗歌的高峰；而嵇、阮之评大抵不脱“托谕玄言”的根柢。由此观之，宗《诗》是为中国传统诗学之根要，而诗取玄言并非为后人所排斥，而在于是否与儒家主张相背离。清代“理趣”之说，是为儒学与玄言的契合，二谛无间，遂有渊明之高评。

三、郭璞游仙诗批评

游仙诗是玄言诗的一个重要派别，郭璞游仙诗是为游仙诗文人化的典型。自刘勰、锺嵘之后，对其评价便一直较高。宋代游仙诗与《楚辞》关系的确立，是郭璞游仙诗评价的一个重要转折。唐前对于郭璞的游仙诗评价，大抵都可以归之于“艳逸”“文体相辉”的看法，虽有“文多自叙”“坎壈咏怀”的评论，但这只强调了他在当时重“韵灵旨清”之下对于个人情怀的抒发表现，没有明确其如《离骚》的“寄兴之用”，而宋代确立了仙诗源于《离骚》《远游》，游仙的寄兴之用在儒家诗学中才真正确立了地位，由此，郭璞游仙诗才渐偏向于寄兴之诗的评论。

（一）辞无俗累

对于郭璞游仙诗的评价，檀道鸾、刘勰、锺嵘、《文选》的评价成为后世评价的重要准则。自唐之后，对于游仙诗的批评，李善注《文选》有言：

> 凡游仙之篇，皆所以滓秽尘网，锱铢缨绂，餐霞倒景，饵玉玄都。而璞之制，文多自叙。虽志狭中区，而辞无俗累，见非前识，良有以哉！①

这里需要先交代一笔。胡克家《文选考异》卷四“而辞无俗累”词条下案曰：“‘无’当作‘兼’，各本皆讹。”②但今查中华再造善本李善注《文选》、明州本六臣注《文选》，其文均作“辞无俗累”。胡克家重刻宋淳熙本李善注《文选》中亦作“辞无俗累”。

---

① （梁）萧统：《文选》，（唐）李善注，中华书局 1977 年版，第 306 页。

② （清）胡克家：《文选考异》（卷 4），同治八年湖北崇文书局重雕本。

李善认为郭璞游仙诗“虽志狭中区,而辞无俗累”则又明显与锺嵘不同。此看法屈守元先生在《文选导读》就提到:

凡游仙之篇,……虽志狭中区,而辞无俗累,见非前识,良有以哉!这就委婉地表达了不同于锺嵘“乖远玄宗”的意见。[①]

以“志狭中区”“词无俗累”之见,李善认为郭璞并非锺嵘所言“变创其体”“词多慷慨”,而“见非前识”则无非是从其内容上来说胜于当时游仙之诗。郭璞游仙诗在唐代其他诗人的提及中,亦未有所谓“寄兴”的评价。如钱起《登覆釜山遇道人二首》“晨策趣无涯,名山深转秀。三休变覆景,万转迷宇宙。攀崖到天窗,入洞穷玉溜。侧径蹲怪石,飞萝掷惊狖。花间炼药人,鸡犬和乳窦。散发便迎客,采芝仍满袖。郭璞赋游仙,始愿今可就。”[②]孙元晏《郭璞脱襦》“吟坐因思郭景纯,每言穷达似通神。”[③]唐清昼等人《讲古文联句》“景纯跌宕,游仙独步。青云其情,白璧其句。”[④]皆言郭璞游仙诗之仙气,而跌宕之见,是为“见非前识”相类。

自李善注之后,唐代亦有五臣所注《文选》,就其对于郭璞的态度来看,其言游仙诗:

(吕向)向曰:“璞诗虽游仙,意杂傲诞,上下道德,信远乎哉。”[⑤]

依五臣之见,郭璞游仙诗傲慢放诞而杂《老》《庄》之义。这似乎更加明确了李善所谓“见非前识”的看法在于郭璞之游仙是为游仙诗《老》《庄》化的进一步发展。五臣所言,实则并没有明确郭璞游仙诗与《离骚》的关系,在其言何劭游仙诗时,亦有:

---

① 屈守元:《文选导读》,巴蜀书社 1993 年版,第 60 页。
② (清)彭定求等:《全唐诗》(卷 236),中华书局 1960 年版,第 2619 页。
③ (清)彭定求等:《全唐诗》(卷 767),中华书局 1960 年版,第 8706 页。
④ (清)彭定求等:《全唐诗》(卷 794),中华书局 1960 年版,第 8933 页。
⑤ (梁)萧统编:《六臣注文选》,(唐)李善等注,中华书局 1987 年版,第 400 页。

（张铣）铣曰：……以处乱朝，思游仙去世，故为是诗。①

五臣所注并没有判何劭、郭璞游仙诗之优劣，可以说，何劭之诗为其“处乱以思去世”，而璞之诗是为“文多自叙”的区别。这亦可以看作是李善所持的观点，只不过，李善强调了郭璞诗“见非前识”的特点。

由此看来，李善言郭璞游仙诗“见非前识”代表唐代对于郭璞游仙诗的一种普遍观点。但李善之看法，实则隐含了一个很大的潜命题，即李善并不认为游仙诗体与《离骚》之间有任何关系。不存在所谓皆为“怨刺”的变风体现，而且刘勰在其《辨骚篇》中对《离骚》四事之“诡异之辞”“谲怪之谈”“狷狭之志”“荒淫之意”进行批评，认为其异乎经典，这就更不可能对郭璞游仙诗有怨刺寄兴之评了。梁代刘勰、锺嵘、萧统之论，虽赞郭璞之诗，却并未明确郭璞游仙诗的本源问题。刘勰虽言仙诗是为变风，但仙诗是否继承《离骚》之“怨刺”没有说明，事实上，刘勰很大程度上否定了仙诗的“怨刺”之用，所以他对于郭璞的游仙诗有“艳逸”之评。依李善之言来看，仙诗虽为变，但却无《离骚》怨刺之法，所以，他对于何劭、郭璞之诗是同等待之的。郭璞游仙诗与《离骚》之关系，自宋代之后才渐明确。宋后，渐有以《离骚》为其游仙之源，由此，郭璞游仙诗的“怨刺”之评地位才得到巩固。游仙之体，唐时极为盛行，曹唐有《小游仙诗九十首》，吴筠有《游仙二十首》，唐代游仙诗体早已俗化不堪。这也可见，唐时认为游仙诗与《离骚》并非同一脉路，李善、五臣之评是有其因。民国程会昌有评郭、曹二家之“游仙”是为两别，言其得屈子全、偏之论。② 然此说早已融合后人《离骚》为游仙之本源的看法，此不可不明。

（二）游仙与《离骚》

宋代对于郭璞游仙诗的看法较高，宋人列郭璞《游仙诗》为五言警策。《诗人玉屑》卷十三“五言之警策”有载：

---

① （梁）萧统编：《六臣注文选》，（唐）李善等注，中华书局1987年版，第399页。

② 程昌会：《郭景纯与曹尧宾游仙诗辨异》，《国文月刊》1949年第18期。

越石感乱,景纯游仙,王微风月……斯皆五言之警策者也。所谓篇章之珠泽,文彩之邓林乎。①

可见,郭璞游仙诗在宋代备受重视。而郭璞游仙诗与《楚辞》之关系,宋代开始渐露端倪。朱熹《晦庵集》卷七《秘阁张丈简寂之篇韵高难继别赋五字以谢来贶》言:

劳农会稽宅,息驾丹元乡。丹元不可见,翠碧空云房。是时中春月,暄风发新阳。白水注幽壑,绿树敷崇冈。俯听足怡悦,仰观共徜徉。班坐得瑶草,倾壶出琼浆。长吟游仙诗,乱以招隐章。忽忽林景西,踌躇申慨慷。坐上江海客,兀傲须眉苍。逸气迈霄汉,英词吐琳琅。思与泉石胜,韵随笙鹤翔。追游不敢及,咏叹可能忘。②

所谓"长吟游仙诗,乱以招隐章",由此看来,朱熹已经把游仙诗与楚辞《招隐》联系起来,这已经表明了游仙诗源自《离骚》《远游》的看法。这一看法相信宋代较为普遍,苏轼在其《次韵子由病酒肺疾发》也有"相将赋《远游》,仙语不用些。"③此外,宋陈思辑《两宋名贤小集》卷三百三七载《灵金山观金灯》一诗,亦言"我吟游仙诗,客和招隐章。"④

可见,游仙诗在宋人看来与《楚辞》相类。宋章樵注《古文苑》卷九游仙诗注言游仙曰:

游仙者,谓轻身远举,超出人间,上与群仙遨游也。晋宋间人多作此诗。⑤

---

① (宋)魏庆之编:《诗人玉屑》,中华书局 2007 年版,第 396 页。

② (宋)朱熹:《晦庵集》,《景印文渊阁四库全书》(1143 册),台湾商务印书馆 1986 年版,第 124 页。

③ (宋)苏轼:《苏轼诗集》,(清)王文诰辑注,中华书局 1982 年版,第 1063 页。

④ 陈思辑:《两宋名贤小集》,《景印文渊阁四库全书》(1364 册),台湾商务印书馆 1986 年版,第 632 页。

⑤ 佚名:《古文苑》,(宋)章樵注,王云五主编:《丛书集成初编》(1693 册),商务印书馆 1937 年版,第 209 页。

这一释义用之于《离骚》也非常恰当。《离骚》是为怨刺之变，这一点明确得很早，而宋代不仅视《离骚》为怨刺之用，而且强调了仙诗之本源自《离骚》《远游》。这样一来，对于郭璞游仙诗的看法，便有了其为寄兴之诗的讨论。朱熹曾言：

故尝妄欲抄取经史诸书所载韵语，下及《文选》、汉魏古词，以尽乎郭景纯、陶渊明之所作，自为一编，而附于《三百篇》《楚辞》之后，以为诗之根本准则。又于其下二等之中，择其近于古者，各为一编，以为之羽翼、舆卫。①

经史诸书之语以及郭璞、陶渊明之诗自为一编而为诗之根本准则，可见朱熹对郭璞游仙诗还是非常认同的。宋人以陶渊明为理想诗人，这一点不难理解，但他对于郭璞的看重有别于唐时李善等人的看法，实则是朱熹认为郭璞游仙诗与《楚辞》的继承关系。朱熹对于《楚辞》观念可以说是发展了刘勰的看法，其《文心雕龙·辨骚》中言：

自风雅寝声，莫或抽绪，奇文郁起，其《离骚》哉！……以为国风好色而不淫，小雅怨诽而不乱。若《离骚》者，可谓兼之。……故其陈尧舜之耿介，称汤武之祇敬，典诰之体也；讥桀、纣之猖披，伤羿浇之颠陨，规讽之旨也；虬龙以喻君子，云霓以譬谗邪，比兴之义也；每一顾而掩涕，叹君门之九重，忠怨之辞也；观兹四事，同于《风》《雅》者也。至于托云龙，说迂怪，丰隆求宓妃，鸩鸟媒娀女，诡异之辞也；康回倾地，夷羿弹日，木夫九首，土伯三目，谲怪之谈也；依彭咸之遗则，从子胥以自适，狷狭之志也；士女杂坐，乱而不分，指以为乐，娱酒不废，沉湎日夜，举以为欢，荒淫之意也；摘此四事，异乎经典者也。②

从刘勰对于《离骚》的批评来看，虽然肯定了《离骚》奇文郁起，兼风雅之余，

① （宋）魏庆之编：《诗人玉屑》，中华书局2007年版，第5—6页。
② 范文澜：《文心雕龙注》，人民文学出版社1958年版，第45—47页。

但对其四事之“诡异之辞”“谲怪之谈”“狷狭之志”“荒淫之意”实则是以儒家宗《诗》的态度对其进行了批评,认为“异乎经典”。刘勰的看法源自班固《离骚序》中所言“责数怀王,怨恶椒兰,愁神苦思,强非其人,忿怼不容,沉江而死,亦贬洁狂狷景行之士。多称昆仑、冥婚宓妃虚无之语,皆非法度之政,经义所载。谓之兼《诗》风雅,而与日月争光,过矣!”①可见,昆仑、宓妃虚无之辞与儒家宗《诗》诗学态度不符。而四事异乎经典,在朱熹处则有所包容,其《楚辞集注》序:

(《楚辞》)大抵皆祖原意,而《离骚》深远矣。窃尝论之:原之为人,其志行虽或过于中庸而不可以为法,然皆出于忠君爱国之诚心。原之为书,其辞旨虽或流于跌宕怪神、怨怼激发而不可以为训,然皆生于缱绻恻怛不能自已之至意。②

在其《楚辞后语》又曰:

夫屈原之忠,忠而过者也。屈原之过,过于忠者也。故论原者,论其大节,则其它可以一切置之而不问。论其细行,而必其合乎圣贤之矩度,则吾固已言其不能皆合于中庸矣。③

朱熹以“忠君爱国”为《楚辞》的批评重心,由此,对于所谓“跌宕怪神、怨怼激发”之语,则视之为“忠而过者”,可“置之而不问”。而这一思想,实则在北宋晁补之《鸡肋集·离骚新序》中已经见其端倪。

称“开天门”“驾飞龙”“驱云役神”“周流乎天而来下”,其诞如此,正尔托谲诡以谕志,使世俗不得以其浅议。已如庄周寓言者,可以经责之哉?④

---

① (宋)洪兴祖:《楚辞补注》,中华书局1983年版,第49—50页。

② (宋)朱熹:《楚辞集注》,上海古籍出版社1979年版,第2页。

③ (宋)朱熹:《楚辞集注》,上海古籍出版社1979年版,第243页。

④ (宋)晁补之:《鸡肋集》(卷36),《景印文渊阁四库全书》(1118册),台湾商务印书馆1986年版,第684页。

晁补之认为“托谲诡以谕志”此并非屈原之过，刘勰对于屈原的评价晁补之自然大加批评。且看：

刘勰文字卑陋不足言，而亦以原迂怪为病。彼原嫉世，既欲蝉蜕尘埃之外，惟恐不异。乃固与勰所论，必诗之正，如无《离骚》可也。呜呼！不讥于同浴而讥裸裎哉？又勰云：“士女杂坐，娱酒不废，荒淫之意也。”是勰以《招魂》为原作，误矣。……呜呼！勰安知《离骚》哉？①

由此可见，北宋之时，对于屈原诡谲之辞的看法已经不同于刘勰的态度。比之刘勰所言“异乎经典”，晁补之、朱熹之意认为此符合儒家之义。这一点，对于游仙作为寄寓手段在儒家诗学中的确立显得非常重要，以此来理解郭璞游仙诗与陶渊明之诗并提，便可畅然。《东坡志林》卷一有载：

渊明作《闲情赋》，所谓国风好色而不淫，正使不及《周南》，与屈、宋所陈何异？②

可见，屈、宋地位的提升，对于《楚辞》儒家诗学合法性更进一步的确立，是朱熹看重郭璞游仙诗的原因之一。早期的理学重道轻文，而所谓文以载道，而诗亦载道。诗的“载道”功夫则排斥“怨”诗。但朱熹的理学对诗这一思想有所调和，既认为“跌宕怪神、怨怼激发”之词亦为可取，由此认定郭璞之诗，放之《三百篇》《楚辞》是为体格相继。

宋代对郭璞游仙诗评价很高之外，还对郭璞游仙诗有不入《文选》之诗提出疑问。王楙在《野客丛书》中有《诗品所载》：

锺嵘《诗品》谓郭景纯《游仙》之作，词多慷慨，乖远玄度，而云“奈何

---

① （宋）晁补之：《鸡肋集》（卷36），《景印文渊阁四库全书》（1118册），台湾商务印书馆1986年版，第684—685页。

② （宋）苏轼：《东坡志林》，《景印文渊阁四库全书》（863册），台湾商务印书馆1986年版，第23页。

虎豹姿”,又云“戢翼栖榛梗”,乃是坎凛咏怀,非列仙之趣也。考今《文选》景纯《游仙诗》七章,无“奈何虎豹姿”“戢翼栖榛梗”之句。此盖别章删去,而不载于《选》耳。①

举《诗品》所引郭璞之句而《文选》不入,这大概也可以看作宋代对于郭璞游仙诗的一种态度。

(三)劲逸之诗

宋人明确了仙诗本源于《离骚》《远游》,也明确了郭璞游仙诗与《离骚》的关系。但仙诗是不是都有寄兴之用,这一点并没有明确。即仙诗、《离骚》、郭璞游仙诗三者是一个什么样的关系,这一问题是明代人必须面临的。首先,仙诗本于《离骚》,《离骚》是为怨刺之法,郭璞游仙诗也是怨刺之法,那么就意味着也必须承认仙诗是怨刺之法,因为郭璞游仙诗本自仙诗。但事实上,多数文人并不认同仙诗同为怨刺的继承。这样一来,对于郭璞游仙诗的态度上明代有两种倾向的看法。其一,以郭璞游仙诗是仙诗之变,而有“寄兴”之用。这就有了否定郭璞游仙诗与仙诗的关系倾向,明末就有学者言“名为游仙,盖托也”。这一看法对清人影响至深。其二,亦承认郭璞游仙诗是仙诗之变,但不承认其有“寄兴”之用,这样的观点,对于郭璞的游仙诗大多只能从其“词藻富丽”来看待他对于仙诗变革。这两种看法,可概为明代对于郭璞游仙诗的看法。

宋人确立了郭璞游仙诗与《离骚》《远游》关系与对其怨刺手法的继承。元代刘履《选诗补注》中对于郭璞游仙诗的评论,可以说在继承宋人“重理不重诂”的基础上更有发挥,其注郭璞游仙曰:

(注:“青溪千余仞”一诗)景纯自谓才志足以有为,而朝廷不能尽吾之用。乃欲遁迹山林,高蹈风尘之外,故托意游仙赋诗以自见。②

① (宋)王楙:《野客丛书》,上海古籍出版社1991年版,第340页。

② (元)刘履:《风雅翼》(卷4),《景印文渊阁四库全书》(1370册),台湾商务印书馆1986年版,第88页。

（注:“逸翮思拂霄”一诗）此篇伤已志之不遂也。其言逸翮迅足，自况思欲飞腾于高远，而浅水不能运大鱼，以喻朝廷狭隘不足以任已也。……直恐年与时驰，遂至枯落，譬则陵苕，翘秀而哀素秋之易迫也。夫景纯所以托意游仙者，正在于此。故其悲恻而流涕，岂得已矣?①

（注:“杂县寓鲁门”一诗）此篇刺时君无戡乱之才也。言海鸟知风暖之灾而避于鲁门，以喻国家将有祸乱，当思所以豫防而销弭之迨。②

刘履对于郭璞游仙诗的托喻之意，可以说发挥过头，任自猜度，《四库全书·风雅翼》提要中谈道：

《选诗补注》八卷取《文选》各诗删补训释，大抵本之五臣旧注，曾原演义而各断以已意。③

对于郭璞的这种过度的臆测之辞，当然遭到了明代学者的反对，杨慎《升庵诗话》中就提出了反对：

刘履作《选诗补注》，效朱子注《三百篇》，其意良勤矣。然曲说强解，殊非作者之意。如郭璞《游仙诗》附会于君臣治道，此何理耶?④

刘履此种评论，一方面可以看到，他是对于宋代“重理”这一风气的过度发挥。另一方面也可以看出明代之时对于郭璞游仙诗的“寄兴之用”实则还没有完全得到确立。

谈郭璞游仙诗“词藻富丽”，上可接刘勰、锺嵘、李善之说，又继之于元代

① （元）刘履:《风雅翼》（卷4），《景印文渊阁四库全书》（1370册），台湾商务印书馆1986年版，第90页。

② （元）刘履:《风雅翼》（卷4），《景印文渊阁四库全书》（1370册），台湾商务印书馆1986年版，第91页。

③ （元）刘履:《风雅翼》（卷4），《景印文渊阁四库全书》（1370册），台湾商务印书馆1986年版，第1页。

④ 王仲镛:《升庵诗话笺证》，上海古籍出版社1987年版，第191页。

之论。元代评郭璞之诗,有陶宗仪《说郛》引元代陈绎曾《诗谱》卷七十九言:

(郭璞)构思险怪,而造语精圆,三谢皆出于此。杜李精奇处,皆取此。本出自淮南小山。①

郭璞为“三谢”(谢灵运、谢惠连、谢玄晖)之源。此说是对锺嵘《诗品》言“谢灵运”之“其源出于陈思,杂有景阳之体。”②而更有所发明。陈绎曾评谢灵运、谢惠连皆以险怪、自然评之:

(谢灵运)以险为主,以自然为工。李杜取深处,多取此。

(谢惠连)酌取险怪,自然之中,而句句为之。③

三谢诗皆以山水为胜,而多工语。陈绎曾认为“郭璞构思险怪,而造语精圆”是明确郭璞诗亦重“辞”。陈绎曾《诗谱》同卷有言:“凡读《文选》,诗分三节。东都以上主情,建安以下主意,三谢以下主辞。”④但其言本出淮南小山,想是亦有“主辞”之见。

元人对于逸放之风,认识是比较深入的。今人提及玄言诗风之起源,多引近人古直《诗品》之论。实则,此说在元代之时,便已经提出。吴师道《吴礼部诗话》提出:

仲长统《述志》诗,允谓奇作,其曰“叛散《五经》,灭弃《风》《雅》者,得罪于名教甚矣。盖已开魏晋旷达之习,元虚之风,昌黎志辟异端,而

① (元)陶宗仪:《说郛》(卷79下),《景印文渊阁四库全书》(880册),台湾商务印书馆1986年版,第406页。

② (南朝梁)锺嵘著,曹旭笺注:《诗品笺注》,人民文学出版社2009年版,第91页。

③ (元)陶宗仪:《说郛》(卷79下),《景印文渊阁四库全书》(880册),台湾商务印书馆1986年版,第407页。

④ (元)陶宗仪:《说郛》(卷79下),《景印文渊阁四库全书》(880册),台湾商务印书馆1986年版,第405页。

《汉三贤赞》，统与焉，殆未之察也”。①

这一点，明代杨慎亦有同样的看法：

世谓清淡放旷起于晋，非也。汉末已有之矣！仲长统《见志诗》曰："寄愁天上，埋忧地下；叛散五经，灭裂风雅。"郑泉嗜酒，临卒谓同类曰："必葬我陶家之侧，庶百岁之后，化而成土。幸见取为酒壶，实获我心矣！"二子盖阮籍、刘伶之先著鞭者也。②

宋、元对郭璞游仙诗的评价很高，而明代对于郭璞的游仙诗评价总体继承前人的看法，不过也出现了一些不同于前人的观点。究其原因，与明代的诗学观中一直存在较为对立的两种诗学主张相关。总的来说，明代对于郭璞游仙诗的评价还是非常高的。明代的“格调”主张，对于仙诗与郭璞游仙诗之间便有新的讨论。

刘琨雄壮多风，卢谌情发理昭，郭璞挺拔俊敏。③（谭浚《说诗》）

汉仙诗，若《上元》《太真》《马明》，皆浮艳太遇，古质意象，毫不复存，俱后人伪作也。汉乐府中如《王子乔》及《仙人骑白鹿》等，虽间作丽语，然古意浡郁其间。次则子建《五游》《升天》诸作，词藻宏富，而气骨苍然。景纯《游仙》，体格顿衰，尚多致语。下此无论矣。④（胡应麟《诗薮》）

太冲《咏史》，景纯《游仙》，皆晋人杰作。《咏史》之名，起自孟坚，但指一事。魏杜挚《赠毋丘俭》，叠用八古人名，堆垛寡变。太冲题实因班，体亦本杜，而造语奇伟，创格新特，错综震荡，逸气干云，遂为古今绝唱。景纯游仙，盖本汉诸仙诗及思王《五游》《升天》诸作，而气骨词藻，率远逊

① （元）吴师道：《吴礼部诗话》，中华书局 1985 年版，第 1 页。

② （明）杨慎：《升庵集》，《景印文渊阁四库全书》（1270 册），台湾商务印书馆 1986 年版，第 691 页。

③ （明）谭浚：《说诗》，吴文治主编：《明诗话全编》，江苏古籍出版社 1997 年版，第 4077 页。

④ （明）胡应麟：《诗薮》，上海古籍出版社 1979 年版，第 19 页。

前人,非左敌也。[1]（胡应麟《诗薮》）

胡应麟是主张“格调”评诗的。他言:“作诗大要不过二端:体格声调,兴象风神而已。”[2]这最能反映他的诗学主张。如上所述,汉仙诗《王子乔》及《仙人骑白鹿》古意浡郁,子建仙诗气骨苍然,郭璞体格顿衰,至下无论。胡应麟还是认同郭璞游仙诗是为仙诗之变的。言其体格顿衰,是与曹植之游仙相较而言。而言其“气骨词藻,远逊前人”,是谓郭璞不敌前人,这是格调论诗的看法。但他还是肯定了其与《远游》的关系,他也曾在《诗薮》内编卷二言:“《远游篇》,景纯《游仙》所自出也。”[3]由此,胡应麟也承认了郭璞游仙诗是本自《远游》。这样一来,仙诗与《远游》是一种什么关系呢?胡应麟并没有讨论。

而冯复京则与之不同,对郭璞游仙诗则多称赞。其《说诗补遗》言:

> 永嘉恬淡之体,至江左景纯始一变为宏丽,蔚然中兴词宗。然昭明所选《游仙》七首,或似“招隐”或似“咏怀”,其佳句云:“借问蜉蝣辈,宁知龟鹤年?燕昭无灵气,汉武非仙才。”比陈王仙诗,大劲逸矣。于鳞取《旸谷》一章,咏怀遐想仰思,杂沓而出。羡鱼结网,又无涉玄宋。“四渎流如泪,在世无千月”,益怪拙矣。[4]

胡应麟强调了“格调”之变,又认为源出《远游》,这实则暗含了其寄兴之用的态度。冯复京则不同,以“劲逸”评郭璞之诗,认为比之曹植更多咏怀性情。更引李攀龙语赞《旸谷》一章,咏怀遐想仰思,杂沓而出。冯复京早期诗学主张本受七子复古影响,但他对于情性的主张却不同于“格调派”,其二子冯班、冯舒也是虞山派的代表,主张性情与学古并重。由此,冯复京的诗学主

---

① (明)胡应麟:《诗薮》,上海古籍出版社 1979 年版,第 147 页。

② (明)胡应麟:《诗薮》,上海古籍出版社 1979 年版,第 100 页。

③ (明)胡应麟:《诗薮》,上海古籍出版社 1979 年版,第 31 页。

④ (明)冯复京:《说诗补遗》,吴文治主编:《明诗话全编》,江苏古籍出版社 1997 年版,第 7211 页。

张中更多的是强调了情性。冯复京强调了《文选》所选之诗，或似"招隐"或为"咏怀"，这表明他的评论不重在"宏丽"的看法，而在"寄兴"一路。应该看到，胡应麟、冯复京之论都还没有点明郭璞游仙诗是为"寄兴"之说，而屠隆《鸿苞》卷十八中亦言"郭景纯游仙有风人之致矣，未晰玄理。"①此说才渐明晰其"寄兴"之意。

事实上，承认仙诗源于《离骚》《远游》，并不一定要承认郭璞游仙诗是为《离骚》寄兴之用，明代便有一路认为郭璞游仙与《楚辞》不类，非关寄托，这一个观点在明代早期贝琼处已有言之，并非当下研究者认为是清代叶矫然的观点。其《清江贝先生文集》卷七《游仙诗序》：

> 游仙诗何所始乎？始于《离骚》《远游》之作也。……后有何敬宗、郭景纯者，互为游仙诗，不过托安期羡门之高，假蓬莱方丈之胜，而欲去此适彼。其于屈子之言，有得否乎？惟其诗自成一家，飘飘然有凌高厉空之想。词人固多拟之，而能与之颉颃后先者甚寡。钱唐陶菊庄氏，蚤游京师，与一时荐绅相周旋，已有能诗声，籍籍在人耳。及为松江文学掾，出所著游仙诗十篇示余，且以近体七言为之，此尤古人之所未有也。虽大篇长什，不能尽观，是亦足以窥其高怀远识，要皆祖于《离骚》之言，非特拟何、郭而作者也。余非善诗也，而于诗尤好，获见菊庄之诗，恶得不为之惊喜而赏激邪？②

贝琼，字廷琚，是元代遗民，诗学杨维桢而多隐逸思想。在其《游仙诗序》中，他一方面明确游仙诗始于《离骚》《远游》之作。而对于何敬宗、郭景纯诗，却以为未得屈子之风，失之寄兴。这一点在其文中所评陶菊庄其诗皆祖《离骚》，非特何、郭而作亦可见。他认为郭景纯之诗不类于《离骚》的观点有些过于极端。但从中可见，对于一般的游仙诗明人认为并非无"寄兴"之用的看法是很明了的。锺惺在其《明诗归》中谈及游仙也说：

① （明）屠隆：《鸿苞》（卷 18），《四库全书存目丛书》（89 册），齐鲁书社 1995 年版，第 255 页。
② （明）贝琼：《清江贝先生集》（卷 7），《四部丛刊初编本》，上海商务印书馆 1936 年版。

游仙,荒唐事也。却写得有根有据,若无一字荒唐者,读之使人不敢谓海上无蓬莱,而诋徐福等为尽妄也。①

锺惺的看法可以明确两点启示。其一,游仙无寄兴之用;其二,游仙词藻富丽。事实上,锺惺之前多有人从“词藻富丽”这一角度评论。许学夷《诗源辩体》亦有对于郭璞游仙诗的看法,其卷五:

五言《游仙》诗,出于汉人《仙人骑白鹿》《邪径过空庐》《今日乐上乐》及曹子建“远游临四海”、“九州不足步”、“仙人揽六箸”等篇。锺嵘云:“文体相辉,彪炳可玩。但辞多慷慨,乖远玄宗。而云‘奈何虎豹姿’,又云‘戢翼栖榛梗’,乃是坎壈咏怀,非列仙之趣也。”愚按:景纯《游仙》,中虽杂坎壈之语,至如“放情凌霄外,嚼蕊挹飞泉”,“神仙排云出,但见金银台”,“升降随长烟,飘飖戏九垓”,“鲜裳逐电曜,云盖随风回”等句,则亦称工矣。然陈绎曾乃谓“三谢皆出于此,杜、李精奇处,皆取此。”则又不可知。②

依许学夷的看法,他一方面从体格上认为,郭璞游仙是源自汉人及曹子建之体。肯定了传统看法中对于郭璞游仙诗虽“杂坎壈之语”,但却认为“放情凌霄外,嚼蕊挹飞泉”,“神仙排云出,但见金银台”,“升降随长烟,飘飖戏九垓”,“鲜裳逐电曜,云盖随风回”等句亦称工矣。可见他认为郭璞之诗,依然有其游仙诗本意,这亦可以看作是从“词藻富丽”的角度来评价的。评其“工词”,还有王世贞,其《艺苑卮言》卷三:

渡江以还,作者无几,非惟戎马为阻,当由清谈间之耳。景纯《游仙》,晔晔佳丽,第少玄旨。③

---

① (明)锺惺:《明诗归》,《四库全书存目丛书·集部》(338 册),齐鲁书社 1997 年版,第 652 页。

② (明)许学夷:《诗源辩体》,人民文学出版社 1987 年版,第 95—96 页。

③ 罗仲鼎:《艺苑卮言校注》,齐鲁书社 1992 年版,第 128 页。

王世贞亦评之“晔晔佳丽，第少玄旨”，都是从其游仙诗“主辞”的这一看法，认为虽有坎凛之语，实不脱游仙丽词。许学夷、王世贞与胡应麟、冯复京的看法不同，许学夷与王世贞并不认同郭璞游仙诗脱其游仙之气，而更倾向于“词藻富丽”之论，对于“寄兴”而少有评之。许学夷对前人评其“变创其体”即有质疑。其同卷言：

锺嵘云：“永嘉时，……孙绰、许询、桓、庾诸公，诗皆平典似《道德论》，建安风力尽矣。先是郭景纯用隽上之才，变创其体，刘越石仗清刚之气，赞成厥美。”云云，此论甚详。予考永嘉以后，传者绝少，故不能备述。但刘越石前与潘、陆同时，今谓永嘉而后景纯变创，越石赞成，则失考矣。①

可见，认为“景纯变创”则失考矣，许学夷的看法还是十分谨慎的。这也体现出许学夷对“三谢皆出于此，杜、李精奇处皆取此”的怀疑。他对于永嘉之诗风，因存其诗作有限而不能备述，是为其一种客观之态度。明代多有诗集，以删诗、选诗评其优劣。明人多集前人之诗，此可参见陈伯海、蒋哲伦主编《中国诗学史·明代卷》中《明代诗学文献》一章②和孙小力《明代诗学书目汇考》一文③。两晋诗亡佚甚多，而今日本所存唐代许敬宗所编《文馆词林》残卷所记之诗，明人未曾有得见。

综上所述，明人对于郭璞游仙之评，面临“游仙”之体的辩论。从“格调”来说，主张游仙诗源出汉代仙诗，而又认为“游仙”本自《离骚》，这样一来，郭璞游仙诗的“风寄”一说便明了了，这以胡应麟、冯复京、屠隆、陆时雍为其代表。而另一方面，虽然认同“游仙”本自《离骚》，但又认为郭璞游仙诗与《离骚》之风不类，由此评其诗多从陈绎曾《诗谱》“主辞”这一点入手，而对于郭璞游仙诗“坎凛咏怀”“风人之致”的看法较少，这以贝琼、许学夷、王世贞为其代

---

① （明）许学夷：《诗源辩体》，人民文学出版社 1987 年版，第 96 页。

② 陈伯海、蒋哲伦主编：《中国诗学史·明代卷》，鹭州出版社 2002 年版，第 202—246 页。

③ 孙小力：《明代诗学书目汇考》，见蒋寅、张伯伟编：《中国诗学》第 9 期，人民文学出版社 2004 年版，第 30—64 页。

表。实际上，明代对于郭璞之诗有无寄兴之用的分歧，可以看作是他们对于诗学中重格调还是重性情的一个表现。重视格调，以游仙源自《离骚》《远游》，郭璞之诗则会有寄兴的功用；而重性情，则侧重于郭璞游仙诗是为个人性情的抒发。

明人谈郭璞游仙诗存在两种不同的倾向，究其根源是对于郭璞游仙诗与《离骚》的关系上存在不同的看法，而这个问题的核心在于仙诗是否有"寄兴"之用。如果仙诗亦为寄兴，那么两种观点就不会有分歧。所以，贝琼与许学夷、王世贞的看法还是不同的。贝琼肯定了仙诗本《离骚》，却不承认郭璞游仙诗是寄兴，显得有些过于极端。而许学夷、王世贞两人，却否定了仙诗有"寄兴"之用。仙诗有无"寄兴"之用，这一点明代并没有明确提出与解决，至清代黄子云处，才得到一个合理的解答。

明代晚期，郭璞游仙诗有"假借游仙之体而兴寄托"之评。陆時雍《古诗镜》卷九：

> 郭璞诗《游仙诗》虽有清干，若无灵襟，当晋诗芜秽之时，稍出干裁便来。世赏其语，名为游仙，盖托也。①

陆时雍以"游仙盖托也"，实则是否定了郭璞游仙诗与仙诗的关系，只承认它与《离骚》相接，这奠定了清代对于游仙诗"寄兴"之说的观点。清人对于郭璞游仙诗，大多以"非列仙之趣"为评，对李善、王世贞之评则大加否定。

（四）寄兴之诗

清代早期对于郭璞游仙诗继承了明代贝琼、王世贞等人的看法，多以词藻富丽之评，叶矫然《龙性堂诗话》：

> 郭景纯，仙人也。游仙诗铺陈瑰异，如数家珍，实有冥契，非关寄托。②

---

① （明）陆時雍：《古诗镜》，吴文治主编：《明诗话全编》，江苏古籍出版社 1997 年版，第 10684—10685 页。

② 郭绍虞编：《清诗话续编》，富寿荪校点，上海古籍出版社 1983 年版，第 958 页。

叶矫然的“非关寄托”观点是来自明人的主张。以其诗铺陈瑰异，颇有游仙之气，并非有“寄托”之旨。而明代屠隆《鸿苞》、陆时雍《古诗镜》中认为，游仙是为其托寄而有“坎凛之志”，这已经为郭璞是为风旨之作埋下伏笔。随着清代儒学的复兴，这一点得到极大的推崇。认为郭璞游仙诗本之《离骚》之源而关风旨，非列仙之趣。清代陈祚明《采菽堂古诗选》卷十二：

景纯本以仙姿，游于方内。其超越恒情，乃在造语奇杰，非关命意。游仙之作，明属寄托之词。如以列仙之趣求之，非其本旨矣！①

明代王世贞言“奕奕佳丽，第少玄旨”，是从其词丽之言来看，这一点也遭到清人异议。《清诗话续编》收《静居绪言》亦言“景纯游仙，殆杂诗、咏怀之流，类多风刺时事。钟记室讥少列仙之趣，王弇州亦云‘奕奕佳丽，第少玄旨’，真门外语耳！”②由此可见清代对于郭璞之词的“风旨”立场。此后，何焯《义门读书记》卷四六评《文选》诗，其中评郭璞游仙诗为：

景纯之《游仙》即屈子之《远游》也。章句之士，何足以知之。③

由此可见，此时郭璞游仙与《离骚》关系的确立。何焯同卷评何劭游仙诗为游仙正体。④ 这样看来，何焯认为，游仙本与《离骚》没有直接联系，而是郭璞游仙诗变其为《离骚》《远游》之篇。由此，何焯否定了仙诗有寄兴之用。他与明人陆時雍言“名为游仙，盖托也”，清人陈祚明言“游仙之作，明属寄托之词”，俱为郭璞借游仙而言远游之意。除此之外，陈沆在其《诗比兴笺》卷二中也质疑唐代李善之言：

景纯游仙，振响两晋。自锺嵘谓其“词多慷慨，乖远玄宗，坎凛咏怀，

① （清）陈祚明：《采菽堂古诗选》，上海古籍出版社2008年版，第379页。

② 郭绍虞编：《清诗话续编》，富寿荪校点，上海古籍出版社1983年版，第1632页。

③ （清）何焯：《义门读书记》，中华书局1987年版，第895页。

④ （清）何焯：《义门读书记》，中华书局1987年版，第895页。

非列仙之趣。"李善亦谓其"文多自叙,未能餐霞倒景,锱铢尘网。见非前识,良匪无以。"质诸弘农,窃恐哑然。夫殉物者系情,遗世者冥感。系情者难平尤怨,冥感者担任冲玄。取舍异途,情词难饰。今既蝉蜕尘寰,霞举物外;乃复肮脏权势,流连蹇修,匪惟旨谬老庄,毋亦卜迷詹尹。是知君平两弃,非必无因;夷叔长辞,正缘笃感云尔。世累人繁,此情未睹,毁赞两非,比兴如梦。是用屏彼藻绘,直揭胸怀。景纯劝处仲以勿反,知寿命之不长,游仙之作,殆是时乎。青溪之地,正在荆州,斯明证也。何焯谓景纯游仙之什,即屈子远游之思,殆知言乎。①

陈沆认定李善之论是为鄙陋,进而连锺嵘的论见也一并批评,以"取舍异途,情词难饰""景纯劝处仲以勿反,知寿命之不长,游仙之作,殆是时乎"来说郭璞游仙诗是为寄兴之作。以上驳王世贞、李善所言,实则可见清人诗学中以《离骚》为其游仙之本源的确立,这才使得郭璞的游仙诗是为《离骚》之继得到确立。此外,刘熙载也认为其游仙诗是为寄兴之作,其《诗概》云:

嵇叔夜、郭景纯皆亮节之士,虽《秋胡行》贵玄默之致,《游仙诗》假栖遁之言,而激烈悲愤,自在言外,乃知识曲宜听其真也。②

然此说过于重视郭璞游仙是为"寄兴"之诗,而显得脱离于郭璞之时代,其说尚可商榷。

黄子云《野鸿诗的》中认为:"景阳琢辞,实祖太冲,而写景渐启康乐,在典午中亦可称巨擘。"③认为郭璞诗根源左太冲,沿王世贞《艺苑卮言》"每讽太冲诗,便飘飘欲仙。"④康乐为继,其评价甚高。另外,黄子云实则还解决了一个老问题,即仙诗是否有"寄兴"之用?他对于游仙诗的前后变化有更为清晰的分析。其《野鸿诗的》言:

① (清)陈沆:《诗比兴笺》,上海古籍出版社1981年版,第61—62页。
② 郭绍虞编:《清诗话续编》,富寿荪校点,上海古籍出版社1983年版,第2421页。
③ (清)王夫之等:《清诗话》,丁福保辑,中华书局1963年版,第862页。
④ 罗仲鼎:《艺苑卮言校注》,齐鲁书社1992年版,第121—122页。

> 游仙诗本之《离骚》，盖灵均处秽乱之朝，蹈危疑之际，聊为乌有之词以寄兴焉耳。建安以下，竞相祖述，景纯、太白，亦恣意描摹，至义山专求有娀、皇英之喻而推广之，倡为妖淫靡曼之词，动以美人香草为护身符帖。末学无知，又因之而变为香奁体，世道人心，欲以复古，难矣！夫诗者，心之乐也，濂溪云："乐声淡则听心平，乐词善则歌者慕。'西昆'之音，不唯不能平其心，适足以助欲而长怨耳。"噫！如义山者，谓之为《三百篇》之罪人可也。①

以黄子云的看法，盖《离骚》为游仙之本，本是有寄兴之用的，但建安之下，却竞相模仿，以至全为"淫曼"之词，言郭景纯诗已渐失其意，而后唐时游仙则更无取。这一观点是对明代两种不同倾向批评的疑难作出的回答，虽然不甚圆满，但他毕竟从正面明确了仙诗是为寄兴之用，只不过体格顿衰而失之寄兴，郭璞之诗已经渐失之。这实则调和了"寄兴"和"词丽"两种态度，此可比取南朝檀道鸾、刘勰、锺嵘三人之中刘勰之看法。

除此之外，另有一些对于郭璞游仙诗的看法，亦有可取之处。施补华《岘佣说诗》：

> 太冲咏怀，景纯游仙，皆骨干清强，精理俊爽，其所以不及汉人者，正以太清强、太俊爽耳。若阮公《咏怀》，则浑朴之气未散也。②

施补华评诗，求其"浑朴之气"，以此认为郭璞诗过于"清强""俊爽"，此不同于陈祚明、陈沆等人之论。

由此可见，郭璞游仙诗之"自在言外"的寄兴之诗成为清代的突出特点。综上所述，在历代对于郭璞游仙诗之评中，《离骚》为"游仙"之本源的确立是郭璞游仙诗评价的一个重要坐标。可以说，对于郭璞之诗重"寄兴"还是重"艳逸"有不同分解，均是对于仙诗本源的理解不同。李善认为其词无俗累，

---

① （清）王夫之等：《清诗话》，丁福保辑，中华书局1963年版，第853页。
② （清）王夫之等：《清诗话》，丁福保辑，中华书局1963年版，第977页。

是为艳逸之词,非关寄兴是因其游仙诗之本源非《离骚》而为民间之仙诗。而宋人对于游仙与《离骚》关系的讨论,使得对于游仙是为寄托之词开辟道路,这实则是对锺嵘《诗品》的进一步发挥。锺嵘《诗品》言“变永嘉平淡之体”“《游仙》之作,词多慷慨,乖远玄宗”又“坎凛咏怀,非列仙之趣”但并没有明确其有《离骚》的寄兴手法。在明代之时,对于郭璞游仙诗一方面认为本自《离骚》,而多寄兴之词;但又认为仙诗无寄兴,由此而发展“富丽之辞”一路。清代对于郭璞游仙诗的评价达到了一个高点。看重其“寄托之旨”而斥其词丽之评使得郭璞的游仙诗获得了很高的评价,这也影响了民国时期郭璞游仙诗的批评。

郭璞诗的地位在历代的评价中算是比较高的,从《郭璞集》的流行来看,自《隋书·经籍志》所记十七卷之后,两唐志载其十卷,《宋史·艺文志》还载其六卷,这说明郭璞的诗歌流传比较广,相较而言,东晋僧人诗歌就没有那么幸运。《隋志·经籍志》载沙门《支遁集》八卷,而两唐志载十卷,后即无载,可见支集流传之不广,但这并不能说明东晋僧诗不受重视。两晋取仕,以品藻文才而论。唐代以后,学子取仕,皆多习其所考之书,做诗宗以《诗》法,释子之诗,乃余戏耳,此谓流传不广之主要原因。吴乔《围炉诗话》卷一:

> 唐人重诗,方袍、狭邪有能诗者,士大夫拭目待之。北宋犹然,以功名在诗赋也。既改为经义,南宋遂无知诗僧妓,况今日乎!①

吴乔之论,是为僧诗流传不广的重要原因之一。

四、东晋僧诗批评

东晋僧人作诗,后人评论最多的是支道林与慧远二人。自支孝龙与谢鲲等人号为“八达”,文人与僧人相交便不绝于耳。文人、僧人之交,则相互影响发明。殷奎《强斋集》卷一《送昙瑞师诗序》曰:

① 郭绍虞编:《清诗话续编》,富寿荪校点,上海古籍出版社1983年版,第477页。

晋宋以来,贤士大夫类多与浮屠人游,如许询之于支遁,陶元亮之于惠远,韩退之之于大颠、文畅,皆阔略其迹而不遗其内,岂亦有所概于衰世之志者乎?昆山有昙瑞师者,虽入于佛而不外乎儒,遁其迹,介焉而弗污;足乎内,泊焉而无慕。然独喜为歌诗以发泄其志意。①

张煌言《张苍水集》卷一《梅岑山居诗引》:

从来儒墨分席;然诗律可通于禅,禅锋每寄于诗,是何以故?盖诗家格律甚精,不避空虚三昧,而禅家机锋相触,原具风雅三摩。故禅有魔而诗亦有魔,而诗称圣禅亦称圣。超悟者本无殊趋也。芥舟上人以远公宿根,得生公妙解,振锡名山,玄风晻暧,禅悦之余,遂成梅岑新咏,骚耶?偈耶?读之如坐光明藏矣。是使骚人雕风镂月,总是拈花;释子说乘参宗,无非梦草。提起法幢,高翻骚甓;直疑大士现身,岂仅老僧饶舌。则满恒河皆诗也,满恒河皆禅也。有声闻者,当作如是观;即无色相者,亦当作如是观。②

文人、僧人相交是为促进佛、儒相融,诗禅相交之必然。唐代文人做诗多融佛理,比之东晋之诗的佛理诗则更为文人所接受。佛理入诗,一开诗之新境界。由此,禅学为中国传统诗学的又一重要组成部分,可谓禅学的文人化运用。《沧浪诗话》多以禅学思想评诗,其云:“诗有别趣,非关理也”。严羽说“趣”者,实针对宋人诗言理之过甚。清人认为诗不可无理。“理趣”之说,是为理的一种特殊表现,为诗的境界。

禅理入诗,东晋僧人始为源头。历代颇有对于东晋僧诗之评。此处仅以支道林和慧远为代表。帛道猷虽亦在东晋,且开陶渊明诗面目之先,然非典型玄言诗作,故不在讨论之列。

---

① (明)殷奎:《强斋集》,吴文治主编:《明诗话全编》,江苏古籍出版社 1997 年版,第 243 页。
② (明)张煌言:《张苍水集》,上海古籍出版社 1985 年版,第 47 页。

（一）追慕清谈

唐代之玄谈，似犹未尽，李白、王维都有玄谈之诗句。唐诗中多有谈及支遁、慧远二人。高仲武《中兴间气集》、宋计有功编《唐诗纪事》中多提及支遁、孙绰、许询等人。举例如下：

《哭护国上人》云：昔喜三身净，今悲万劫长。不应归北斗，多是向西方。舍利众生得，袈裟弟子将。鼠行残药椀，虫网旧绳床。别起千花塔，空留一草堂。支公何处在？神理竟茫茫。①

张祜《题澈上人旧房》云：寂寞空门支道林，满堂诗板旧知音。秋风吹叶古廊下，一半绳床灯影深。②

《中兴间气集》卷上高仲武评李嘉佑诗：

袁州自振藻天朝，大收芳誉，中兴高流。于钱、郎别为一体，往往涉于齐梁，绮靡婉丽，盖吴均、何逊之敌也。……又"禅心超忍辱，梵语问多罗。"假使许询更出，孙绰复生，穷思极笔，未到此境。③

以高仲武之评可见，当时孙、许之集，必为当时文人所熟知。如前所述，《中兴间气集》所处时期正是唐安史之乱后。文人的心境同于东晋之流，沉溺玄风，由是表现出对玄理之谈的孙、询、支遁等人的一种欣赏态度，张祜更认为，支道林为灵澈诗作之知音。唐代释子对于支遁、慧远之诗较为明确，皎然就有诗言支公：

支公养马复养鹤，率性无机多脱略。天生支公与凡异，凡情不到支公

① 王仲镛：《唐诗纪事校笺》，巴蜀书社 1989 年版，第 668 页。

② 王仲镛：《唐诗纪事校笺》，巴蜀书社 1989 年版，第 1907 页。

③ （唐）高仲武：《中兴间气集》，《景印文渊阁四库全书》（1332 册），台湾商务印书馆 1986 年版，第 131 页。

地。得道由来天上仙，为僧却下人间寺，道家诸子论自然，此公唯许逍遥篇。山阴诗友喧四座，佳句纵横不废禅。①

唐代释子作诗、评诗，虽取法文人，但论诗作诗亦不离禅、诗合一。由此，对于支公、远公之评价较高。正是由于文人、僧人以禅入诗，唐代诗学中开始渗透禅宗的思想，尤其是中唐以后禅宗的兴盛，这种重视心性修养的宗教得到儒家文人的青睐，无疑是禅宗诗学为文人所接受的第一步。

（二）本分家风之别

与唐代相比，宋代对于东晋诗僧之诗评论之处亦未多见，胡宿《文恭集》卷二九《临海梵才大师真赞》有记：

梵才大师，以实性会道，以余力工诗。天圣中，至自台山，馆于辇寺，朝之名臣胜士，莫不欣挹其风，……庆历初，予自山出守吴兴，师适有苕溪之行，得寻支、许之集。自我见将二十年，虽正始之音泠然在耳，而赤髭之相邈哉难值。……②

由此可见，梵才寻得此二集，说明宋初之时支、许之集已经流传不广。支、许之诗实为此种诗风的先行。梵才虽寻支、许之集，对其诗颇为重视，但《宋志》中《支遁集》《许询集》不存，这是否说明当时晋时僧人之诗不受重视？事实并非如此。北宋时期，《支遁集》《许询集》《孙绰集》都还是可见的，郑樵《通志》中载“处士《许询集》三卷、卫尉卿《孙绰集》十五卷、沙门《支遁集》八卷”③，这与其后高似孙在其《剡录》卷五的记载是相同的。高似孙比晁公武晚，与陈振孙生活时代较近，主要活动于淳熙、宝庆期间。晁公武《郡斋读书志》和陈振孙《直斋书录解题》都未有支、许集的记载，盖晁公武、陈振孙两人

① （清）彭定求等：《全唐诗》，中华书局1960年版，第9251页。

② （宋）胡宿：《文恭集》（卷29），《丛书集成新编》（60册），台湾新文丰出版公司1984年版，第623页。

③ （宋）郑樵：《通志二十略》，王树民点校，中华书局1995年版，第1745页。

集目之书为其经眼之书录。由此,这一现象只能说明,支、许之书流传不广。

实则,晋时僧诗在历代僧人的评价中都是比较高的,其原因之一就是僧人之诗不单是缘情而发,是有关人生妙悟之言论。晋代名流还常被人提及。徐铉《奉和武功学士舍人纪赠文懿大师净公》就为我们展示了一幅宋初文人清谈图:

> 旧国荒凉成黍稷,故交危脆似琉璃。高人独喜汤师在,手把新文数道碑。满卷文章为世重,出尘心迹少人同。腾腾自得修真理,不管浮生觉梦中。文似春华铺晓陌,思如泉涌注长江。诗情道性知无梦,频见残灯照曙窗。已洁心源超世表,却缘诗句有时名。初闻行业如耆宿,及见容颜是后生。只有闲情搜景物,不将客鬓惜流光。京华才子多文会,众许清词每擅场。惠远禅师名素重,维摩居士室皆空。群公竟有诗相赠,组绣珠玑满袖中。南朝人物古犹今,只恐前身是道林。处处经行常自适,不妨谭笑不妨吟。往往冥搜宵不寐,时时任性昼仍眠。高情丽句谁偏重,圣代词臣李谪仙。霜髯病叟掩闲扃,禅客相寻有故情。每忆江南初识面,至今犹得爱才名。①

诗中言“京华才子多文会,众许清词每擅场。惠远禅师名素重,维摩居士室皆空。群公竟有诗相赠,组绣珠玑满袖中。南朝人物古犹今,只恐前身是道林。”清谈又何独在东晋时盛?此外,又如王安中《辄寄之更不理彭意无复次第》:“僧中赏隽道林支,傥有斯人见莫迟。远致高情归许掾,更知孙绰最能诗。”②戴复古《李深道得苏养直所写深字韵诗》:“表出尘埃外,浓薰兰蕙香。风流晋人物,高古汉文章。老眼不多见,前程岂易量。三杯话胸臆,一笑对云骧。”③释永颐《寄姚赣州》:“雪蓬生剡溪,家近放鹤岑。晋士有遗风,爱寻支遁林。得善忘形服,率然披素襟。功名亦偶尔,王戴非无心。今人异古昔,贱义而怀琛。萧条石门咏,浩荡东山吟。如何昌黎翁,醉乡讥湎沉。玉带与金

① 孙钦善等主编:《全宋诗》(1册),北京大学出版社1991年版,第130—131页。
② 孙钦善等主编:《全宋诗》(24册),北京大学出版社1991年版,第16009页。
③ 孙钦善等主编:《全宋诗》(54册),北京大学出版社1991年版,第33532页。

鱼，刘毕非所钦。”[①]皆可明见对于晋代僧诗的爱好。

朱熹对于支遁之诗，亦有“不落语言”之论。朱熹《晦庵集》卷八《奉酬九日东峰道人溥公见赠之作》：

几年回首梦云关，此日重来两鬓斑。点检梁间新岁月，招呼台上旧溪山。三生漫说终无据，万法由来本自闲。一笑支郎又相恼，新诗不落语言间。[②]

我们应该看到，北宋僧诗的诗学审美之中，依然采取了儒家诗学法则，这也与宋初“九诗僧”诗作取法儒家相关。宋代的僧诗以无“蔬笋气”为标准，这使得僧人之诗过分理学化，而全无自身个性特点。这也可以从他们对于禅诗的起源标准得见，姚勉《雪坡舍人集》卷三七《赠俊上人诗序》：

汉僧译晋僧讲，梁魏至唐初僧始禅，犹未诗也。唐晚禅大盛诗亦大盛，吾宋亦然。禅犹佛家事，禅而诗，骎骎归于儒矣。[③]

姚勉以为禅诗之兴，始于初唐。而以晚唐之诗，禅诗大兴。晚唐释子多与文人相交，所作之诗，颇有文人风范，有别于唐前期寒山之白话诗体。这实则是以儒家诗法的禅诗为标准的。晚唐之僧诗开始取法儒家，颇有文人化倾向，由此他才有“禅而诗，骎骎归于儒”的看法。禅诗受到理学影响，而难有自家面目，这一现象在南宋之时便有了不同的声音，阮阅《诗话总龟》后集卷四四引《西清诗话》：

东坡言僧诗要无蔬笋气，固诗人龟鉴。今时误解，便作世网中语；殊

---

① 孙钦善等主编：《全宋诗》（57册），北京大学出版社1991年版，第35993—35994页。

② （宋）朱熹：《晦庵集》，《景印文渊阁四库全书》（1143册），台湾商务印书馆1986年版，第138页。

③ （宋）姚勉：《雪坡舍人集》，《丛书集成续编》（131册），台湾新文丰出版公司1984年版，第696页。

不知本分家风,水边林下气象,盖不可无。若尽洗去清拔之韵,便与俗同科,又不足尚?齐己云:“春深游寺客,花落闭门僧”,惠崇云:“晓风飘磬远,暮雪入廊深”之句,华实相副,顾非佳句邪?天圣间,闽僧可士有《送僧诗》云:“一钵即生涯,随缘度岁华。是山皆有寺,何处不为花?笠重吴天雪,鞋香楚地花。他年访禅室,宁惮路途赊?”亦非食肉者能到也。①

提倡僧诗要有自家本风,是诗歌过分追求理学化的一种诗学反映,而这种本分家风的主张,是有利于禅宗思想在中国传统诗学中巩固地位的。这种重视禅诗蔬笋之气,在元代也得到了响应,元代元好问认为僧诗之美,且在于蔬笋气。《元遗山先生集》卷三七《木庵诗集序》:

东坡读参寥子诗,爱其无蔬笋气,参寥用是得名。宣、政以来,无复异议。予独谓此特坡一时语,非定论也。诗僧之诗,所以自别于诗人者,正以蔬笋气在耳。假使参寥子能作柳州《超师院晨起读禅经》五言,深入理窟,高出言外,坡又当以蔬笋气少之邪?……境用人胜,思与神遇,故能游戏翰墨道场,而透脱丛林科臼,于蔬笋中别为无味之味;皎然所谓“情性之外,不知有文字”者,盖有望焉。……②

所谓“蔬笋气”,蔡绦有言“诗家情致,人自一种风气。山林钟哲(应为“鼎”)与夫道释流语,有不可易者。如事带方外,俗谓有蔬笋气;辞旨凡拙,则谓学究体。”③元氏提出僧诗“正以蔬笋气”又以皎然“情性之外,不知有文字”,实已表明,僧诗之审美之趣已逐渐被当时文人所接受而形成另一种诗学审美。元好问认为僧诗有别于诗文,是有“深入理窟,高出言外”之意,就是强调了禅诗中理的寄兴。

---

① (宋)阮阅:《诗话总龟》后集(卷44),人民文学出版社1987年版,第280—281页。

② (元)元好问:《元遗山先生集》,《丛书集成三编》(38册),台湾新文丰出版公司1984年版,第513—514页。

③ (宋)蔡绦:《西清诗话》,吴文治主编:《宋诗话全编》,江苏古籍出版社1997年版,第2502页。

从以上可见，元代之时，对于诗之看法，儒家传统诗法中“诗言志”“诗缘情”的诗学标准又渐拓展，对于僧诗当自有标准，而当以“非常情可论之”。戴表元《珣上人删诗序》中言：

惟夫诗，则一繇性情，以生悲喜忧乐忽焉。触之而材力不能与焉。此其老少之变，繁简之异，岂得不有待而然哉？珣上人学佛氏之道，违世避俗，与木石并居于大山长谷之中，余不敢以常情论之。①

这种对于禅宗思想所形成一种新的诗学审美的接纳，实则表明了诗歌这一体裁本身内涵的扩大，而不再局限儒家诗言志，传统诗言情的诗学审美，把诗言理正式纳入中国诗学审美之中。这种诗学的兴起，僧人作诗、参与论诗之功不可轻屑。元赵孟頫《白云集序》言：

（僧英）故其诗超然有出世外之趣，夫诗不离禅，禅不离诗，二者廓通而无阂，则其所得，异于世俗宜也。余往年识上人都下，及闲居吴兴。②

林昉题《白云集》云：

诗有参，禅亦有参；禅有悟，诗亦有悟。实存英上人所作《白云集》，脱然已入空趣，其参而悟者欤？唐人夜半之钟，非诗人得句，即高僧悟道。诗禅之悟，宁有二哉？《集》中谓诗悟必通禅，又“妙处如何说，悟来方得知”，上人尝自道之矣。③

僧英是元初时颇有影响的诗僧。这一时期与南宋末期相同，由于科举的取消，文人无以出路，诗文便流露出重个人情怀的晚唐诗风。僧英论诗本于禅

① （元）戴表元：《剡源先生文钞》，《四库全书存目丛书·集部》（21册），齐鲁书社1997年版，第598页。

② （元）僧英：《白云集》，《禅门逸书》，明文书局股份有限公司1981年版，序。

③ （元）僧英：《白云集》，《禅门逸书》，明文书局股份有限公司1981年版，序。

悟,提倡“空趣”。言其诗“诗不离禅,禅不离诗”“诗禅宁有二哉”,就是强调了禅学对于诗学的重要性。他以此作为诗学的实践,其《答画者问诗》云:“要识诗真趣,如君画一同。机超罔象外,妙在不言中。”①这种对于诗学审美中融入的禅学精神,应该说源于唐代,而历宋代,元代渐兴。

僧人对于诗、禅无二的观点,并非僧人极力推广禅诗的原因。实则,禅门中人亦有人认为诗无益于禅,从早期禅宗的“不立文字”,到宋代的宏智正觉提倡“默照禅”都持这样的看法。把诗、偈看作一物,是看中了诗类似偈的宣教功能。禅的境界是一种理的领悟与自证,僧诗就要求表现这种领悟,而并非如文人诗一样,排斥理的表达。

宋代禅诗的渐兴,离不开诗中的理学主张。宋代诗言理,使得诗的描写范围放之于日常生活的主题,这实则是诗的一种俗化表现,但又是理的承载。所谓“担水挑柴,无非妙道”,是完成禅诗与理学诗之间内核的一种转换。而对于这种理学诗的排斥,又是对这种过于俗化的诗歌风气的抵制。宋诗理在俗间,而禅诗理在雅处。但是,“诗言理”这一观念在宋代经由宋诗得到确立,这就表明了它在儒家诗学中的合法地位,比之两晋时期的“诗言理”的短暂主张算是幸运。禅宗作为一种非常文人化的宗教,其义理的参悟是一种人生哲理的领悟,这是一种雅文化的倾诉。锺惺在《善权和尚诗序》中说:“金陵吴越间,衲子多称诗者,今遂以为风。大要谓僧不诗,则其为僧不清;士大夫不与诗僧游,则其为士大夫不雅。”②

由此,禅宗思想兴盛于诗学,实则是以雅理对抗俗理的一种表现。南宋末期,以禅论诗渐盛,这一方面是与释子参与诗作、论诗有关,更为关键的是文人对于此的接受与认同。这一点表现了诗歌雅文学倾向的自我拯救。严羽是南宋末以禅论诗的代表,此书对明代影响颇深,这无疑已经表明禅宗诗学的建立。

(三)僧诗清奥

自宋代以来,禅学渐融入诗而成别趣,从而僧人涉诗,倡其诗偈不二,这对

---

① (元)僧英:《白云集》,《禅门逸书》,明文书局股份有限公司1981年版,第11页。

② (明)锺惺:《隐秀轩集》,上海古籍出版社1992年版,第251—252页。

于诗歌的境界扩展是非常明显的。同时，对于东晋僧人诗歌的重视也慢慢凸显出来。明代是理学兴盛的时代，一方面是程朱之理学，另一方面是后起的王阳明之心学。前面已经提到，明代诗学有“格调”和“性灵”两路。而对于僧人诗作之推崇，是为“性灵”一路诗人的主张。竟陵派本以“幽深孤峭”为诗歌追求之美，对于东晋僧诗，颇为赞赏。锺惺《古诗归》卷十惠远《庐山东林杂诗》批语：

高僧诗清奥不必言。其字句似生，意义似脱，正文士不能措手处。①

锺惺特别强调了僧诗与文人之诗的不同之处。对于东晋慧远之诗，以“清奥”评之。锺惺对于诗乃清物，有专门的讲解，其《隐秀轩集》卷一七《简远堂近诗序》：

诗，清物也。其体好逸，劳则否；其地喜净，秽则否；其境取幽，杂则否；其味宜澹，浓则否；其游止贵旷，拘则否。之数者，独其心乎哉？市，至嚣也，而或云如水。朱门，至礼俗也，而或云如蓬户。乃简栖、遥集之夫，必不于市、于朱门；而古称名士风流，必曰门庭萧寂，坐鲜杂宾，至以青蝇为吊客，岂非贵心迹之并哉？夫日取不欲闻之语，不欲见之事，不欲与之人，而以孤衷峭性，勉强应酬，使吾耳目形骸为之用，而欲其性情渊夷，神明恬寂，作比兴风雅之言，其趣不已远乎！且夫性孑而习昵，则违心，意僻而貌就，则谩世；初偕而中疎，则变素；恒亲而时乖，则示隙。②

这与锺惺所提倡的“幽深孤峭”是相通的。可见，在他看来，东晋僧诗“字句似生，而意似脱”，不与文人之诗法相同。而其他人亦有类似观点，朱右《白云稿》卷五《全室集序》：

---

① （明）锺惺、谭元春：《古诗归》，《续修四库全书》（1589册），上海古籍出版社2002年版，第458页。

② （明）锺惺：《隐秀轩集》，上海古籍出版社1992年版，第249—250页。

> 抑予尝观晋、唐来高僧以诗名者,概不少也。若支遁之冲淡,惠休之高明,贯休、齐已之清丽,灵澈、皎然之洁峻,道标、无本之超绝,惠勤、道潜之滋腴,虽造诣不同,要适于情性,寓意深远,至今传诵不衰。①

黄廷鹄《诗冶》中:

> 支遁《咏怀诗》黄省曾评:林公神牖俊彻,悟襟觉思,自不涉吐凡污也。②
>
> 庐山诸道人《游石门诗》锺惺云:高僧诗文,与文士不同。若使人望而知其从经史子集中出,则不如看文士诗文矣。然一入内典语尤俗。③

这样的评价,与他们看重僧诗中禅学精神,与"性灵"一路的诗学思想来源有关。性灵派的诗学直接源自李贽"童心说",是王阴明心学的一种极端,与狂禅之学对于禅学是为极端一样。由此,"性灵"一路,本身就带有极强的禅学精神,其诗文主张也更多地渗透了这种禅学主张。与"性灵"一路相反,重视诗歌体例的"格调"一派,最具宗《诗》意识,则自然对于僧诗无多取舍。冯复京就以为,东晋之僧诗不可取。冯复京《说诗补遗》:

> 支道人奔走一世者,玄理清言,不以诗咏诸篇,概多疵累。于鳞摘取二首,取新耳目,未可谓能。予谓支虽富篇什,不如帛道猷"茅茨隐不见,鸡鸣知有人"十字。④
>
> 张君祖庾僧渊赠答之诗,自演法乘,不为文字设,与支道林一例。冯汝言以为恬淡雅逸,吾无取焉。⑤

---

① (明)朱右:《白云稿》,《续修四库全书》(1326册),上海古籍出版社2002年版,第276页。

② (明)黄廷鹄:《诗冶》,吴文治主编:《明诗话全编》,江苏古籍出版社1997年版,第7724页。

③ (明)黄廷鹄:《诗冶》,吴文治主编:《明诗话全编》,江苏古籍出版社1997年版,第7724—7725页。

④ (明)冯复京:《说诗补遗》,吴文治主编:《明诗话全编》,江苏古籍出版社1997年版,第7214页。

⑤ (明)冯复京:《说诗补遗》,吴文治主编:《明诗话全编》,江苏古籍出版社1997年版,第7235页。

冯复京言支道林“不以诗咏诸篇，概多疵累”，而他认同张君祖庾僧渊赠答之自演法乘，但却不取，实则是他的诗学思想中对于诗体辨源的影响。冯复京早期诗学主张是受到七子影响。但明代“格调”“性灵”并非完全对立，明中叶后期这种思想便有了相互吸取之势。杨慎本重格调，而对于远公之诗，甚至认为与“陶渊明相伯仲”。杨慎《升庵集》卷七三《江淮名山图》：

远公画《江淮名山图》，而《画谱》《宝鉴》竟不知远公善画也。慎谓晋人无不文藻风韵，远公禅学之外，能画工诗，又注《诗经》，是僧而兼儒也。殆隐于禅者欤！①

又《升庵外集》卷十三中有《远公文藻》一文：

《毛诗注疏》，诗之篇什次第，乃晋僧慧远所订。又李德裕诗云：“远公说易长江上，龙树收经龙藏中。”既说《易》，又订《诗》，是有功于经也。寺志载其记一篇，诗一首，皆藻丽警拔，与渊明伯仲。②

杨慎对于远公之诗评价甚高，从其“僧而兼儒”“有功于经”这样的评价来看，他不同于格调一路否定僧诗已然明了，但这也因为他认为慧远释兼儒学，其诗学并非僧人之诗，亦为文人之诗，由此才有如此评价。

宋代以为禅诗起兴于晚唐之体，这实则是一种儒家角度的禅诗标准。明代主性情的诗学使禅诗之源有更早的追溯。张煌言《张苍水集》卷一《僧履端诗序》：

世之辟佛者，率以浮屠氏为外教。而瞿昙氏亦往往逃于枯空，谓不如是则非禅也。然东林思远，白社风高，未尝不陶情吟啸，则诡于禅之外非

① （明）杨慎：《升庵集》，《景印文渊阁四库全书》（1270册），台湾商务印书馆1986年版，第726页。

② （明）杨慎：《升庵外集》，吴文治主编：《明诗话全编》，江苏古籍出版社1997年版，第2876页。

禅，而拘于禅之中者亦非禅也。夫善《易》者不言《易》，今使进禅而赋诗，而字摹贝叶，句勒昙花，则亦偈而已，何名为诗？夫诗本性灵，而禅亦性灵，要自有活泼泼地者，此即禅机也。普陀端公者，吾未知其禅理何如，而微吟高咏，绝非枯空者可比。①

明代张之象《冬溪集序》所言：

释之英者研究宗乘之外，往往旁通于儒而与文人名士游，因以深其词藻，焕其名言以自彰，其离文之道卺，其勿思之秘者，盖资于儒亦犹儒者之有余力而资于释也。晋道安支遁慧远，既道术高世而文词才辩又皆精拔，故当时君相翕然倾慕，若景星卿云可望焉，而不可即也。唐宋间禅宗丕振，王公贵人熟于闻见。盖有不籍文辩兴者，然玄奘、道宣、契嵩、觉范亦以文卫道，厥功甚伟。元有三隐，笑隐文独丰，虞文靖公谓如张乐洞庭之野，蛟龙骇腾物怪屏走。盖亦一时之雄也。②

明代高僧憨山德清《梦游诗集自序》云："僧之为诗者始于晋之支、远，至唐则有释子三十余人。"③由此可见，晋代僧诗是为禅诗之发源，这一点在明代得到了确立。僧诗在明代这种"主情性"的大文化背景下，应该说得到了极大的发展。明代谢肇淛《小草斋诗话》提出：

东坡言僧家诗要无蔬笋气，此为太着相者道耳。要之世间神情境物与诗合者，莫过于僧。……若以蔬笋气病之，非知诗者。④

从北宋"本分家风"、元代"深入理窟，高出言外"而再以"神情境物与诗合

① （明）张煌言：《张苍水集》，上海古籍出版社 1985 年版，第 46—47 页。

② （明）释方泽：《冬溪外集》，《禅门逸书》，明文书局股份有限公司 1981 年版，第 1—2 页。

③ （明）释德清：《梦游诗集》，吴文治主编：《明诗话全编》，江苏古籍出版社 1997 年版，第 5169 页。

④ （明）谢肇淛：《小草斋诗话》，吴文治主编：《明诗话全编》，江苏古籍出版社 1997 年版，第 6689 页。

者,莫过于僧”实则可以看到明代人对于禅诗的进一步认识和接受的态度。明代诗学的“情性”渐渐亦为格调一路所吸收,谢肇淛提出这一观点,实则就是这种背景的产物。可以说,禅诗在明代有极高的评价,其原因之一就在于,禅诗的禅学思想与心学的思想是为同源。这就使得禅诗与文人之间没有多少滞碍,明代文人对于禅诗的认同是最明显的。

另外,谢肇淛认为诗以贵虚,有仙诗胜于僧诗的观点。其《小草斋诗话》:

> 诗境贵虚,故仙语胜释,释语胜儒。诗情贵真,发闺语胜市,市语胜朝。①

谢肇淛“贵虚”之言,盖言其虚以对山川自然,但言语不详,确实让人费解。清代王士禛在其《香祖笔记》卷二中就按捺不住,对此论颇有微词:

> 谢在杭肇淛《小草斋诗话》,殊多愦愦,启发人意处绝少。如云:“诗境贵虚,故仙语胜释,释语胜儒。”夫仙语如《步虚辞》等最易厌,释语入诗最近雅,今乃反之,岂非强作解事者。②

事实上,在《小草斋诗话》中,还有赞释诗之言,如前所述,“要之世间神情境物与诗合者,莫过于僧。若舍方外之踪,而逐烟花绮丽之场,不但失本来面目,亦且堕恶道而不知。”③由此可见,谢肇淛评诗,多因情兴所致,故而前后非定断。所以,王士禛才说他的评文往往自有矛盾。

综观其上,明代对于僧诗的评价很高亦很多,这与明代儒学和禅学的进一步融合密切相关,也离不开明代集诗风气。虽然《宋志》已经不见支遁之集,但明代却多有集诗之书。明初所编《诗渊》所收诗作上自魏晋六朝,下迄明

① (明)谢肇淛:《小草斋诗话》,吴文治主编:《明诗话全编》,江苏古籍出版社1997年版,第6669页。

② (清)王士禛:《香祖笔记》,上海古籍出版社1982年版,第30页。

③ (明)谢肇淛:《小草斋诗话》,吴文治主编:《明诗话全编》,江苏古籍出版社1997年版,第6689页。

初,保存从魏晋六朝到明初大量散失了的作品,所收诗作约有十分之二三不见于其他古籍;冯惟讷编《诗纪》(又名《古诗纪》),全书一百五十六卷,分前集十卷,录先秦古逸诗;正集一百三十卷,录汉至隋诗;外集四卷,录古小说、笔记中所传仙鬼诗;别集十二卷,选录前人关于古诗的评论。《四库全书总目》称《诗纪》"上薄古初,下迄六代,有韵之作,无不兼收。溯诗家之渊源者,不能外是书而别求。"①此后,明人张溥又取冯惟讷《古诗纪》、梅鼎祚《历代文纪》,从汉代贾谊至隋薛道衡共103人,将其诗文组成一编,名《汉魏六朝百三家集》,此书共计118卷,基本上一人一集,集中先列赋,次列文,后列诗。各集前均附有编者题词,评述作家生平与创作,此外,明代还有无名氏《六朝诗集》等。正是由于明代对于魏晋诗文的整理,明人对于僧诗的批评显得更为仔细。

(四)支公开山水之先

清代诗学虽以儒学为本,但其诗学却继承明代,而格调、性情共论。对于僧诗之看法,实则继承明代僧诗之评,已经完全接受了这种"平淡"之风的诗歌。对于两晋僧诗的批评,沈曾植认为支遁之诗,实为其山水之诗的发源。清人沈曾植《与金甸丞太守论诗书》中提出:

> 吾尝谓诗有元祐、元和、元嘉三关。公于前二关均已通过,但着意通第三关,自有解脱月在。元嘉关如何通法,但将右军《兰亭诗》与康乐山水诗打并一气读。刘彦和言:"庄老告退,而山水方滋。"意存轩轾,此二语便堕齐梁人身份。须知以来书意、笔、色三语判之。山水即是色,庄老即是意。色即是境,意即是智。色即是事,意即是理,笔则空假中。三谛之中,亦即遍计、依他、圆成,三性之圆成实性也。康乐总山水庄老之大成,开其先者支道林。②

① (清)永瑢等:《四库全书总目》,中华书局1965年版,第1716页。

② 钱仲联:《梦苕庵诗话》,张寅彭主编:《民国诗话丛编》(第6册),上海书店出版社2002年版,第208页。

所谓三关，元祐宋时，元和唐时，而元嘉则为谢灵运之时。三关之喻，实则是为渐回古风。元嘉通法最值得留意。三关之过，需要将“右军《兰亭诗》与康乐山水诗打并一气读”，在沈曾植看来，兰亭诗与康乐之诗是三关之集要。沈曾植又以天台宗的空、假、中三谛，法相宗的遍计、依他、圆成三性来强调右军《兰亭诗》与康乐山水诗之意、笔、色，是为康乐总山水老庄之大成。即表明，康乐之诗三谛圆融，是为真如万有，自然交汇。

在沈曾植看来，山水之诗，山水必要有庄老之意，有如色境不离意智，事不脱理之谓。而诗人需笔中圆融两者，不偏不执，而为诗歌之三关。这实则是为清代提倡的“理趣”之谓。《清诗别裁集·凡例》：

诗不能离理，然贵有理趣，不贵下理语。陶渊明“汲汲鲁中叟，弥缝使其淳”，圣人表章《六经》，二语足以尽之。杜少陵“江山如有待，花柳自无私”，天地化育万物，二语足以形之。邵康节诗，直头说尽，有何兴会？至明儒“太极圈儿大，先生帽子高”，真使人笑来也。①

“理趣”之说，即谓诗中不可无理，又不可直言其理。无理、理胜，皆为偏执，不得中观之妙谛。而他又认为，色意、境智、事理之圆融，以支道林为其先者，实则是看到东晋之诗，僧人多与文人唱游于山水之诗，多有吟咏之作，慧远有石门之游，今多有存诗。其山水之诗，正如《序》中所言：

夫崖谷之间，会物无主。应不以情而开兴，引人致深若此，岂不以虚明朗其照，间邃笃其情耶？并三复斯谈，犹昧然未尽。俄而太阳告夕，所存已往，乃悟幽人之玄览，达恒物之大情。其为神趣，岂山水而已哉？②

所谓“其为神趣，岂山水而已”，由此可见，释子对山水之情怀，乃为其悟幽人之大情，而仅非只对山水，是为神趣。释子尚“神趣”，神趣之谓，重在山

① （清）沈德潜：《清诗别裁集》，中华书局1975年版，凡例。

② 逯钦立：《先秦汉魏晋南北朝诗》，中华书局1983年版，第1086页。

水之理,犹于色意、事理之中重意、得理,不得中观之旨。由此,神趣为文人所不赏,而有“理趣”之谓。

由此可见,沈曾植对于支道林之诗对中国山水之诗的形成和境界的形成都有着重要的影响是持肯定态度的。在其《海日楼题跋》卷一之《王壬秋选八代诗选跋》其一跋中,也有类似的评价:

己亥大雪节后二日,五更微雨,不能成寐,起读支、谢诗数过,于诸文句颇渐领解。乃知选注之佳,向来讽味,只得其鳞爪耳。①

同书卷一《王壬秋选八代诗选跋》其二:

“老、庄告退,山水方滋。”此亦目一时承流接响之士耳。支公模山范水,固已华妙绝伦;谢公卒章,多托玄思,风流祖述,正自一家。挹其铿谐,则皆平原之雅奏也。陶公自与嵇、阮同流,不入此社。

支、谢皆禅玄互证,支喜言玄,谢喜言冥,此二公自得之趣。谢固犹留意遣物,支公恢恢,与道大适矣。②

言其“支公模山范水,固已华妙绝伦”正明其支氏乃为山水诗之原始。而以“支喜言玄,谢喜言冥,此二公自得之趣。”可见,在沈曾植看来,“支氏诗以入玄”而“谢氏诗以言冥”,两公有“自得之趣”。

沈曾植长于佛论,谈及诗学自不免倾于佛理,与之意见不同,刘熙载认为孙、询之诗,平典似道德论,是为“乏理趣”而非“理过”。刘熙载《艺概·诗概》:

陶、谢用理语各有胜境。锺嵘《诗品》称“孙绰、许询、桓、庾诸公诗,皆平典似《道德论》”。此由乏理趣耳,夫岂尚理之过哉!③

---

① (清)沈曾植:《海日楼札丛》,钱仲联辑,中华书局 1962 年版,第 43—44 页。
② (清)沈曾植:《海日楼札丛》,钱仲联辑,中华书局 1962 年版,第 44 页。
③ 郭绍虞编:《清诗话续编》,富寿荪校点,上海古籍出版社 1983 年版,第 2422 页。

清人认为诗中需有理，由此，刘熙载认为晋诗中有理，不以“理过”为非，而是为“理趣”不足。以“理趣”别其陶、谢与玄言之诗，实为精简之论。

这里不妨谈及民国时期马一浮先生的看法，其对于支公亦觉其体极玄理。其《支道林诗写本自跋》中认为“忆林公诗为玄言之宗……义从玄出而诗兼玄义，遂为理境极致。林公造语近朴，而恬淡冲夷，非深于道者不能至，虽陶、谢何以过此。缅想高风，穆然神往，安得起斯人而兴之游哉。”①

此外，评庐山远公《念佛三昧诗集序》及王齐之《念佛三昧诗》言“壬午十月晦，依《广弘明集》录出，因念莲社诸贤深入三昧，与后来专持名号、但求往生者，实异其趣也。”②则是强调了慧远诸人之诗的异趣。

从以上看来，马一浮先生认为，僧诗谈理，固有其理境，支公确实深于道者，而陶、谢诗中之理，亦不能过此，但理境并非理趣。在《尔雅台答问续编》中言“作诗以说理为最难。禅门偈颂说理非不深妙，然不可以为诗。诗中理境最高者，古则渊明、灵运。”③可见，作为诗的诗学审美要求，依然认为“理趣”比之“理境”是更重要的标准。这一点，实则与刘熙载的看法是一脉相承的。由此可知，在清代之时，诗、禅之融以“理趣”为其成熟之标志。

综上所论，宋元之诗，对于僧诗主张本家风气，而明代把禅诗思想与文人文化相融，但这种对于禅诗的全盘接受实则与传统诗学的“温柔敦厚”不符。诗中之禅，何以为高？清代刘熙载则提出“理趣”这一评论，实则表明此时对于诗中之禅的诗学主张的成熟。“理趣”一词虽运用较早，然以从中国诗学理论的主张来看，“理趣”之论成熟于清代，“乏趣”以评晋代禅诗亦是较为公允的。

民国时期钱锺书在其《谈艺录》中，对于沈曾植观点亦多腹诽，其言：

> 《世说》一书所载曲阿、印渚、华林园、山阴道等游观诸语，皆老庄风气中人所说；孙兴公“斋前种松，楚楚可怜”，亦几有濂溪、明道爱玩阶草

---

①　马一浮：《马一浮集》（2册），丁敬涵校点，浙江古籍出版社、浙江教育出版社1996年版，第101—102页。

②　马一浮：《马一浮集》（2册），丁敬涵校点，浙江古籍出版社、浙江教育出版社1996年版，第102页。

③　马一浮：《马一浮集》（1册），丁敬涵校点，浙江古籍出版社、浙江教育出版社1996年版，第564页。

之意。然支道林存诗,篇篇言理,如《八关斋》《述怀》《咏怀》《利城山居》等作,偶点缀写景一二语,呆钝填砌,未见子培所谓“模范华妙”者。子培好佛学,故论诗蛮做杜撰,推出一释子,强冠之康乐之上,直英雄欺人耳。以山水通于理道,自亦孔门心法,子培必欲求之老庄,至不言读《论语》,而言读皇侃疏,岂得为探本穷源乎。①

钱先生认为,山水通于理道,亦为孔门心法,不必求于老庄。但笔者以为,儒家亦谈山水,自不为假,而六朝山水之滋,继庄老告退之后,玄学与山水必不脱干系。且儒家之山水,重其德;而佛理山水,则重其悟。谢康乐之诗,源出支氏,沈曾植之说,亦不为过。民国陈衍《石遗室诗话》中就极推崇其“三关”之说。自古评诗求其同,而亦需存其异者,沈氏之说,亦不失为新见发明。

禅诗在清代远不及明代那样被热情关注。明人过分重视“性情”的流露,以至于诗学的主张中都带有某种热情,在“自然流露皆为诗”的这种诗学环境中,晋代禅诗自然也得到较好的评价,但这种诗学观可以说是一种较为极端的立场。而清代的诗学是两种诗学主张的综合,正应黑格尔所言“正”—“反”—“合”的事物发展过程。清代诗学中,少了明代的热情,重视诗学的辨体而兼顾性情流露,又回到了诗学“温柔敦厚”的主张之中。在这样的诗学标准下,对于禅诗之理,要求不能过于直白,而要符合“温柔敦厚”的诗学主张,由此而提出“理趣”与“乏趣”之别,实则完成了中国诗学中禅诗文人化的最后一步,这一步是值得认同的。

五、《兰亭序》《兰亭诗集》批评

就兰亭集会来说,此一直为历代文人所称道,是为“雅集”。对于“兰亭集会”的认同,相信与《诗》中“雅”有关。“雅者,实宴会之诗乐。”可见,儒家文化对于雅集一直都是持赞同态度的,而对于雅乐之诗,《诗大序》则言其“雅

---

① 钱锺书:《谈艺录》,中华书局1984年版,第239页。

者，正也。言王政之所由废兴也。政有小大，故有《小雅》焉，有《大雅》焉。”①以此观雅集之诗，当是政教之风，而兰亭集会的批评则必然会出现两种截然相反的情况：其一，兰亭雅集为后人所推崇；其二，《兰亭序》及《兰亭诗集》便会存在不同的评价。

自东晋穆帝永和九年有兰亭集会，后人便颇倡兰亭之风，历代追慕。自刘宋时刘义庆入《世说新语·企羡》之篇，自后兰亭之事便成为文人之一雅谈。《兰亭序》以及《兰亭诗集》可为东晋之时玄言诗风之典型。当下对于《兰亭诗集》的研究，总体还是认为是玄言诗文的成功之作。《兰亭诗集》是为玄风之诗，宋人即已提出，王应麟《困学纪闻》卷十三言：

> 《文心雕龙》谓“江左篇制，溺乎玄风。”《续晋阳秋》曰：“正始中，王、何好《庄》《老》；至过江，佛理尤盛，郭璞五言，始会合道家之言而韵之；许询、孙绰，转相祖尚，而《诗》《骚》之体尽矣。”愚谓东晋玄虚之习，诗体一变，观兰亭所赋，可见矣。②

以王应麟之见，“兰亭所赋”之诗、文皆可为东晋玄言之习。而当下对于玄言诗的研究中，也以《兰亭诗集》为玄言诗之典型。陈顺智的《东晋玄言诗派研究》第十章、张廷银的《魏晋玄言诗研究》第二章、胡大雷的《玄言诗研究》第九章、王澍的《魏晋玄学与玄言诗研究》中第五章，都曾对《兰亭诗集》有过讨论与分析。由此可见，历代对于《兰亭序》与《兰亭诗集》的批评实为东晋玄言诗批评史的重要内容之一。而《兰亭序》的批评史，清代以前多帖墨之研究，对于《兰亭序》本身的诗学思想的直接批评是较少的。但自宋代始，《兰亭序》不入《选》这一问题便一直被纠结至今。笔者认为，对于《兰亭序》不入《选》的不同看法，许多学者都是在认同、肯定《兰亭序》的文学艺术性的基础上，提出为何不入《选》的问题。由此，这一问题实则也是从侧面反映了当时文人对于《兰亭诗集》的一种态度，由此笔者把此一问题作为一条主线加以清理。

---

① （唐）孔颖达等：《毛诗正义》，（清）阮元校刻：《十三经注疏》，中华书局1980年版，第272页。
② （宋）王应麟：《困学纪闻》，（清）翁元圻等注，上海古籍出版社2008年版，第1557—1558页。

(一)逸怀江左

唐代太宗皇帝对于《兰亭序》帖的喜好,使得兰亭之集成为文人之美谈。唐代文人多有集会,而集会之序中,亦多有提及对于兰亭之集的追慕之情。王勃《游冀州韩家园序》:

> 王羲之之兰亭五百余年,直至今人之赏;石季伦之梓泽二十四友,始得吾徒之游。陶陶然,落落然。①

王勃多次提到了兰亭会集,盖风雅之士,多以此为仰慕。柳宗元《邕州柳中丞作马退山茅亭记》亦言:

> 夫美不自美,因人而彰。兰亭也,不遭右军,则清湍修竹,芜没于空山矣。是亭也,僻介闽岭,佳境罕到,不书所作,使盛迹郁湮,是贻林间之愧。故志之。②

可见,柳宗元认为,《兰亭序》文笔下得"清湍修竹"之自然。此外,唐代萧颖士《蓬池禊饮序》(《全唐文》卷323)、独孤及《卢郎中浔阳竹亭记》(《全唐文》卷389)、顾况《宴韦庶子宅序》(《全唐文》卷529)等都有提兰亭之事,颇多美意。而这些宴会之序,遐想追慕兰亭盛事,可见兰亭之事颇为唐代文人所接受。唐人少提清谈贻祸与兰亭会集的关系。同时,虽多有兰亭集会仰慕之情,却少有对《兰亭序》本身的文学评价。有意思的是,虽然梁萧统《文选》未录此文,而《晋书》则全载此文,这是否表现了唐人对于《兰亭序》的一种认同态度呢?或许,正如南宋周必大所言:

> 昔梁昭明以一语不中,废此《叙》而不录,后世因以"丝竹管弦"为重

---

① 周绍良:《全唐文新编》(卷180),吉林文史出版社2000年版,第2092页。
② 周绍良:《全唐文新编》(卷580),吉林文史出版社2000年版,第6621页。

复之病，至齐梁小儿伪妄之作，则信而不疑。是盖以微瑕弃玉，而以玉表重珉也。唐太宗亲传《晋史》备载斯文，岂无意耶？①

唐人提及《兰亭诗集》非常少，宋之问《三月三日于灞水曲饯豫州杜长史别昆季序》云：

上巳佳游，近郊春色，朱轩映野，见东流之祓禊；白云在天，怆南登之送别。杜长史言辞灞浐，将适荆河，恋旧乡之乔木，藉故园之芳草。鸰原四鸟，是日分飞；舆泉二龙，此时云远。绿潭一望，青山四极，秦人去国，乘右辅之修途；洛客思归，忆东京之曲水。请染翰操纸，即事形言，各赋兰亭之诗，咸申葛陂之赠。②

其中言“各赋兰亭之诗”实未必指及《兰亭诗集》之诗，只不过借兰亭之名而作郊游之诗。但兰亭诗在唐前期即有，宋代桑世昌辑《兰亭考》卷五有：

唐陆柬之临写兰亭五诗，后有二行，云：吾所瞰日去，不复解此意。想足下明必顾之迟迟，羲之顿首。③

陆柬之为虞世南的外甥，其临兰亭诗帖，其首有“五言兰亭诗”。可见，当时五言、四言是分开的。今故宫博物院藏唐柳公权款的《兰亭诗帖》④，正反映了这一现象，又帖中明言王羲之《兰亭序》为四言诗序，而孙绰作五言诗序，并未如桑世昌《兰亭考》中所收以人名为次第。总体来说，兰亭诗作《世说新语》未引、《文选》未收，唐代《艺文类聚》《北堂书钞》《初学记》等亦未见所引用，而《两唐志》中无见，由此，笔者认为唐代以前没有《兰亭诗集》。北宋初期王

---

① (宋)周必大:《文忠集》,《景印文渊阁四库全书》(1147 册),台湾商务印书馆 1986 年版,第 147 页。

② 周绍良:《全唐文新编》(卷 241),吉林文史出版社 2000 年版,第 2723 页。

③ (宋)桑世昌:《兰亭考》(卷 5),知不足斋丛书本。

④ 中国古代书画鉴定组编:《中国古代书画图目》(19 册),文物出版社 1987 年版,第 36—37 页。

尧臣等人撰《崇文总目》,把此《兰亭诗集》记于总集类诸多唐集之后。黄炳晖在其《唐诗学史述论》中认为《崇文总目》编次较紊乱,举王右军《兰亭诗集》为证。① 但笔者以为以《崇文总目》记此书于总集类且在诸唐集之后,结合诸书不引之状况,虽言王羲之编,然不可信。此书应为晚唐人所集,而非唐前有此书,兰亭诗唐代以帖本方式流传。

唐代诗学本盛,但多宗《选》,颇受李善、五臣注影响。今所残留的唐代诗话中评其《兰亭序》以及《兰亭诗集》者甚少,此不意外。王师乾《王右军祠堂碑》虽对王羲之有"学总坟素,艺苞流略""详察古今,研精篆素,尽善尽美,其惟王右军乎"②之评,但言及兰亭,亦多为集会之雅兴:

> 濬曲水,茂兰亭,开礼贤之馆,引贞肥之客。于是谢安、孙绰、李充、许询、支遁、许迈之俦,若非抗首谢时,即是文章冠代,何尝不攀胜慕德、夕处朝游?③

此明兰亭集会之兴致,而非评其《兰亭序》文之美。综观以上,唐代对于《兰亭序》及《诗集》的评价不多。多羡兰亭会集之美,评其书艺之精。唐人评晋诗,多评之以"逸"。杜甫即有言"永怀江左逸,多病邺中奇。"④盖唐人袭魏晋品藻,以人评文。唐人重兰亭之逸,而对其《兰亭序》为何不入《选》却无此一问。与宋人相比,宋人首先提出了《文选》为何不收《兰亭序》这一疑问,并给出诸多缘由,这就清晰地表明《兰亭序》在宋人心目中其文学价值的地位。

(二)事之显晦,在人也

王勃言《兰亭序》五百余年得人重视,是针对《兰亭序》帖本之书法艺术而言的。而宋代兰亭所兴,程颐《禊饮诗序》有曰:

---

① 黄炳晖:《唐诗学史述论》,上海古籍出版社 2008 年版,第 60 页。
② 周绍良:《全唐文新编》(卷 397),吉林文史出版社 2000 年版,第 4574 页。
③ 周绍良:《全唐文新编》(卷 397),吉林文史出版社 2000 年版,第 4574 页。
④ (清)仇占鳌:《杜诗详注》,中华书局 1979 年版,第 1542 页。

上巳禊饮风流远矣，而兰亭之会最为后人所称慕者，何哉？盖其游多豪逸之才，而右军之书复为好事者所重尔。事之显晦，未尝不在人也。①

此说可谓概括了宋代《兰亭序》讨论之多的原因。以至南宋晚期，宋桑世昌撰《兰亭考》十二卷（陈振孙《直斋书录解题》卷十四《杂艺类》中有载：《兰亭博议》十五卷，注曰桑世昌撰。又载《兰亭考》十二卷，注曰即前书。②），宋俞松撰《兰亭续考》二卷，两书皆论及兰亭大多为墨帖之论。盖程颐所言"事之显晦在人尔"，正如陈振孙所言"此书累十余卷，不过为晋人一遗帖，自是作无益。"③《兰亭考》及《续考》二集中提及《兰亭序》为何不入《文选》，从其侧面可以反映对于《兰亭序》文的热爱，但二集中虽列《兰亭诗集》，而未见有对其诗文之评，可见宋人热于《兰亭序》而冷于《兰亭诗集》。《兰亭诗集》亦未入《选》，而宋人只议《兰亭序》文为何不入《选》，可见对《兰亭序》及《诗》，宋人有两种评价。

宋人与唐人一样，对于兰亭清谈之会同样表现出甚为追慕之情。宋人诗歌中大量地提及了兰亭集会一事，此不必赘引。桑世昌《兰亭考》录綦崇礼《吕颐浩谢赐御书兰亭表》言"矧兰亭修禊之游，非金谷望尘之俗，骋怀寄傲，存逸想于胸中。感事临文，发奇姿于笔下。其极当年之美，遂为历代之师珍藏。"④可见其一斑。

正是这种对于兰亭的爱好，对于《兰亭序》帖、诗文的争议考异，桑世昌由此而结《兰亭考》。宋人诗评多主以"清真"，苏轼有"道丧士失己，出语辄不情。江左风流人，醉中亦求名。渊明独清真，谈笑得此生。"⑤苏轼以陶渊明为"清真"之评，而《兰亭序》在南宋之末，陆游亦有"清真"之评，其诗文中多次出现兰亭"清真"之评。其《立春》"身是兰亭山下客，未容逸少擅清真。"⑥《对酒》中言"赋性虽耽酒，其如老病身。气衰成小户，醅浊号贤人。疏广矜君赐，

---

① （宋）程颐：《二程文集》（卷7），同治正谊堂本。
② （宋）陈振孙：《直斋书录解题》，上海古籍出版社1987年版，第409页。
③ （宋）陈振孙：《直斋书录解题》，上海古籍出版社1987年版，第409页。
④ （宋）桑世昌：《兰亭考》（卷2），知不足斋丛书本。
⑤ （宋）苏轼：《苏轼诗集》，（清）王文诰辑注，中华书局1982年版，第1884页。
⑥ 孙钦善等主编：《全宋诗》（39册），北京大学出版社1991年版，第24808页。

刘伶畏妇嗔。兰亭独超绝,千载擅清真。”①《秋兴》“兰亭故不远,千载见清真。”②《送春》“兰亭人已远,遗韵犹清真。”③除《兰亭序》之外,人们对王羲之亦有“清真”之评,李白《王右军》:

> 右军本清真,潇洒在风尘。山阴遇羽客,要此好鹅宾。扫素写道经,笔精妙入神。书罢笼鹅去,何曾别主人。④

“清真”一词来历,本是为评人之用。以魏晋之时多用之。《世说新语·赏誉》:

> 山公举阮咸为吏部郎,目曰:“清真寡欲,万物不能移也。”⑤

而后,“清真”一词渐用于评诗。司空图《二十四诗品·形容》中:“绝伫灵素,少回清真。如觅水影,如写阳春。风云变态,花草精神。海之波澜,山之嶙峋。俱似大道,妙契同尘。离形得似,庶几斯人。”⑥《二十四诗品》之品诗,张伯伟谓之意象批评之法。意象批评,即在诗歌叙述中展开立体空间之效应。花草人物之精神,亦为诗歌之精神。“清真”入诗歌之评,实从此而发。

“清真”是为宋代诗学的一个极高的标准。可从“清”“真”两字入手加以深入了解。宋人多处提及“清诗”这一概念。如苏轼《送文与可出守陵州》:

> 壁上墨君不解语,见之尚可消百忧。而况我友似君者,素节凛凛欺霜秋。清诗健笔何足数,逍遥齐物追庄周。夺官遣去不自觉,晓梳脱发谁能收。江边乱山赤如赭,陵阳正在千山头。君知远别怀抱恶,时遣墨君解我愁。⑦

---

① 孙钦善等主编:《全宋诗》(40册),北京大学出版社1991年版,第25338页。
② 孙钦善等主编:《全宋诗》(40册),北京大学出版社1991年版,第25393页。
③ 孙钦善等主编:《全宋诗》(41册),北京大学出版社1991年版,第25674页。
④ (唐)李白:《李太白全集》(卷22),(清)王琦注,中华书局1977年版,第1028页。
⑤ 余嘉锡:《世说新语笺疏》,中华书局1983年版,第424页。
⑥ 郭绍虞:《诗品集解》,人民文学出版社1963年版,第36页。
⑦ (宋)苏轼:《苏轼诗集》,(清)王文诰辑注,中华书局1982年版,第250—251页。

王文诰注“清诗”引杜子美《贻阮隐居》诗“清诗近道要”。[①] 可见“清诗”是为脱俗之诗也。又如晁补之《感寓十首次韵和黄著作鲁直以将穷山海迹胜绝赏心晤为韵》：

谢公文章余，幽事课伐岭。清诗如玄酒，胡乃淡而永。得无西堂梦，春草句弥胜。[②]

所谓“清”者，与俗对，“清诗”实为脱俗之诗。在宋人陈善看来，诗忌俗，但亦不可太清。《扪虱新话》卷四《文章忌俗与太清》曰：

予尝与僧慧空，论今之诗僧，如病可瘦权辈，要皆能诗，然尝病其太清。予因诵东坡《陆道士墓志》，坡尝语陆云：“子神清而骨寒，其清足以仙，其寒亦足以死。”此语虽似相法，其实与文字同一关捩。盖文字固不可犯俗，而亦不可太清，如人太清则近寒，要非富贵气象，此固文字所忌也。[③]

所谓太清则近寒，苏轼评陶渊明之诗，言“渊明作诗不多，然其诗质而实绮，癯而实腴”[④]，此评可谓对“清真”一义入木三分，清真者，非清而理虚者，实清而理腴者也。宋人诗歌批评中，“清”这一概念是值得重视的。“清”这一词涵义广阔，是三种不同文化的审美结合点。“清”既是儒家审美文化的一大反映，《周易》有“白贲无咎”，《论语》讲“文质彬彬”；也是《老子》讲“大味无味”“大音希声”，《庄子》讲“至味无味”，佛家讲“真空假有”“色即是空”的清义。虽然他们对于“清”的理解各有偏重，实则，“清”这一词极好地概括了三教诗歌的审美共同点。这一诗歌审美的形成，就表明了三种文化在诗歌上的

---

① （宋）苏轼：《苏轼诗集》，（清）王文诰辑注，中华书局1982年版，第250页。

② 孙钦善等主编：《全宋诗》（19册），北京大学出版社1991年版，第12764页。

③ （宋）陈善：《扪虱新话》，王云五主编：《丛书集成初编》（311册），商务印书馆1937年版，第39页。

④ （宋）魏庆之编：《诗人玉屑》，中华书局2007年版，第411页。

一种结合。而所谓"真"者,宋人主"格物致理";真者,是为天理。

"清真"之评,可见宋人对于《兰亭序》的评价还是很高的,正是由此,宋人便开始有了"《兰亭序》为何不入《选》"的疑问,而多有讨论《兰亭序》不入《选》的原因:

(晁文元《随因纪述》)晋右将军王羲之,器宇词翰,三者俱优,而所作会于兰亭曲水序,有乐极悲来嗟悼之意。其语云:"固知一死生为虚诞,齐彭殇为妄作。"吾观《文选》中,但有王元长《曲水诗序》,而羲之序独不收,且谓梁昭明太子深于内学,以羲之不达大观之理,故不收之。①

(阮阅《诗话总龟》后集)谢安五言诗曰:"万殊浑一象,安复觉彭殇!"而羲之序乃以"一死生为虚诞,齐彭殇为妄作",盖反谢安一时之语,而或者遂以为未达。此特未见当时羲之之诗尔。其五言曰:"仰视碧天际,俯瞰绿水滨。寥阒无涯观,寓目理自陈。大矣造化功,万殊莫不均。群籁虽参差,适我无非亲。"此诗则岂未达者耶?②

(阮阅《诗话总龟》后集)上巳日于流水上洗濯祓除去宿垢,故谓之祓禊。禊者,洁也。王逸少作《兰亭记》云:"永和九年,岁在癸丑,会于山阴之兰亭,修禊事也。"当其群贤毕集游目骋怀之际,而感慨系之,乃有"一死生为虚诞,齐彭殇为妄作"之语,议者以此咎羲之之未达也。③

(张淏《云谷杂记》)王羲之与群贤会于山阴之兰亭,各赋诗,羲之为序。自晋至唐,皆谓之《兰亭序》。近世辄目为《兰亭记》,非也。《遯斋闲览》云:"《兰亭记》其文甚丽,但'天朗气清',春言秋景,以此不入《选》。"韩子苍云:"《兰亭记》萧统不取,以序为记,皆承袭谬误之过也。"④

从以上四条材料来看,以《兰亭》不达大观之理的"理病"之论,当时就已

---

① (元)韦居安:《梅涧诗话》,王云五主编:《丛书集成初编》(2572册),商务印书馆1937年版,第1页。

② (宋)阮阅:《诗话总龟》后集(卷16),人民文学出版社1987年版,第94页。

③ (宋)阮阅:《诗话总龟》后集(卷26),人民文学出版社1987年版,第167页。

④ (宋)张淏:《云谷杂记》(卷1),《丛书集成新编》(12册),台湾新文丰出版公司1984年版,第366页。

有反对声，认为“此诗则岂未达者”，可见以“理病”来解释兰亭不入《选》并未得到认同。南宋周必大就否定了以理病之说为由，认为其是“以微瑕弃玉”。其《文忠集》卷十六《跋刘仲威兰亭叙》：

晋人风度不凡，于书亦然。右军又晋人龙凤也。观其锋藏势逸，如万兵衔枚，申令素定，摧坚陷阵，初不劳力。盖胸中自无滞碍，故形于外者乃尔，非但积学可致也。昔梁昭明以一语不中，废此叙而不录。后世因以“丝竹管弦”为重复之病，至齐梁小儿伪妄之作则信而不疑。是盖以微瑕弃玉，而以玉表重珉也。唐太宗亲传《晋史》备载斯文，岂无意耶？虽然翰墨如此，阅千百载，终当辉映学海，后之览者，亦将有感于此。固右军期望于士大夫之志也。①

周必大虽然否定了“理病”不足以解释《兰亭序》不入《选》，又以《晋书》载《兰亭》之文，而责《文选》之失，此说远没有南宋末期桑世昌《兰亭考》卷七收陈谦之说更有说服力：

近世论《兰亭叙》感事兴怀太悲，萧统所不取。与斜川诗纵情忘忧，相去远甚。此似未识二人面目，斜川诗与风雅同趣，固当别论。若逸少论议于晋人，最为根据。观其与商深源、谢安石、会稽王书，可见举世元（玄）学方盛，谁不能为“一死生”“齐彭殇”之言。顾独以陈迹为感慨，死生为可痛，何也？《诗三百》篇感思忧伤，圣人不废，约之止乎礼义，以不失性情之正，此先王立人纪之大方也。若夫遣情于事外，忘趣于情表，晋以之沦胥矣，尚忍闻之哉。东坡反兰亭意为《赤壁赋》，其词飘飘，高远终近蒙庄之气象，与元（玄）学不相似，逸少此文必有能辨之者。②

陈谦认为，当时玄学方盛，寄言于“一死生”“齐彭殇”，是亦为感慨之言

① （宋）周必大：《文忠集》，《景印文渊阁四库全书》（1147 册），台湾商务印书馆 1986 年版，第 147 页。

② （宋）桑世昌：《兰亭考》（卷 7），知不足斋丛书本。

语，又举《诗三百》亦为感思性情文字，以此驳理病之说可谓切宜。以东坡与玄学之文相较，其气象相类而终不似，是点透宋与晋之玄学同异之根本，诚为至言。难怪元代熊禾言东坡之和陶诗乃晋代虚旷之余习之叹，盖是沿自陈谦之说矣。

而除理病之外，亦有人始评《选》陋是为其因。宋史绳祖《学斋占毕》卷二《辨兰亭不入〈选〉之失》：

林之奇少颖编《观澜文·序》曰：《文选》不收《兰亭记》，识者以为遗恨。又陈正敏《遯斋闲览》云："王右军《兰亭》，以'天朗气清'自是秋景，以此不入《选》。"然"丝竹管弦"语亦重复。余谓陈氏之说陋矣。周公作时训以二十四气定七十二候。三月为清明。朗，明也，言气候当辰为出火。清且明也，非天朗气清而何？且张平子《归田赋》曰："仲春令月，时和气清。"萧统取《归田》入《选》而遗《兰亭》，正东坡所谓小儿强作解事者。而陈氏又附和以"丝竹管弦"重复之语，不知《张禹传》云："后堂理丝竹管弦。"孟坚注已作四义。又舜有白玉琯，唐贺怀智琵琶以鹍鸡为弦之类，非必丝竹而后可以为弦管也。岂足以病右军之文？故识之以一洗萧陈之陋。①

宋代苏轼有评《选》之陋，其《东坡志林》卷一有载：

舟中读《文选》恨其编次无法，去取失当。齐梁文章衰陋而萧统尤为卑弱。《文选序》斯可见矣。如李陵书苏武五言皆伪而不能辨，今观《渊明集》可喜者甚多而独取数首，以知其余人忽遗者多矣。渊明作《闲情赋》所谓国风好色而不淫，正使不及《周南》，与屈宋所陈何异？而统大讥之。此乃小儿强作解事者。②

---

① （宋）史绳祖：《学斋占毕》，《丛书集成新编》（12 册），台湾新文丰出版公司 1984 年版，第 298—299 页。

② （宋）苏轼：《东坡志林》，《景印文渊阁四库全书》（863 册），台湾商务印书馆 1986 年版，第 23 页。

应该说苏轼对于《文选》的这种看法，过于以己喜好而评之，而在《兰亭序》不入《选》之事上，宋人亦多发挥苏轼此一观点。南宋王阮《义丰集》载《兰亭》一诗其《序》曰：

然则兰亭之集，盖公在官之日也，时晋政不纲，春行秋令，书曰"天朗气清"得《春秋》之旨矣。萧统不悟不以入《选》。坡公云："拙于文而陋于识，莫统若也。"①

以羲之"天朗气清"言之为"《春秋》之旨"，而萧统不悟此理，此实为对"天朗气清"一语的过度理解，明显为护《兰亭》而贬《文选》。《选》陋之说，也遭到后人的质疑与批评。主张《兰亭序》"理病"之说确实无有依据。严羽《沧浪诗话》：

苏子卿诗"幸有弦歌曲，可以喻中怀。请为游子吟，泠泠一何悲。丝竹厉清声，慷慨有余哀。长歌正激烈，中心怆以摧，欲展清商曲，念子不能归。"今人观之必以为一篇重复之甚，岂特如《兰亭》"丝竹管弦"之语耶？古诗正不当以此论之也。②

《兰亭》理病、《选》陋这种说法确实让人很难信服。由此，此时有一种新的见解，林之奇《拙斋文集》卷十六便有另外的看法：

夫《文选》不收《兰亭记》，《文粹》不收《长恨歌》，识者于今以为二书之遗恨。由其所取乎斯文者，以为尽于其书，故其所遗者，人得而恨之。余方收《选》《粹》之所遗，其敢自谓无所阙轶乎？昔孔子之始删《诗》也，得周之《国风》《雅》《颂》，于自卫反鲁之初，既列而叙之矣。末乃得《鲁》《商》二颂，又从而附益之，不以世次之先后为嫌也。③

---

①　(宋)王阮：《义丰集》，《丛书集成续编》(165册)，台湾新文丰出版公司1984年版，第691页。

②　(宋)严羽：《沧浪诗话》，人民文学出版社1961年版，第183页。

③　(宋)林之奇：《拙斋文集》(卷16)，《景印文渊阁四库全书》(1140册)，台湾商务印书馆1986年版，第496页。

以林之奇之看法，《选》漏《兰亭序》，是为《选》并非能尽录美文。他以孔子删《诗》为例，认为选文集诗，往往皆有未尽之憾。从这一点来看，“《选》必有遗”在情理上是非常合理的，而宋人以此来回答不入《选》，比之“理病”更让人能够接受。另外，周密《齐东野语》卷十二《禊序不入选帖》，有言：

> 逸少《禊序》，高妙千古，而不入《选》。或谓“丝竹管弦”“天朗气清”有以累之。不知“丝竹管弦”不特见《前汉·张禹传》，而《东都赋》亦有“丝竹管弦，烨煜抗五声”之语。然此二字相承，用之久矣。张衡赋：“仲冬之月，时和气清。”又晋褚爽《禊赋》亦曰：“伊暮春之令月，将解禊于通川，风摇林而自清，气扶岭而自鲜。”况清明为三月节气，朗即明，又何嫌乎？若以笔墨之妙言之，固当居诸帖之首，乃不得列官法帖中，又何哉？岂以其表表得名，自应别出，不可与诸任齿耶？亦前辈选诗不入李、杜之意耳，识者试评之。①

这种观点既非其言“理病”之说，亦非《选》陋。而此观点与“《选》必有遗”相类，却与之不同。周密以“选诗不入李杜之意”，实则表明选文各有所好，由此《选》有遗文亦为人之喜好所造成，而“《选》必有遗”实则强调了这种选文集诗存在遗漏的客观性，两者是不同的。周密的这一观点被清代所借鉴。

这里，我们归纳一下宋人认为《兰亭序》不入《选》的几种原因：

其一，晁文元认为《兰亭序》“固知一死生为虚诞，齐彭殇为妄作”为羲之不达大观之理，故不收之。

其二，是言其“天朗气清，春言秋景”“丝竹管弦”为重复之病。这以北宋陈正敏《遯斋闲览》为代表。

其三，史绳祖《学斋占毕》是言《选》陋，遗《兰亭》正东坡所谓小儿强作解事者。

其四，林之奇《拙斋文集》卷十六所言“《选》必有遗”。

其五，周密《齐东野语》认为《兰亭》不取，亦前辈选诗不入李杜。

---

① （宋）周密：《齐东野语》，中华书局1983年版，第213—214页。

由上可见，宋代对于《兰亭序》不入《选》的讨论是非常激烈的。这些看法从早期的“理病”之说、《选》陋极端之说，向“《选》必有遗”转变，表明对于《兰亭》与《文选》客观理性的对待，是值得肯定的。这也为后人对此问题的进一步思考提供了线索。

宋人对于《兰亭序》及《兰亭诗集》还有一个奇怪的现象，《文选》中亦未见其收录《兰亭诗集》，这一现象却不见有宋人提出这一疑问。《兰亭诗集》宋以前所未有所记，亦未有人提及此集，始首载于北宋初期王尧臣《崇文总目》，但却把此集记之于诸多唐集之后。郑樵《通志·艺文略》亦记载了“《王右军兰亭诗集》一卷”，《宋史·艺文志七》也记载《兰亭诗集》一卷，料同为一书。以《崇文总目》记此书于诸唐集之后，料此书应为晚唐人所集，而非唐前有此书。《兰亭诗》比之《兰亭序》来说，被人提及则相对较少，且多帖墨笔法之论，尚未形成《兰亭诗》为何不入《文选》这一命题，试看米芾《书史》：

> 唐司议郎陆柬之书《头陀寺碑》前少两幅，获于吴郡。世未有此书，内空山字后笔，以氏族志检之，父名山才，遂以为定。及王诜处收钱氏陆临《兰亭》，遂皆空山字。王仲孜收《兰亭诗》一卷，词云：“悠悠大象运”，殆是一种分开物。①

南宋桑世昌《兰亭考》卷五：

> 唐陆柬之临写兰亭五诗，后有二行，云：“吾所瞰日去，不复解此意。想足下明必顾之迟迟，羲之顿首。”
>
> 《司议〈兰亭〉》，此帖尤丽，结裹圆转，趣媚不穷。复题：“司议兰亭帖”一行。后有跋云：“天复二年九月三日，卢家阿姑遗。其月念九日夜记。年十五。”
>
> 《唐·陆元方传》：伯父柬之善书，官太子司议郎，太宗时人，所谓欧、

---

① （宋）米芾：《书史》，《景印文渊阁四库全书》（813册），台湾商务印书馆1986年版，第45页。

虞、褚、陆者。昨日观《兰亭诗》,固知是柬之书,已尝言之矣。后题司议,益不疑也。此世无有,请宝之。敏求上。

文玉家藏此帖,云陆柬之书。次道能笔法,仆信然。如帖尾羲之字,恐是一手临书尔。仲冬九日雪中过文玉,陈绎和叔题。

郇国公观,元丰七年二月初七日尚书省题。

观《兰亭》五言,江左风流,萧然在目。笔迹古雅,亦近二王。然少杂奇险,岂陆君所摹耶?博陵用吉,得之卢家阿姑,非大姓故家,莫能有此也。元丰八年二月十二眉阳苏轼书。是年十一月十八日,辙过泗州尝观。①

宋黄伯思《东观余论》中《跋唐人书兰亭诗后》:

魏正始中,务谈玄胜,及晋度江尤宗佛理,故郭景纯始合道家之言而韵之,孙兴公、许玄度转相祖尚,又加以三世之辞而诗骚之体尽矣。今山阴修禊,诸贤诗体正尔,然皆寄尚萧远,轶迹尘外,使人怀想深。顷见晋人一帖,云:"三日诗文既佳,兴趣高,览之增诸怀,年少作各有心,正谓此诗也。是时与集者四十有一人,今存者二十有六而已。"此卷虽唐人书,故自不凡,亦可珍录。政和元年十一月戊寅观于右军樾堂。②

阮阅《诗话总龟》后集卷十六《评史门》:

永和中,王羲之修禊事于会稽山阴之兰亭,"群贤毕至,少长咸集。"《序》以谓"虽无丝竹管弦之盛,一觞一咏,亦足以畅叙幽情",则当时篇咏之传可考也。③

胡铨《跋罗长卿所藏兰亭诗》:

---

① (宋)桑世昌:《兰亭考》(卷5),知不足斋丛书本。

② (宋)黄伯思:《东观余论》,《景印文渊阁四库全书》(850册),台湾商务印书馆1986年版,第354页。

③ (宋)阮阅:《诗话总龟》后集(卷16),人民文学出版社1987年版,第93页。

右《兰亭集》也，或以方梓泽叙，右军喜甚，此殊不可晓。郗嘉喜人以己比苻坚，殆是同病。陈公廙居洛，为禊饮，与客酬唱“无愧山阴”之句。叙者谓礼义为疏旷之比，道艺当笔札之工，诚不愧矣。予观少安少迈往不屑之韵，与隆替对兰亭之传，岂但笔札之工，公廙自云“无愧”，盖王、谢之细耶！“韩安国不能作赋，罚酒三升。予作诗不成，亦饮三觥”，议者以是少之，雕虫生遂有矜色，讵谓一诗一赋足以尽豪杰之士哉！①

游似《陆柬之书兰亭诗跋》：

右唐司议郎陆柬之所书《兰亭诗》，高宗皇帝尝俯临之。似偶得其真迹，即刻之石，遂以附《禊帖》之后。②

曾宏父《题凤山书院》：

暮春浴罢振春衣，正是流觞修禊时。世事藏机应落落，人情忘我总熙熙。醉能辞醉原非醉，诗到无诗乃是诗。伟矣兰亭众君子，不将文字立藩篱。③

综合以上可见，对于《兰亭诗》的评价，帖墨笔法之争还是多于对《兰亭诗》本身文学性的讨论，虽有苏轼“观《兰亭》五言，江左风流，萧然在目”，黄伯思“然皆寄尚萧远，轶迹尘外”，曾宏父“诗到无诗乃是诗”，然此等评论皆为凤毛麟角，多论晋人风度而及诗文，未必是从文学性角度评价。不过，宋代《兰亭诗》的帖墨之论，还是理清了《兰亭诗》本身的一些问题。如上所引，宋人谈论《兰亭诗帖》只言及五言诗，而未论及四言，可见《兰亭诗集》在成书以前，作

---

① （宋）胡铨：《跋罗长卿所藏兰亭诗》，《全宋文》（195册），上海辞书出版社、安徽教育出版社2006年版，第273页。

② 此文为碑刻之文，参见徐邦达先生《古书画伪讹考辨》一书上编《陆柬之兰亭诗卷》部分，江苏古籍出版社1984年版，第79页。

③ （清）厉鹗：《宋诗纪事》，《景印文渊阁四库全书》（1485册），台湾商务印书馆1986年版，第363页。

为帖本样态应该是四言、五言分离。清初冯舒《诗纪匡谬》中有《兰亭序诗》一文，对这一问题就有重要考论：

据柳公权书本云四言诗，王羲之为序，序行于代，故不录。其诗文多不可全载。今各裁其佳句而题之，亦古人断章之义也。则知今世所传俱非全文，皆诚悬删本也。其五言诗序亦删兴公之作，序下小字注曰“文多不备载，其略如此。”其诗亦裁而掇之，如四言焉。明是右军为四言之序，而兴公为五言之序也。今混载四五言而移孙序于末简，又并柳公所注而添入序中，又增末句曰：“所赋诗亦裁而缀之。”如前四言五言焉，妄而窒矣。①

冯舒此言，对于兰亭诗、文关系讨论非常重要的。柳公权款《兰亭诗》今藏于北京故宫博物院。② 从此帖来看，四言诗在前，以人名为次第，其四言诗前言羲之序长而略。五言在后，亦以人名为次第，孙绰为序，并录全文于五言诗前。今黑龙江博物馆藏宋代佚名《兰亭图》，不仅图中绘兰亭雅集四十二人，各书其名，有赋诗者抄其诗于旁。而后跋亦言王羲之《兰亭序》为四言之序，孙绰为五言之序③。以此可见，陆柬之与柳公权临兰亭诗，都是四言与五言分离。陆柬之在唐代初期，柳公权在唐代中晚期。依柳公权临本言王羲之《兰亭序》本为四言诗之序，而孙绰之文实为五言之序，这应是实情。晚唐时有人加以整理成《兰亭诗集》。结合唐代的叙述，笔者认为唐代虽有兰亭诗帖本流传，但由于唐代对于《兰亭序》多重其书法艺术性，对其《兰亭序》的文学艺术性则少有讨论。由此，羲之四言之序名满天下，孙绰五言之序默默无闻，实帖墨之功也，兰亭诗帖绝非王羲之所写，否则，亦必为唐人议论之重心。

两宋关于《兰亭诗》的言论只能说明宋人对《兰亭诗》的文学性重视不高，

---

① （清）冯舒：《诗纪匡谬》，王云五主编：《丛书集成初编》（171册），商务印书馆1937年版，第14页。

② 该图可参考中国古代书画鉴定组编：《中国古代书画图目》（19册），文物出版社1987年版，第36—37页。

③ （宋）佚名：《兰亭图》，《宋画全集》第5卷第2册，浙江大学出版社2015年版，第200—207页。

或许正如伊川先生所言“事之显晦，在人尔”，宋人厚文而薄诗，关乎一帖而已。但宋人诗、文虽以“清真”评之，诗文之评实则有别。文之主理论说，自无诗歌宗《诗》之情结。《兰亭诗集》的总体水平没有达到宋人当理之“平淡”的诗学标准。宋人言“平淡”与晋代“恬淡”实是两异。虽有相近之处，但宋人“平淡”重“雄逸”而在实处，而视晋人为“清虚”，可见认为晋人全在“虚处”。《兰亭诗集》的总体水平确实也够不上入《选》标准，唯王羲之《兰亭诗》最有可取之处，这是明代对王羲之兰亭诗推崇的原因。

综上所述，宋代对于《兰亭序》的评价还是很高的，由此才有了《兰亭》不入《选》的疑问，但对于《兰亭诗集》则较少提及，这一现象确实值得深思。

元代对于两晋与宋代之诗风之关系，其看法甚透彻。熊禾《勿轩集》卷五《适堂说》：

> 魏晋间，虚旷之风胜。陶、谢诸贤发于情性兴致，大抵皆求其适之辞。《昌黎送李愿》曰：“起居无时，惟适之安”。《东坡和渊明》曰：“云何得一适？亦有如生时。”他日赋赤壁，不过以“江上清风”“山间明月”便可为适之具，而胸次所存者，皆虚旷之余习。①

熊禾为宋代遗民，历国亡家破之沧桑，尤慨亡国之痛。由此而言宋人之适，为魏晋虚旷之余习。对于《兰亭序》的评价较之宋代更富有现实感。国破家亡，颇有寄人国土之慨。由此，《兰亭序》之评，与宋多有不同。戴表元多次谈及《兰亭序》。其《剡源先生文钞》卷二《杨氏池堂宴集诗序》云：

> 盖夫兹游者，兰亭之变。兰亭者，郑之溱洧所繇变也。郑之溱洧，在当时小人知惭之。而晋之兰亭，在后世君子以为善也。虽然人生而感乐哀之情，犹天时之不能废于寒暑，其废之有节，而导之有故。苟使变而不失正，则岁时乐游以尽人事之适。岂惟君子虽先王张弛之道，其孰能废

① （宋）熊禾：《勿轩集》，《丛书集成新编》（75 册），台湾新文丰出版公司 1984 年版，第 22 页。

之?……吾观《兰亭》,一时临流援笔之作。率嗫嚅喑黯,如长沮荷蒉,冥然而远怀,其能言者,不过“达生”“捐累”,如庄周翛翛然,羡“死灰”“枯骼”之适,若是者谓之乐乎?非耶!今吾人之集于斯也,宜又不得视晋人而乐于晋人,何耶?……我何用远知古人,盍各为词以达其志。①

戴表元认为对于游主张“人生而感乐哀之情”“乐游以尽人事之适”的儒家山水之乐,由此,他才说“兰亭是为郑之溱洧所繇变也”。他从其正、变角度认为,《兰亭》之游,实非正取。但这种主张似乎并不坚定,其《剡源文集》卷十《游兰亭诗序》云:

兰亭自右军后,一千年人无继其游者,山川人情古今贤愚不相远……群诵永和诸贤兰亭诗,音容谐同,情礼清晏,凡在饮者无不欢惬。中饮,有坐而叹曰:“美哉!游乎自吾具耳目以来所未始睹识也。独未知较永和诸贤时何如?”昔仲尼感逝川,羊公悲岘山,后吾人一千年亦能使人慨慕咨嗟叹想,如吾人于永和否?是未可知也?……今日之事且极饮为乐,安知后来者,……遂取右军诗为韵,人探一韵,韵成一篇,自河南公以下总得诗若干篇,而属剡源戴表元为之序。②

由宋入元的文人之心理颇为复杂,与晋人相似,由此,元代文人特别强调“清谈误国”这一思想。刘诜作《兰亭赋》,其《序》言:

永和九年上巳日,……时方尚幻以一死生、齐彭殇为高。右军独有感于修短之数,慨然叹老之将至。岂以司马氏之偏安不自奋者,政坐沦溺于老庄之无为乎?观其与谢安石、殷深源书,其经纶为何如哉!而蹉跎出怀祖下,兹其所以峻誓松楸也,而晋事不复振矣。呜呼!历今且千载无能为

① (元)戴表元:《剡源先生文钞》,《四库全书存目丛书·集部》(21册),齐鲁书社1997年版,第600页。

② (元)戴表元:《剡源文集》,《景印文渊阁四库全书》(1194册),台湾商务印书馆1986年版,第139—140页。

兴怀者,独知宝其遗帖可慨也。作《兰亭赋》。①

由此可见,刘诜作《兰亭赋》,是由于众人看重《兰亭》遗帖,清谈以至晋世不振。从其赋中所见:

诚谈玄之误国兮,千载为之痛歌。胡当时之悠悠兮,玩杯酒以自多。览光景之留连兮,忽不知其英气之消磨。彼诸贤之沦溺兮,亦孰责其不可。惟右军之懿美兮,迥独立乎江左。②

以此可知清谈之祸。但他对于王羲之的认同还是比较高的,他言羲之溺于老庄,是为蹉跎自怀祖下,而赋中亦言"惟右军之懿美兮,迥独立乎江左"。元好问《中州集·蔡丞相松年》中云:

王夷甫神情高秀,宅心物外。为天下称首,言少无宦情,使其雅咏玄虚,不经世务,超然遂终其身,则亦何必减嵇阮辈?而当衰世颓俗,力不可为之时,不能远引高蹈,颠危之祸,卒与晋俱,为千古名士恨。又尝读《山阴诗引》,考其论古今感慨事物之变,既言修短随化,期于共尽,而世殊事异,兴怀一致。则死生终始,物理之常,正当乘化归尽,何足深叹?乃区区列叙一时述作,刊纪岁月,岂逸少之清真简裁,亦未尽忘情于此耶?故因作歌并及之。③

此外,对于《兰亭序》不入《选》的问题,程榮《三柳轩杂识·兰亭序》有记:

世谓《兰亭》不入《选》,以"丝竹管弦"为病,"天朗气清"不当于春时

① (元)刘诜:《桂隐文集》(卷1),《景印文渊阁四库全书》(1195册),台湾商务印书馆1986年版,第124页。

② (元)刘诜:《桂隐文集》(卷1),《景印文渊阁四库全书》(1195册),台湾商务印书馆1986年版,第125页。

③ (元)元好问:《中州集》,中华书局1959年版,第22页。

言。陵阳韩子苍云:“春多气昏”,是时天气清明,故可书如杜子美“六月风日冷”之义。“丝竹管弦”四字,乃班孟坚西汉中语,梁以前古文不在《选》中者尚多,何特此序耶。①

由此可见,程棨与宋人林之奇的观点相同。否定了“理病”之因,而以古文不在《选》中尚多,以此解释,从此侧面可见,对于《兰亭序》的评价尚高,这一点,得到了明人的赞同。

(三)《兰亭》诸诗仅尔

明世宗嘉靖二十八年(1549),绍兴府知府沈子由重修兰亭落成,敦请文徵明撰写了《重修兰亭记》一文。重修兰亭可知明代文人对于兰亭雅集的追慕,而文氏其文对《兰亭序》一文也有一番议论:

自永和抵今,千数百年,国有废兴,人有代谢,而兰亭之名,迄配斯文,以传其事。又有出于泉石游观之外者,君子于此盖有所识矣。夫游观虽非为郡之急,而考古尚贤,亦有政者所不可废。矧兰亭诸贤,皆天下选,文雅雍容,极一时之盛。委蛇张弛,古训攸存,文章翰墨,又所未论也。然而文翰之美,自兹以还,亦未见的然有以过之者。则夫所以掩其心志,而失其实者,有以哉。史称其清真任率,钓弋自娱,亦言其迹云耳。故余于沈侯之请,特著其心之所存,出于晋诸贤之上如此。然则沈侯斯亭之复也,岂独游观为哉?②

文徵明认为《兰亭序》“文翰之美,自兹以还,亦未见的然有以过之者”,评论甚高。对于晋人风度,高蹈世俗,颇有同感。其言“余于沈侯之请,特著其心之所存,出于晋诸贤之上如此”,这实则反映了明代文人内心,对于这种“清

① (元)陶宗仪:《说郛》(卷24下),《景印文渊阁四库全书》(877册),台湾商务印书馆1986年版,第390页。

② (明)文徵明:《甫田集》,《景印文渊阁四库全书》(1273册),台湾商务印书馆1986年版,第139页。

真任率，钓弋自娱”园林生活的普遍向往。

宋代对于《兰亭序》何以不入《文选》的声音颇多，基本上从其“理病”之说，到推翻“理病”之说，以《选》之收录未尽来解释。这一点得到明人的进一步推广，同时又有新的看法。相较而言，明代不拘束宋人这种“理”的批评，而多以“真性情”为其出发点，对于《兰亭序》及《兰亭诗集》的态度比之宋人有更为鲜明的态度。

明冯惟讷编《古诗纪》卷一百四十八中，集前人列《兰亭》不入《选》之议：

王羲之《兰亭序》世言昭明不入《文选》者，以其“天朗气清”或曰《楚辞》云“秋之为气”，天高而气清，似非清明之时。然管弦丝竹之句语衍而复为逸少之累邪。（《遯斋闲览》）

《兰亭序》在南朝文章中少其伦比。或云丝即是弦，竹即是管，今迭四字故遗之。然此四字乃出《张禹传》云“身居大第，后堂理丝竹管弦。”始知右军之言有所本也，且《文选》中在兰亭下者多矣，此盖昭明之误耳。（《懒真子》）①

明代对于《兰亭》之见，非多从其“理病”、选文之失加以考虑。明代本重性情，由此，对于《兰亭》，亦主张不可纯用于字面。孙绪《沙溪集》卷十四：

《兰亭记》“丝竹管弦”之词，诚为重复。然不特右军言之矣。西汉《张禹传》“后堂理丝竹管弦”则汉初已有此语病矣。学文须学其意，不可纯用其字面与句法。②

相比宋代提出的《兰亭序》何以不入《文选》，明代对于宋人所提出“理病”质疑一一否定。杨慎《升庵集》卷五三《兰亭记》：

---

①　（明）冯惟讷：《古诗纪》，《景印文渊阁四库全书》（1380 册），台湾商务印书馆 1986 年版，第 592 页。

②　（明）孙绪：《沙溪集》，《景印文渊阁四库全书》（1264 册），台湾商务印书馆 1986 年版，第 630 页。

《文选》不收《兰亭记》，议者谓“丝竹管弦”四言两意，非也。“丝竹管弦”，本《汉书》语，古人文辞故自不厌郑重。如《易》曰“明辨晰也”，《庄子》云“周偏咸”，《诗》云“昭明有融，高朗令终。”宋玉赋“旦为朝云。”《古乐府》云“暮不夜归。”《左传》云“远哉遥遥”；《邯郸淳碑》云“丘墓起坟”；《古诗》云“被服罗衣裳”；《庄子》“吾无粮我无食”；《后汉书》“食不充粮”。在今人则以为复矣！①

杨慎否定了宋人“理病”之因，而田汝成《重刻文选序》更提出了新的见解，云：

《文选》自唐以来，文章者家视为标准，鸿儒硕学罔不取材，可谓总七代之英灵，流万古之膏馥矣。宋时学者不解文诠，妄加参驳，谓统拙文陋识，去取违宜。若董仲舒之《对》《制》、刘向之叙《战国策》、王羲之之记《兰亭》、陶渊明之赋《闲情》，则遗而不录。……统不云乎：若以立意为宗，不以能文为本者，今之所撰，抑又略诸。②

田汝成之见，《选》不取《兰亭》诸文，非《选》之过，亦非宋、元人以为《选》必有遗。而是萧统《文选》“立意为宗，不以能文为本”。由此，对其陶渊明《闲情》，羲之《兰亭》，皆不入萧统《文选》之立意标准。

如渊明文，如《兰亭》，非不皎然清逸也。第使掇入集中，揆之诸家，览非一色矣。③

田汝成认为《兰亭》虽“皎然清逸”，但放入《文选》之中，则“《选》非一体

---

① (明)杨慎：《升庵集》，《景印文渊阁四库全书》(1270 册)，台湾商务印书馆 1986 年版，第 466 页。

② (清)黄宗羲：《明文海》，《景印文渊阁四库全书》(1455 册)，台湾商务印书馆 1986 年版，第 409 页。

③ (清)黄宗羲：《明文海》，《景印文渊阁四库全书》(1455 册)，台湾商务印书馆 1986 年版，第 409 页。

矣。”以此作为《兰亭》不入《选》之因。比之前人所见，分析更为入情入理。

与田汝成不同，袁宏道对于《兰亭》不入《选》显得更为极端，《袁宏道集》卷十《兰亭》言：

羲之《兰亭记》，于死生之际，感叹尤深。晋人文字，如此者不可多得。昭明《文选》独遗此篇，而后世学语之流，遂致疑于“丝竹管弦”“天朗气清”之语，此等俱无关文理，不知于文何病？昭明，文人之腐者，观其以《闲情赋》为白璧微瑕，其陋可知。夫世果有不好色之人哉？若果有不好色之人，尼父亦不必借之以明不欺矣。①

袁宏道认为《兰亭》此文甚佳，并无理病，至于文中言“一死生为虚诞，齐彭殇为妄作”之语并无理病。认为“古今文士爱念光景，未尝不感叹于死生之际。故或登高临水，悲陵谷之不长；花晨月夕，嗟露电之易逝。虽当快心适志之时，常若有一段隐忧埋伏胸中，世间功名富贵举不足以消其牢骚不平之气。”②由此可见，文人生死之叹并无过错，《兰亭序》为佳文，而《文选》不收，是昭明之腐也。此论已开清人“千古第一无眼之人是为昭明太子”之论。

张燧对于《兰亭》不入《文选》则提出另外的原因，《千百年眼》卷七《兰亭未可议》：

《文选》不收《兰亭》，议者谓“天朗气清”，自是秋景。又以“丝竹管弦”，四言两意。不知“天朗气清”，固有所本。……古人文辞，政自不厌郑重。在今人，则以为复矣。李卓吾云：“‘好一篇议论，然与叙文不类’，两语乃为定评。”③

张燧之见亦未明确不入《选》的原因，而赞同李贽（卓吾）云“好一篇议论，然与叙文不类。”认为其文甚佳，而实与“叙”文之体不合。宋代张淏亦提出

① （明）袁宏道：《袁宏道集笺校》，钱伯城笺校，上海古籍出版社1981年版，第444页。
② （明）袁宏道：《袁宏道集笺校》，钱伯城笺校，上海古籍出版社1981年版，第443—444页。
③ （明）张燧：《千百年眼》，大达图书供应社1935年版，第73—74页。

《兰亭序》有序、记之误,韩子苍亦云:"《兰亭记》萧统不取。以序为记,皆承袭谬误之过也。"但这并非针对《兰亭》不入《选》,而是重在甄别《兰亭序》误作《兰亭记》之误,没有从文体的角度回答萧统不取之因。而李卓吾、张燧之言实与宋人不同,以此二子之见,《兰亭叙》虽为佳文,但却与叙体不类,由此不入《选》也。这明显有明人"辨体"的思想,但《文选》序类亦多收颜延年、王元长二人《三月三日曲水诗序》,又何独不收《兰亭序》,张燧这一看法还是不够有说服力。明人有认为《兰亭》体制不合而以为不入《选》,而竟陵派对于《兰亭序》则重视很高。锺惺《明诗归》中评李流芳《虎山踏月示同游邹孟阳张鲁生》就提出:

> 游山水人要自具一副游山水心眼,方能领略山水真趣。不然,虽日与山水为缘,漠如也。观此诗,见长蘅心眼幽深处,直与山水性情镕成一片,故兴极高而感极深,非浅人所能强作也。
>
> 有声有色,有今有昔,有悲有欢,有痴有达,情兴淋漓悲壮,不减《兰亭》一叙、《赤壁》二赋。①

锺惺从侧面对于《兰亭序》给予了很高的评价,以"情兴淋漓悲壮"可谓使《兰亭》一文与《赤壁》地位同等,此评可谓超越前人之看法,锺惺对于《兰亭序》极赞实则表现为他对于"独抒性灵"这一角度的看法。这种"达情畅意",可谓"兴会"。归庄《归庄集》卷三《吴门唱和诗序》云:

> 余尝论作诗与古文不同……诗则不然,本以娱性情,将有待于兴会……南皮之游,兰亭之集,诸名胜之作,一时欣赏,千古美谈,虽邺下、江左之才,非后世之可及,亦由兴会之难再也。②

明代重性情,而以"兴会"为性情来自胸臆。兰亭之集,是为千古美谈,是

---

① (明)锺惺:《明诗归》,《四库全书存目丛书·集部》(338册),齐鲁书社1997年版,第671页。

② (明)归庄:《归庄集》,上海古籍出版社2010年版,第191—192页。

为“兴会”之作，真情之诗。由此，《兰亭叙》是为达情之淋漓，而《兰亭诗集》亦自然颇受好评。

在晋诗讨论中，我们已经明了明代晋诗实则处于古诗之列，由此，不管是“格调优先”还是“性情优先”，都必然会对晋诗有一个很好的评价，这一点，在《兰亭诗集》的批评反映最为明显。《兰亭诗集》的重视与评价始于明代，与宋代相比，其评价则非常活跃，评价者亦甚多，且“格调”与“情性”两路对此评价都很高。王世贞《弇州山人四部稿》卷一百三十《柳诚悬书兰亭诗文》：

自《禊叙》出右军笔，玉匣兰亭，龙孙、定武外，石刻何啻百千本，而孙兴公文及诸贤诗寥寥无传者，独柳诚悬少师尝一录之，见《宣和书谱》。①

可见，《兰亭诗集》之传与《兰亭序》帖本之墨宝相去甚远。柳诚悬，即唐代柳公权，《兰亭诗集》为柳公权所录，帖本传之于后世是为一幸。对于《兰亭诗集》之评，前七子之李东阳《怀麓堂集》卷二十二《游会稽诗后序》评之曰：

故观兰亭之诗，而王羲之之骨鲠、徽之之放诞、谢安之简靖、万之矜傲、孙统之恬退、绰之剀直，皆得以具见。而其穷达死生之异，则有如所谓视今昔、齐彭殇者，而世之大观尽矣。②

而受七子影响的许学夷在其《诗源辩体》中，就以江左“《兰亭》诸诗仅尔”来评价东晋的诗歌风貌。虽《兰亭诗集》诸诗不及陶渊明，却是东晋不可多得之诗。许学夷《诗源辩体》卷六：

或问：“以《兰亭》诸诗较靖节，靖节自是当家。然靖节未可谓无意为诗。”曰：“渡江后，以清谈胜，而诗实非所长，故《兰亭》诸诗仅尔。若靖节，则所好实在诗文，而其意但欲写胸中之妙耳，不欲效颜、谢刻意求工

---

① （明）王世贞：《弇州山人四部稿》，台湾伟文图书出版社有限公司1976年版，第6036页。
② （明）李东阳：《怀麓堂集》，《景印文渊阁四库全书》（1250册），台湾商务印书馆1986年版，第229页。

也。故谓靖节造语极工，琢之使无痕迹既非；谓靖节全无意于为诗，亦非也。"①

而冯复京评之曰：

《兰亭集》谢太傅、王右军一代伟人，所作寂寥轻澹，余子琐琐，因宜尔也。②

虽《兰亭》诸诗难比陶渊明，但在明人心目中，《兰亭诗集》可为东晋诗歌之典型。与此同时，主张"性灵"的公安、竟陵派，对于《兰亭诗集》的批评则更为细致，锺惺、谭元春在《古诗归》卷八中就曾对于《兰亭集诗》有过评价：

王羲之《兰亭集诗》批语：山水、朋友前，一段幽适从旷衷厚力中出。七贤胸中，恐逊此原委。（锺惺）

予当服右军通识，随佑行藏之言。今吟"寓目理自陈，适我无非新"二语真是通识所发，非一意孤高，绝俗之流。（谭元春）

谢万《兰亭集诗》批语：词藻而气朴，所以可存。（谭元春）

华茂《兰亭集诗》批语：似赋中小语。（谭元春）

王凝之《兰亭集诗》批语："冥心真寄"（夹批）：四字清远之言。（谭元春）（后批）四语居然名士，可消道韫"天上王郎"之恨。（锺惺）

王徽之《兰亭集诗》批语：昔人有言，神仙与山水相关。方寸湛然，玄对山水。何以关？何以对？决不专在眺涉啸咏之间。读右军父子《兰亭诗》，可悟其微。严集中藏有森秀，然不如凝之高简。（锺惺）③

以王羲之诗作为其最佳，是为格调与性情两路所共识，自明以后，王羲之

① （明）许学夷：《诗源辩体》，人民文学出版社 1987 年版，第 100 页。

② （明）冯复京：《说诗补遗》，吴文治主编：《明诗话全编》，江苏古籍出版社 1997 年版，第 7211 页。

③ （明）锺惺、谭元春：《古诗归》，《续修四库全书》（1589 册），上海古籍出版社 2002 年版，第 445 页。

《兰亭诗》便脱颖而出，为后人所接受。明代诗学末期，亦有多评《兰亭诗》者，张溥《汉魏六朝百三家集题辞注》言及王右军：

> 兰亭咏诗，韵胜金谷；誓墓不出，义取老氏。①

以上对于《兰亭诗集》的看法，可见明人对于兰亭之诗的一种积极的认同态度，这实则与明代诗学中的“达情”相关。对于主张情性之诗、山水之好，对《兰亭诗集》的评价都是比较高的。事实上，明代是对于《兰亭诗集》评价最多的一个时期。当然，明代对《兰亭诗集》的评价中，总体上还是凸显了王羲之，而并非称许《兰亭诗集》所有的诗作。胡应麟就提出：“永和修禊，名士尽倾，而诗佳者绝少，由时乏当行耳。”②在胡应麟看来，《兰亭诗集》佳者绝少，料此亦是评羲之《兰亭诗》。明人多数都肯定了《兰亭诗集》所具有的性情发于山水的表现。除了对于《兰亭》诸诗的肯定之外，也提出了《兰亭》诗文之盛，实源于山水相助。陶望龄《歇庵集》卷四《翁氏遗稿序》中言：

> 会稽山阴之兰亭，以禊事显。篇咏翰墨，映照千古，不独为江左殊胜之事，即逸少文。若诗多矣，未有及此者。盖山川之助也。③

陶望龄对于《兰亭叙》美文的看法，认为其兰亭盛事，亦与山水相关。袁宏道也说“兰亭殊寂寞，盖古兰亭依山依涧，涧弯环诘曲。流觞之地，莫妙于此。今乃择平地砌小渠为之，俗儒之不解，如此哉。”④此明山水与人情性相契之意。山水之好，是为文人之雅事。

综上所述，明人对于兰亭之诗的爱好远远超过了宋人。尤其是以王羲之的诗，成为两晋诗风的典型代表。

---

① （明）张溥：《汉魏六朝百三家集题辞注》，人民文学出版社 1963 年版，第 150 页。

② （明）胡应麟：《诗薮》，上海古籍出版社 1979 年版，第 148 页。

③ （明）陶望龄：《歇庵集》，《续修四库全书》（1365 册），上海古籍出版社 2002 年版，第 245 页。

④ （明）袁宏道：《袁宏道集笺校》，钱伯城笺校，上海古籍出版社 1981 年版，第 445 页。

(四)羲之《兰亭诗》翘视群儿

明代之时,《兰亭序》与《兰亭诗集》都普遍得到了大家的认同和肯定,而在清代之时,这种态度依然是非常明显的。《兰亭序》被清人吴楚材、吴调侯辑入《古文观止》卷七之中,可见其对于此序的重视;而《兰亭诗集》亦有集收,例如陈祚明《采菽堂古诗选》。又清翁方纲著《苏米斋兰亭考》八卷,王灏著《定武兰亭考》一卷,但此皆为帖墨之辩,而未涉及《兰亭序》与《兰亭诗集》的文学艺术评价。如前文所述,清初冯舒《诗纪匡谬》对于兰亭序诗关系进行进一步讨论,对羲之之文为四言之序,孙绰之文为五言之序作了考论。清代人陈祚明《采菽堂古诗选》卷十二则收有王羲之《兰亭集序》及"仰视碧天际"一首。其诗后评曰:

> 旷达之旨。射洪古诗中多此等语,易流宋人。①

陈祚明此语不仅是对于王羲之此诗的评价,实则也看到了此诗之风韵对于唐人的影响,论陈子昂诗多此等语,又论与宋人诗作有相似之处。晚清人对于《兰亭序》及《诗集》的看法富有批判性精神,在明代观点的基础上,更加质疑《文选》本身的选择标准。

清代学者多擅于考据之学,也出现了对于《兰亭序》的诗文考据。陈廷敬《午亭文编》卷四十八:

> 兰亭之叙承用刘越石《答卢谌诗叙》"然后知聃周之为虚诞,嗣宗之为妄作。"岂亦右军未见越石之文?其合也亦出于偶然者耶?②

《兰亭序》文中有"一死生为虚诞,齐彭殇为妄作"与《答卢谌诗叙》之句颇有相同之处。但晋人诗文借句,似乎颇为平常,常以佳句入己诗。晋至隋

① (清)陈祚明:《采菽堂古诗选》,上海古籍出版社2008年版,第387页。

② (清)陈廷敬:《午亭文编》,《景印文渊阁四库全书》(1316册),台湾商务印书馆1986年版,第709页。

时，还有诸窃句之佚事。以王羲之“虽无丝与竹，玄泉有清声”为例，实则来自左思《招隐诗二首》“非必丝与竹，山水有清音。”此类情况，晋诗颇多，由此，不必猜度“偶合”之原因。

徐文靖《管城硕记》卷十九对于宋人《兰亭序》不入《文选》的“理病”一一加以否定。

陈善《扪虱新话》曰：《兰亭序》岂非佳作？然天朗气清，不合时景，丝竹管弦语又重复，故不得入《选》。按：晋李颙《悲春日》曰：“舒朗景之淑鲜。”湛方生《怀春赋》曰：“何阳节之清淑。”陆机诗曰：“节运同可悲，莫若春气甚。和风未及燠，遗凉清且凛。”“天朗气清”何尝不合时景乎？又石氏《星簿赞》曰：“器府掌固，丝竹管弦。”《汉·张禹传》曰：“后堂理丝竹管弦。”四字皆有所本，语义何尝重复乎？①

清代对于《兰亭序》的认同，在《兰亭序》为何不入《文选》的解读上有引宋代周密之说。袁嘉穀《卧雪诗话》卷四：

《齐东野语》：《文选》不收《兰亭序》，亦前辈选诗不入李杜之意，识者试评之。按公谨所谓前辈，当指荆公。②

《齐东野语》所言《兰亭序》不入《文选》，正是选诗不入李杜，是为取好不同。这种取好不同，在清人看来还不同于周密的看法，与明人以为《文选》以立意为宗有一定的继承关系。所谓《文选》立意为宗，就是强调了《文选》选文有一个取好标准，而这一个标准就是以外在的“立意”作为标准的，《兰亭序》未达此种标准而不入《选》。但所谓前辈选诗不入李杜，并非强调了这种外在标准的存在，而是强调萧统个人对于《兰亭序》的喜好。以此而推之，萧统对

① （清）徐文靖：《管城硕记》，《景印文渊阁四库全书》（861 册），台湾商务印书馆 1986 年版，第 266 页。

② 袁嘉穀：《卧雪诗话》，张寅彭主编：《民国诗话丛编》（第 2 册），上海书店出版社 2002 年版，第 365 页。

《兰亭》之趣好不同而未收入《文选》。可是这样一来，就极容易认为，萧统《文选》选文无标准，而萧统粗陋鄙识之因必出。这样一来，又回到了宋代苏轼所为"小儿强作解事斥之"的判断。薛雪《一瓢诗话》：

王右军以书法立极，非文辞名世；兰亭之集，名流毕至。使时手为序，必极力铺写，谀美万端，决无一语稍涉荒凉者。而右军寥寥数语，托意于仰观俯察，宇宙品类之感慨而极于死生，则右军之胸襟何如？《昭明文选》不收此序，苏东坡以小儿强作解事斥之，亦属快心。①

作"小儿强作解事斥之"这一判断，表面上看，是对于宋人之见的认可。实则，是经历明代不入《选》的"立意为宗"的原因之后的一次再判断。宋人言《文选》陋之因在宋代只不过是诸多原因之一，而至清代，这一原因成为绝对主因。这种变化与明代重"立意"的判断是分不开的。这种对于萧统个人取好不同的想法，对于《文选》自身的评价也是不利的。牟愿相《小澥草堂杂论诗》：

古今第一无眼力人是昭明太子，其次便是从来读《文选》之人。②

《文选》古书，自当爱惜。顾世人奉之《三百篇》等，读者谓之读《选》，学者谓之学《选》，直欲易古诗之名，谓之《选》诗，可笑人也。吾思苏东坡耳。③

如前章所引，苏轼当时所言"小儿强作解事"，是谓《文选》"编次无法，去取失当"，举为"李陵书苏武五言皆伪而不能辨""《渊明集》可喜者甚多而独取数首""正使不及《周南》，与屈宋所陈何异？"从这些例子来看，苏轼明显带有极强的主观性来看待《兰亭》不入《选》的问题，由此南宋主此说之人甚少，但他还不至于全盘否定《文选》，而也提出了李善注《文选》为最佳。而清代对

---

① (清)王夫之等：《清诗话》，丁福保辑，中华书局1963年版，第678—679页。

② 郭绍虞编：《清诗话续编》，富寿荪校点，上海古籍出版社1983年版，第915页。

③ 郭绍虞编：《清诗话续编》，富寿荪校点，上海古籍出版社1983年版，第916页。

于《昭明文选》不收此序，乃言“古今第一无眼力人是昭明太子，其次便是从来读文选之人”，这一点，可以说比苏轼走得更极端。不过，从这种现象的侧面，我们也能看到，《兰亭》不入《文选》而经宋、元、明、清无数文人之猜度，以至定《文选》为鄙陋之文，足见《兰亭序》为世代之重。

清人对于《兰亭诗集》亦十分认同。尤其是王羲之的诗文，得到了极高评价。高泉禅师《一滴草》中《跋兰亭诗卷》言：

> 凡人各有所好，但所好有清浊而贤否见矣。浊固无论，而清之中，亦有所不同焉。如好山好水，好琴好棋，好花好木，皆清也。至于好古贤墨迹者，又清中之倍清者也。黄山某道人，恒处一室，衣钵之外无长物，惟经书数帙而已。一日出此卷索余跋。细视之皆当时名贤所作诗歌也，何能赞一辞哉？再四读之，想见其趣，仿佛置身于茂林修竹中，冷然善也。因思道人所好如此，其贤盖可知矣。①

牟愿相《小澥草堂杂论诗》：

> 王逸少传诗不多，其《兰亭》一篇，如苏仙高屋，翘视群儿。②

而清末沈曾植对于羲之兰亭诗，评价亦高。其《与金甸丞太守论诗书》言：

> 吾尝谓诗有元佑、元和、元嘉三关。公于前二关均已通过，但着意通第三关，自有解脱月在。元嘉关如何通法，但将右军《兰亭诗》与康乐山水诗打并一气读。③

---

①（清）高泉禅师：《一滴草》，《禅门逸书续编》第3册，汉声出版社1987年版，第42页。

② 郭绍虞编：《清诗话续编》，富寿荪校点，上海古籍出版社1983年版，第912页。

③ 钱仲联：《梦苕庵诗话》，张寅彭主编：《民国诗话丛编》（第6册），上海书店出版社2002年版，第208页。

牟愿相对于王羲之《兰亭》的推崇,认为其如苏东坡,实则是清代“理趣”思想的表现,晋人诗之谈理,虽斥为清虚,但尤有清人所言为“理趣”者,这也是清人特别看重王羲之的原因。宋人对于晋代玄虚是否定的,认为是落在虚处,而宋人强调了“贫而实腴”的平淡之风。元人指出了两者的不同,而明代亦指出了两者的不同,清人并非看不清此处,评羲之玄见与苏仙高屋之处,是其同为通趣之作。又王寿昌《小清华园诗谈》卷上言:

何谓精?曰:如王右军之“仰视碧天际,俯瞰渌水滨。寥阒无涯观,寓目理自陈。大矣造化工,万殊莫不均。群籁虽参差,适我无非新”。①

王寿昌以“精”言王羲之兰亭,说明他对于王羲之《兰亭》诸诗颇为认同。而所谓精者?翁方纲《石洲诗话》云:

谈理至宋人而精,说部至宋人而富,诗则至宋而益加细密,盖刻抉入里,实非唐人所能囿也。②

“精”,实为理之致而使人开昧,可见对王羲之诗的赞同。从以上不难看出,清代对于《兰亭诗集》,尤其是王羲之之诗,已经达到了一个相当的认同态度。

《兰亭诗集》受到重视,始自明代。明人对于《兰亭诗集》之诗,品评较多,且评价甚高,其中对于王羲之《兰亭诗》则尤为称颂,甚至比之于陶渊明。从唐至清代,禅宗与儒家诗学审美融合的主张,使《兰亭诗集》中仅王羲之之诗得到凸显,这实则表现了一种诗学的内在变化和审美情趣。清代诗学中对于玄言诗的取舍更为严格,王羲之的《兰亭诗》在《兰亭诗集》确实达到了较高的水平。由是,徐公持在其《魏晋文学史》中认为:

然而亦有少数玄言诗,因分寸把握较好,竟能取得正面效果,如王羲

① 郭绍虞编:《清诗话续编》,富寿荪校点,上海古籍出版社1983年版,第1872页。
② 郭绍虞编:《清诗话续编》,富寿荪校点,上海古籍出版社1983年版,第1426页。

之《兰亭诗》即是。[1]

对于王羲之《兰亭诗》的接受,也是伴随着中国诗学史中对于禅理思想接纳、吸收与扬弃的过程。如果说,明代诗学中对于禅学的过分偏爱,致使《兰亭诗集》得到了较高的认同,那么,清代仅对王羲之《兰亭诗》的认同,就足以说明,清代诗学中禅学思想是对明代热情的一种修正,“理趣”之说是最好的证明。

综观唐代至清代对《兰亭序》和《兰亭诗集》的批评,《兰亭序》无疑是贯穿整个时期人们批评的重要内容。《兰亭序》本为《兰亭诗集》的一个序言,对于它的历史评价,实则为《诗集》评价提供了参考。唐至清代《兰亭序》与《兰亭诗集》的批评是存在冷热不均的现象。这说明,人们普遍认为“文更适合说理”,因此对《兰亭序》的批评较为宽松,而对《兰亭诗集》之诗,则始终认为其悖于儒家诗学传统而较少言及。但这同样也存在疑问,孙绰也写了《兰亭序》,唐以后被称为后序,为什么人们讨论孙绰《兰亭序》好坏的只言片语都很难看到呢?事实上,历代对于王羲之《兰亭序》的热衷,与《兰羲序帖》关系密切。正如前面所引程颐《禊饮诗序》中所言“上巳禊饮风流远矣,而兰亭之会最为后人所称慕者,何哉?盖其游多豪逸之才,而右军之书复为好事者所重尔。事之显晦,未尝不在人也。”事之显晦,多在人耳,这就是产生这种冷热不均现象的根本原因。

对《兰亭诗集》评价的活跃时期是在明代。这无疑与明代的“心学”“性灵”的诗学思想有很大的关系,但就在这一时期,人们对《兰亭诗集》之诗为何不入《选》却未有提及,这与《选》的诗类标准相关。至清代,诗学再次回到儒家“温柔敦厚”之风,由此明代批评的态度便更不复存在了。

六、陶渊明批评

南朝时期,对于陶渊明的诗文评价并不多,锺嵘《诗品》列之为中品,其言曰:

---

① 徐公持:《魏晋文学史》,人民文学出版社 1999 年版,第 461 页。

其源出于应璩,又协左思风力。文体省静,殆无长语。笃意真古,辞兴婉惬,每观其文,想其人德。世叹其质直,至如"欢言酌春酒","日暮天无云",风华清靡,岂直为田家语邪,古今隐逸诗人之宗也。①

在一个追求"丽辞"的时代,锺嵘赏其"文体省静""笃意真古",应该说颇有称赞之意而无贬抑之意。北齐阳休之在《陶潜集序录》亦认为:

余览陶潜之文,辞采虽未优,而往往有奇绝异语,放逸之致,栖托仍高。②

萧统《文选序》有言"事出乎沉思,义归乎翰藻"③,这对于当时的诗文评价成为一个重要标准。南朝对于陶渊明的评价侧重于"隐逸"角度,锺嵘认为他是"古今隐逸诗人之宗"。对于"隐逸"的认同,反映他诗歌批评坚持的儒家观念,就是他提到的"每观其文,想其人德","隐逸"亦是人德的体现。刘宋颜延年作《靖节徵士诔》、沈约《陶潜传》都强调了陶氏安贫乐道、任真自得的人生态度,这其实都是侧对于人品道德的评价。梁代萧统作《陶渊明传》,曰:

渊明少有高趣,博学善属文,颖脱不群,任真自得……州召主簿不就。躬耕自资,遂抱羸疾。江州刺史檀道济往候之,偃卧瘠馁有日矣。道济谓曰:"贤者处世,天下无道则隐,有道则至;今子生文明之世,奈何自苦如此?"对曰:"潜也何敢望贤,志不及也。"④

萧统称其"颖脱不群,任真自得",反映了陶潜多有魏晋风度的延续。儒家讲究"有道则至,无道则隐"的处世哲学。文中言陶子"生文明之世而躬耕",这其实是他以"躬耕"而论世道之有无。此外,萧统纂《陶渊明集》,撰

① (南朝梁)锺嵘著,曹旭笺注:《诗品笺注》,人民文学出版社2009年版,第154页。
② 袁行霈:《陶渊明集笺注》,中华书局2003年版,第614页。
③ (梁)萧统:《文选》,(唐)李善注,中华书局1977年版,第2页。
④ 袁行霈:《陶渊明集笺注》,中华书局2003年版,第611页。

《序》曰：

> 其文章不群，词彩精拔，跌宕昭彰，独超众类，抑扬爽朗，莫之与京。横素波而傍流，干青云而直上。语时事则指而可想，论怀抱则旷而且真。更加以贞志不休，安道苦节，不以躬耕为耻，不以无财为病，自非大贤笃志，与道污隆，孰能如此乎？余爱嗜其文，不能释手，尚想其德，恨不同时。故更加搜求，粗为区目。白璧微瑕者，惟在《闲情》一赋，扬雄所谓劝百而讽一者，卒无讽谏，何必摇其笔端？①

萧统对于陶氏诗文比之锺嵘更加激赏，言其“独超众类”，但对于他的高度认同，却明显是从儒家文学观来谈的，他明言“白璧微瑕者，惟在《闲情》一赋，扬雄所谓劝百而讽一者，卒无讽谏，何足摇其笔端”强调了诗文创作的功用价值，甚至认为“读渊明之文者，驰竞之情遣，鄙吝之意祛，贪夫可以廉，懦夫可以立”②，这其实还是以道德评价陶潜诗，这也奠定了唐代的批评基调。

自唐代李善、五臣注《文选》开始，陶潜诗“甲子”一说便开始出现，且看《文选》卷二六中陶潜《辛丑岁七月赴假还江陵夜行涂口作一首》所注：

> (刘良)良曰：“潜诗晋所作者，皆题年号，入宋所作者，但题甲子而已。意者耻事二姓，故以异之。”
>
> (李善)善曰：“沈约《宋书》曰：‘潜自以曾祖晋世宰辅，不复屈身后代，自高祖王业渐隆，不复肯仕。所著文章，皆题年月。义熙已前，则书晋氏年号；自永初已来，唯云甲子而已。’”③

唐代推崇《选》学，据《旧唐书·经籍志》所载，就有昭明太子撰《文选》三十卷，李善注《文选》六十卷，公孙罗注《文选》六十卷，萧该撰《文选音》十卷，

① 袁行霈：《陶渊明集笺注》，中华书局2003年版，第613—614页。
② 袁行霈：《陶渊明集笺注》，中华书局2003年版，第614页。
③ 参见日本东京大学东洋文化研究所藏朝鲜木活字本《文选》卷26，第38页。

公孙罗撰《文选音》十卷,释道淹《文选音义》十卷①。从敦煌文献中发现的《文选》钞本更说明此书的风行程度,到宋初民谣中依然有"《文选》烂,秀才半"的说法②。

唐代对于陶渊明的评价,很大程度上建立在《文选》李善注、五臣注之上,"徵士"的评价是其重心,对于陶诗则认为《老》《庄》痕迹太重,杜甫诗言"陶潜避俗翁,未必能达道。观其著诗集,颇亦恨枯槁。"③晚唐时期,文人对于陶渊明的诗评价开始提升。白居易十分推崇陶潜,诗中多次提及,并作《郊陶潜诗十六首》。而真正把陶诗推向高峰的,则是宋代。

前文对于历代晋诗的评价分析中,笔者提出宋人"别陶渊明于晋代之诗,犹是辨晋朝、宋朝'平淡'之别也"。此话可作为一个比较晋诗与宋朝诗的思路,宋人推崇陶诗,以陶诗为"平淡"之真,而在宋人看来晋诗无法与陶诗相提并论。《诗人玉屑》中"东坡论渊明诗"言:

> 吾于诗人无所甚好,独好渊明之诗;渊明作诗不多,然其诗质而实绮,癯而实腴,自曹、刘、鲍、谢、李、杜诸人,皆莫及也。④

王安石亦对陶诗非常推崇,《苕溪渔隐丛话》中言:

> 东坡晚年,尤喜渊明诗,在儋耳遂尽和其诗。荆公在金陵,作诗多用渊明诗中事,至有四韵诗全使渊明诗者。又尝言:"其诗有奇绝不可及之语,如'结庐在人境,而无车马喧,问君何能尔,心远地自偏'由诗人以来,无此句也。然则渊明趣向不群,词彩精拔。晋宋之间,一人而已。"⑤

在苏轼看,陶诗如此备受推崇,是因其诗皆发自胸臆,自然流出。陶诗

---

① (后晋)刘昫等:《旧唐书》,中华书局1975年版,第2077页。
② (宋)陆游:《老学庵笔记》卷8,中华书局1979年版,第100页。
③ (唐)杜甫:《钱注杜诗》,钱谦益笺注,上海古籍出版社1979年版,第92页。
④ (宋)魏庆之编:《诗人玉屑》,中华书局2007年版,第411页。
⑤ (宋)胡仔:《苕溪渔隐丛话》前集,廖德明校点,人民文学出版社1962年版,第18页。

“重意”，且看：

> 东坡云：“陶渊明意不在诗，诗以寄其意耳。‘采菊东篱下，悠然望南山’，则既采菊又望山，意尽于此，无余蕴矣，非渊明意也。‘采菊东篱下，悠然见南山’，则本自采菊，无意望山，适举首而见之，故悠然忘情，趣闲而景远。此未可于文字精粗间求之，以比碔砆美玉不类。”①

苏轼认为陶诗“重意”是指其诗自然地抒发情性而不做作，宋诗讲“平淡”，平淡就是一种自然的抒情。魏庆之《诗人玉屑》卷十载苏轼之论：“大凡为文，当使气象峥嵘，五色绚烂，渐老渐熟，乃造平淡。余以谓不但为文，作诗者尤当取法于此。”②，由此，宋人认为，陶渊明诗达到了“平淡”的标准。《诗人玉屑》卷十三：

> 渊明意趣真古，清淡之宗；诗家视渊明，犹孔门视伯夷也。《西清诗话》
>
> 锺嵘评渊明诗，为古今隐逸诗人之宗。余谓陋哉斯言，岂足以尽之！不若萧统云：渊明文章不群，词彩精拔，跌宕昭彰，独超众类，抑扬爽朗，莫之与京。……自非大道笃志，与道污隆，孰能如此乎！此言尽之矣。《渔隐》
>
> 渊明诗所不可及者，冲澹深粹，出于自然，若曾用力学，然后知渊明诗非着力之所能成。《龟山语录》③

自然的性情流露，这于禅宗、儒家都讲得通。禅家讲“清净心”“本来面目”，对于“平淡”就是强调的诗的“真心”“真性情”。儒家亦讲“自然情性”，宛若“天理中自然流出”，《朱子语类》就强调了“道心”，但儒家不仅讲道心，还讲“文以载道”的儒家文人责任感，由此，朱熹在《朱子语类》中高度认同陶诗的“自

---

① （宋）胡仔：《苕溪渔隐丛话》前集，廖德明校点，人民文学出版社1962年版，第16页。

② （宋）魏庆之编：《诗人玉屑》，中华书局2007年版，第302—303页。

③ （宋）魏庆之编：《诗人玉屑》，中华书局2007年版，第403—404页。

然”之外,又多了一种道德评价:

渊明诗平淡出于自然。后人学他平淡,便相去远矣。①

陶渊明诗,人皆说是平淡。据某看,他自豪放,但豪放得来不觉耳。其露出本相者是《咏荆轲》一篇,平淡底人如何说得这样言语出来。②

《朱文公语录》曰:晋宋人物虽曰尚清高,然个个要官职,这边一面清谈,那边一面招权纳货,陶渊明真个是能不要此,所以高于晋宋人物。③

朱熹认为陶渊明“平淡”之中亦有豪放,这实则反映了他对于“平淡”的理解不同于苏轼辈的“自然情性”,朱熹《诗集传序》中谈诗:

或有问于余曰:“诗何谓而作也?”余应之曰:“人生而静,天之性也;感于物而动,性之欲也。夫既有欲矣,则不能无思;既有思矣,则不能无言;既有言矣,则言之所不能尽而发于咨嗟咏叹之余者,必有自然之音响节族,而不能已焉。此诗之所以作也。”曰:“然则其所以教者,何也?”曰:“诗者,人心之感物而形于言之余也。心之所感有邪正,故言之所形有是非。惟圣人在上,则其所感者无不正,而其言皆足以为教。”④

可见,在朱熹看来,人性本静而感于物而动,近而言之于诗,诗是情感的自然流淌。这与禅宗本无二致。但朱熹谈诗,还言其教化的功用,这样看来,诗的自然流露还要符合“教”的要求,由此,他说陶诗“豪放”,是把儒家“文以载道”发挥到“诗以载道”“文人载道”的理念上考虑的,陶氏处乱世而自躬,这是典型的儒家文人气节,其陶氏诗文也充分体现了儒家“穷而后工”的理解,这是儒家文人使命感的表现。《朱子语类》中多次谈及“道心”,试看:

① (宋)黎靖德编:《朱子语类》,王星贤点校,中华书局1986年版,第3324页。

② (宋)黎靖德编:《朱子语类》,王星贤点校,中华书局1986年版,第3325页。

③ 《陶渊明集总论》,《景印文渊阁四库全书》(1063册),台湾商务印书馆1986年版,第470页。

④ (宋)朱熹:《晦庵集》,《景印文渊阁四库全书》(1145册),台湾商务印书馆1986年版,第566页。

此心之灵，其觉于理者，道心也；其觉于欲者，人心也……人心生于血气，道心生于天理；人心可以为善，可以为不善，而道心则全是天理矣。①

在朱熹看来，人心感于物而动，性之欲也，诗虽发于人心，自然流出却有善与不善之别，朱熹强调了“教”，强调了“道心”的自然流出才是诗的根本。从这一点来说，朱熹承认了陶渊明诗的“平淡”，就要承认他的诗是“道心”的流出。但朱熹又说“陶渊明亦是老庄”②，这其实就与他的观点相悖，后真德秀谈及此，作了一番新的解读。真德秀《西山文集》中《跋黄瀛甫拟陶诗》：

予闻近世之评诗者曰：“渊明之辞甚高，而其指则出于庄老；康节之辞若卑，而其指则原于六经。以余观之，渊明之学正自经术中来。故形之于诗有不可掩，荣木之忧、逝川之叹也，贫士之咏、箪瓢之乐也……渊明之智及此是，岂玄虚之士所可望邪？③”

这实则就是在维护陶诗亦为儒家文人所重视的原因。而后，明代何孟春则指出，朱子所论，恐为一时意指。其何孟春《余冬诗话》中言：

朱子言：“陶渊明亦是庄、老。”真西山曰：“予闻近世之评诗者云：‘渊明之词甚高，而其旨出于庄老；康节之词若卑，而其旨则原于六经。以余观之，渊明之学正自经术中来……’”《朱子语录》出门人杂手，未可信。靖节人品，诚有如西山所言者，未可轻议。然吴临川《跋朱子书陶诗》又云：朱子尝言，靖节见趣多是老子意。观此《写陶诗四首与刘学古》而卷末系以老氏之六言，以其诗意出《道德经》之绪余也。何也？此直晦庵一

① （宋）黎靖德编：《朱子语类》，王星贤点校，中华书局1986年版，第1487—1488页。

② （宋）朱熹：《天原发微》卷5，《景印文渊阁四库全书》（806册），台湾商务印书馆1986年版，第288页。

③ （宋）真德秀：《西山文集》卷36，《景印文渊阁四库全书》（1174册），台湾商务印书馆1986年版，第564页。

时所见意如此耳，非遂有所贬也。晦庵谓周濂溪《拙赋》“天下拙，刑政彻”，其言似庄、老，岂以濂溪亦庄、老之徒哉！①

何孟春认为朱子对于陶诗的看法，并非定论，又以周濂溪《拙赋》反讥。朱子诸多言论，确为其门生所集，其言论多随性而发，时有扞格之语。比如他对于李通玄《华严合论》观点就有矛盾之处。其《朱子语类》卷一百二六中，一言“《华严合论》精密”②，紧接着又言“《华严合论》，其言极鄙陋无稽”。③

明代杨慎也非常认同陶诗是“自然流出”，黄省曾编《名家诗法》，其中收杨慎论陶诗，其言：

仆尝见虞应奉论诗曰：“陶渊明诗稳重，句句用意作出。子则难之曰：‘他曷尝用意作？盖渊明高出一世，标格虚明，胸襟冲澹，自然流出肺腑。他不会作，句语有浑厚气象。学者失之滞重。’”④

可见，宋代以来，陶诗的“平淡天真”已经为文人诗家所接受。陶渊明在宋代以后地位的确立，和宋代三教思想发展的相融是密切相关的。如前所说，“平淡”之说，牵涉诸种学说，禅家自然不会轻视陶诗。陶诗“寓意高远”，似有禅风的评论开始也出现了。阮阅《诗话总龟》后集言：

不立文字见性成佛之宗，达磨西来方有之，陶渊明时未有也。观其《自祭文》则曰：“陶子将辞逆旅之馆，永归于本‘归于本’宅。”其《拟挽词》则曰：“有生必有死，早终非命促。”其作《饮酒诗》则曰：“采菊东篱下，悠然见南山。”“此中有真意，欲辨已忘言。”其《形影神》三篇皆寓意高远，盖第一达磨也。而老杜乃谓“渊明避俗翁，未必能达道”，何耶？东坡

① （明）何孟春：《余冬诗话》，王云五主编：《丛书集成初编》（2580册），商务印书馆1937年版，第8页。

② （宋）黎靖德编：《朱子语类》卷27，王星贤点校，中华书局1986年版，第3026页。

③ （宋）黎靖德编：《朱子语类》卷27，王星贤点校，中华书局1986年版，第3026页。

④ （明）黄省曾：《名家诗法》，吴文治主编：《明诗话全编》，江苏古籍出版社1997年版，第2914页。

论陶子《自祭文》云:“出妙语于纩息之余,岂涉生死之流哉?”盖深知渊明者。①

宋代形成了陶诗独步的地位,得到三教皆修的宋人肯定,表现了陶渊明诗所具有的独特性。而后,明清之后,无人对陶诗地位提出异议,甚至对于诗中多庄老,亦加以维护。

至清代之时,阮籍评为西晋之首,而陶公则不以时代论之。清代李重华《贞一斋诗说》:

西晋诗当以阮籍作主,潘、左辈辅之。若陶公高骨,不可以时代论。②

以上可见,宋代陶渊明诗歌在晋诗中取得了独特的地位,成为与晋世诗歌鲜明对比。笔者一再强调,宋代别陶诗于晋,尤是别晋诗与宋诗,表明了经历宋代三教文化整合后的诗学观念,对“诗言理”的平淡追求终被儒家所认同,这种诗学并不同晋诗的“辞胜而理虚”的“诗言理”,用清代人的一句话言之:这种平淡天真的“理”要多一个“趣”字。

七、玄言诗概念的流变

刘宋之后,虽有《文心雕龙》《诗品》对玄言诗的评论,但并没有对于当下所言的“玄言诗”提出一个相应的概念,《诗品·序》中虽有“永嘉时,贵黄、老,稍尚虚谈,于时篇什,理过其辞,淡乎寡味”,《诗品》中评郭璞“变中原平淡之体,故称中兴第一”,《文心雕龙》也有“因谈余气,流成文体”的评论,说明了这种玄言诗风的出现,但却没有一个明确的概念来概括这种诗风。由此可见,刘勰、锺嵘对于今天所说的“玄言诗”更倾向于理解为一种“诗风”而不是“诗体”,玄风正是当时普遍诗风。

① (宋)阮阅:《诗话总龟》后集(卷45),人民文学出版社1987年版,第283页。
② (清)王夫之等:《清诗话》,丁福保辑,中华书局1963年版,第926页。

唐代皮日休《松陵集》卷十有《杂体诗序》,谓:"晋峤有《回文虚言诗》云:'宁神静泊,损有崇亡。'由是回文兴焉。"①这句话的重心在"回文"这一杂体诗的概念上,而不是虚言诗,不过毕竟这是我们当下可以明确的最早的与今天玄言诗相近的一个概念。

宋代诗话中,"虚言诗"这一概念还能看到,《苕溪渔隐丛话》前集卷四四:

> 张方平陈乞得南京留台,有诗送之,……意欲方平勿为虚言之诗,当作诗讽谏朝政阙失,如祭公谋父作《祈招》之诗也。②

此劝张方平勿为"虚言之诗",是苏轼对其"某意言晋元帝之时,人物衰谢,不意复见卫玠之清谈风流,亦如今时人物衰谢,不意复见方平之文章才气,以讥今时风俗浮薄,人物衰谢也。"③有感而发,由此虚言之诗,大抵指向东晋之风。而朱熹《清邃阁论诗》中提出了"东晋诗"这一概念:

> 《选》中刘琨诗高,东晋诗已不逮前人。④

而至明代之时,应该说,晋诗受到比较多的重视。许学夷《诗源辩体》中多次提到了"永嘉诗":

> 予谓:以太康较魏末,则为中兴;以建安视太康,实为再变。知此,则永嘉以后可类推矣。(自注:永嘉诗,说见郭景纯后。)⑤

在这里,我们可以看到,许学夷把太康和永嘉是作了区别的,而以"永嘉诗说"

---

① (唐)皮日休:《松陵集》,《景印文渊阁四库全书》(1332册),台湾商务印书馆1986年版,第269页。

② (宋)胡仔:《苕溪渔隐丛话》前集,廖德明校点,人民文学出版社1962年版,第299—300页。

③ (宋)胡仔:《苕溪渔隐丛话》前集,廖德明校点,人民文学出版社1962年版,第299页。

④ (宋)黎靖德编:《朱子语类》,王星贤点校,中华书局1986年版,第3324页。

⑤ (明)许学夷:《诗源辩体》,人民文学出版社1987年版,第87页。

以别太康。田艺蘅则提出了“太康”“永嘉”体分二轴，其《诗谈初编》言：

> “诗关气运”，此语诚然，固不特《周》《召》《郑》《卫》，皎然可辨也。汉世浑厚高古，魏国雄俊秀发，两晋平典风丽，六代富艳绮靡。汉称东都，魏首建安。太康、永嘉，体分二轴；宋、齐、梁、陈，气出一机。精鉴详评，自然可别。①

从田艺蘅《谈诗初编》来看，他的诗学侧重主张“性情”一路。所以，他对于魏、晋、六代之诗皆无贬词，是为一代自有一代之诗的特点。但他明确提出“太康、永嘉体分二轴”这一点比前人更为进步，前人极少对于太康之诗与永嘉之诗进行过细辨。在此之后，冯复京则提出了“永嘉流派”的概念，冯复京《说诗补遗》：

> 以至习彦威、顾长康，凡盛名士，悉不能诗。传语嗤鄙，盖当时清言盛行，永嘉流派，为学穷乎柱下，传物止乎七篇，不识诗为何物。称者不工，工者无称，自相褒赞，正俗眼所谓瞎着争先。呜呼，不有灵运特起宇宙，其无诗乎。比之乃祖再造晋室，其功更伟矣。互褒长价之习，唐中晚尤盛，宋人以为谈柄，由今思之，皆堪唾饭捧腹。②

前文已经提及，冯复京重郭璞游仙诗而轻东晋僧诗，他本身也受七子影响较深。对于不取晋诗亦不为过，但“永嘉流派”的提出亦是对当时玄言诗风的一种概括。至清代，这“永嘉诗”概念的提出似乎又让位于永嘉地区诗人的永嘉体，而非指永嘉之时的诗风。清代诗学虽兼格调与情性之学，而对于东晋之诗，远没有明人那样热心。由此，在晋代玄风之中，明代的概念使用最多，而清代却无甚提出。

---

① （明）田艺蘅：《诗谈初编》，吴文治主编：《明诗话全编》，江苏古籍出版社 1997 年版，第 3950 页。

② （明）冯复京：《说诗补遗》，吴文治主编：《明诗话全编》，江苏古籍出版社 1997 年版，第 7211—7212 页。

从以上的研究看来,我们需要对于唐至清代玄言诗批评做一个总结。笔者曾经勾勒了历代对于晋诗的态度,而提出“格高而趣异”,认为这亦符合历代对于玄言诗的一种态度。在清代之前的诗歌批评中,对于古诗的批评实则都非常重视其“格调”,这是为传统批评中最重要的体现。钱锺书在《中国文学小史绪论》一文中写道:

> 抑吾国文学,横则严分体制,纵则细别品类。体制定其得失,品类辨其尊卑,二事各不相蒙,试以例证之:譬之诗词二体,词号“诗余”,品卑于诗;诗类于词,如前节《眉庵集》云云,固为失体;然使词类于诗,比物此志,其失惟均。①
>
> 由斯观之,体之得失,视乎格调(style),属形式者也,品之尊卑,系于题材(subject),属内容者也。惟此处所谓品,差与 Brunetiere 所谓 Genre 相当,司空图《诗品》则品性品格之谓,视乎格调,非系于题材也。②

这一点实则迥异于文学史概念形成以后新的诗歌批评观念。在格调这一影响下,晋诗的地位是为古诗,由此,虽然对于晋诗的诗论历来都并不多,但其格高的局面是毋庸置疑的。而对于晋诗中玄言诗风的诗歌,从对于阮嵇、游仙诗、东晋僧诗、《兰亭序》及《兰亭诗集》、陶诗的历代分析来看,这些最具有典型玄言诗在历代中都得到较为客观的评价。

在历代批评过程中,阮籍诗风主江右,而嵇康主江左。游仙诗与《楚辞》的关系得到确立,使得清代之时游仙诗“寄兴”之说最为强烈。东晋僧诗与《兰亭诗集》在历经明代的推崇之后,在清代有所调整,“理趣”这一诗学内涵的形成,使得东晋之诗“乏趣”之评成为定论。《兰亭序》及《诗集》的批评之中,至宋代提出《兰亭序》为何不入《选》,清代时亦多有争论,《兰亭诗》明代多有其评,至清代之时突出了王羲之《兰亭诗》,是对于“理趣”这一诗学审美的反映。推崇陶诗,成为“不可以时代论”,是诗学三教圆融的结果。

---

① 钱锺书:《中国文学小史序论》,《国风》1923 年第 3 卷 8 号。

② 钱锺书:《中国文学小史序论》,《国风》1923 年第 3 卷 8 号。

纵观其上，在唐至清代的整个历史时期，对于玄言诗“格高而趣异”的评价，是较为公允的。它不仅表明了中国诗学批评传统中重格调这一现象，同时也表现了玄言诗本身的“趣异”，同时也是解释“趣异”而不取的原因。玄言诗并非如我们所想在唐至清代饱受非议与否定，实则，对于玄言诗批评的真正转向，恰好始于民国时期。

第三章 民国时期:新文学史观下的批评

民国时期的诗学理论比之明清更为发达和系统化,其理论的来源也多元化。民国时期明显受到西方文学思潮的影响,对于文学现象批评视野更为广阔。这一点,我们从朱自清先生《诗言志辨·序》中可窥一斑:

> 西方文化的输入改变了我们的"史"的意念,也改变了我们的"文学"的意念。我们有了文学史,并且将小说、词曲都放进文学史里,也就是放进"文"或"文学"里。①

对于民国时期玄言诗风的研究,在余恕诚主编《中国诗学研究》的第五章有20世纪两晋诗歌研究的概述。② 黄霖先生主编的《20世纪中国古代文学研究史·诗歌卷》中第六章对于玄言诗的近百年来的研究整理,简明扼要地展示了百年来对于玄言诗的讨论。③ 但对于民国时期的研究成果,整理还是非常有限,仅仅列举了章太炎、黄侃、刘大杰等先生对于玄言诗的零星看法。这样的叙述,在直观上很容易让我们觉得在民国时期对于玄言诗的研究亦是寥寥无几。但事实并非如此,民国时期,对于玄言诗研究应该说具有一些有利条件,也提出一些看法,甚至这些研究成果今天都尚可借鉴。

在民国时期,掀起了一股对于魏晋时期哲学、艺术、文学等方面的研究热

---

① 朱自清:《诗言志辨》,开明书店1947年版,序。

② 余恕诚主编:《中国诗学研究》,福建人民出版社2006年版,第96—97页。

③ 黄霖主编:《20世纪中国古代文学研究史·诗歌卷》,东方出版中心2006年版,第168—199页。

潮，这一热潮的现象与当时西方思潮的自然主义、日本文学思潮、文学史观念的引入，也与西方对于东方老庄的哲学研究有关。在民国期间，出版了大量的文学史、批评史、诗歌史以及魏晋文学的研究著作。民国时期的玄言诗研究大都表现在这些魏晋文学、哲学、自然主义以及诗歌文学史、批评史之中。民国期刊，目前对其刊目整理已有《1833—1949 全国中文期刊联合目录》（书目文献出版社，1981 年），而期刊篇目整理可以参阅《中国近代期刊篇目汇录》（上海人民出版社，1965 年第 1 版，1980 年第 2 版），但据其说明，此书只汇录了 1857 年至 1918 年来的期刊篇目。而 1919 年到 1949 年以来的期刊篇目则尚未有人整理。而关于文学研究的主要期刊，以笔者之有限阅读，有《小说月报》《新青年》《大公报・文艺副刊》《新月》《国文月刊》《华文月刊》《现代文学评论》等。此外，文学史以及诗歌史、诗歌批评史可参阅北京图书馆编《民国时期书总目》（书目文献出版社，1986 年）以及陈玉堂著《中国文学史书目提要》（黄山书社，1986 年）。民国资料一方面还未能得到全面整理，许多资料无从查阅，而另一方面许多资料所存稀珍，亦未影印出版，只得望空兴叹。笔者只能凭有限阅读，条分缕析。就其经眼之书目，民国时期大量的研究专著中较为重要的涉及魏晋玄言诗研究的著作有：

曾毅《中国文学史》上海泰东图书局（1915）
刘师培《中国中古文学史讲义》（1917）①
张之纯《中国文学史》商务印书馆（1918）
朱希祖《中国文学史要略》（1920）
刘毓盘《中国文学史略》古今图书店（1924）
谭正璧编《中国文学史大纲》泰东图书局（1925）
徐嘉瑞《中古文学概论》上海亚东图书馆（1925）
胡怀琛《中国文学史略》海梁溪图书馆（1926）
盐谷温《中国文学概论》朴社（1926）

---

① 此书时期断为 1917 年是据《刘申叔先生遗书》中载钱玄同《左庵著述系年》。（参见刘师培：《刘申叔遗书》，江苏教育出版社 1997 年版，第 13 页。）

胡适《白话文学史》上海书店(1928)
李维《诗史》东方出版社重印(1928)
顾实编《中国文学史大纲》商务印书馆(1929)
胡怀琛《诗歌学 ABC》世界书局(1929)
陈冠同编《中国文学史大纲》上海民智书局(1931)
儿岛献吉郎《中国文学概论》胡行之译述,北新书店(1931)
郑振铎《插图本中国文学史》(1932)
陈家庆《汉魏六朝诗研究》安徽大学出版组(1934)
容肇祖《中国文学史大纲》朴社(1935)
陈钟凡《汉魏六朝文学》商务印书馆(1935)
儿岛献吉郎《中国文学研究》胡行之译,上海北新书局(1936)
郭伯恭《魏晋诗歌概论》商务印书馆(1936)
青木正儿《中国文学发凡》郭虚中译,商务印书馆(1936)
徐嘉瑞《近古文学概论》北新书局(1936)
朱东润《中国文学批评史大纲》开明书店(1944)
陈安仁《六朝时代学者之人生哲学》正中书局(1946)
郭麟阁《魏晋风流及其文潮》重庆红蓝出版社北平分社(1946)
刘永济《十四朝文学要略》中国文化服务社(1946)
罗根泽编著《魏晋六朝文学批评史》商务印书馆(1947)
萧望卿《陶渊明批评》开明书店(1947)
钱锺书《谈艺录》开明书店(1948)

而就诗话方面的著作蒋寅《清诗话考》中附录《民国诗话》一章、张寅彭主编《民国诗话丛编》可供参考。

诸多著作之中,多有对魏晋清谈、玄学思想的辨析与研究,其中亦不乏精当的论断。也正因为如此,民国时期的玄言诗研究比清代以前也显得较为丰富,观点角度都颇有可取之处。本章试从其“玄言诗”概念的发展使用、玄言诗研究的主要成就两个方面对民国时期的玄言诗研究进行综合介绍。

一、民国时期"玄言诗"概念使用

民国时期魏晋玄言诗风研究没有兴起这一观点是不确切的，造成这种直觉的原因在于：当时来说，对于魏晋时期玄言诗风所代表的诗歌，学界尚未形成一个统一的概念。因此，对于民国时期这种诗歌风格的探讨中，大家都在自身叙述方便之时冠予了不同的名称定义。"玄言诗"一词来历，一般认为首先产生于萧望卿先生《陶渊明批评》一书中的使用：

> 楚辞底泉流不甚显著，而玄言诗底影响就只在说理一方面。①
>
> 《荣木》我不能不说他是一首坏诗，陶渊明底心灵是各种思想与错综复杂情感的大汇流（当然也不只他如此）。忧勤自任的思想兴起时，受玄言诗和诗经格调、空气的支配，就扩大了，别方面的性质因而隐没。②
>
> 他在四言诗中说理的尝试是异常失败的，里面摇曳着玄言诗的阴影。③
>
> 《劝农》是《怀古田舍》所说的，"秉耒欢时务，解颜劝农人，"不过，仍旧承受雅与玄言诗底影响，笑颜因而掩去了大半。④
>
> 形影神有玄言诗的影响，《归园田居》第一首仅仅二十句，竟有十四句是对偶的。⑤

此书由开明书店1947年印售，朱自清先生为此书作序。《序》文中也使用了"玄言诗"这一概念。其序文如下：

> 陶诗显然接受了玄言诗的影响。玄言诗虽然抄袭《老》《庄》，落了套

---

① 萧望卿：《陶渊明批评》，开明书店1947年版，第32页。
② 萧望卿：《陶渊明批评》，开明书店1947年版，第45页。
③ 萧望卿：《陶渊明批评》，开明书店1947年版，第45页。
④ 萧望卿：《陶渊明批评》，开明书店1947年版，第48页。
⑤ 萧望卿：《陶渊明批评》，开明书店1947年版，第79页。

头,但用的似乎正是“比较接近说话的语言”。①

但这并不是“玄言诗”一词最早的使用记录。实则,萧望卿《陶渊明批评》一书是由《陶渊明历史的影像》《陶渊明四言诗论》《陶渊明五言诗的艺术》三文结集而成,其书付梓之前,三文已连载发表于当时西南联大主办《国文月刊》1945 年第 38、39、40 期。《国文月刊》1945 年总第 39 期《陶渊明四言诗论——“陶渊明”的第二章》一文中就出现了“玄言诗”这一概念:

> 而《停云》和《归鸟》露出一种新俊的气息,和嵇康底四言诗有近似的地方,特别是他们都创造出一种新的旋律。楚辞底泉流不甚显著,而玄言诗底影响就只在说理一方面。②

《陶渊明批评》一书中其他地方出现的“玄言诗”这一概念皆可在《陶渊明四言诗论》《陶渊明五言诗的艺术》文中找到。这样看来,萧望卿比朱自清先生使用这一概念更早无疑,但萧先生是不是最早提出这一概念之人,笔者对民国资料阅读有限,现在还是不敢贸然断定。一来,据文中叙述语气来看,“玄言诗”概念似已流行,故作者并未加以注释解说;二来,民国“玄言诗”这一概念与今之“玄言诗”概念内涵实则大有不同。另外,萧望卿、朱自清使用这一概念之前,“玄言”一词使用于诗歌已经出现。1910 年文瑞楼印本章太炎《章氏丛书》收《国故论衡·辨诗》一书中言及:

> 世言江左遗彦,好语玄虚,孙、许诸篇,传者已寡,陶潜皇皇,欲变其奏,其风力终不逮。玄言之杀,语及田舍,田舍之隆,旁及山川云物,则谢灵运为之主。③

---

① 萧望卿:《陶渊明批评》,开明书店 1947 年版,序。

② 萧望卿:《陶渊明四言诗论——“陶渊明”的第二章》,《国文月刊》1945 年总第 39 期。

③ 章太炎:《国故论衡》,《章氏丛书》,文瑞楼 1910 年版。又可参见庞俊、郭诚永:《国故论衡疏证》,中华书局 2008 年版,第 424—425 页。

而章太炎高足黄侃先生讲其章氏之学，其著《诗品讲疏》[1]中，即有：

据檀道鸾之说，是东晋玄言之诗，景纯实为之前导，特其才气奇肆，遭逢险艰，故能假玄言以写中情，非夫钞录文句者所可拟况。[2]

1917年，刘师培在《中国中古文学史讲义》中也提道"惟许询、友遁所作，虽多玄言"。[3] 又据1920年北京大学刊印的朱希祖《中国文学史要略》所记：

此则自晋迄陈，文变略具，孙、许扇以玄言，陶潜革以田园，灵运畅以山水，简文变以宫体，虽雅郑不同，而清绮则一。[4]

朱希祖的观点与章氏的言语相近，而言"玄言""田园""山水""宫体"实则已经皆指其为诗体。此处之"玄言"实与"玄风"同义。东晋玄风之诗，亦有学者不称其为诗，而称为言、语、歌诀之类。此说前面宋代、元代、明代皆有此类称之。郭伯恭1936年在其《魏晋诗歌概论》一书中，就认为，东晋时期的这种诗歌只能称为"歌诀"，而不能称为诗歌。

至永嘉以后的文学主潮，则仍是继承了太康余风。因为永嘉以后的社会环境愈加纷乱，所以当时诗人竞尚浮诞，驰骋玄理，也就愈甚。当时

---

① 黄侃《诗品讲疏》今未见其出版。1927年出版《文心雕龙札记》并无《明诗》一篇。查司马昭晖《黄侃年谱》未见《诗品讲疏》成于何时。查《量守庐学记——黄侃的生平和学术》中黄焯《黄季刚先生遗著目录》中记"《诗品讲疏》山东大学中文系殷孟伦教授有移录本。"（三联书店1985年版，第210页），但亦未明其成书具体时间。查《量守庐学记——黄侃的生平和学术》中录黄焯《黄季刚先生遗著篇目举要初稿》，《文心雕龙札记·明诗第六》载于《华国月刊》二卷十期，时间为"民国十四年十一月"（三联书店1985年版，第186页）。又查《华国月刊》1925年第2期《文心雕龙札记·明诗》，文中有此语"往作《诗品讲疏》，于此辨之甚析，兹录如左。"（第6页）可知，《诗品讲疏》更早于1925年版，特此注解。

② 黄侃：《文心雕龙札记·明诗》，《华国月刊》1925年第2期。

③ 刘师培：《中国中古文学史讲义》，上海古籍出版社2000年版，第63页。

④ 朱希祖：《中国文学史要略》，陈平原编：《早期北大文学史讲义三种》，北京大学出版社2005年版，第274页。

诗坛上的作品，简直与玄学打成一片。孙绰、许询、桓温、庾亮的诗，锺嵘说是平典似道德论，而许、桓、庾三人没有留传什么诗，现在我们无从考知，仅就孙绰所遗的诗看来，他在四言方面，完全走入了抽象的玄谈的一条路，称之为说理的谈玄的歌诀则可，实在不能算为诗。①

这似乎也可以看作是玄言诗的称谓。在民国当时，对于这种诗歌风格，还出现了许多不同的称谓，如下：

1922年，章太炎先生在其《国学概论》中首先使用了"清谈诗"这一概念，其叙述如下：

东晋清谈过甚，他们的"清谈诗"，和宋时"理学诗"一般可厌。他们所做的诗，有时讲讲《庄》《老》，有时谈谈佛理，像孙绰、许询辈都是如此。②

1928年，胡适在其《白话文学史》中使用了"玄理诗"这一概念，其叙述如下：

日本残存的唐朝编纂的《文馆词林》卷一百五十七（董康影印本）载有孙绰的诗四首，很可以表示这时代的玄理诗的趋势。③

大概这个时代的玄理诗不免都走上了抽象的玄谈的一路，并且还要勉力举古简，故结果竟不成诗，只成了一些谈玄的歌诀。④

1931年，陈冠同编《中国文学史大纲》中出现了"说理诗"这一概念。其叙述如下：

这时代说理诗，不免都走上了抽象的玄谈的一路，并且还勉力学古

① 郭伯恭：《魏晋诗歌概论》，商务印书馆1936年版，第26—27页。
② 章太炎：《国学概论》，曹聚仁编，上海泰东图书局1922年版，第120页。
③ 胡适：《白话文学史》，《民国丛书》，上海书店1928年版，第126页。
④ 胡适：《白话文学史》，《民国丛书》，上海书店1928年版，第127页。

简，故结果竟不成诗，只成了一些谈玄的歌诀。郭璞却能运用一些鲜明艳逸的具体象征，来达出一两个抽象的理想，他的游仙诗与仲长统的《述志》左思的《咏史》，都比较可读。①

1933 年，《无锡国专季刊》刊登张人俊《论陶渊明诗》，使用了“玄理诗”，其叙述如下：

渊明文艺上最大之成就，为以写实诗代替以前之玄理诗。②

1935 年，陈钟凡在《汉魏六朝文学》中使用了“玄学诗”这一概念。其叙述如下：

自建武暨于义熙，历载将百，虽比响联辞，波属云委，莫不寄言上德，托意玄珠，遒丽之辞，无闻焉尔，时诗与玄学合而为一，所谓“诗必柱下之旨归，赋乃漆园之义疏”，舍玄学竟无诗可言了。这是玄学诗的最盛时期。③

1946 年，郭麟阁《魏晋风流及其文潮》一书在第十章“永嘉以后文艺之主潮”一节，就曾在探讨中使用了“谈玄诗”：

此山水派之所以代谈玄诗，佛理诗，而称盛一时也。④

1946 年，刘衍文在《雕虫诗话》中使用了“哲理诗”这一概念来分析中国诗歌⑤，把魏晋玄言诗也包括其中，其叙述如下：

---

① 陈冠同编：《中国文学史大纲》，上海民智书局 1931 年版，第 79 页。

② 张人俊：《论陶渊明诗》，《无锡国专季刊》1933 年第 1 期。

③ 陈钟凡：《汉魏六朝文学》，上海商务印书馆 1935 年版，第 69 页。

④ 郭麟阁：《魏晋风流及其文潮》，重庆红蓝出版社北平分社 1946 年版，第 98 页。

⑤ 刘衍文的《雕虫诗话》未见单行印本，张寅彭收入《民国诗话丛编》卷六。笔者断其成书为 1946 年版，是据其《雕虫诗话 · 自序》：“民国三十五年暮秋龙游刘衍文序于浙江省通志馆。”

宋代道学兴盛，遂有理学家之哲理诗，顾哲理诗非始于宋也。以余所见，可分六类言之：

一曰概括旧有哲理之语以成韵语者。《诗品》已言及永嘉时之理过其辞，江表诸公更平典似《道德论》。①

这里需要提记一笔，“哲理诗”一词产生较早。1923年《孤吟》中刊载了一篇属名为KT的短文《说哲理诗》，其文大意是反对作哲理诗，犹如文学与哲学之区别，一为感情的，一为理智的。② 1928年孙俍工的《文艺辞典》中就出现了“哲理诗”。③ 在1932年郑振铎的《插图本中国文学史》（1957年再版）也使用了“哲理诗”，他在谈及支遁之诗时说：“支遁在诸和尚诗人里是最伟大的一位。……那样的哲理诗是我们所未之前见的。”④可以看到，在民国时期，“玄言”“清谈诗”“玄理诗”“谈玄诗”“玄学诗”“说理诗”“哲理诗”等这些概念的外延不尽相同。这也反映了民国时期对玄言诗进行研究的角度多有不同，而对这一特殊的诗歌研究还没有形成统一的概念。

这里有几点值得注意：

其一，陈钟凡1935年提出“玄学诗”这一概念，但实则这一概念，当下已经完全让位于专指17世纪英国玄学诗派的玄学诗。但17世纪英国玄学诗早期并没有被翻译成“玄学诗”。

《现代文学评论》1931年1卷第4期中高明译日本学者横川有策《现代英国文艺思潮》，其中就谈到玄学诗：

但是要用诗去具体化一个观念，或寓几许观念在诗的根底里，必然的要起一种困难：这个困难，十七世纪的前半约翰唐（her.John thonne）及其他所谓“纯正哲学派诗人”曾经经验过；现代也便反复着这同样的事。⑤

---

① 刘衍文：《雕虫诗话》，《民国诗话丛编》（第6册），上海书店出版社2002年版，第425页。

② KT：《说哲理诗》，《孤吟》1923年8月1日。

③ 孙俍工：《文艺辞典》，上海民智书局1928年版，第392页。

④ 郑振铎：《插图本中国文学史》，人民文学出版社1957年版，第178—179页。

⑤ ［日］横川有策：《现代英国文艺思潮》，高明译，《现代文学评论》1931年第4期。

此外,1936年《大公报》中《文艺》栏目第135期刊登闻家驷译爱略特(T.S.Eilot)《玄理诗与哲理诗》一文,其中有言道:

> 我在这里要检讨的是玄理诗的定义。诚然,玄理诗不是一个完善的名称,因为它已经被用来指定英国十七世纪前期的一种诗调,并且它的势力范围所及又已包括Marino同Gongora所独具的怪异风格。不过,既遇到这名称,便不得不给它找出一个确切不移的定义来。①

"玄理诗"一词胡适在《白话文学史》中最先使用,从闻家驷译《玄理诗与哲理诗》一文来看,在这里用"玄理诗"一词来专指17世纪的玄学诗。可见1936年前后英国玄学诗派还没有固定用语。

此外,"玄学派"这一概念也有了相应的变化。1937年程伯群编《中国社会思想史》一书,其中第十二章就用"玄学派"来概括魏晋玄学。② 但在1936年的《新术语辞典》中就出现了"玄学派"(Metaphysical School)这一词,并作出了如下解释:

> 英国在十七世纪初叶,有一派诗人,喜在诗中谈大自然,讲哲理,故约翰生(Johnson)称他们为"玄学派"。董尼(John Donne),柯列(Cowley)、苏克林(Suckling)等诗人皆属于此派。弥尔敦(Milton)底前期的诗,也带有这种色彩。③

根据这本辞典前言所言,这本辞典其实是续编,主要收集自1929年以来不断出现的新词汇,这其实为我们管窥"玄学派"这一词的变化提供了线索。对比1929年初编的《新术语辞典》,我们并没有发现"玄学""玄学派"这一类词,这至少可以说明两点:其一,玄学诗从这一时期开始引入中国,并在翻译过程中以"玄学派"作为其命名,但还没有形成一个统一的用语。其二,玄学派

① [英]爱略特(T.S.Eilot):《玄理诗与哲理诗》,闻家驷译,《大公报》1936年5月29日。
② 程伯群编:《中国社会思想史》,世界书局1937年版,第59—63页。
③ 吴念慈等:《新术语辞典》,南强书局1936年版,第913页。

的意义特指并没有得到普及，1937 年程伯群书中使用“玄学派”就可以明了，不过很难说不是对于“玄学派”的借鉴。

《新术语辞典》中并没有出现“玄言诗”，说明就当时西方玄学派的诗，还没有一个明确命名，这一现象只能说明当时玄学派的诗歌尚未大量翻译，未能引起大众关注。通过检阅《民国时期总书目》诗歌部分，我们也可以发现，20 世纪 30 年代至 40 年代，基本没有关于英国玄学诗派的译作专著出版。[①] 这说明这一诗歌风格大多是较为零星的文章，没有形成一种强大的影响力。

1943 年《中德学志》第 3 期《德国的戏剧文学》注引中出现了“玄学诗人”。[②] 1947 年中国大辞典编纂处编的《国语辞典》也收录了“玄学派”一词，其解释吸收了《新术语辞典》的“玄学派”释义，为：

> 英国十七世纪初叶之一诗派，喜在诗中谈自然，讲哲理，弥尔敦前期之诗，即有此色彩。[③]

“玄学诗”“玄学派”最早本是指中国魏晋时期的玄言诗歌与思想，而在 1947 年左右，两词已经渐渐定型专指 17 世纪英国玄学诗派。钱锺书 1948 年出版的《谈艺录》就使用了“玄学诗派”来指英国 17 世纪以邓恩（John thonne）为代表的诗派。这两词的专属化实则可以透露出当时 40 年代新批评思想以及 17 世纪玄学诗译介对于中国当时诗歌艺术的影响。词典的编纂是对于新词的释义以及其意义的规范使用，从这个角度来说，“玄学派”以及“玄学诗”意义的确定无疑是翻译以及规范的结果。事实上，笔者翻阅许多民国辞典，都没有出现“玄言诗”这一词条。“玄言诗”一词的出现，从某种角度上来看，应该不是翻译的结果，而是作为一个与“玄学诗”相区别的概念出现。在萧望卿提出“玄言诗”之前，1945 年 3 月《国文月刊》第 33 期载颜虚心《文心雕龙集注 · 明诗第六》引黄侃《诗品讲疏》“据檀道鸾之说，是东晋玄言之诗，景纯实

---

① 参见北京图书馆编：《文学理论 · 世界文学 · 中国文学》卷（上册），《民国时期总书目》，书目文献出版社 1992 年版。

② 施雷格：《德国的戏剧文学》，常荪波译，《中德学志》1943 年第 3 期。

③ 中国大辞典编纂处编：《国语辞典》，商务印书馆 1947 年版，第 2519 页。

为之前导。"①萧望卿《陶渊明批评》三文中大量引用了当时新批评代表人物瑞恰兹许多观点。结合这些现象，笔者推测以为"玄言诗"这一词的产生与定型，是在黄侃"玄言之诗"的基础上，为了区别 17 世纪英国玄学诗而提出使用的，它一开始就是作为一个比较文学术语而出现的。

其二，从前面这些概念的使用来看，存在一个非常重要的现象。

胡适言其"玄理诗"却又言"并且还要勉力举古简，故结果竟不成诗，只成了一些谈玄的歌诀。"陈钟凡使用"玄学诗"也认为"玄学竟无诗可言了。"陈冠同用"说理诗"却说"故结果竟不成诗，只成了一些谈玄的歌诀。"我们进一步分析发现，这一时期对于这些不称其为诗的诗在时期界定上有一个较为明显的指向。章太炎以东晋清谈过甚，以其"清谈诗"比之宋代"理学诗"。胡适用"玄理诗"来指孙绰时期的诗歌。陈钟凡用"玄学诗"以"建武暨于义熙，历载将百"为最盛时，陈冠同编《中国文学史大纲》中用"说理诗"，亦指太康以后的时期，郭麟阁《魏晋风流及其文潮》中使用"谈玄诗"，书中亦以"老庄告退"为依据，亦指东晋时期。

从这些概念的使用对于这一类诗确有一个大概的界定，虽然不如后期王瑶等人那样明确，但基本重心都放在东晋之诗。这比清代以前的玄言诗批评来看，已经有了明显的变化。可以说，清代以前的玄言诗批评更重视玄言诗风层面上的批评，而民国时期，玄言诗这一概念，已经在玄言诗风这一层面下更集中于东晋时期诗歌的讨论。那么造成这种现象的原因是什么呢？

实则，以上这些概念的使用大都是在"文学史"写作背景下产生的。清代以前，中国从未出现过"文学史"这一概念。文学史的创作，要求以文学形式自身发展为其脉络，我们可以从 1931 年第 4 期《现代文学评论》韦业芜译英国戈斯《文学史作法论》来了解当时对于"文学史"写作中的一些看法：

我冒昧要和他的意见完全不同。正相反，我相信那阻滞英国批评进步者（这里批评还是十分初步的，十分属于经验的）乃是不去应用进化论在这个题目上所放的大光。我相信，对于达尔文与赫伯尔斯塞尔君所证

① 颜虚心：《文心雕龙集注·明诗第六》，《国文月刊》1945 年总第 33 期。

明者加一番明哲的观察之后，应当在学习我们为批评家的专业上，在以一种认真从事的态度来操此业上，都极端地帮忙我们。①

文学史中对于“进化论”的反映，实则反映了文学史对于诗歌的发展也是一种进化性的描述。而这一点，实则与中国传统诗歌的批评中宗《诗》是不相符合的。宗《诗》传统思想带有《老子》所言“道生一，一生二，二生三，三生万物”的哲学观。“道”作为中国哲学中最完满之物，与西方柏拉图之“理式”相仿，分享之物谓之“分有”，是不圆满的。由此，中国宗《诗》的诗学观念中，一直把《诗经》作为诗歌这一艺术门类的理想形态，以正、变观念来看待其自身流变。我们以谢肇淛的《小草斋诗话》为例：

《三百篇》中，庄语、理语、绮语、情语、悲壮语、诘屈语、穷愁语、富贵语无不具。二言、三言、五言、六言、七言、八言、九言、长短言无不具。骚体、赋体、选体、柏梁体无不具。字法、句法、章法、起法、对法、结法无不具。②

这一观点自汉《诗大序》始，它非常形象地展现了中国在传统诗歌批评中更加重视诗歌格调的观念。而这一点自然与“进化论”思想的文学史、诗歌史不相同。笔者前文已经提到，东晋诗歌在宗《诗》的思想传统中，属于“格高而趣异”，但在“进化论”的文学史上，认为它偏离了西晋时期“诗缘情”这一诗歌历史发展的正确方向而短暂盛于百年，自然成为诗歌的一种倒退，由此，在近代文学史的评价中，玄言诗便没有得到认同。尤其是传统批评诗歌中的“格调”，在文学史语境下已经弃而不用。比之清代以前的批评，已经完全在不同的批评环境中，其态度区别十分明显了。

笔者认为，这种批评还有另外的原因。事实上，在明代末期处于国难之危时，对于诗学的主张往往就会要求有其担当。张健先生在《清代诗学研究》中

---

① ［英］戈斯：《文学史作法论》，韦丛芜译，《现代文学评论》1931年第4期。

② （明）谢肇淛：《小草斋诗话》，吴文治主编：《明诗话全编》，江苏古籍出版社1997年版，第6666页。

指出明末时期提出诗歌的“尊经复古”，表明“这一时期诗学所强调的是诗人对于社会政治的干预精神，而不是教化精神”①。强调了一个时期诗学与时代的关系，鲁迅 1908 年《摩罗诗力说》有言：

摩罗之言，假自天竺，此云天魔。欧人谓之撒但，人本以目裴伦（G. Byron）。今则举一切诗人中，凡立意在反抗，指归在动作，而为世所不甚愉悦者悉入之，为传其言行思惟、流别影响，始宗主裴伦，终以摩迦（匈加利）文士。②

诗的战斗精神的提倡，也就自然排斥谈玄一类的诗歌主张，对其批评自然也会受到影响。1931 年第 1 卷第 1 期《现代文学评论》有范争波《民国十九中国文坛之回顾》一文，我们可见当时文学的担当：

总之，民族主义文艺运动，在民国十九年的下半季，只是一个短短的时期，然而，这一运动的进展，是火一般的在中国文坛上飞跃，他是获得了相当的成功。③

在这样的一种社会局势之下，对于玄言诗的评价亦迥别于清代以前，但我们还是应该看到，民国时期对于玄言诗的批评，是中国传统诗学批评与文学史批评的并存现状，这就决定当时的批评还是多元的，否定之声亦多表现为一种社会担当的批评。民国时期的玄言诗重视其历史文化背景与诗歌的关系这一点还是值得肯定的，而对于玄言诗艺术自身的发展以及对于后来诗歌创作的影响虽然重视较少，但自 80 年代以后，这一角度得到了重新重视。因此，玄言诗歌的批评与研究，民国时期还是有一些值得借鉴的研究成果。

---

① 张健：《清代诗学研究》，北京大学出版社 1999 年版，第 16 页。
② 周树人：《摩罗诗力说》，《鲁迅全集》第 1 卷，人民文学出版社 2005 年版，第 68 页。
③ 范争波：《民国十九中国文坛之回顾》，《现代文学评论》1931 年第 1 期。

二、民国时期玄言诗研究主要成绩

民国时期不仅使用了不同概念对玄言诗进行研究,其研究方向与深度也值得我们学习与重视。下面,我们对一些玄言诗研究的主要成果进行归纳。

这里先就民国时期对于郭璞游仙诗、东晋僧诗、《兰亭集序》及《诗》作一个简单的介绍。

民国时期对于郭璞的研究,基本上文学史著作都会涉及。文学史对于东晋诗歌的态度是明显偏低,认为在西晋"诗缘情"的诗歌发展脉络之后,东晋实则是一种偏离。由此,郭璞、谢混、陶渊明便成为东晋唯一可提及的诗人。这样的评价,实则也符合刘勰、锺嵘的批评态度。其中有一些更为细致的研究,则列举如下。

胡适 1928 年《白话文学史》对于郭璞的游仙诗的特点进行了总结:

> 只有一个郭璞颇能打破这种抽象的说理,改用具体的写法。他的四言诗也不免犯了抽象的毛病。如他的《与王使君》的末段……但他的五言《游仙诗》便不同了。……这些诗里固然也谈玄说理,却不是抽象的写法。①

正如胡适所言,古诗确实不适合说理。而郭璞之诗较之与其他玄言诗,较为形象。郑振铎先生 1932 年版的《插图本中国文学史》是对魏两晋文学分析较详细的一部文学史。其中对于郭璞的批评态度,一方面他坚持了自锺嵘《诗品》中的"乖远玄宗"这一说法。但对其"游仙"这一特点来看,郑振铎的观点还是倾向于他富有游仙的思想。另一方面,他认为"璞的《游仙诗》十四首,其情调甚类阮籍的《咏怀》"②,但又非阮籍那样极端,"他慕神仙;他羡长生。他歌咏着:'青溪千余仞,中有一道士。云生梁栋间,风出窗户里''中有

① 胡适:《白话文学史》,《民国丛书》,上海书店出版社 1928 年版,第 127—129 页。
② 郑振铎:《插图本中国文学史》,人民文学出版社 1957 年版,第 175 页。

冥寂士，静啸抚清弦。放情凌霄外，嚼药挹飞泉。赤松临上游，驾鸿乘紫烟。左挹浮丘袖，右拍洪崖肩’；他神往于‘神仙排云出，但见金银台。陵阳挹丹溜，容成浑玉杯。姮娥扬妙音，洪崖颔其颐；升降随长烟，飘飖戏九垓’的境地，他想望着要‘寻我青云友，永兴时人绝’。”①但这似乎并不是郭璞最主要的表达，郑先生认为，这只是他“寓言十九”。由此，郑振铎先生认为其“游仙”还是着意于“寓言”而并非游仙之乐。由此，他辨别了郭璞与当时其他诗人的游仙诗。以庾阐的游仙诗相较：

庾阐的《采药诗》，又《游仙诗》十首，明是拟仿郭璞的，却不是璞的同类。璞的《游仙》，寄托深远，对于人生的究竟，有恺切的陈述；阐的所述；则只是以浮辞歌咏神仙之乐而已，我们在那里看不出一点诗人的性灵来。②

由此，他认为郭璞的游仙诗是“对于人生的究竟，是真切的陈述”，而庾阐的游仙诗只是纯粹的“歌咏神仙”。梁乙真《中国文学史话》中对于郭璞的看法与郑振铎相同。③ 而李维 1928 年《诗史》中谈道：

何劭字敬祖，陈国阳夏人，司空曾之子，武帝践祚，以为散骑常侍，永康（惠帝）中，初迁司徒，赵王伦篡位，以为太宰，卒袭封朗陵郡公。何义门以其《游仙诗》为游仙正体，郭宏农（郭璞）其变也。④

正变角度来谈郭璞游仙实则明代即有之，不过，明人以《离骚》为其“游仙”之本源，而以曹植为其游仙诗体之正。而李维引何焯《义门读书记》中所论，以何劭为其“游仙”正体。他所举何劭《游仙诗》，是想证明郭璞举其灵变的看法。另外，丁仪《诗学渊源》谈到郭璞，认为：

---

① 郑振铎：《插图本中国文学史》，人民文学出版社 1957 年版，第 175 页。
② 郑振铎：《插图本中国文学史》，人民文学出版社 1957 年版，第 177 页。
③ 梁乙真：《中国文学史话》，元新书局 1934 年版，第 86 页。
④ 李维：《诗史》，民国学术经典文库，东方出版社 1996 年版，第 45 页。

璞《游仙诗》清奇幽逸,不食人间烟火,妙契于心,非学可到。“青溪千余仞,中有一道士”,不觉其拙。“琼林笼藻映,碧树疏英翘”,不嫌其丽。两晋之间,清丽之句,后先辉映,惟璞与嗣宗并驾而已,杨方《合欢》、王鉴《七夕》,虽容貌佚丽,而风神已失,少自然之致矣。①

总的来说,民国时期对于郭璞游仙诗的看法,实则没有突破前人的看法。可以说,至刘勰、锺嵘之后,对郭璞之诗的看法就一路走高,以至“寄兴”之说而完全否定其“游仙”之气。唐时李善,明代贝琼、许学夷、王世贞,清代叶矫然对于郭璞游仙诗多认为其不脱“游仙”之意,评其绮词丽藻却又少“寄兴”之论。而在当下的研究中,普遍认为郭璞游仙诗虽有风寄,但亦未脱尽游仙之气,这是更为中肯的看法。

对于东晋诸僧之诗的评论。郑振铎 1932 年的《插图本中国文学史》对于佛教东渐对诗风的影响有较为细致的研究,特别对支道林,他谈道:

支遁在诸和尚诗人里是最伟大的一位……道林的“文彩风流”,为时人追随仰慕之标的。他的诗是沈浸于佛家的哲理中的,便题目也往往是佛家的。像《四月八日赞佛诗》《咏八日诗》《五月长斋诗》《八关斋诗》等。他的咏怀诗在阮籍《咏怀》、太冲《咏史》、郭璞《游仙》之外,别具一种风趣。像“咏发清风集,触思皆恬愉。俯欣质文蔚,仰悲二匠徂。……无矣复何伤,万殊归一涂。道会贵冥想,罔象掇玄珠。怅快浊水际,几忘映清渠。反鉴归澄漠,容与含道符。心与理理密,形与物物疎”。那样的哲理诗是我们所未之前见的。②

郭麟阁 1946 年的《魏晋风流及其文潮》中对于佛教对于文学的影响中提出:

此种以佛语佛理入诗,实辟一新境界,影响于中国文学至深至巨。南

① 丁仪:《诗学渊源》,《民国诗话丛编》(第 3 册),上海书店出版社 2002 年版,第 170 页。
② 郑振铎:《插图本中国文学史》,人民文学出版社 1957 年版,第 178—179 页。

朝诗人如谢灵运、颜延年、王融、沈约等，莫不耽心内典，著于篇章。梁武帝不惟作赞佛诗，且弃位出家，佛教支配当时之思想界于此可见。①

郑振铎之评，尚可见对于支遁的肯定，但这是放之于“哲理诗”的层面上。而郭麟阁之评，首先肯定了佛理入诗对中国诗学的影响，同时指出了他对于后人的影响，这一点可以说是呼应了明代人的观点。应该说，对于东晋支氏之诗，他们都是持肯定态度的。民国时期“文学史”普遍谈到佛教对于中国文学的影响，对于这种诗的评价，一般都以“佛理诗”而加以评论。另外，一些观点零星提及孙绰、袁宏等人，丁仪《诗学渊源》对于孙绰提道：

绰字兴公。……《兰亭集诗》状物言情，颇极其致，《秋日咏怀》音节从容，自饶远趣，《碧玉歌》情景宛然，是谓六朝金粉语，然与齐梁艳体，又自不同也。②

丁仪对于孙绰的《兰亭之诗》是较肯定的。《兰亭诗集》的看法，黄侃《诗品讲疏》中提到：

若孙、许之诗，但陈要妙，情既离乎比兴，体有近于伽陀，徒以风会所趋，仿效日众，览《兰亭集诗》，诸篇共恉，所谓琴瑟专一，谁能听之？达志抒情，将复焉赖？谓之《风》《骚》道尽，诚不诬也。③

黄侃以为，孙、许之诗，情离比兴，体近似偈。由此，是为《风》《骚》道尽，言其为诗之变风。黄侃的看法，正好反映了民国时期诗歌批评遵循传统的表现。

对于《兰亭序》，民国时期文学史有一明显的变化。早期的文学史都提及《兰亭序》文而加以评论，而后期的文学史中，则提及甚少。胡怀琛《中国文学史略》：

---

① 郭麟阁：《魏晋风流及其文潮》，重庆红蓝出版社北平分社 1946 年版，第 94 页。

② 丁仪：《诗学渊源》，《民国诗话丛编》（第 3 册），上海书店出版社 2002 年版，第 171 页。

③ 黄侃：《文心雕龙札记 · 明诗》，《华国月刊》1925 年第 2 期第 10 卷。

清谈之影响于文学也。晋人由《老》《庄》之学说,变而为清谈,其人生观大抵以放荡形骸,毁弃礼节为务。此种思想,形于文学,如嵇康《养生论》,刘伶《酒德颂》,王羲之《兰亭序》等,是其代表也。①

马一浮对于《兰亭序》有一番溢美之辞:

《兰亭》一序,不独书法妙绝千古,观诸题咏,亦大畅玄风。哀乐相生,古今同致,右军于此深悟无常而不堕断见,甚有般若气分。独惜支道林与斯会,以逸少之高韵,晚而始识支公,愿与结邻,以视元亮之于惠远,攒眉不入,未知孰胜也。刘彦和乃谓"老庄告退,山水方滋",殊非解人语。自来义味玄言,无不寄之山水。如逸少、林公、渊明、康乐,故当把手共行。知此意者可与言诗,可与论书法矣。壬午冬十月,蠲叟记。②

而对于《兰亭》不入《选》的问题,章太炎《国学讲演录·文学略说》中言:

骈散之分,实始于唐,古无是也。晋宋两代,骈已盛行。然属对自然,不尚工切。晋人作文,好为迅速。《兰亭序》醉后之作,文不加点,即其例也。昭明《文选》则以沉思翰藻为主,《兰亭》速成,乖于沉思,文采不艳,又异翰藻,是故屏而弗录。然魏晋佳论,譬如渊海,华美精辨,各自擅场。但取华美,而弃精辨,一偏之见,岂为允当,顾《文选》所收对偶之文,犹未极其工切也。③

章太炎在宋元明清等人之后,又别立新说,以"好为迅速"之文,不合"沉思翰藻"之因,明《兰亭》不入《文选》之理,与前人"《选》立意为宗"的说法相近。但晋、梁评文,多不以迟速为分。《抱朴子·辞义》:"夫才有清浊,思有修

① 胡怀琛:《中国文学史略》,上海梁溪图书馆1926年版,第40—41页。

② 马一浮:《马一浮集》(2册),丁敬涵校点,浙江古籍出版社、浙江教育出版社1996年版,第101页。

③ 章太炎:《国学讲演录》,华东师范大学出版社1995年版,第241—242页。

短,虽并属文,参差万品。"①《文心雕龙·神思》:"人之禀才,迟速异分,文之制体,大小殊功。"②才有清浊、迟速异分。《南史》卷三十四:

延之与陈郡谢灵运俱以辞采齐名,而迟速悬绝。文帝尝各敕拟《乐府·北上篇》,延之受诏便成,灵运久之乃就。延之尝问鲍照己与灵运优劣,照曰:"谢五言如初发芙蓉,自然可爱。君诗若铺锦列绣,亦雕缋满眼。"③

可见,此时品评诗文不以迟速论之,太炎先生之说犹可商榷。今人王澧华在其《两晋诗风》之作中亦指出《文选》不收兰亭的之因,这里附记一笔:

《文选》诗有"公宴"类,颜延年《应诏典水宴》诗入选,但王羲之兰亭会仅为友朋雅集,这是级别不够;《文选》诗有"祖饯"类,潘岳《金谷集作》入选,但兰亭游并无送别祖饯之事,这是内容不符;《文选》还有"游览"类,收录从魏文帝曹丕到梁徐悱等人诗作23首,其中谢灵运一人即得9首,这已没有级别、内容的规定了,但仍未采录兰亭诗一首,这就只能说《文选》的编者是有意摈落了。

《文选》文有"序"类,从总集的《毛诗序》到别集的《王文宪集序》,长到杜预的《左氏传序》,短到石崇的《思归引序》,包括颜延之的同为修禊的《三月三日曲水诗序》,皆得选入,但为后人一直看到的《兰亭集序》却不得入选,这同样说明,兰亭诗文的旨趣,大异于《文选》编者的口味。这便是一种不选之选,不评之评。④

王澧华认为《兰亭诗》与《兰亭序》为萧统等人因趣味不同所不取,这一看法宋人亦有,但这一看法亦不具有较强的说服力。笔者在此无意纠缠、评量

① 杨明照:《抱朴子外篇校释》(下),中华书局1997年版,第394页。
② 范文澜:《文心雕龙注》,人民文学出版社1958年版,第494页。
③ (唐)李延寿:《南史》,中华书局1975年版,第881页。
④ 王澧华:《两晋诗风》,上海古籍出版社2005年版,第317—318页。

《兰亭序》为何不入《选》的原因。但《兰亭序》为何不入《文选》,实则是伴随着《兰亭序》的文学艺术性在文人心目中逐步受到重视,而对其不入《文选》的理由,前人也参差难定。

(一)玄风与玄言诗风研究

论及魏晋玄谈之流变,玄言诗风之发展,民国诸多著作皆有谈及,此处不能一一详述。这里只能摄其旨要之书。刘师培在1917年《中国中古文学史讲义》中谈两晋之文学,发其幽旨,颇多精彩言论。谈西晋文学,则必以"潘岳""陆机"为首,又补刘勰所未提及之人,以证西晋文学之盛。而言及东晋之文学,则细辨两晋之不同:

> 东晋人士,承西晋清谈之绪,并精名理,善论难,以刘琰、王蒙、许询为宗,其与西晋不同者,放诞之风,至斯尽革。又西晋所云名理,不越老、庄。至于东晋,则支遁、法深、道安、惠远之流,并精佛理。故殷浩、郗超诸人,并承其风,旁迄孙绰、谢尚、阮裕、韩伯、孙盛、张凭、王胡之,亦均以佛理为主,息以儒玄;嗣则殷仲文、桓玄、羊孚,亦精玄论,大抵析理之美,超越西晋,而才藻新奇,言有深致,即孙安国所谓"南人学问,精通简要"也。故其为文,亦均同潘而异陆,近嵇而远阮。①

而言及东晋之诗,则认为:

> 东晋之诗,其清峻之篇,大抵出自叔夜。惟许询、支遁所作,虽多玄言,其体仍近士衡。自渊明继起,乃合嵇、阮之长,此晋诗变迁之大略也。②

1935年陈钟凡在《汉魏六朝文学》中对于汉魏六朝诗学流变进行了分析,提出魏晋人的诗"浅而绮"的特点。举《文心雕龙·明诗》篇说:"正始明道,诗

① 刘师培:《中国中古文学史讲义》,上海古籍出版社2000年版,第56页。
② 刘师培:《中国中古文学史讲义》,上海古籍出版社2000年版,第63页。

杂仙心，何晏之徒，率多浮浅。”这是第一期的变化。又曰：“江左篇制，溺乎玄风，嗤笑徇务之志，崇盛亡机之谈”这是第二期的变化。这两期的变化，皆蒙玄学的影响。同时，认为“‘自建武暨于义熙，历载将百，虽比响联辞，波属云委，莫不寄言上德，托意玄珠，遒丽之辞，无闻焉尔’，时诗与玄学合而为一，所谓‘诗必柱下之旨归，赋乃漆园之义疏’，合玄学竟无诗可言了。这是玄学诗的最盛时期。”①另外，对于东晋诗歌中佛理的渗入，颇有新的角度：

> （诗骚之体尽矣，询、绰并为一时文宗，自此学者悉体之。）盖一时风气所趋，仿效者日益繁多，遂呈诗学界特殊现象。此外尚有江左地理的关系，及时代衰乱的关系，间接影响于文学者亦属不小。②

江左山水胜于北方，文人多有山水雅集，此助玄谈也为原因之一。郭麟阁1946年在他的《魏晋风流及其文潮》一文中，对此即有论述：

> 山水派之所以代谈玄诗，佛理诗，而称盛一时也。加以佛教东播，南朝已有净土宗之兴起，禅院山刹多就风光明媚幽僻寂静之地，故间接引起国人爱自然之趣味。重以当时政治中心移在江南，而江南山川秀丽，风景优美，所以“暮春三月，江南草长，杂花生树，群莺乱飞。”士大夫大抵放浪山水，漱流枕石，学术文艺当然受其同化，如裴秃（案：应作“裴秀”），谢庄之制地图，郭璞之注《山海经》，郦道元之注《水经》，宗炳尝画山水于壁，以供卧游，武梁祠之画，人物小而风景大。至于文人则尤喜描摹景物。③

陈、郭对于玄学之嬗变做了多角度、多原因的归纳，而未简单局限于诗歌思想、风格的不同表现，应该说对于当时玄言诗歌的研究是一种推进。刘永济1946年在《十四朝文学要略》之中，对于六朝诗学之变亦颇有见解，且

① 陈钟凡：《汉魏六朝文学》，上海商务印书馆1935年版，第68—69页。
② 陈钟凡：《汉魏六朝文学》，上海商务印书馆1935年版，第70页。
③ 郭麟阁：《魏晋风流及其文潮》，重庆红蓝出版社北平分社1946年版，第98页。

论证极为丰富。

> 六朝诗学,其流至繁。揆厥所由,莫非时变,要而论之,得六端焉;篡夺相寻,人心摇荡,则风会易移,一也;世尚虚玄,俗竞心得,则意志解放,二也;政失纲维,洁士放失,则寄情物色,三也;佛学西来,宗风大扇,则流及咏歌,四也;加以南都佳丽,山水娱人,避世情深,则匡时意少,五也;中原板荡,恢复难期,晏安可怀,则淫靡斯著,六也。虽规矩同巧,而方圆或乖。兰菊齐芳,而萧艾时见。亦诗家之壮观矣!至其所变,亦有可言。尝试论之:诗之为物,根情苗言,华声实义。四者相需,若神形焉,未可须臾离也。①

如前文所述,刘永济言及东晋之诗,而提出"大氐两晋风尚,江右以放诞为归,弥近嗣宗。江左用名理相尚,微同叔夜。"此说与刘师培东晋之诗观点相似,两者都以嵇康之诗为东晋诗风之始,而刘师培独以"许询、支遁所作,虽多玄言,其体仍近士衡",此论民国之时,并不多见。

除此之外,对于玄言诗风的研究还有一些其他的角度与方法。胡适先生1928年的《白话文学史》就从其文体角度分析了应璩、孙绰诗歌失败的原因:

> 本来说理之作宜用散文。两汉以下,多用赋体,用诗体来说理,本不容易。应璩、孙绰的失败,都由于不能用具体的写法,凡用诗体来说理,意思越抽象,写法越应该具体。仲长统的《述志诗》与郭璞的《游仙诗》,所以比较可读,都只因为他们能运一些鲜明艳逸的具体象征来达出一两个抽象的理想。②

容肇祖在《中国文学史大纲》中就引用了此观点。1925年谭正璧编的《中

① 刘永济:《十四朝文学要略》,中国文化服务社1946年版,第220页。
② 胡适:《白话文学史》,民国丛书,上海书店出版社1928年版,第129页。

国文学史大纲》中,亦提出类似观点:

因为当时人都以清谈入诗,尽失诗之真味,而且诗本抒情,用以达理,已用非其物了。①

此说当然可以追溯到梁代檀道鸾《续晋阳秋》"《风》《骚》体尽",锺嵘《诗品》"平典似道德论"之观点。但檀道鸾、锺嵘还是把孙绰等人的作品看作是另类的诗。不得不说,就其文体角度来说,诗确实是不宜表现说理的,而当时诗风实有说理的倾向,这不仅表现于《老》《庄》思想中,连儒家思想也用此种诗歌来表现,比如阮咸所作的诗歌就是如此。陈钟凡在其《汉魏六朝文学》中分析"咏古派",举曹植《三良诗》、陶潜《咏二疏》《咏三良》《咏荆轲》、颜延之《王君咏》(案:疑作《五君咏》)等诸诗,认为"简直是赞体"。这一观点实则可以结合胡适所谈文体之观点拓展出来,两晋赞体虽多赞人,然亦有杂赞之体。而对于玄理之陈述,何尝不是《老》《庄》、佛理之赞呢?由此,我们可以沿着这一思路提出:当时诗歌的这一叙理化倾向,实则就是对当时"诗言志"这一传统定义的突破,拓展了其诗歌表达的领域。而钱仲联《梦苕盦诗话》对于为什么诗歌不能以入理之疑,倒是有一番合理之论:

沈寐叟《跋支谢诗》云:"老庄告退,山水方滋。此亦一时承流接响之士耳。支公模山范水,固已华妙绝伦;谢公卒章,多托玄思。风流祖述,正是一家。挹其铿谐,则皆平原之雅奏也。"又云:"支谢皆禅玄互证。支喜言玄,谢喜言冥,此二公自得之趣。谢固犹留意遣物,支公恢恢,与道大适矣。"此论造微,前人未发。余欲本寐叟此意,于支谢后取王右丞、柳柳州、袁爽秋及寐叟四家为嗣音,为诗坛别标一帜。六家诗皆根极道妙,消息三幡,于勃窣回穴泓峥萧瑟之际,致其慗理,发其兴趣。昔韩子因文见道,诗独不可为见道因乎?第恐索解人不易耳。②

① 谭正璧编:《中国文学史大纲》,上海光明书局1925年版,第47页。

② 钱仲联:《梦苕盦诗话》,《民国诗话丛编》(第6册),上海书店出版社2002年版,第316页。

钱仲联对沈曾植言支公诗适于大道颇为赞同而欲举支、谢等人以为六家诗极道妙。其言“诗独不可为见道因乎?”钱氏诗“见道”之说,恐非宋诗“天理”之表,实乃《老》《庄》禅理一路。此一问,今日诗学理论亦可引起思考。

余嘉锡《世说新语笺疏》①一书,对于“玄理”的郭璞游仙诗与佛理之关系讨论也是值得我们重视。在《世说新语·文学》注引此条时,有案语:

> 各本“至过江,佛理尤盛”。……且系释家之外篇,无与诗人之比兴。檀氏安得援此一端,概之当世乎?况下文云郭璞始合道家之言而韵之,若必如今本,是谓景纯合佛理于道家也。郭氏之诗以游仙为最著,今存者十余首。道家之言固有之,未尝一字及于佛理也。檀氏安得发此虚言,无的放矢乎?此必原本残阙,宋人肆臆妄填,乖谬不通,所宜亟为改正者矣。②

郭璞文多不存,是不难理解是否有“合道家之辞”之问的,余嘉锡认为郭文缺佚而致后人妄议郭璞诗无佛理,此说也较为公允。而刘衍文《雕虫诗话》谈及玄言诗风之衍变,比之元代熊和提出“虚旷之余习”更有特点,更为深刻。

> 前乎康节,若白香山《读禅经》诗云:“须知诸相皆非相,若住无余却有余。言下忘言一时了,梦中说梦两重虚。空花岂得兼求果,阳焰如何更觅鱼。摄动是禅禅是动,不禅不动即徐徐。”纪河间于《瀛奎律髓》卷四十七中批云:“竟是偈颂,何以为诗?”又该书卷三十九选程明道《和邵尧夫打乖吟》云:“打乖非是要安吟,道大方能混世尘。陋巷一生颜氏乐,清风千古伯夷贫。客求墨妙多携卷,天为诗豪剩借春。尽把笑谈亲俗子,德容犹足畏乡人。”纪又批云:“诗有理足而词不入格者,此类是矣。此派至北

① 余嘉锡先生此书初版为1983年8月,中华书局。但据河北教育出版社编《中国现代学术经典·余嘉锡卷》所著《余嘉锡先生学术年表》所记:1937年,余嘉锡54岁,在辅仁大学开设汉魏六朝文学,《世说新语》研究,从事《世说新语》笺疏工作。余嘉锡1949年以后主要从事考证《东林点将录》及《天鉴录》(1949年),《元和姓纂提要辨证》(1952册),1955年逝世。由此,故对《世说新语》之中笺疏观点列于民国时期研究。(参见刘梦溪主编:《中国现代学术经典·余嘉锡卷》,河北教育出版社1996年版,第489—491页。)

② 余嘉锡:《世说新语笺疏》,中华书局1983年版,第265页。

宋而盛。李习之论王氏《中说》《太公家教》,已知世间必有此种文字。”窃谓此二诗,一言禅机,一谈儒理,皆是永嘉诗风之历史重演,不足以言哲理之诗也。嗣后王阳明之《咏良知四首示诸生》,则复步其后尘,毋怪王船山之厉声斥责也。①

刘衍文指“谓此二诗,一言禅机,一谈儒理,皆是永嘉诗风之历史重演”,可见对于玄风之变而经历代,其源永嘉之风气,亦非独有两晋之盛。钱仲联《梦苕盦诗话》而其论及“两晋”与“宋”,直言“其实两晋玄言,两宋理学,看得牛皮穿时,亦只是时节因缘之异,名文身句之异。”②此说与刘衍文有共识之见。

(二)玄学诗分派

民国时期,不少的文学史都对魏晋时期的诗歌风格提出了派别理论,这一思想是值得重视的,且这一做法对于当下的玄言诗研究是一个极好的启示。对诗歌派别的划分,能让我们更清楚地看到两晋时期的诗歌风格倾向,以及典型的玄言诗表现形态。在诸多分类中,与玄言诗分类最切近的当属陈钟凡《汉魏六朝文学》中的分派。

1935 年陈钟凡的《汉魏六朝文学》中提出了“玄学诗”的分派问题。在讨论了魏晋诗学与思想之后,陈钟凡提出“至当时玄学诗亦别数派,再分述之。”③陈钟凡把玄学诗共分为四派:

其一,忧愤派。所谓忧愤派,陈钟凡认为“当魏晋之际,王室孤立,权臣专恣,有身事乱朝,常恐遇祸,因作诗述志者。”④他举阮籍《咏怀八十一首》(案:应作《咏怀八十二首》,下同)为例,引锺嵘《诗品》“咏怀之作,……言在耳目之内,情寄八荒之表。……颇多感慨之词,厥旨渊放,归趣难求。”又引沈德潜《说诗晬语》“阮公咏怀,反复零乱,兴寄无端,和愉哀怨,俶诡不羁,读者莫求

① 刘衍文:《雕虫诗话》,《民国诗话丛编》(第 6 册),上海书店出版社 2002 年版,第 426 页。
② 钱仲联:《梦苕盦诗话》,《民国诗话丛编》(第 6 册),上海书店出版社 2002 年版,第 208 页。
③ 陈钟凡:《汉魏六朝文学》,上海商务印书馆 1935 年版,第 70 页。
④ 陈钟凡:《汉魏六朝文学》,上海商务印书馆 1935 年版,第 70 页。

归趣。”进而,认为其阮籍《咏怀诗八十二首》“大抵皆忧时愤激之言,阮公身当乱世,进退皆难,不知何以自处,故发愤咏此诗。”陈钟凡认为忧愤派的特点是“皆抗志浮云,远游登仙之想,仍不脱道家色彩,但与厌世派之置一切人事于不顾者不同,故名之为忧愤派。”①

其二,厌世派。陈钟凡认为“这派诗人,见世事毫无可为,遂视人间如陷阱,名利如网罗,急思委之而去,别觅一安身栖遯之所。”举何晏《拟古》《失题》、嵇康《赠秀才入军诗》《答二郭》为例。认为“他们激于乱世混浊,更从而推波助澜,遂放情曲蘖,自甘沉溺,聊且借以排除忧思,消遣年华已耳。他们因为厌世,对于人世上一切旧制度,皆所厌弃,故起而菲薄礼法,轻视名节,一时闻风兴起,竹林七贤为其巨擘,视刘伶《酒德颂》一文,足以代表其思想,要皆标榜《老》《庄》之玄学,反抗孔孟之儒学的。”②

其三,达观派。陈钟凡认为“前两派诗人,因愤世而至于厌世,其行为虽荒诞不经,而其情实可悲悯。吾人试思,吾身既需衣食以为生,人缘岂能尽行断绝?人事既不可绝,随俗又不甘心,因之更有达观一派。”举王羲之《兰亭集诗》、谢安《兰亭集诗》,认为“其他孙统、曹茂之、桓伟、魏滂、孙绰等皆有《兰亭集诗》,其词皆优游暇裕,与前两派人之烦忧闷郁者不同。”③

其四,理想派。认为“前述三派,虽其态度有悲观、乐观之分,而同属于消极一流,更有积极描写其理想境界,为安心立命之地。”④举郭璞《游仙诗》为例。提出“此派诗人虽遗世冥想,蝉蜕尘寰,然能驰域外之观,抗陵霄之志,与前数派之纯然消极者不同。”⑤

陈钟凡除诗歌中对于道家思想的撷取不同而作四派之分,同时,亦提出超然于玄学范围之外,仍规旧制而做诗的,更有咏古派与拟古派。所谓“咏古派”,诗专以古人、古事、史事为对象。认为这类诗歌特征:“后人对于这三类的诗,每多过分的称赞;依我看:这第一类简直是赞体,第二类是论体,第三类

---

① 陈钟凡:《汉魏六朝文学》,上海商务印书馆 1935 年版,第 70—72 页。
② 陈钟凡:《汉魏六朝文学》,上海商务印书馆 1935 年版,第 72—73 页。
③ 陈钟凡:《汉魏六朝文学》,上海商务印书馆 1935 年版,第 73—74 页。
④ 陈钟凡:《汉魏六朝文学》,上海商务印书馆 1935 年版,第 75 页。
⑤ 陈钟凡:《汉魏六朝文学》,上海商务印书馆 1935 年版,第 75 页。

是用典，皆非诗之正轨，就算不得是上乘了。"①而所谓"拟古派"，诗是专门模效古人，影射古人或古事而作的。

陈钟凡对于魏晋诗歌的流派划分可谓细致。从其划分来看，很明显他把"玄学诗"作为当时一种普遍存在的玄学思想为诗歌背景之下而作的诗歌区分。就"忧愤派"与"厌世派"的区别也恰当地指出了阮籍与嵇康诗风的不同。而"理想派"与"达观派"也正是游仙诗与今天所定义的玄言诗的两种不同风格。笔者认为，在1935年这样一个文学史写作的初期，能有这样细致的区分，实在难得。更为难得的是，民国时期对于玄言诗的评价，实则肯定层面并不多。而陈钟凡对于这种玄学诗风影响下的诗歌批评，却持有一个谨慎态度。其文中叙述道：

> 以前三派玄学诗与后两派效古诗，其价值孰优孰劣？这个结论，非我一个所能武断遽定。我只能说：前者是受当时思潮所趋使，是时代精神的产物，后者是反抗当时思潮，古调独弹的作品。②

在他看来，玄学诗中的"理想派"自刘勰、锺嵘之后，就普遍获得好评，而其"前三派"风格，尤其是许询、孙绰为代表的"达观派"则是备受责难，陈钟凡以"是时代精神的产物"一语，就比之以"正变"法则评玄言诗风要高明许多，或者说客观许多。陈钟凡对于此派的批评中，摆脱了历代诗评的影响，分析了这种诗歌颇受争议的原因：

> 但是文学中抒情、悲观容易引起读者同情，乐观就不能如此。加以他们这派恬憺之词，诸篇一致，使人读之，了无余味。所以这派诗不为后人所传诵，甚且斥之为"风骚体尽"，也不算过分之词啊。③

---

① 陈钟凡：《汉魏六朝文学》，上海商务印书馆1935年版，第76页。
② 陈钟凡：《汉魏六朝文学》，上海商务印书馆1935年版，第77页。
③ 陈钟凡：《汉魏六朝文学》，上海商务印书馆1935年版，第74页。

“风骚体尽”之评确不过分。但历代诗评，孰又能脱离“风骚”而评诗呢？陈钟凡虽然承认了这一诗派的“风骚体尽”，但并没有多加责苛，也没有受到传统批评的约束，以“前者受当时思潮所驱使，是时代精神的产物”，客观地评价了这类诗的历史意义，而“其价值孰优孰劣？这个结论，非我一个所能武断遽定”一语，颇有对前人之评不敢苟同之意。

陈钟凡对于魏晋玄学诗的这一分类，对于当下玄言诗研究具有重要的借鉴意义。纵然在民国之时，亦有不少人提及分类之情况，而未有他这样的细致。这里笔者再列举其他几个关于魏晋文学的分类。1917 年刘师培的《中国中古文学史讲义》提出：

> 魏代自太和以迄正始，文士辈出。其文约分两派：一为王弼、何晏之文，清峻简约，文质兼备，虽阐发道家之绪，实与名、法家言为近者也。……一为嵇康、阮籍之文，文章壮丽，总采骋辞，虽阐发道家之绪，实与纵横家言为近者也。此派之文，盛于竹林诸贤。溯其远源，则阮瑀、陈琳已开其始。惟阮、陈不善持论，孔、王虽善持论，而不能藻以玄思，故世之论魏晋文学者，昧厥远源之所出。今征引群籍，以著魏晋文学之变迁，且以明晋宋文学之渊源。①

1924 年徐嘉瑞在《中古文学概论》提出：

> 晋代文人可分两派：第一派是玄理派，如“竹林七贤”，专谈玄理，感情解放，思想自由。雕刻藻饰的风气，自然为所不取，所以嵇康阮籍的诗，还不见十分雕琢。到了晋末的陶潜，更是超出流俗，纯任自然，替玄理派放绝大的光明。（《诗评》云：“陶潜源出应璩”可谓梦语。）
>
> 第二派还是承辞赋派的遗传，推波助澜在太康时代。（《文心雕龙·明诗》曰：“晋世群才，稍入轻绮。张潘左陆，比肩诗衢。”）②

---

① 刘师培：《中国中古文学史讲义》，上海古籍出版社 2000 年版，第 32 页。

② 徐嘉瑞：《中古文学概论》，上海亚东图书馆 1924 年版，第 158 页。

1946 年刘永济在《十四朝文学要略》则提出：

> 大氐两晋风尚，江右以放诞为归，弥近嗣宗。江左用名理相尚，微同叔夜。而识者多许嵇生为论宗，推阮公为诗杰。①

在这些分类中，大致把当时的文学分为两类：其一是玄理派。专谈玄理，思想自由，诗歌风格清淡玄远，弥多恬淡之辞，平典似道德之论，这一派自西晋嵇康为其发源，而东晋独盛。其二是词藻派。诗文丽词俳句，巧以形构。是为西晋太康文学之典范。刘师培这一分类影响可谓巨大，被后来的大多数学者所接受，成为一种流行的分类方式。

（三）诗与宗教、人生问题

诗歌与宗教之关系，是为中国诗学理论最薄弱处，尽管对于禅宗诗歌的研究当下已有不少，但在文学史、诗歌批评史研究中，宗教一维的诗歌批评却始终未有定论。可以这样说，中国诗学批评中始终缺席宗教一维。民国之时，诗歌与人生、诗歌与宗教的探讨已经出现，这一角度是值得我们继续深入思考的。

1926 年张仕章编《中国古代宗教诗歌集》，列夏商周诸诗、《诗·颂》、汉代屈宋诸文为其宗教诗歌。② 这是民国时期较早对中国宗教诗进行研究的著作。而对于魏晋时期的宗教文学研究，胡怀琛 1926 年在《中国文学史略》中提出：

> 清谈之影响于文学也。晋人由《老》《庄》之学说，变而为清谈，其人生观大抵以放荡形骸，毁弃礼节为务。③

胡怀琛 1930 年在其《中国文学评价》中，对于中国人生文学进行了研究，

---

① 刘永济：《十四朝文学要略》，中国文化服务社 1946 年版，第 224 页。

② 参见张仕章：《中国古代宗教诗歌集》，上海广学会 1926 年版。

③ 胡怀琛：《中国文学史略》，上海梁溪图书馆 1926 年版，第 40—41 页。

认为中国人生文学可分为“原有的人生文学论”与“新的人生文学论”。

人生文学论又分两种。中国原有的人生文学论和新的人生文学论不同。新的人生文学论,大概是说:文学是人生的表现,所以文学以人类的实现生活为背景。中国原有的人生文学论,大概是以文学为人类的指导者,感化者,故以虚拟的理想人格,理想社会为背景。结果,新的人生文学重在写实,而不讳宣布人类的劣迹和丑态。原有的人生文学论不重写实,而注意于隐恶扬善。两种说法,绝对不同。中国原有的人生文学论虽为今人所不取,但是既有这样的一种说法,我们批评中国文学的人也不可以一笔抹杀他。①

从此一角度出来,中国原有诗歌人生论的“理想性”,也约束了它对于文学艺术的一种批评态度,这是中国传统诗学“风教”的一种特征。由此,胡怀琛认为“中国原有的人生文学论的大概情形,就是把诗乐连在一起讲,而又把诗礼或礼乐拿来对举。”②这一观点看到了传统诗学批评的核心正是其理想性的指导意义。

胡怀琛对人生文学论的讨论是比较哲学层面上的,但对于理解民国时期中国诗学由传统观念向新的观念转变非常有意义。正是中国传统诗学重风教的理想性,由此诗学批评中也是非常重视“温柔敦厚”的理想性诗风。但这种分析对于文学诗歌史,尤其对于魏晋诗歌的讨论则相去甚远了。而陈冠同1931年编的《中国文学史大纲》中,就其玄学与人生观的讨论,有所涉及:

两晋六朝的思想界,因为两汉经生破碎支离的反动,时世丧乱的影响,发生一种“厌世的乐天主义人生观”。一面极端的悲观,一面从悲观里找快乐,这所谓“玄学”。同时,另外有一种思潮从外国输入的,便是佛教。佛教虽说汉末传到中国,但认真研究教理组成系统,实自鸠摩罗什以

---

① 胡怀琛:《中国文学评价》,上海华通书局1930年版,第24—25页。
② 胡怀琛:《中国文学评价》,上海华通书局1930年版,第62页。

后，这“玄学”与“佛学”在这时代文学作品的诗歌中，充分表现出来。[①]

陈冠同认为，所谓“玄学”即是“极端的悲观”而后又在极端的情况下寻找快乐，这颇耐人寻味。1931年《现代文学评论》发表了郑震《宗教思想在中国文学上的影响》一文，认为“这样，宗教思想表现于文学中的，是有两种形态，一是失意的文人借以自求安慰的，一是得意的文人在丰衣足食之余，借此以消闲的。他的出发点并不一致，但他们归宿点却没有两样。”[②]文中介绍了道教与佛教在中国文学中的反映。陈安仁1941年的《六朝时代学者之人生哲学》（1946年版）中，对于六朝时代的人生哲学便有了更为细致的研究。其中讨论到刘琨、郭璞、孙绰、陶渊明的人生哲学。这里不妨略举其大意：对刘琨而言，刘琨人生哲学之思想为厌世，为悲苦，固已明甚。虽然，其厌世悲苦，非为个人之轗轲；而繇国难之无已。郭璞的人生哲学可概括为四：其一，以宇宙为一元的；其二，以恬退为目标的；其三，无真的时间；其四，达观的思想。郭璞既以恬退为目的，则其对于人生抱达观之思想，实势所必然。孙绰的人生哲学中：其一，有神秘的自然主义；其二，感通的报应主义。陶渊明的人生哲学：其一，了悟生死的观念；其二，乐世的观念；其三，理想乡的寄托。[③]

以上的观点大多从其文学大风格中探讨其人生哲学与文学之关系。而真正从人生哲学、宗教角度探讨与诗歌的关系，日本学者儿岛献吉郎1930年的《中国文学概论》（胡行之译述）可谓表现得最为明显。本书分四篇。第一篇论文学本质、功用与价值，文学与政治、道德、宗教、气候风土。第二篇内容论。涉及理知与感情、主观与客观、悲观与乐观、理智文学、感情文学以及诗人人格、态度、与大自然、酒、美人等。第三篇形式论涉及形式底的区别，句法、篇法、体裁的讨论。第四篇为其结论。

儿岛献吉郎认为人的感情就是文学的实体，由此，文学的使命就是为个人发挥个性。能够发挥个性美的文学，就是个性写真。而“个性”之谓，即有个

---

① 陈冠同编：《中国文学史大纲》，上海民智书局1931年版，第76—77页。

② 郑震：《宗教思想在中国文学上的影响》，《现代文学评论》1931年第2卷第3期。

③ 陈安仁：《六朝时代学者之人生哲学》，上海正中书局1946年版，第6—20页。

体性格和民族性格之别。进而,他提出了“我即神,神即我”的思想。认为:

但是世之理想论者,以为文学是超越人间而是神性的东西,把文学底实体归宿于神。可是我们不幸没有宗教底信仰,否认人间以外有神底存在。我们底神人合一论,是主张天地万物本来一体的,神实在我底体内,而存于我底心里,同时宇宙万象,即是一切神底分体。我就是小神,神就是大我。我底躯壳,即为神底的形骸,我底性情,即是神底至尊心。综合我们底的实体,就是大自然底实相。综合我们底真性,就是大尊神底至尊性。①

所以论者以神为文学底实体,我所绝不赞成;倘解神即个性,个性即神,便彼我一致,无所矛盾的了。②

这样的观点,颇有《老》《庄》与般若的精神。事实上,中土文化自晋代以后,便提出了“无情有性”的观点。道生法师提出“一阐提成佛”,“无情有性”就完成了“佛即我,我即佛”这一思想的飞跃,这种佛我转换在禅宗处更为彻底,正所谓“青青翠竹,总是法身。郁郁黄华,无非般若”③,以至万物皆有法性,物我同一的思想更明显。“平常心是道”即谓每一个人都是佛,只不过在于你是否顿觉而已。由此,禅宗的诗歌之境所示在于我与自然的无碍。那么,这一思想的出现表明,儿岛献吉郎认为所有的文学实则都是人的文学,所有的文学都是神的文学,这一命题是不错的。进而,他在书的第六章,便谈到了文学与宗教之关系。

首先,他认为宗教是一种人生学,这一点是比较容易理解的。

佛教有《大藏经》,道教有《道藏》,都是宗教文学底宝典。但们底理想:常在济度众生,净化浊世,仙化俗界。他们底方法,以“自忧愁烦闷的

① [日]儿岛献吉郎:《中国文学概论》,胡行之译述,上海北新书店1931年版,第5页。

② [日]儿岛献吉郎:《中国文学概论》,胡行之译述,上海北新书店1931年版,第6页。

③ (宋)道原:《景德传灯录》,《新修大正藏经》(51册),新文丰出版股份有限公司1983年版,第247页(c)。

凡人生活，引导至安心立命的极乐净土”的一种人生观出之。顾宗教底第一义，在过人生于无事，送百年于安乐：或欲祈愿长寿；或欲念佛免灾，获幸福，并求后世利益；或确信自己处境底不平，欲慰安一身底不遇。所以宗教思想，发生于所谓自力不及底场合，始仰期他力之际的。对这个意味，宗教可称为一种的人生学。那末对于人生底写真文学，人生学底宗教的信念底发露，也当然之事了。这便足知文学与宗教底因缘很是密切的了。①

佛教与道教的目的最后都可以归根于解决人生的问题，这种人生，都还有其理想性。这样一来，确乎可以理解“人生学底的宗教的信念发露”于文学之上，自是平常之事，由此，文学与宗教之关系颇密切。儿岛献吉郎是如何看待儒家文化的呢？在他看来，儒家文化崇尚现实、致世之学：

孔子说人道不语天道，说现世不语未来，常对门人说仁说恕说孝慈，不曾语神言鬼，是由来只孔门文学里底教育伦理，为绝无宗教色彩的了。何况荀子对人道以外，不认天道，以礼为群类底纲纪，以神为人间底道德化底东西，对于儒教伦理到一扫哲学及宗教底价值了。②

儿岛献吉郎认为正是由于儒家彻底摒弃了宗教的意义，使得这种文学中理想性追求缺失，驱于人本性中对于神的依赖，由此，因时代的要求，复归宗教的信仰。所以佛教与道教，在后汉时代前后相互勃兴，遂扶植为中国宗教上的两大势力。应该说，以人类学的角度，来分析东汉时期道、佛两教的兴起是因为宗教维度的缺失，立论虽然大胆，固然有许多有待商榷之处，不过，笔者认为他不失为一个角度的审视。

儿岛献吉郎在文中继续讨论，提出虽然中国文学立根于儒家思想，在感情本位的中国文学界占据主要地位。在宗教与诗人的关系中，自宗教兴起之后，

① [日]儿岛献吉郎：《中国文学概论》，胡行之译述，上海北新书店1931年版，第25页。
② [日]儿岛献吉郎：《中国文学概论》，胡行之译述，上海北新书店1931年版，第26页。

便发生更为微妙的关系。他对于诗人与僧徒提出:

> 虽是中国底文学者,大都是政治界底失败者。所以多数的诗人,饱经世故,有了王维所谓"白眼看他世上人"的态度。于是他们底心理状态,殆都置形骸于度外,而有酷似僧徒之处。柳宗元底嗜浮图为此。韩愈虽排斥佛教,在潮州时常与僧大颠往来亦为此。所以学者虽往往排斥佛教,而诗人多阴与僧徒握手。这也是佛教的文学底顺位在道教之上底缘故。①

就道教文学而言,提出"倘广义的解释道教底思想,那么老庄底虚无思想及方士底神仙养生说,是文学上所遗下来的几多不朽的名作!"②事实上,自魏之后,以《老》《庄》为主的道家、道教思想便逐渐渗透于诗歌之中。儿岛列举了魏晋至唐宋诸多诗人,以明道家神仙思想对于文学的影响之深。

> ……都是以诗与道士交际,或过访,或寄怀,或送别,或留别,写出道士底理想,与实际生活的状态,也可谓一种道教文学。况唐诗仙李白之作,所流露的更以仙风道骨为多。③

佛教对于文学之影响,亦不在少数。儿岛列举晋王齐之的《念佛三昧诗》四首,支遁的《四月八日赞佛诗》、《咏八日诗》三首、《玉月长斋》诗、《八关斋》诗三首,鸠摩罗什、惠远、竺僧度等诗都是。

由此,儿岛献吉郎认为,诗歌表现宗教情结为其人本性中对自我迷失的一种拯救与复归,人在这种宗教性诗歌的咏叹之中,才能找到心灵的平静与理想之境的展现。应该说,宗教与诗歌的关系确实是非常值得重视的,这也是我们传统诗学中所缺乏的,由此,对于儿岛献吉郎的著作,不失为民国时期玄言诗研究的一个亮点,对于当下的宗教与玄言诗的研究颇有启示。

---

① [日]儿岛献吉郎:《中国文学概论》,胡行之译述,上海北新书店1931年版,第28页。
② [日]儿岛献吉郎:《中国文学概论》,胡行之译述,上海北新书店1931年版,第28页。
③ [日]儿岛献吉郎:《中国文学概论》,胡行之译述,上海北新书店1931年版,第30页。

（四）哲理诗背景下的玄言诗研究

民国时期，玄言诗的研究多在两晋玄风的基础上，对于两晋诗歌进行探讨，如“玄学诗”这一概念，基本上就是在玄风的基础进行了玄言诗研究。除此之外，民国时期把两晋时期这种特殊的风格看作“哲理诗”的一种，应为当时最为流行的一种看法。而从说理诗的角度来进行分析，亦不在少数。

胡怀琛对于玄言诗歌的研究，没有什么突出的地方，但他在《诗歌学ABC》中，对于诗歌与哲学思潮的关系所做的分析，却值得提记一笔。他提出了一个时代的诗歌与其同时代的哲学思想之间的必然联系，诗歌是那个时代哲学思想的必然反映：

> 一个时代所流行的一种哲学，确能支配该时代人们的思想，而诗歌又是思想的表现，所以，哲学和诗歌也有关系。不过，哲学和所谓文人的关系较深，和平民的关系较浅，因此“文人诗”跟着哲学思潮而变化的地方较多，“民歌”跟着哲学而变化的地方就少了。中国的哲学思潮，本以周、秦时为最盛，但是，诗歌的变化，却不是以周、秦时为最多。在周、秦时的诗，除了《楚辞》而外，只不过是儒家的诗，就是只合于孔子所主张的温柔敦厚的情感，直到晋、南北朝以后，才有变化。①

他认为最能表现一个时期哲学思想的必然是文人诗，而非民歌。这样的论断放之于两晋时期的玄言诗研究，大体也是正确的。确实，两晋之时玄风的兴盛，确实是文人的一种选择。尽管这也与政治、文化、地理有关系，但文人对于此风的助长实不可回避。胡怀琛对哲学思想的划分是：(1)孔子温柔敦厚的情感；(2)老、庄的玄谈；(3)释氏的觉悟语；(4)宋儒的理学语。应该说，这样的看法，还是看到了三教文化的异质与理学的关系。

如果说胡怀琛对于玄言诗与哲理诗的研究还不够直接，那么，钱仲联在

---

① 胡怀琛：《诗歌学ABC》，上海世界书局1929年版，第78—79页。

1936年的《梦苕盦诗话》[1]中就直接提出:

> 其实两晋玄言,两宋理学,看得牛皮穿时,亦只是时节因缘之异,名文身句之异。[2]

此一观点,可谓洞底烛明。两晋之玄言与两宋之理学,颇多类似之处。虽然此观点在元代之时便有人提出,但响应之人并不多见。钱仲联此结论之后,刘衍文1946年的《雕虫诗话》卷一对哲理诗概括为六类:

> 一曰概括旧有哲理之语以成韵语者。《诗品》已言及永嘉时之理过其辞,江表诸公更平典似《道德论》。
>
> 二曰取用旧有哲理或故实以抒发成诗者。如东坡《和刘道原咏史》云:"仲尼忧世接舆狂,臧谷虽殊竟两亡。"
>
> 三曰宗尚旧有哲理而以新喻参证成诗者。如《白氏长庆集》卷七有《齐物诗》二首:其一曰:"青松高百尺,绿蕙低数寸。同生大块间,长短各有分。长者不可退,短者不可进。若用此理推,穷通两无闷。"
>
> 四曰赏诗者会心独远以情志之抒为哲理之发者。
>
> 五曰诘难旧有哲理或故实而拓展成诗者。
>
> 六曰作诗者参透世情物态道出之人生真谛者。窃以为此乃哲理诗之最难得者。[3]

① 据《民国诗话丛编》(六册)《梦苕盦诗话》编校说明中言:"此书原连载于《中央时事周报》《国专月刊》《国专校友会集刊》等刊物,一九八三年始结集成书。今检《国专月刊》(民国二十四年十月之第二卷第二期至民国二十五年十一月之第四卷第三号),知本书之第一八三则至三〇一则发表于该刊,第一八三则前之部分发表于《中央时事周报》,第三〇一则后之部分发表于《国专校友会月刊》。又据《当代学者自选文库·钱仲联卷》所附《主要著作目录》,《梦苕盦诗话》皆发于1935—1936年《中央时事周报》《国专月刊》《国专校友会集刊》等刊物。"(《当代学者自选文库·钱仲联卷》,安徽教育出版社1999年版,第748页),由此,故断此书为1936年。

② 钱仲联:《梦苕盦诗话》,《民国诗话丛编》(第6册),上海书店出版社2002年版,第208页。

③ 刘衍文:《雕虫诗话》,《民国诗话丛编》(第6册),上海书店出版社2002年版,第425—448页。

刘衍文用“旧有哲理之语以成韵语者”已很明显地表明了他对永嘉诗风的态度，认为其不属于哲理之“诗”的范畴。正如其下文所讲：

盖在搬弄哲学术语，纵属至理名言，亦淡乎寡味，岂得言诗？①

他内心并不认同此类诗为诗，但他并没有否定永嘉诗风是哲理之诗的发源之一。其文中举白香山《读禅经》、程明道《和邵尧夫打乖吟》，认为：

窃谓此二诗，一言禅机，一谈儒理，皆是永嘉诗风之历史重演，不足以言哲理之诗也。嗣后王阳明之《咏良知四首示诸生》，则复步其后尘，毋怪王船山之厉声斥责也。②

由此可见，刘衍文之哲理诗，似把程道明、白香山历来认为的哲理之诗亦加以斥责，认为是永嘉诗风的历史重演。可见，哲理诗风之源本在永嘉他还是认同的，只不过，这些都不是他心目中的哲理诗。那么，刘衍文心目中的哲理诗是什么呢？其所列六种之中，最后一种曰：

六曰作诗者参透世情物态道出之人生真谛者。窃以为此乃哲理诗之最难得者。③

由此，参透世情物态道同之人生真谛，才是哲理之诗。刘衍文对于哲理诗的最后归宿在其人生真谛之上。

前述五种哲理诗，虽有据理立说者，初不免终欲傍人门户也。而此类哲理诗，则一无依傍，全以造化为契机。虽胸中亦时有各种教义充塞其中，而落笔时则已全然一扫而空，诚所谓有理如无、无理却有。不为大言

---

① 刘衍文：《雕虫诗话》，《民国诗话丛编》（第 6 册），上海书店出版社 2002 年版，第 425 页。
② 刘衍文：《雕虫诗话》，《民国诗话丛编》（第 6 册），上海书店出版社 2002 年版，第 426 页。
③ 刘衍文：《雕虫诗话》，《民国诗话丛编》（第 6 册），上海书店出版社 2002 年版，第 444 页。

空言，却极通情达理。①

从此可见，对于第一种不称其为诗，实以自我理想之“哲理诗”为其揭橥。由此，对于他理想的“哲理诗”，最为推崇之诗人为袁简斋。他说：

然不知正由于其不深明哲理，始不为一曲之士，为人所共知之哲理所拘，感触一深，性灵独至，虽解哲理诗之内涵未当，而发抒之哲理则能以俗谛通真谛，于人心有戚戚焉。②

在他看来，通达之人，做诗必有所畏缩，顾虑太多，而其不深明，固可以放开怀抱，以通真俗两谛。而这种评诗之法，亦为沈曾植评诗之法，不过，刘衍文对于哲理诗，明显具有儒家的思想立场，可以刘熙载所谓“理趣”与“乏趣”为总结其对于袁简斋与永嘉之诗的不同态度。

从刘衍文对“哲理诗”的运用上来看，其“哲理诗”一词还是侧重于一种“人生观”的表达。这表现了民国时期“哲理诗”这一概念有较为清晰的辨别。实则，在1936年闻家驷译爱略特的《玄理诗与哲理诗》一文可见，当时用“哲理诗”来指一种关乎人生观的诗歌。其文中言：

一个哲理诗人往往在一种思想的方式里生活着，这时是整个的，有意识的，如同但丁和李克斯，有时是片断的或竟是一种虚拟的理想目标，如同波德莱尔。一个玄理诗人倘若达到卓越的境界，他的思想也呈现着一种哲学的姿态，……不过他□□为已有的特殊理论，如果他真把这理论变为已有了的话，却不一定要同他所表现的是首尾一贯的。邓、爱伦坡和马拉美虽说对于抽象的玄理表示着爱好，但我们又分明知道，他们并不曾如但丁和李克斯那样肯定，那样信仰他们的理论。无论这是他们自创的或是取诸影响力人的。他们是为了一个特殊的目标才去运用这些理论的，

① 刘衍文：《雕虫诗话》，《民国诗话丛编》（第6册），上海书店出版社2002年版，第444页。
② 刘衍文：《雕虫诗话》，《民国诗话丛编》（第6册），上海书店出版社2002年版，第444页。

他们只要广大并净化他们的情绪和感官而已。我们可以说他们的诗，是他们的感觉向着常态世界边沿以外的一种伸展，是一种新事物的发现，而这些新事物，都是最善于在感情上激起新战栗的。①

虽然该文为艾略特所写，但其从翻译用语的角度来看，哲理诗是为一种关乎人生观的诗歌，这一点民国时期是清晰的。艾略特认为“玄理诗”有时也表现为一种人生观，但却更侧重于诗歌艺术性的表现。艾略特区别了“玄理诗”与“哲理诗”，对于玄言诗的分析是有帮助的，笔者后文会提到，玄言诗侧重于一种人生观的表现，可以说，从宏观上是属于哲理诗的一种，而区别于17世纪玄学诗侧重于诗歌艺术手段的表现。

（五）钱锺书中西之评

钱锺书先生博学多识，中西文化具为擅长，其《谈艺录》更是他学术作品的重要代表之一。《谈艺录》成书，据其书中引言为1948年由上海开明书店印行。《谈艺录》中，钱锺书对于玄言诗研究的贡献有两点。其一，提出了玄言之诗有二：晋宋之玄学与宋明之道学。由此，而探讨写作之诗，并打通禅诗，实玄理与诗融通。其二，把17世纪英国玄言诗派与之对比，从而提出玄言学诗派“以巧于取譬（Conceits）著名，顾尚多以事拟理，非理趣之即事即理。”②的观点。而这一观点，不仅首开中西玄言诗派比较研究，同时，也对中国玄言诗当下的研究有着重要的启迪作用。

钱锺书先生对于玄言诗研究提到的研究领域和深度，都是当下玄言诗研究中所较少涉及和突破的。就其第一点，其《谈艺录》言：

胡元瑞《诗薮内编》卷二谓：“禅家戒事理二障，作诗亦然。苏黄事障，程邵理障。”归愚议论，肇端于此。窃谓理趣之旨，极为精微，前人仅引其端，未竟厥绪。高彪《清诫》已以诗言理。此后有两大宗。一则为晋

---

① [英]爱略特：《玄理诗与哲理诗》，闻家驷译，《大公报》1936年5月29日。文中两字因油墨太重，缩印又很小，所以不能识别，故以方框代替。

② 钱锺书：《谈艺录》，中华书局1984年版，第232页。

宋之玄学。如孙兴公诗,不论哀逝赠友,必以“太极”、“太朴”、“太素”、“大造”作冒,真来头大而帽子高者;董京《书壁》之咏两仪刚柔,苻朗《临终》之赋四大聚散。张君祖《咏怀》、庾僧渊《赠答》,数篇跳出,稍有滋味。而《诗品序》概讥之曰:“贵黄老,尚虚谈,理过其词,淡乎寡味”,“平典似道德论”;《续晋阳秋》亦曰:“诗骚体尽。”二则为宋明之道学。尧夫之《打乖》《观物》,晦庵之《斋居》《感兴》;定山、白沙,诗名尤著。而《丹铅总录》卷十九亦讥之曰:“《传灯录》偈子,非诗也。”①

钱锺书先生认为“以诗言理”为晋宋玄学与宋明道学两宗,承袭刘衍文、钱仲联之见。钱锺书对于诗之看法,亦认为诗可言理,但不可无“理趣”。“宋人主理,作理语。诗何尝无理,若专作理语,何不作文而诗为耶?”②此疑即强调了诗、文为两别,而不可以文作诗,以诗言理之两宗皆为理障,此说亦承清人之论。随后,对其玄理之诗,与英国玄言诗派进行比较,首开玄言诗的比较诗学研究,提出:

今人爱略脱(T.S.Eliot)论英国十七世纪玄学诗派(Metaphysical School),谓能以官感领会义理。(A direct sensuous apprehension of thought,-*Selected Essays*,3rd ed,1953,P.286.)实即黑格尔说之绪余。玄学诗派以巧于取譬(Conceits)著名,顾尚多以事拟理,非理趣之即事即理。③

在钱锺书看来,西学之玄学诗派亦“以事拟理”,而非中国诗学中“即事即理”之境界。“以事拟理”,顾名思义,皆堆砌其事,而欲言之理义皆藏于事中。西方诗体,谐韵、长短自有规矩,不同于中土之诗。17世纪玄学诗以事拟理,多以宗教修辞手段为其表现。而中土诗学颇入禅宗思想,以诗入理,即得“即事即理”,理事无碍为其佳者。此说甚合王国维《人间词话》之中“隔”与“不隔”。

---

① 钱锺书:《谈艺录》,中华书局1984年版,第224—225页。
② 钱锺书:《谈艺录》,中华书局1984年版,第224页。
③ 钱锺书:《谈艺录》,中华书局1984年版,第232页。

问"隔"与"不隔"之别,曰:"陶、谢之诗不隔,延年则稍隔矣。东坡之诗不隔,山谷则稍隔矣。'池塘生春草'、'空梁落燕泥'等二句,妙处唯在不隔。①"

所谓"隔",即未做到"即事即理",理事无碍之别。而两晋玄诗,多以藻丽,发乎神想,尽其理想之姿,理事有别。"即事即理"是为"理趣"之体现,认为"理趣之旨,极为精微。"

"理趣"之评,是为钱锺书玄言诗之批评法则。王国维在其《人间词话》之中,对于诗歌之理想与写实,亦颇有见解:

有造境,有写境。此理想与写实二派之所由分。然二者颇难分别。因大诗人所造之境,必合乎自然,所写之境,亦必邻于理想故也。②

综上所见,钱锺书先生别"以事拟理""即事即理",实别中西诗歌事、理审美之不同。

结合儿岛献吉郎等几位前人的看法,玄言诗风的产生,可谓是其特殊的风气使然,于一种悲观的余绪中寻找理想。由此,玄言诗大抵可以看作是表达理想的诗歌。但他与王国维的理想与写实不同,玄言诗在其写作中,以大量玄词概念的堆砌为其创作的表现手段,虽然技法粗糙,但其对于理想的寄托,还是可以体会的。冯友兰《中国哲学史新编》亦精辟地分析了晋之玄学与宋代理学之异同:

道学家们都是批判玄学的,但他们之间的共同之处也还是不少。其共同处是他们都讲到了人的最高的精神境界,即天地境界。贵无论的缺点是它把这种精神境界和社会伦常日用对立起来了,用我在《新原道》的话说,玄学是极高明而不道中庸。宋明道学是教人在社会的伦常日用中

---

① 王国维:《人间词话》,上海古籍出版社 1998 年版,第 9 页。
② 王国维:《人间词话》,上海古籍出版社 1998 年版,第 1 页。

达到天地境界,这就纠正了贵无论的缺点,把中国哲学的发展又提高了一步。①

玄学与道学一样,是为人生境界之反映,所不同的是,玄学把人生与日常生活孤立起来了,而未达"即事即理"的圆融,此可与钱锺书观点相互发明。

与对于17世纪英国玄学诗派的比较研究,实则这里应该提到玄学诗的重新重视与当时对中国新诗的影响。玄学诗派产生于英国的文艺复兴时期,其代表人物约翰·多恩(John Donne)对当时诗体为之新变,引入当时文艺、哲学思潮之风尚,而多取譬而言之,而对其同时期诗人影响很大,其亨利·沃恩(Henry Vaughan)写了一些宗教玄学诗。玄学诗在当时并不为人所重,17世纪后半段的德莱顿评其为"喜用玄学",18世纪的约翰孙博士说他"把杂七杂八的想法用蛮力硬凑一起"。②

当时西方诗学思潮来看,以艾略特、瑞恰慈为代表的新批评运动兴起。艾略特对于17世纪玄学诗派的推崇,可以从1921年所写《玄学派诗人》③一文开始,其对于17世纪玄学诗派的推崇是伴随着新批评诗学的发展,我们可以把新批评发展中主要的著作出版时期罗列如下:

T.S.艾略特《圣林》(*The Sacred Wood*,1917)
瑞恰慈《文学批评原理》(*Principles of Literary Criticism*,1925)
瑞恰慈《科学与诗》(*Science and Poetry*,1926);
瑞恰慈《实用批评》(*Practical Criticism*,1929);
威廉·燕卜荪《含混七型》(*Seven Types of Ambiguily*,1930)
兰色姆《诗歌:本体论笔记》(*Poetry*,*A Note on ontology*,1934)
威廉·燕卜荪《牧歌的几种变体》(*Some Versions of Pastoral*,1935)
瑞恰慈《修辞哲学》(*Philosophy of Rhetoric*,1936)

---

① 冯友兰:《中国哲学史新编》(中册),人民出版社2000年版,第450页。

② 参考王佐良、何其莘:《英国文艺复兴时期文学史》,外语教学与研究出版社2006年版,第246页。

③ 此据赵毅衡编:《"新批评"文集》,中国社会科学出版社1988年版,第34—45页。

退特《关于诗和思想的反动文集》(*Reactionary Essays on Poetry and Ideas*,1936)

兰色姆《世界的肉体》(*The World' s Body*,1938)

退特《论诗的张力》(*Tension in Poetry*,1938)

布鲁克斯、沃伦《怎样读诗》(*Understanding Poetry*,1938)

退特《疯狂中的理智》(*Reasions in Madness*,1941)

兰色姆《新批评》(*The New Criticism*,1941)①

新批评诗学的发展正是中国的民国时期,这一时期对于西方批评的思潮也影响到了中国诗歌。但以笔者所能看到的一些民国期刊为例,在《小说月报》1925年第4期中发表了郑振铎《文学大纲》之《十七世纪的英国文学史》,以及林惠元译、林语堂校《英国文学史》(上海北新书局,1930),金东雷《英国文学史纲》(商务印书馆,1937)这些著作中对于以多恩为首的玄学诗派诗人都只字不提,可见西方新批评流派在当时似乎并没有影响中国多少,只有少数译介文章中提到。《现代文学评论》1931年第4期载日本学者横川有策《现代英国文艺思潮》(高明译),提到了17世纪玄学诗派和兰色姆。

但是要用诗去具体化一个观念,或寓几许观念在诗的根底里,必然地要起一种困难:这个困难,十七世纪的前半约翰唐(her.John thonne)及其他所谓"纯正哲学派诗人"曾经经验过;现代也便反复着这同样的事。例如过于哲学的,知的底批评,总难免于阿巴克罗姆比(Lascelles Abercrambie)。他评了哈代(1912),论了叙事诗(1914),被许为了犀利的批评家;但是这个批评眼和壮时的科学的训练,常使他在诗里留了历史的勉强努力的痕迹。②

事实上,西方新批评主张在西方文艺思潮成为绝对主流,亦是在1945

① 此据赵毅衡:《新批评——一种独特的形式主义文论》,中国社会科学出版社1986年版,第9—16页。

② [日]横川有策:《现代英国文艺思潮》,高明译,《现代文学评论》1931年第4期。

年二战结束以后的事情,综合这些情况来看,新批评的思想虽然从 1930 年以后慢慢开始译介引入中国,这表明新批评所提倡的 17 世纪玄学派诗人的诗歌对于中国诗人的影响也始于 30 年代以后。1935 年《文学季刊》第 2 卷第 3 期,施宏告译了英国瑞恰慈的《批评理论底分歧》一文,1936 年《大公报》中《文艺》栏目第 135 期刊登了闻家驷译爱略特(T.S.Eilot)《玄理诗与哲理诗》一文,这些可以看作是为新批评思想的引入。新批评文艺思潮的影响在燕卜荪来到中国之后更加明显。据吴学光《燕卜荪早期诗学与新批评》一书所记燕卜荪 1937 年至 1939 年,他曾在中国西南联大教学英国文学史及其诗歌。

> 燕卜荪在西南联大任教期间,在其讲课中向学生灌输了艾略特的诗论("非个性化"、"客观对应物"、对十七世纪玄学诗的重新评价)、瑞恰兹的诗论(关注文本、"包含的诗",即"包含冲突和矛盾,像戏剧一样止于更高的调和")以及他个人的诗论(语义分析批评,朦胧)等等,致使西南联大的年轻的诗人们冷落了浪漫主义而热衷于西方现代诗。①

目前国内对于燕卜荪资料的整理还是相当有限,笔者未能见其原稿,不过以燕卜荪与爱略特之间的交往友谊以及他对于玄学诗派的认同态度,他的中国之行是有助于玄学诗派思想在中国的传播。由此,钱锺书先生认为英国玄学诗派是"多以事拟理"而未及"理趣之圆融",以此别中西两者审美不同,就是这一时期的产物。实事上,萧望卿先生《陶渊明批评》一书亦可以看作是中西比较之作。

> 在四言诗里,渊明似乎不曾找到他自己特有的韵律(Personal and individual rhythm)。韵律是内心底音乐,或者说是情感(观念)自然的波动。瑞洽慈(I.A.Richards)在《生命底的控制》里说,"韵律不是玩弄音节,而且反映作者底人格……诗中动人的韵律只是发生于真正被感动的波动

---

① 吴学光:《燕卜荪早期诗学与新批评》,高等教育出版社 1988 年版,第 236 页。

中;并且对于韵律的整理,它比其他的东西更是一种微妙的索引。”①

此文发表于1945年西南联大《国文月刊》总第38期之上,以上可见,此时新批评的思想已经为国人学者所接受。而受到这种新批评影响最深的中国诗派,莫过于当时的“九叶诗派”,其中以穆旦最为知名。孙玉石《中国现代主义诗潮史论》一书中有解读穆旦的《诗八首》有记:

> 穆旦的诗,在思维形式、创作风格和表现方法等方面,深受二三十年代的西方现代派诗人爱尔兰的叶芝,英国的T.S.艾略特和奥登等人的影响,这种影响中的某些方面,如玄学思辨与具象象征的结合,又可上溯至一直为T.S.艾略特所深爱和推崇的十七世纪的英国玄学派诗人们。②

西方玄学诗与中国玄言诗确实存在诸多可以相互比较之处。民国时期,无论是这种由新批评文艺思潮所提倡的玄学诗的复兴,还是新批评本身的诗学理论的接受,都具备了相当的条件。孙玉石在《中国现代主义诗潮史论》中认为:

> 30年代的现代派的诗,多数表现了感情和智性统一追求的趋向。而主智一派诗歌的发展,更是对于“五四”以来哲理诗的更高层面上的超越。诗人把哲理思考完全融化在象征性的意象之中,隐藏在抒情本体的构造深处。③

同时,对于宗教哲学引入诗歌创作中,形成了新的玄言诗歌。

> 宗教文化也是一种哲学。现代派诗人群系中,有些诗人将中国的道

① 萧望卿:《陶渊明批评》,开明书店1947年版,第38页。
② 孙玉石:《中国现代主义诗潮史论》,北京大学出版社1999年版,第388页。
③ 孙玉石:《中国现代主义诗潮史论》,北京大学出版社1999年版,第253页。

教思想和佛教禅宗的意识引入诗情诗境的创造，给现代派诗更增添了一种玄学的色彩。①

结合前文关于“玄言诗”这一概念在民国时期的流变来看，“玄言诗”“玄学诗”概念的定型实则与当时玄学诗派的引入和新批评思想的兴起不无关系。但为什么没有发展出中、西这两种玄学诗歌的比较研究。我想，这与当时九叶诗派本身在当时的影响力过小有关，另外，国家处于危难，民族主义文学、革命文学成为当时的主流也有相当大的关系。

钱先生“以事拟理”与“即事即理”可谓明其中西玄学审美不同。玄言诗的比较学研究这一方向是值得当下进一步发展的。就其玄学诗派与晋代玄言诗相较，其文化背景与诗学主张颇有相似之处。英国玄学诗与中国玄言诗的可比较之处，笔者略言如下：

其一，其产生背景是非常相似。两者都产生于文化异常活跃之时。玄学诗产生之时，英国为文艺复兴之时，外来文化、科学、哲学思潮的袭入影响颇大。清教对于宗教的日常化、去神秘化和自己阐释诉求，使得玄学诗有机会尝试一种全新的诗歌风格。而玄言诗是魏晋时期老庄哲学的文人化解读与外来佛教哲学思想的袭入影响表现。

其二，英国玄学诗与当下研究的玄言诗理解都是当时诗体的一种另类型态。以多恩为代表的玄学诗接受口语化、取譬而言理，是对当时雅丽诗体的变革。而中国两晋玄言诗则改变中国传统诗歌“体则《风》《骚》”的源起，而以“体则《老》《庄》”成为一种新的诗体。刘宋之时檀道鸾评之为“孙、许并为玄宗”。两者都有取譬的手法，但实有不同，玄学诗虽涩而易解，其修辞手段源于宗教，西方宗教在民间甚有流行，宗教象征、譬喻之法民众并不陌生。而玄言诗多以《老》《庄》之语入诗，且对于《老》《庄》之理融汇佛教且又多拔新之解，实则较为晦涩。

其三，玄学诗与玄言诗的核心都是人生。因为他们共同的思想来源都是哲学。玄学诗是当时人文科学、哲学思想的袭来对于多恩的影响，而玄言诗是

---

① 孙玉石：《中国现代主义诗潮史论》，北京大学出版社 1999 年版，第 259 页。

《老》《庄》哲学的盛行。哲学的最后归宿是人生，由此，玄学诗与玄言诗的最后归宿都在人生上。

其四，玄学诗与玄言诗都具有人生理想性。不同之处在于玄学诗的哲学思潮中带有较多的人文气息，且更侧重于诗歌在艺术性层面的创新与突破，而中国玄言诗则带有宗教性的人生理想的表现特征。

综上所述，民国时期的玄言诗研究还是比较丰富的。这一时期的玄言诗研究还保留传统诗学批评的主张，但又明显地感受到新的批评方法介入对于玄言诗批评的影响。民国时期对于玄言诗的角度还是多元的，但受到民族主义运动、革命文学的影响，西方新批评思潮理论对于魏晋玄言诗的研究、重新审视的影响没有机会产生。民国时期的研究确实对于当下的研究颇有借鉴意义，是值得我们进一步挖掘和思考的。

第四章　新中国成立后玄言诗概念演变

民国时期玄言诗的研究主要是从玄言诗的历史背景来解读玄言诗，这对于清代以前的诗歌研究无疑是一种进步的表现。但同时，也因为过于重视政治、社会背景的解读，忽略了诗歌发展本身所具有的特点，身处两晋的玄言诗对于后来诗歌的影响便被割裂，成为诗歌倒退的一种表现。

民国时期的玄言诗研究中，我们可以看到，玄言诗研究还没有形成统一的概念，视其为一种两晋诗歌大风格的体现，即使在萧望卿和郭麟阁的提法中，玄言诗实则与“谈玄诗”“玄学诗”一样是一种意义较为广泛的诗歌概念。自王瑶、李长之之后，这一概念的外延便开始有逐渐精确化的倾向。

一、80年代以前玄言诗概念使用

“玄言诗”这一概念自50年代以后逐渐得到定型，越来越多的人使用这一概念，王瑶先生在其1951年的《中古文学风貌》①一书中，也使用了“玄言诗”这一概念：

① 王瑶先生《中古文学史论》一书，据其落笔时间初版为1948年，但疑此书1948未付梓。查《民国时期总目》以及陈玉堂著《中国文学史书目提要》（黄山书社，1986）未收录此版本。而据1956年古典文学出版社出版王瑶先生《中古文学史论集》一书自序提及此书为1942—1948年的讲义，并“1951年曾分别编为‘中古文学思想’‘中古文人生活’‘中古文学风貌’三书，交由上海棠棣出版社出版。”而未提及1948年所出版本。故文中采用1951年，特出此注以说明。

永嘉以后的玄言诗，现在虽然流传下来的很少，但确乎是当时文学的一个主潮，由各种记载都可以看出来。我们很同意刘勰的"文变染乎世情，兴废系于时序"两句话，所以我们企图用世情和时序来解释永嘉以后以至晋末宋初的一百余年间的主潮。①

此书后形成其《中国文学史论》中的一部分，《中国文学史论》颇有影响，为"玄言诗"概念的定型也起到重要作用。而后1954年李长之《中国文学史略稿》（第二卷）也运用"玄言诗"这一概念：

至于在诗歌上填充了郭璞到陶渊明的四五十年间的空白的是逃避现实的所谓"玄言诗"，玄言诗的作者有孙绰、许询等。他们的作品大半不传。现在从江淹拟作的许询诗看来，大抵是采取了郭璞游仙诗的表面，而阉割了那哀愤的有血有肉的内容。玄言诗在当时曾有很大的势力，扭转了这风气的是谢混。谢混诗有山水诗的味道，已很接近陶渊明。②

在随后1962年游国恩等主编《中国文学史大纲》使用了"玄言诗"这一概念：

在玄学盛行的影响下，西晋末年兴起了玄言诗，"于时篇什，理过其辞，淡乎寡味"，这种诗风统治诗坛直至百年之久，它与形式主义诗歌一样，表示着士族文学的堕落。郭璞是在这种风气中有所变化而获得一定成就的诗人。③

1973年刘大杰先生《中国文学发展史》中，使用了"玄言诗"这一概念④：

---

① 王瑶：《中古文学风貌》，棠棣出版社1951年版，第47—48页。

② 李长之：《中国文学史略稿》第二卷，五十年代出版社1954年版，第51页。

③ 游国恩等主编：《中国文学史大纲》，人民文学出版社1962年版，第71页。

④ 刘大杰先生《中国文学发展史》1957年版使用了"玄理诗"这一概念："由这些诗句，很可以看出当日玄理诗的趋势，除了述道佛的哲理外，更要勉力拟古，于是都变成一种歌诀和偈语了。"（刘大杰：《中国文学发展史》上卷，古典文学出版社1958年版，第270页）其说法沿袭了胡适的概念。1973后由"玄理诗"改为"玄言诗"，可见，玄言诗之称谓，在当时已经得到了普遍的认同。

> 由这些诗句，很可看出当时玄言诗的面貌，实际不是诗，只是一种歌诀和偈语。这种玄虚的诗风，弥漫了东晋诗坛。风会所趋，竞相仿效，于是当日的诗歌更加堕落了。①

这几部重要文学史使“玄言诗”这一概念得到肯定。可以说，自1954年李长之在《中国文学史略稿》中更为明确了“玄言诗”专指“永嘉之后到晋末”这一时期的东晋诗歌，1962年游国恩主编的《中国文学史大纲》、1973年刘大杰先生的《中国文学发展史》都采取相同的观点。固然，这一时期概念的精确化也可以反映在刘勰《文心雕龙》“自中朝贵玄，江左独盛，因谈余气，流成文体”和锺嵘《诗品》“永嘉以来，清虚在俗，王武子辈诗，贵道家之言”之中。玄言诗时间概念的上限与下限便在此得到了逐渐确定，其否定的批评态度也较为明显。由此，玄言诗特点为东晋百年诗歌，这一概念的部分属性便得到了确立。这对于80年代以后重要的几部文学史有着重要影响，由此，“玄言诗”这一概念以及批评态度便在中国中古文学史中形成了坚实的印象。此外，海外的魏晋诗歌研究，也接受了这一概念，1972年香港中文大学出版的邓仕梁《两晋诗论》中有专章“玄言诗”研究②。这一研究，较之中国80年代以后逐渐兴起的玄言诗研究要更早，特在此题记一笔。

二、80年代以后玄言诗概念发展

80年代以后，对于玄言诗的重新审视表明了对于玄言诗研究的重新确立。在新的研究中，充分重视诗歌本身的发展过程，对玄言诗本身的艺术性以及它对后来诗歌的影响都得到了肯定。

（一）玄言诗上限与下限

1972年邓仕梁在《两晋诗论》第三章中对玄言诗有介绍，大抵以刘勰《文

① 刘大杰：《中国文学发展史》（一），上海人民出版社1973年版，第295页。
② 邓仕梁：《两晋诗论》，香港中文大学出版社1972年版，第158—174页。

心雕龙》、锺嵘《诗品》《晋书·儒林传》所记，认为孙绰、许询、王羲之《兰亭诗集》是玄言诗的代表。但在随后的玄言诗定义中，我们没有渐渐明确这种典型玄言诗的做法，而是对于玄言诗试图有更为精确的时间段的定义企图。玄言诗的下限大多无甚异议，多以檀道鸾、刘勰所言，以刘宋时为其末。而上限之区分，则多有不同。

对于玄言诗的上限，王瑶在《中古文学史论》中即有"永嘉以后以至晋末宋初的一百余年间的主潮的说法。"①此后，便有一些关于玄言诗上限的讨论。撮其典型观点，兹列如下：

王钟陵先生在《玄言诗研究》一文中提出："总之，玄言诗的远源可追溯到汉末建安之时，而其孕育阶段则主要在西晋。虽永嘉时玄言诗风已兴起，但玄言诗作为一个文学史阶段，则应以郭璞为正式起点；许询、孙绰之时为玄言诗的鼎盛时期；谢混之时，则为玄言诗这一文学史阶段之终点。"②

葛晓音《东晋玄学自然观向山水审美观的转化》指出："玄言诗的发展约分三个时期。第一个时期为过江之初。这一时期，清谈之风很盛，主要以向秀和郭象的《庄子注》为依据。""士大夫的玄谈到东晋中期倾向于佛理，关键还在于支遁所注的《逍遥游》，这时标志着第二阶段。""支遁和王羲之等人从'适足'的理论出发，在玄言诗中阐发山水体现自然之道的玄理，正是'自然'这一概念从哲学的理念转入审美范畴的关键的一步。此后，戴逵、慧远等继续用佛理发挥支遁的新理，遂使东晋玄言诗进入第三个发展阶段。"③葛晓音在其《八代诗史》中尽管承认正始诗歌已有玄言端倪，但她认为玄言只是点缀其间，并且分析了永嘉以前没有出现大量玄言诗的原因。④

龚斌在《玄言诗的流变》一文中，把玄言诗分为形成期（魏正始至西晋永嘉）、兴盛期（东晋建武至义熙中）、消退期（晋安帝义熙中）。⑤

卢盛江《玄言诗二题》一文指出："到底什么时候才开始进入玄言诗阶段

① 王瑶：《中古文学风貌》，棠棣出版社1951年版，第47—48页。
② 王钟陵：《玄言诗研究》，《中国社会科学》1988年第5期。
③ 葛晓音：《东晋玄学自然观向山水审美观的转化》，《中国社会科学》1992年第1期。
④ 葛晓音：《八代诗史》，陕西人民出版社1989年版，第105页。
⑤ 龚斌：《玄言诗的流变》，《华东师范大学学报》1989年第3期。

呢？我认为，是在东晋成帝咸和年间，代表人物是庾阐。”①

李绍华《正始玄言诗论》指出：“我们认为玄言诗的发展，经历了三个阶段：正始至太康为滥觞阶段，太康至永嘉为发展阶段，永嘉至义熙为兴盛阶段。嵇康、阮籍，乃是玄言诗的开山作家。”②

陈洪《玄学的诗化与诗的玄学化——关于玄言诗的发展、特征和价值的再认识》一文将正始、竹林时期看作玄言诗发展的正式起点，即“玄学的诗化”阶段。而将西晋后期至东晋中期视为“诗的玄学化”阶段。而“玄学的自觉诗化”则为陶渊明之诗。③

张海明在《玄妙之境》一书中提到“坚持用玄言诗来指称受玄学影响的诗的话，那我们就必须承认有两种玄言诗：一种是正始以来的广义的玄言诗，一种是东晋以许询、孙绰为代表的玄言诗”④。

对于上限的分歧实则源自对于玄言诗这一定义内涵的不同理解。张海明的看法是甚为可取的，只不过，不必对于玄言诗的概念定义有宽窄之别。以玄言诗风和典型玄言诗派来解决这一矛盾最为合理。从民国的研究可以看到，玄言诗这一词的使用初期并没有一个明确的界定。陈钟凡的“玄学诗”这一概念是作为一种诗风提出的，玄言诗这一概念本身是从一种诗风中脱化出现的。因此，笔者并不赞同这种过于“精确化”的界定。笔者以为把玄言诗放之一种风格来看，玄风起源于何时并不是一个核心问题，重要的是受到玄风影响下形成的不同玄言表现诗派、研究各玄言诗流派之间的发展、影响及特点，从而总结出典型玄言诗的特征，这种玄言诗研究的构架，才有利于把玄言诗风以及在玄风影响下的不同创作表现得条分缕析。笔者主张，对于玄言诗的定义，应该首先定义为一种诗风，兼顾当下研究，提出以当下所理解的游仙诗和玄理诗为其典型流派的做法。

此外，台湾地区学者黄伟伦《六朝玄言诗史论》一书也梳理了许多台湾学

---

① 卢盛江：《玄言诗二题》，《北方论丛》1994 年第 4 期。

② 李绍华：《正始玄言诗论》，《学术论坛》1997 年第 5 期。

③ 陈洪：《玄学的诗化与诗的玄学化——关于玄言诗的发展、特征和价值的再认识》，《东方丛刊》2001 年第 1 辑。

④ 张海明：《玄妙之境》，东北师范大学出版社 1997 年版，第 180 页。

者对于玄言诗的看法,列举以作参考。

(洪顺隆)所谓玄言诗,顾名思义,是以玄言为表现工具的诗。也就是说,一首诗的主题是在乎表现玄的本体以及映现这本体的境界,抒发企慕这本体的思想,描述追求这本体的心态,阐明这本体的概念的,就叫做玄言诗。又云:所谓玄言诗,以玄言为表现工具的诗。诗的内容在于表现本体以及映现这本体的境界,抒发企慕这本体的心境,阐明这本体的概念,进而用玄学语言诠释生活的诗。

(卢明瑜)玄言诗是指魏晋时代文士谈玄说理反映至诗篇中的诗,所以它也可以说是清谈影响文学最直接的产物之一。这类诗的内容纯粹以表现老庄之旨为主,少有个人情感,即使诗题以山水、赠答为名,作者仍以道理的说明为目的。

(邱燮友)玄思诗:是受道家思想影响,写些清谈玄言的哲理。在魏晋时代,老庄盛行,清谈玄理的风气有更进一步的发展,士族分子一方面利用老庄任诞思想,支持自己的纵欲享乐生活;一方面又从老庄超然物外的思想,寻求苟安生活中的恬静心境。同时,还以清谈高妙的玄理,来点缀风雅,炫耀才华。于是有玄思诗的产生,最早写这类诗的是魏正始诗人嵇康,他以出世的观念,表现道家玄思、清峻脱俗的诗境。

(王次澄)所谓玄言诗者,亦即谈道说理之篇什耳。其所讲求者为"天之道、地之道、人之道",而非天、地、人之实质与功能,但论其所蕴涵之"理",固不必明言其"事"。此乃极高明博厚之哲学,惟博学深思者始能明其全体之大用也。

(张双英)玄言诗的基本特色有二。首先是在表达的语文上,乃以"玄言"为主;而所谓玄言,最常出现的词汇大约可归纳成三类。第一类为与"自然"和"玄虚之境"有关者,如"自然"、"道"、"理"、"太极"、"太清"等;第二类为和上述境界合一的人物与地点,如"幽人"、"逸民"、"蒙园"、"柱下"等;第三类是与这种境界相关的心境和态度,如"守真"、"含虚"、"握玄"、"穷理"等。其次为其内容,玄言诗的内容大抵在描述玄虚之境或阐扬玄妙之理。当然,所谓玄虚之境实包括了具体可接触处所,如深林、曲水等绝少人烟之地，以及想象中的世界，如“冥古”时代的“茫茫太素”之境地。而阐扬玄妙之理，则是指以说明自然之广漠、世事之无常、人生之渺小以及人如何自处等道理。

（陈庄先生）云：东晋诗歌流派。以孙绰、许询为代表。玄言诗产生于永嘉之乱以后。当时中国北方社会经济和文化趋于崩溃，上层贵族文人和名士没有勇气来正视和挽救社会现实，他们企图通过追求一种超脱现实的玄远的审美理想来摆脱生活的苦闷。于是在正始年间兴起的以何晏、王弼为代表的祖述老庄哲学、崇尚清谈的风气染及诗歌，形成了风靡一时的玄言诗。玄言诗抛弃了魏晋以来为人们所共同认识的“诗缘情”的基本审美特征，代之以枯燥、抽象的玄理说教。它企图用有限的语言来传达出玄学思想中不可言说的宇宙体现观念，从中发现一种纯粹精神的玄远境界，使诗成为有韵的谈玄工具，丧失艺术的审美价值，变成单纯的玄学思想的传声筒。

（叶桂桐先生）玄言诗是魏晋玄学人生观的艺术体现，是中国诗人真正用诗歌来阐抒人生哲理的开始。……玄言、山水、宫体，是魏晋南北朝时期我国进入“人的觉醒时代”的重要标志，也是中国人，特别是知识分子意识觉醒过程中留下的三个连续的脚印。……整体来说，玄言诗是当时士大夫知识分子的思想的表达，是玄学人生观的艺术体现。①

从以上学者对于玄言诗的定义来看，亦不脱对于玄言诗“玄理”“乏情”“因谈成习”“正始至东晋末”等特征的描述，这些看法，实则与刘勰、锺嵘等著作中对于当时诗歌评价的看法密切。笔者在前文部分已经检讨了两晋对于玄言诗的看法，梳理了孙绰、檀道鸾、沈约、刘勰、锺嵘对于当时诗歌批评的变化，是一种背离儒家诗学逐渐向儒家诗学理想靠拢的批评模式。黄伟伦在其《六朝玄言诗史论》一书，也检讨了这些定义的局限性，认为其“因袭旧说，忽略史实”“狭义界定，难窥全貌”“搜罗未遍，以偏概全”。② 他也提出了自己对于玄

① 以上诸条皆转引自黄伟伦：《六朝玄言诗史论》第1册，花木兰文化出版社2013年版，第20—24页。

② 黄伟伦：《六朝玄言诗史论》第1册，花木兰文化出版社2013年版，第14—15页。

言诗的定义理解，主张以“题材”为判别标准。将玄言诗定义为：“凡诗歌中使用易、老、庄、释等语言材料者，即属于玄言诗。”①对于这样的定义，正如他自己所言，“从‘题材’来界定玄言诗，既是最低限度的标准，同时也是最宽泛的标准。……即便诗中使用了玄言题材，也不见得就符合他所谓的玄言诗”。②这样定义玄言诗的优点是回避了玄言诗是诗风还是一种诗体的讨论；其缺点亦很明显，缺乏对这种“题材”的本质进行讨论，回避了玄言诗定义的核心指向。

（二）玄言诗与佛理诗、游仙诗

与玄言诗概念发展相关的还有一个主题，即“玄言诗”与“佛理诗”、“游仙诗”的关系。在民国研究之中，佛理对于清谈、诗歌创作的渗透都有分析，但由于当时对玄言诗的认识是一种风格的定义，所以佛理诗、游仙诗都纳入玄言诗之内。郑振铎、郭麟阁等人就把佛理诗看作当时哲理诗的一种表现。胡适认为郭璞的游仙诗是玄理诗，而陈钟凡的《汉魏六朝文学》把“玄学诗”分为了“忧愤派”“厌世派”“达观派”“理想派”，就是把游仙诗纳入到理想派之中，而余嘉锡《世说新语笺疏》中，则对于郭璞的“游仙诗”提出其游仙融合佛理，以上观点均见民国时期分析。在80年代以后的玄言诗研究中，对于玄言诗、佛理诗与游仙诗的关系也开始有了讨论。

> （钟元凯）“玄言诗就是这样一种杂烩：它摭拾玄学的概念名词为内容，以佛家的偈子颂赞为形式。”③
>
> （王瑶）郭璞是玄言诗的导始者，因为他“会合道家之言而韵之”，刘勰亦云“景纯仙篇，挺拔而为俊矣。”《文心雕龙·才略篇》又云“景纯艳逸，足冠中兴”。……但游仙诗中所表现的也是老庄的思想，象“漆园有傲吏，莱氏有逸妻”，“啸傲遗世罗，纵情在独往”这一类句子；所以他可以说是玄言诗的导始者。④

① 黄伟伦：《六朝玄言诗史论》第1册，花木兰文化出版社2013年版，第28页。
② 黄伟伦：《六朝玄言诗史论》第1册，花木兰文化出版社2013年版，第29页。
③ 钟元凯：《魏晋玄学和山水文学》，《学术月刊》1984年第3期。
④ 王瑶：《中古文学史论》，北京大学出版社1986年版，第244页。

（王钟陵）"虽永嘉时玄言诗风已兴起，但玄言诗作为一个文学史阶段，则应以郭璞为正式起点"①

（葛晓音）"不过，郭璞对游仙诗的主要变革乃是变仙境为隐居，从此为咏怀组诗开出借游仙咏隐逸，又入之以玄理的一种境界。玄言诗在东晋盛行，与佛理的兴盛及其与玄学的合流有关。而郭璞诗则是这一变化的先兆。"②

（詹福瑞）"所谓玄言诗，主要是指受清谈风气影响而产生的以表述老庄思想为创作意图，理过其辞，平淡而缺乏诗味的作品。"③

（张伯伟）"所谓玄言诗，是以老、庄玄学为主要内容的诗；而所谓佛理诗，则是以佛学义理为主要内容的诗。""严格地说，玄言诗指的是在诗中敷陈、表现玄学义理的诗。"④

（罗宗强）"玄言诗的写作，乃是现实生活中谈玄、谈佛理的一种方式。……玄言诗，是指那些抽象谈论义理的诗，它不只是一个老、庄的概念。不能把玄言诗只理解为谈玄学的诗。"⑤

（张廷银）就可以给玄言诗这样一个初步的界定：魏末至晋末年间在玄学思潮影响下所形成的一种引用玄学语言（包括佛学语言）、反映玄学义理与思想方法（包括易学、佛学义理与方法）、追求空灵清淡意趣的诗歌类型，这样的界定，对具体的玄言诗作品来说，也许有一些先入为主之嫌，但对于玄言诗的概念而言，则恐怕是最切近的途径了。⑥

对于玄言诗的定义可以发现，在研究的早期，郭璞游仙诗是为玄言诗这一点比较明确，而佛理诗也渐渐成为玄言诗的内容之一，这实则与当时玄言诗概念理解为玄言诗风颇有关系。而随着其定义的变化，郭璞游仙诗慢慢排除于

---

① 王钟陵：《玄言诗研究》，《中国社会科学》1988 年第 5 期。

② 葛晓音：《八代诗史》，陕西人民出版社 1989 年版，第 133 页。

③ 詹福瑞：《走向世俗——南朝诗歌思潮》，百花文艺出版社 1991 年版，第 31 页。

④ 张伯伟：《禅与诗学》，浙江人民出版社 1992 年版，第 138—139 页。

⑤ 罗宗强：《魏晋南北朝文学思想史》，中华书局 2006 年版，第 107 页。

⑥ 张廷银：《语义学和文化学背景下的玄言诗概念》，蒋寅、张伯伟主编：《中国诗学》(9 辑)，人民文学出版社 2004 年版，第 73 页。

玄言诗概念之外。邓仕梁1972年《两晋诗论》一书就东晋之诗,列游仙诗、玄言诗和佛理诗即各一章,其玄言诗一章中言:

> 东晋名士,善言玄理,故诗亦寡情鲜爱,理过其辞。而言谈之间,求其音辞清畅,言则丽矣,发之于文,恐有乖绮靡之美,所谓淡乎寡味也。故仲伟言"理过其辞,淡乎寡味",休文言"遒丽之辞,无闻焉尔",并足见江左风味,而彦和"因谈余气,流成文体"之论,尤能道文变之情,于是有说焉。①

早期对于"玄言诗"的理解,侧重于所谓"因谈余气,流成文体""庄老告退,山水方滋"的前人叙述之中,由此而认为玄言诗的内核是《老》《庄》之清谈。但这种界定实则并没有兼顾当时的其他材料,比如檀道鸾所谓"郭璞始会合道家之言""加以三世之辞"、沈约、江淹对于"具美兼善"的提出实则是在儒、玄并重的文化背景下提出的,另外大量僧人参与了清淡和创作诗歌、佛教义理的格义现象。从以上诸多对于玄言诗的概念变化之中明显看到了对于东晋末期佛理诗的纳入,认为其属于玄言诗的一部分,但对于游仙诗,则力图与玄言诗相分隔,这种分立的主要标准,在于认为游仙诗是比较有形象的,而玄言诗实为枯燥的说理。但事实上,刘勰游仙诗真正确立其"寄兴"的功用已在宋朝之后。早期檀道鸾就认为他首开玄风,胡适、王瑶、钟元凯、王钟陵、葛晓音等早期玄言诗研究都认为他是玄言诗,但在后来的玄言诗定义之中,这种精确化实则把玄言诗过分狭窄于"玄理"的辨析,认为是其玄言诗与游仙诗的区别,这是对于王钟陵提出玄言诗定义中"体悟玄理"解读的一种误区。

(三)玄言诗的"体悟玄理"

玄言诗在90年代以前,大多数研究是持一种否定的批评态度。李正业《略论魏晋玄言诗》是80年代以来笔者所见最早的一篇玄言诗批评的文章。

---

① 邓仕梁:《两晋诗论》,香港中文大学出版社1972年版,第161页。

从其中观点可见，是为完全否定的评论。① 这种观点还可以反映在90年代初期朱培高编的《中国古代文学流派辞典·玄言诗派·孙许》中：

> 玄言诗是东晋的诗歌流派。代表作家有孙绰、许询、庾亮、桓温等，其特点是玄理入诗，以诗为老庄哲学的说教和注解，严重脱离社会生活。②

对于玄言诗的研究，为了吻合进化论诗歌史的一个历史发展脉络，对于玄言诗的批评可以说较缺乏公正性，忽略了它自身的文学艺术特征和对于后代诗歌风格发展、诗学形成的重要影响。正如我们对于西方中世纪的绘画艺术认知一般，传统的艺术史观总是把它看作是艺术的倒退。然而，今天对于中世纪的绘画有了更为客观的认识，贡布里希在其《艺术的故事》中说，"中世纪基督教的艺术就变成原始手法和精细手法稀奇古怪的混合。"③这种奇怪的绘画风格的原因是非常简单的，"东方教会不能再让艺术家在那些作品中依照个人的想像随意创作了。无疑，不能随便哪一幅美丽的画，只要画着一个母亲带着孩子，就能获准作为上帝之母的真实神像或称圣像，能获得承认的仅仅是根据古老的传统尊之为神圣的那些样板而已。"④对于传统神圣的尊重是宗教的一大特点，以此来回答当时艺术的观念是为允恰。我们对于六朝——中国整个宗教史中宗教文化意味最浓厚的时期，却为什么始终闭口不谈其诗歌的宗教性呢？当然，这是触发笔者认为玄言诗是宗教性诗歌的原因。

90年代以后，在对于玄言诗的研究中学者也试图摆脱传统批评的片面性，而开始重新寻找新的批评角度，放弃早期中所认为的玄言诗是一种"淡而寡味"的否定性接受态度。由此，王钟陵在《中古诗歌研究》中认为玄言诗的定义有必要进行新的讨论，提出"文学史家们似乎一直把刘勰、锺嵘、沈约对玄言诗的批评当作玄言诗的定义的，从而在人们的眼里，玄言诗就是以'柱下之旨归''漆园之义疏'为内容，而以'理过其辞，淡乎寡味'为表现特色的诗。

① 李正业：《略论魏晋玄言诗》，《郑州师专学报》1980年第2期。
② 朱培高编：《中国古代文学流派辞典》，湖南出版社1991年版，第36页。
③ [英]贡布里希：《艺术的故事》，范景中、杨成凯译，广西美术出版社2008年版，第136页。
④ [英]贡布里希：《艺术的故事》，范景中、杨成凯译，广西美术出版社2008年版，第138页。

这种看法的实质，是把批评当作定义来看待了。”[①]应该说，王钟陵先生此说确实一言道破“玄言诗”评价较低的原因，但从玄言诗的批评史来看，玄言诗的定义本身就是指一种诗风，而并非诗体，而把玄言诗当作一种诗体研究，是后人自加枷锁，这与“批评”当定义是无关的。为了建立王钟陵先生所说“双向评价玄言诗”这一核心，他也首次提出“凡是以体悟玄理为宗旨的诗概属玄言诗。”[②]“体悟玄理”这一内核，奠定了玄言诗新批评的走向。这一内核的确立，可以看作是抛弃了对于早期玄言诗评价中过分简单粗鲁的一种纠正，以“体悟玄理”重新认识玄言诗歌的本质。

> 玄言诗是以体悟玄理为宗旨的诗。从刘勰“诗必柱下之旨归，赋乃漆园之义疏”（《文心雕龙·时序》）和锺嵘“理过其辞，淡乎寡味”（《诗品序》）的评论来看，玄言诗又往往是直接在诗歌中称述玄理的。当然，文学作品必须表现人们对于哲理的追求和领悟，才能有深度，才能启迪人心发人深思。从这个角度讲，玄言诗比之于罗列名物事功仅仅以外在的铺张和气势的扬厉为追求目标的汉赋来说，力求去表达“浩浩元化，五运迭送”（孙绰《与庾冰诗》第一章）的深邃玄理和“昏明相错，否泰时用”（同上）的变幻，以及诗人们对世界“寥朗无涯观，寓目理自陈”（王羲之《兰亭诗》）的认识和“群籁虽参差，适我无非亲”（同上）的内在感受，无疑是一个进步。玄言诗中的这种进步应该给予恰当的评价，历来那种对玄言诗全盘否定的看法是片面的。玄言诗是文学走向对世界作出更深把握的一次尝试。从民族思想发展的角度来看，它无疑有着积极的向前的意义。在玄言诗这一被今人看作似乎只具有“否定”意义的文学发展环节中，人们更为牢固地树立了这样一种美学观念，即应在作品中着力追求对“驰心域表，寥寥远迈”（庾友《兰亭诗》）深远意境的表达，这对于我国古代文艺此后的发展无疑有着重要的意义。[③]

① 王钟陵：《中国中古诗歌史》，江苏教育出版社 1988 年版，第 496 页。
② 王钟陵：《中国中古诗歌史》，江苏教育出版社 1988 年版，第 496 页。
③ 王钟陵：《中国中古诗歌史》，江苏教育出版社 1988 年版，第 142—143 页。

王钟陵不仅提出了“玄言诗”的“体悟玄理”特点，而且，对此给予了合理的评价，认为“体悟玄理有两条途径：一是直接从理性入手，二是从感性形象入手。前一条途径形成枯燥的说理诗，后一条途径则能够产生出一些有一定的感性的形象性和一定的理性内容结合起来的篇什。《三月三日诗》和《兰亭诗》、登游诗和景候诗中的架构以及用形象手法歌咏玄理的诗，都可划属于此。”①由此认为玄言诗是一种诗歌的进步表现，对于诗歌意境的形成有重要的影响，这一观点是非常值得肯定的。自 90 年代以后，对于玄言诗也确实开始了一次反思，就诗歌史来说，如何更为正确、客观地评价玄言诗，成为玄言诗研究的一个重点。而“体悟玄理”的提出，是我们正确评价玄言诗、认识玄言诗的一个标志。随着这一概念的提出，此后，对于玄言诗的这一内核，便得到许多玄言诗研究者的认同与补充：

> 东晋时期，玄言诗的兴盛，成为文人诗歌的一个重要现象。玄言诗是以阐释、体悟玄理为主要内容的诗歌。它的兴盛有一个孕育、发展的过程，而且与玄学理论的发展有密切关系。②
>
> （钱钢）玄言诗，顾名思义是以诗的形式说玄言。玄言者，玄远之言，有别于形而下事物或个体情感的叙述、抒发，而常趋于阐说一些形而上的义理，或追究本体存在，或感怀神理妙用等。③
>
> （胡大雷）以玄学思想方法来体悟玄理的诗，才是典型的、完全的玄言诗。④
>
> （陈顺智）所谓玄言诗，是在东晋玄学昌盛的社会文化背景下，玄学中以“立言尽意”“立象尽意”“得意忘言”的思维方式来体悟、阐发玄理，表达其逍遥自足，自适任性的人生态度和追求道家“圣人”境界的诗歌。⑤
>
> （胡大雷）对玄言诗的定义要兼顾三方面的要素：一是诗，不管玄言

① 王钟陵：《中国中古诗歌史》，江苏教育出版社 1988 年版，第 496 页。
② 李凭、袁刚总纂：《中华文明史 · 魏晋南北朝》，河北教育出版社 1992 年版，第 477 页。
③ 钱钢：《东晋玄言诗审美三题》，《上海大学学报》1997 年第 1 期。
④ 胡大雷：《玄言诗的魅力及魅力的失落》，《文学遗产》1997 年第 2 期。
⑤ 陈顺智：《东晋玄言诗派研究》，武汉大学出版社 2003 年版，第 43—44 页。

诗如何以玄学思想来体悟玄理、述说玄理，它总还应该是诗；二是玄言诗地要述说玄学理论、体悟玄学理论；三是玄言诗要有玄学思想方法的运用。①

（王澍）玄言诗是魏晋特殊人文环境下作为上层士人体玄慕道的高雅生活之补充和组成部分的，以反映玄学思想为旨归的文人言志诗。②

（张廷银）魏末至晋末年间在玄学思潮影响下，所形成的一种引用玄言、反映道佛义理、追求空灵清淡意趣的诗歌类型。③

应该说，“体悟玄理”使我们摆脱了传统玄言诗的批评，也得到当下玄言诗研究的认同，但“体悟玄理”一词是较为模糊的，对于这一概念也会有不同的解读态度。“体悟玄理”既可以是一种究极玄理的陈述，也可以是体悟玄理之后情感的抒发。学者对于体悟玄理也产生了不同的理解。

张可礼在《刘勰论魏晋玄言诗》一文就特意指出：

如果一首诗的主要内容是言志抒情，或者是咏物写景，即便其中有一些诗句涉及老庄之道，这样的诗不应划归玄言诗。④

这一理解，实则就非常生硬地理解玄言诗就是“玄理”的陈述，只不过是一种叙事的言语，实则并非言情，并非诗。这一观点在当代的玄言诗研究中，已经很少人认同，而更多地走向了“体悟玄理”的“情感抒发”之上。但对这种“情感抒发”也出现了许多不同的理解。钱钢《东晋玄言诗审美三题》一文认为：

古代诗歌言志抒情的传统到玄言诗人并没有中断，不同在于情志的内涵与表现，玄言诗人是从理念层面而不是从形象的层面抒情言志，或者

① 胡大雷：《玄言诗研究》，中华书局2003年版，第17页。

② 王澍：《魏晋玄学与玄言诗研究》，中国社会科学出版社2007年版，第4页。

③ 张廷银：《魏晋玄言诗研究》，商务印书馆2008年版，第27页。

④ 张可礼：《刘勰论魏晋玄言诗》，《文史哲》1995年第6期。

说他们所抒发的是理念化之情。

玄言诗人虽也讲“吟咏情性”，但情的内涵已由实入虚，变为“高情”“至情”，实际已进入纯意纯理的诗歌世界。①

黄新亮《不能用“逻辑思维写的”笼括东晋玄言诗的特征》等也都有相似的论点。② 归青《“淡乎寡味”吗？——玄言诗风行百年原因试析》认为：

玄言诗对哲理的表述不是论证式的，而只是一种感叹；不是抽象的思辨，而是始终结合着表象的思考。③

邓福舜《东晋玄言诗的艺术价值》认为：

所呈现的，主要不是严格的逻辑的意义，而是艺术的感悟，情绪的感发。……诗人们使用“真”、“理”、“朴”等一系列概念的时候，不能简单地认定是一个全然抽象的逻辑推演过程，这些概念在玄学家和玄言诗人那里唤起的常常是对一种人生境界的体悟。④

许总主编《理学文艺史纲》中提道：

如果说，嵇、阮诗中的言理寓志根基于由人生忧患而促生的归真返璞的心灵期待，那么，到玄风大畅之时，玄言诗人以诗言理则将现实的人生忧患提升到抽象的人生观思考，由对社会政治的规避演变为对自然大化的认同，所谓“浑万象以冥观，兀同体于自然”，在“自然”与“名教”的关系上形成哲学本体论探讨。⑤

---

① 钱钢：《东晋玄言诗审美三题》，《上海大学学报》1997 年第 1 期。

② 黄新亮：《不能用“逻辑思维写的”笼括东晋玄言诗的特征》，《益阳师专学报》1997 年第 2 期。

③ 归青：《“淡乎寡味”吗？——玄言诗风行百年原因试析》，《中州学刊》1998 年第 3 期。

④ 邓福舜：《东晋玄言诗的艺术价值》，《北方论丛》2000 年第 4 期。

⑤ 许总主编：《理学文艺史纲》，江苏教育出版社 2001 年版，第 85 页。

徐国荣在《玄学和诗学》一书中认为：

> 实际上，东晋士人们对“玄言诗”作为“诗歌”的价值是不太关心的，他们关心的是玄言或清言以及通过清言得到神超理得的快乐感和行为风度。①

这些研究观点，都可以看作是对于“体悟玄理”这一内核的延续，认为玄言诗更重视体悟玄理之后情感的抒发。把这种“玄理”之理作为“至理”“至情”，应该说是玄言诗研究的一个正确的方向，关注其玄言的“体理”之情，而并非约束于诗、文体例，是当时诗人创作的特征。当然，晋时对于诗这一体裁的认识实则有了些变化，后文谈诗、偈合流将会讲到。这些新的讨论认为，玄言诗是人生的思想表达，是人的至情表现，是值得肯定和继续探索的角度，这也是当下玄言诗研究都提到却未加深入分析的角度。

此外，还有一些其他看法这里亦作一些介绍。王澧华在其《两晋诗风》中，对于游仙诗与玄言诗有这样的区别：

> 游仙诗是魏晋盛行的一种特殊诗歌类型，一般说来，它只代表诗体，似乎并不代表风格。它可以乖远玄宗，也可切合玄风。而玄言诗则兼有诗体与风格两种内涵。游仙诗只能当作固定的诗题，而不管什么诗题，只要它是抽象地谈玄论道，都可以视为玄言诗。也就是说，游仙诗可以包容在平淡诗风之内，而玄言诗却是独立于游仙诗之外。游仙诗可以写得有玄味，而玄言诗却不会写得有仙气。②

王澧华所言，游仙诗可以是也可以不是玄言诗，这与他所说“不管什么诗题，只要它是抽象地谈玄论道，都可以视为玄言诗”相对应，又认为“玄言诗却是独立于游仙诗之外”。归纳而言，“玄言诗”是诗体时，则与游仙诗不类，是诗

① 徐国荣：《玄学和诗学》，中国社会科学出版社2004年版，第80页。
② 王澧华：《两晋诗风》，上海古籍出版社2005年版，第176—177页。

风时则可兼容游仙诗。笔者并不同意这种“是诗体又是诗风”的观点，实则，这一观点的目的就是在于调和“郭璞游仙诗是不是玄言诗”的争论。笔者已经从郭璞游仙诗的历代批评中明晰，历代对于郭璞游仙诗的争议根源实则源于对于《离骚》、仙诗、郭璞游仙诗三者关系理解上的并不明确。但这一现象也确实反映当下玄言诗研究中的某些混乱局面。葛晓音先生对玄言诗的观点是值得重视的，在其《东晋玄学自然观向山水审美观的转化》一文中言：“玄言诗本来并不是一种题材，从东晋诗人所存诗作来看，他们大体上还是按着原来传统的言志、赠答、游览、行役的路子写诗，只不过各种题材的诗里都充满着玄言，因而玄言诗就成为东晋诗体的一种统称。”①这种定义是把“玄言诗”一词当作一种诗风而并非一种诗体来看待，从这一点来说，玄言诗是作为诗风为宜，而以玄言诗派来区分诗体是较为合适的。

当下对于玄言诗这一概念的界定没有取得一个较为公认的概念，以至众说林立，各执一端，甚至有些质疑的看法，认为当下研究对“玄言诗”定义有错误，认为“玄言诗”为民国以后提出，而“体悟玄理”的内核亦是后人提出，江云岷、韩国良《何为玄言诗——兼论当下玄言诗研究存在的问题》一文提出：

> 也就是说“那些抽象谈论义理的诗”并不就是狭义的玄言诗，那些“以体悟玄理为宗旨的诗”，也不是广义的玄言诗，只有其中那些“世极迍邅，而辞意夷泰”，以“嗤笑徇务之志”为基本旨归的诗才是玄言诗。这是无论广义的玄言诗还是狭义的玄言诗都拥有的。②

这一出发点是好的，玄言诗的研究中，我们总是力图对于玄言诗有一个较为明晰的概念定义，但这样也会使玄言诗的研究走向死胡同。事实上，两晋大量诗歌创作者的历史环境我们已经不得而知，如何来判定这些诗歌是“世极迍邅，而辞意夷泰”“嗤笑徇务之志”呢？如果仅凭读者阅读的体验，那么这种阅读体验亦是当下读者所产生的，这实则又回到它所反对的“当下定义”观点。这

---

① 葛晓音：《东晋玄学自然观向山水审美观的转化》，《中国社会科学》1992年第1期。

② 江云岷、韩国良：《何为玄言诗——兼论当下玄言诗研究存在的问题》，《云南师范大学学报》2009年第6期。

种做法势必会产生大量分歧而徒劳无益。这种感性定义只会让玄言诗研究举步维艰。总体看来，当下的研究中，对于“体悟玄理”的定义总体是值得肯定和发扬的，但因其定义核心本身具有文本倾向，缺乏一种外在文化环境条件来加以约束。

目前玄言诗研究的总体现状笔者以为是好的，自王钟陵所提出“玄言诗是以体悟玄理为宗旨的诗”这一观念应该得到继续贯彻，同时，应该加以强调的是，“玄言诗”这一概念只能首先作为一种诗风而非诗体，同时以其“人生体验”为其补充内容。对于玄言诗的“人生”指向在当下研究中可谓不少，但这些研究都没有进一步深入，这种人生观的表现以及诗风与当时宗教的盛行有莫大的关系。

（四）玄言诗定义再思考

如果说王钟陵提出“体悟玄理”来界定玄言诗，试图对于玄言诗摆脱传统批评的角度，那么，尽管当下许多学者对于玄言诗的研究，对于玄言诗的“体悟玄理”“至情”表达提出新的见解，但这并没有得到学者的普遍认同。当下对于玄言诗之所以还没有形成一个统一的共识，实则说明玄言诗研究还需要很长的路要走。俞士玲在其《西晋文学考论》一书中也附谈了对于玄言诗定义的一些思考，笔者认为，个别观点是值得提及的：

第一，玄言诗为受魏晋文学影响而产生的诗，其上下限可定在正始、义熙间，之前不当上溯太早。王钟陵《玄言诗研究》将玄言诗溯至汉末建安，似过早。

第二，古人对玄言诗理解有宽狭不同，锺嵘的玄言诗指整首诗皆理过其辞、淡乎寡味者。虽然这一界定有以批评代定义之嫌，淡乎寡味至何种程度才为玄言诗的尺度也很难确定，但完全的玄言诗至少如上举之例般平典或更甚。又今存孙绰《秋日诗》《兰亭诗》，虽旨归于“澹然”“微言”，但因其有文采，也不在锺嵘玄言诗之列。

第三，中朝已有玄言诗创作，不能以文学史屈从于当下汰之已甚的玄言诗材料。陈顺智《魏晋玄学和文学》云：“玄言诗从形式上看，是东晋玄学清谈在文学领域内的一种扩大形式。”既从定义上，将玄言诗局限于东晋了。不妥。

第四，玄学史本身亦是一种不断发展变化的过程，故不能仅以“言意之辩”“形神之辨”等个别命题判断玄言的内容。玄言要义在于思维方式的超越，玄言诗当是以玄学思维方式体悟玄理而平典无文之诗，而用来悟道之处可以为自然、社会、人生、学术（名家、三玄及其三玄注解、儒学、道教、佛学等）等诸方面，而并不局限于玄理一端。①

俞士玲对于玄言诗上下限以及《兰亭诗》不属于玄言诗的观点笔者都不太认同。从唐至清的玄言诗批评来看，前人没有把玄言诗作为一种诗体，而是作为一种诗风，且元代就提出了这种风气自汉代就兴起，这也是民国时期诸多玄风清谈研究所共认的。而《兰亭诗》属玄风一类，宋人早已经提出，自不必多言。对于“玄理”一义，玄理体验并非“玄理”本身，而是为“人生”。笔者下文会谈到了清谈的分别，清谈的文学化都可以表明，清谈的“玄理”并非一种“极”理的体现，实为一种“通”的人生理解。因此，我们对于玄言诗的概念中，应该对“体悟玄理”这一核心进行补充，强调这种诗歌的“人生领悟”才是玄言诗的重点所在。由此，笔者结合对于清谈的分析，提出对于玄言诗定义的几点看法：

其一，玄言诗这一概念是指一种诗歌大风格，两晋都是玄言诗风的体现，而没有必要把它定义为一种诗体特征，事实上，这是无益的。

其二，玄言诗这一诗风可以分派。这一点，民国时期已经有了先例。分派研究可以使玄言诗风得到更为清楚的展现，也利于研究派别之间的异同比较，发其幽微。玄言诗是以嵇康、阮籍为正风，郭璞游仙诗为其变，孙、许玄理诗为其再变，陶渊明又为其再变。而当下所言的玄言诗当以游仙诗、玄理诗两派为其典型代表。

其三，玄言诗是以“体悟人生玄理”为其核心，它的本质核心是对“人生”的理解，它具有宗教性诗歌表达的特点。这一点后文将从其两晋宗教文化兴起与政治、文人的选择接受为外因分析，以宗教诗歌内在情感审美要求为其内

① 俞士玲：《西晋文学考论》，南京大学出版社 2008 年版，第 371 页。

在分析，从而来表明“游仙诗派”和“玄理诗派”都是这种宗教性诗歌表现人生领悟的类型。

由此，笔者在“体悟玄理”这一内核之外，补充提出“玄言诗是一种具有宗教性表达的人生体悟的诗歌。”对于这样玄言诗的补充定义，是避免当下研究过于纠结于“玄理”一词的辨析而走向玄言诗的“精确化”定义，使玄言诗的研究陷入困境；而另一个目的也在于，诗学批评中对于人生命题的一种新的阐释角度——宗教以及宗教诗歌一维的引入。

下 编

一种诗风的形成与推动，与许多因素都有关系，对于一种诗歌现象的研究，也需要从其多个角度来进行探讨，下编主要多从玄言诗创作中的社会文化、政治因素以及玄言诗本身的文本角度来进行研究，以此使我们对于玄言诗研究有更为深刻的认识。首先探讨了清淡与玄言诗的关系，认为玄言诗主要是对清谈文学化的反映，而清谈亦有“玄理”“任放”之别。玄言诗是侧重于“三玄”中《老》《庄》思想的表达，侧重的主题是人生的感情。笔者对于玄言诗的艺术性探讨中，也提出了自己的看法，认为这种对于人生主题的表达，与当时非常深厚的宗教文化相关。提出玄言诗是一种具有宗教性表达的人生体验的诗歌。书稿从佛教、道教上层化与当时诗、偈合流，《文心雕龙·颂赞》对于宗教性诗歌的特点、中西宗教性诗歌特点的对比，由此提出两晋时期的玄言诗具有当时道教与佛教教义的思想特点，重视“神趣”（慧远《游石门诗序》）而并非清代提出的“理趣”的诗学审美，是为当时特有的诗学审美表现。

第五章　清谈与玄言诗

清谈与玄言、玄言诗的关系也成为玄言诗研究中一个非常重要的内容。历年来,有许多学者试图以清谈的发展追溯玄言诗的形成与发展。余英时《士与中国文化》中“汉晋之际士之新自觉与新思潮”部分引用青木正儿《清谈》分玄学为名理、析玄与旷达三派的观点。汤用彤《魏晋玄学论稿》中有“魏晋玄学流别略论”,将魏至东晋之僧俗玄学思想依立论内容分为四派而论之。钱宾四《记魏晋玄学三宗》依时代事分王何、阮嵇与向郭为三派而考论其承衍变化。唐长孺《魏晋南北朝史论丛》中的“清淡与清议”、王葆玹的《正始玄学》、唐翼明的《魏晋清谈》则更试图还原清谈的本意。张廷银的《魏晋玄言诗研究》则大量统计了当时清言、玄言、虚言、清议、微言的用词。清谈的追溯显得尤为必要,清谈与玄言诗的关系亦毋庸置疑。刘勰《文心雕龙》言:“自中朝贵玄,江左称盛,因谈余气,流成文体。”可见,玄言诗自东晋蔚然成风、独盛江左,自不免“因谈余气”之因。但是这一词的解读却历来没有受到多大的重视,所谓“余气”一词,一方面,我们可以认为玄言诗的创作内容的确是受到清谈内容的影响;而另一方面,依刘勰之“余气”所论,玄言“诗”的创作又并非与全部清谈内容相关,是部分清谈内容表现为诗的创作。

但在诸多的研究中,我们发现在玄言诗的研究中对于“清谈”“清言”“玄言”这些概念没有多加区别,但事实上,它们却有不同的表现。笔者认为,“清言”本身是“玄言”的一种,但断非与玄言诗关系密切。

一、清谈有“玄理”“任放”之别

民国时期,对于清谈的分派也有所提出。郭麟阁《魏晋风流及其文潮》中就提出清谈家即分二派:一为名理派,一为玄远派。名理以裴頠为代表,而玄远则以何晏、王弼为代表。

> 清谈者,非寻常之谈,乃谈论玄道,剖析妙理之谓也。故又名之曰清言或玄言。清谈内容大都为道家思想,有时兼涉儒释。清谈家不仅对《老》《庄》作纯学术之研讨,尚有将《老》《庄》学说,在日常生活加以实践者。故清谈家实道家之嫡系也。……清谈家概分二派。一为名理派,一为玄远派。①

笔者对于清谈也进行一次整理,在整理过程中,发现了一个极有趣的现象。在两晋清谈记录的材料中,同时提及“三玄”之处并不多,而多以“《老》《易》”,“《老》《庄》”并说,而未有《易》《庄》连说之现象。隋颜子推《颜氏家训》中《勉学》第一次提出了“三玄”这一概念,其文如下:

> 夫老、庄之书,盖全真养性,不肯以物累己也。故藏名柱史,终蹈流沙;匿迹漆园,卒辞楚相,此任纵之徒耳。何晏、王弼,祖述玄宗,递相夸尚……彼诸人者,并其领袖,玄宗所归。……洎于梁世,兹风复阐,庄、老、周易,总谓三玄。武皇、简文,躬自讲论。②

可见,如颜子推所言,“三玄”之说始自梁时。何晏、王弼之流“祖述玄宗”,此“玄宗”实则侧重于老、庄。两晋玄风,实有老庄、易老两种倾向。这一现象有什么样的一种暗示呢?如果说《老》《易》《庄》风行并重,为什么不三者连说?

---

① 郭麟阁:《魏晋风流及其文潮》,重庆红蓝出版社北平分社1946年版,第27页。
② 王利器:《颜氏家训集解》,中华书局1993年版,第186—187页。

如果说《易》《庄》有异，为何又不直接点明？我们把这些关于“《老》《易》”“《老》《庄》”的记录一一抄录出来，可以发现一个明显的倾向。首先看《易》《老》连用。如例：

《魏志·荀彧传》注引《荀氏家传》曰：“绍子融，字伯雅，与王弼、锺会俱知名，为洛阳令，参大将军军事，与弼、会论《易》《老》义，传于世。”①

《名士传》曰：“阮修字宣子，陈留尉氏人。好《老》《易》，能言理。不喜见俗人，时误相逢，即舍去。傲然无营，家无儋石之储，晏如也。②”

《晋阳秋》曰：“谢鲲字幼舆，陈郡人。父衡，晋硕儒。鲲性通简，好《老》《易》，善音乐，以琴书为业。避乱江东，为豫章太守，王敦引为长史。”③

《玠别传》曰：“玠少有名理，善《易》《老》，自抱羸疾，初不于外擅相酬对。时友叹曰：‘卫君不言，言必入真。’武昌见大将军王敦，敦与谈论，咨嗟不能自已。”④

《浩别传》曰：“浩善《老》《易》，能清言。”⑤

《文章叙录》曰：“晏能清言，而当时权势，天下谈士，多宗尚之。”《魏氏春秋》曰：“晏少有异才，善谈《易》《老》。”⑥

《魏志》曰：“繇字元常，家贫好学，为《周易》《老子》训。历大理、相国，迁太傅。”⑦

《喻道论》“肆观周孔之迹，谓至德穷于尧舜，微言尽乎《老》《易》。”⑧

从以上这些资料来看，《老》《易》的提及大都与其“名理”有关，强调了论

① （三国）陈寿：《三国志》，裴松之注，中华书局1982年版，第316页。
② 余嘉锡：《世说新语笺疏》，中华书局1983年版，第207页。
③ 余嘉锡：《世说新语笺疏》，中华书局1983年版，第210页。
④ 余嘉锡：《世说新语笺疏》，中华书局1983年版，第210页。
⑤ 余嘉锡：《世说新语笺疏》，中华书局1983年版，第217页。
⑥ 余嘉锡：《世说新语笺疏》，中华书局1983年版，第196页。
⑦ 余嘉锡：《世说新语笺疏》，中华书局1983年版，第71页。
⑧ （梁）僧祐：《弘明集》，《新修大正藏经》（52册），新文丰出版股份有限公司1983年版，第16页（b）。

理的精微,而多以“能清言”“微言”相用。清谈内容涉及了《易》的有“易象妙于见形”“象不尽意”“大贤须易”以及“易感”等问题。这些问题,都有用“微言”“清言”的表现。

《中兴书》曰:“殷融字洪远,陈郡人。桓彝有人伦鉴,见融甚叹美之。著《象不尽意》《大贤须易论》,理义精微,谈者称焉。兄子浩亦能清言,每与浩谈,有时而屈,退而著论,融更居长。”①

王敬仁年十三,作《贤人论》。长史送示真长,真长答云:“见敬仁所作论,便足参微言。”(注引《修集》载其论曰:“或问:‘《易》称贤人,黄裳元吉……’”)②

《中兴书》曰:“浩能言理,谈论精微,长于《老》《易》,故风流者皆宗归之。”③

由此可知,所谓“微言”“精微”,是指其清谈追求义理,反复探究而试图逼其真旨,微言的目的在于追求清谈之义理推敲,当时称为“极”。《世说新语·文学》中有:

何晏为吏部尚书,有位望,时谈客盈坐,王弼未弱冠往见之。晏闻弼名,因条向者胜理语弼曰:“此理仆以为极,可得复难不?”弼便作难,一坐人便以为屈,于是弼自为客主数番,皆一坐所不及。④

可见,“极”是为理之严密性的体现。实则,《老》《庄》连用时,这种对于微言义理的探讨就明显没有,而更多则是追求“风流”“超然”的畅达之情,对理的追求是为“通”。《世说新语·文学》:

---

① 余嘉锡:《世说新语笺疏》,中华书局1983年版,第256页。
② 余嘉锡:《世说新语笺疏》,中华书局1983年版,第261页。
③ 余嘉锡:《世说新语笺疏》,中华书局1983年版,第470页。
④ 余嘉锡:《世说新语笺疏》,中华书局1983年版,第196页。

殷中军问："自然无心于禀受。何以正善人少，恶人多？"诸人莫有言者。刘尹答曰："譬如写水着地，正自纵横流漫，略无正方圆者。"一时绝叹，以为名通。[①]

以上可见，论理并非只有精微之谈，亦有通达之论。理"通"的追求，实则为理之适情达性。嵇康、阮籍是为风流畅达之早期，我们且看：

瑀子籍，才藻艳逸，而倜傥放荡，行己寡欲，以庄周为模则，官至步兵校尉。时又有谯郡嵇康，文辞壮丽，好言《老》《庄》，而尚奇任侠。[②]（《三国志·魏志》卷二一）

籍容貌环杰，志气宏放……博览群籍，尤好《庄》《老》。……籍能属文，初不留思。作《咏怀诗》八十余篇，为世所重。著《达庄论》，叙无为之贵。[③]（《晋书·阮籍传》）

（康）长好《老》《庄》。与魏宗室婚，拜中散大夫。常修养性服食之事，弹琴咏诗，自足于怀。以为神仙秉之自然，非积学所得，至于导养得理，则安期、彭祖之伦可及，乃著《养生论》。[④]（《晋书·嵇康传》）

（惔）尤好《老》《庄》，任自然趣。疾笃，百姓欲为之祈祷，家人又请祭神，惔曰："丘之祷久矣。"[⑤]（《晋书·刘惔传》）

此中所言，言其老庄之好，而多以"放荡""玄远"相提。言《老》《庄》而未提及《易》，言《老》《易》亦不提《庄》，可见，《易》《庄》之别甚大，古人早已明见。由此，清谈中风流之因，不与《易》流。此中事例，诸多矣。

《抱朴子·汉过篇》曰："反经诡圣，顺非而博者，谓之《庄》《老》之客。"[⑥]

---

① 余嘉锡：《世说新语笺疏》，中华书局1983年版，第231页。
② （三国）陈寿：《三国志》，裴松之注，中华书局1982年版，第604—605页。
③ （唐）房玄龄等：《晋书》，中华书局1974年版，第1359—1361页。
④ （唐）房玄龄等：《晋书》，中华书局1974年版，第1369页。
⑤ （唐）房玄龄等：《晋书》，中华书局1974年版，第1991页。
⑥ 杨明照：《抱朴子外篇校释》（下），中华书局1997年版，第127页。

《中兴书》曰:“绰字兴公,太原中都人。少以文称,历太学博士、大著作、散骑常侍。”《遂初赋·叙》曰:“余少慕《老》《庄》之道,仰其风流久矣。却感于陵贤妻之言,怅然悟之。乃经始东山,建五亩之宅,带长阜,倚茂林,孰与坐华幕击钟鼓者同年而语其乐哉!”①

虞预《晋书》:“(山涛)好《庄》《老》,与嵇康善。”②

《晋阳秋》曰:“庾凯字子嵩,颍川人,侍中峻第三子。恢廓有度量,自谓是《老》《庄》之徒。”③

《秀别传》曰:“秀与嵇康、吕安为友,趣舍不同。嵇康傲世不羁,安放逸迈俗,而秀雅好读书。二子颇以此嗤之。后秀将注《庄子》,先以告康、安,康、安咸曰:‘此书讵复须注?徒弃人作乐事耳!’及成,以示二子。康曰:‘尔故复胜不?’安乃惊曰:‘庄周不死矣!’后注《周易》,大义可观,而与汉世诸儒互有彼此,未若隐庄之绝伦也。”秀本传或言,秀游托数贤,萧屑卒岁,都无注述。唯好《庄子》,聊应崔撰所注,以备遗忘云。《竹林七贤论》云:“秀为此义,读之者无不超然,若已出尘埃而窥绝冥,始了视听之表。有神德玄哲,能遗天下,外万物。虽复使动竞之人顾观所徇,皆怅然自有振拔之情矣。”④

《文士传》曰:“(郭)象,字子玄,河南人。少有才理,慕道好学,托志《老》《庄》。时人咸以为王弼之亚,辟司空掾、太傅主簿。”⑤

人问王夷甫:“山巨源义理何如?是谁辈?”王曰:“此人初不肯以谈自居,然不读《老》《庄》,时闻其咏,往往与其旨合。”⑥

《王氏家谱》曰:“伦字太冲,司空穆侯中子,司徒浑弟也。醇粹简远,贵《老》《庄》之学,用心淡如也。”⑦

(符朗)著《符子》数十篇,盖《老》《庄》之流也。朗矜高忤物,不容于

① 余嘉锡:《世说新语笺疏》,中华书局1983年版,第140页。
② 余嘉锡:《世说新语笺疏》,中华书局1983年版,第167页。
③ 余嘉锡:《世说新语笺疏》,中华书局1983年版,第204页。
④ 余嘉锡:《世说新语笺疏》,中华书局1983年版,第206页。
⑤ 余嘉锡:《世说新语笺疏》,中华书局1983年版,第206页。
⑥ 余嘉锡:《世说新语笺疏》,中华书局1983年版,第433页。
⑦ 余嘉锡:《世说新语笺疏》,中华书局1983年版,第788页。

世，后众谗而杀之。[1]（裴景仁《素书》）

王夷甫，先朝风流士也。然吾薄其立名非真，而始终莫取。若以道非虞、夏，自当超然独往，而不能谋始，大合声誉，极致名位，正当抑扬名教，以静乱源。而乃高谈《庄》《老》，说空终日。虽云谈道，实长华竞。（《晋书·殷浩传》）[2]

《易》《老》连用倾向于"谈理""清言""微言"，是对《庄子》中所谓"六合之外，圣人存而不论"的探讨，这些内容并不与儒家学术相冲突。《周易》亦为儒家"六经"之一。谈《易》自然不会为儒家文人所反对。汉代之时，黄老之学盛行，《老》《易》之谈颇有传统，由此，我们认定，颜子推批评何晏、王弼之流"祖述玄宗"，"玄宗"这一说法实则是指他们在《老》《易》之外，吸纳《老》《庄》之流。如果说《易》与《老》之谈倾向于"微言大义"一面，那么《老》《庄》连用，则多侧重其人生、逸放之举止。《庄子》的自由逍遥与出世精神明显与儒家相悖，当然颇受儒家非议。最初的清谈，是以《老》《易》之精微，校练名理，而后风气使然，才涉足《庄》学，又成清谈之又一内容。《易》《老》之学到《老》《庄》之学的风气转变，是由"道"及"人"的变化，是把《易》《老》中对人的探讨因素发展延伸，而及庄学，由此蔚然。这种风气亦可谓正变之变化。《晋书·戴逵传》曰：

竹林之为放，有疾而为颦者也；元康之为放，无德而折巾者也。[3]

竹林之逸放，虽背离礼法，犹见正变遗风；而其元康之后，玄放之旨可谓一副胭脂神仙做派，全失其竹林之旨。亦可知见，元康之放，更盛于前者。由此我们可以总结一下：《易》《老》连用之时，侧重于清谈的义理，此为清谈之源，而《庄》《老》连用时，侧重于清淡的人生探讨，此为清谈之变，更盛于义理之谈

---

① 余嘉锡：《世说新语笺疏》，中华书局1983年版，第818页。
② （唐）房玄龄等：《晋书》，中华书局1974年版，第2044页。
③ （唐）房玄龄等：《晋书》，中华书局1974年版，第2458页。

也。此两者同构成两晋清谈的重要内容。

由此可见,清谈一词,一方面包括对于义理的探讨,另一方面在描述清谈之人的行为举止。清谈重放,往往与酒、戏相联。史书有"谈戏"之称。《晋书·列传第三十六刘弘陶侃》有记:

> 侃性聪敏,勤于吏职,恭而近礼,爱好人伦。……常语人曰:"大禹圣者,乃惜寸阴,至于众人,当惜分阴,岂可逸游荒醉,生无益于时,死无闻于后,是自弃也。"诸参佐或以谈戏废事者,乃命取其酒器、蒱博之具,悉投之于江,吏将则加鞭扑,曰:"樗蒱者,牧猪奴戏耳!《老》《庄》浮华,非先王之法言,不可行也。"①

此处所谓"谈戏","谈"者,并非戏博,实清谈与戏同用,可见清淡并非都为机理之辨。因此,《易》《老》相提时,多言及"微言",并不与名教之说冲突,历史记载中亦未提及《易》《老》与儒家相悖的情况;而《老》《庄》连用之时,则牵涉了"《老》《庄》"与"名教"之间的关系探讨,由此可见,当时与名教最为对立者,非《易》之微言义理,实为《庄》之放达。

> 王辅嗣弱冠诣裴徽,徽问曰:"夫无者,诚万物之所资,圣人莫肯致言,而老子申之无已,何邪?"弼曰:"圣人体无,无又不可以训,故言必及有;《老》《庄》未免于有,恒训其所不足。"②
>
> 王平子、胡毋彦国诸人,皆以任放为达,或有裸体者。乐广笑曰:"名教中自有乐地,何为乃尔也!"③
>
> 阮宣子有令闻,太尉王夷甫见而问曰:"《老》《庄》与圣教同异?"对曰:"将无同?"太尉善其言,辟之为掾。世谓"三语掾"。卫玠嘲之曰:"一言可辟,何假于三?"宣子曰:"苟是天下人望,亦可无言而辟,复何假一?"

---

① (唐)房玄龄等:《晋书》,中华书局1974年版,第1773—1774页。
② 余嘉锡:《世说新语笺疏》,中华书局1983年版,第199页。
③ 余嘉锡:《世说新语笺疏》,中华书局1983年版,第24页。

遂相与为友。①

《晋书·阮瞻传》亦作“(瞻)见司徒王戎,戎问曰:‘圣人贵名教,《老》《庄》明自然,其旨同异?’瞻曰:‘将无同?’”②

《庄子》所提倡的放达精神情怀,在嵇、阮的行为作风中还可以看作是对于司马氏政权的一种反抗,但随后与清谈的合流中,它成了一种时尚。可以说“允理”是为清谈的大多数目标,而并非《易》之精理之论。《易》所提倡的“微言”与《庄》所提倡的“放言”两者是不同的,但他们的确是构成了整个魏晋玄谈的主要内容。“微言”与“放达”的不同,可以从哲学层面上概括为“微言”具有“宇宙论”为中心的哲学思辨,而“放达”则是“人生论”为中心的哲学人文思潮。从以上记录来看,古人对于《老》《易》之“清言”与《老》《庄》之“放达”的还是有意识地进行了区别。尤其是对于诗歌这一体裁,本身就是重视情感的,由此,玄言表现于诗歌实则就倾向于理会、得理,而并非论理。张翼在其《咏怀诗》中言:

遥遁播荆衡,杖策憩南郢。遭动透浪迹,遇靖恬夷性。拊卷从老语,挥纶与庄咏。③

由此可见,清谈之老庄对于文人的心境与举止影响是明显的。微言与放达,两晋风流之士两者多兼而有之,由此,后人少有别于此。但笔者认为,区别出这两种哲学思潮是有必要的,它涉及“玄学”与“玄言诗”的关系问题。

林公谓王右军云:“长史作数百语,无非德音,如恨不苦。”王曰:“长史自不欲苦物。”④

许掾年少时,人以比王苟子,许大不平。时诸人士及于法师并在会稽

① 余嘉锡:《世说新语笺疏》,中华书局1983年版,第207页。
② (唐)房玄龄等:《晋书》,中华书局1974年版,第1363页。
③ 逯钦立:《先秦汉魏晋南北朝诗》,中华书局1983年版,第892页。
④ 余嘉锡:《世说新语笺疏》,中华书局1983年版,第472页。

西寺讲,王亦在焉。许意甚忿,便往西寺与王论理,共决优劣。苦相折挫,王遂大屈。许复执王理,王执许理,更相覆疏;王复屈。许谓支法师曰:“弟子向语何似?”支从容曰:“君语佳则佳矣,何至相苦邪?岂是求理中之谈哉!”①

支道林、许掾诸人共在会稽王斋头。支为法师,许为都讲。支通一义,四坐莫不厌心。许送一难,众人莫不抃舞。但共嗟咏二家之美,不辩其理之所在。②

“苦”,刘义庆注之“谓穷人以辞。”③由此可见,对于“理”的清谈,晋人并非把对于理的真理性觉解作为清谈的目标,而是把谈理之中,亦获其意旨和情感的动荡为其清谈的审美体验,对于畅情之法,实颇有求其义理新意之故。

支道林、许、谢盛德,共集王家。谢顾谓诸人:“今日可谓彦会,时既不可留,此集固亦难常。当共言咏,以写其怀。”许便问主人有《庄子》不?正得《渔父》一篇。谢看题,便各使四坐通。支道林先通,作七百许语,叙致精丽,才藻奇拔,众咸称善。于是四坐各言怀毕。谢问曰:“卿等尽不?”皆曰:“今日之言,少不自竭。”谢后粗难,因自叙其意,作万余语,才峰秀逸。既自难干,加意气拟托,萧然自得,四坐莫不厌心。支谓谢曰:“君一往奔诣,故复自佳耳。”④

司马太傅问谢车骑:“惠子其书五车,何以无一言入玄?”谢曰:“故当是其妙处不传。”⑤

众人皆以刘尹之所为“通”,以此解“善少恶多”之原因,但思虑之下,刘说并未从其义理上解释其原因,以类比之法,便以为通,实乃中士之感性认识之

① 余嘉锡:《世说新语笺疏》,中华书局1983年版,第225页。
② 余嘉锡:《世说新语笺疏》,中华书局1983年版,第227页。
③ 余嘉锡:《世说新语笺疏》,中华书局1983年版,第472页。
④ 余嘉锡:《世说新语笺疏》,中华书局1983年版,第237—238页。
⑤ 余嘉锡:《世说新语笺疏》,中华书局1983年版,第239—240页。

因。又支道林等人解《庄子》,寻义各有所通,可见清谈非谓求理,实文辞义理兼美而善之。

二、清谈的文学化

虽然锺嵘所言“江左贵玄”“因谈余气,流成文体”表明了玄学、清谈与玄言诗的关系,但这一点实则还需要进一步地深化。事实上,今天我们对于玄言诗的界定中以“体悟玄理”来理解玄言诗还是过于笼统。所谓“玄理”,极容易误导我们认为玄言诗是究极玄理的诗歌,但事实却并非如此。我们把清谈所涉及的所有内容与玄言诗的表达内容相比较,发现并非所有的清谈内容都表现在了玄言诗中。事实说明,并非所有的玄谈内容都适合用诗歌这一方式来表达,这一点是需要重视的。魏晋之时,对于文学体裁观念已经有了初步的研究。曹丕《典论·论文》中所谓“夫文本同而末异,盖奏议宜雅,书论宜理,铭诔尚实,诗赋欲丽”①,而陆机《文赋》中所谓“诗缘情而绮靡,赋体物而浏亮。碑披文以相质,诔缠绵而凄怆……”②这些对于文体的认知都在玄言诗的兴盛之前。从这些观点可以看出,当时对于不同文体的审美标准都有一个较为清晰的认识。事实上,我们也谈到了“诗言理”的问题,这种诗言理的表现可以说是对于“诗缘情”理解的突破,但是,即使“诗言理”的主张提出,也都是建立在“诗缘情”这一基础之上,把言理当作高情来对待,由此,玄言诗作为“诗”这一特征的情感性,包容了言理这一种抒情方式。而清谈中的文学化的表现,就是玄言诗的表现内容。我们可以从两个角度来进行分析:

其一,清谈纵是以辨析明理为首,然亦不脱“丽藻”之病。这一点,前文已经有所提及,此处自不必多引,《世说新语》载:

> 谢镇西少时,闻殷浩能清言,故往造之。殷未过有所通,为谢标榜诸义,作数百语。既有佳致,兼辞条丰蔚,甚足以动心骇听。谢注神倾意,不

① (梁)萧统:《文选》,(唐)李善注,中华书局1977年版,第720页。
② (梁)萧统:《文选》,(唐)李善注,中华书局1977年版,第241页。

觉流汗交面。殷徐语左右:“取手巾与谢郎拭面。”①

清谈之诗人,则无不以才藻称世,以孙绰、许询为例:

李善注引《晋中兴书》曰:“高阳许询,字玄度。寓居会稽,司徒蔡谟辟,不起。询有才藻,善属文,时人皆钦爱之。”②

孙兴公、许玄度皆一时名流。或重许高情,则鄙孙秽行;或爱孙才藻,而无取于许。③

由此可知,纵是玄言诗风鼎盛之时,繁绮之风实不减。那么,玄言诗的繁绮表现在哪些方面呢?其一,大量砌典,其二,俳丽之句。此为玄言诗之一大特点。玄言诗是有丽辞,然契机无巧,直陈堆砌,以至文质不称,便流于苍白之陈述。

其二,清谈的文学化还表现在清谈多不重视机理之辨。

对《世说新语》的研读可以发现,许多清谈,并非以究极之理为其表现,而是以适心为要。这就说明,清谈是一个非常文学化而非玄理化的表现。

清谈的起源,近人有对于清谈的重新梳理,认为清淡在汉时,一方面表现为“月旦”,但在月旦之前,清谈亦有,即为“谐隐”。杨勇在《论清谈之起源、源义、语言及其影响》一文中,对于清谈之起源有过很好的分析。认为:

“清谈”之本义,实由“滑稽”演变而来,而三国时人仍用之。刘彦和《文心雕龙·谐隐》篇亦有“魏晋滑稽”一词,则直指魏晋清谈无疑矣。……然时人又有称为“文辩”者,则清谈语言发展渐趋于彩丽矣。④

随后,文章又指出:

① 余嘉锡:《世说新语笺疏》,中华书局1983年版,第217—218页。
② (梁)萧统:《文选》,(唐)李善注,中华书局1977年版,第450页。
③ 余嘉锡:《世说新语笺疏》,中华书局1983年版,第533页。
④ 杨勇:《杨勇学术论文集》,中华书局2006年版,第488—489页。

“滑稽”一名，既为清谈之同义辞，其始则见于《史记·滑稽列传》。太史公言淳于髡“滑稽多辩”以立传，并附以优孟、优旃同体，其皆善为笑语者也。①

日本学者冈村繁《汉魏六朝的思想和文学》一书有《清谈的系谱与意义》一章，其中对清谈亦有近似的看法，认为清谈本身的源义与今人所谓“魏晋清谈”“老庄清谈”实有不同。事实上，真正“据理而谈”在清谈中只占极小部分，而相当一部分清谈明显带有文学化的倾向。《世说新语·文学》载：

支道林、许掾诸人共在会稽王斋头。支为法师，许为都讲。支通一义，四坐莫不厌心。许送一难，众人莫不抃舞。但共嗟咏二家之美，不辩其理之所在。②

《高僧传·支道林》中亦印证了此种说法：

初至京师，太原王蒙甚重之，曰：“造微之功，不减辅嗣。”……年二十五出家，每至讲肆，善标宗会，而章句或有所遗，时为守文者所陋。谢安闻而善之，曰：“此乃九方堙之相马也，略其玄黄，而取其骏逸。”③

支道林清谈之“略其玄黄”是为重意不重理之谈。由此可见，“清谈”是具有文学性倾向的。《世说新语》记：

刘尹至王长史许清言，时苟子年十三，倚床边听。既去，问父曰：“刘尹语何如尊？”长史曰：“韶音令辞，不如我；往辄破的，胜我。”④

《刘惔别传》曰：“惔有俊才，其谈咏虚胜，理会所归，王蒙略同，而叙

① 杨勇：《杨勇学术论文集》，中华书局2006年版，第495页。

② 余嘉锡：《世说新语笺疏》，中华书局1983年版，第227页。

③ （梁）慧皎：《高僧传》，汤用彤校注，中华书局1992年版，第159页。

④ 余嘉锡：《世说新语笺疏》，中华书局1983年版，第527页。

致过之，其词当也。”①

傅嘏善言虚胜，荀粲谈尚玄远。每至共语，有争而不相喻。裴冀州释二家之义，通彼我之怀，常使两情皆得，彼此俱畅。②

依王蒙之言，其区别“韵音令辞”与“往辄破的”两类。由此可知，诗作与清谈之间，并非相类。而言理之论，多又以其“通”为尚。裴冀州释二家之义，通彼我之怀可以看到，在晋人心中，“论贵于允理”而不求支离，若只为其“研核名理”则漫于支离也。晋人“作诗”与“破的”虽为晋人所习，所亦各有所攻，这表现了清谈中两个不同方面。“通”主张理“达”而无碍，颇得三家之旨，非拘泥于字句章疏。此南人学问之风气，《世说新语》：

褚季野语孙安国，云：“北人学问，渊综广博。”孙答曰：“南人学问，清通简要。”③

综上所述，清谈有玄理与任放之别，加之东晋学风本不重视章句之学，而以“清通简要”为研理之则。由此，比之西晋的清谈，少了名理检实。东晋这样的清谈之风，对于三教文化的互融有着良好的帮助。清谈的玄言诗歌创作，就是这种“清通简要”的体验表达。玄言诗歌多表现以《老》《庄》为核心的人生思想，而对于这种诗歌的批评，在儒家看来，就是“契机者入巧，浮假者无功”的质文相失。但这一批评，本身就带有浓厚的儒家文学批评前见。事实上，对于两晋这种直陈式的说理诗，这类“平典似道德论”的说理诗，我们可借鉴西方宗教诗学的批评，从其人与宗教思想的关系来看待。从玄言诗所寄托的这种感情和以这种方式表达感情的原因，可以发现，在“言意之辨”思想下，诗人对于外在形式的简单，却是凸显出其对于“意”的一种追求，越发放弃技巧性，以一种诗性思想的语言来表达“理”。对于理的体验与表达来说，一切

① 余嘉锡：《世说新语笺疏》，中华书局 1983 年版，第 527 页。
② 余嘉锡：《世说新语笺疏》，中华书局 2004 年版，第 200 页。
③ 余嘉锡：《世说新语笺疏》，中华书局 1983 年版，第 216 页。

故作的、有意而为之的都是不足言道的。正如《庄子·外物》所言：

> 荃者所以在鱼，得鱼而忘荃；蹄者所以在兔，得兔而忘蹄；言者所以在意，得意而忘言。吾安得夫忘言之人而与之言哉！①

由此可见，“得意”是玄言诗的重要目的，正如“韵灵旨清”的审美要求一样，“旨清”的重视势必影响对于文学技巧以及文学意象的忽视。实则，这种直陈式的语言表现，在诗人看来，只不过是一种手段，对于旨的“理会”才是诗最为重要的目的，而理会则视为高情的抒发表现。这种诗歌态度是具有宗教诗歌的审美态度。正是在基督教诗歌中，对于上帝的赞颂，是直接的，无需任何技巧的修饰。从这一点，我们可以尝试对于玄言诗的宗教一维解读。

---

① (清)郭庆藩：《庄子集释》，中华书局1961年版，第944页。

第六章　两晋佛道传播、接受与玄言诗风转变

两晋时期是道教与佛教获得大发展的时期。这一时期，两者都呈现出了宗教自身上层化的趋势，从民间走向了上层政权、士族与文人。一方面，这种上层化可以看作是宗教教义的普遍化过程，影响也必然体现于上层士族与文人的思想、诗歌内容以及风格中；另一方面，这种上层化实质上也是一种文化选择与接受的过程。当下两晋佛道与文学、诗歌之研究不可谓不繁荣，但这些研究都普遍具有一种倾向性，即乐于从其政权阶层对于道、佛的信仰中找到文化中的佛、道因素，由此得出文化受到道、佛的影响。但文化传播与接受实则是一个互动的过程，且并不是一个对等的过程。放之于这样的视野，我们更能看到佛、道两教自身发展与文学发展之间的内在关系。事实上，从其士族、文人对于两教教义的接受来看，无论是道教还是佛教，都并没有全盘地吸收，其中隐约可以看到儒家文化在这个式微时期，对于士族、文人的文化选择上依然有其强大的约束力，此时的文人大多都是三教兼修的，这也表明了儒教文化虽然处于式微，但它作为其文化金字塔底基的文化地位并没有改变，此时道、佛文化异常活跃，使它们成为当时的流行文化。

一、道教的上层化传播

汤一介先生在《早期道教史》中提出："道教成为一个完整意义上的宗教团体是在东晋南北朝时才最后完成的。"①道教的两晋上层化之路实则就是道

① 汤一介：《早期道教史》，昆仑出版社2006年版，第13页。

教自身不断完善和发展的过程。从汉末时期《太平经》的出现可以看出，当时道教已经很流行。但道教的真正发展，实则开始于张鲁所创的天师道，利用道教的形式，笼络下层民众从而形成一股反抗势力。这使得道教教义一开始便充满了汉代民间的巫术文化，同时，也是道教的上层化形成中的不利因素。一方面，这种巫术文化深为政权统治者畏忌；另一方面，文人多习儒家文化，对于巫术一类不以为然。道教的上层化，以曹操在汉中之时接收了张鲁的道团为标志。

晋武帝司马炎即位之初，对于道教的态度同于魏氏，对道教采取既镇压又利用的形式。纵观西晋道教，道士游走权贵之门，参与许多的政治权力斗争。这一点，也使得道教在政治地位上取得了当时佛教僧人所没有的地位。道教在西晋之时其上层化比之佛教占据优势：一方面，道教文化本身起源于中土方术、鬼神文化，这本身就是一种大众文化样态，最利于大众的传播与接受，不存在格义、比附的问题；另一方面，政治上也得到一些高级士族的青睐，成为其信奉者。陈寅恪先生《天师道与滨海地区之关系》说："西晋八王之乱，其中心人物为赵王伦。赵王伦之主谋为孙秀，大将为张林。……秀固确为天师道之信徒，林亦疑与之同教者也。"①西晋之时，道教作为一个民间组织以达到其政治目的的作用很多，史书多记载以道教为其手段而进行的政治斗争。《华阳国志》中记载：

> 咸宁三年春，刺史濬诛犍为民陈瑞。瑞初以鬼道惑民。其道始用酒一𨢞，鱼一头，不奉他神。贵鲜洁。其死丧、产乳者，不百日不得至道治。其为师者曰祭酒。父母妻子之丧，不得抚殡、入吊，及问乳、病者。后转奢靡，作朱衣、素带、朱帻、进贤冠。瑞自称天师，徒众以千百数。②
>
> 李特，字玄休，略阳临渭人也。祖世本巴西宕渠賨民，种党劲勇，俗好鬼巫。③

① 陈寅恪：《金明馆丛稿初编》，三联书店 2001 年版，第 3 页。

② （东晋）常璩：《华阳国志》，任乃强：《华阳国志校补图注》，上海古籍出版社 1983 年版，第 439 页。

③ （东晋）常璩：《华阳国志》，任乃强：《华阳国志校补图注》，上海古籍出版社 1983 年版，第 483 页。

参加八王之乱的道徒方士除孙秀、张林外，还有步熊和黄道士等。《晋书》卷九十五《步熊传》载：

> 步熊字叔罴，阳平发干人。少好卜筮数术，门徒甚众。……赵王伦闻其名，召之。①

以上这些材料可以说明几个现象：其一，在西晋之时，道教与政权阶级斗争走得很近。其二，此时道教思想来源较多。虽然当时天师道影响较大，但其他思想亦非常多。政治上的优势弥补了当时道教教义杂乱、缺乏整理的上层化传播不足现象。同样，西晋的道教自身政治上的优势，也使得其教义整理、经典的规范方面重视不够。

东晋时期，道教的上层化渐趋于远离政治斗争。民间利用道教进行的起义被视为巫邪，这更加剧了道教自身改革的需要，而开始着手于教义的整理，一方面是由于政治优势的消退，另一方面是源于道教中的诸多教义并不为大多数士族和文人所热衷。道教真正的改革实则出现于东晋之初。这时，以葛洪为代表的道教金丹道，刘宋时期出现的上清系，都表明了道教自身上层化历程中的变化进程。而这一变化的中心，就是抛弃掉早期道教中民间方术思想的内容，而养生、神仙成为了道教的核心内容。

葛洪，字稚川，自号抱朴子，丹阳句容（属今江苏省）人。生于晋武帝太康四年（283 年）。《晋书·葛洪传》载：

> 祖系，吴大鸿胪。父悌，吴平后入晋，为邵陵太守。洪少好学，家贫，躬自伐薪以贸纸笔，夜辄写书诵习，遂以儒学知名。……尤好神仙导养之法。从祖玄，吴时学道得仙，号曰葛仙公，以其炼丹秘术授弟子郑隐。洪就隐学，悉得其法焉。后师事南海太守上党鲍玄。玄亦内学，逆占将来，见洪深重之，以女妻洪。洪传玄业，兼综练医术，凡所著撰，皆精核是非，

---

① （唐）房玄龄等：《晋书》，中华书局 1974 年版，第 2478—2479 页。

而才章富赡。①

葛洪有良好的儒家文化基础。实则，佛、道两教在其上层化中都必然面临如何来调和自身与儒家文化的关系。由此，此时佛道上层化的关键人物，大抵都是三教兼通的人物。葛洪精读《孝经》《论语》《诗》《易》等儒家经典，早年以儒学知名。在其《抱朴子外篇·自序》中言：

年十六，始读《孝经》《论语》《诗》《易》，贫乏无以远寻师友，孤陋寡闻，明浅思短，大义多所不能通，但贪广览，于众书乃无不暗诵精持。曾所披涉，自正经、诸史、百家之言，下至短杂文章，近万卷。既性暗善忘，又少文，意志不专，所识者甚薄，亦不免惑，而著述时犹得有所引用，竟不成纯儒，不中为传授之师。其河洛图纬，一视便止，不得留意也，不喜星书及算术、九宫、三棋、太一、飞符之属，了不从焉，由其苦人而少气味也。晚学风角、望气、三元、遁甲、六壬、太一之法，粗知其旨，又不研精。亦计此辈率是为人用之事，同出身情，无急以此自劳役，不如省子书之有益，遂又废焉。②

对于"神仙导养之法"的爱好，相信除了他自身的爱好之外，也是来自文人士族的文化选择。西晋虽然道教较盛，但多流行民间，政治阶层、文人对于民间方术一类多有不取，但对其神仙、养生吐纳之法，却颇为喜好。这一点，可由魏晋初期诸多文人体现出来。以嵇康、阮籍为例：

籍尝于苏门山遇孙登，与商略终古及栖神导气之术，登皆不应，籍因长啸而退。至半岭，闻有声若鸾凤之音，响乎岩谷，乃登之啸也。遂归著《大人先生传》。……此亦籍之胸怀本趣也。③

① (唐)房玄龄等:《晋书》，中华书局1974年版，第1911页。
② 杨明照:《抱朴子外篇校释》(下)，中华书局1997年版，第655—656页。
③ (唐)房玄龄等:《晋书》，中华书局1974年版，第1362页。

(康)长好《老》《庄》。与魏宗室婚,拜中散大夫。常修养性服食之事,弹琴咏诗,自足于怀。以为神仙禀之自然,非积学所得,至于导养得理,则安期、彭祖之伦可及,乃著《养生论》。①

秦汉时的神仙家讲"长生不死""肉体成仙"本与道教不同,但为道教所继承。文人对于风角、符水、星算则加以排斥,而对于养生、神仙之说却并不排斥。这一现象,实则也决定了道教上层化的方向。葛洪学识渊博,著述甚多,现存主要有《抱朴子》内外篇 70 卷、《神仙传》10 卷、《肘后要急方》4 卷等,其中《抱朴子内篇》20 卷都不脱其神仙、养生之说,对道教的发展有深刻的影响。

魏晋时期士族阶层对于神仙之学不加排斥的原因,实则是继承了两汉儒道文化的渊源。儒家文化在历经两汉之时,事实已经有了变化。楚文化本多楚巫文化,加之汉时初期以黄、老之术为治国之本,养生学说便渗入政治文化的肌体之中。这种养生的道家文化与儒家文化经历了磨合而没有了过多的冲突,由此,神仙之说亦渐被儒家文化所包容。② 司马迁《史记·论六家之要指》中就强调了道德家。在司马迁眼中,道、儒并不悖,而是在政治统治中各有所用。

对于《庄子》的态度可以看出文人的一种选择性接受态度。《史记》中可以看到:

庄子者,蒙人也,名周。周尝为蒙漆园吏,与梁惠王、齐宣王同时。其学无所不窥,然其要本归于老子之言。故其著书十余万言,大抵率寓言也。作《渔父》《盗跖》《胠箧》,以诋訾孔子之徒,以明老子之术,……故自王公大人不能器之。③

由此可见,西汉之时,《庄子》一书是为繁杂之书,司马迁言其有十余万言,且思想多与儒学明显相对,诋訾儒学。在东汉之后,《庄子》一书的地位得

---

① (唐)房玄龄等:《晋书》,中华书局 1974 年版,第 1369 页。
② 此可参阅钟仕伦:《南北文化与美学思潮》,四川大学出版社 1995 年版,第一章。
③ (汉)司马迁:《史记》,中华书局 1972 年版,第 2143—2144 页。

到提升。其《汉书·艺文志》中将《庄子》列为道家之书。但今见《庄子》为33篇，为向秀、郭象所删汰。高诱注《吕氏春秋·必己》"庄子行于山中"说："庄子名周，宋之蒙人也，轻天下，细万物，其术尚虚无，著书五十二篇，名之曰《庄子》。"①可知汉时还可见此本。唐时陆德明《经典释文·序例》称："《汉书·艺文志·庄子五十二篇》，即司马彪、孟氏所注是也。"②日本镰仓时代高山寺所藏《庄子》残抄本，其《天下》篇后有段跋语：

> 夫学者以成性易知为德，不以政（攻）异端为贵也。然庄子闳才命世，诚多英文伟词，正言若反，故一曲之士不能畅其弘旨，而妄窜奇说，若《阏亦（奕）》《意循（修）》之首，《尾（危）言》《游易（凫）》《子胥》之篇，凡诸巧杂，若此之数，十分有三，或牵之令近，或迂之令诞，或似《山海经》，或似（占）梦书，或出《淮南》，或辩形名，而参之高韵，龙蛇并御，且辞气鄙背，竟无深澳，而徒难知，以因（困）后蒙，令沈滞失乎（平）流，岂所求庄子之意哉？故皆略而不存。令（今）唯哉（裁）取其长，达致全乎大体者焉为三十三篇者。③

从郭象注《庄子》而删汰但郭象本大为流行的情况来看，这一行为本身就表明《庄子》一书中思想杂乱。郭象删《庄》，与当时《庄子》的流行密不可分，由此才取思想不合之处而删之。删后的《庄子》更为流行，以至成为《庄子》定本，这可以看作是魏晋之时，文人对于《庄子》的一次选择性接受态度。由此，《庄子》中最为合乎文人的思想便被保留。其中逍遥之说，成为了魏晋清谈的一个重要话题。

结合道教的魏晋上层化，我们可以说，道教的上层化实质就是道家化。事实上，葛洪对于道教学说改革就是去巫术化，他主要的贡献就是力图使其系统化，建立一套神秘主义的道教哲学。这一点，在其《抱朴子》中表现得很充分。同时，葛洪也把民间的道教教义视为了异端而加以斥之，以图使道教摆脱政治

① 许维遹：《吕氏春秋集释》，中华书局2009年版，第347页。
② （唐）陆德明：《经典释文》，黄焯汇校，中华书局2006年版，第28页。
③ 转引自崔大华：《庄学研究》，人民出版社1992年版，第46页。

上、文化传播上的劣势。其《抱朴子》中亦多处言到：

曩者有张角、柳根、王歆、李申之徒，或称千岁，假托小术，坐在立亡，变形异貌，诳眩黎庶，纠合群愚，进不以延年益寿为务，退不以消灾治病为业，遂以招集奸党，称合逆乱。①（《道意》）

今杂猥道士之辈，不得金丹大法，必不得长生可知也。②（《勤求》）

余昔数见杂散道士辈，……又术士或有偶受体自然，……或长于符水禁祝之法，……或修行杂术……问之以金丹之道，则率皆不知也。因此细验之，多行欺诳世人，以收财利，无所不为矣。此等与彼穿窬之盗，异途而同归者也。③（《祛惑》）

葛洪《抱朴子》奠定了道教的上层化之路，以一种改良姿态应对上层阶层的喜好，消除了许多神秘的思想，奠定了道教的道家化主体思想。

东晋之时，还有道人如郭璞，亦是渡江而至。《晋书》中载他多有神异之事，但如前所述，葛洪此时已经对于道教中的“卜筮”开始排斥，说明在东晋之时，卜筮之风虽有，然文人所不取。《晋书》载郭璞：

然性轻易，不修威仪，嗜酒好色，时或过度。著作郎干宝常诫之曰：“此非适性之道也。”璞曰：“吾所受有本限，用之恒恐不得尽，卿乃忧酒色之为患乎！”璞既好卜筮，缙绅多笑之。④

虽然晋书中多处言及郭璞之谶言，但许多儒家修养的人都不屑于占卜。《晋书》载：

郭璞尝遇（颜）含，欲为之筮。含曰：“年在天，位在人，修己而天不与

---

① 王明：《抱朴子内篇校释》，中华书局1985年版，第173页。
② 王明：《抱朴子内篇校释》，中华书局1985年版，第259页。
③ 王明：《抱朴子内篇校释》，中华书局1985年版，第346页。
④（唐）房玄龄等：《晋书》，中华书局1974年版，第1904—1905页。

者，命也；守道而人不知者，性也。自有性命，无劳蓍龟。”①

《晋书》中多郭璞筮占之事，恐为唐人编《晋书》好用笔记小说有关，此另当别论。就当时而言，养生、神仙成为当时道教文化中最受文人追捧的因素。郭璞在江左之时，虽往来于世族、文人之间，却对于道教典籍没有进行整理，而自葛洪金丹派之后，大约在其刘宋时期，才出现了道教的又一次改良，即以《上清经》出现为其标志。在近一个世纪之后，上清系的出现，实为道教的又一次整理。《上清经》出世逐步形成为上清派。《上清经》中以《大洞真经》最为精妙，被列为上清之首，称为《上清大洞真经》。《大洞真经》所说的存思之法，是上清派典型的修炼方法。南北朝以后，随着上清派的发展，存思法逐步成为道教流行的主要修炼方法之一，在道教史上占有一定的地位。其法重在调意，简便易行，适合于士大夫的口味。卿希泰先生主编的《中国道教史》中言其：

特别重要的是，从《大洞真经》和《黄庭经》的内容介绍中，可以看出上清派所崇奉的主要经典已经完全排除了早期道书中反映农民群众的愿望和要求的思想，因而它们为封建统治阶级所乐于接受。故上清派之能在封建统治阶级对早期民间道教进行改造的过程中产生，并不是偶然的。它的出现乃是适应了封建统治者的要求和利益，反映了道教内部的分化及其向上层的发展，这也是上清派之所以不断壮大的重要原因。②

西晋之时的道教上层化更多地倾向于政治的上层化，而东晋之时，道教虽然走上了道教的自身扬弃过程，但这一发展与佛教的发展来说，道教已经失去了它早期的优势，甚至可以这样说，道教教义的改革在东晋之时比之佛教有了明显的滞后。

① （唐）房玄龄等：《晋书》，中华书局1974年版，第2287页。
② 卿希泰主编：《中国道教史》（修订本）第一卷，四川人民出版社1996年版，第377页。

二、道教传播与文人接受的诗歌创作影响

（一）以张华为中心的西晋文人特征

西晋文人人才辈出，其《晋书·文苑序》言：

及金行纂极，文雅斯盛，张载擅铭山之美，陆机挺焚研之奇，潘夏连辉，颉颃名辈，并综采繁缛，杼轴清英。穷广内之青编，缉平台之丽曲，嘉声茂迹，陈诸别传。至于吉甫、太冲，江右之才杰；曹毗、庾阐，中兴之时秀。信乃金相玉润，林荟川冲，埒美前修，垂裕来叶。今撰其鸿笔之彦，著之《文苑》云。①

《晋书·文苑序》中言其"颉颃名辈，并综采缛，杼柚清英"可谓正中两晋文学之特征。两晋文人大多始终与政治相羁绊，这实则也决定了西晋诗歌的一种风气。西晋时间较短，如果要从宗教文化传播与接受层面来分析西晋时期。可以说，张华成为贯穿整个西晋宗教、政治、文学最为重要的人物。西晋文风的形成，实则多与他的文学主张密切相关。

张华生于泰和六年（232），卒于永康元年（300），其一生经历都系于西晋。张华的政治地位以及文学创作地位在西晋是无人能及的。《晋书·张华传》言：

华少孤贫，自牧羊，同郡卢钦见而器之。乡人刘放亦奇其才，以女妻焉。华学业优博，辞藻温丽，朗赡多通，图纬方伎之书莫不详览。少自修谨，造次必以礼度。勇于赴义，笃于周急。器识弘旷，时人罕能测之。②

陈留阮籍见之，叹曰："王佐之才也！"由是声名始著。郡守鲜于嗣荐

---

① （唐）房玄龄等：《晋书》，中华书局1974年版，第2369—2370页。

② （唐）房玄龄等：《晋书》，中华书局1974年版，第1068页。

华为太常博士。①

华名重一世，众所推服，晋史及仪礼宪章并属于华，多所损益。②

华性好人物，诱进不倦，至于穷贱候门之士有一介之善者，便咨嗟称咏，为之延誉。雅爱书籍，身死之日，家无余财，惟有文史溢于机箧。尝徙居，载书三十乘。秘书监挚虞撰定官书，皆资华之本以取正焉。天下奇秘，世所希有者，悉在华所。由是博物洽闻，世无与比。③

初，陆机兄弟志气高爽，自以吴之名家，初入洛，不推中国人士，见华一面如旧，钦华德范，如师资之礼焉。④

晋武帝《诏张华》中，就言其"近次夫子"。《拾遗记》卷十有载：

卿才综万代，博识无伦，远冠羲皇，近次夫子。然记事采言，亦多浮妄。宜更删翦，无以冗长成文。昔仲尼删《诗》《书》，不及鬼神幽昧之事，以言怪力乱神。今卿《博物志》，惊所未闻，异所未见。将恐惑乱于后生，繁芜于耳目。可更芟截浮疑，分为十卷。⑤

张华的为人处世原则与文学主张可以反映出西晋时期文人的一些共性特点。从其史载张华可见，有几点是西晋文人所共有的特征。

其一，言张华"少自修谨，造次必以礼度。"此为西晋文人一大特征。西晋之时，司马氏尊崇儒术，由此西晋之世族、文人多习儒家之法。锺嵘《诗品》言：

太康中，三张、二陆、两潘、一左，勃尔复兴，踵武前王，风流未沫，亦文章之中兴也。⑥

① （唐）房玄龄等：《晋书》，中华书局1974年版，第1069—1070页。
② （唐）房玄龄等：《晋书》，中华书局1974年版，第1070页。
③ （唐）房玄龄等：《晋书》，中华书局1974年版，第1074页。
④ （唐）房玄龄等：《晋书》，中华书局1974年版，第1077页。
⑤ （晋）王嘉：《拾遗记》，（梁）萧绮录，中华书局1981年版，第211页。
⑥ （南朝梁）锺嵘著，曹旭笺注：《诗品笺注》，人民文学出版社2009年版，第14页。

三张、二陆、两潘、一左为西晋文学之代表。《晋书·张载传》"时人谓载、协、亢、陆机、云曰:'二陆''三张'。"①这些西晋中兴时秀,实亦多修儒学。

> 左思,字太冲,齐国临淄人也。其先齐之公族有左右公子,因为氏焉。家世儒学。②
>
> 中书著作郎安平张载、中书郎济南刘逵,并以经学洽博。③
>
> 陆机,字士衡,吴郡人也。祖逊,吴丞相。父抗,吴大司马。机身长七尺,其声如钟。少有异才,文章冠世,伏膺儒术,非礼不动。④

而潘岳、潘尼亦并儒学。潘岳与夏侯湛早年相交,并称"连璧"。夏侯氏为当时之大族,其门风家教,甚有儒法。"湛作《周诗》成,以示潘岳。岳曰:'此文非徒温雅,乃别见孝弟之性。'岳因此遂作《家风诗》。"⑤可见其儒学根柢。潘岳仕宦不达之时,作《闲居赋》以述其志,其中曰:"右延国胄,左纳良逸。祁祁生徒,济济儒术,或升之堂,或入之室。"⑥可见其儒学之思想。实则,西晋之时,文人多习儒法而杂涉诸家,所谓"窥《六经》之文,览百家之学"是为西晋士族文人之家风。

其二,阮籍叹其"王佐之才"。张华一生在西晋政治中颇有影响。而其"王佐之才"出自阮籍之誉,甚可见张华才华卓然。臧否之风,两晋最盛,人物清谈,乐此不疲。人物品评是为西晋之大事。科举未兴之前,举荐为官,颇赖个人之声名,此之为九品中正之法。由此,文人多以才学为誉。挚虞以《思游赋》举贤良,潘岳以《射雉赋》《藉田赋》搏声名,陆机以《辨亡论》压群雄,左思《三都赋》伪托自注而附声名。可见西晋文人为士,多致力才思,而冀高名。实事上,著文而仕,实为西晋之平常事。西晋举才唯文之风甚盛,而文人多致力才思而少轻屑之风,此等风度,实为庆幸。张华"性好人物,诱进不倦,至于

---

① (唐)房玄龄等:《晋书》,中华书局1974年版,第1524页。
② (唐)房玄龄等:《晋书》,中华书局1974年版,第2375页。
③ (唐)房玄龄等:《晋书》,中华书局1974年版,第2376页。
④ (唐)房玄龄等:《晋书》,中华书局1974年版,第1467页。
⑤ (唐)房玄龄等:《晋书》,中华书局1974年版,第1499页。
⑥ (唐)房玄龄等:《晋书》,中华书局1974年版,第1505页。

穷贱、侯门之士，有一介之善者，便咨嗟称咏，为之延誉。”大多西晋有才华之文人，皆可见张华之身影。张华好人物，而不以门第为介，择其善者，品鉴吟咏，资为高名。《晋书》中多载其举荐之事：

张华雅重绥，每见其文，叹伏以为绝伦，荐之太常，征为博士。①

（束皙作《玄居释》以拟《客难》）张华见而奇之。……华召皙为掾，又为司空、下邳王晃所辟。②

至太康末，与弟云俱入洛，造太常张华。华素重其名，如旧相识。③

刘弘，字和季，沛国相人也。……张华甚重之。由是为宁朔将军、假节、监幽州诸军事，领乌丸校尉，甚有威惠，寇盗屏迹，为幽朔所称。④

（见左思《三都赋》）司空张华见而叹曰："班张之流也。使读之者尽而有余，久而更新。"于是豪贵之家竞相传写，洛阳为之纸贵。⑤

由此足见张华胸襟广阔，乃西晋文人之模范，这大概也与他"少贫"不无关系，如前所引，"华少孤贫，自牧羊，同郡卢钦见而器之。"应该说，张华是人物品评中幸运者，亦正是如此，他对于人物之鉴，不分贵贱，唯才是举。正因为有此等风气，西晋文人，多以才学为上，诗文取其靡绮，丽以声辞，巧以形构，俳藻声势，杂体拟体层出不穷，以至西晋繁绮诗风盛极一时。

其三，"雅爱书籍，身死之日，家无余财，惟有文史溢于机箧。尝徙居，载书三十乘。"张华饱修儒学经典，但其兴趣颇广，书多旁涉杂家。又喜为文作，书有"三十乘"，作《博物志》三百卷，足见其藏书之盛，亦可见对当时文化接受面之广。"饱读《六经》，杂通诸子"，此实为西晋文人、僧人、道士之一大特色。然西晋文人诗作，多效张华，好其《老》《庄》之学，诗文多其玄谈。

张华兼杂道家思想。正如《诏张华》中所言，"今卿《博物志》，惊所未闻，

---

① （唐）房玄龄等：《晋书》，中华书局1974年版，第2375页。
② （唐）房玄龄等：《晋书》，中华书局1974年版，第1430页。
③ （唐）房玄龄等：《晋书》，中华书局1974年版，第1472页。
④ （唐）房玄龄等：《晋书》，中华书局1974年版，第1763页。
⑤ （唐）房玄龄等：《晋书》，中华书局1974年版，第2377页。

异所未见。将恐惑乱于后生,繁芜于耳目。可更芟截浮疑,分为十卷。”但我们可以肯定,这不是一味地接受道教思想,事实上,在郭象删注《庄子》这一时期,庄子本身就多杂鬼神之说。其言左思,亦多阴阳之学。

思遂感激勤学,兼善阴阳之术。貌寝,口讷,而辞藻壮丽。①

陆机、陆云两兄弟,东吴之时,是为儒学士子,而北上之后,似也融入其多,多涉玄论。陆机、陆云“见华一面如旧,钦华德范,如师资之礼焉”。足可见,张华对于南方文人的影响。事实上,陆机、陆云文学颇受张华之影响。其陆机《文赋》其文首便涉其言意之辩,而《晋书》载陆云之事,颇明陆氏入洛玄论之习。

初,云尝行,逗宿故人家,夜暗迷路,莫知所从。忽望草中有火光,于是趣之。至一家,便寄宿,见一年少,美风姿,共谈《老子》,辞致深远。向晓辞去,行十许里,至故人家,云此数十里中无人居,云意始悟。却寻昨宿处,乃王弼冢。云本无玄学,自此谈《老》殊进。②

通过以上总结可见,西晋文人的精神世界实则较为多元化。他们一方面沿袭儒家传统,学习儒家文化,而另一方面也旁类杂通。这些思想的融汇,势必会影响到他们的处世行为。张华对于理想人格的追求,并非看重儒家恭俭礼让,相反,他对纵心山水、放荡胸怀表现得更有吸引力。他的《励志诗》这样说道:

虽有淑姿,放心纵逸。出般于游,居多暇日。③

安心恬荡,栖志浮云。体之以质,彪之以文。④

① (唐)房玄龄等:《晋书》,中华书局1974年版,第2376页。

② (唐)房玄龄等:《晋书》,中华书局1974年版,第1485—1486页。

③ 逯钦立:《先秦汉魏晋南北朝诗》,中华书局1983年版,第615页。

④ 逯钦立:《先秦汉魏晋南北朝诗》,中华书局1983年版,第615页。

张华在太康之前，是他政治顶峰之时，励志图政，又多爱闲逸。至太康、元康之时，则是他人生政治的低潮期，这种对于逸淡生活的追求便更为浓烈，由此，太康之时，其文风则多玄思。从侧面可以看到，当时文人多因政乱而少谈政治，而与张华同道，适性山水以自保。

那么，西晋文人对于道教文化接受与道教文化在诗歌的主张又表现在哪里呢？张华曾作《鹪鹩赋》以自寄，由此可见对于《老》《庄》的接受。其言"翳荟蒙笼，是焉游集。飞不飘扬，翔不翕集。其居易容，其求易给；巢林不过一枝，每食不过数粒。栖无所滞，游无所盘；匪陋荆棘，匪荣茝兰。动翼而逸，投足而安。委命顺理，与物无患。"①这明显继承了《庄子》逍遥之风，此亦为张华之人生态度，也说明当时《老》《庄》思想在西晋之时的流行。由此可见，《老》《庄》之习，在当时与儒家思想并不相悖，张华如此，其他西晋文人可见其一斑。除《老》《庄》之外，张华与西晋文人对于道教文化表现最明显的恐怕就是"游仙诗"的创作了。

（二）"游仙诗"的文人化变革

文人对于游仙文化的撷取，一方面是游仙文化本身与儒家文化并不抵触，同时，楚文化的《楚辞》已经奠定了游仙思想，成为诗之流也。"游仙诗"本是一种民间诗歌，可以说是一种道教文化的表现，而曹植始以游仙为名。以《先秦汉魏南北朝诗》中所辑为例，西晋之时成公绥有《仙诗》、张华有《游仙诗四首》、邹湛有《游仙诗》、何劭有《游仙诗》、张协有《游仙诗》，而诗中涉及游仙则更多。以张华在其西晋文坛之地位，游仙诗在西晋必是一种风靡流行的诗歌创作。这一诗风的兴盛，可以看到，游仙文化对于文人阶层的渗透，但这种文化的传播并非单向的，通过我们对于魏晋游仙诗的梳理，可以看到，游仙诗已经在经历一个由俗到雅的蜕变过程。我们以曹氏游仙诗与张华等人的游仙诗相比，可见这种游仙诗创作风格的差别。曹操《秋胡行》：

愿登泰华山，神人共远游。愿登泰华山，神人共远游。经历昆仑山，

① （唐）房玄龄等：《晋书》，中华书局1974年版，第1069页。

到蓬莱。飘遥八极，与神人俱。思得神药，万岁为期。歌以言志。

愿登泰华山，天地何长久。人道居之短，天地何长久。人道居之短，世言伯阳，殊不知老。赤松王乔，亦云得道。得之未闻，庶以寿考。歌以言志。

天地何长久，明明日月光。何所不光昭，明明日月光。何所不光昭，二仪合圣化。贵者独人不，万国率土，莫非王臣。仁义为名，礼乐为荣。歌以言志。

明明日月光，四时更逝去。昼夜以成岁，四时更逝去。昼夜以成岁，大人先天。而天弗违。①

曹操的这首《秋胡行》借用了民间的曲调，诗中大量重复咏沓是为其特色，诗中多次直言及"愿登泰华山""天地何长久"，实则直接表达了诗人对于人神共游，与天地长久的愿望。这种抒情是直接的，诗歌语言亦非常质朴，不重词藻与创作技巧的运用，而表现为直接情感的抒发。此外，他的《气出倡》《精列》《陌上桑》都是与之相类似的诗歌。这种诗歌实则非常符合宗教诗歌的特点。

与曹操的粗犷、单一相比，曹植的游仙诗则更加具有了文人化的气息，更加重视诗歌艺术性。其《升天行》《远游》：

乘矫追术士，远之蓬莱山。灵液飞素波，兰桂上参天。玄豹游其下，翔鹍戏其巅。乘风忽登举，仿佛见众仙。②

远游临四海，俯仰观洪波。大鱼若曲陵，承浪相经过。灵鳌戴方丈，神狱俨嵯峨。仙人翔其隅，玉女戏其阿。琼蕊可疗饥，仰首吸朝霞。昆仑本吾宅，中州非我家。将归谒东父，一举超流沙。鼓翼舞时风，长啸激清歌。金石固易敝，日月同光华。齐年与天地，万乘安足多。③

曹植游仙文人化的倾向之一就是诗风明显受到了《楚辞》游仙文化的影

① 逯钦立：《先秦汉魏晋南北朝诗》，中华书局 1983 年版，第 350 页。
② 逯钦立：《先秦汉魏晋南北朝诗》，中华书局 1983 年版，第 433 页。
③ 逯钦立：《先秦汉魏晋南北朝诗》，中华书局 1983 年版，第 434 页。

响,由此对于后来游仙诗的创作影响甚大。他的《灵芝篇》《孟冬篇》就是典型模仿《离骚》创作风格的作品。明代徐献忠《乐府原》有对于曹植的看法:

(子建《远游》)按《楚辞·远游》曰:"悲时俗之迫阨兮,愿轻举而远游。"王逸云:"屈原履方直之行不容于世,乃思与仙人俱游戏,周历天地,无所不至焉。"子建在当时大为文帝所嫉,因感于屈子之致而为此篇。其体则固游仙辞也。其云:"昆仑本吾宅,中州非吾家。"又曰:"齐年与天地,万乘安足多。"则其视国土如尘泥,睨爵禄如垢秽。志已不在人间,嫉忌亦将何所施耶? 此其微意也。[①]

《离骚》被喻为"诗"之流变。风格中亦以物寄情,以物为喻,词藻艳丽而情感含蓄,《离骚》《远游》为文人化的游仙一点不为过,这也正是曹植游仙风格的体现。其二,曹植游仙诗摆脱了其父诗歌中歌调复沓的形式,语言简洁,以五言进行创作,其思想中更重视"游仙"而非长生之举。事实上,曹丕、曹植对于游仙的态度是比较清醒的。他们的诗歌一方面可以看作是他对于"神仙共游"的遐想与羡慕;但另一方面,他们却明显有"人之为仙,几为缥缈。长生不死,实为梦幻"的态度。其《辩道论》云:

世有方士,吾王悉所招致,甘陵有甘始,庐江有左慈,阳城有郗俭。始能行气导引,慈晓房中之术,俭善辟谷,悉号三百岁。本所以集之于魏国者,诚恐斯人之徒,接奸诡以欺众,行妖慝以惑人,故聚而禁之。……又世虚然有仙人之说。[②]

从政治的角度来看,曹氏集甘始、左慈、郄俭等人,是为防止他们"接奸诡以欺众,行妖慝以惑人"。曹植对于神仙之事并不迷信,但曹植为何又游仙呢? 曹植《赠白马王彪诗》言:

---

① 徐献忠:《乐府原》,《四库全书存目丛书·集部》(303 册),齐鲁书社 1997 年版,第 801 页。

② (唐)道宣:《广弘明集》,《新修大正藏经》(52 册),新文丰出版股份有限公司 1983 年版,第 119 页(a)。

苦辛何虑思，天命信可疑。虚无求列仙，松子久吾欺。变故在斯须，百年谁能持。离别永无会，执手将何时。王其爱玉体，俱享黄发期。收泪即长路，援笔从此辞。①

对于道教的信与不信实则与诗歌中表现对神仙的向往联系并不紧密。所谓“天命信可疑”，人乞求庇护是为人之本性，而“虚无求列仙”可谓神仙之道亦不可信。《离骚》是为怨愤之词，托游仙为之讽，这样的诗作为曹植提供了榜样。托游仙以抒怀是为“托物言志”的一种而已。

游仙诗的文人化创作并非使游仙诗的“游仙”成为诗的主要内容，而是“托物言志”中“志”成为主要表现。如果说，在曹植处的游仙诗，还是《离骚》一般托物言志的创作，那么，在嵇康处，这种“寄兴”似乎已经有所偏离。嵇康《游仙诗》：

遥望山上松，隆谷郁青葱。自遇一何高，独立迥无双。愿想游其下，蹊路绝不通。王乔弃我去，乘云驾六龙。飘遥戏玄圃，黄老路相逢。授我自然道，旷若发童蒙。采药钟山隅，服食改姿容。蝉蜕弃秽累，结友家板桐。临觞奏九韶，雅歌何邕邕。长与俗人别，谁能睹其踪。②

嵇康的游仙诗，比之曹子建，少丽辞而多其《老》《庄》。锺嵘《诗品》言“其源出于魏文。过为峻切，讦直露才，伤渊雅之致。然托谕清远，良有鉴裁，亦未失高流矣。”③这种托物不体现于《离骚》中的香草、美人，曹植诗中昆仑众仙，而是以《老》《庄》为其咏赞对象，而言“与俗人别”的出世思想。嵇康的“出世”思想实则也与他的悲愤相关。其《述志诗》中“轗轲丁悔吝，雅志不得施”“愿与知己遇，舒愤启幽微。”④嵇康过激之言行，实有其悲愤之理据。但在其游仙诗作上，没有沿《楚辞》之流，而以《老》《庄》为喻。其《代秋胡歌

① 逯钦立:《先秦汉魏晋南北朝诗》，中华书局 1983 年版，第 454 页。
② 逯钦立:《先秦汉魏晋南北朝诗》，中华书局 1983 年版，第 488 页。
③ （南朝梁）锺嵘著，曹旭笺注:《诗品笺注》，人民文学出版社 2009 年版，第 118 页。
④ 逯钦立:《先秦汉魏晋南北朝诗》，中华书局 1983 年版，第 488—489 页。

诗·其五》几乎全用《老》《庄》语：

绝智弃学，游心于玄默。绝智弃学，游心于玄默。遇过而悔，当不自得，垂钓一壑，所乐一国。被发行歌，和气四塞，歌以言之，游心于玄默。①

这一方面可以看到，《老》《庄》思想在当时的流行，但植《老》《庄》入诗一旦成为流行之后，往往也就会偏离它本来的动机。《晋书·戴逵传》中，戴逵就说："竹林之为放，有疾而为颦者也；元康之为放，无德而折巾者也。"就说明了这个道理。在戴逵看来，竹林狂放举止，虽离儒法正道但犹见其因是不满司马氏之举，而元康之时，此风全失其正。实则，游仙诗的创作也同样如此。自嵇康以《老》《庄》为喻，游仙诗的老庄思想便成为一种风行。张华《游仙诗四首》其一：

云霓垂藻旒，羽袿扬轻裾。飘登清云间，论道神皇庐。箫史登凤音，王后吹鸣竽。守精味玄妙，逍遥无为墟。②

何劭《游仙诗》：

青青陵上松，亭亭高山柏。光色冬夏茂，根柢无雕落。吉士怀真心，悟物思远托。扬志玄云际，流目瞩岩石。羡昔王子乔，友道发伊洛。迢递陵峻岳，连翩御飞鹤。抗迹遗万里，岂恋生民乐。长怀慕仙类，眇然心绵邈。③

我们不必认为张华、何劭等人也沉迷于神仙之说。实则，游仙从早期的托物言志，已经渐染上融《老》《庄》的言志手段，这一点已经非常明了它是一种

① 逯钦立：《先秦汉魏晋南北朝诗》，中华书局1983年版，第480页。
② 逯钦立：《先秦汉魏晋南北朝诗》，中华书局1983年版，第621页。
③ 逯钦立：《先秦汉魏晋南北朝诗》，中华书局1983年版，第649页。

创作手法的运用。张华诗中言“守精味玄妙，逍遥无为墟”，何劭诗中“吉士怀真心，悟物思远托。扬志玄云际，流目瞩严石”这些诗句中的《老》《庄》思想，实则是早期民间游仙诗中所不具备的。张华、何劭游仙诗，或多或少地杂入这种玄理，应该说是嵇康之后风气的影响，已经失去其本来的意义而成为一种流行写作。如果说，郭璞的游仙诗是进一步的文人游仙诗，那么，这一源头，实则应该追溯到嵇康、张华时期的文人创作，因为他们是使游仙诗从《楚辞》化的游仙风格变成为“玄宗”的游仙诗。这一点，葛晓音先生在其《八代诗史》中，亦有涉论：

> 隐逸题材和玄言文学同时发展起来。尤其永嘉前后，平典似道德论的诗风为淡乎寡味的玄言诗的兴盛作好了创作上的准备。郭象、庾凯等“皆尚虚玄，不以世务婴心，纵酒放诞”（《资治通鉴》卷八六），庾凯所作《意赋》《幽人箴》已是全篇玄言。这些诗赋使隐逸、谈玄和游仙进一步结合起来。郭璞的游仙诗就是这样产生的。在变游仙诗为隐逸诗的同时，也助长了玄言诗风。①

之前，我们谈到了两晋时期的道教上层化，实则道教正是从教团方式向宗教团体方式发展。它自身也包含了大量的《老》《庄》思想，但西晋之时道教热衷于政治的上层化而对经典教义的整理较少，由此，从张华等人游仙诗歌中的玄理，笔者认为，这种文人对于游仙诗的又一种变革方式，赋予了游仙诗更为《老》《庄》化的风格走向。

游仙诗的变化从其侧面反映了道教上层化进程中的文化走向。事实上，道教也确实是沿着道教上层化的方向改革。这一现象也说明，文人对于道教文化中，接受了文化中不与儒家相冲突的文化，同时，这种《老》《庄》的西晋盛行，也意味着诗歌的风格受其影响。游仙诗的《老》《庄》化可以表明当时《老》《庄》思想的盛行，同时，此时也出现了一些纯粹《老》《庄》思想的诗歌，这就是西晋时期的玄言诗了。

---

① 葛晓音：《八代诗史》，陕西人民出版社 1989 年版，第 109 页。

张华《答何劭》：

洪钧陶万类，大块禀群生。明暗信异姿，静躁亦殊形。自予及有识，志不在功名。虚恬窃所好，文学少所经。忝荷既过任，白日已西倾。道长苦智短，责重困才轻。周任有遗规，其言明且清。负乘为我戒，夕惕坐自惊。是用感嘉贶，写心出中诚。发篇虽温丽，无乃违其情。①

张华《诗》：

混沌无形气，奚从生两仪。元一是能分，太极焉能离。玄为谁翁子，道是谁家儿。天行自西回，日月曷东驰。②

乘马佚于野，泽雉苦于樊。役心以婴物，岂云我自然。③

陆机《赠潘尼诗》和《诗》：

水会于海，云翔于天。道之所混，孰后孰先。及子虽殊，同升太玄。舍彼玄冕，袭此云冠。遗情市朝，永志丘园。静犹幽谷，动若挥兰。④

太素卜令宅，希微启奥基。玄冲纂懿文，虚无承先师。⑤

澄神玄漠流，栖心太素域。弭节欣高视，俟我大梦觉。⑥

物情竞纷纭，至理自宜贯。达观傥不融，居然见真赝。⑦

这些诗歌都有一些共同特点，它们与游仙相较，诗歌显得更为《老》《庄》化，成为全是《老》《庄》之理的叙述之诗，基本可算上是"植《老》《庄》语入诗"

① 逯钦立：《先秦汉魏晋南北朝诗》，中华书局1983年版，第618页。
② 逯钦立：《先秦汉魏晋南北朝诗》，中华书局1983年版，第622页。
③ 逯钦立：《先秦汉魏晋南北朝诗》，中华书局1983年版，第623页。
④ 逯钦立：《先秦汉魏晋南北朝诗》，中华书局1983年版，第677页。
⑤ 逯钦立：《先秦汉魏晋南北朝诗》，中华书局1983年版，第693页。
⑥ 逯钦立：《先秦汉魏晋南北朝诗》，中华书局1983年版，第693页。
⑦ 逯钦立：《先秦汉魏晋南北朝诗》，中华书局1983年版，第693页。

的创作。从诗句中夹杂说理之句，至诗中全为说理之诗。表明了西晋文人对于此种诗歌风格的迅速接受。这种泛滥，笔者以为是当时文人相竞，以求名达有关。九品中正制的核心就是“名德”，由此，此亦为西晋文人求仕途的唯一捷径。一有新风，众人竞仿，是为玄言诗发展的一种客观推力。

这种叙理手法，不仅表现在《老》《庄》的思想上，也表现在了儒家思想上。傅咸的《〈孝经〉诗》二章、《〈论语〉诗》二章、《〈毛诗〉诗》二章、《〈周易〉诗》《〈周官〉诗》《〈左传〉诗》可谓典型，兹列《〈孝经〉诗》二章：

> 立身行道，始于事亲。上下无怨，不恶于人。孝无终始，不离其身。三者备矣，以临其民。
>
> 以孝事君，不离令名。进思尽忠，义则不争。匡救其恶，灾害不生。孝悌之至，通于神明。①

这种叙述化诗歌的兴起，可以看作是玄言诗兴起的一个原因，但西晋之时，为什么会写这样的诗呢？事实上，诗一直都有“寄兴”“讽喻”之功用的。嵇康之诗，之所以纵心逸外，无非儒法之乱离，忧愤而狷介，理想不可达之情溢于言表。而西晋之文人携《老》《庄》以入诗，盖是为一种流行文化的传播，而失其嵇康之旨。

道教在东晋开始了其自身的变革，葛洪所提出的金丹派，就是以成仙为主要的道教思想，这也影响了游仙诗的创作。张华之时，游仙诗参入《老》《庄》，至东晋，游仙诗有郭璞、庾阐是为突出。郭璞游仙诗历代得到很高的评价。郭璞游仙诗的最大特点，就是兼具曹植与张华等文人的特点。但《老》《庄》思想并不像张华等人“植《老》《庄》语”，而是显得非常含蓄，同时，神仙思想明显增多，而接继曹植之风，这是郭璞对其游仙变革的特点，而庾阐之诗，实则亦不同张华等人而近郭璞，游仙之气颇浓。如前所述，郑振铎《插图本中国文学史》中言：“璞的游仙，寄托深远，对于人生的究竟，有恺切的陈述、阐的所述、

① 逯钦立：《先秦汉魏晋南北朝诗》，中华书局1983年版，第603页。

则只是以浮辞歌咏神仙之乐而已，我们在那里看不出一点诗人的性灵来。”①

综观其上，道教上层化对于游仙诗最大的影响，就是其游仙诗的雅化。曹操的游仙诗最具有游仙色彩，曹植之时，游仙诗继承《楚辞》“讽咏”的传统，而在嵇康之处，这种讽咏则更多地走向了《老》《庄》，在张华等人的游仙诗创作之中，我们也能明显地感受到《老》《庄》思想对于诗歌创作的影响，但东晋之时，郭璞一变张华等人游仙诗“植《老》《庄》入诗”的平淡，而以神仙为其主要表现，游仙诗历经郭璞而一变，锺嵘才有“变创其体”之言。但那种植《老》《庄》语而入诗的创作是不是就已经消亡了呢？实则并不是这样，游仙诗在郭璞处得到了改变，但这种玄言诗的创作实则更加突出地表现在其他诗歌的创作中，东晋之诗，佛理义理的渗入，玄理诗的创作更为繁荣，以至檀道鸾说“至江左李充尤盛。故郭璞五言始会合道家之言而韵之。询及太原孙绰转相祖尚，又加以三世之辞，而《诗》《骚》之体尽矣。询、绰并为一时文宗，自此作者悉体之”。

三、佛教的上层化传播

两晋时期，随着道教的自身发展与成型，自汉代便传入的佛教，经过漫长的两百多年的陆续传入，也开始了它上层化的道路。比之于道教，佛教的上层化之路显得既漫长而又缺乏类于道教的优势。我们可以这样说，自西晋太康之后，佛教的上层化便迎来一个新的发展时期，其中最重要的就是随着西晋《老》《庄》思想的盛行，佛教大乘思想与《老》《庄》思想的相互印契，使得佛教思想开始了一次中土化历程。正如道安所说：“以斯邦人《庄》《老》教行，与方等经兼忘相似，故因风易行也。”②

佛教在其上层化的过程中，首先要面临佛教中土化的过程。从这一点来说，这种上层化一开始是处于不利的局面。在汉魏之时，佛教的传播还是附属

---

① 郑振铎：《插图本中国文学史》，人民文学出版社 1957 年版，第 177 页。

② （东晋）释道安：《鼻奈耶序》，《新修大正藏》（24 册），新文丰出版股份有限公司 1983 年版，第 851 页（a）。

于早期道教一类，多以符占卜问的奇异之术来作教义传播的主要手段，以符合下层民众的爱好。但佛教在经历了两晋之时，这种上层化的历程中却明显地渐处于优势。不得不说，这与佛教自身义理与传播方式的系统化颇有联系。

《老》《庄》思想在西晋的盛行，这本身来说就是对于道教上层化的一种考验。事实上，西晋之时道教上层化过程中，没有抓住这一政治上的优势而作出种种改良，而待到了西晋末期才出现了葛洪一类的人物，成为道教改良的标志，这种改良是被动的。而佛教传入之时，已经历西域诸国，传播之法颇有系统，早期传播即有讲经、译经、都讲之职责。佛教在两晋的传播中能渐显优势，与其文化契机、传播手段颇有关系：

其一，佛教义理与《老》《庄》思想的切合，两者的核心都是解决人与自然、人生归宿的问题。这一类实则符合文人阶层的精神层面追求，就宗教性而言，佛教、《老》《庄》精神都是比较消极的，讲究"出世"，而道教本身却不强调这一点。此时的道教追求还是以长生永乐为主，杂以风角星卜之流。但符录丹鼎实为缥缈之事，风角星卜为文人所不取。佛教、《老》《庄》出世豁然、逸放的人生态度更符合众多文人的现实追求。

其二，佛教在其传播过程中，注视其经典的建立与义理的解读。据任继愈主编《中国佛教史》，可见两晋之时译经情况，《出三藏记集》卷 2 载：（不包括失译经）167 部 366 卷。《历代三宝纪》卷 6 载：451 部 717 卷。《大唐内典录》卷 2 载：451 部 717 卷。《开元释教录》卷 2 载：333 部 590 卷。《贞元新定释教目录》卷 3 载：333 部 590 卷。①

如此庞大的一个译经数量，可以反映佛教译经之盛，而这样大的译经数量，实则也使得佛教义解僧人的扩大成为必然。义解僧人在佛教上层化过程中的作用不可小视。正是由于有了这一角色，加快了文化的异质融合，佛教在两晋称为"格义"时期，就是义解僧人发展的蓬勃时期。

（一）佛教的上层化传播

西晋政权时间很短，且在太康之前又与吴国对峙，西晋佛教政治，实需与

① 任继愈主编：《中国佛教史》第 2 卷，中国社会科学出版社 1985 年版，第 754 页。

吴国对等观之。西晋之时的义解之僧活跃皆在太康之后，且佛教之传法，亦多禅数，大乘之说尚未流行。《高僧传》中云：

是时晋武之世，寺庙图像，虽崇京邑，而方等深经，蕴在葱外，(法护)护乃慨然发愤，志弘大道。①

西晋之时大乘佛法尚未开广，虽然大乘教法实则与小乘教法在汉时就已经传入，但一直以来，多以禅数为其宣教手段。禅教之法中，安般守意实与吐纳、守一的道教功夫同为一路，由此得而传之。大乘佛经自汉时虽然译经，然译文粗糙，大乘谓空有、生死之说的名理辩证之说，实不与中土气息相近。至正始中，这种校练名理的风气才又豁然有之。《高僧传·朱士行》有载："士行尝于洛阳讲《道行经》，觉文章隐质，诸未尽善。每叹曰：'此经大乘之要，而译理不尽，誓志捐身，远求大本，遂以魏甘露五年，发迹雍州。'"②又据《出三藏记集》卷七中《放光经记》所载："以甘露五年出家学道为沙门，出塞西至于阗国"③，可知朱士行之时，正是正始玄风渐盛之时，大乘佛典正是借以清谈之风才开始得到重视。

综观西晋之僧人，颇为时人所重的主要有竺法护、帛法祖、竺法雅以及支孝龙等。竺法护可以说是西晋大乘教法的推进者，如前所引，正是由于法护"慨然发愤，志弘大道"方等深经才赍于东土。《高僧传·竺法护》有记：

世居炖煌郡，年八岁出家，事外国沙门竺高座为师。……遂随师至西域，游历诸国。外国异言三十六种，书亦如之。护皆遍学，贯综诂训，音义字体，无不备识。遂大赍梵经，还归中夏。自炖煌至长安，沿路传译，写为晋文。所获《贤劫》、《正法华》、《光赞》等一百六十五部，孜孜所务，唯以弘通为业，终身写译，劳不告倦。经法所以广流中华者，护之力也。④

---

① (梁)慧皎：《高僧传》，汤用彤校注，中华书局1992年版，第23页。
② (梁)慧皎：《高僧传》，汤用彤校注，中华书局1992年版，第145页。
③ (梁)僧祐：《出三藏记集》，苏晋仁、萧练子点校，中华书局1995年版，第264页。
④ (梁)慧皎：《高僧传》，汤用彤校注，中华书局1992年版，第23页。

法护发弘通佛法为业，翻译诸多经书，亦为西晋的佛教传播提供了基础。而《高僧传·帛法祖》载：

> 本姓万氏，河内人，父威达以儒雅知名。……晋惠之末，太宰河间王颙镇关中，虚心敬重，待以师友之敬，每至闲辰靖夜，辄谈讲《道德》。于时西府初建，后又甚盛，能言之士，咸服其远达。……会张辅为秦州刺史，镇陇上，祖与之俱行。辅以祖名德显著，众望所归，欲令反服，为己僚佐。……初祖道化之声，被于关陇，崤函之右，奉之若神。……祖既博涉多闲，善通梵汉之语，尝译《惟逮》《弟子本》《五部僧》等三部经，又注《首楞严经》，又有别译数部小经，值乱零失，不知其名。①

西晋太康之后，佛事渐盛。法祖博学三通，惠帝之末之时，《老》《庄》盛行，佛教般若之学亦甚为兴盛。从上“谈讲《道德》，于时西府初建，后又甚盛，能言之士，咸服其远达”可见，当时已经把僧人、大乘经义与《老》《庄》思想相互贯通。由此，帛法祖亦获得很高的尊重，以至“关陇崤函之地，奉之若神”。张辅是张衡之子，张鲁天师道的第三代传人，张辅对于法祖的推崇，亦说明当时佛道两教教理的相通之处，两教没有实质性的冲突。法祖一方面宣传佛教经义，另一方面大量译经，惜永嘉之乱而多不存。《高僧传》中言支孝龙：

> 常披味《小品》，以为心要。陈留阮瞻、颍川庾凯，并结知音之交，世人呼为八达。②

支孝龙是今天现有材料所载最早与文人相交的僧人，其与文人唱和，呼为“八达”。可以看到，支孝龙之时，僧人与文人之间的交往开始频密。据《高僧传·朱士行》中所记：“至太安二年，支孝龙就叔兰一时写五部，校为定本。”③太安二年即为公元302年，亦在惠帝之末，由此可知，太康之后，是佛教大乘发

① （梁）慧皎：《高僧传》，汤用彤校注，中华书局1992年版，第26—27页。
② （梁）慧皎：《高僧传》，汤用彤校注，中华书局1992年版，第149页。
③ （梁）慧皎：《高僧传》，汤用彤校注，中华书局1992年版，第146页。

展的一个重要时期。

纵观西晋之时，僧人与文人相交的记录很少，而帝王好佛，遣使入京亦未所闻。可见西晋之时，佛经在上层政治范围的影响还是有限的。依法护所说，大乘佛经的兴起都要到太康之后。佛教义理与《老》《庄》"抱玄""守一""心斋""坐忘"颇有同趣之处，由此西晋佛教的上层化，是伴随着《老》《庄》的思想兴盛而有了契机，自太康之后便开始兴盛起来。

佛教在太康以后，随着《老》《庄》思想的盛行，开始进入了蓬勃发展时期，自惠帝之后，大乘经典的翻译与传播，僧人与文人的交游便增多了。而永嘉之乱，使得这种发展遭到破坏，大量僧人与士族的东渡，使得大乘真正兴起于东晋。而在永嘉之乱之前，佛教在吴地实则已有传播。

> （安世高）游化中国，宣经事毕，值灵帝之末，关洛扰乱，乃振锡江南。①
>
> （支谦）汉献末乱，避地于吴，孙权闻其才慧，召见悦之，拜为博士，使辅导东宫，与韦曜诸人共尽匡益。但生自外域，故吴志不载。谦以大教虽行，而经多梵文，未尽翻译，己妙善方言，乃收集众本，译为汉语。②
>
> （康僧会）时吴地初染大法，风化未全。僧会欲使道振江左，兴立图寺，乃杖锡东游，以吴赤乌十年，初达建邺，营立茅茨，设像行道。……权大叹服，即为建塔，以始有佛寺，故号建初寺。因名其地为佛陀里，由是江左大法遂兴。③
>
> （于法兰）后闻江东山水，剡县称奇，乃徐步东瓯，远瞩嵘嵊，居于石城山足，今之元华寺是也。④

僧人南下多与避乱有关，安世高因避灵帝之乱，支谦则因"汉献末乱，避地于吴"，永嘉之乱，僧人避乱更是无数，此为吴地佛教大兴之机遇。

东晋前期，僧人多集中于会稽剡县，《高僧传·于法开》中所言："东山喭

---

① （梁）慧皎：《高僧传》，汤用彤校注，中华书局 1992 年版，第 5 页。
② （梁）慧皎：《高僧传》，汤用彤校注，中华书局 1992 年版，第 15 页。
③ （梁）慧皎：《高僧传》，汤用彤校注，中华书局 1992 年版，第 15—16 页。
④ （梁）慧皎：《高僧传》，汤用彤校注，中华书局 1992 年版，第 166 页。

云:‘深量、开思、林谈、识记。’”①可见四僧美誉一时。此四僧即指剡山竺法深、于法开,支道林和康法识。畛所言实亦为当时人物品评之一手段。《高僧传》引孙绰其言:

> 近洛中有竺法行,谈者以方藥令,江南有于道邃,识者以对胜流,皆当时共所见闻,非同志之私誉也。②

由此可见当时颇多此类评品,此风南土之盛,实不必多言。而所谓量、思、谈、记,则各有所长,亦见东晋之时,清谈品藻内容非常多。竺法深为其东晋之初,永嘉之乱入江左。《高僧传·竺潜》:

> 晋丞相武昌郡公敦之弟也,年十八出家,事中州刘元真为师。……晋永嘉初,避乱过江,中宗元皇,及肃祖明帝、丞相王茂弘、太尉庾元规,并钦其风德,友而敬焉。建武太宁中,潜恒着屐至殿内,时人咸谓方外之士,以德重故也。中宗肃祖升遐,王庾又薨,乃隐迹剡山,以避当世,追踪问道者,已复结旅山门,潜优游讲席三十余载。或畅方等,或释老庄。③

深公为王敦之弟,出自士族。这自然可想,永嘉初年,佛教传播在士族之中的深入。而《高僧传·竺法崇》又载:“时剡东仰山,复有释道宝者,本姓王,琅琊人,晋丞相道之弟。”④王氏为其东晋大族,盛笃佛事,可见佛教能在江左之时迅速站稳脚跟,其原因有三:其一,吴地自孙权之后,大乘初兴;其二,永嘉南渡僧人,多有士族相往来,且有士族之人投身佛门;其三,以其《老》《庄》义理,格义于方等深经。

深公雅量,则谓于法开为慧解拔新之人,《高僧传》载:

---

① (梁)慧皎:《高僧传》,汤用彤校注,中华书局1992年版,第168页。
② (梁)慧皎:《高僧传》,汤用彤校注,中华书局1992年版,第170页。
③ (梁)慧皎:《高僧传》,汤用彤校注,中华书局1992年版,第156页。
④ (梁)慧皎:《高僧传》,汤用彤校注,中华书局1992年版,第171页。

事兰公为弟子，深思孤发，独见言表。善《放光》及《法华》……每与支道林争即色空义，庐江何默申明开难，高平郄超宣述林解……开尝使威出都，经过山阴，支遁正讲《小品》，开语威言，道林讲，比汝至，当至某品中，示语攻难数十番。云："此中旧难通。"威既至郡，正值遁讲，果如开言，往复多番，遁遂屈。因厉声曰："君何足复受人寄载来耶？"故东山喭云："深量、开思、林谈、识记。"至哀帝时，累被诏征。乃出京讲《放光经》，凡旧学抱疑，莫不因之披释。①

开公为江左佛教"六家七宗"倡含识宗，与支道林多有争论。而累讲《放光经》，可见法开之时，般若之说甚为兴盛。以此之见，六家七宗，江左之时，各有影响。以今天对于法开之含识宗的义理理解，虽与般若不同，然当时推之，多有相附者，究其根本，实为般若与中土文化相比附有关。

支道林而言其"谈"，可谓贴切。东晋义解之盛，有"拔新"之好。一是南土文学有偏理寄之风。《世说新语·文学》有记：

褚季野语孙安国云："北人学问，渊综广博。"孙答曰："南人学问，清通简要。"支道林闻之曰："圣贤固所忘言。自中人以还，北人看书，如显处视月；南人学问，如牖中窥日。"②

南方学识偏于义解，正与永嘉风气相接。东晋之时，佛理大兴，北方文士僧人纷纷过江，多有以义解而谋食者。支愍度立"心无义"可为典型。《世说新语·假谲》：

愍度道人始欲过江，与一伧道人为侣，谋曰："用旧义在江东，恐不办得食。"便共立"心无义"。既而此道人不成渡，愍度果讲义积年。后有伧人来，先道人寄语云："为我致意愍度，无义那可立？治此计，权救饥尔，

① （梁）慧皎：《高僧传》，汤用彤校注，中华书局 1992 年版，第 167—168 页。
② 余嘉锡：《世说新语笺疏》，中华书局 1983 年版，第 216 页。

无为遂负如来也!”①

由此可见,过江之人,多有以迎合南学之风而立新说,此为东晋义解一大特色,谓之“拔新”。孙绰《愍度赞》曰:“支度彬彬,好是拔新。”②“拔新”之评,非为贬词。支道林为东晋清谈第一流人物,寻微之功,不减辅嗣,亦评品之“拔新领异”。《世说新语·文学》:

王逸少作会稽,初至,支道林在焉。孙兴公谓王曰:“支道林拔新领异,胸怀所及,乃自佳,卿欲见不?”王本自有一往隽气,殊自轻之。后孙与支共载往王许,王都领域,不与交言。须臾支退,后正值王当行,车已在门。支语王曰:“君未可去,贫道与君小语。”因论《庄子·逍遥游》。支作数千言,才藻新奇,花烂映发。王遂披襟解带,留连不能已。③

《世说新语》中多处可见拔新之谈。东晋佛教经义义解“拔新”之盛。《高僧传·支道林》:

初至京师,太原王蒙甚重之,曰:“造微之功,不减辅嗣。”……年二十五出家,每至讲肆,善标宗会,而章句或有所遗,时为守文者所陋。谢安闻而善之,曰:“此乃九方堙之相马也,略其玄黄,而取其骏逸。”④

所谓“重骏逸而略玄黄”不仅是为支公“拔新”之证,亦为其东晋义解之特点。由此亦证,清谈之说,非究理而谈,实为适性之举。郄超评云:“林法师神理所通,玄拔独悟。实数百年来,绍明大法,令真理不绝,一人而已。”⑤“神理所通”者,实为义解佛理与老庄之思想。所谓“真理不绝,一人而已”实见义解

① 余嘉锡:《世说新语笺疏》,中华书局1983年版,第859页。
② 余嘉锡:《世说新语笺疏》,中华书局1983年版,第859页。
③ 余嘉锡:《世说新语笺疏》,中华书局1983年版,第223页。
④ (梁)慧皎:《高僧传》,汤用彤校注,中华书局1992年版,第159页。
⑤ (梁)慧皎:《高僧传》,汤用彤校注,中华书局1992年版,第161页。

僧人在东晋佛教上层化过程中，其作用实不可小视，实不减译经之功。

康法识，则以草隶知名，擅于书艺。《高僧传》载：

> 康法识，亦有义学之功，而以草隶知名。尝遇康昕，昕自谓笔道过识，识共昕各作右军草，傍人窃以为货，莫之能别。①

纵观四人，在东晋玄风之中，虽各有一端，然亦为当时风流人物之特长。深公雅量，穿朱门如过蓬户，坦荡心境，无人能及。法开慧心开解，擅有思虑。林公清谈美誉，服膺众人。而康法识以书艺为誉，名噪一时。此雅量、慧思、清谈、书艺，必为当时文人所流行。东晋之时，僧人的地位比之西晋之时更为显赫。深公是为王敦之弟，支道林交游文人，出入士族，淹留京师涉将三载。深公、支公，哀帝无不奉之上宾。基于君王对于佛教的崇信，僧人地位得到很大提高是为必然。南土崇佛，君臣同好。东晋诸帝多崇信佛法。《世说新语·方正》引《高逸沙门传》载：

> 晋元、明二帝，游心玄虚，托情道味，以宾友礼待法师。王公、庾公倾心侧席，好同臭味也。②

哀帝之后，其清谈更盛于前期。崇佛之心大臣亦甚，何充等人则侍佛以巨资。《世说新语》注引《晋阳秋》：

> 何充性好佛道，崇修佛寺，供给沙门以百数。久在扬州，征役吏民，功赏万计，是以为遐迩所讥。充弟准，亦精勤，唯读佛经，营治寺庙而已矣。③

僧人地位显赫，甚至影响到了政治的决策。梁宝唱撰《比丘尼传》中记载了简静寺支妙音尼传：

---

① （梁）慧皎：《高僧传》，汤用彤校注，中华书局1992年版，第157—158页。
② 余嘉锡：《世说新语笺疏》，中华书局1983年版，第323页。
③ 余嘉锡：《世说新语笺疏》，中华书局1983年版，第814页。

荆州刺史王忱死，烈宗意欲以王恭代之。时桓玄在江陵，为忱所折挫，闻恭应往，素又惮恭，殷仲堪时为黄门侍郎生，玄知殷仲堪弱才，亦易制御，意欲得之，乃遣使凭妙音尼为堪图州。既而烈宗问妙音："荆州缺，外问云谁应作者?"答曰："贫道道士，岂容及俗中论议。如闻外内谈者，并云无过殷仲堪，以其意虑深远，荆楚所须。"帝然之，遂以代忱。权倾一朝，威行内外云。①

东晋义解之僧纷然成群，实与其政治地位相关。今存《世说新语》之中东晋文士与僧人相交记录甚多，多集中于《言语》《文学》《赏誉》《品藻》之篇。东晋文士与僧人交往频密，其清谈又多研佛理。东晋僧人获得了政治君主、门阀士族的支持，甚至还出现了以慧远为首的僧人集团。依《高僧传·慧远》所记："不仅有彭城刘遗民、豫章雷次宗、雁门周续之、新蔡毕颖之、南阳宗炳、张莱民、张季硕等依远游止；秦主姚兴钦其德，赠珠献像；桓玄入山相敬；晋安帝遣使相问。"②诸多事迹可见慧远地位之高。义解之僧政治上取得优势，实与其当时文化传播有关，义解僧人处于佛教文化与中土文化相融这一层面，一方面他们深识佛教，又善立新说，著书以释佛理；另一方面，他们三教皆习，善于融通，又兼擅诗文。游走于政治集团、门阀士族之中，又与文人游宴酬唱，故而名高一时。东晋义解之僧其名望与政治地位实非译经之僧所能比。

正是君臣与文士对于佛教的支持，使得东晋义解之繁盛，义解僧人的地位亦很高。但义解之僧亦不失弘法之宏愿与独立之精神。东晋僧人多有康法朗、于法兰、智严、智猛等西土求法之士。成帝咸康之时，庾冰起沙门敬王者之争，何充复疏辩之。安帝元兴之时，慧远著《沙门不敬王者论》亦据理以辩。沙门竟不致敬，一见其僧人地位，亦见佛教教义的独立精神。东晋义解僧人政治地位的上升，使得在与文人的交往心态中，僧人也并不再处于弱势，而渐渐成为文学创作新的影响势力，从而影响到了东晋诗歌风格的转变。

东晋后期，佛法之事愈盛，此时的东晋佛教中心便移至庐山，形成了以庐

① （梁）宝唱：《比丘尼传》，王童孺校注，中华书局2006年版，第36页。
② （梁）慧皎：《高僧传》，汤用彤校注，中华书局1992年版，第211—222页。

山慧远为中心的一个大的僧人集团。《高僧传·慧远》：

> 本姓贾氏。雁门娄烦人也。……博综六经，尤善庄老。性度弘博，风览朗拔。虽宿儒英达，莫不服其深致，年二十一，欲渡江东，就范宣子，共契嘉遁。……后闻安讲《波若经》，豁然而悟。乃叹曰："儒道九流，皆糠秕耳。"便与弟慧持，投簪落彩，委命受业……远乃引《庄子》义为连类，于是惑者晓然，是后安公特听慧远，不废俗书。①

以慧远为中心，庐山则汇聚了大量僧人与文人。近有远公弟子慧持、僧济、法安、昙邕、慧要、昙顺、昙诜，远又有法幽、道恒、道授等百余人，或义解深明、或匡拯众事、或戒行清高、或禅思深入，并振名当世。除此之外，慧永、僧融、道祖亦在庐山，佛驮跋陀罗（觉贤）应慧远之邀至庐山译经。而与之相交的文人亦多。庐山慧远等诸人在隆安四年仲春有一次石门游，从者三十余人，今之所见有刘程之、王乔之、张野所作。庐山成为东晋后期一个重要的文化中心，对于东晋后期的诗歌创作产生了重要的影响。

（二）佛道传播中的斗争

两晋佛道教都处于上层化时期。但在东晋之时，道教的上层化明显不如佛教发展的盛世。是然道教出现了葛洪的金丹派与刘宋时期上清系的发展，但东晋之时，世族、文人更热衷于《老》《庄》玄理层面的分析，这使得佛教大乘尤其是般若学得到空前发展。而仅般若经，魏晋之时，就有支谶《道行》、竺叔兰《放光》、支谦《明度无极》、法护《光赞》译本，诸多版本并行于世，而擅讲大品般若之僧，更是不少。汤用彤《汉魏两晋南北朝佛教史》中《〈般若经〉流传》所列甚详。实则这也是佛教的文化传播优势得到了体现。

佛道之间，一方面表现得相处融洽。两晋时期，佛道两家相处还算是比较融洽。甚至出现了同一世族同时信奉佛、道两教。《晋书》中琅琊王氏、郄氏最为典型。

---

① （梁）慧皎：《高僧传》，汤用彤校注，中华书局1992年版，第211—212页。

（郄愔）与姊夫王羲之、高士许询并有迈世之风，俱栖心绝谷，修黄老之术。①

二郗奉道，二何奉佛，皆以财贿。谢中郎云："二郗谄于道，二何佞于佛。"②

但是，这种看似和睦的背后，两教争斗的痕迹似有蛛丝可见。《高僧传·帛法祖》传有言：

昔祖平素之日，与浮每争邪正。浮屡屈，既瞋不自忍，乃作《老子化胡经》，以诬谤佛法，殃有所归，故死方思悔。③

（支道林）愿陛下，齐龄二仪，弘敷至化。去陈信之妖诬，寻丘祷之弘议。④

王浮史未有载，而依法祖所在为武帝、惠帝之时，王浮亦为惠帝时人。而以其梦中所见，实见道教与佛教之互较短长。《文心雕龙·祝盟》中"牺盛惟馨，本于明德，祝史陈信，资乎文辞。"⑤史为祭祀之职，汉时已混巫术。如刘勰所说"汉之群祀，肃其旨礼，既总硕儒之仪，亦参方士之术，所以秘祝移过，异于成汤之心，侲子驱疫，同乎越巫之祝：礼失之渐也。"⑥由此可见，此实为道教活动方式之一种，而佛教早期本同于此，而支道林斥其妖诬之言，佛道泾渭，实有隐现。依以上两条可见，在东晋之时两教之暗斗，恐此时已现，其积怨非一时而起。

汤一介先生在《早期道教史》中说："从东晋以来，道教的整顿自然都是按照当时门阀世族的要求进行的。"⑦这实则也是佛道上层化的变革中，使得教

① （唐）房玄龄等：《晋书》，中华书局 1974 年版，第 1802 页。
② 余嘉锡：《世说新语笺疏》，中华书局 1983 年版，第 814 页。
③ （梁）慧皎：《高僧传》，汤用彤校注，中华书局 1992 年版，第 27 页。
④ （梁）慧皎：《高僧传》，汤用彤校注，中华书局 1992 年版，第 162 页。
⑤ 范文澜：《文心雕龙注》，人民文学出版社 1958 年版，第 176 页。
⑥ 范文澜：《文心雕龙注》，人民文学出版社 1958 年版，第 176—177 页。
⑦ 汤一介：《早期道教史》，昆仑出版社 2006 年版，第 136 页。

义传播也必然出现迎其所好的文化传播的原因之一。佛教、道教逐渐简化自身教义，都有自身的简易法门。其道教存思之法，而佛教则亦盛行观世音、净土思想。使得崇道信法，颇为容易，深为文人士族所好。就佛教而言，其弥勒净土、观世音信仰，亦可谓为佛法修行之方便法门。

(昙无谶)既而东归，向邑于高昌得《观世音》《弥勒》二观经各一卷。及还河西，即译出《禅要》，转为晋文。①

舶有二百许人，值暴风水入，众皆惶惧，即取杂物弃之。(法显)显恐弃其经像，唯一心念《观世音》。②

(道安)每与弟子法遇等，于弥勒前立誓，愿生兜率。③

这种方便法门的确立，可以看作是其教义传播为获得更多信众的接受而做出的权宜之计。事实上，两晋虽然大乘兴盛，然其小乘、禅法之教亦不废缺，而至后，以“二谛”之说，真俗圆融而出渐引之说，实谓佛教之传法典型。不过，这种方便法门的确立，确实也加速了佛教的进一步老庄化，在两晋之后，玄理之谈渐衰，而佛教传播，亦偏于方便之法门。

四、佛教上层化与文人接受的创作影响

(一)释子交游与诗作

西晋之时文人与释子相交，自惠帝之后才有所见，支孝龙是为明确记载。然诗文之作，孝龙不存，诗文更是无从考起。西晋之时，从其诗作来看，确有不同于汉魏兴寄之法，诗作中多有述理之句。这种诗风中杂带《老》《庄》，可以看做是道教传播与文人选择的影响，此在西晋张华之论已经谈及。这种辨名析理的创作，在东晋之时，实有过之而无不及。

---

① (梁)慧皎:《高僧传》，汤用彤校注，中华书局 1992 年版，第 80 页。
② (梁)慧皎:《高僧传》，汤用彤校注，中华书局 1992 年版，第 89 页。
③ (梁)慧皎:《高僧传》，汤用彤校注，中华书局 1992 年版，第 183 页。

东晋之时，文人与僧人之交而其诗作亦渐兴。前期有康僧渊与张君祖、支道林与王羲之等人的吟咏酬唱记载，而后有慧远僧团文人唱和之作。佛教对于文人诗文创作，便有迹可循了。

我们先来看康僧渊与张君祖的互赠诗文，张君祖有《赠沙门竺法頵三首》，康僧渊有代法頵《答张君祖》二诗。我们以《赠沙门竺法頵三首》为例：

沙门竺法頵远还西山，作诗以赠，因亦嘲之，省其二经，聊为之赞。

郁郁华阳岳，绝云枕飞峰。峭壁溜灵泉，秀岭森青松。悬岩廓峥嵘，幽谷正寥笼。丹崖栖奇逸，碧室禅六通。泊寂清神气，绵眇矫妙踪。止、观着无无，还、净滞空空。外物岂大悲，独往非玄同。不见舍利弗，受屈维摩公。

至人如影响，灵慧陶亿刹。应方恢权化，兆类蒙慈悦。冥冥积尘痳，永在岩底闭。废聪无通照，遗形不洞灭。明哉如来降，豁矣启潜穴。幽精沦朽壤，孰若阿维察。遥谢晞玄畴，何为自矜洁。

邈邈庆城标，峨峨浮云岭。峻盖十二岳，独秀阎浮境。丹流环方基，瑶堂临峭顶。涧滋甘泉液，崖蔚芳芝颖。翘翘美化伦，眇眇凌岩正。肃拱望妙觉，呼吸晞龄永。苟能夷冲心，所憩靡不静。万物可逍遥，何必栖形影。勉寻大乘轨，练神超勇猛。①

我们先概读此三诗。第一首，“郁郁华阳岳，绝云枕飞峰。峭壁溜灵泉，秀岭森青松。悬岩廓峥嵘，幽谷正寥笼。”写景，应该是其法頵修禅之所。“丹崖栖奇逸，碧室禅六通。泊寂清神气，绵眇矫妙踪。止、观着无无，还、净滞空空。”“禅六”实为“六禅”之“数”“随”“止”“观”“还”“净”。而“无无”“空空”不应该理解为“空亦是空”“无亦是无”的大乘旨要，而是晋诗复词补位之用。“外物岂大悲，独往非玄同。不见舍利弗，受屈维摩公。”此表明大乘之法，不以物喜，其中“不见舍利弗，受屈维摩公”是以维摩诘舍利弗之典故，暗喻点化

① （梁）僧祐：《广弘明集》，《新修大正藏经》（52册），新文丰出版股份有限公司1983年版，第359页（a—b）。

之义。第二首，言圣人不可直见，其智慧长存，蔽佑万物。而人受“无明”之惑而圣人以降，渡众人以明。第三首，则重在劝习大乘。

而依诗中张君祖赠诗，而康僧渊代答。据《高僧传·康僧渊》所记：“晋成之世，与康法畅、支敏度等俱过江……后于豫章山立寺。”[①]此诗作必作于康僧渊渡江之后，法頵与僧渊相随。而诗中提及頵还西山，康僧渊豫章西山立寺，张翼活动于永和、太和之间，由此，此诗又必在康僧渊豫章立寺之后。

以张君祖之诗所言，实则有宣大乘而驳小乘之意。诗中有“独往非玄同”“勉寻大乘轨”之句，最为明显地反映了张君祖对于小乘禅法的否定，提倡大乘禅法之“逍遥”。至于大小乘禅法之争，亦在东晋之时。居士谢敷，《高僧传》卷七《释慧严》所记：

> 度江以来，则王导、周凯、庾亮、王蒙、谢尚、郗超、王坦、王恭、王谧、郭文、谢敷、戴逵、许询，及亡高祖兄弟、王元琳昆季、范汪、孙绰、张玄、殷凯，或宰辅之冠盖，或人伦之羽仪，或置情天人之际，或抗迹烟霞之表。并禀志归依，厝心崇信。[②]

谢敷亦活动于永和、太和之间。而此时，大乘的盛行，对其禅法亦有所革新。谢敷以般若思想否定安般禅法。其《安般守意经序》中言：

> 苟厝心领要，触有悟理者，则不假外以静内，不因禅而成慧，故曰阿惟越致，不随四禅也。若欲尘翳心慧不常立者，乃假以安般息其驰想。……故开士行禅非为守寂，在游心于玄冥矣。[③]

谢敷认为，若静内以禅，实则不能得其慧解。阿惟越致（不退转的境界）并不随四禅而得。而小乘之禅，多不常立，因此，禅法之要，并非守寂，而是游

---

① （梁）慧皎：《高僧传》，汤用彤校注，中华书局1992年版，第151页。

② （梁）慧皎：《高僧传》，汤用彤校注，中华书局1992年版，第261页。

③ （晋）谢敷：《安般守意经序》，《新修大正藏经》（55册），新文丰出版股份有限公司1983年版，第44页（a）。

心于玄冥。此说颇与支道林“即色游玄”之义相契合。可见,东晋之时,对于禅法已然不同。“游心于玄冥”这一点对于文人的影响至关重要。《庄子·大宗师》中言:“堕肢体、黜聪明,离形去知,同于大通。”①是渴望与道同于一的法则,但这种达道的前提是“离形弃智”的“心斋”“坐忘”的功夫,而这一点正是谢敷所反对的“行禅非为守寂”。大乘禅法,启心于游,凛然于物而得觉解。可以说,大乘所谓“逍遥”,即完成了物与我之间一种新的辩证关系,不是一种“心游万仞”的“玄览”,而是身处即是心处的即情即理。就理而言,万物皆空,就情而言,万物皆有。物存之不存,并不重要,而关键在于心知的开识。东晋“游荡山水”之多,与菩萨禅法颇有联系。可以这样归纳,道教山水之游在于身与心的逍遥,而佛教的山水之游只是一种修行手段,重在悟理。

东晋前期,玄言诗最为兴盛之时,是为支道林时期,此时僧人与文人交唱,与帝王相处,其声名地位非常高。由此,文人亦多效从于僧人,诗风玄言视为极其平常之事。西晋之时,僧人地位较低,西晋司马氏多崇儒法,门阀士族亦多习之,虽然清谈风气,多为人物品评,少放达行径。佛法本符契《老》《庄》,西晋义解僧人自不受君臣青睐,与文人相交,亦多效其放达,实见政治地位不足。东晋之时,僧人的地位发生了很大的改变,许多文人都试图与僧人相交,而附和声名。玄言诗的代表人物孙绰就是一个极好的例子。孙绰写《名德沙门题目》涉及诸僧,而著《道贤论》又以僧七子比附“竹林七贤”,更著《喻道论》言“周孔即佛,佛即周孔”。《隋志》《经典释文·序录》都记载了孙绰《论语集解》10 卷,《隋志》载其有《至人高士传赞》2 卷,《列仙传赞》3 卷,《文选》载其有《嵇中散传》,《高僧传》中又引及了孙绰《道贤论》《正像论》《名德沙门论》。这些现象并不能简单看作是对于佛教教义的笃信与僧人佛法高深、仪止不凡的赞扬。实则,其背后可以看到文人与僧人交往之间微妙的政治利益。孙绰非士族门阀,许询为徵士,唯有与当时名流交往才能在玄风之中获得政治、名望的收益。而对于诗歌的创作,文人必是投其所好,而加以推波助澜,玄风在佛理的推动下,更是繁荣之至。《高僧传》有载:

---

①　(清)郭庆藩:《庄子集释》,中华书局 2004 年版,第 284 页。

(道安)安外涉群书,善为文章。长安中,衣冠子弟为诗赋者,皆依附致誉。①

僧人地位尊崇,文人自有相附,此南北皆同。檀道鸾《续晋阳秋》有载:

至江左李充尤盛。故郭璞五言始会合道家之言而韵之。询及太原孙绰转相祖尚,又加以三世之辞,而《诗》《骚》之体尽矣。询、绰并为一时文宗,自此作者悉体之。②

梁萧子显《南齐书》卷五十二亦言:

江左风味,盛道家之言,郭璞举其灵变,许询极其名理。③

从义解僧人地位背景再来理解檀道鸾所说"加以三世之辞""自此作者悉体之",可以看到孙、许此风所倡并为文宗,非仅为孙、许所作诗其艺术性而言,实与佛法义理遍于江左,且僧人地位崇高,文人多相附和而至。

对于东晋玄言诗研究中,我们都会提到佛教义理对于玄言诗的影响,但是如何影响玄言诗风格的转变,则比较模糊。大多从其义理层面来看待这种转变,言其佛教义理符契《庄》《老》等。实则,佛教对于玄言诗的影响,不仅需要从义解方面来解释,更重要的是从其义解僧人的角度来解释。玄言诗在东晋前期,还可以看到郭璞"游仙诗"一路,追求绮靡风格的诗歌创作,这一风格是继承了西晋太康潘、陆之风,但到了东晋中叶之后,玄言诗出现了另外一种"辞简旨达"的佛偈化诗风。为什么文人热衷于这类诗歌的创作,一直以来没有得到一个很好的解释。事实上,从其以上对于义解僧人的地位不断提高,我们可以看到,随着义解僧人与文人的接触增多,不仅有助于文人佛理修养提

① (梁)慧皎:《高僧传》,汤用彤校注,中华书局1992年版,第181页。
② 余嘉锡:《世说新语笺疏》,中华书局1983年版,第262页。
③ (梁)萧子显:《南齐书》,中华书局2007年版,第908页。

高，同时，义解僧人当时地位的显赫，使他们摆脱了西晋之时与文人相交的方式与心态，成为新文学创作的影响势力。

而佛教地位发展的极至，便是后期慧远僧团的出现。慧远僧团的山水诗创作，可说是较早的单独山水为其创作对象的山水诗，它对于后来的山水诗创作影响至深。

（二）"退寻"与"直寻"

东晋之时，诗歌创作中虽渐有山水诗句，然真正大规模进行山水诗歌创作却是在僧人集团确立之后。正如刘勰《文心雕龙·明诗》所言："宋初文咏，体有因革。《庄》《老》告退，而山水方滋。"①这一点是耐人寻味的。实则，释子之山水之游唱，实为刘宋山水之先导。

对于山水自然，僧人居隐山林，亦有畅游山水之兴，犹比羲之兰亭诗会。虽然，僧人亦同文人山水之游，但僧人对于山水的本质认识，自东晋般若学兴盛之后，便有了细微的变化。庐山慧远等诸人在隆安四年仲春，便有一次石门之游的记录，并有《石门诗·并序》：

> 石门在精舍南十余里，一名障山。基连大岭，体绝众阜，辟三泉之会，并立而开流，倾岩玄映其上，蒙形表于自然，故因以为名。此虽庐山之一隅，实斯地之奇观，皆传之于旧俗，而未睹者众。将由悬濑险峻，人兽迹绝，迳回曲阜，路阻行难，故罕经焉。释法师以隆安四年仲春之月，因咏山水，遂杖锡而游，于时交徒同趣三十余人，咸拂衣晨征，怅然增兴。②

《序》中不仅有对其所见山水之感，言"其中则有石台石池，宫馆之象，触类之形，致可乐也。"③"清泉分流而合注，渌渊镜净于天池。文石发彩，焕若披面。柽松芳草，蔚然光目。其为神丽，亦已备矣。斯日也，众情奔悦，瞩览无厌。"④

---

① 范文澜：《文心雕龙注》，人民文学出版社 1958 年版，第 67 页。
② 逯钦立：《先秦汉魏晋南北朝诗》，中华书局 1983 年版，第 1085—1086 页。
③ 逯钦立：《先秦汉魏晋南北朝诗》，中华书局 1983 年版，第 1086 页。
④ 逯钦立：《先秦汉魏晋南北朝诗》，中华书局 1983 年版，第 1086 页。

而且提出对于山水之游的一个重要概念，即“退寻”说。

若玄音之有寄，虽仿佛犹闻，而神以之畅。虽乐不期欢，而欣以永日，当其冲豫自得，信有味焉，而未易言也，退而寻之。①

僧众纵情山水而却不耽于此中，山水有味而不易言，需“退而寻之”，此所谓“退寻”。“退寻”这一概念前人并非无人重视，明代锺惺、谭元春对于“退寻”之说便大加赞赏。其《古诗归》卷十庐山诸道人《游石门诗·序》夹批中就讨论到“退寻”之法：

（“退而寻之”）每对山水，思理不属，必欲当境成诗，非唯诗未必佳，且亦有妨游趣。过去补作，又似不情。读“退寻”二字豁然。匪徒便门，自是至理。（锺惺）

（“当其冲豫自得，信有味而未易言也。退而寻之。”）“退寻”，妙，妙！游后追忆，胜于游时领略。（谭元春）

（乃悟幽人之玄览，达恒物之大情）大悟人语，退寻之妙，于此想得出。（锺惺）②

“达恒物之大情”，实表明“退寻”乃僧人对于山水的另一种态度。“退寻”不仅强调了山水之“游”，同时更强调了“退”而寻之。目之所见山水非自然之真，是为自然之理的外在表现。山水之游，当达于自然之理，而非纵情于山水本身。正如《序》中所言：

夫崖谷之间，会物无主。应不以情而开兴，引人致深若此，岂不以虚明朗其照，闲邃笃其情耶？并三复斯谈，犹昧然未尽。俄而太阳告夕，所存已往，乃悟幽人之玄览，达恒物之大情。其为神趣，岂山水而已哉？③

---

① 逯钦立:《先秦汉魏晋南北朝诗》，中华书局 1983 年版，第 1086 页。

② （明）锺惺、谭元春:《古诗归》，《续修四库全书》（1589 册），上海古籍出版社 2002 年版，第 459 页。

③ 逯钦立:《先秦汉魏晋南北朝诗》，中华书局 1983 年版，第 1086 页。

山水之游，不应以情而开兴，纵山水以为乐。物之大情虽寄山水，而又不止于山水。“神趣”之悟，非在山水而已。需以山水为接引，而悟自然之本理。这正是僧人山水之真谛的理解。僧人对于山水之观念，使得僧人对于自然山水的表达区别于西晋文人与郭璞的游仙诗。一方面，他们纵情山水，怡情自然；而另一方面，又意识到山水并非“真趣”之所在。总观其序，僧人对于山水之情的领悟，总是由景及情、由情及理的表现。由此，僧人的山水诗中，总是有其“点理”之笔，就是强调了山水本旨的目的。其慧远《石门诗》可见：

> 超兴非有本，理感兴自生。忽闻石门游，奇唱发幽情。褰裳思云驾，望崖想曾城。驰步乘长岩，不觉质有轻。矫首登灵阙，眇若凌太清。端坐运虚论，转彼玄中经。神仙同物化，未若两俱冥。①

“物化”语出《庄子·齐物论》中“庄周梦蝶”，陈鼓应指其为“物我界限消解，万物融化为一。”②依僧人看来，虽然神仙达至物我消解，但这种消解，只是把主体置于自然之上，实仍为有“物”有“待”的表现，并不彻底。“未若两俱冥”不仅表明山水与自我同一，同时强调了并非归之于物，而是归之于理。僧人对于山水观照，强调物我两者皆弃，以便悟识人与自然的至理。锺惺《古诗归》卷十庐山诸道人《游石门诗·序》夹批中对于僧人山水之诗点评可谓独到：

> （超兴非有本，理感兴自生）山水说理字，浅人不知。③

“退寻”强调了对山水本质的认识方式，而不是对于山水一种外在形式的适性把握。它不同于儒家的“仁者乐山，智者乐水”的物我同性观照，也不同于道家所谓“逍遥于天地之间”畅游，更突出了主体与山水理悟层面上的关系，强调了主体对于山水的觉解。

---

① 逯钦立：《先秦汉魏晋南北朝诗》，中华书局 1983 年版，第 1086 页。

② 陈鼓应：《庄子今注今译》，中华书局 1983 年版，第 92 页。

③ （明）锺惺、谭元春：《古诗归》，《续修四库全书》（1589 册），上海古籍出版社 2002 年版，第 459 页。

“退寻”的山水诗作是玄谈说理在诗歌中的运用，讲究“游”与“理”契，自不免染上玄言辩理的习气。与陆机《文赋》中“心游万仞，精骛八极”的意象自然的观照相比，更进一步要求山水之“游”后对于自然本真的刻画，并不强调繁缛的意象渲染，而是更多思虑自然山水“理”的启示，从而使山水更多展现出主体对于人生哲理的领悟。山水诗中所营造的意象不是简单的自然世界的对应，它往往要求出于自然而超于自然。总之，僧人山水观完成了对早期屈原《离骚》山水的虚幻缥缈、郭璞游仙的坎凛咏怀的蜕变，而直接呈现山水自然，从而引发人与自然更深层次的人生体验的思考。就其对于诗歌的影响，可概之为二：其一，“退寻”强调对于山水自然的本质领悟，摆脱了传统诗歌创作中“托物言志”的创作手法。一方面直呈对象，另一方面凭借对象领悟其本质，这种本质的核心是“理”。其二，这种从“诗缘情”到“诗言理”的改变，形成了中国诗歌审美中的境界雏形。“理”的表达实则是主体对于人与自然的人生哲理领悟，随着中国诗歌发展，“理”亦被纳入到了“情”的范畴，成为诗歌人生境界的表现。这样来看，“退寻”之法可谓影响诗歌境界的早期形成。

“退寻”的山水观念，在谢灵运的山水诗中也得到体现。① 谢灵运是刘宋山水诗兴起的代表诗人，与僧人交往甚密，著《辩宗论》以宣佛旨，其诗歌创作也受到僧人山水诗的影响。钟嵘《诗品》列之上品，认为“其源出于陈思，杂有景阳之体。”②谢灵运诗歌是对屈原《离骚》、郭璞游仙诗的借鉴，但也是一次革新。其摆脱了对于自然的寄兴创作手法，直面山水本身而求其理。谢灵运的山水诗，一方面具有其“游”的山水特点。罗宗强先生认为：“谢灵运山水诗

① 日本学者小尾郊一在其《中国文学中所表现的自然与自然观》中认为屈原的自然描写，“所表现的自然是空想的世界、梦中的世界，是幻想的世界、神仙的世界。”（第 11 页）而郭璞亦继承仙境自然的描写，“大抵只是想象的世界，而不是真正的自然。”（第 71 页）谢灵运的山水诗“在一篇之中的几个地方插入客观性的山水描写，有时候则山水描写也往往成为全诗的主体；但在其描写中，看不到过去所能见到的那种比兴式的用法”（第 86 页）。谢灵运提出的“赏心”观念实则就是他诗歌之理的表现。小尾郊一谓之“意味着写景诗从抒情诗中独立了出来。”（第 167 页）（参见小尾郊一：《中国文学中所表现的自然与自然观》，邵毅平译，上海古籍出版社 1989 年版）对于郭璞的自然描写，一方面的确是大量的神仙世界的描写，但葛晓音先生在其《八代诗史》中提出“郭璞对游仙诗的主要变革是变仙境为隐居，从此为咏怀组诗开出借游仙咏逸，又入之以玄理的一种境界。”（参见葛晓音：《八代诗史》，陕西人民出版社 1989 年版，第 133 页）。此观点甚有道理，因此，郭璞可以看作是对于山水观念革新中的一个过渡人物。

② （南朝梁）钟嵘著，曹旭笺注：《诗品笺注》，人民文学出版社 2009 年版，第 91 页。

的叙述部分，写法上常常是流动的，大处落笔。记行程、时间和空间，在行进中变换，并非写一个固定的画面。”①但另一方面，谢灵运山水诗在“游”之中，大都有人生之“理”的概括，这一点体现了“退寻”之法对于他的影响。

“退寻”之法，不仅影响山水诗的创作，同时对于当时绘画理论也产生很大的影响。宗炳《山水诀》中所表现的自然观，就是“退寻”创作的体现，其《山水诀》中有：

> 圣人含道暎物，贤者澄怀味像。至于山水，质有而趣灵。……夫以应目会心为理者，类之成巧，则目亦同应，心亦俱会，应会感神，神超理得，虽复虚求幽岩，何以加焉！②

在《宋书·列传五十三》中：

> 好山水，爱远游，西陟荆、巫，南登衡岳，因而结宇衡山，欲怀尚平之志。有疾还江陵，叹曰：“老疾俱至，名山恐难遍睹，唯当澄怀观道，卧以游之。”③

宗炳所言“饱游卧看”的山水创作与审美就是“退寻”之法的体现。所谓“澄怀味象”“应目会心”就是要求对于山水的领悟，不能止于山水的形式而必须对于山水自然的意象进行高度的概括，通过对于意象的玩味，领悟山水自然之“理”。

事实上，两晋诗作，多受到赋文创作的影响，多有“退寻”之用意，摛文丽藻，在所难免。正是由于赋的这种追求词藻与意象的营造，左思所言的“假称珍怪，以为壮色”的审美标准，在魏晋的诗歌中也染上了这样的毛病，而在其诗歌创作中，正如陆机《文赋》所言：

---

① 罗宗强：《魏晋南北朝文学思想史》，中华书局2006年版，第142页。
② 俞剑华注释：《历代名画记》，上海人民美术出版社1964年版，第129—130页。
③ （梁）沈约：《宋书》，中华书局1974年版，第2279页。

其始也，皆收视反听，耽思傍讯，精骛八极，心游万仞。其致也，情曈昽而弥鲜，物昭晰而互进。……收百世之阙文，采千载之遗韵。谢朝华于已披，启夕秀于未振，观古今于须臾，抚四海于一瞬。①

陆机所言，实则就是一种"退寻"之法，非触物而兴，有感而发的一种创作。但"退寻"也并非是一种机械的思虑与词藻的择取，所谓"收百世之阙文，采千载之遗韵"，即是把许多的意象都在脑海中加以综合和思虑，以达到更好的认识和驾驭事物，从而使语言文字具有高度的表现力，达到"挫万物于笔端，抚四海于一瞬"的艺术魅力。但这一种"退寻"与僧人的"退寻"略有不同。陆机所言，实则是一种创作的思虑，其核心还是在于摛文丽藻，而僧诗的"退寻"实则还是在于状溢目前事物的"理"的获得。

由此可见，"退寻"不仅仅有注重对词藻的经营，也是重视"理"的觉悟表现。这里有必要把另外一概念与之相比较。"直寻"是锺嵘所提出的一个关于诗歌创作的概念。在其《诗品》中：

至乎吟咏情性，亦何贵于用事？"思君如流水"，既是即目；"高台多悲风"，亦唯所见；"清晨登陇首"，羌无故实；"明月照积雪"，讵出经史？观古今胜语，多非补假，皆由直寻。②

锺嵘所言"直寻"，实承接《诗大序》中的"诗言志"，言志为情性，与《文赋》中"诗缘情和绮靡"可谓同一血脉。言"直寻"，即锺嵘所说"即目""所见""无故实""不经史"，"直寻"追求"触物之情"，"直面事物"不主张以"典故""经史"之属而为诗。应该说，锺嵘对于诗歌的创作追求"直寻"确实还是有古诗创作"兴"的意味。近人陈廷杰《诗品注》为"直寻"作这样的注释："钟(嵘)意盖谓诗重在兴趣，直由作者得之于内，而不贵用事。"③而许文雨《诗品讲

① (梁)萧统：《文选》，(唐)李善注，中华书局1977年版，第240页。
② (南朝梁)锺嵘著，曹旭笺注：《诗品笺注》，人民文学出版社2009年版，第98页。
③ 陈延杰：《诗品注》，人民文学出版社1961年版，第12页。

疏》："直寻之义，在即景会心，自然灵妙，实即禅家所谓'现量'是也。"①

锺嵘对于诗歌的批评影响很大，但也应该看到，锺嵘这种批评是一种读者批评，诗歌所生成的"应物""即景"的自然，是读者的一种阅读感受，它更多地依靠了诗歌创作者对于诗歌创作的情感处理。但创作者在诗歌创作过程，并不是一切物象都是自然地生发于胸而生成诗文意象，而是在触物之外，展开想象。可以说，"两晋"时期的"直寻"自然，都有一个共同的特点，即他们所描写的自然，并不限于一时一地，往往一诗之中以四季自然之更替，展开情感的表达，从而表现出自然描写之外的主题，这实为理想之自然。"直寻"之谓，针对于"何贵于用事"来说，主张勿陈铺事理，忌典出经、史，就是要求读者在阅读过程中，触目即景，而不能以经史之句使得这种想像加以破坏。直寻追求"即词即目"之理，以实语胜之。锺嵘把谢灵运的诗歌列为上品，但是谢灵运之诗却并非"直寻"之创作，罗宗强先生在《魏晋南北朝文学思想史》中对于谢灵运之诗，就认为"它更多的是记游，游之经过与游之感觉。这一种写法的山水诗，往往并未创造意境，因为它并没有一个明确的境界空间。它是一种纪实，是一种写游览的'真'，而不是一种写眼前境界的'真'"。② 正是这种游览式的创作方式，就决定了谢灵运之诗在创作过程的裁剪是有其用心的。只不过，谢灵运诗歌没有把《老》《庄》、经史之硬语强入诗歌以造成诗歌意象连贯性的破坏，这使得读者在阅读过程中获得一个完整的意象。这种创作方式，在其当时来说，已经是一种非常大的进步。可以说，这种"退寻"的山水诗创作使当时的读者有了"即临山水"的体验。

我们由此可以看到"直寻"与"退寻"这两个概念的相通之处。"直寻"的提出，更多地侧重于读者批评角度，是对于诗歌作品的阅读体验。而"退寻"的提出，则更多地强调了创作主体的创作心境。陆机时期"退寻"所追求的还是意象的安排，而慧远之时"退寻"实则便更侧重"理"的觉解，这种对于"理"的偏重，实则就会放弃外在形式的追求，形成了东晋诗重理轻言的特点。

---

① (南朝梁)锺嵘著，曹旭笺注：《诗品笺注》，人民文学出版社 2009 年版，第 100 页。

② 罗宗强：《魏晋南北朝文学思想史》，中华书局 2006 年版，第 145 页。

（三）佛教“诗言理”的影响

历来玄言诗的讨论，都有论及东晋之诗颇似佛偈之观点。民国时期郑振铎《插图本中国文学史》中就论及“这时佛教的哲理已被许多和尚诗人们招引到诗篇里去了。”①刘大杰《中国文学发展史》：“由这些诗句，很可看出当日玄言诗的趋势，除了叙述哲理外，还要勉力拟古，于是都变成一种歌诀和偈语了。”②陈允吉认为：

> 既然传统《诗》《骚》体制挡住了创作追求新变的要求，如果没有新因素的介入，玄学清谈就难能自发“流成文体”。恰恰就在此时，佛偈作为一种刚被注满活力的外来事物于社会上周遭流布，它们大摇大摆地闯进华夏文化的殿堂，无疑给那些想把诗歌变成说理工具的人们带来惊喜。③

从文体的角度来看，两晋之文人，确有“新体一出，众人皆仿”之好，但偈本身就是整饬之文，早期偈在翻译过程就是以诗的方式在进行翻译，由此颇能为时人所好。但对于这种诗歌的偈化原因，并非诗人、僧人把清谈内容写入诗歌这么简单。从一些僧人对于偈、诗的看法来看，实则是对于“诗言情”的一次突破，以“诗言理”来理解诗歌。这在嵇康以《老》《庄》入诗就足见端倪，由此发展为僧人之偈与诗人之诗结合在一起。由此，我们必须对于“诗”“偈”的内涵发展有一番梳理，才能发现内在的变化原因。

1. 偈为宗教诗

偈是佛教经书记录的一种方式。《佛学大辞典》对于“偈”的解释如下：

> Gāthā，译曰颂。定字数结四句者。不问三言四言乃至多言，要必四句。颂者，美歌。伽陀者，联美辞而歌颂之者，故译曰颂。见伽陀条。又偈训为竭，竭也。摄尽其义之意。《天台仁王经疏》中曰：“偈者，竭也。

---

① 郑振铎：《插图本中国文学史》，人民文学出版社 1957 年版，第 178 页。

② 刘大杰：《中国文学发展史》上卷，复旦大学出版社 2006 年版，第 182 页。

③ 陈允吉：《东晋玄言诗与佛偈》，《复旦大学学报》1998 年第 1 期。

摄义尽,故名为偈。”①

偈,就是美辞而歌颂其佛理,是为佛教之诗。《出三藏记集》卷七引佚名《法句经序》云:“偈者结语,犹诗颂也。是佛见事而作,非一时言,各有本末,布在众经。”②可见,梵语 Gāthā,“偈”这一译法并不准确,而译为“颂”更为准确。而诗颂之见,实明偈与诗相通。颂为当时的一种文体,《文心雕龙·颂赞》云:

> 颂者,容也,所以美盛德而述形容也……容告神明谓之颂……颂主告神,义必纯美。……原夫颂惟典雅,辞必清铄,敷写似赋,而不入华侈之区;敬慎如铭,而异乎规戒之域;揄扬以发藻,汪洋以树义,唯纤曲巧致,与情而变,其大体所底,如斯而已。③

观“颂”之定义,颂早期也是一种宗教性诗歌。刘勰言“义必纯美”“辞必清铄”“敬慎如铭”可以说是抓住了宗教诗的特点。宗教诗歌与一般的抒情性诗歌不同,宗教诗歌最大的目的是在于对神的一种赞美,这一点是为宗教诗歌的普遍特点。英国加德纳的《宗教与文学》引约翰逊的看法认为:

> 诗歌的精髓是“创新”,而新奇在宗教中是不合一时宜的。他认为,诗歌让人愉快,“靠的是向人的头脑显示出比事物本身能提供的更为悦人的观念”,但这种娱人的虚构在宗教中也不合时宜,宗教“必须显示真理,贬损和增益同样会败坏它”。④

宗教诗歌的情感往往都是单一的,以表现对于神的喜悦之情,而不需要流

① 丁福保编纂:《佛学大辞典》(下册),上海书店出版社 1991 年版,第 1958 页。

② (梁)僧祐:《出三藏记集》,苏晋仁、萧练子点校,中华书局 1995 年版,第 272 页。

③ 范文澜:《文心雕龙注》,人民文学出版社 1958 年版,第 156—158 页。

④ [英]海伦·加德纳(Gardner,H):《宗教与文学》,沈弘、江先春译,四川人民出版社 1989 年版,第 133 页。

露个人的情感。《宗教与文学》引大卫爵士的诗歌理论，他认为：

诗人区别于其他人的标志既不是其创新能力，也不是其意识，而是他的感受力。①

这注定了宗教诗歌的平淡特点，诗歌中情感永远都是唯一的感受力，也是为偈之特点。偈，是一种宗教性诗歌文学，重在美盛德，述形容，而不入华侈之词。如果从宗教性诗歌来看，那么，中土的“颂”与天竺“偈”实则都具有这种宗教性观念。佛经中许多都是以偈的方式赞佛、说理、叙事。《出三藏记集》中记录了大量以偈形式的佛经。偈在内容上相当广泛。而中土作偈，康僧会最早，《高僧传·康僧会》：

从吴黄武元年至建兴中，所出《维摩》《大般泥洹》《法句》《瑞应本起》等四十九经，曲得圣义，辞旨文雅。又依《无量寿》《中本起》，制菩提连句梵呗三契。②

从西晋开始，许多诗歌创作中，都或多或少地插入了一些言理之句，后来研究学者视之为其清言玄谈之影响。这一现象，实则与赋的创作发展有关，赋是为古诗之流。《文心雕龙·事类》：

观夫屈宋属篇，号依诗人，虽引古事而莫取旧辞。唯贾谊《鹏赋》，始用鹖冠之说；相如《上林》，撮引李斯之书，此万分之一会也。及扬雄《百官箴》，颇酌于《诗》《书》；刘歆《遂初赋》，历叙于纪传；渐渐综采矣。至于崔、班、张、蔡，遂捃摭经史，华实布濩，因书立功，皆后人之范式也。③

① ［英］海伦·加德纳(Gardner，H)：《宗教与文学》，沈弘、江先春译，四川人民出版社1989年版，第139页。

② (梁)慧皎：《高僧传》，汤用彤校注，中华书局1992年版，第15页。

③ 范文澜：《文心雕龙注》，人民文学出版社1958年版，第615页。

以此观之，及扬雄之始，赋之创作酌于《诗》《书》，叙于纪传，甚有“捃摭经史”。赋之初创，本为诗歌之法，莫取旧辞，而后渐引他书，是为赋之一变。西晋诗歌，植《老》《庄》《六经》入诗，实则是赋的影响而并非偈之创作影响。那么，偈的创作对于诗歌的影响表现在何时呢？笔者认为，偈创作对于诗歌的影响，必须具备两个条件：其一，是文人与僧人相交而明其佛理，文人作佛理诗；其二，是僧人亦开始作诗。这两点，今之所见材料，西晋前期都没有看到，其文人与僧人相交之记录，亦为西晋永嘉之时。由此，偈对于诗歌的影响，亦必为西晋之末，东晋之时。

2. 偈诗合流

历来僧人都主张诗、禅一体。认为诗、禅皆为“言志”，并且诗禅圆融无碍为诗歌之境界，这一现象值得重视。诗禅圆融之论，实言儒家之诗与禅家之思相契，前人有所论及。姚勉《雪坡舍人集》卷三七《赠俊上人诗序》：

> 汉僧译晋僧讲，梁魏至唐初僧始禅，犹未诗也。唐晚禅大盛诗亦大盛，吾宋亦然。禅犹佛家事，禅而诗，骎骎归于儒矣。①

姚勉认为，诗禅合流，实晚唐之诗僧之兴。《新唐书·经藉志》载“《庞蕴诗偈》三卷”②。但唐代中期已然有明显之现象，《寒山诗集》明言：

> 我诗也是诗，有人唤作偈。诗偈总一般，读时须仔细。缓缓细披寻，不得生容易。依此学修行，大有可笑事。③

诗偈同一，实开“诗禅同一”之先声。此时可以看到，诗开始担当了偈赞美、言理的功能。但诗禅合流实则在两晋之时已经开始。

---

① （宋）姚勉：《雪坡舍人集》，《丛书集成续编》（131 册），台湾新文丰出版公司 1984 年版，第 696 页。

② （宋）欧阳修、宋祁：《新唐书》，中华书局 1975 年版，第 1531 页。

③ （唐）释寒山：《寒山诗集》，《景印文渊阁四库全书》（1065 册），台湾商务印书馆 1986 年版，第 57 页。

事实上，在大量佛经翻译的过程中，僧人就意识到把偈译作诗的困难。偈作为佛教诗歌与中土诗歌的表现明显不同。《高僧传》有记：

什每为睿论西方辞体，商略同异，云："天竺国俗，甚重文制，其宫商体韵，以入弦为善。凡覲国王，必有赞德，见佛之仪，以歌叹为贵，经中偈颂，皆其式也。但改梵为秦，失其藻蔚，虽得大意，殊隔文体，有似嚼饭与人，非徒失味，乃令呕哕也。"①

译僧之人看到偈与诗两者不同。偈是为佛教传法之手段，其音韵之美本在于吟颂唱法之中，而译作汉语之时，理义与美辞难并得，于是偈语汉译一般奇淡无味而宣佛理。诗、偈在早期本不相同，但在僧人看来，诗与偈皆为"言志"之文。《高僧传》有记：

夫篇章之作，盖欲申畅怀抱，褒述情志。咏歌之作，欲使言味流靡，辞韵相属。故《诗序》云："情动于中，而形于言。言之不足，故咏歌之也。然东国之歌也，则结韵以成咏。西方之赞也，则作偈以和声。虽复歌赞为殊，而并以协谐钟律，符靡宫商，方乃奥妙。故奏歌于金石，则谓之以为乐。设赞于管弦，则称之以为呗。"②

这两种"言志"实则明显不同，但诗、偈能够快速合流实有其内在契机。如前所述，可总结三条：其一，赋者古诗流也。随着大赋的创作，援引古今，这种叙述式的加强，使得诗的创作也受到了影响。其二，《老》《庄》思想引入诗歌。西晋时期出现了大量植入《老》《庄》《六经》式的诗歌创作。其三，偈这一宗教性诗歌的概念，也就影响了文人对于诗言志这一概念的理解。如上所言，僧人理解《诗大序》言偈以和声与东国之歌相同。由此，这种作偈言理对于中土诗言志便产生了影响。

① （梁）慧皎：《高僧传》，汤用彤校注，中华书局1992年版，第53页。

② （梁）慧皎：《高僧传》，汤用彤校注，中华书局1992年版，第507页。

僧人对于诗的定义新的认识，从而以偈的方式来创作诗，文人对于这种诗风的参与，使得中土诗歌除了“诗言情”之外，有了“诗言理”的创作。文人对于这种偈诗的参与，除了文人与僧人相交外，还与当时僧人地位的提高关系甚大，此在东晋佛教的上层化中已有说明。文人对于诗理解范围的扩大，这一点，可以反映在张君祖《赠沙门竺法頵三首·序》中：

> 沙门竺法頵远还西山。作诗以赠。因亦嘲之，省其二经，聊为之赞。①

张翼所谓“作诗以赠”“聊之为赞”，实则对诗的观念已经融入了偈的理解。赞者，《文心雕龙·颂赞》中认为：“景纯注《雅》，动植必赞，义兼美恶，亦犹颂之变耳。”②可见，赞体为源自颂。佛教偈，其义本为中土“颂”体，有时也译为“赞”，如上所引“西方之赞也，则作偈以和声”。以此观之，在东晋成帝之时，文人、僧人对于诗、偈两者的认识已经相融。诗的概念内涵进一步扩大，而把偈的创作内容也纳入诗的创作内容之中，其中少不了僧人对于诗的创作，也与文人对于诗的偈化创作相关。正是由于诗、偈的双向交流，“诗言理”在东晋诗歌中得到确立。

诗、偈合流的现象表明，在一个宗教文化极为盛行的时期，中国传统诗言志的传统也受到了影响，而表现出宗教诗歌才具有的特点。偈是为一种宗教性诗歌，以记叙、说理为其主要特点，这就影响了当时诗歌创作必然要求表达“偈”这一宗教性诗歌的内在特点。如前所述，“颂”之定义，是为偈之特点。美盛德，述形容，而不入华侈之词。这种诗的观念，使得文人作诗，接受了这种诗歌的新外延的定义，所谓“平典似道德论”是为偈之本色。宋末刘辰翁一语道破，其《须溪先生评点简斋诗集·简斋诗集序》：

> 余尝谓晋人语，使壹用为诗，皆当掩出古今，无它，真故也。③

---

① （唐）道宣：《广弘明集》，《新修大正藏经》（52册），新文丰出版股份有限公司1983年版，第359页（a）。

② 范文澜：《文心雕龙注》，人民文学出版社1958年版，第158页。

③ （宋）刘辰翁：《须溪先生评点简斋诗集》，吴文治主编：《宋诗话全编》，江苏古籍出版社1998年版，第9992页。

此是当时偈诗审美之标准，偈诗以体理为真。东晋之时，诗的偈化现象非常普遍流行，诗偈合流的创作特点一方面既保留了中土诗歌本身的吟咏形式与句式，而另一方面又保留了天竺偈诗述理、重赞的特点，可谓汲两者之大成。这种诗风僧人中以支道林、慧远为首；而文人中，则以孙绰、许询、王羲之等人为首。此时僧人对于诗偈化的表现更为明显，而文人受到这种诗风的影响，比之唐后诗僧之作明显为僧人受到文人诗歌创作的影响不同。

由此可见，后代诸诗僧皆主张“诗、禅无二”，诗境即为禅境，由此推动了中国诗歌境界的发展。两晋诗、偈合流现象不得不说其源流，随着六朝之时儒家思想的复兴，六朝之诗却亦未尽革玄风，但宗《诗》传统再次得到确立，刘勰《文心雕龙·明诗》、锺嵘《诗品·序》《昭明文选·序》对于诗歌的叙述都明显表露了以《诗》为其源。“诗言情”的定义被重新确立，刘勰《文心雕龙·明诗》：

> 宋初文咏，体有因革。《庄》《老》告退，而山水方滋；俪采百字之偶，争价一句之奇，情必极貌以写物，辞必穷力而追新，此近世之所竞也。①

这种体有因革，实则是对东晋诗、偈合流现象的纠正，把偈的“诗言理”从正统诗歌定义的“诗言志”中加以排除。与此同时，“诗”这一文体与“颂”“赞”“赋”“乐府”等各类文体也得到明确区分，此《文心雕龙》《文选》中明显可见，事实上，这是对于传统意义上的诗歌进行了一次纠正，树立了宗《诗》的诗学标准。六朝僧人、文人之作，这种诗偈化现象大不如东晋，与儒家复兴、儒家文人地位提高、释教政治地位的衰弱颇有关系。

但诗、偈合流的现象实则并没有消失，虽然它退出了正统诗歌的发展路线，却成为一股暗流，唐时禅宗的兴盛，白话诗的兴起，文人以禅入诗，使这种诗、偈合流现象则进一步得到加强形成禅诗，禅诗一脉、宋诗之理，都是对这种“诗言理”的继承。

---

①　范文澜：《文心雕龙注》，人民文学出版社 1958 年版，第 67 页。

（四）佛教传播南北差异与诗风差异

汤用彤先生在其《魏晋南北朝佛教史》中言：

> 按佛法之广被中华，约有二端：一曰教，一曰理。在佛法，教理互用，不可偏执。而在中华，则或偏于教，或偏于理。言教则生死事大，笃信为上。深感生死苦海之无边，于是顺如来之慈悲，修出世之道法，因此最重净行，最重皈依。而教亦偏于保守宗门，排斥异学。至言夫理，则在六朝通于玄学。说体则虚无之旨可涉入《老》《庄》，说用则儒在济俗，佛在治心，二者亦同归而殊途。南朝人士偏于谈理，故常见三教调和之说。内外之争，常只在理之长短。辩论虽激烈，然未尝如北人信教极笃，因教争而相毁灭也。①

以此见南朝偏理，而北学宗教。此观点可谓明南北佛学差异之精论。南北风气之别，亦为不可避免之现象。汤用彤《魏晋南北朝佛教史》谈及“南北朝释教撰述”说：

> 但自道安以后，佛道渐明，世人渐了然释教有特异处。且因势力既张，当有出主入奴之见，因更不愿以佛理附和外书。及至罗什时代，经义大明，尤不须藉俗理相比拟。故僧睿于什公来后，乃申言格义迂而乖本也。②

由此可见，东晋之时，南北风气，渐始于道安、罗什之后。道安最后立足长安，虽在《高僧传》中列为义解第一，然其经译之功，道安无愧。道安有感魏晋经译之多，而译者弗记，诠品新旧撰为《经录众经》。此亦正明南北义解之差异。《高僧传・道安》：

---

① 汤用彤：《汉魏两晋南北朝佛教史》，北京大学 1997 年版，第 295 页。

② 汤用彤：《汉魏两晋南北朝佛教史》，北京大学 1997 年版，第 168 页。

安穷览经典，钩深致远。其所注《般若道行》《密迹》《安般》诸经，并寻文比句，为起尽之义，乃析疑甄解，凡二十二卷。序致渊富，妙尽深旨。条贯既叙，文理会通，经义克明，自安始也。①

由此可见，义解之僧，道安却是以“经义克明”为己任，可见其佛教之功业，东晋孙绰《名德沙门论》为之赞曰：“渊渊释安，专能兼倍。飞声汧陇，驰名淮海。形虽草化，犹若常在。”②道安也提出翻译过程中对于格义之法的否定以及“五本易”的讨论，这些都说明，道安注重佛经义理正确与否，而罗什东来更是对佛经义理的精准起到很大的作用。要之以上，东晋北土，其佛经翻译多重视其经译与义解的相契，而少格义的作用。

以东晋观之，诗多涉佛理，诗人与僧人赠答有言之，以《先秦汉魏晋南北诗》所收为例，如下：

南方文人与僧人相交所作诗：张翼《咏德诗三首》《僧沙门竺法頵三首》《答庾僧渊诗》、刘程之《奉和慧远游庐山诗》、王乔之《奉和慧远游庐山诗》、张野《奉和慧远游庐山诗》、王齐之《念佛三昧诗四首》

南方僧人之作：支遁《四月八日赞佛诗》《咏八日诗三首》《五月长斋诗》《八关斋诗三首》《咏怀诗五首》《述怀诗二首》《咏大德诗》《咏禅思道人诗》《咏利城山居》、释慧远《庐山东林杂诗》、庐山诸道人《游石门诗》、庐山诸沙弥《观化决疑诗》、史宗《咏怀诗》、帛道猷《陵峰采药触兴为诗》、竺僧度《答苕华诗》、释道宝《咏诗》、竺法崇《咏诗》、竺昙林《为桓玄作民谣诗二首》

北方僧人之作：道安《答习凿齿嘲》、鸠罗摩什《十喻诗》

以上观之，南方僧人多与文人相交，而悠游之兴亦为频繁，僧人与文人相互答唱亦颇多；而北土今仅存鸠摩罗什之《十喻诗》最为完整。

① （梁）慧皎：《高僧传》，汤用彤校注，中华书局 1992 年版，第 179 页。
② （梁）慧皎：《高僧传》，汤用彤校注，中华书局 1992 年版，第 185 页。

十喻以喻空，空必待此喻。借言以会意，意尽无会处。既得出长罗，住此无所住。若能映斯照，万象无来去。①

《十喻诗》全失诗之言情之本，实则非诗，是为佛教偈颂之类以教化功用。"喻"为佛教说理之常之法，佛经中多用比喻之类，有《百喻经》可证。而"十喻喻空"，旨在悟"空"。罗什主张佛教般若之学，擅《中论》《百论》《十二门论》，言"既得出长罗，住此无所住"。即思想挣脱其世间罗网之束缚，悟其住即无住，可谓明其"空"之旨义，以"中论"之义，主张有无双遣，不落两边。据《艺文类聚》同卷所载，梁武帝有《十喻幻诗》、梁简文帝有《十空如幻诗》，皆存多首，而罗什此《十喻诗》料为其中一首。这些诗明显是为偈类，但入以诗类，可见当时对于诗这一概念的理解已经受偈影响明显。如前所述，虽东晋之诗有偈、诗合流之倾向，而北土僧人作诗，全同偈味，全无诗意。东晋僧人、文人之诗，实兼诗、偈两者之融合，由此，东晋偈诗多文人化创作倾向，以此随开唐后禅诗、宋诗之法则。

罗什此诗偈之中，可见其"言意"之观，但全无《老》《庄》之风气；而南朝诸僧，谈玄说理，颇多《庄》《老》之旨。诗虽有偈化之迹，然终可以诗论之，此可谓南北诗风之迥异。黄廷鹄《诗冶》：

释慧远《报罗什偈》按：什公《遗偈》一章曰："既已舍染心，乐得善摄不。若得不驰散，深入实相不。毕竟空相中，其心无所乐。若悦禅智慧，是法性无照。虚诞等无实，亦非停心处。仁者所得法，幸愿示其要。"故远公报之。弇州云：掞词林之藻，则慧似经通，阐佛日之规，则鸠为本色，要之彼胜耳。②

远之"儒佛相能"，什公之"佛理本色"是为两者之风异，亦为南北诗风之差异。由此观之，佛理与玄风相盛，文人与僧人相交，亦提出了僧人之诗文创

① （唐）欧阳询：《艺文类聚》（卷76），上海古籍出版社1999年版，第1294页。

② （明）黄廷鹄：《诗冶》，吴文治主编：《明诗话全编》，江苏古籍出版社1997年版，第7724页。

作，加速了禅理与老庄结合，而北方频乱，僧人多倚国主，而弘深法教，以辩义正法为宗，少有诗作，以仅见之诗亦多为宣教之偈也。

综观东晋之时，其义解僧人对于东晋文学影响可谓巨大。东晋义解之僧，亦颇有宣扬佛法之宏愿，显有几分独立精神。道安力排格义，慧远法性之论，道生顿悟、阐提成佛，肇公《肇论》，皆以求佛法真要为务，比之西晋游僧风流，实为可敬。而齐梁之后，佛法虽亦盛，然其义解之僧政治地位远不及东晋，又儒法再兴，僧人多依附于政治集团、世族门阀而失其独立精神，宫体艳词，实首发于僧人之作，以真俗二谛圆融，佛教方便法门而附和冶艳之词，虽佛事尤盛，亦可叹其宏法精神不存。唐宋以后，虽僧人多与文人相交，而其诗作多效文人诗法，与东晋之时别为面目。

第七章　玄言诗宗教性文学特征

笔者一再想强调，六朝之时是中国宗教史中最富有宗教气息的时代。这种对于宗教的风靡，可以说是涵盖一个社会的所有阶层。在如此深厚的宗教文化时期，对于诗歌不从宗教的角度来批评，是明显有失的。在谈及宗教上层化与诗风转变化的关系中，笔者认为，佛教的兴盛，传统诗言志的功能也受到了来自佛教偈的"诗言理"的挑战而表现出诗的宗教性特征。游仙诗作为早期一种非常民间的宗教诗歌特点，在其晋代之时，也渐渐呈现出文人化的特征，这种改变是文人本身所有的儒家思想和宗《诗》的诗学思想对于游仙诗体的自觉改造。但是从宗教学的角度来说，不管是《离骚》、《游仙》，还是佛偈，都是人有感自我的渺小而寻求庇佑。这两种诗歌的特征实则都与其佛教、道教自身的教义主张是分不开的。

民国时期，张仕章在《中国古代宗教诗歌集》中提出宗教诗歌的定义：

> 然则曷云乎"宗教诗歌"？"宗教诗歌"者，即带有宗教色彩或意味之诗歌也。夫所谓"宗教色彩"者，因其用于宗教仪式也；而所谓"宗教意味"者，言其发抒宗教情志也。于是宗教诗歌之意义乃定。①

但这种宗教仪式或宗教情志的特点，张仕章并未细辨。对于宗教诗的研究意义，英国加德纳《宗教与文学》中有这样的看法：

---

① 张仕章：《中国古代宗教诗歌集》，广学会1926年版，第1页。

> 我们就必须给宗教下一个定义，并且考察关于诗歌性质及诗人的作用和任务等方面的种种假设。但无论宗教的概念，还是诗歌的概念，都不是一成不变的。因而我认为，考察各个时代的宗教概念和诗歌概念的演变以及这二者之间的相互作用，正是把“宗教诗歌”作为文学的一个种类来进行研究的兴趣和价值之所在。①

把“宗教诗歌”作为文学的一个种类来研究，是对于传统诗歌理解的必要拓展。民国时期，儿岛献吉郎较早研究了文学艺术与宗教的关系。诗与宗教之研究，亦为近现代文学批评的热点。80 年代以来，中国许多学者也开始讨论文学与宗教之关系。道教、佛教与文学的研究一时繁荣。刘锋《宗教与中国传统文化》（山东教育出版社，1990），郑志明《中国文学与宗教》（台湾学生书局，1992），张伯伟《禅与诗学》（浙江人民出版社，1992），周裕锴《中国禅宗与诗歌》（上海人民出版社，1992），葛兆光《中国宗教与文学论集》（清华大学出版社，1998），邝建行编《中国诗歌与宗教》[中华书局（香港）有限公司，1999]，吴言生《禅宗诗歌境界》（中华书局，2001），而朱光潜《诗论》（三联书店，1984），葛晓音编《汉魏六朝文学与宗教》[中华书局（香港）有限公司，2006]都曾探讨了诗歌与宗教的关系。由此，在两晋宗教发展的鼎盛之时，为什么文学、诗歌的研究却不从其宗教的角度来解读呢？

葛兆光也在《中国宗教与文学论集》“序”中检讨了中国目前宗教与文学研究存在的几个问题，他认为中国宗教与文学关系研究中的不足有以下三个方面：首先，印象式的概说常常作为一种常识，在不证自明中被人接受，并作为下一轮论述时的起点。其次，宗教与文学关系的视野，大多被局限在经典文献中的传说故事为中心的范围，宗教与文学关系的走向，也被确定在从宗教到文学。最后应该指出的是，在这 30 年的研究中，佛教与文学关系的研究大大超过了道教与文学关系的研究。②

这三点可以看到的是中国当下宗教与文学研究的重心与弊端，我们习惯

---

① [英]海伦·加德纳：《宗教与文学》，沈弘、江先春译，四川人民出版社 1989 年版，第 132 页。

② 葛兆光：《中国宗教与文学论集》，清华大学出版社 1998 年版，第 7 页。

于以一种历史性的眼光来看宗教与文学的关系，而实则没有真正地站在宗教的视野下来理解文学，尤其是以宗教文学的角度来审视那些具有宗教性特点的文学。其书引托马斯（R.S.Thomas）在1963年编辑的《企鹅宗教诗歌集》所说，引人沉思：

> 文学中的宗教表现最根处在于“对终极实在的体会”，宗教语词、句法被文学家们挪入文学创作可能出于技巧上的考虑，宗教主题、内容被文学家们用于文学作品可能为表达某种思想的需要，但“对终极实在的体会”则需要将宗教经验引入文学沉思，必然使文学家从创作动机、构思过程到表现形式都发生巨大变化，当文学家运用宗教经验去沉思体会那终极的、神圣的宇宙之“一”，去企望想像那尊严的神明的宇宙之“主”时，他的心境、思绪、情感会涵盖那些语词、句式或主题，使语言形式到主题内容呈现出准宗教的色彩。①

应该说，对于宗教与文学的研究实则才刚刚起步，有许多的角度和方法都没有进入到中国文学的研究，尤其是中国文学诗学的研究中。葛兆光认为：“以宗教经验（Religious Experience）差异为中心的比较至今仍不多，偏偏宗教经验恰恰是对于文学影响至深的一环。”②这一点是看到中国宗教与文学的薄弱环节。

早期对于玄言诗与宗教的研究中，大都围绕道教、佛教义理对于玄言诗的创作的影响。这一点，笔者在宗教上层化中试图表明文化传播与吸收的双向行为，但这种研究是不够的，玄言诗不仅受到外在的宗教文化的影响，其本身就是宗教性文学的表现。

对于玄言诗的宗教性研究，在目前的玄言诗研究中就显得少有借鉴。因此，对于这样的研究，笔者不得不进行一番思考。实则，对于17世纪英国玄学诗的重新认识为我们对于玄言诗的批评多少提供了启示。事实上，以艾略特

---

① 葛兆光：《中国宗教与文学论集》，清华大学出版社1998年版，第30页。

② 葛兆光：《中国宗教与文学论集》，清华大学出版社1998年版，第23页。

为代表的新批评思潮的兴起本身就是一个值得重视的现象。在其浪漫主义文学走向极端而显得矫揉造作之时，一种新的与之相反的诗学审美就必然会出现。19 世纪中叶之后的浪漫主义成了强弩之末。英国以丁尼森等人为代表的维多利亚主义、法国以夏多布里昂等人为代表的浪漫主义成为文学发展的桎梏。马克思就曾经指出这种浪漫主义是“虚伪的深奥，拜占庭式的夸张，感情的卖弄，色彩的变幻，文字的雕琢，矫揉造作，妄自尊大，总之，无论在形式上或在内容上，都是前所未有的谎言的大杂烩”。①

新批评中的艾略特所主张的“非主体化”创作，使得 17 世纪的英国玄学诗派从默默无闻转而成为诗歌的典范。“非主体化”实则就是在要求诗歌创作中放弃主体个人的情感参与，以其冷静的理智的思想作为诗歌的表现，表现出诗歌的哲理化倾向，这实则是走向了浪漫主义的相反面。可以这样说，艾略特对于诗歌创作中主体情感的排斥是对于浪漫主义自我情感过分宣泄的极端抵制。这种观点，在民国时期《新月》杂志中得到了反映。1933 年第 4 卷 6 号，苏波《利威斯的三本书（一）英诗之新平衡》一文说道：

（爱略特）他同时又是一个批评家，他的影响自然更十分有力。英文诗将来的发展须脱离浪漫诗人丁尼生（Alfred Tennyson）、史文朋（Aigernon Charles Swinburne）与勃鲁克（Rupert Brooke）诸人的影响而另沿其他的径路者大半是由于爱略特的努力。他已经做了一个新的开始，树立了新的评衡。②

这种对于玄学诗批评的产生原因，实则也是为我们提供了一个极好的参照。如果说魏晋之时对于诗言志的突破，而力倡“诗赋欲丽”“缘情而绮靡”，那么，这必然会出现一个“诗言情”的泛滥时期。与此同时，在此时期的诗人缘情、造情甚至无病呻吟之时，这势必就会发展为这种诗学审美的反面表现。《文心雕龙·情采》可见：

---

① 《马克思恩格斯全集》第 33 卷，人民出版社 1973 年版，第 102 页。
② 苏波：《利威斯的三本书（一）英诗之新平衡》，《新月》1933 年第 4 卷 6 期。

昔诗人什篇，为情而造文；辞人赋颂，为文而造情。何以明其然？盖风雅之兴，志思蓄愤，而吟咏情性，以讽其上，此为情而造文也；诸子之徒，心非郁陶，苟驰夸饰，鬻声钓世，此为文而造情也。[①]

又如《世说新语·文学》：

孙子荆除妇服，作诗以示王武子。王曰："未知文生于情，情生于文。览之凄然，增伉俪之重。[②]"

余嘉锡先生言"彦和此论，似即从武子之言而悟出。"[③]盖两晋浮靡是为常情，萧统即有言"魏、晋浮荡，儒教沦歇。"西晋挚虞亦有言"丽靡过美，则与情相悖。"[④]由此，刘勰之言又何须从王武子言中悟出？刘勰之言可谓切中两晋情之滥觞的表现。固然，情生文丁可以看作诗文创作的技巧高明，但过分重视技巧则流于浮靡，这实则是绮靡之风的通病。在这种靡情泛滥之中又必然会引起对这一种诗学审美的反感，以至走向另一个极端。如果说从宗教上层化看待玄言诗的关系是一种外部异质文化活动对于诗歌的影响的话，那么，这种从"缘情"的泛滥到"言理"的兴盛，则是文人诗学审美的一种主动选择，这一变化是文学自身发展的必然演变。而至刘宋时，儒家诗学的提倡，儒、玄文化的并行，使这两种极端的诗学审美得到调和。

由此，我们可以这样说，玄言诗就是在这种诗学"缘情"的文化背景下对于它自身的反抗而走向言理的一种诗歌风格。但不得不说，玄言诗风也会因为儒释道主张的不同而呈现各自不同的特征。在儒家看来，嵇康之流是为"托谕清远""未失高流"。郭璞其诗也经历"艳逸"到"寄托之词"的批评变化。一代玄宗孙绰与许询，言其诗"韵灵旨清""极其名理"，则又表明玄言诗"词艳旨深""重理"的表现。慧远则强调了"达恒物之大情""神趣"的诗学特征。玄风之

① 范文澜：《文心雕龙注》，人民文学出版社 1958 年版，第 538 页。

② 余嘉锡：《世说新语笺疏》，中华书局 1983 年版，第 254 页。

③ 余嘉锡：《世说新语笺疏》，中华书局 1983 年版，第 255 页。

④ （唐）欧阳询：《艺文类聚》（卷 56），上海古籍出版社 1999 年版，第 1018 页。

下，三教之诗各有所异，诗派分类是显得有必要的。但必须承认，“诗理”成为了这一时代诗歌审美的重心。而这种理，又是诗人对于人生的一种理解，它是具有一种宗教诗歌色彩的。这就需要来分析当时宗教性诗歌所具有的特点。

一、颂，诗之美者

中国有没有宗教诗呢？答案是肯定的。张仕章在《中国古代宗教诗歌集》一书讨论“宗教诗歌之范围”时，认为中国宗教诗凡三类：其一，是带有宗教色彩之诗歌，是为古代帝王举行宗教典礼时，常歌诗作乐，《诗·颂》是最为明显；其二，含有宗教意味之诗歌，如屈原《九章》《远游》；其三，是为因物异而感祥瑞，见生死而叹吉凶之作。①

中国诗歌的起源是带有宗教性的。其“诗言志”这一命题的来源就表明了宗教性的特点。《尚书·尧典》中：

> 帝曰：夔！命女典乐，教胄子。直而温，宽而栗，刚而无虐，简而无傲。诗言志，歌永言，声依永，律和声。八音克谐，无相夺伦，神人以和。②

以“神人以和”可见诗歌发源之早期，实则是为人与神之交流之用为重要目的。可以说，“颂”是为早期诗歌最为重要的部分。而《诗经》之中有风、雅、颂之属。颂仅存《商颂》与《鲁颂》。颂，《毛诗序》中言：

> 颂者，美盛德之形容，以其成功，告于神明者也。③

刘勰在《文心雕龙·颂赞》中，已经把颂的特点表述得十分清楚而准确。笔者在诗、偈合流一章中已经提到刘勰认为颂的主要特点就是告神。告神之篇，则必为“义必纯美”，就是要求颂篇之中，不能夹杂个人情感，而必须专注

---

① 张仕章：《中国古代宗教诗歌集》，广学会 1926 年版，第 1—3 页。
② 《尚书正义》，（清）阮元校刻：《十三经注疏》，中华书局 1980 年版，第 131 页。
③ 《毛诗正义》，（清）阮元校刻：《十三经注疏》，中华书局 1980 年版，第 272 页。

于对于神之赞美。而所谓“辞必清铄，敷写似赋，而不入华侈之区”“敬慎如铭，而异乎规戒之域”，就是要求辞不必繁绮而有敬慎之心。刘勰之前，西晋挚虞《文章流别论》中就有谈及对于颂的看法：

其功德者谓之颂，其余则总谓之诗。颂，诗之美者也。古者圣帝明王，功成治定而颂声兴，于是奏于宗庙，告于鬼神；故颂之所美者，圣王之德也。①

挚虞之见，颂是为诗之美者，是为赞圣王之德之用，与刘勰所言同。比之于西方宗教诗的特点与挚虞、刘勰所言，实则有相似之处。笔者在诗、偈合流中已经强调西方宗教诗所具有的“单一性”“至上性”“唯理性”特征。“颂主告神，义必纯美”实则就是其单一性、至上性的表现。而所谓“敷写似赋，而不入华侈之区；敬慎如铭，而异乎规戒之域”就是其唯理性的特征。但是中、西的宗教性特征又有明显不同，这种不同主要区别对于理想人格的不同态度。西方的宗教诗至上性是一个最为重要的标准，而中国宗教思想中侧重于“人生”的思考，使得至上性更多地表现为一种“人生”解脱的态度。

颂本为《诗经》中的一个部分，但颂在于两晋之间，并非全如刘勰所言“敬慎如铭，而异乎规戒之域”。其《太平御览》引挚虞《文章流别论》言：

或以颂形，或以颂声，其细已甚，非古颂之意。昔班固为《安丰戴侯颂》，史岑为《出师颂》，《和熹邓后颂》，与鲁颂体意相类，而文辞之异，古今之变也。扬雄《赵充国颂》，颂而似雅。傅毅《显宗颂》，文与周颂相似，而杂以风雅之意；若马融《广成》《上林》之属，纯为今赋之体，而谓之颂，失之远矣。②

依挚虞所见，颂杂风雅，马融之属已失其古意。而刘勰有《明诗》《颂赞》两篇，从其辨体上已经区别其不同特征，他在《文心雕龙·颂赞》也同言道：

---

① （唐）欧阳询：《艺文类聚》（卷56），上海古籍出版社1999年版，第1018页。

② （宋）李昉等：《太平御览》（卷588），中华书局1960年版，第2647页。

至于秦政刻文，爰颂其德。……马融之《广成》《上林》，雅而似赋，何弄文而失质乎！又崔瑗《文学》，蔡邕《樊渠》，并致美于序，而简约乎篇。挚虞品藻，颇为精核。至云杂以风雅，而不变旨趣，徒张虚论，有似黄白之伪说矣。及魏晋辨颂，鲜有出辙。①

刘勰指出的现象说明了颂在汉代本身就已经开始泛化。在汉代之时，颂、赋两字相通。《汉书·艺文志·诗赋》录李思《孝景皇帝颂》15篇、《杂行山及颂德赋》24篇。可见，赋的写作方式影响到了颂，由此，刘勰批评马融作颂"弄文而失质"，言其"杂以风雅，而不变旨趣"，"魏晋杂颂，鲜有出辙"，刘勰此说大抵是据颂的纯美之义而言。两晋之时，颂这一文体多有失其敬慎之心，而多风雅之志，这一现象是受到两晋文学"主情"的影响。陆机《文赋》中所言"诗缘情而绮靡""颂优游以彬蔚"，陆机认为，诗为主情之篇，颂为"优游"之章，"优游"之解，实与刘勰所谓"敬慎如铭"则有不同。可见当时颂这一文体确实是"主情""丽藻"的审美，这一点与诗无异。吴乔《围炉诗话》卷二：

又云："潘、张、左、陆以后，清言既盛，诗人所作，皆《老》《庄》之赞颂，颜、谢、鲍出，始革其制。"②

吴乔之见，可谓见其本质。此时赞、颂之体杂以诗之缘情之法。因此，当时的玄言诗的宗教性，必须看到当时颂这一文体的特点。前面已经提到，诗偈合流有把诗歌当作偈的写作方式进行创作，而梵语偈的翻译正译为颂。这实则表明，在晋时，人们普遍认为，天竺之偈与中土之颂最为相近。由此，颂这一体裁受到风雅的影响也就表明，风雅之诗也受到了颂的影响。颂虽然强调了主情与丽藻，但它不同于诗的地方则在于，诗缘情而颂在于"义必纯美"。

玄言诗所具有的宗教性特征最明显的就是其"唯理性""单一性"，诗中大量铺陈玄理而不言及其他。我们以江淹《杂体诗三十首之孙廷尉绰杂述》为例：

---

① 范文澜：《文心雕龙注》，人民文学出版社1958年版，第157—158页。

② 郭绍虞编：《清诗话续编》，富寿荪校点，上海古籍出版社1983年版，第521页。

太素既已分，吹万著形兆。寂动苟有源，因谓殇子夭。道丧涉千载，津梁谁能了。思乘扶摇翰，卓然凌风矫。静观尺棰义，理足未常少。冏冏秋月明，凭轩咏尧老。浪迹无蚩妍，然后君子道。领略归一致，南山有绮皓。交臂久变化，传火乃薪草。亹亹玄思清，胸中去机巧。物我俱忘怀，可以狎鸥鸟。①

这首诗被当下玄言诗研究者认为是最能反映两晋玄言诗的代表，此诗是梁代江淹拟作孙绰杂述诗。此诗《文选》卷三一中有载，其诗有注，这也便于我们对它进行解读。全诗几乎句句有典，随处可见《庄子》之语。我们可以得见，这首诗实则是言理，“物我俱忘怀，可以狎鸥鸟”可以说是全诗之用意。这可以说是诗“单一性”“说理性”的体现。但诗中虽有“咏尧老”“南山有绮皓”之句，对于圣人之赞，却没有西方宗教诗的“至上性”特点，或者刘勰所谓颂之“敬慎如铭”的态度，而取其仰慕、趋之于同游的心境表达，则更符合陆机所言“颂优游以彬蔚”的特征，其言“物我俱忘怀”就是这种圣人心境的表现。可见，玄言诗对于圣人的看法，其一可以说是仰慕的；其二，认为圣人是可以致的，可以以自我的觉解而达到圣人的逍遥。锺嵘评其“永嘉时，贵黄、老，尚虚谈。于时篇什，理过其辞，淡乎寡味。”②所谓“理过其辞”是为诗重“唯理性”，而所谓“味淡”是为诗理的单一性，锺嵘之评也是玄言诗宗教性的特征表现。

二、中国宗教的诗性智慧体验

六朝时期，确实呈现了较为复杂的宗教文化背景，其中最为明显的就是此时期的宗教（佛教和道教）都有上层化的趋势。佛教虽然自西汉末就已经传入中土，但一直以来都没有真正进入中国文化的核心，而处于类似于道教的文化地位。但自汉末，这种格局就开始有了改变。随着儒家文化的式微，老庄文

① （梁）萧统：《文选》，（唐）李善注，中华书局1977年版，第449—450页。
② （南朝梁）锺嵘著，曹旭笺注：《诗品笺注》，人民文学出版社2009年版，第15页。

化的兴盛，佛教大乘由于自身教义与老庄思想的相近，而开始了佛教文化的快速进程，我们可以明显地看到，自晋开始，佛教释子与文人的接触开始增多。佛教的上层化过程中，释子与文人的交往是非常重要的。当然，我们也注意了另外一个现象，正如道安所说“不依国主，法事难立”。佛教教义有机会开始进入中国文化核心代表便是老庄的阐释，两晋时期风行的佛教教义实则都来自南方的“六家七宗”学说，这些学说都或多或少地带有老庄思想。尽管这时期的佛教我们可以称为“格义”时期，但我们不得不承认，此时期佛教教义在呈现老庄思想本身之外，也表现了它不同于老庄思想的宗教气质，而能够统一中国儒家思想、道教与佛教的一个内核，就是“人生”。

如果说基督教的精神是“虔诚与奉献”的至上性精神，那么，中国宗教精神则是“人生”，这一命题实则构成了中国文化、哲学与诗学的所有内容核心。葛兆光《中国宗教与文学论集》中认为：

> 中国宗教却不是通过想象寻求启示，而是通过体验寻求觉悟或通过幻想寻求安慰。体验寻求觉悟，但觉悟与启示不同，觉悟指的是在体验中心灵的豁然开朗，启示指的是在想象中领受上帝的旨意。前者是自心自悟，得到一种宁静澄彻而又生机盎然的洞明心境，后者是与神合一，得到一种神圣光明而又充满希望的幸福感觉；前者达到的最高境界是人和自然融而为一的永恒感，后者则是从原罪中解脱的轻松感；前者最终要回到生活的和谐状态，“平常心是道”是庄禅一流追寻的归宿，因而他们在山林溪石的自然及柴米油盐的人生中体验宇宙得到万化为一的愉悦，后者则是提升自己的人生境界，“为上帝服务”（Service of Highest）是基督教一流追寻的目标，因而他们在对上帝的膜拜中约束自我并在道德的发扬状态中寻找“不可形容的高举、得意及快乐之感”。①

这可谓看到了中西方宗教性质的实质不同。人生体验不同于一般的情感体验，可以说，宗教情感中精神都有一种理的至上和神圣感。这种理是一种共

① 葛兆光：《中国宗教与文学论集》，清华大学出版社 1998 年版，第 31—32 页。

理，而并非一种极具个人化的情感之理，这实则就表明了宗教的唯一真理性。由此，对于这种理的体验与表达实则必须指向同一"理"，所体验到的"理"也必然是同一的，这是其宗教文学的最大特点。它的情感性永远都是一种宗教情感，是一种对于至上和神圣情感的表达，个人的情感在这里都是卑微的，它不同于人的种种一般情感，它没有丰富的内容和个人思绪寄托。中国宗教文化诗性的智慧就是对"人生"这一核心的理解。当下对于玄言诗是人生体验这一点得到多数人的认同，但问题在于这种人生是现实的还是理想的？实则，这种人生的指向，无疑是对于现实人生的思考，是对理想人生的表现。两者犹如真俗二谛，不可离析。

玄言诗本身理悟获得的表达，是有一种"理"获得的情感，且这种理具有唯一性的特质。所有玄言诗所表现的理的核心就是指向人生，就是对于人生的觉解和体验，而这种情感的获得，我们只能以诗性的智慧满足来形容中国式宗教性精神。但这时期对于这种人生的解答，还是表现出了不同的形式。对于儒家来说，是一种哲人崇拜；对于道教来说，是一种仙人崇拜；而对于大乘佛教来说，则是佛性崇拜，这也概括了玄言诗的所有叙事主题和内容。

三、玄言诗的理想人格

在基督教等一神论看来，理想人格是不宜运用描述他们的神，因为神和人之间有一条天然的鸿沟，是永不可跨越的。相较于中国文化，理想人格却是可以极好地表现文人的内心世界，理想人格往往成为文人言行的模仿对象。汤一介《郭象与魏晋玄学》中谈道：

> "魏晋玄学"以远离实际的形式来讨论宇宙人生的根本问题，因此它是一种思辨形式的哲学。①

而冯友兰《中国哲学史新编》认为：

① 汤一介：《郭象与魏晋玄学》，北京大学出版社2009年版，第42页。

魏晋时期称为“名理”，因为这些方法都是用逻辑的方法观察事物的，多数的玄学家都是企图用这种方法达到一种精神境界，当时称为“玄远”。这种精神境界的内容就是后得的无分别的混沌。达到这种混沌，当时称为“达”。有了这种境界的达人，当然能够“越名教而任自然”，这是真正的名士。①

同时，这亦是把魏晋玄学与宋代理学两者区别开来了。“用我在《新原道》的话说，玄学是极高明而不道中庸。”②无论是“道中庸”还是“不道中庸”，玄学对于人生问题的一种思想是不言而喻的，那么，在这种以“人生问题”为文化核心的两晋时期，诗歌的创作难道就没有受到这种玄风的影响吗？事实上，诗歌对于人生问题表现的思考，禅宗可谓最具典型。就其禅诗的研究，目前研究成果较多。吴言生《禅宗诗歌境界》中认为：

所有的禅诗，其主旨都是明心见性，用诗学的譬喻来说，就是要见到我们每个人的“本来面目”。③

从这一点来说，诗歌这一体裁在禅宗来看是不同的。它区别于传统诗歌“言志”“风教”的特点，不以社会、政治现实为其诗歌的承载点，而是主张悟觉人生与社会的本来面目。这是诗歌“诗言理”的表现，前文已经涉及偈对于诗定义的影响，“诗言理”的形成，是由于偈本身是为言理之诗，由此影响到了文人的创作。在康僧渊看来，若不是冥达玄通之人，又何以借诗来表现这种“理悟”的情感呢？宗教诗歌自身的使命也决定他本身的一种偈颂功能，对于一种理的传达与解脱的通透是不需要有技巧的文字装饰。

玄言诗派的代表中游仙诗和玄理诗是对于人生哲理的一种回答，前者是把人身体意识的解放看作是为人生解脱的最大目的，而后者并不侧重于身体解脱，而侧重于人生至理的觉解。游仙诗与玄理诗都是对于人生哲理的一种

---

① 冯友兰：《中国哲学史新编》（中册），人民出版社1984年版，第487页。
② 冯友兰：《中国哲学史新编》（中册），人民出版社1984年版，第450页。
③ 吴言生：《禅宗诗歌境界》，中华书局2001年版，第1页。

诗性领悟，但是这种领悟也有区别，其主要的区别表现为两种理想人生的态度不同。

两晋之人特重服饰与姿容之美，这一点反映在《世说新语》中《品藻》《容止》两篇，反映了两晋文人对于身体意识的观念。游仙诗与玄理诗正是两种截然不同的身体意识的态度。严格来说，两晋人物的品藻标准发生了一个很大的改变，这也是他们诗歌精神追求的不同。西晋之人，清议还有着很大的影响，依然还是有着强大的儒家文化背景和道家文化的重合。

道家与道教的理想人物实则是神仙人物。但对于神仙人物的企羡与模仿只能按我们理想中人物的言行、姿态、仪容而加以描绘，游仙诗中最为突出的理想人格表现，就是在诗歌中流露出的身体意识。

唐长孺在《魏晋玄学之形成及其发展》一文中提出了当时人们的理想人格：

> 他们所追求的乃是庄子的逍遥，他们的理想人格不是何晏提出的尧，而是超出世界的大人先生。他们反对一切人为的束缚，认为不合自然，因此要抉破礼法，非尧舜，薄周孔。①

而胡大雷在《玄言诗研究》中举刘劭《人物志·九征》："凡人之质量，中和最贵矣。中和之质，必平淡无味，故能调成五材，变化应节。是故观人察质，必先察其平淡而后求其聪明"，认为魏晋玄学的理想人格是"中和"。②

以上对于理想人格的分析，笔者以为还没有抓住其主要特征。对于魏晋理想人格的分析，汤一介先生的分析颇具独见而清晰，这里不妨赘述：

> 关于最高理想人格的人，在《庄子》书中或名之为"至人""神人""真人"等等，但也用"圣人"作为理想人格的人，例如《逍遥游》中说："至人无己，神人无功，圣人无名"，这里所说的"至人""神人""圣人"都是指能

---

① 唐长孺：《魏晋南北朝史论丛》，中华书局2009年版，第314—315页。

② 胡大雷：《玄言诗研究》，中华书局2003年版，第7—8页。

超越外在和自我身心限制的理想人格的人。①

汤一介先生认为,庄子心目中的理想人格,是以超越现实的“游于方之外”的人,是具有最高人格的人。汤一介先生注意到了《庄子·大宗师》中记载的一个故事与郭象注的变化。

莫然有间,而子桑户死,未葬。孔子闻之,使子贡往侍事焉。或编曲,或鼓琴,相和而歌曰:“嗟来桑户乎!嗟来桑户乎!而已反其真,而我犹为人猗!”子贡趋而进曰:“敢问临尸而歌,礼乎?”二人相视而笑曰:“是恶知礼意!”子贡反,以告孔子曰:“彼何人者邪?修行无有,而外其形骸,临尸而歌,颜色不变,无以命之。彼何人者邪?”孔子曰:“彼,游方之外者也;而丘,游方之内者也。外内不相及,而丘使女往吊之,丘则陋矣!彼方且与造物者为人,而游乎天地之一气。彼以生为附赘县疣,以死为决疟溃痈。夫若然者,又恶知死生先后之所在!假于异物,托于同体;忘其肝胆,遗其耳目;反复终始,不知端倪;芒然彷徨乎尘垢之外,逍遥乎无为之业。彼又恶能愦愦然为世俗之礼,以观众人之耳目哉!”②

而郭象对此的注解是:

夫理有至极,外内相冥,未有极游外之致而不冥于内者也。未有能冥于内而不游于外者也。故圣人常游外以宏内,无心以顺有,故虽终日挥形而神气无变,俯仰万机而淡然自若。夫见形而不及神者,天下之常累也。是故睹其与群物并行,则莫能谓之遗物而离人矣;睹其体化而应务,则莫能谓之坐忘而自得矣。岂直谓圣人不然哉?乃必谓至理之无此。是故庄子将明流统之所宗以释天下之可悟,若直就称仲尼之如此,或者将据所见以排之,故超圣人之内迹,而寄方外于数子。宜忘其所寄以寻述作之大

① 汤一介:《郭象与魏晋玄学》,北京大学出版社2009年版,第230页。

② (清)郭庆藩:《庄子集释》,中华书局2004年版,第266—268页。

意，则夫游外宏内之道坦然自明，而《庄子》之书，故是涉俗盖世之谈矣。①

在《庄子·大宗师》中，“游方之外”与“游方之内”是为两者截然不同的人生态度。“与造物者为人，而游乎天地之一气”，就是弃俗之生死的观念，而无视世俗之礼。但郭象对此的注解却有些变化，郭象以“未有极游外之致而不冥于内者也”，强调了“宏内之道”。这种内外结合的变化反映了《庄子》在魏晋时期的文人化过程。实则，《庄子》在魏晋时期就经历着这种文人化的注、删过程。而郭象对于《庄子》的理想人格的重新重视，正是反映了两晋文人的理想人格心态。汤一介先生总结并区别了庄子、郭象理想人格的特点：

庄周理想的最高人格是姑射山上“离人群”、“超世俗”的“神人”“至人”等；而郭象理想的“圣人”则是可以“历山川”“同民事”“即世间而出世间”的“圣王”，所以他的理想是“游外者依内，离人者合俗”。②

事实上，我们可以看到，对于理想人格的理解，郭象更多地糅合了儒家与道家的精神，主张理想人格必须“即世间而出世间”。从这一点来看，两晋诸多文人之行径，又何尝不是对于这种理想人格的效仿呢？这种理想人格正是两晋大多数文人所接受的。

四、身体意识视野下的游仙诗与玄理诗

对于儒家而言，孔子认为“文质彬彬，然后君子”“兴于诗、立于礼、成于乐”。可见，孔子思想中，身体有强烈的道德规范与礼教精神，这就说对于身体的保合要符合一个国家秩序与道德礼教的要求。礼对于个人与社会的言行规定，就是要求身体服从于这种文化的安排，由此，儒家的身体观表现得如其礼制一般，井然而严肃。这种重仪容，重举止，亦渗入其身体的内在要求。孔

① （清）郭庆藩：《庄子集释》，中华书局2004年版，第268页。
② 汤一介：《郭象与魏晋玄学》，北京大学出版社2009年版，第232页。

子强调“君子不重则不威”，稳重合礼是君子外在仪容之必要表现。《礼记·玉藻》曰：

> 君子之容舒迟，见所尊者齐遬。足容重，手容恭，目容端，口容止，声容静，头容直，气容肃，立容德，色容庄，坐如尸，燕居告温温。①

又《论语·尧曰》篇中提道：

> 子张问于孔子曰：“何如斯可以从政矣？”子曰：“尊五美，屏四恶，斯可以从政矣。”子张曰：“何谓五美？”……子曰：“因民之所利而利之，斯不亦惠而不费乎？择可劳而劳之，又谁怨？欲仁而得仁，又焉贪？君子无众寡，无小大，无敢慢，斯不亦泰而不骄乎？君子正其衣冠，尊其瞻视，俨然人望而畏之，斯不亦威而不猛乎？”②

又《荀子·修身》篇中提道：

> 食饮、衣服、居处、动静，由礼则和节，不由礼则触陷生疾；容貌、态度、进退、趋行，由礼则雅，不由礼则夷固僻违，庸众而野。③

从本源上来说，庄子的身体意识与孔子是相反的。庄子也重视身体，但庄子的重生，完全违背儒家这种以社会、道德为前提的身体思想，主张类似于神仙的长生，挣脱现实社会、礼教对于身体的桎梏，从而达到身体自由、逍遥于世间的理想。早期的道家杨朱曾经说“拔一毛而利天下，不为也。”④庄子这种身体意识带有浓厚的世俗道德讽刺意味。但奇怪的是，在郭象这里，我们看到了这两种身体意识的结合。《庄子·天地篇》中就以“内圣外王”的方式来统合

---

① 《礼记正义》，（清）阮元校刻：《十三经注疏》，中华书局1980年版，第1484—1485页。
② 《论语正义》，（清）阮元校刻：《十三经注疏》，中华书局1980年版，第2535页。
③ （清）王先谦：《荀子集解》，中华书局1988年版，第23页。
④ （清）焦循：《孟子正义》，中华书局1987年版，第915页。

这两种身体意识，这两种身体意识的融合，其外在表现就是魏晋养生学说的盛行。

《庄子》对于身体的意识存在一种矛盾。一方面，他以身体在时、空中的最大自由为其解脱，是为至人境界；但另一方面，他认为达到至人境界，实则恰好"堕肢体、黜聪明，离形去知，同于大通"，庄子主张"心斋""坐忘"以此希望达到对于"道"的认识，从而成为至人。但后来道教的神仙观念比《庄子》更为直接，试图通过丹药服食达到这种圣人境界，这看起来更容易行使和简易。由此看来，道教对于身体的意识其核心与庄子相同，是为获得身体的最大化自由。

虽然这种身体意识是为儒、道两个层面的结合，但明显地看到，道家身体意识成为了当时人们身体意识的重心，这种重视自由、逍遥于尘世的思想，使当时容止和品藻都充满了对于这种理想人物的内在模仿。

两晋时期依然是十分盛行这种对于仪容、举止、声音的自我修养。王夷甫整丽，杜弘治面如凝脂，成公绥著《啸赋》。《颜氏家训·勉学篇》中言"梁朝全盛之时，贵游子弟，多无学术，至于谚云：'上车不落则著作，体中何如则秘书。'无不熏衣剃面，傅粉施朱，驾长檐车，跟高齿屐，坐棋子方褥，凭斑丝隐囊，列器玩于左右，从容出入，望若神仙。"①实则，两晋人物品藻标准渐渐从儒家的人物过渡到了道家的人物。这样一来，这种品藻对于文人身体意识的改变也是蔚然成风。由此，他们对于自我与理想人物的塑造也大都表达在了诗歌中，两晋中，"游仙诗"成为一个重要的内容。游仙并非一种对于神仙的信仰，但却是对这种理想人格的模仿，游仙诗一方面表现自我身体的理想，另一方面，游仙在郭璞处使其儒、道两者结合在一起，形成了一种新的风尚。

许多研究者认为两晋时期的身体观都是以适性为身体的最大化追求。这一点笔者并不认同。就佛教而言，表面上看来与道教相同，都非常重视身体的这一概念，大谈逍遥之论。但实则，在两晋佛教看来，身体恰好是一种负累。两晋时期的佛教是般若学最为盛行的时期，虽然许多僧人都热衷于与文人交游山水之中，但这种纵情的目的，却并非如道家一般，获得身体的最大化自由，

① 王利器：《颜氏家训集解》，中华书局1993年版，第148页。

而是把这种活动也看作了修行，所谓“菩萨禅”法，其目的就是逍遥于世间的修行，以期顿悟世间真奥，而这种顿悟，前提是以身体的舍弃为条件的，这一点颇可以佛教“登岸舍筏”来作解释。纵游山水只是一种修行的手段而并非其目的本身。

从佛教早期的观念来说，亦是重视“养生吐纳”的身体意识，这一点与《庄子》是相同的，但是佛教的传入，使得身体意识发生了改变。佛教一方面延长了这种“生命”意识，以“前生”“后世”使得身体的观念得到延长以至永恒。佛教强调这种“轮回”，实则是自我的身体成为一种永恒存在，通过三生、因果的变化，身体呈现不同的表现形态。这种身体的轮回实则又是一种永不可解脱的“西西弗斯”式的悲剧。视人的“三生”存在形式是人的悲剧，而要解脱这种悲剧，就是放弃这种身体意识的留恋。因此，佛教认为现世中具体的身体存在意识观念是无益于自我解脱的，而追求以理悟的“佛性”，以此使自我解脱于这种“轮回”之中。一旦自我解脱，身体将不再遭受这种悲剧的轮回，这是自我身体意识最为根本的目的。人应该抛弃具体的感官迷惑，以心识抗拒身体感官的迷惑，由此，佛教的身体意识中，外在的感官认识实则为“惑识”，是为“无明”，只有开启“心识”，屏蔽身体的感受，才能达到对于理的觉解。佛教的身体意识给中土观念带来很大的冲击，虽然它对于身体的感官态度是较为消极的，但佛教比儒、道对于身体意识解放显得更为彻底。它主张放弃这种外在感观的执着，又强调对于身体意识的解脱，以期证理。东晋时期的大乘教义的“菩萨禅”“游心玄冥”的行禅之法，是对于身体自由的解放，其最后的目的还是在于证理，由此，道教以身体的自由最大化为其解脱，而佛教以理证的悟得其为解脱。这不仅反映了两种不同的理想人生态度，也反映在了两种不同态度的玄言诗创作之中。

玄理诗与游仙诗的出世精神，实则表现出了两者身体意识的不同。身体意识，对于文化与自我的心灵反映有着重要的影响。事实上，作为人的文学，总会无意识地流露出这种身体意识，且这种意识主体很少刻意隐藏，所以，文学的身体意识，也是研究当时文学意识的一个重要手段。

对于游仙诗来说，诗歌风格大多继承了楚国文化的影响，而表现出了强烈的身体自由意识。这种逸志的手段不仅仅是一种思想意识的自由，而更多地可以表现为通过一种身体的实践性体验达到对于身体自由的体验。所以，对于游仙诗来说，要通过身体的实践去获得自由，就必须有媒介，这就是山水等自然、春秋之时光，通过身体与自然时空的接触，从而诱发出内心中对于我在自然界的时、空中无限自由的想象与超越，而达到一种自由的认识，这就是游仙诗的最大特点。

与之不同的是，对于玄理派来说，我们发现，他们在其诗歌中，对于身体意识的流露就明显减少，从而更多地表现了对于身体的超越意识。他们不再局限于身体的感官认知，而是力图摆脱这种虚幻的执着，以一种真面目的态度来表达对于自由的理解。一句话总结，对于玄理派来说，身体是获得自由的障碍，是必须首先克服和超越的对象，通过这种超越，放弃这种执着，才能真正认识到真正的自由不在于现实的“三世”轮回之中。

这两种不同的身体意识也反映在了两种不同的自然观念之中。对于儒家文化来说，亲近自然是把自然看作自我德性修养的提升，所谓“仁者乐山，智者乐水”，就是希望通过山水自然的“品德”而使自我的身体塑造如自然事物所具有的品德一般。所以，儒家强调了郊游，强调通过对自然的祭祀以表达对于自然的一种敬畏和学习。而道教游仙诗，同样也强调“游”，同样把自然作为与我相对的一种客观呈现。人的自由总要通过某种方式得到体验，就是更多地表现人对自然山水的亲近，游仙诗所展现的并不是一个状溢目前的自然对象，而更多地以一种时空浓缩所表现出来“理想”的自然，这种理想自然的展现，是对于现实自然的完美性追求的表现，而这种自然事物中，大都以使身体的感官获得极致快乐为其目的。玄理诗的自然展现也是一种“理想”自然，不过，这种自然的表现，却以认识山水之真为其根本觉解，这一自然观念的表现要求我们放弃外在感官对于自然的感受，而以“心”作为对于自然的接受和理解的核心。由此，玄理诗对于自然的塑造没有强调对于外在感官的适悦，而以理的领悟作为诗歌的核心。

玄理诗实则是一种理自由。但这种“法性”常存的观点，使身体成为赘体，这种身体意识是难以适应于中土文化中的身体实践意识。由此，庄子“齐物”佛教“真俗二谛”的辩证观念，是这两种身体意识成功地结合在一起，成为身体实践性自由与达到对于理的认知二者合二为一，山水诗的出现是这两派的调和。今天我们来看晋宋时期的山水诗,都能看到玄言对于他们的影响,这种影响不仅表现在诗歌的思想表达方面,也同样表现在诗歌的创作手法上。许多的山水诗,都在最后两句以一种说理的方式来表现整首诗要表现的思想,这本就是玄言诗的一大特点。

五、"神趣"与"理趣"之别

关于"理趣",陈文忠《论理趣——中国古代哲理诗的审美特征》一文所述甚为详细。就其"理趣"一词,宋代始入诗、文之评。宋魏庆之《诗人玉屑》卷十苏轼言陶渊明诗有"奇趣",谓"才意高远,造语精到如此,如大匠运斤,无斧凿痕;不知者疲精力至死不悟。"①可见,趣者,当不脱"天然"二字。袁燮《絜斋集》卷八《题魏丞相诗》言:

> 魏晋诸贤之作虽不逮古,犹有春容恬畅之风,而陶靖节为最。不烦雕琢,理趣深长,非余子所及。②

如前所讲,宋人最为推崇陶渊明之诗,以其"天真""自然""平淡"多有评之,而言其"理趣"深长,自是理以自然为妙。但"理趣"一词,真正成为中国诗学的重要批评手段,实则是在清代。如陈文忠《论理趣——中国古代哲理诗的审美特征》所说:"理趣说黯于明而复盛于清,沈德潜和刘熙载对理趣的阐扬之功最大。理趣在沈德潜的诗歌评论中成为最基本的范畴之一。"③明代人并非不讲理趣,明人讲"真趣",是以"真"统"趣",是真情性统摄一切理。清代言"理趣"此理之含义明显受到明代主情的影响,"理"是诗中不可离析之要素。清沈德潜《清诗别裁集 · 凡例》:"诗不能离理,然贵有理趣,不贵下理

---

① (宋)魏庆之编:《诗人玉屑》,中华书局 2007 年版,第 294 页。

② (宋)袁燮:《絜斋集》,《景印文渊阁四库全书》(1157 册),台湾商务印书馆 1986 年版,第 96 页。

③ 陈文忠:《论理趣——中国古代哲理诗的审美特征》,《文艺研究》1992 年第 6 期。

语。”[①]言诗不可无理,而又约之以趣。以言意观之,就是诗歌之中言、意两者的有机融合。沈曾植以天台宗所谓“遍计”“依他”“圆成”来谈色意、境智、事理之圆融,实则就是要求诗歌言、意两者不可偏颇。中观精要在于不落两边,不分彼此。诗作之法,言以趣而表理,理趣之说,是为言、意并重的诗学创作与审美要求。

在两晋之诗,诗歌并没有采取言、意并重的审美观,而是学《庄子》“得意忘言”之法。两晋诗歌的“主理”审美要求已经表明:诗歌的文字对于诗理来说是相对次要的,最为根本的还是文字背后所承载之理。这样一来,就势必影响到玄言诗中一些诗歌明显的重意轻言。尤其是佛教的玄理诗,对于这种意的表达就较为直接和简单重复,强调诗理的觉解。这也表现了两晋之诗,对于诗歌的主张并非追求如后人所说“理趣”,而是为“神趣”。

“神趣”之说,是为慧远《石门游序》中语:

> 夫崖谷之间,会物无主。应不以情而开兴,引人致深若此,岂不以虚明朗其照,闲邃笃其情耶?并三复斯谈,犹昧然未尽。俄而太阳告夕,所存已往,乃悟幽人之玄览,达恒物之大情。其为神趣,岂山水而已哉?[②]

慧远实则已经表明得非常清楚,对其山水,是为“悟幽人之玄览,达恒物之大情”,悟山水之理,是为神趣之表现,而并非只在意山水本身。借山水而悟其本,这就是《庄子》得意忘言的运用。由此,两晋之诗,多以比兴之法,而重在“得意弃言”,自不能以“理趣”而求之。虽然两晋之诗,亦有被评为“理趣”之诗,然本以“神趣”求之而无意之中有后人所谓“理趣”佳作。

理趣是文人对于哲理入诗的一种要求,要求符合诗歌“温柔敦厚”的特点。而“神趣”的追求,与之不同,是一种《庄子》的忘言之法。“神趣”的追求不在于具有诗歌的意象,而是在于诗歌文字背后所要表现的意。《庄子》言得鱼忘筌,实则神趣就是强调了对于诗的领悟,而视文字舍筏之用。

“神趣”的追求,多有其宗教性内涵。对于游仙诗而言,获得其身体的最

① (清)沈德潜:《清诗别裁集》,中华书局1975年版,凡例。

② 逯钦立:《先秦汉魏晋南北朝诗》,中华书局1983年版,第1086页。

大自由化，是为神趣之表现，而佛教以参悟人生本质的觉解，为其神趣的表现。

笔者强调了玄言诗是宗教性人生体验表达，重在“得意”，是为“神趣”。这就有一个问题需要补充说明。唐至清的批评史，玄言诗是为“格高而趣异”，认为晋诗是为古诗之流，别于齐梁之体，实则是认为晋诗重《诗》“比兴”之法，这是唐代以后把晋诗称为古诗的一个重要原因。事实上，玄言诗的“比兴”之法与“神趣”并不矛盾。只不过在这种“神趣”的追求之下，一方面“比兴”之法运用了大量《老》《庄》之语，失其儒家诗学之正；另一方面，“比兴”之用唯在言一理，使其意象单薄，流于铺陈说理，又失其趣也。

从宗教角度重新审视玄言诗，使得很多问题都可以得到合理的解释。比如：玄言诗为什么“淡乎寡味”？玄言诗为什么“理过其辞”？玄言诗为什么平典似《道德论》？玄言诗为什么“韵灵旨清”？这都与其宗教性有关。“淡乎寡味”的评判标准，是把人的一般情感作为玄言诗情感的批评标准，这是混淆了宗教情感与人的一般情感，而“理过其辞”正是宗教性文学的必然要求。“平典似《道德论》”正是宗教诗“唯理性”体现。所谓“文艳旨深”“韵灵旨清”正是宗教诗“美盛德”“义纯美”的需要。晋时的“言意”关系的讨论非常激烈，所谓“言不尽意”“得意妄言”，放之于玄言诗的宗教性来说，实在是最恰当不过。对于玄言诗是为一种人生境界的诗歌，在当下玄言诗的研究中都略有提及，如胡大雷《玄言诗研究》、张廷银《魏晋玄言诗研究》、郑顺智《魏晋玄学与玄言诗》等，在探讨这种玄言诗的人生境界时，实则都浅尝辄止而未对其有更为深入的思考。实则，对于玄言诗的人生哲理领悟，牵涉到中土宗教对情感的认识方式。

研究文化与宗教关系的书很多。从这些研究来看，我们看到了宗教对于文化、文学的影响，纠正了以前的偏见。然而，当下宗教与文学的研究却仅仅只能是一个开始。当我们承认了宗教对于文学、创作的影响时，我们发现，诗歌的批评一维却没有得到相应的改变，我们依然以非宗教的态度来批评有明显宗教性的诗歌，这一现象是一种思维的惯性。诗歌批评从其早期的“诗言志”确立为“诗言情”。由此，诗言情成为衡量中国所有诗歌的唯一标准。但对于“情”的理解，却把宗教性情感拒之门外，这一做法是有欠妥当的。

理性是一种科学的态度，以一种真实的、可实践的方式来观照世界和还原世界，这种历史的批评对于诗歌来说是必要的，它有利于我们建立一个文化的综合体，以更好地理解诗歌自产生到发展的变化轨迹，从而更加深刻地理解诗歌的本质。除此之外，诗歌也是一种“艺术作品”，它的创作产生中，创作情感的来源并非来自诗歌史理性观照，相反，诗歌的创作更多的是一种直观体验的个人创作行为。既然诗歌的创作中直观的形式是为其主要的手段，那么，诗歌的情感批评也必然要进入诗学批评之中。

后现代的艺术理解是一个读者时代。当艺术作品一旦完成之时，作者就已经死去，这是对作品文本本身的一种尊重，把艺术文本本身的语言呈现于“艺术”的理解之中，而并非在创作者的主体阴影之下，它的意义才能呈现。当我们完全剥离了这种主体与作品之间的关系时，我们对于作品的审美和鉴赏才刚刚开始，诗歌的文本批评，这种手段是必要的。

由此，对于玄言诗，笔者在书稿的最后部分力图唤醒对于中国诗学批评中宗教一维的包容，以使我们更好地理解两晋诗歌和它的历史价值。摆脱传统诗歌“风教”为其圭臬的思维而直视文本自身，把诗歌全然看作是作者心灵的一种情感抒发，而不再单一以儒家诗歌要求为其批评原则，呈现多元维度诗歌批评是将来诗论发展的必然之路。

综上所述，笔者认为玄言诗是具有宗教性表现的人生体验的诗歌，这一点无论是从其宗教背景，还是文人对于宗教思想的接纳，对人生中宗教情感的领悟都可以表现，与唐代后期所形成的禅宗思想大有不同。这种不同的最大表现是，玄言诗更具有宗教性特点，强调了“言意”之辩中“意”的获得，而唐后所形成的禅诗，从很大程度上是僧人受到文人诗歌法则的影响而进行的创作，虽然也是对于禅理的表现，但却更加重视语言手段的表现。由此，“理趣”的诗学审美之中，是对于诗歌表现手段和意理双重的要求，虽然其内核依然是人生之理的觉解，但从其诗歌的表现形式和手法上，有太多文人诗学创作的影响。这种变化，实则是中国诗学宗《诗》的表现，因此，我们可以这样说：玄言诗是文人受宗教影响所作的宗教性诗歌，而禅诗则是宗教对文人影响而表现为文人化的诗。两晋之时，对于这种宗教化的情绪在诗中的表现还是略有不同，大多数情况中，对于这种情感的表达是缺乏文学技巧的。或者可以认为，对于理的强调，忽略了表达理的方式，总是用一种直陈式的、重复与堆砌的方式表达陈述诗理。但两晋之时，有些文人的诗歌创作中较好地表现了文人诗歌创作手法与宗教思想的相融，这类诗是后来禅诗的先祖，由此，受到后来文人的赞同。王羲之的《兰亭诗》便是一例。徐公持《魏晋文学史》说道：

> 东晋玄言诗，既为哲理诗之一种，对于诗歌哲理性加强；当然有一定作用。问题在于，诗歌中哲理之存在应有适当比重，尤其应当与文学性密切结合，通过文学性表现出来；如此便可起到积极正面作用。……然而亦有少数玄言诗，因分寸把握较好，竟能取得正面效果，如王羲之《兰亭诗》即是。……从哲理诗角度看，东晋玄言诗既包含了诗人们的社会体验和人生信念，亦表现了其审美感受乃至哲学遐思。所以从东晋玄言诗中，可以窥见当时诗人们特殊内心世界，此世界以理性思考和追求智慧为其基本特色。①

徐公持先生认为东晋玄言诗在言理过程中，对于理的把握和表现都有不当，而只有个别诗作成为代表。这样的看法，还是以清代“理趣”的思想反观两晋之诗，如果从两晋文人本身对于诗歌的审美追求来看，这种重理轻言的现象本身就是喻示着对于诗歌“趣”的追求在于“理会”而非“言意”并重。实则，这种诗学标准是带有宗教诗歌特点的，我们对于两晋诗歌的这样一种审美观念应该保持一种批评的宽容态度。

---

① 徐公持：《魏晋文学史》，人民文学出版社 1999 年版，第 461—462 页。

参考文献

一、著作类（以书名音序排列）

B

《八代诗史》，葛晓音撰，陕西人民出版社 1989 年版。

《白话文学史》，胡适撰，《民国丛书》，上海书店出版社 1928 年版。

《白云稿》，（明）朱右撰，《续修四库全书》（1326 册），上海古籍出版社 2002 年版。

《白云集》，（元）僧英撰，《禅门逸书》，明文书局股份有限公司 1981 年版。

《抱朴子内篇校释》，王明撰，中华书局 1985 年版。

《抱朴子外篇校释》，杨明照撰，中华书局 1997 年版。

《北堂书钞》，（唐）虞世南撰，中国书店 1989 年版。

《比较考古学随笔》，李学勤撰，广西师范大学出版社 1997 年版。

《比丘尼传》，（梁）释宝唱撰，王童孺校注，中华书局 2006 年版。

C

《采菽堂古诗选》，（清）陈祚明撰，上海古籍出版社 2008 年版。

《沧浪诗话》，（宋）严羽撰，郭绍虞校释，人民文学出版社 1961 年版。

《插图本中国文学史》，郑振铎撰，人民文学出版社 1957 年版。

《禅与诗学》，张伯伟撰，浙江人民出版社 1992 年版。

《禅宗诗歌境界》，吴言生撰，中华书局 2001 年版。

《陈子昂集》，（唐）陈子昂撰，中华书局 1960 年版。

《出三藏记集》，（梁）僧祐撰，苏晋仁、萧练子点校，中华书局 1995 年版。

《楚辞补注》，（宋）洪兴祖撰，中华书局 1983 年版。

《楚辞集注》，（宋）朱熹撰，上海古籍出版社 1979 年版。

《翠娱阁行笈必携·清语》，（明）陆云龙撰，吴文治主编，《明诗话全编》，江苏古籍出版社 1997 年版。

D

《道藏分类解题》,朱越利撰,华夏出版社 1996 年版。

《雕虫诗话》,刘衍文撰,《民国诗话丛编》(第 6 册),上海书店出版社 2002 年版。

《东观余论》,(宋)黄伯思撰,《景印文渊阁四库全书》(850 册),台湾商务印书馆 1986 年版。

《东晋诗歌论稿》,鲁有贵撰,安徽教育出版社 2002 年版。

《东晋玄言诗派研究》,陈顺智撰,武汉大学出版社 2003 年版。

《东坡志林》,(宋)苏轼,《景印文渊阁四库全书》(863 册),台湾商务印书馆 1986 年版。

《冬溪外集》,(明)释方泽撰,《禅门逸书》,明文书局股份有限公司 1981 年版。

《杜甫戏为六绝句集解》,郭绍虞撰,人民出版社 1978 年版。

《杜诗详注》,(清)仇占鳌撰,中华书局 1979 年版。

E

《20 世纪中国古代文学研究史・诗歌卷》,黄霖主编,东方出版社中心 2006 年版。

《二程文集》,(宋)程颐撰,同治正谊堂本。

F

《风雅翼》,(元)刘履撰,《景印文渊阁四库全书》(1370 册),台湾商务印书馆 1986 年版。

《风月堂诗话》,(宋)朱弁撰,中华书局 1988 年版。

《佛学大辞典》,丁福保撰,上海书店出版社 1991 年版。

《甫田集》,(明)文徵明撰,《景印文渊阁四库全书》(1273 册),台湾商务印书馆 1986 年版。

G

《高僧传》,(梁)慧皎撰,汤用彤校注,中华书局 1992 年版。

《古诗归》,(明)锺惺、谭元春撰,《续修四库全书》(1589 册),上海古籍出版社 2002 年版。

《古诗纪》,(明)冯惟讷撰,《景印文渊阁四库全书》(1380 册),台湾商务印书馆 1986 年版。

《古诗镜》,(明)陆時雍撰,吴文治主编,《明诗话全编》,江苏古籍出版社 1997 年版。

《古文苑》,(宋)章樵注撰,王云五主编,《丛书集成初编》(1693 册),商务印书馆 1937 年版。

《古文字诂林》,李圃撰,上海教育出版社 2003 年版。

《故宫藏镜》,郭玉海编撰,紫禁城出版社 1996 年版。

《管城硕记》,(清)徐文靖撰,《景印文渊阁四库全书》(861 册),台湾商务印书馆 1986 年版。

《广弘明集》,(唐)道宣撰,《新修大正藏经》(52 册),新文丰出版股份有限公司 1983 年版。

《归庄集》,(明)归庄撰,上海古籍出版社 2010 年版。

《桂隐文集》,(元)刘诜撰,《景印文渊阁四库全书》(1195 册),台湾商务印书馆 1986 年版。

《郭象与魏晋玄学》,汤一介撰,北京大学出版社 2009 年版。

《国学概论》,章太炎撰,曹聚仁编,上海泰东图书局 1922 年版。

《国学讲演录》,章太炎撰,华东师范大学出版社 1995 年版。

《国语辞典》,中国大辞典编纂处编,商务印书馆 1947 年版。

H

《海日楼札丛》,(清)沈曾植撰,钱仲联辑,中华书局 1962 年版。

《寒山诗集》,(唐)释寒山撰,《景印文渊阁四库全书》(1065 册),台湾商务印书馆 1986 年版。

《韩昌黎文集校注》,(唐)韩愈撰,上海古籍出版社 1986 年版。

《汉书》,(汉)班固撰,中华书局 1975 年版。

《汉魏两晋南北朝佛教史》,汤用彤撰,北京大学 1997 年版。

《汉魏六朝百三家集题辞注》,(明)张溥撰,人民文学出版社 1963 年版。

《汉魏六朝文学》,陈钟凡撰,上海商务印书馆 1929 年版。

《汉魏六朝文学考论》,许云和撰,上海古籍出版社 2006 年版。

《弘明集》,(梁)僧祐撰,《新修大正藏经》(52 册),新文丰出版股份有限公司 1983 年版。

《鸿苞》,(明)屠隆撰,《四库全书存目丛书・子部》(89 册),齐鲁书社 2001 年版。

《鸿苞节录》,(明)屠隆撰,吴文治主编,《明诗话全编》,江苏古籍出版社 1997 年版。

《后村集》,(宋)刘克庄撰,《景印文渊阁四库全书》(1180 册),台湾商务印书馆 1986 年版。

《华阳国志校补图注》,(东晋)常璩撰,任乃强校补,上海古籍出版社 1983 年版。

《回文类聚》,(宋)桑世昌撰,《景印文渊阁四库全书》(1351 册),台湾商务印书馆 1986 年版。

《怀麓堂集》,(明)李东阳撰,《景印文渊阁四库全书》(1250 册),台湾商务印书馆 1986 年版。

《晦庵集》,(宋)朱熹撰,《景印文渊阁四库全书》(1143 册),台湾商务印书馆 1986 年版。

J

《鸡肋集》,(宋)晁补之撰,《景印文渊阁四库全书》(1118册),台湾商务印书馆1986年版。

《絜斋集》,(宋)袁燮撰,《景印文渊阁四库全书》(1157册),台湾商务印书馆1986年版。

《〈金楼子〉研究》,钟仕伦撰,中华书局2004年版。

《金明馆丛稿初编》,陈寅恪撰,三联书店2001年版。

《景德传灯录》,(宋)道原撰,《新修大正藏经》(51册),新文丰出版股份有限公司1983年版。

《景定建康志》,(宋)周应合撰,《景印文渊阁四库全书》(489册),台湾商务印书馆1986年版。

《晋书》,(唐)房玄龄等撰,中华书局1974年版。

《经典释文》,(唐)陆德明撰,黄焯汇校,中华书局2006年版。

《九章算术校证》,李继闵撰,陕西科学技术出版社1993年版。

《旧唐书》,(后晋)刘昫等撰,中华书局1975年版。

《郡斋读书志》,(宋)晁公武撰,上海古籍出版社1990年版。

K

《客谈》,(明)方弘静撰,吴文治主编,《明诗话全编》,江苏古籍出版社1997年版。

《困学纪闻》,(宋)王应麟撰,(清)翁元圻等注,上海古籍出版社2008年版。

L

《兰亭考》,(宋)桑世昌撰,知不足斋丛书本。

《老学庵笔记》,(宋)陆游撰,中华书局1979年版。

《老子道德经注》,(魏)王弼注,楼宇烈校释,中华书局2008年版。

《老子道德经河上公章句》,王卡点校,中华书局1997年版。

《乐府原》,徐献忠撰,《四库全书存目丛书·集部》(303册),齐鲁书社1997年版。

《礼记正义》,阮元校刻,《十三经注疏》,中华书局1980年版。

《李太白全集》,(唐)李白撰,(清)王琦注,中华书局1977年版。

《理学文艺史纲》,许总主编,江苏教育出版社2001年版。

《历代名画记》,俞剑华注释,上海人民美术出版社1964年版。

《历代书法论文选》,上海书画出版社编,上海书画出版社1979年版。

《梁书》,(唐)姚思廉撰,中华书局1973年版。

《两晋南北朝历史论文集》,李则芬撰,台湾商务印书馆1980年版。

《两晋诗风》,王澧华撰,上海古籍出版社2005年版。

《两晋诗论》,邓仕梁撰,香港中文大学出版社 1972 年版。

《两宋名贤小集》,陈思辑,《景印文渊阁四库全书》(1364 册),台湾商务印书馆 1986 年版。

《刘申叔遗书》,刘师培撰,江苏教育出版社 1997 年版。

《六朝时代学者之人生哲学》,陈安仁撰,上海正中书局 1946 年版。

《六朝诗歌语词研究》,王云路撰,黑龙江教育出版社 1999 年版。

《六朝玄言诗史论》,黄伟伦撰,花木兰文化出版社 2013 年版。

《六臣注文选》,(梁)萧统编,(唐)李善等注,中华书局 1987 年版。

《鲁迅全集》,人民文学出版社 2005 年版。

《吕氏春秋集释》,许维遹撰,中华书局 2009 年版。

《论语正义》,阮元校刻,《十三经注疏》,中华书局 1980 年版。

M

《马克思恩格斯全集》(第 33 卷),马克思、恩格斯撰,人民出版社 1965 年版。

《马一浮集》,马一浮撰,丁敬涵校点,浙江古籍出版社、浙江教育出版社 1996 年版。

《毛诗正义》,阮元校刻,《十三经注疏》,中华书局 1980 年版。

《梅涧诗话》,(元)韦居安撰,王云五主编,《丛书集成初编》,商务印书馆 1937 年版。

《扪虱新话》,(宋)陈善撰,王云五主编,《丛书集成初编》,商务印书馆 1937 年版。

《孟子正义》,(清)焦循撰,中华书局 1987 年版。

《梦苕盦诗话》,钱仲联撰,《民国诗话丛编》(第 6 册),上海书店出版社 2002 年版。

《梦游诗集》,(明)释德清撰,吴文治主编,《明诗话全编》,江苏古籍出版社 1997 年版。

《明诗归》,(明)锺惺撰,《四库全书存目丛书·集部》(338 册),齐鲁书社 1997 年版。

《明文海》,(清)黄宗羲,《景印文渊阁四库全书》(1455 册),台湾商务印书馆 1986 年版。

《墨薮》,(唐)韦续撰,《景印文渊阁四库全书》(812 册),台湾商务印书馆 1986 年版。

《牧斋有学集》,(清)钱谦益撰,上海古籍出版社 1996 年版。

N

《南北朝诗话校释》,钟仕伦撰,中华书局 2008 年版。

《南北文化与美学思潮》,钟仕伦撰,四川大学出版社 1995 年版。

《南齐书》,(梁)萧子显撰,中华书局 1972 年版。

《南史》,(唐)李延寿撰,中华书局 1975 年版。

《廿二史考异》,(清)钱大昕撰,上海古籍出版社 2004 年版。

《廿二史札记校证》,王树民撰,中华书局 1984 年版。

Q

《齐东野语》,(宋)周密撰,中华书局 1983 年版。

《千百年眼》,(明)张燧撰,大达图书供应社 1935 年版。

《强斋集》,(明)殷奎撰,吴文治主编,《明诗话全编》,江苏古籍出版社 1997 年版。

《清代诗学研究》,张健撰,北京大学出版社 1999 年版。

《清江贝先生集》,(明)贝琼撰,《四部丛刊初编本》,上海商务印书馆 1936 年版。

《清诗别裁集》,(清)沈德潜撰,中华书局 1975 年版。

《清诗话》,(清)王夫之撰,丁福保辑,中华书局 1963 年版。

《清诗话续编》,郭绍虞编,富寿荪校点,上海古籍出版社 1983 年版。

《钱注杜诗》,(唐)杜甫撰,钱谦益笺注,上海古籍出版社 1979 年版。

《全宋诗》,孙钦善等主编,北京大学出版社 1991 年版。

《全唐诗》,(清)彭定求等撰,中华书局 1960 年版。

《全唐文新编》,周绍良撰,吉林文史出版社 2000 年版。

R

《人间词话》,王国维撰,上海古籍出版社 1998 年版。

S

《三国志》,(晋)陈寿撰,(晋)裴松之注,中华书局 1982 年版。

《山水诗前史　从〈古诗十九首〉到玄言诗审美经验的变迁》,何国平,暨南大学出版社 2011 年版。

《沙溪集》,(明)孙绪撰,《景印文渊阁四库全书》(1264 册),台湾商务印书馆 1986 年版。

《剡源文集》,(元)戴表元撰,《景印文渊阁四库全书》(1194 册),台湾商务印书馆 1986 年版。

《剡源先生文钞》,(元)戴表元撰,《四库全书存目丛书・集部》(21 册),齐鲁书社 1997 年版。

《尚书今古文注疏》,(清)孙星衍撰,陈抗、盛冬铃点校,中华书局 1986 年版。

《尚书正义》,阮元校刻,《十三经注疏》,中华书局 1980 年版。

《苕溪渔隐诗话》前集,(宋)胡仔撰,廖德明校点,人民文学出版社 1962 年版。

《升庵集》,(明)杨慎撰,《景印文渊阁四库全书》(1270 册),台湾商务印书馆 1986 年版。

《升庵诗话》,(明)杨慎撰,上海古籍出版社 1987 年版。

《升庵外集》,(明)杨慎撰,吴文治主编,《明诗话全编》,江苏古籍出版社 1997 年版。

《神仙传》,(东晋)葛洪撰,学苑出版社 1998 年版。

《诗比兴笺》,(清)陈沆撰,上海古籍出版社 1981 年版。

《诗辩坻》,(清)毛先舒撰,《四库全书存目丛书补编》(45 册),齐鲁书社 2001 年版。

《诗歌学 ABC》,胡怀琛撰,上海世界书局 1929 年版。

《诗话总龟》后集，（宋）阮阅撰，人民文学出版社 1987 年版。

《诗纪匡谬》，（清）冯舒撰，王云五主编，《丛书集成初编》（171 册），商务印书馆 1937 年版。

《诗品集解》，郭绍虞撰，人民文学出版社 1963 年版。

《诗品笺注》，曹旭撰，人民文学出版社 2009 年版。

《诗品注》，陈延杰撰，人民文学出版社 1961 年版。

《诗人玉屑》，（宋）魏庆之编，中华书局 2007 年版。

《诗史》，李维撰，东方出版社 1996 年重印本。

《诗薮》，（明）胡应麟撰，上海古籍出版社 1979 年版。

《诗谈初编》，（明）田艺蘅撰，吴文治主编，《明诗话全编》，江苏古籍出版社 1997 年版。

《诗学渊源》，丁仪撰，《民国诗话丛编》（第 3 册），上海书店出版社 2002 年版。

《诗言志辨》，朱自清撰，开明书店 1947 年版。

《诗冶》，（明）黄廷鹄撰，吴文治主编，《明诗话全编》，江苏古籍出版社 1997 年版。

《诗源辩体》，（明）许学夷撰，人民文学出版社 1987 年版。

《十四朝文学要略》，刘永济撰，中国文化服务社 1946 年版。

《石头庵宝善堂诗集》，（明）释如愚撰，《禅门逸书》，明文书局股份有限公司 1981 年版。

《拾遗记》，（晋）王嘉撰，（梁）萧绮录，中华书局 1981 年版。

《史记》，（汉）司马迁撰，中华书局 1972 年版。

《世说新语笺疏》，余嘉锡撰，中华书局 1983 年版。

《士与中国文化》，余英时撰，上海人民出版社 2003 年版。

《说郛》，（元）陶宗仪撰，《景印文渊阁四库全书》（877 册），台湾商务印书馆 1986 年版。

《说诗》，（明）潭浚撰，吴文治主编，《明诗话全编》，江苏古籍出版社 1997 年版。

《说诗补遗》，（明）冯复京撰，吴文治主编，《明诗话全编》，江苏古籍出版社 1997 年版。

《说文解字注》，（清）段玉裁撰，上海古籍出版社 1981 年版。

《四库全书总目》，（清）永瑢等撰，中华书局 1965 年版。

《四友斋丛说》，（明）何良俊撰，《续修四库全书》（1125 册），上海古籍出版社 2002 年版。

《松陵集》，（唐）皮日休撰，《景印文渊阁四库全书》（1332 册），台湾商务印书馆 1986 年版。

《宋书》，（梁）沈约撰，中华书局 1974 年版。

《苏轼诗集》，（宋）苏轼撰，（清）王文诰辑注，中华书局 1982 年版。

《隋书》，（唐）魏徵等撰，中华书局 1973 年版。

《隋唐五代文学思想史》，罗宗强撰，中华书局 2003 年版。

T

《太平御览》,(宋)李昉等撰,中华书局 1960 年版。

《太平经合校》,王明编,中华书局 1960 年版。

《谈赋》,(晋)谢尚撰,虞世南编,《北堂书钞》,中国书店 1989 年版。

《谈艺录》,钱锺书撰,中华书局 1984 年版。

《唐诗纪事校笺》,王仲镛撰,巴蜀书社 1989 年版。

《唐诗学史述论》,黄炳晖撰,上海古籍出版社 2008 年版。

《陶渊明集笺注》,袁行霈撰,中华书局 2003 版。

《陶渊明批评》,萧望卿撰,开明书店 1947 年版。

《天原发微》,(宋)朱熹撰,《景印文渊阁四库全书》(806 册),台湾商务印书馆 1986 年版。

《通志二十略》,(宋)郑樵撰,王树民点校,中华书局 1995 年版。

《唐写文心雕龙残本合校》,潘重规撰,香港新亚研究所 1970 年版。

《铜镜史话》,沈丛文撰,万卷出版公司 2005 年版。

W

《王安石诗文编年选释》,刘乃昌、高洪奎撰,山东教育出版社 1992 年版。

《韦斋集》,(宋)朱松撰,《四部丛刊续编》,上海书店出版社 1934 年版。

《纬书集成》,[日]安香居山、中村璋八辑,河北教育出版社 1993 年版。

《魏晋风流及其文潮》,郭麟阁撰,重庆红蓝出版社北平分社 1946 年版。

《魏晋南北朝史论丛》,唐长孺撰,中华书局 2009 年版。

《魏晋南北朝文学思想史》,罗宗强撰,中华书局 2006 年版。

《魏晋清谈》,唐翼明撰,人民文学出版社 2002 年版。

《魏晋诗歌概论》,郭伯恭撰,商务印书馆 1936 年版。

《魏晋诗歌艺术原论》,钱志熙撰,北京大学出版社 2005 年版。

《魏晋文学史》,徐公持撰,人民文学出版社 1999 年版。

《魏晋玄学和文学》,孔繁撰,中国社会科学出版社 1987 年版。

《魏晋玄学与六朝文学》,陈顺智撰,武汉大学出版社 1993 年版。

《魏晋玄学与玄言诗研究》,王澍撰,中国社会科学出版社 2007 年版。

《魏晋玄言诗研究》,张廷银撰,商务印书馆 2008 年版。

《魏晋玄言诗注析》王澍撰,群言出版社 2011 年版。

《文赋集释》,张少康撰,人民文学出版社 2002 年版。

《文恭集》,(宋)胡宿撰,《丛书集成新编》(第 60 册),新文丰出版公司 1984 年版。

《文馆词林》,(唐)许敬宗撰,罗国威整理,中华书局 2001 年版。

《文脉》,(明)王文禄撰,《四库全书存目丛书·集部》(417 册),齐鲁书社 1997 年版。

《文心雕龙校读记》，钱基博撰，无锡国学专修学校1935年版。

《〈文心雕龙〉资料丛书》，中国文心雕龙学会、全国高校古籍整理委员会编，学苑出版社2004年版。

《文心雕龙注》，范文澜撰，人民文学出版社1958年版。

《文选》，李善注，中华书局1977年版。

《文选导读》，屈守元撰，巴蜀书社1993年版。

《文选考异》，胡克家撰，同治八年湖北崇文书局重雕本。

《文艺辞典》，孙俍工撰，上海民智书局1928年版。

《文章辨体汇选》，（明）贺復徵撰，《景印文渊阁四库全书》（1405册），台湾商务印书馆1986年版。

《文苑英华》，（宋）李昉等撰，中华书局1966年版。

《文忠集》，（宋）周必大撰，《景印文渊阁四库全书》（1147册），台湾商务印书馆1986年版。

《文子注疏》，王利器撰，中华书局2000年版。

《卧雪诗话》，袁嘉穀撰，《民国诗话丛编》（第2册），上海书店出版社2002年版。

《吴礼部诗话》，（元）吴师道撰，中华书局1985年版。

《午亭文编》，（清）陈廷敬撰，《景印文渊阁四库全书》（1316册），台湾商务印书馆1986年版。

《勿轩集》，（宋）熊禾撰，《丛书集成新编》（75册），新文丰出版公司1984年版。

X

《西晋文学考论》，俞士玲撰，南京大学出版社2008年版。

《西京杂记》，（晋）葛洪撰，中华书局1985年版。

《西清诗话》，（宋）蔡絛撰，吴文治主编，《宋诗话全编》，江苏古籍出版社1997年版。

《西山文集》，（宋）真德秀撰，《景印文渊阁四库全书》（1174册），台湾商务印书馆1986年版。

《先秦汉魏晋南北朝诗》，逯钦立撰，中华书局1983年版。

《香祖笔记》，（清）王士禛撰，上海古籍出版社1982年版。

《湘绮楼诗文集》，（清）王闿运撰，岳麓书社1996年版。

《小草斋诗话》，（明）谢肇淛撰，吴文治主编，《明诗话全编》，江苏古籍出版社1997年版。

《歇庵集》，（明）陶望龄撰，《续修四库全书》（1365册），上海古籍出版社2002年版。

《新批评——一种独特的形式主义文论》，赵毅衡编，中国社会科学出版社1986年版。

《"新批评"文集》，赵毅衡编，中国社会科学出版社1988年版。

《新唐书》，（宋）欧阳修、宋祁等撰，中华书局1975年版。

《修辞学发凡》，陈望道撰，大江书铺1932年版。

《须溪先生评点简斋诗集》，刘辰翁撰，吴文治主编，《宋诗话全编》，江苏古籍出版社1998年版。

《玄妙之境》，张海明撰，东北师范大学出版社1997年版。

《玄学和诗学》，徐国荣撰，中国社会科学出版社2004年版。

《玄学与魏晋南朝诗学研究》，蔡彦峰撰，人民文学出版社2013年版。

《玄言诗研究》，胡大雷撰，中华书局2003年版。

《玄响寻踪　魏晋玄言诗研究》，何光顺编，暨南大学出版社2011年版。

《玄学与魏晋士人心态》，罗宗强撰，浙江人民出版社1991年版。

《宣和书谱》，顾逸点校，上海书画出版社1984年版。

《学术集林》，王元化主编，上海远东出版社1995年版。

《学斋占毕》，（宋）史绳祖撰，《丛书集成新编》（12册），新文丰出版公司1984年版。

《雪坡舍人集》，（宋）姚勉撰，《丛书集成续编》（131册），新文丰出版公司1984年版。

《荀子集解》，（清）王先谦撰，中华书局1988年版。

Y

《颜氏家训集解》，王利器撰，中华书局1993年版。

《弇州山人四部稿》，（明）王世贞撰，伟文图书出版社有限公司1976年版。

《燕卜荪早期诗学与新批评》，吴学光撰，高等教育出版社1988年版。

《杨勇学术论文集》，杨勇撰，中华书局2006年版。

《野客丛书》，（宋）王楙撰，上海古籍出版社1991年版。

《彝斋文编》，（宋）赵孟坚撰，嘉业堂刊本。

《义丰集》，（宋）王阮撰，《丛书集成续编》（165册），新文丰出版公司1984年版。

《义门读书记》，（清）何焯撰，中华书局1987年版。

《艺圃伧谈》，（明）郝敬撰，吴文治主编，《明诗话全编》，江苏古籍出版社1997年版。

《艺术的故事》，［英］贡布里希撰，范景中、杨成凯译，广西美术出版社2008年版。

《艺文类聚》，（唐）欧阳询撰，上海古籍出版社1999年版。

《艺苑卮言校注》，（明）王世贞撰，罗仲鼎校注，齐鲁书社1992年版。

《吟窗杂录》，（宋）陈应行编，中华书局1997年版。

《隐秀轩集》，（明）锺惺撰，上海古籍出版社1992年版。

《英国文艺复兴时期文学史》，王佐良、何其莘撰，外语教学与研究出版社2006年版。

《渊鉴类函》，张英等撰，中国书店1985年版。

《元好问论诗三十首小笺》，郭绍虞撰，人民出版社1978年版。

《元遗山先生集》，（元）元好问撰，《丛书集成三编》，新文丰出版公司1984年版。

《原诗》，（清）叶燮撰，人民文学出版社1979年版。

《乐府古题要解》，（唐）吴兢撰，《历代诗话续编》，中华书局1983年版。

《袁宏道集笺校》，（明）袁宏道撰，钱伯城笺校，上海古籍出版社1981年版。

《云村集》,(明)许相卿撰,《景印文渊阁四库全书》(1272 册),台湾商务印书馆 1986 年版。

《云谷杂记》,(宋)张淏撰,《丛书集成新编》(第 12 册),新文丰出版公司 1984 年版。

《韵语阳秋》,(宋)葛立方撰,上海古籍出版社 1984 年版。

Z

《杂体诗释例》,何文汇撰,香港中文大学出版社 1986 年版。

《早期道教史》,汤一介撰,昆仑出版社 2006 年版。

《增订文心雕龙校注》,杨明照撰,中华书局 2000 年版。

《张苍水集》,(明)张煌言撰,上海古籍出版社 1985 年版。

《照隅室古典文学论集》,郭绍虞撰,上海古籍出版社 1983 年版。

《卮林》,(明)周婴撰,《景印文渊阁四库全书》(858 册),台湾商务印书馆 1986 年版。

《直斋书录解题》,(宋)陈振孙撰,上海古籍出版社 1987 年版。

《正始玄学》,王葆玹撰,齐鲁书社 1987 年版。

《中古诗学史》,张节末、李鹏飞撰,浙江大学出版社,2013 年版。

《中古文人生活研究》,范子晔撰,山东教育出版社 2001 年版。

《中古文学风貌》,王瑶撰,棠棣出版社 1951 年版。

《中古文学概论》,徐嘉瑞撰,上海亚东图书馆 1924 年版。

《中古文学论著三种》,刘师培撰,辽宁教育出版社 1997 年版。

《中古文学史论》,王瑶撰,北京大学出版社 1986 年版。

《中古文学史论文集》,曹道衡撰,中华书局 2002 年版。

《中国道教史》,卿希泰主编,四川人民出版社 1996 版。

《中国佛教史》,任继愈主编,中国社会科学出版社 1985 年版。

《中国古代文学流派辞典》,朱培高编,湖南出版社 1991 年版。

《中国古代杂体诗通论》,鄢化志撰,北京大学出版社 2001 年版。

《中国古代宗教诗歌集》,张仕章撰,上海广学会 1926 年版。

《中国社会思想史》,程伯群编,世界书局 1937 年版。

《中国诗学》(第 9 辑),蒋寅、张伯伟主编,人民文学出版社 2004 年版。

《中国诗学史》,陈伯海、蒋哲伦主编,鹭州出版社 2002 年版。

《中国诗学研究》,余恕诚主编,福建人民出版社 2006 年版。

《中国铜镜史》,管维良撰,重庆出版社 2006 年版。

《中国文学发展史》,刘大杰撰,上海人民出版社 1973 年版。

《中国文学发展史》,刘大杰撰,复旦大学出版社 2006 年版。

《中国文学概论》,儿岛献吉郎撰,胡行之译述,上海北新书店 1931 年版。

《中国文学论集》,朱东润撰,中华书局 1983 年版。

《中国文学评价》,胡怀琛撰,上海华通书局 1930 年版。

《中国文学史大纲》,陈冠同编,上海民智书局 1931 年版。

《中国文学史大纲》,谭正璧编,泰东图书局 1925 年版。

《中国文学史大纲》,游国恩等主编,人民文学出版社 1962 年版。

《中国文学史话》,梁乙真撰,元新书局 1934 年版。

《中国文学史略》,胡怀琛撰,上海梁溪图书馆 1926 年版。

《中国文学史略稿》,李长之撰,五十年代出版社 1954 年版。

《中国文学史要略》,朱希祖撰,陈平原编,《早期北大文学史讲义三种》,北京大学出版社 2005 年版。

《中国文学中所表现的自然与自然观》,小尾郊一撰,邵毅平译,上海古籍出版社 1989 年版。

《中国现代主义诗潮史论》,孙玉石撰,北京大学出版社 1999 年版。

《中国哲学史新编》,冯友兰撰,人民出版社 1984 年版。

《中国中古诗歌史》,王钟陵撰,江苏教育出版社 1988 年版。

《中国中古文学史讲义》,刘师培撰,上海古籍出版社 2000 年版。

《中国宗教与基督教》,秦家懿、孔汉思撰,三联书店 1990 年版。

《中国宗教与文学论集》,葛兆光撰,清华大学出版社 1998 年版。

《中华文明史·魏晋南北朝》,李凭、袁刚总纂,河北教育出版社 1992 年版。

《中兴间气集》,(唐)高仲武撰,《景印文渊阁四库全书》(1332 册),台湾商务印书馆 1986 年版。

《中州集》,(元)元好问撰,中华书局 1959 年版。

《锺嵘诗品笺证稿》,王叔岷撰,中华书局 2007 年版。

《朱子语类》,(宋)黎靖德编,王星贤点校,中华书局 1986 年版。

《竹庄诗话》,(宋)何汶撰,中华书局 1984 年版。

《庄学研究》,崔大华撰,人民出版社 1992 年版。

《庄子集释》,(清)郭庆藩撰,中华书局 2004 年版。

《庄子今注今译》,陈鼓应撰,中华书局 1983 年版。

《拙斋文集》,(宋)林之奇撰,《景印文渊阁四库全书》(1140 册),台湾商务印书馆 1986 年版。

《资治通鉴》,(宋)司马光撰,中华书局 1956 年版。

《宗教与文学》,[英]加德纳[Gardner. H]撰,沈弘、江先春译,四川人民出版社 1989 年版。

《走向世俗——南朝诗歌思潮》,詹福瑞撰,百花文艺出版社 1991 年版。

二、论文类(以时间顺序排列)

《文心雕龙札记·明诗》,黄侃,《华国月刊》1925 年第 2 期第 10 册。

《文学史作法论》,[英]戈斯,韦业芜译,《现代文学评论》1931 年第 4 期。

《现代英国文艺思潮》,[日]横川有策,高明译,《现代文学评论》1931 年第 4 期。

《利威斯的三本书(一)英诗之新平衡》,荪波,《新月》1933 年第 4 期。

《文心雕龙集注·明诗第六》,颜虚心,《国文月刊》1945 年总第 33 期。

《陶渊明四言诗论——“陶渊明”的第二章》,萧望卿,《国文月刊》1945 年第总 39 期。

《记唐印本陀罗尼经咒的发现》,冯汉骥,《文物参考资料》1957 年第 5 期。

《略论魏晋玄言诗》,李正业,《郑州师专学报》1980 年第 2 期。

《魏晋玄学和山水文学》,钟元凯,《学术月刊》1984 年第 3 期。

《玄言诗研究》,王钟陵,《中国社会科学》1988 年第 5 期。

《玄言诗的流变》,龚斌,《华东师范大学学报》1989 年第 3 期。

《东晋玄学自然观向山水审美观的转化》,葛晓音,《中国社会科学》1992 年第 1 期。

《论理趣——中国古代哲理诗的审美特征》,陈文忠,《文艺研究》1992 年第 3 期。

《两汉镜铭初探》,林素清,《中央研究院历史语言研究所集刊》1993 年 5 月第 63 期。

《玄言诗二题》,卢盛江,《北方论丛》1994 年第 4 期。

《刘勰论魏晋玄言诗》,张可礼,《文史哲》1995 年第 6 期。

《东晋玄言诗审美三题》,钱钢,《上海大学学报》1997 年第 1 期。

《不能用“逻辑思维写的”笼括东晋玄言诗的特征》,黄新亮,《益阳师专学报》1997 年第 2 期。

《玄言诗的魅力及魅力的失落》,胡大雷,《文学遗产》1997 年第 2 期。

《正始玄言诗论》,李绍华,《学术论坛》1997 年第 5 期。

《东晋玄言诗与佛偈》,陈允吉,《复旦大学学报》(社会科学版)1998 年第 1 期。

《“回文”三论》,刘超班,《江汉大学学报》1998 年第 2 期。

《回文诗的起源和刘勰有关说法释疑》,胡耀震,《中国典籍与文化》1999 年第 2 期。

《“淡乎寡味”吗?——玄言诗风行百年原因试析》,归青,《中州学刊》1998 年第 3 期。

《东晋玄言诗的艺术价值》,邓福舜,《北方论丛》2000 年第 4 期。

《尹湾汉墓〈博局占〉木牍试解订补》,李解民,《文物》2000 年第 8 期。

《大陆近二十年玄言诗流变研究之检讨》,徐国荣,《暨南学报》2000 年第 5 期。

《玄学的诗化与诗的玄学化——关于玄言诗的发展、特征和价值的再认识》,陈洪,《东方丛刊》2001 年第 1 辑。

《新时期以来魏晋玄言诗研究述略》,张廷银,《文献》2001 年第 3 期。

《论〈桃花源记〉的游仙叙事及新自然观》,李斯斌,《四川师范大学学报》2009 年第 2 期。

《前汉镜铭集释》,中国古镜研究班,东方学报 2009 年第 3 期。

《魏晋玄言诗研究综述》,辛文、黄志浩,《江南大学学报》2009 年第 3 期。

《何为玄言诗——兼论当下玄言诗研究存在的问题》,江云岷、韩国良,《云南师范大学学报》2009 年第 6 期。

《东晋义解僧人对于诗风转变的影响》,李斯斌,《中华文化论坛》2011 年第 2 期。
《南朝诸家玄言诗批评发微》,李斯斌,《宜春师范学院学报》2011 年第 5 期。

三、硕、博学位论文(以时间顺序排列)

《东晋玄言诗研究》,林蔚蓉,东海大学 1998。(台湾地区)
《六朝玄言诗研究》,黄伟伦,华梵大学东方人文思想研究所 1999。(台湾地区)
《晋宋山水诗研究》*,张满足,国立高雄师范大学 2000。(台湾地区)
《玄言诗研究》,伍晓蔓,四川师范大学文学院 2001。
《东晋门阀政治与东晋玄言诗》,洪伟,湘潭大学 2002。
《魏晋玄言文学思潮研究——以玄学与文学之间的交涉为主题》*,庄耀郎,国立台湾师范大学 2002。(台湾地区)
《玄言诗与宫体诗审美趣味比较研究》,樊露露,西南师范大学 2003。
《玄言诗研究》*,杨合林,上海师范大学 2003。
《魏晋玄言诗研究》,赵微,扬州大学 2003。
《浅论玄言诗》,翟琳,山西大学 2004。·
《玄言诗百年变迁》,石冬,内蒙古大学 2004。
《试析玄言诗的雅颂文学特征》,于文哲,宁夏大学 2005。
《东晋玄言诗若干问题研究》,周晓林,武汉大学 2005。
《山水诗前史——以隐逸、游仙、玄言文学为中心的研究》*,何国平,浙江大学 2006。
《玄言诗研究》,刘俊凤,南京师范大学 2007。
《从玄言走向山水》,姜玉鹏,内蒙古大学 2007。
《道家思想与魏晋文学——以隐逸、游仙、玄言文学为中心的研究》*,于春娟,首都师范大学 2008。
《魏晋玄言诗研究》,辛文,江南大学 2009。
《“玄”——魏晋玄言诗与英国玄学派诗比较研究》,陈琳,西南大学 2010。
《“玄”在中西语境下的理解与阐释》,王佩华,郑州大学 2010。
《魏晋玄言诗与英国玄学诗之诗学比较》,祁长海,青海师范大学 2014。

注:*为博士论文

后　　记

2011年5月，博士论文仓促停笔，后记也只能潦草几笔，今天读来，倒也是颇为感慨。今书付梓，不忍割却这段回忆，特先录其论文后记。如下：

时光飞逝，又看见校园的桂花开落了三次。论文停笔之际，却又不知道该说些什么。“山中无甲子，岁月不知年。”我想，三年学生生活时光是美好的，能看见校园的花开花落，真的是一种幸福。

我衷心感谢我的导师董志强先生，在这次漫长的资料阅读与论文写作过程中，导师的不断鼓励与指导是我坚持下来的动力。通过这次学习，我的收获与感慨良多，我相信这对于自己以后的研究道路有莫大的帮助。我也很感谢我的硕士导师钟仕伦先生和文学院皮朝纲先生。钟先生是六朝研究专家，对于我的论文也给予了许多帮助。皮先生是一位受人尊敬的长者，也时常给予我鼓励和意见。正是受他的熏陶，我硕士时期对于佛学热爱与阅读的积淀，才使得自己对于玄言诗的宗教性写起来较为顺手。此外，也感谢文学院其他老师，他们的学识都给我留下了深刻的印象。

我也感谢我的父母，虽然他们平凡、普通，但他们却一直用他们简单而直接的方式爱着我。我想，我在他们身上学会了成长中最重要的东西。

孙绰诗中说“仰观大造，俯览时物。”这实则不仅是晋人一种人生洞彻的情怀，学问亦是如此。既要俯览时物而尽材料，也需仰观大造以明其旨。但我很惭愧，限于才质愚钝，论文还有很多遗憾之处。论证不足、材料遗漏之处必是不少，还请各位师友批评。

弹指挥间，离自己博士毕业已经十一年。再次通读全书，答辩场景依稀可记。一直以来，都觉得自己读书太少，阅读资料有限，论文还有许多未尽之处。

毕业以后，一读到与博士论文相关的材料都会一一保留，几年下来，着实增益一些。

不知不觉，自己已至不惑之年。成家立业，柴米油盐。青春理想消磨大半，唯想静下心来多读书，做古人一伴读书童足矣。原是觉得时机成熟再来考虑该书出版的问题。时隔太久，反尔越来越没有信心出版。感谢四川师范大学人文社科处、学科处和美学与美育中心对于该书出版的大力支持。正是由于他们的资助，此书出版才成为可能。感谢四川师范大学文学院刘敏教授，正是她的关心与鼓励，才促成了此书的出版。

此次出版，文章大的观点与结构没有做过多的改变，只对个别章节内容进行了结构调整，也删改了一些当年不成熟的观点，增补一些新的章节和材料，订正了许多行文错误。毕业之后，我先后发表了两篇与本书相关的论文，《早期道教对文艺构思理论的影响》《“道原为始”本义与回文诗体源变》，由此更改了一下论文体例，一并放入了本书相应章节。

李斯斌

2022 年 5 月写于四川师范大学成龙校区师大现代花园伴读斋

责任编辑:夏　青
封面设计:徐　晖

图书在版编目(CIP)数据

玄言诗批评史研究/李斯斌 著. —北京:人民出版社,2023.1
ISBN 978-7-01-025009-0

Ⅰ.①玄… Ⅱ.①李… Ⅲ.①玄言诗-文学批评史-研究-中国-晋代-现代
Ⅳ.①I207.227.37

中国版本图书馆 CIP 数据核字(2022)第 153199 号

玄言诗批评史研究

XUANYANSHI PIPINGSHI YANJIU

李斯斌　著

人民出版社 出版发行
(100706　北京市东城区隆福寺街 99 号)

中煤(北京)印务有限公司印刷　新华书店经销

2023 年 1 月第 1 版　2023 年 1 月北京第 1 次印刷
开本:710 毫米×1000 毫米 1/16　印张:23.5
字数:350 千字

ISBN 978-7-01-025009-0　定价:75.00 元

邮购地址 100706　北京市东城区隆福寺街 99 号
人民东方图书销售中心　电话 (010)65250042　65289539